中國文化美學文集

王振復◎著

復旦大學出版社

目　录

中国建筑文化与美学 ————————————————

《周易》文化与巫性美学

原始思维：天人合一——《周易》文化智慧的人文内涵

《周易》，一部十分重要的中华先秦文化古籍，所谓"东方神秘主义"的代表之作，它那巨大的文化学价值，正在愈来愈引起当前研究中华传统文化的学术界的关注。

众所周知，通行本《周易》由"经""传"两部分构成。"经"，现在一般指《周易》本文，它大约成书于殷周之际；"传"，大致为战国中后期孔子后学对《周易》本文最早、最具"权威性"的诠解与发挥。整部《周易》，以具列与阐发阴阳爻、八卦、六十四卦、太极等易理为本，其文化智慧，古人称之谓"《易》道广大，无所不包"①。自然，这是中华古代崇尚《周易》者的一种溢美之辞。因为世间即使最杰出的皇皇巨著，也绝对不可能在其文化智慧的容量上穷尽大千世界、做到"无所不包"。《周易》也不能例外。

然而，作为中华古代一种巨大的民族文化现象与精神现象，《周易》的文化智慧意蕴又确是非常庞繁、丰富而深邃的。可以说，它集原始巫学、数学、天文地理学、文字符号学、史学、哲学、伦理学、美学与文艺学等文化智慧因素于一书，是一个关于中华古代命理、数理、天理、圣理、哲理、心理与文理等交相融和而复杂的文化智慧集成。

---

① 《续修四库全书总目提要·经部·易类》，中华书局，1993。

尤其《周易》所独具的卦爻符号系统及其所传达的文化智慧，塑造了它那特富魅力的独异的文化性格。它是多么令人困惑又时时给人以启迪；唱厌了的老调但其古老的韵律撩人心魄；原始巫术的迷雾与科学先知的朝晖；童稚的肤浅与古贤的深邃；僵直呆板的思维模式与诗化的美学情思；喋喋不休的伦理说教与哲理的启蒙；骚动不宁的历史情感的糊涂与历史意识的清醒等等文化智慧因素，奏响了一曲苦涩而甜蜜的文化"二重奏"，是一个虽则悠远又时时影响现实的文化存在。

千百年来，历代儒生往往皓首穷经，读《易》不辍。有的毕生研习，著论甚丰；有的把玩沉思，大彻大悟；有的呕心沥血，惨淡经营；有的为此一生显达，声名远播；有的却弄得两袖清风，穷愁潦倒；也有的装模作样附庸风雅……然而有一个共同之点，似乎都以为《周易》是"好东西"。

不过，我们今天研究《周易》，除了应该吸取传统易学一些有益的思想和方法成果，不会也不应走上尊孔读经的老路。包括笔者的这一篇小文，也不是因为崇拜《周易》而撰写的。

我们的时代要求努力以一种新的文化视野去看待《周易》。

笔者认为，尽管《周易》作为中华古代的"综合知识库"，其智慧内蕴显得庞繁而复杂，然而从文化思维角度看，其深层文化结构，则是"天人合一"的原始思维。这种"天人合一"的原始文化思维模式，是《周易》文化智慧的总体设计，它在某种程度上，决定了《周易》总体文化智慧的品格和基调，反映出中华古代文化智慧的某种基本特点。

一、原始巫术：趋吉避凶，追求"神人以和"的境界

我们说，《周易》文化智慧的深层文化结构，是"天人合一"的原始思维。这原始思维也就是列维-施特劳斯所谓"野性的思维"，是相对于近现代文化思维而言的一个文化学范畴。考虑到地球上出现人类及其文化思维的历史何等漫久、悠长，因此严格而言，真正最原始的"野性思维"，其实我们今天几乎一无所知。假如将中华古代夏商及其以前一段时期的文化思维称为"原始思维"，那它就根本不比我们现当代的文化思维"野蛮""原始"多少。如果数万年、数十万年之后，当那时的"现代人"从地下发掘我们今天捧为"摩登"的精密度

很高的计算机、核电站、超导材料制品时，谁能保证那些未来宇宙的主人，不会将这种地下考古发现物，与我们今天称为原始工具的石刀、石斧之类陈列在一起，称这些都是所谓"野蛮"时代的"原始"工具呢？

可见，文明与野蛮，现代与原始是相对而言的，对于思维的文化品位来说，也似应作如是观。

从文化的宏观角度看，尽管《周易》"天人合一"的原始思维不可避免地携带着人类智慧发蒙期真正原始的思维因子，但实际上它与那种名副其实的原始思维相距已很遥远，就是说，《周易》"天人合一"的原始思维，尽管蕴涵着真正原始思维的基因，但它是对真正原始思维无数次地加以重构、复制的结果。同时，从宏观看，《周易》的这种文化思维，其实离我们是很近的。我们可以毫不困难地发现，在当代中华的文化头脑中，积淀着"天人合一"原始思维丰富而沉重的文化蕴藏，一种"山路元无雨，空翠湿人衣"般的文化"集体无意识"，毋庸置疑。《周易》文化智慧深层结构的这种"天人合一"原始思维，是中华古人颇为原始文化思维的属性和智慧运动的潜在轨迹，并且它在当代中华文化头脑中也不缺乏。

那么，《周易》"天人合一"原始思维的文化原型是什么？

它便是巫术文化智慧的"神人以和"。

本来，所谓天人关系，是指自然和人的关系。人在生产、生活实践中，自然影响人，人改造自然从而可能达到主、客观统一的境界，这便是"天人合一"。可是，在天人关系的初始阶段，由于人改造自然的智慧和力量十分有限，人在自然对象面前是很不自由的。人实际上的软弱无力，使人在恐惧、幻想和企望中将自然对象神化，从而滋生了万物有灵的文化智慧以及拜倒在自然神灵面前的文化行为。中华远古对太阳月亮、山河大地、风云雷电以及动植物等的自然崇拜就是这样产生的。这种自然崇拜，某种意义上则意味着人在与自然（天）的文化"对话"中，令人屈辱地拜祈自然神灵的恩赐，企求自然神灵的训示、指引和警戒，希冀自然神灵不要对人降下灾难、痛苦和死亡，是人努力和自然神灵"和解"的表示，因此，它是一种原始文化意义上的"神人以和"。

这种关于人的文化地位和文化心态是产生宗教崇拜的文化的源头。由于在远古时代，人的文化智慧尚不足以支撑高大的宗教文化大厦，成熟文化智慧意义上的宗教，只有在以后才能诞生。作为文化前奏，便有与后代成熟宗教文化相联系的巫术文化智慧，首先登上了历史舞台。

《周易》的文化智慧原型是巫术，这种巫术的具体操作方式，是运用卦爻符号系统进行占筮，在这种卦爻符号系统中，蕴涵着"天人合一"原始思维的深层文化结构。

在中华文化思维史上，巫术是"数术"的一种。汉代曾将"数术"分为六类。这便是：一、天文；二、历算；三、五行；四、蓍龟；五、杂占；六、形法。[1]这种"数术"分类，因为是汉人的文化思想，自然不能等同于《周易》及其中华远古的巫术，但这里所说的"蓍龟"中的"蓍"法，就是指《周易》的巫术占筮。蓍者，《周易》占筮所用的"工具"即蓍草，故以"蓍"代称《周易》的巫术。《周易》巫术占筮的方法和过程，自始至终都是神秘的数的推演，因此在汉代文化思维中，又以"数术"代称《周易》巫术并且将中华文化史上出现过的其他巫术方式也说成是"数术"了。比如这里所说的"龟"，指盛行于殷代的"龟卜"，"杂占"，指以某种自然物象为巫术对象的占术，一般与数以及数的推演无关，却也被归入"数术"一类，这可说明《周易》占筮这种巫术文化的巨大历史影响。

任何巫术的文化思维，都是"天启"和"人为"相合亦即"神人以和"的。就是说，在这种文化思维中，其文化视角不仅关乎神灵（天启），而且关乎人（人为），同时是两者以神秘的文化心态为中介的"和合"。

中华自远古至今的巫术大约可分三类，一是所谓"杂占"；二是龟卜：三是《周易》占筮。无论哪一类巫术，都在于在一定的人的神秘文化观念的笼罩下，或者认自然界中某种自然现象为巫术前兆，或者通过一定的巫术操作方式，人为地创造一个前兆，由此占断吉凶，企求趋吉避凶，求得神灵和人之间的"默契和解"。

从文化心理机制上看，人们在其漫长的生活实践中，必然会产生一种心理趋势与心理要求，那就是，既注意到与人的实践行为相关的客观事物发展链条中的种种前期现象，又渴望预知人的实践行为的后果。人对这种"前因后果"

---

[1] 班固：《汉书·艺文志》，《汉书》，中华书局，2007。

是非常关心的。并且，由于这种预知实践后果的渴望，就愈加专注于客观存在与发生的种种前期现象，认为其后果如何，已经包含在前期现象之中了，认为可从某种前期现象（前兆）推测人之实践行为的后果。

夏日乌云翻飞、雷声隆隆，就可能会下雨，于是雷声就在人的文化思维中构成天要下雨的前兆；人突然四肢乏力、食不甘味、睡不安寝、噩梦纠缠，可能是人将大病一场的前兆；井水突然下落或是上涨，一些动物惊恐万状，又可能是发生地震的前兆……

这些本来都是些正常的自然"反响"，在现代科学头脑看来，算得什么神秘！也就不会由此产生巫术了。

可是，在认为"万物有灵"的中华古人看来，情况就根本不同。当时社会生产力何等低下，这限制了人的文化智慧的历史水平，于是只能使这种文化思维在巫术这种历史的"泥淖"中挣扎。当中华古人尚无力理解比如生育、死亡、地震、海啸、月食、日食、植物的开花结果等等的真正原因时，当人无法把握种种客观事物与人之间内在的动态联系时，可能导致人的各种各样的迷信与迷误，形成一种错误的前兆观，这种前兆观，成了产生与推动巫术文化思维的心理起点。

明明在此事物与彼事物之间本来没有任何内在的因果联系，却由于人相信"万物有灵"，就误以为事物之间的联系总是为神灵或某种神秘力量所操纵着，认为人力对这种"操纵"是无法改变的，且将毫不相干的两种或几种事物看作是具有神秘的因果联系的。并且，由于人的文化思维与情感的历史惰性（思维定势与情感定势），在世代相传的人的心灵中不断地重构、复制这种神秘联系。

中华古代称为"杂占"的第一类巫术就是这样形成的，它在文化思维层次上，是人的神秘观念与某种自然现象往往带有偶然性的"合一"。

举例来说，黄昏时刻，忽听乌鸦在村头枯树上鸣啼，这时村里刚好死了一个人。也许若干年之后，又闻乌鸦在黄昏的枝头啼叫，这时村里恰巧又死了一个人。这种偶然的巧合总是可能发生的。这种情况必然导致具有前兆迷信意识的人的心理恐惧，人们便会以"神灵的旨意"为思维中介，将乌鸦的出现作为前兆，与村里死人这两件本是互不相干的事在文化心理上加以组接，相信死人这种严重后果是由乌鸦的啼叫而引起的。

因此，乌鸦就在这种文化思维模式中，莫名其妙地成了"丧鸟""凶鸟"而长期背负着"该死"的罪名。以后，人们只要一听到乌鸦的怪叫，就会认为大事不妙，"神经"高度紧张起来，实际上，这是在人的心灵深处完成了一次最简单的、以乌鸦的啼鸣为凶兆的巫术。

又如，古代有农夫偶尔带着他的妻子在田野里过夜，恰巧这一年他种植的水稻获得了大丰收；又有农夫与其妻"野合"，这一年他的谷物又获得了大丰收。这就可能建立一种文化思维中的"因果"联系，迷信人在野外的性行为，作为一种前兆，可以促成植物的丰熟。

这正如费尔巴哈所说，"例如，一只鸟飞过，我跟着它来到了一个美妙的水源，这样，这鸟便宣示了幸运。又如，一只猫在我刚要起步时横穿过去而挡住了我，结果这次出门很不顺当，这样，这猫便是不幸之预言者"[①]。

前兆迷信的对象根本就是无边际、无穷尽的。因为，它的"因果"联系是由信仰神灵的人心里所组织起来的。前兆迷信显示了人对本在的客观事物与人之间内在联系的一种思维的无知，是建立在迷信神灵的心灵基础上的，它是对某种被神化了的自然力量、异己力量的崇拜。人们误以为前兆是鬼神有意给人的一种神秘"信号"，是对人的预示、启悟与警告，而将那些要发生的某事某情是吉是凶、是福是祸、是祥是袄，看做神灵有意对人的奖赏或惩罚，是某种超自然力量的安排，是命中注定。并且可能将那些本是人为、人工创造的事物，也看做是天意使然或是神旨的产物。由于人愈是在艰难处境中愈是企望自己活得好些，其文化心态总是在于趋吉避凶，因此，人总是希望多多出现吉兆而力避凶兆，这正如英国著名文化人类学家马林诺夫斯基所言，"我们越无法倚（依）赖自然和知识，则越会寻求征象，希望神迹，而信托捕风捉影的佳兆"[②]。

从《周易》巫术的总体文化思维水平看，自然高于"杂占"这种巫术文化品类，但在其卦爻辞中，仍然留下了不少"神人以和"的原始巫术即第一类巫术的文化思维轨迹。

这里，不妨随便拣几例来说说，以飨读者。

---

① ［德］费尔巴哈：《费尔巴哈哲学著作选集》下卷，商务印书馆，1984，第829页。
② ［英］马林诺夫斯基：《文化论》，中国民间文艺出版社，1987，第67页。

《周易》大过卦九二爻辞："枯杨生秭，老夫得其女妻，无不利。"这是说，枯杨树从根部苞出嫩枝，老头子见了，是他将要迎娶小媳妇的吉兆。

《周易》大过卦九五爻辞："枯杨生华，老妇得其士夫，无咎。"这是说，枯杨树居然生出杨花，这是"青春"重返，老寡妇见了，是她将要与小伙子婚媾的佳兆。

《周易》渐卦九三爻辞："鸿雁于陆，夫征不复，妇孕不育，凶。"这是说，大雁降临于平地是凶兆，可以导致丈夫出征在外久久不归，其妻不得生育的恶果。

《周易》旅卦上九爻辞："鸟焚其巢，旅人先笑而后号咷……凶。"这是说，游子天涯未归，遇到由于雷击等自然火灾而使鸟巢焚毁的事，先是觉得好笑，后来终于领悟到这是其自身有家难归、无家可归这种天意的预示而号咷大哭，凶险得很。

中华古代的第二类巫术是龟卜，其文化思维也在"天启"和"人为"两者相组接、追求"神人以和"的人生境界。

这类巫术以烧灼甲骨所爆裂的裂纹和声响为兆象。甲骨与火为自然之物，对甲骨的烧灼、刻镂与对火的运用却是人的行为，两者相结合则意味着完成了一次巫术操作，它是"神人以和"——"天人合一"。

卜这个汉字字形，像甲骨经烧灼后留下的裂纹；其读音，又像甲骨烧灼而水淬时发出的声响。古人就是根据甲骨裂纹的长短、曲直、深浅、走向、态势以及声响的清浊、高低等因素来占卜吉凶的。作为占卜工具的甲骨，人们对它们充满了虔诚的迷信。古人认为，龟为龙子，龟寿长而有灵气，龟的顽强生命力又使常常处于生存窘境中的人深深惊羡，由于企望人自身长命百岁、事事吉利而不得不心甘情愿地拜祈在龟的脚下；古人也迷信牛的蛮劲和力量。这样，龟甲牛骨就成了占卜的"灵物""神宝"。所以，仅就占卜工具而言，龟甲牛骨一方面是由人工采集来的自然之物，它们经过人为的加工改造和烧灼；另一方面在文化思维上，却笃信它们具有一定的灵性，这是表现在占卜工具上的"天人合一"。同时，就占卜过程看，这种兆象是由人工烧灼而成的，但这种人工行为也有受"天启"的一面。烧灼甲骨以成兆象，其烧灼本身是人为使然，但兆象如何形成，却是自然之火的"杰作"。这又可以说是兆象成于"天启"，人的行为是间接的因素。并且，这种烧灼甲骨的行为越是随意、漫不经心，便越意味着古人希望在文化意识中排除"人为"的因素，使占卜更显灵验，这在文化思维上又是一个"神人以和"。

《周易》本经的文化基质是巫术占筮而非占卜，然而在其卦爻辞与《周易》"传"部中，也同样掺杂着一些龟卜内容。《易》颐卦初九爻辞说，人遇到疑难之事，一时决定不下，如果不用龟甲进行占卜，而只是听人空谈，这真是凶险万分，所谓"舍尔灵龟，观我朵颐，凶"。《易》损卦六五爻辞又说，"或益之十朋之龟，弗克违，元吉。"这里，益，加、改变的意思，可引申为"卖"。朋，古代货币单位，以贝为货币，十贝为一朋，十朋为百贝。克，能。这是说，有卖龟者卖之以价值为一百贝的神龟，遇到这种情况不能拒而不买，买了带回家作为占卜工具就大吉大利。《周易》大传还指出，"探赜索隐，钩深致远，以定天下之吉凶，成天下之亹亹者，莫大于蓍龟"。这充分证明，《周易》虽重占筮，却也不偏废龟卜。

至于《周易》占筮这中华古代的第三类巫术，则其文化思维同样执着于"神人以和"的"天人合一"境界。

《周易》用以进行占筮的兆象也就是其卦象、爻象，无疑是人工所创造的一种文化符号，但是历史文化心态往往显得非常有趣，明明是人自己现实地创造了某种文化现实，在人的文化思维、观念和情感中，却不认为这是人自己的创造，而宁可将它归之于神灵的功劳，这是人的文化主体意识尚未真正觉醒的表现。《周易》大传说，用以占筮的八卦的文化原型是河图、洛书。河图、洛书来自"天启"，是圣人根据"天启"所创造出来的，所谓"河出图，洛出书，圣人则之"。所以从文化思维上看，中华古人将八卦这种文化模式认作"神人以和"的产物。这里所谓"圣人"，主要指伏羲氏。伏羲氏是神话传说中远古东方氏族的首领，实际上是半人半神的一个"人物"，他创造八卦的动机、思维、过程和结果以及伏羲氏其"人"，其实都是神人相通、"神人以和"的。中华古人相信所谓伏羲氏创造八卦的智慧、灵感来自"天启"，进而笃信这种文化思维所达到的高度绝不是后天的人的尺度所能企及、也不是人的力量所能改变的。同时，这种筮符系统一旦被创造出来，就被认为其具有独立自在的"意志"，仿佛人的任何社会行为和社会心理都难以挣脱它的"罗网"，它能知人之吉凶，好像六十四卦三百八十四爻已经穷尽了人的命运的一切；通过占筮，人似乎可以从这个独特的卦爻符号"宇宙"中，获得人生的启悟、思想的灵动、情感的导引与命运的安排，总之，迷信《周易》巫术占筮的中华古人甚或某些现当代人，其心灵就"生活"在这个神秘的符号"宇宙"之中。人在这个实际上是人造的"宇宙"、而观念上却是神造的"宇宙"中，愿意时时事事聆听神灵的启示与警策，进行人与神之间的"对话"。人在实际上是非常无奈与不自由的，却总觉得由于巫术这种神灵的庇护而似乎变得雄心勃勃、信心百倍起来；人事实上还没有足够的力量与智慧去面对自然宇宙那无穷无尽的挑战，在这种挑战面前深感软弱和茫然，于是退而编结一个"理想"的"网"，这便是卦爻符号这种神秘的"宇宙"。这种"宇宙"，德国著名文化人类学家恩斯特·卡西尔称之为符号的"宇宙"。我们说，它在一定意义上既是属人的"宇宙"，因为它确实是中华古人自己所创造出来的，这种创造本身实际上并无什么神性因素；又是属神的"宇宙"，因为在其文化思维、文化情感的底蕴上，又认为是某种神灵（被神化了的自然）所创造的，并且是表达神灵旨意的。因此，就用以进行巫术占筮的《周易》卦爻符号系统而言，其文化境界在于"神人以和"，既是神灵境界，又是人生境界。

二、哲学智慧：儒道"互补"，以太极为逻辑基点的"天人合一"

《周易》文化的原始思维，首先表现为《周易》巫术占筮的"神人以和"。这便是《周易》大传所谓"天垂象，见吉凶"。这里的"天"无疑具有神性和灵性，它以某种神秘的"天象"垂训于人间，由此使人"了知"自身的命运吉凶；同时，人世间的特殊之"人"——圣人，在"天"面前，也并非绝对无能为力，他又可以受启于"天"，凭借"天启"灵感，创造由阴爻、阳爻、八卦、六十四卦等文化因素所构建的卦爻符号"宇宙"，通过巫术占筮，达到对人自身吉凶命运的"了悟"。这又如《周易》大传所言："八卦以象告，爻彖以情言。刚柔杂居，而吉凶可见矣。"《周易》巫术文化思维的特点，在于其将被神灵化了的自然宇宙（天、天命）和被神化了的人（圣人）的知、情、意加以浑整的思考。缺乏理性是巫术思维的一大特色。或者可以说，巫术文化思维中的理性仅是一种不成熟的、粗糙的理性，或曰那里尚不具备理性思维的完整形态，只存在着理性的萌芽，所以称《周易》巫术文化"神人以和"的思维是一种原始思维，看来是并不过分的。

但这不等于说，这种原始思维只存在于大约成书于殷周之际的《周易》本经之中，其实在大约成书于战国时期的《周易》大传中也不缺乏。当然，这里值得注意的是，不能将《周易》传部的原始思维等同于《周易》经部的原始思维，经部的原始思维主要是属于巫术文化层次的；而传部则基本上已由巫术文化层次转换到哲学智慧等层次。或者可以说，在《周易》大传中，沿承着直接由巫术文化思维承袭而来的"神人以和"的历史遗韵，基本上实现了对"神人以和"巫术文化思维的"改译"、超越与升华，即将"神人以和"改造为哲学智慧等层次上的"天人合一"。

这种哲学智慧层次上的"天人合一"原始思维，呈示出儒道"互补"的文化发展态势，并且以太极为思维的逻辑基点。

这种文化思维的转换之所以能够实现，首先是因为在《周易》本经的巫术文化中，存在着一种促成其转换的内驱力。巫术，某种意义上可以说是民族文化的母体，在这母体中本已储存着哲学智慧的基因与萌芽。巫术是讲吉凶的，吉凶观念是巫术的基本观念。但巫术的吉凶并非纯粹到仅仅是一种文化观念，事实上它包括原始文化意义的理性、非理性、情感（激情）、意志以及想象等多种文化心理因素，它是认知、崇拜、审美等多种文化意识与情绪的错杂纠结。在《周易》的原始巫术中，人们专注于神秘命运的吉凶属性，这种吉凶观意味着中华古人已朦胧地意识到，人的命运原来具有为天命所注定的相反的两级，同时也意识到，通过人的某种努力（比如占筮）可以达到趋吉避凶的目的。吉凶是对人而言的，吉对人有益，这便是善；凶对人有害，这便是恶，所以在《周易》巫术的吉凶观中，事实上本已蕴涵着一定的道德伦理上的善恶观。而《周易》巫术的吉凶，通过以善恶为中介，必然促成一种哲学智慧的自觉，这便是对真假这两极的思考。真假是对吉凶、善恶的科学概括和抽象，并且影响中华古代关于美丑的审美意识的历史性建构。我们常说，真善美和假恶丑是一组相对应的文化范畴，殊不知从《周易》的文化思维看，应是吉善真美与凶恶假丑对举互摄。

而吉善真美的文化意蕴，在《周易》看来，都基于"天人合一"这同一个文化思维模式。趋吉、崇善、求真、审美，都意味着在不同文化层次上达到"天人合一"境界。这里，其余暂且勿论，仅就《周易》大传的哲学智慧而言，则无疑执著于对"天人合一"境界的追求。

当我们着手讨论《周易》大传"天人合一"哲学智慧之时，有一个问题应当首先明确，即无论先秦儒家、道家的文化思维，都是强调"天人合一"的。

先秦儒家一般倡导自然宇宙（天）浩大而人（圣人）同时具有卓越力量与伟大形象的哲学观，从而认为人在自然宇宙（包括自然宇宙的高级文化形态——社会生活）之中，不必袖手旁观，不必畏畏缩缩，应当循礼、仁而有所作为，先秦儒家主张"人为"与入世的哲学。

孔子是重视"人为"的，他奔波于诸侯国之际，为的是"克己复礼"，将周代之"礼"改造为"仁"，以此改变世道人心。孔子的哲学思想（也是其伦理与美学思想。这里勿论）在于尚"大"。认为"天"亦"大"，"人"亦"大"，在"大"这一点上，天人是同构合一的。孔子说："大哉尧之为君也！巍巍乎！唯天为大，唯尧则之，荡荡乎！民无能名焉。巍巍乎！其有成功也。焕（引者注：疑此脱一"焕"字）乎！其有文章。"①在孔子的哲学头脑中，尧作为圣人古贤显得多么伟大崇高，这是由于效法于天的缘故。人为功绩、灿烂文章，其光辉照耀于自然宇宙，一般人真不知如何用语言来形容他。孟子心目中的人的形象，也显得十分高大，此"人"以"浩然正气"立于天地之际。荀子主张"伪"的哲学。伪者，人为。其本义不是道德伦理意义上的"虚伪"，而是强调人的后天行为。荀子说，"性者，本始材朴也；伪者，文理隆盛也。"性，天生的人之本性；伪，后天的人之行为。作为一个哲学上的"完人"，是通过"伪"使"本始材朴"的"性"，发出"文理隆盛"的光辉，所谓"无性则伪之无所加；无伪则性不能自美"②，这是"天人合一"。荀子并且提出"人""最为天下贵"的观点，所谓"水火有气而无生，草本有生而无知，禽兽有知而无义，人有气有生有知亦且有义，故最为天下贵也"③。

---

① 《论语·泰伯》，刘宝楠：《论语正义》，《诸子集成》第一册，上海书店，1986。

② 《荀子·礼论》，王先谦：《荀子集解》，《诸子集成》第二册，上海书店，1986。

③ 《荀子·王制》，王先谦：《荀子集解》，《诸子集成》第二册，上海书店，1986。

　　相比之下，先秦道家的哲学智慧却具有倡言宇宙宏大而人力渺小、主张"无为"的特点。《庄子》宣称，"吾在天地之间，犹小石小木之在大山也"。你看，人比之于天地，好像"小石小木"比之于"大山"，与"天地"相比，人是太渺小了。《庄子》有一则寓言这样说，蜗牛是如此之小，人们是知道的。可是在这蜗牛的左右触角上还分别建立了两个"国家"，左者为触氏国、右者为蛮氏国。有一次，这两个"国家""相与争地而战，伏尸数万"，那人之渺小实在无法形容。《庄子》由此发出浩叹："君以意在四方上下有穷乎？君曰无穷。"[1]自然宇宙大而无穷，自宇宙观之，人好比蜗牛角上的微生物罢了。在《庄子》看来，人在实践上、事实上不能独立于自然宇宙，人只是自然宇宙的一部分与附属物，这称之为"汝身非汝有也"。如果说人的形体是一种"有"，也仅仅是"天地之委形也。生非汝有，是天地之委和也。性命非汝有，是天地之委顺也"[2]。所以人在实践中，应当像老子所倡导的那样"无为"。"无为"，不是放弃一切实践的努力，而是不妄为。因为在原朴意义上，人与自然宇宙本来就是合一的，这"合一"的原朴境界就是"道"。"道"是自然宇宙的本体，也是社会人生的本体，用《庄子·天道篇》的话来说，叫做"夫虚静恬淡，寂寞无为者，万物之本也"。在先秦道家看来，这种社会人生的本体境界，总是由于人的社会妄为（其中尤其人的伦理实践）而使其不能现出原朴之光辉。如果像先秦儒家那样强调"人为"、从事实践改造，不仅不能体悟"道"的真谛，而且背"道"而驰。只有放弃一切社会实践的妄为，"涤除玄鉴""心斋""坐忘"，作"逍遥游"，才能在精神上一心专注于对"道"的体悟，把握"道"的本体境界，实现人的精神向自由无限的"道"的回归，人的精神只有也只能消融于自然才算找到归宿，人生的悦乐也就在这天人之际的合契中。

　　可见，无论先秦儒家还是先秦道家，都是主张与追求"天人合一"境界的，但是两者所追求境界的本涵与追求的方式是大不相同的。儒家一般主张天人同其伟大，但更偏重于对"圣人"的道德的肯定，要求以"人为"方式，达到"天""合"于"人"的境界。这里儒家所倡导的"人为"，主要指道德伦理实

① 《庄子·则阳》，王先谦：《庄子集解》，《诸子集成》第三册，上海书店，1986。
② 《庄子·知北游》，王先谦：《庄子集解》，《诸子集成》第三册，上海书店，1986。

践，这种"天""合"于"人"的境界，实际上是道德化的哲学境界，是伦理的天则化与天则的伦理化的同时进行同时完成，随着"人"被"天"化，"天"也被"人"化了，而天人相"化"的过程，是以道德伦理为运转轴心与境界归宿的。因此，在这"天人合一"的文化思维模式中，如果说"天"被异化为一种世俗的伦理符号，那么，"人"（圣人）则不可避免地成了"天"在人间的代表。战国时道家从自然宇宙浩大而人力渺小的文化哲学观念出发，它在强烈地反对儒家伦理实践的同时，由于企图否定儒家伦理实践而使其哲学智慧带有某种玄虚的色彩，但是"道"这一哲学元范畴，是形而上学的先秦哲学的一种最为高深的哲学智慧。道家所追求的"天人合一"境界，实际上是以"无为"为方式，使"人""合"于"天"（人回归于天）的境界。儒家所强调的是道德之"人"；道家所强调的是自然之"天"。前者是道德哲学、实践哲学、社会哲学、历史哲学；后者是精神哲学、自然哲学。

由《周易》本经的巫术文化智慧发展而来的《周易》大传的哲学智慧，根本上没有离开先秦儒家仁学的轨道，具有颇为浓重的伦理化倾向。《周易》大传说，"天尊地卑，乾坤定矣。卑高以陈，贵贱位矣"。这是对道德伦理的强调。认为乾者，为刚健，是天的象征，天又是父的象征；坤者，为柔顺，是地的象征，地又是母的象征。天地、男女、君臣、父子、夫妇、尊卑、上下、贵贱，各有名分，其各自的社会地位不可僭越，这称之为"礼义有所错"。实实在在是儒家所提倡的那一套。所以历代将《周易》归于儒家经典，并称它是"群经之首"是很有道理的。

但是，《周易》大传的哲学智慧又明显地吸取了先秦道家的自然宇宙观和社会人生观，这便是关于"太极"的思想。中华古代文化思维的重要成果之一，是太极这一哲学命题的提出。《周易》大传在探讨八卦的成因时提出，"是故易有太极，是生两仪，两仪生四象，四象生八卦，八卦定吉凶，吉凶生大业"。这是最早以完整的理论形态提出了"太极"这一文化哲学范畴。在《周易》大传看来，易理的根本是太极，太极具有原生、始生的伟大功能。太极生阴阳两种事物的基质（两仪），用符号表示就是阴爻 --；阳爻 —。阴阳化生为流迁变化的四种基本的自然物质形态（四象），此即所谓老阴、老阳、少阴、少阳。由此进而化生裂变为八种具体的自然事物（八卦），此即乾、坤、震、巽、坎、离、艮、兑，依次分别指天、地、雷、风、水、火、山、泽。同时，在这太极化生裂变过程中，派生出"最为天下贵"的"人"，这"人"，用莎士比亚的说法，是"宇宙的精华，万物的灵长"，它是太极自身运动所创造的高级"产品"。

自然，由太极派生两仪、四象、八卦之后，作为太极的整个矛盾流程并未到此结束，而是由含蕴太极内驱力的八卦继续向前流变，直至生成六十四卦，建构起一个以太极为逻辑基点、以阴阳相摩相荡为内在矛盾运动、以四象、八卦、六十四卦（三百八十四爻）为中间环节和囊括宇宙人生万事万物的世界哲学智慧模式。从哲学智慧高度看，太极是"无"，它全无一切；太极是"有"，它拥有一切。它将从自然宇宙到社会人生的万有，浓缩在太极"无"的"絪缊"之中。这"絪缊"，在所谓天地尚未开辟之时，是一种原朴的混沌；在由自然宇宙衍生出社会人生之时，又是人所应当追求的"天人合一"的人生境界，它是对太极浑朴境界的一种回归，是自然宇宙与社会人生合契的世界图景。

太极这一中华古代重要的文化哲学范畴虽由《周易》大传首先提出，然而其文化原型却在成书早于《周易》大传的《老子》一书之中。《老子》云："有物混成，先天地生。寂兮寥兮，独立而不改，周行而不殆，可以为天下母。吾不知其名，强字之曰'道'，强为之名曰'大'。"[1]

这里，老子所谓"道"，依老子所言，只能以心智情愫去领悟而无法以语辞符号去加以精确地表达的东西，所谓"道可道，非常道；名可名，非常名"[2]。一方面无法加以精确完全地表达，另一方面又不得不加以表达，这种"道"的表达真是处于两难之境了。于是老子勉强给"道"取了一个"字"（语辞符号），称之为"大"。"大"虽是对"道"的一种不甚精确的表述，但在名符意义与基本内核意义上，也只能以"大"来表述"道"这一自然宇宙和社会人生的本体，所以说，"大"是"道"的一个代名词。

而"大"，实为"太"之本字。"太"是至极无以复加的意思，"太"者，"极"也。《周易》大传首先以"太""极"连用，铸成"太极"这一文化哲学范

① 《老子》第二十五章，王弼：《老子道德经注》，《诸子集成》第三册，上海书店，1986。
② 同上书，第一章。

畴，其内蕴实由《老子》之"大"发展而来。应当指出，基本成篇于战国中后期的《周易》大传，在这一中华先秦诸子学术思想走向相互影响和综合的时代，有选择地汲取老子的"道"论（即"大"论）是完全正常、完全可能的。

可以说，"太极"是与"道"相对应的一个文化哲学范畴，它由"道"发展而来，又不是先秦道家之"道"的简单搬用。在《周易》大传中，"太极"是"道"的儒化，儒道互补。正如前述，先秦道家的"天人合一"观是"人""合"于"天"，重在于"天"；先秦儒家的"天人合一"观是"天""合"于"人"，重在于"人"。《周易》大传的"太极"观，是在新的文化思维层次和历史水平上，对道家之"天"与儒家之"人"的一个综合。它汲取道家之"道"形而上学的哲学思辨性，又以儒家的哲学尺度加以改造，努力去除"道"的玄虚静笃和对超功利自由的追求，在对《周易》哲学智慧建构一个逻辑基点的同时，又将"道"改造为使之符合儒家所要求的实际的东西。在新的文化思维层次上，从天与人、自然与社会、自然与人为、天则与人事、求真与求善的动态总体上去把握世界的本质，形成了基于先秦之儒，又不同于儒；吸取了先秦之道，从而改造了儒，同时也改造了道自身的一种新的哲学智慧态势。

无疑，《周易》大传的"太极"是一个新的"天人合一"。

《周易》大传说，"昔者圣人之作《易》也，将以顺性命之理，是以立天之道曰阴与阳，立地之道曰柔与刚，立人之道曰仁与义。兼三才而两之，故易六画而成卦"。这里所言，是传统易学著名的一个哲学命题，即所谓"三才"之说。"三才"又称"三极"，指天道、地道、人道。传统易学认为，《周易》六十四卦的每一卦，在文化思维意义和境界上，都是"天人合一"的象征，都是一个"太极"。其初爻、二爻为"地"；三爻、四爻为"人"；五爻、六爻为"天"。这里的"天"与"地"即指神秘自然，就是"天人合一"观中所说的"天"。"三才"统一，"人"居其中位，天人合一，"完美"之极。这里，"人"的地位是重要的。似乎也只有圣人（大人）才能达到这种"天人合一"的"太极"境界，但《周易》大传所推重的圣人，不仅知人道之"仁义"，而且明天道之"阴阳"与地道之"柔刚"。当圣人倡导和实践仁义规范时，是在"替天行道"。圣人是将神秘自然和社会人伦规范集于一身的人物，并且认为社会人伦规范（儒）的原型根据是在自然（道）之中。《周易》大传的圣人哲学是建立在形而上的"太极"基础上的。所以《周易》大传说,"夫'大人'者,与天地合其德,与日月合其明,与四时合其序,与鬼神合其吉凶,先天而天弗违,后天而奉天时。天且弗违,而况于人乎?况于鬼神乎?"无论在道德、智慧方面,无论圣人的先天之本性,后天之行为,都是与天地、日月、四时、鬼神(被神灵化了的自然)合一的,都是不违背"天"的规律,达到"自由"境界的。这用宋代理学家的一句名言来说,叫做"天人本不二,不必言合"。这用《周易》大传的另一句名言来说,又叫做"以神道设教"。"神道"者,天道;"教",人伦政令教化。圣人"设教",自然循"神道"而行,这就将人伦政教哲学化了。或者可以说,《周易》大传将原是需加后天训练、带有强制性意味的伦理规范看成了哲学的自觉,以哲学智慧的"太极"去"圆成"儒家伦理境界。这种哲学智慧的文化思维,第一次在某种程度上将儒、道加以组接,它无疑拓展了先秦哲学(同时也是伦理学)的思路。

三、美学情思:以"生"为内在机制的"天人合一"之"美"

正如前文所述,《周易》文化思维的"天人合一",实际上是一个太极境界。太极是《周易》哲学智慧的原点,也是社会人生所追求的最高境界,在这最高境界中蕴涵关于自然宇宙和社会人生的美学情思。《周易》的美学情思和其哲学智慧具有相应同构的一面,其文化思维的内在机制可用一个字加以概括,这便是"生"。就是说在美学上,《周易》所推重的"天人合一"境界"合一"于生。"天人合一"的美,也就是生之美、太极之美。

这生,首先指的是人的生殖。《周易》是从人的生殖角度来看待太极化生万物亦即"天人合一"的。从表面看,《周易》大传说:太极生两仪,两仪生四象,四象生八卦,八卦生六十四卦以及人间万物,其中自然也包括人,是先有自然宇宙,然后才有人以及由人类所构成的社会人生的出现,这恰好猜中了人作为"宇宙的精华,万物的灵长"的自然进化过程。然而这种天人关系的文化思维的角度,却是从人的生殖去逻辑地把握天生人这一自然进程的。必然由于在哲学智慧层次上,中华远古人类对自身的生殖繁衍有了一定的领悟与理解,才能在比拟联想的基础上,得出天生人、"天人合一"于生、太极的本涵是生的美妙结论,从而在美学情思中高歌"天人合一"之美、太极之美、生之美。

黑格尔曾经说过，"东方所强调和崇敬的往往是自然界的普遍的生命力"，"是生殖方面的创造力"[①]。这种文化哲学与美学见解同《周易》关于生的"天人合一"（太极）观很是契合。

君不见在《周易》大传中，中华古人将天地（乾坤）比作人之父母么？凭什么人们要认没有血脉生命的天地为人自己的父母呢？这是因为人从自身生殖角度去看待、理解天人关系的缘故。《周易》六十四卦以乾、坤两卦为首，这是从崇拜生的角度对生我养我的父母的肯定。《周易》大传说"天地之大德曰生"，"生生之谓易"，说的就是这个意思。而这种对父母的肯定尤其祭祖，即使在《周易》本经的卦爻辞中，也颇多记载。《周易》随卦上六爻辞记述周文王回到陕西岐山祭祀祖宗的史事就是随手可拣的一例。此之所谓"王用享于西山"。这里，王，周文王；享，享祭；西山，岐山，周代太祖古公亶父的发祥之地。《周易》否卦九五爻辞说，"其亡！其亡！系于苞桑"。这意思很明白，其大意是说"要断子绝孙了！要断子绝孙了！只有将人之生殖的命运托付给象征生殖兴旺的茂盛的桑林，才能避免这种厄运"。桑林是中华古人男女幽会媾合之处，《诗经》里曾多处写到桑林幽会。古人迷信，以为桑林是人之生殖繁盛的好兆头，所以要在《周易》否卦的这条爻辞中特意记上一笔。这种近乎声嘶力竭的叫喊，何等淋漓地表达出古人关于生殖的危机感以及企求多子多孙的急迫心情。

不仅如此，《周易》大传还纯朴"庄严地、纯洁地描写本体的两性"[②]，肯定和赞美人之生殖的原初与伟大的"美"。

《周易》大传以乾坤象征男女，认为"乾元"和"坤元"是推动两性相合的原始生命物质，对此发出由衷的浩叹："大哉乾元""至哉坤元"！正如前述，这里的"大"即"太"。至者，极。"乾元"与"坤元"相合，就是一个太极。乾坤又指天地，天地相"合"而生万物，也是一个太极。在古人看来，男女、天地、乾元坤元，是对应同构的。刚健的"乾元"与柔顺的"坤元"各自具有原始生命的潜能和亲合力，这种生命之"元"就是人体的生生不息的"精气"。

① ［德］黑格尔著、朱光潜译：《美学》，第三卷上册，商务印书馆，1982，第40页。
② 朱维铮编：《周予同经学史论著选集》，上海人民出版社，1983，第80页。

《周易》大传认为，这是宇宙所有生命形态中最原在、最本始、自然也是最"美"的人的生命精华与根，其"美"的功能在于延续人类群体生命本有各向异性亲合的"动"势。《周易》大传以"大""至"两字规范乾坤两"元"的属性，这让人隐约见出属于生命原始层次的一种"太极"境界。由于《周易》大传的"太极"观认为人是由自然发展而来的，人的故乡是自然宇宙。因此，促成两性相合的"乾元"与"坤元"以及相合过程，实际上是"天人合一"的。只是此时的生命"太极"尚处于生命"未有形器之先"，一直纲缊不已，有待于"破块启蒙""成熟扩大，以臻于光大"①的状态。

但作为人体生命之始的"乾元"与"坤元"最终都不能孤立地存在与发展，彼此亲合的"动"势为生命本身所固有断非外力所致，必然导致两性趋向自然结合，这有如植物种子的"潜在变成存在"。"在种子里，最初什么也看不出来。种子有发展它自身的冲力，它不能忍受只处于自在的情况……它可以产生出许多东西，但是这一切都早已潜伏在种子里。"②所以，这里《周易》大传所推重的"太极"之美，是人的生命"种子"的美。

在对人之生殖"太极"境界有所领悟的基础上，《周易》大传将其文化思维的域限扩大到对自然美与人工美的阐述上。自然美，《周易》大传称之为"天文"；人工美，则又称之为"人文"。无论"天文""人文"，实际上都是从人之生殖角度去看待的。而这个世界上所存在的美，尽管纷繁复杂，不可穷尽，归纳起来也只是与自然宇宙、社会人生相对应的自然美（天文）和人工美（人文）两大类，并且这两大类美是统一的，这是美的"天人合一"。

没有任何理由可以怀疑《周易》"天人合一"文化思维所蕴涵的美学情思不是重"生"的。关于这一点，可以从《周易》大传对六十四卦之一的贲卦美学意蕴的诠释中见出。

首先，关于自然美（天文）。《周易》大传指出，"贲亨。柔来而文刚，故亨。分刚上而文柔，故小利而攸往，天文也"。

我们先从贲卦的卦体结构看，贲卦☲☶，是离下艮上之象，就是说，这贲卦

---

① 王夫之：《周易外传》，中华书局，1997。
② ［德］黑格尔：《哲学史讲演录》卷一，商务印书馆，1978，第27页。

由两个卦即下卦离和上卦艮构建，整个贲卦由三个阳爻、三个阴爻相摩相荡、穿插组成，它是一个往来亨通的时空动态结构，此之为"贲亨"。

我们再来看贲卦的下卦离☲，按照《周易》大传的易学观，离为火，火可指天上的太阳，太阳（离）与天（乾）本是一体，因而离的本体是乾☰。离卦☲的生成，是由于坤（地）卦☷的一个阴爻（柔爻）来就于乾卦☰的结果。中华古人从人的生殖角度看自然宇宙及其美的生成和本质，天地自然好比男女，天地又称乾坤，具有阴阳相感相应的特性，所以，坤卦☷的一个阴爻来就于乾卦"九二"的位置而使"九二"，变异为"六二"，这使得乾卦☰嬗变为离卦☲，这用《周易》大传的话来说，叫做"柔来而文刚"。这里的"文"，文饰的意思，有坤阴来就于乾阳之意。"柔"，坤卦的柔顺之性；"刚"，乾卦的刚健之性；坤卦的一个柔爻相合于乾卦☰而成离卦☲，所以，离卦是以"刚"为质，以"柔"为文的，正如古人所言，"二刚为质以柔文之，则卦之内体固有能亨之道也"[①]。

又，从贲卦的上卦艮☶而言，根据《周易》大传的易学观，艮为山，山是大地的组成部分，所以可以说，艮（山）的原型是大地，地为坤，艮的原型是坤。同样，由于天地自然有如男女具有相感的特性，使得乾卦☰的一个阳爻来交于坤卦☷而使坤卦嬗变为艮卦。就是说，这是乾卦的一个刚爻"文饰"坤卦而成艮卦，原先的"上六"演变为"上九"，这叫"分刚上而文柔"。

而且更应强调指出，由以上剖析贲卦结构可知，贲卦下卦离的本体是乾☰，上卦艮的本体是坤☷，因此，贲卦的本体实际上是一乾下坤上之象，即泰卦䷊。那么泰是什么？《周易》大传说，"天地交，泰"。又说："天地交而万物通也，上下交而其志同也。"显然，这里的天地，亦称乾坤，乾坤又指男女，所以"天地交"，实即男女"交"的另一种说法。这雄辩地说明，中华古人是从男女生殖角度去看待天地自然之相互关系的。这种关于"天地交"的美学情思的实质在于，认为犹如人之两性生殖的天地自然万物的生成演化是自然之"大美"。庄子说，"大地有大美而不言"，"大美"者，"太美"也，这指的是存在于自然宇宙之间的原始、原朴的美。这也便是《周易》大传所说的"天文"，指的是

---

① 项安世：《周易玩辞》，中国社会科学出版社，2021。

天地自然相互"文饰"而生成的一种美的境界,其美的属性在于天生而不假求于人力。

这里所反映出来的文化思维值得引起我们注意:就是当《周易》大传在谈论"天文"这个问题时,说的是自然美,属于"天"这一层次,但又是从人的生殖这一角度出发的,就是说,这种文化思维的基点是"人",将"天文"即自然美的内在生成机制和本质等同于人的两性生殖,那么,在思维逻辑上,难道这不就是"天人合一"吗?

其次,关于人工美(人文)。《周易》大传在界说"天文"之后接着指出,"文明以止,人文也"。

仍可从贲卦离下艮上结构来加以分析。贲卦下卦是离,离为火,火即光明。前文所述,由于这离卦是一阴爻"文"饰乾卦的结果,因此,光明就是文明、火就是文明。同时,贲卦上卦为艮☶,艮为山,山性岿然静止。因此,整个贲卦就具有"文明以止"的涵蕴,这便是"人文"。

这里,又有一个问题值得加以注意:《周易》大传所说的"人文",其文化观念的内涵与外延是政治伦理道德。政治伦理道德本是人为的产物而非天地自然宇宙所本有。然则,它所面对的社会人际关系取何种文化模式与发展态势,归根结蒂是由人与自然宇宙存在何种实践关系所决定的,人与自然宇宙的相互关系达到什么历史发展水平,决定了人际关系、政治伦理道德的文化思维以及文化水准与文化面貌。《周易》大传由于出自先秦儒门,对人际伦理极为关注。孔子及其后学尚"仁"。"仁者,二人也。""二人"者,首先指男女、夫妇、父母。可以说,自古至今,一切中华的政治伦理道德及其变态都肇始于这种原初的人际关系。中华传统政治伦理形态、功能与缺陷,折射出中华民族的人与自然宇宙所处的关系和所达到的"文化"程度。如果说,中华传统政治伦理制度与观念具有那么多的缺陷与腐朽文化成分的话,那么,这恰好真实地反映出中华民族在人与自然宇宙关系中的现实人生的不自由。由于漫长的农业文化进程,社会生产力水平一直相对低下,使得笼罩于中华数千年的儒字号的政治伦理"乌云"一直"夜幕低垂",其实,那是人与自然宇宙关系中未被人们所把握的盲目自然力所投下的阴影。

然而,从关于"人文"的文化思维角度看,《周易》大传所说的"人文"即

"文明以止"，不仅具有所谓"人有文明礼仪则能各止其所当止，如君臣、父子、兄弟、夫妇、朋友互相接交都有礼仪上的分寸不可逾越"[①]的文化涵义，而且，它也同样蕴涵着一定的美学情思。贲卦结构离下艮上，离为火，艮为山，古人曾说，这整个卦象象征"山下有火"的一种美的景象。这里的离，不仅指太阳，而且可指人类对自然之火的发现和利用，人类的文明就是从懂得怎样用火开始的。从卦象看，人们用火时火光映照青山，尤其到了夜晚，其形象何等灿烂明丽！而人类对自然之火的发现和利用，实在是中华远古最典型的一种人工美。

自然，《周易》大传关于以生为内在生成机制的"天人合一"之美的美学情思，不只表现在贲卦之中，只是限于本文篇幅，我们的论述在此暂告一段落。

四、小结：热衷于"比附""同一"，不关心"矛盾""分析"的原始思维

以上我们只是以理论俯瞰的方式，匆匆巡视《周易》所崇尚的"天人合一"的原始思维。这题目固然很大很深，不是一篇小文章所能够全面把握的。即使如此，也仍能在一定程度上触及这种文化思维模式的实质，这便是，这种文化思维方式的原始性，就表现在文化思维主体热衷于"比拟""同一"而对"矛盾""分析"普遍的不关心。

任何民族的文化思维都是从天人关系这一原点上起步的。

西方古代一般认为天人关系是对立的，人们的文化思维，倾向于将自然宇宙看作一种威胁，而不是归宿，强调的是天人之间原在矛盾的不可调和。"在世界古代各文化系统中，没有任何系统的文化，人与自然，曾发生过像中国古代样地亲和关系。"[②]当西方古代由于痛感天（自然宇宙）的压迫，导致对天的敬畏而衍生出后世发达的宗教文化之时，古代中国人却一般地认天人关系为和同关系。就《周易》本经而言，在其巫术文化思维中执着于追求一种"神人以和"的境界。《周易》巫术占筮是讲吉凶的，吉，意味着被神灵化了的自然天则和被神灵化了的社会人事之间的原始和谐；凶，则是天人之际的对立和对抗。然而

① 徐志锐：《周易大传新注》，齐鲁书社，1986，第146页。
② 徐复观：《中国艺术精神》，春风文艺出版社，1987，第193页。

凡是中华古代巫术包括《周易》巫术占筮都在于趋吉避凶，这就是说，在这种巫术文化的深层结构中，中华古人力求避免"凶"这种天人对立和对抗的出现，在其文化灵魂深处对此有一种本能的反感与厌恶。尽管现实生活中盲目巨大的自然力量往往使人的良好愿望终成泡影，天对人的惩罚常常是残酷的，然而人们宁可相信天人之际总是处于一种和谐的关系之中。中华古代没有从原始巫术文化中发展出可以与基督教、佛教、伊斯兰教相匹敌的宗教，用梁漱溟的话来说，中华民族是一个"淡于宗教"的民族；也没有创造出像古印度佛教那样的黑暗地狱和凶神恶煞，"魔鬼"这文化观念是自外传入的。用宗教这一尺度去衡量，一是中华古代的神谱上几乎没有像样的神祇；二是比如始祖神之类都具有善性，它们显示在人面前的力量和形象，一般总是伟大、温和而亲切的。这一切的总根源，都是中华古人在意识、思维和情感中，将天人关系看成亲和关系的表现。就《周易》大传的哲学智慧和美学情思来看，又总是将天人关系看作浑然一体的；进而从生之角度，将天人关系理解为生与被生的关系，既然天生人，人被天所生，那么天人即自然宇宙与社会人生之间，就仿佛存在着一种内在的血脉与亲情，而且中华古人完全相信这一点；再而在对自然美和人工美的美学观念建构上，且将关于人的生殖之美移置过来，将自然美和人工美的生成与本质，看做有如两性的亲合，这便是《周易》大传所说的"保合大和"境界，这里的"大和"，显然就是"太和"的意思，而"太和"者，生之"太极"。由此可见，这种哲学智慧和美学情思的文化思维，始终是一个"天人合一"模式，它抓住了自然宇宙与社会人生的整一性，触及了天人之际客观存在的有机构成性，并且承认从天到人、从人到天之间的那种永恒的变化。在这种文化思维模式中，无论天还是人（即自然宇宙与社会人生），都不是孤立存在的，可以说，天是人与人心的外在和宏观表现；人与人心是天之最高级的有机生命。天是人之故乡，人的初级形态；"人者，天地之心也。"①中"人生于地，悬命于天，天地合气，命之曰人。"②所以正如程伊川所言，由《周易》每卦六爻所建构的"天人合一"模式，是一种天人浑契境界，"安有知人道而不知天道者乎？道一也，

---

① 《礼记·礼运》，杨天宇：《礼记译注》上册，上海古籍出版社，1997。
② 《黄帝内经·素问·保命全形论》，王冰注，中医古籍出版社，2003。

岂人道自是一道，天道自是一道？……天地人只一道也"①。"一切是一，一切同一"，这"一"便是"天人合一"，是太极，是趋吉、求真（向善）和审美的合构。在哲学智慧和美学情思的思维水平意义上说，它达到了很高的成就，并且是以原始巫术的"神人以和"为其文化原型的。

可是，这种"天人合一"的文化思维又具有较多的原始性。有位哲人曾经这样说过，这个民族似乎在其连续不断的记忆里，一直保留着它原始时期的经验，中国人似乎把他们早期与自然世界的友善关系从最遥远的上古一直带到了文明时代。用马克思的话来说，中华民族似乎还没有脱掉与自然发生的"共同体的脐带"。宗白华《艺术与社会生活》一文曾指出，"因为中国人由农业进于文明，对于大自然……是父子亲和的关系，没有奴役自然的态度"。文化思维的原始性，又如列维-布留尔在其《原始思维》一书中所言，其思维逻辑遵循的是"互渗津"，对在现代科学理性头脑看来显而易见的矛盾表现出普遍的不关心与无所谓，不重分析而热衷于主观客观、原因结果、现象本质、偶然必然、可能现实，一句话，热衷于天人关系的同一甚至混一，认知与意向尚未彻底分化或是再度混淆，认为没有必要、也无以认识客观事物的本质属性，只好将一切都归结为企图满足主体需要的价值属性。《周易》大传的哲学智慧和美学情思中，无疑蕴涵着"矛盾"与"运动"的思维因素，它的辩证法洋溢着中华童年的蓬勃生气。可是，由《周易》本经所建构的崇尚"天人合一"（神人以和）的巫术文化思维却一直纠缠着《周易》大传的哲学和美学头脑，无视矛盾律而热衷于同一律，使得中华古人在看待天人关系时老是在"和"的漩涡中怡然自得，其思维特点是在神性或人情的观念情绪基础上，一般地以比附法代替对矛盾的具体分析，当理性并未真正开启或是沉寂下来之时，凭原始的直觉与想象能挤压出一种特殊的意识，能以一种"直接的方式""体验"到天人之际的冥契，而无须对"概念性的思维"进行反思，结果，使天与人融化为浑然的一体。不愿从天人关系中清晰地分出主观与客观、并且冷静地去追索天（客体）的本质，偏于从"和"之角度作哲学与美学的沉思，而忽视对客体作科学层次上的探究。《周易》的这种思维方式不仅源于中华远古，而且某种程度上代表东方式的一种

---

① 程颐：《语录十八》，《二程集》，王孝鱼点校，中华书局，1981。

文化思维品格，它是与西方人的思维特点有所不同的。这正如王国维《论新语之输入》所言，"西洋人之特质，思辨的也，科学的也；长于抽象，而精于分类；对世界一切有形无形之事物，无往而不用综括及分析之二法"。可是"吾国人之所长，宁在于实践之方面，而理论之方面，则以具体的知识为满足。至分类之事，则除迫于实际之需要外，殆不欲穷究之也"。某种意义上可以说，《周易》"天人合一"的原始思维，开拓了以和为特征的哲学与美学天地，却阻塞了以分为特征的科学性思维。黑格尔曾经指出，"一切是一，一切同一"，"这可以说是最坏方式的'统一'，这种同一完全够不上称为思辨哲学，惟有粗糙的思维才会应用这类观念"。[①]这一见解虽然有些偏颇，却是值得我们认真思索的。

本文发表于《遁世与救世》，上海文艺出版社编，1991

---

① ［德］黑格尔：《小逻辑》第二版序言，贺麟译，商务印书馆，1980，第9页。

《周易》文化思维问题探讨：与杨振宁院士对话

如果不是诺贝尔物理学奖获得者杨振宁院士对《易经》及其影响发表了值得重视的见解，如果其所论及的问题不是如此重要，那么，笔者的这一篇小文本不必撰写。

2004年9月3日，杨振宁先生在北京人民大会堂"2004文化高峰论坛"发表题为"《易经》对中华文化的影响"的重要演讲，他说："《易经》影响了中华文化中的思维方式，而这个影响是近代科学没有在中国萌芽的重要原因之一"，并且断言，"近代科学为什么没有在中国萌生"，是因为《易经》导致了"中华传统文化一大特色是有归纳法，可是没有推演法。"这一见解，杨振宁又曾在2004年10月23日清华大学主办"中国传统文化对中国科技发展的影响论坛"与2004年11月20日"博鳌亚洲论坛"会议中心举行的新闻发布会上再度加以重申。

尽管杨先生演讲中涉及易学的部分（诸如其称《易经》"卦名是单音的"之类），确有常识性的判断错失，这应当不会妨碍其演讲内容本身具有进一步展开讨论的理论意义。演讲并没有直接提到所谓的"李约瑟难题"[①]，然而，杨先

---

① 按：所谓"李约瑟难题"，由李约瑟（Joseph Needham，1900—1995）1964年发表的《东西方的科学与社会》一文正式提出。该文有云，"为甚么在公元前一世纪到公元十五世纪期间，在应用人类的自然知识于人类的实际需要方面，中国文明远比西方更有成效得多？"又"为甚么近代科学只在欧洲而没有在中国文明（或印度文明）中产生？"李约瑟《中国科学技术史》"全书编写计划"称，该书第七卷所要解读的，就是这一"难题"。在"李约瑟难题"正式提出之前，一些西方学者如巴多明、伏尔泰、奎奈、狄德罗与（转下页注）

生为"近代科学为什么没有在中国萌生"所提供的答案，却可以看做是对"李约瑟难题"的一个应答。而演讲从文化思维方式角度论述"《易经》对中华文化的影响"这一问题，确实是值得关注的。

《易经》的文化思维方式问题，是运用文化人类学的理念与方法研究易学的根本问题。日本学者中村元曾经指出，所谓思维方式与思维方法，"特别指涉及具体的经验性问题的思维方法在许多情况下也涉及价值判断，涉及伦理、宗教、美学以及其他诸如此类的人类所关心的事物的价值问题"。同时指出，研究民族文化所应采取的"程序"是，"首先研究他（它）们表述判断与推理的形式，作为研究他（它）们的思维方法的最初线索，然后分析与之有关的各种文化现象，以努力阐明这些思维方法"①。关于思维方式（方法）的研究之所以重要，是因为思维方式（方法）不仅是人类文化或是一个时代、民族文化之思想部分的思考方式、致思过程，而且它直接便是思想存在本身。某种意义上，思维方式及其逻辑推理等等，决定了思想的素质与品格、结构与功能。思想与思维是不同层次的问题。相对于思想而言，思维是更具深度的、隐在的。遗憾的是，在长期的易学研究中，学者们一般较多地关注、研究于《易经》之文化学、哲学、伦理学、文字学或美学之类思想层面上的问题，忽视文化思维、科学思维方式（方法）问题的研究。而忽视思维问题的研究，关于《易经》种种"学"的研究的广度与深度必然大受影响。

就此意义而言，杨振宁的演讲所论及的《易经》思维方式及其影响问题，就很值得展开讨论。

那么，所谓"近代科学为什么没有在中国萌生"的原因，难道真的是因为《易经》导致"中华传统文化一大特色是归纳法，可是没有推演法"的缘故吗？

为求解析这一问题，首先应当实事求是地研究《易经》的文化思维方式究竟是怎样的。

（接上页注）休谟的言述，都曾一般地涉及这一提问。从二十世纪初开始，一些中国学者，如任鸿隽、梁启超、王阹、冯友兰、陈立与竺可桢等，也论及这一问题。在"李约瑟难题"提出之后，国内外有关学界撰文或召开学术会议，进行了热烈的争论，所持见解迄今未能一致。（有关资料来源：http://www.ihns.ac.cn/reads/fdn.htm）

① ［日］中村元著、林太、马小鹤译：《东方民族的思维方法》，浙江人民出版社，1989。

一、归纳:"从个别到一般"的思维方式是否存在

先来分析《周易》本经所谓"归纳法"的体现与运用问题。

所谓归纳法,是一种从个别、特殊、具体的经验事实出发,概括为一般的、形上的原理与原则的思维方法与方式。这种方法、方式,一定包括对一定经验事实的观察、实验、思考、分析、比较与综合等等的思维运动。因此,大凡归纳法,是一种从形下到形上、从经验事实到原理原则、从个别到一般的思维方法与方式。

在《周易》本经中,诸多爻辞的判断,都体现、运用了归纳法这一思维方法与方式吗?我们看到,如乾九二:"见龙在田,利见大人"、乾九五:"飞龙在天,利见大人"坤初六:"履霜,坚冰至"、需九三:"需于泥,致寇至"、小畜九三:"舆说(脱)辐,夫妻反目"、大过九二:"枯杨生稊,老夫得其女妻,无不利"与大过九五:"枯杨生华,老妇得其士夫,无咎无誉",等等,确实一般地从某经验事实作出一定的概括、判断。然而,凡此都可以看做原始巫术文化意义上的因果律的"滥用",即逻辑意义上的前提(因、兆)与结论(果)之间没有科学意义上的"必然"。比如,为什么"飞龙在天"这个"因"(兆),一定会导致"利见大人"这个"果"呢?没有什么道理可讲。假如说,这些爻辞的内容都是"归纳",那么这种"归纳",一般并不是"科学"的。

(一)《周易》的这种思维,作为逻辑推理的"因"的经验事实,在"量"上是不充分的,爻辞只采撷了一些零散的"经验事实",所以其结论、判断并非建立在大量经验事实的基础之上。因而,由此推导的结论与判断,就不具有科学性与真理性。"履霜"未必导致"坚冰至","舆说(脱)辐",又未必一定会使"夫妻反目",此之谓也。

(二)作为概括、判断的经验事实的"质",是值得质疑的。比如"见龙在田""飞龙在天"之类,又是怎样的"经验事实"呢?其实在自然界与人类社会中,并非实际存在过一种称之为"龙"的动物,龙是中华古人在一定自然物事与现象(比如某种动物鳄鱼)基础上通过想象所虚构的兼具巫术、图腾与神话意义的一种人文意象[1]。经验意义上的"龙",其实并不实际存在。因此,从

---

[1]　参见王振复:《中国美学的文脉历程》第一章第五节,四川人民出版社,2002。

"龙"这一"因"推出"利见大人"这一"果",不具有科学性。这正是《周易》巫术文化思维的典型之处。

（三）科学的归纳法，不仅须从大量的经验事实出发，而且更关键的，必须有一个"实验"过程与"实验"内容。偏偏巫术文化、巫术占筮的所谓"归纳"，在思维过程中是排斥"实验"尤其排斥"科学实验"的。由于受原始思维"互渗律"与巫术神秘理念的制约，理性意义上的"实验"，在《周易》的文化思维方式与运动中，是难以立足的。英国功能主义文化人类学家马林诺夫斯基曾经指出，巫术是一种"伪技艺"。笔者将其称之为"倒错的实践"①，它是理性之"实验"的一种悖谬状态。

（四）科学的归纳法，不仅须以大量经验事实为基础，必以理性的实验为过程与内容。而且更重要的，是必具一个理性的思维上升运动，通过思考、分析、比较与综合，由此抽象出一般原则原理。然而，《周易》爻辞的诸多判断，却不具备这一特点。比如前述"利见大人""坚冰至""致寇至""夫妻反目""老夫得其女妻，无不利"与"老妇得其士夫，无咎无誉"等，尽管都是经过一定的"归纳"而得出的概括与判断，但它们都不是由理性思维的上升运动所科学地推导出来的一般原理、原则。法国文化人类学家列维-布留尔曾经指出，原始巫术文化思维，是一种"原逻辑思维"，这种思维方式的特点，因为由神秘文化理念参与其间，所以"在很多场合中都显示了经验行不通和对矛盾不关心"，而且"表现出几乎永远不分析的和不可分析的"②。说得一针见血。

可见，《周易》本经的所谓"归纳"，不是科学意义上的归纳法，而至多是简单的枚举归纳法。

再看"归纳法"在《易传》中的体现与运用。

在《易传》中，比如"生生之谓易""一阴一阳之谓道""阴阳不测之谓神""极数知来之谓占"以及"形而上者谓之道，形而下者谓之器"等等归纳、判断，可以说俯拾皆是。凡此，都是些定义性的判断。凡定义，在思维方式（方法）上具有如下特点：1. 必揭示一定概念的内涵或语词的意义，两者分

---

① 参见王振复:《周易的美学智慧》第一章"原始易学是巫学"，湖南出版社，1991。

② ［法］列维-布留尔著、丁由译:《原始思维》，商务印书馆，1985，第102页。

别称为实质性定义或语境性定义。2. 实质性定义指向一定概念、推理所揭示的对象的本质。凡定义，都是理性的、知性的，往往具有真理性内容。语境性定义，是在一定语言的"上下文关系"（context，文脉、语境）中，揭示概念、判断之意义的定义。这类定义对一定意义的揭示，必以一定的语境为基础，如离开一定语境如将汉语语法中的关系词、虚词等抽离出来，其概念、判断便无所谓意义。3.在逻辑上，实质性定义的思维结构，是关于被定义之事物的"属"概念与"种"概念不违背逻辑的对接。一"属"之下，必具多"种"，故"种"概念隶属于"属"概念之中，且多"种"之间必存差异，是谓"种差"。故实质性定义的基本结构可表述为：被定义者＝属＋种差。4.凡定义，必立"判断"（判断词"是"在语法、修辞上可以显在或隐在）。凡"判断"，不应同义反复、循环，且定义之概念与被定义者在"外延"上相等。

在思维方式上，《易传》诸多定义性判断又显示出怎样的思维特点呢？其一，鲜明而典型地具有"归纳"的思维素质与品格。如关于"象"，《易传》从多方面、多层次加以概括、归纳。主要有"易者，象也。象也者，像也。"以及"悔吝者，忧虞之象也。变化者，进退之象也。刚柔者，昼夜之象也"与"见乃谓之象"等等，这种关于"象"的定义性判断，是在通过归纳，揭示"象"的一般的人文特性。"象"作为从一定经验事实概括、抽象而来的一定事物、现象的原理与原则，具有实质性定义的意义内容与意义指向。这种情况，在《易传》关于"道"的定义中，也同样存在。如"一阴一阳之谓道""形而上者谓之道"与"六爻之动，三极之道也"，等等，都是如此。

其二，《易传》中的诸多定义性判断，一般具有实质性定义的思维特点，而不是语境性的。如"一阴一阳之谓道"这一判断，道是"属"概念，"阴""阳"是"种"概念，整个判断的思维结构，符合"被定义者＝属＋种差"这一公式，且在"属"与"种"之间用判断词"谓"（是），这"谓"（是）是显在的。有的判断，如"易者，象也"，也符合"属＋种差"这一思维模式。也具有判断词，不过它是隐在的。同时，《易传》中这类判断因为是"属＋种差"的结构，在逻辑上，没有同义反复与循环论证的错误，不妨碍其一定真理性的表达。

其三，虽然大凡真理性的判断一般都是从一定的经验事实出发，且经过思维主体的反得观察、思考、比较、推理与综合等思维过程，才能达到一定原理、原则的抽象与对真理的把握，然而在思维主体对一定事物现象作出归纳、判断之初，采撷、搜集怎样的经验事实以有待于归纳、判断，具有影响整个思维品格、过程与成果的重要意义。这里有一个"前理解"的问题。就《易传》关于一定原理原则甚至是具有真理性的归纳判断而言，究竟是什么决定了它要从原始巫术占筮这一经验事实开始？体现于《周易》的巫术占筮，是这一伟大民族的"历史向人生成"。它的人文素质与品格、优长与缺失，是其文化基因所决定、造就的。这里包含着一种种族、民族、时代之历史、人文意义上的而不是哪个个人的"前理解"。由于是这样的原始巫术占筮的经验事实，严重影响甚至决定了学界一般认为成篇于战国中后期之《易传》关于从易理到哲理及其概念、范畴的建构。比如"道"，比如"象"等等，尽管在这里已经抽象、上升为哲学概念、范畴，然而，难道我们没有理由指出，它们在澄明的文化思维的上升运动之中，依然"沐浴"在自文化"母胎"生成的原古巫文化及其思维的历史与人文的"阴影"之中吗？由于原古巫文化是一种"倒错的实践"，尽管这种"实践"是原古中国人把握世界的一种主导形态与方式，尽管这一把握不是绝对没有知识、知性因素的参与——这正如文化人类学家弗雷泽所言，肯定没有人比野蛮的巫师们具有更激烈追求真理的动机，哪怕是仅保持一个有知识的外表也是绝对必要的[1]。可是，由于这种原古巫文化及其占筮的主导文化指向，是趋吉避凶以企图解决人生问题而不是建立在天人二分基础上对客观世界的认识，因此，《易传》中作为哲学概念与范畴的"道""象"之类，其原本的思想与思维素质与品格，作为思维之材料与资源的知识的含量与因素，原本有限。这也便是说，《易传》的这类归纳、判断，尽管具有一定的真理性，却正如罗素所言，那主要是指向人之生命、指向人生的"内容真理"，而不是指向客观世界、外在世界的"外延真理"[2]。而且，一个典型而完整地达于真际的归纳，不可以没有一定的实验过程，那么，《易传》关于"道""象"等等这导致思维

---

[1] [英] 詹·乔·弗雷泽著、徐育新、汪培基、张泽石译：《金枝》上，中国民间文艺出版社，1987，第94—95页。

[2] [英] 罗素：《理则学》第二章第五节，引自牟宗三《中国哲学十九讲》，上海古籍出版社，1997，第20页。

上升与归纳、抽象的"实验"是什么？它当然不是自然科学意义上的实验，而是人文意义上的"实验"，这也便是《易传》之归纳、判断，一般地具有"内容真理"性而缺乏"外延真理"性的缘故。

可见，《易传》固然体现与运用一定的归纳法，却是人文意义上的归纳、判断而不是自然科学意义上的。

二、演绎："从一般到个别"的思维方式又是如何

那么，整部通行本《周易》，是否如杨振宁先生所言，"没有推演法"即"没有演绎法"呢？

作为思维方法与方式，演绎法是从一定的原理原则到经验事实、从形上到形下，从一般到个别的思维方法与方式。

这种演绎法的体现与运用，有一个智慧前提，即思维主体必须首先预设一个逻辑原点。只有这样的逻辑原点的预设，才是演绎的真正开始。否则，任何演绎推理便难以启动。中国先秦老子哲学的"道"、西方古希腊柏拉图的"理式"、德国古典哲学时期黑格尔的"绝对精神"（绝对理念）与二十世纪西方海德格尔的"存在"等等，就是这样的逻辑原点。它们都是其各自哲学与美学的本原、本体范畴。

正如归纳法一样，演绎法同样体现了人类思维的能力、水平、方式、品格与成果。演绎法起码可以有两种，一是正如古希腊亚里士多德《范畴篇》所言，其预设的逻辑原点，是个别事物的"本体"，亚氏称为"第一本体"；二是其逻辑原点是世界、事物的"一般本体"，亚氏称为"第二本体"。此两者的演绎推理，都遵循从原理原则到经验事实的思维路线。区别在于，前者的演绎，因其所预设的"本体"，仅是个别事物的"本体"，因而其推理并未典型地体现"属"概念高于"种"概念的思维特征；后者则因是世界、事物的"一般本体"而使"属"概念包容且高于"种"概念，且使得从"属"到"种"概念所表述的本体性依次递减。演绎法思维方法与方式的思维难度与深度，不在于预设逻辑原点之前提下的演绎，而是该逻辑原点之预设本身。重要的是，其预设的是"第一本体"或是"第二本体"，体现了思维的不同素质、品格、方法、水平与功能。指明这一点，对于我们解析《周易》的所谓"演绎法"问题，不是没有

意义的。

在《周易》本经中，究竟有没有演绎法、而且是怎样演绎法？

《周易》本经有八卦乾、坤、震、巽、坎、离、艮、兑，即天、地、雷、风、水、火、山、泽的呈示，由于六十四卦体系之每一卦，都是由下上两个八卦所构成，因此，如果说六十四卦体系是整个人类社会与自然界的象征，那么，作为构成六十四卦之基础的八卦、即八种自然物、即天、地、雷、风、水、火、山、泽，便是《周易》本经实际上所预设的逻辑原点，然而，这仅是亚里士多德所说的"第一本体"。由此所建构的演绎法，因其"属"概念与"种"概念未予彻底分立而导致两者之间相互纠缠，思维并未实现从形下向形上之彻底的飞升与高扬。八卦即天、地、雷、风、水、火、山、泽八种自然物尽管可被看做是象征世界及其运动的六十四卦的始基与本体，但是就八卦本身而言，确是自然界中实际存在的、个别的事物，它们与六十四卦之间，其实并未真正地构成"属"与"种"之间的概念与分立态势及思维的落差。《易传》云，"八卦定吉凶"。八卦属于文化学关于巫学的概念，八卦的文化思维素质与品格，是属"巫"的。八卦思维并没有典型地体现从一般到个别的演绎推理的特点。此其一。

其二，八卦是由阴爻、阳爻所构成的。阴爻、阳爻在《周易》本经中确实显示了活跃的思维意义。按"数字卦"说，阴阳爻的文化原型是"数"，这正可从《易传》所言"极其数，遂定天下之象"找到有力的旁证。而这里所言"象"，指阴阳爻；这里所言"数"，是阴阳爻的文化原型。由此可见，似乎"数"便是《周易》本经阴阳爻理念之建构的逻辑原点，可以看做演绎法的一个"预设"。然而值得注意的是，这里的"数"，不同于比如古希腊毕达哥拉斯所说的作为万物之始基的"数"。这里的"数"指筮数，一种与"象"未曾分离的、混沌的、具有神性的"数"，指先天命理意义上的"劫数"。正如列维-布留尔《原始思维》所云，此乃"神秘的互渗"之"数"，属于"原逻辑思维"意义上的"数"，不是哲学本原、本体意义上的、也不是数学意义上的"数"。恩斯特·卡西尔云，因在人类文明刚刚开始出现时，数学思想绝不可能以其真正的逻辑形态出现。它仿佛被笼罩在神话思维同时是巫术思维的气氛之中①。可

---

① ［德］恩斯特·卡西尔：《人论》，甘阳译，上海译文出版社，1985。

见，《周易》本经关于八卦之原型的"数"，指其文化而不是具有形上意义的哲学之原型，由于它不是一种真正理性的"逻辑形态"，也便不是一种典型的演绎法及其演绎推理。

可见，就《周易》本经而言，真正典型而成熟的演绎法并不存在，那么在《易传》中，到底有没有演绎法呢？

《易传》有云，"是故易有太极，是生两仪。两仪生四象，四象生八卦。八卦定吉凶，吉凶生大业。"这里所言"太极"，是一个预设的逻辑原点吗？我们且不说"太极"这一概念、范畴，究竟是《易传》还是《庄子》首先提出。仅从"是故易有太极，是生两仪。两仪生四象，四象生八卦"这半句话分析，"太极"可算是一个关于世界事物本原、本体的逻辑原点，它太"哲学"了，是《易传》智慧深邃的"预设"，似乎是关于世界、事物之生成的实现与演绎，其过程便是形上、一般之"太极"向形下、个别的展开与呈示。

但是，这句关于"太极"的话还有下半句，即"八卦定吉凶，吉凶生大业"。这里在阐述"太极"时，显然并非纯粹哲学意义上的。从思维方式分析，"太极"既指一种原理原则甚至指本原，不过它更根本的意义，实际指《周易》古筮法所谓"大衍之数五十，其用四十有九"所剩下的那一筮策。"不用"的那一筮策，即"体"，象征太极。

因此这里所言"太极"，不是一个纯粹、形上、具有本原本体意义的哲学概念、范畴，它是巫学意义与哲学意义兼而有之。确切地说，在思维上，是从巫学思维向哲学思维的转递，是从巫术文化思想向哲学文化思想的历史性生成。这关于"太极"的推理，一般地具有演绎的思维特征，而依然与纯粹哲学意义上的、从一般到个别的演绎法有区别。

由此可见，《易传》固然建构了"太极"这概念、范畴，作为《周易》巫术占筮兼哲学逻辑之始原性的原理原则，"太极"的形上性质正在从巫学思维之中突围、生成，然而关于"太极"的纯粹形上思维并未臻于完成。

三、类比："从个别到个别"之《周易》基本的文化思维

正如前述，就《周易》思维方法与方式而言，既不是典型而成熟的归纳法，也并非典型而成熟的演绎法。所以，杨振宁先生关于受《周易》深巨影响之

"中华传统文化一大特色是有归纳法，可是没有推演法"的论断，应当说并不准确。而且，这种不够典型、成熟的归纳法、演绎法在《周易》中尚不是全局性的、基本的。那么试问，全局性的、基本的《周易》的思维方法与方式又是什么？这是本文需进一步讨论的问题。

笔者认为，《周易》经、传之全局性的、基本的思维方法与方式，是类比法。

类比法的思维特点与走向，是从个别到个别、具体到具体。它体现于《周易》本经，是巫术思维的主要方法；体现于《易传》，是深受"实用理性"所影响且实现"实用理性"的思维。它一般难于揭示事物之形上意义上的本质规律，是匍匐于一定经验层次、水平的思维。如果说，

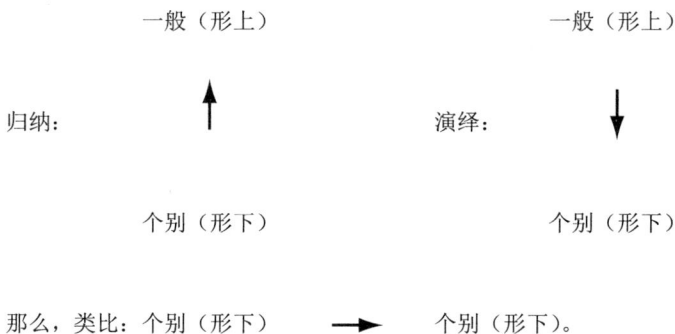

一般（形上）　　　　　　　　　　　　　一般（形上）

归纳：　　↑　　　　　　　演绎：　　↓

个别（形下）　　　　　　　　　　　　　个别（形下）

那么，类比：个别（形下）　──→　个别（形下）。

在《周易》本经中，这样的类比法比比皆是。诸多爻辞，如渐九三："鸿渐于陆，夫征不复，妇孕不育"、旅上九："鸟焚其巢，旅人先笑后号咷"、否九五："休否，大人吉。其亡！其亡！系于苞桑"、谦上六："鸣谦，利用行师征邑国"、贲初九："贲其趾，舍车而徒"、剥初六："剥床以足，蔑，贞凶"、大壮九四："贞吉，悔亡。藩决不羸，壮于大舆之輹"、损六三："三人人行则损一人，一人行则得其友"、困六三："困于石，据于蒺藜，入于其宫，不见其妻"、中孚九二："鸣鹤在阴，其子和之，我有好爵，吾与尔靡之"以及前文所引用的诸多爻辞，其思维方法与方式，一律都是类比。

类比法在逻辑上预设了一个前提，即要么发现同一自然类的事物之时空存在方式与属性相同，故集合为"类"，此《易传》所谓"物以类聚"；要么认同各别事物之间具有相同、相似、相通之属性，故人为地组合为"类"。倘是前

者，则绝对"类"同而无"比"可言。因此，类比法总是就后者而言的。绝对"类"同者，无"比"；相对"类"同者，才有"比"的可能与必要。因此，凡是运用类比法来企图认识、把握事物之属性者，必有一个"前理解"，必然自觉或不自觉地承认两种或两种以上事物的同"类"性，这便是先秦时代后期墨家所谓"异类不比"（《墨子·经下》）。

类比法亦称类比推理，指思维主体根据两种、两类及以上对象某属性的相同、相似与相通，而推导出它们其他属性也能相同、相似与相通的思维方法。类比法的科学性与真理性，取决于类比之双方或多方之间在前提中确认之共同、共通属性的多寡以及此共同、共通属性与有待于类推之属性的关系是否密切。重要的是，类比法运用的是否科学，决定于思维主体的类比推理是否建立在自觉、正确的心智基础上。西方自然科学史上，比方荷兰物理学家惠更斯关于"光可能有波动性质"这一光学结论，就是根据光与声之间具有直线传播、反射、折射和干扰等共性而推导出来的科学结论。

可见，这里思维主体的心智素质、品格与水平，决定了类比法的素质、品格与水平。正因如此，类比推理所遵循的，只能是或然律而非必然律。也正因如此，中国逻辑学史上先秦墨家强调思维主体"察类""知类"与"明类"的重要，是十分有意义的。

《周易》卦爻辞的思维方法与方式，大凡都属于类比法，而且往往是类比法的"滥用"。比如前文所引渐卦九三爻辞，从巫术文化思维分析，"鸿渐于陆"为兆（凶兆）、为因，"夫征不复，妇孕不育"为果（恶果）。意思是，这种"恶果"就是由那种"凶兆"所引起的。这在当时的巫术文化理念与思维方式看来，是合"情"合"理"的，这种"情"与"理"，包含着对这"凶兆"与"恶果"之间的神秘联系，即"神秘的互渗"律的迷信。然而从科学的类比法来分析，则此"凶兆"（因）与"恶果"（果）之间没有可"比"性。因为两者之间不存在相同、相似或相通的属性，所以从"鸿渐于陆"，绝对推导不出"夫征不复，妇孕不育"的科学结论。当然，这是由不成熟的巫术文化心智所造成的。而类比法的思维模式，是一种从个别到个别及其平面、直线的思维运动。

同时，在《易传》中，比如其《序卦传》有云："有天地然后有万物，有万物然后有男女。有男女然后有夫妇，有夫妇然后有父子。有父子然后有君臣，有君臣然后有上下。有上下然后礼义有所错。"这一段所体现、运用的思维方法，显然是建立在"实用理性"理念、心智基础上的类比推理。《易传》首先认同在"天地""万物""男女""夫妇""父子""君臣""上下"与"礼仪"之间，存在着相同、相似、相通的同"类"的属性，然后才能人为地从前者"推导"出后者，构成一个"天地"礼义化、"礼义"天地化即天则伦理化、伦理天则化之环环相扣的思想与思维系列。从其纯粹思维方式看，这一系列的逻辑似乎是严密而无懈可击的。然而由于这一"推导"系列，是建立在"实用理性"意义之"天人合一"的理念基础之上，由于这一"推导"系列的思维主体假定系列中的每一环、每一元素之间都是具有共同属性的，使得这类比法的体现与运用，在逻辑上似乎能够成立，但是仅仅具有伦理学上的意义且体现为"或然律"的一个文本。

综上所述，大凡都是关于《周易》本经与《易传》是否具有归纳法与演绎法之思维方法与方式以及《周易》基本运用类比法问题的初步分析。杨振宁先生关于《周易》思维方式的见解，颇值得商榷。而其关于《周易》"只有归纳法、没有推演法"而导致中国近代科学无以"萌生"文化思维之根因何在的看法，这问题涉及"李约瑟难题"，十分烦难，不是本文所要讨论的，且待容后再议。

本文发表于《上海文化》2005年第6期

《周易》时间问题的现象学探问

　　如果说多年以来中国易学研究有什么学术缺失的话，那么其缺失之一，便是对《周易》时间问题的忽视与漠视。回想十六年前，当拙著《周易的美学智慧》（湖南出版社，1991年）首次论证《周易》"时间型的哲理沉思"这一论题时，就深感其理论上的烦难。有关时间之本的思想、思维之巨大深度及其人文意蕴，的确让人一时难以把捉，又总给人以人人无不"熟知"的错觉。奥古斯丁说："什么是时间？假如没人问我，我懂；假如有人问我，我不懂。"[①]其实"懂"与"不懂"，不在于有没有人"问"，而在于主体提问的心智原驱力，如何摆脱对时间所谓"熟知"的束缚与纠缠。我们其实是在向"熟知"发问。《周易》的文化思想，源于古人对时间的敬畏、惊奇与感悟，而今有些易学研究，偏偏"遗忘"如此重要的时间难题，这不免令人沮丧。我们是多么不幸地茫然生活在时间的"黑暗"之中。

一、命运：巫性时间

　　在通行本《周易》中，时间这个概念，一律被准确地称之为"时"。没有哪一部中华先秦古籍，如此集中而深致地关注与论述时（时间）问题。

　　《易传》论乾卦，称"六位时成，时乘六龙以御天"，其"广大配天地，变

---

①　S. Aurelius Augustinus: Quid est ergo tempus? Si nemo ex me quaerat, Scio; Si quaerenti ex plicare Velim, Nescio.

通配四时"，"变通者，趣（引者注：趋）时者也"；说坤卦"承天而时行"，君子仿效，"待时而动"。《易传》又释大有卦："其德刚健而文明，应乎天而时行"；言随卦"而天下随时，随时之义大矣哉"，称观卦"观天之神道，而四时不忒"；贲卦"观乎天文，以察时变"；大过卦时应"大过"，则运必有反，故曰："大过之时大矣哉"；坎卦示喻重重险陷，"险之时用大矣哉"；遁卦表征人生之退避，此当"与时行也"，"遁之时义大矣哉"；睽卦喻乖悖之理及因时而运化，所谓"睽之时用大矣哉"；损卦言减损之道，故发"损刚益柔有时，损益盈虚，与时偕行"之论。而革卦"革之时义大矣哉"，又"动静不失其时"，"天地盈虚，与时消息"，至于蹇卦、解卦、姤卦与艮卦等等的卦义解读，均不离"时间"主题。凡此则雄辩地证明，《周易》对于"时"问题何其关注、执著。

这里，《易传》所言"时成""四时""趣时""时行""待时""随时""时变""时用""时义"以及"与时偕行""与时消息"等等，究竟体现了怎样的时间意识？

拙著《周易的美学智慧》曾经指出："'时'在这里最显在的意义是指天文学上的时令、四时；其次是指巫学意义上的人的时运、命运；而最深层的意蕴，是属于文化哲学层次上的时机、时势，是中华民族文化思维中最独有的时间观念和时间哲学。"[1]这一论述大致可以成立。欠周之处在于，《易传》时代，中华尚无成熟意义的"天文学"与"时间哲学"，《易传》所处的战国中后期之天文学与时间哲学意识，主要融渗于阴阳五行之说以及历算的原始巫术文化的意识、理念之中。《易传》成篇，几与通行本《老子》《孟子》《庄子》同时。此时作为中华文化的"轴心时代"，其文化重心，正处于从原始巫文化向史文化即哲学、伦理学、政治学等文化形态的转嬗之中。《易传》是表述这一文化转嬗的重要文本。学界有人以为，《尚书·尧典》是论述"时间"观的最早文本。[2]但《尚书·尧典》所言"乃命羲和，钦若昊天，历象日月星辰，敬授人时"之"时"，仅为时令之义，并无人文哲学意蕴，而且，《尚书·尧典》的成书年代难以确

---

① 王振复：《周易的美学智慧》，湖南出版社，1991，第107页。

② 史成芳：《诗学中的时间概念》，湖南教育出版社，2001，第1页。

考，学界一般以为在周、秦之际。《庄子》一书的"时"意识与观念，除了指时令、时刻等义以外，其中最具哲学等意义的论述，是其《盗跖》篇所言"天与地无穷，人死者有时"以及"操有时之具，而托于无穷之间"，等等。一种葱郁的生命时间意识跃然纸上。陈世襄在论说"诗的时间的诞生"这一问题时，认为屈子《离骚》之前，中华古代关于哲学、美学与诗学的时间概念与观念并未正式登上历史，人文舞台。①考虑到前述比如《庄子》关于生命时间问题的有关阐说与觉悟这一点，此见未确是可以肯定的。

比较而言，通行本《周易》的"时"意识，主要是在原始巫文化的人文土壤中滋生出来的，具有其独特的人文素质、品格与精神。

首先，整部《周易》六十四卦卦辞、三百八十四爻爻辞以及乾"用九"、坤"用六"两条文辞，大凡都是巫筮记录，本经作为"占筮之书"，通篇讲的是吉凶休咎、趋吉避凶，讲人的命运。这实际上是讲一个字，即命理意义的"时"。所谓否极泰来，时来运转之类，都应在这个"时"字上。正如魏王弼《周易略例》云："夫时有泰否，故用有行藏。卦有大小，故辞有险易。一时之制，可反而用也；一时之吉，可反而凶也。"

其次，这种巫筮、命理的"时"意识，浸透于《周易》卦爻筮符系统之中。简约地说，《周易》象数即筮符系统是一种中华古代典型的"时"结构。

第一，从每卦六爻爻位之动态分析，从初、二、三、四、五到上位，是一时间运变历程，从上经第一乾卦、下经第一咸卦六爻从初爻到上爻的演化，尤可以得到确切而有力的证明。乾卦从初九"潜龙，勿用"到上九"亢龙，有悔"、咸卦从初六"咸其拇"到上六"咸其辅颊舌"之爻位的上升，来象喻人之命运吉凶互变的运化过程。第二，六十四卦每卦六爻均由下、上两个八卦所构成，无论"先天八卦"还是"后天八卦"的方位，都以空间位置的变动来象示时间的变化。比如"后天八卦"的方位，坎卦为北为水为冬，是阴气极盛而衰，是阳气始生之时；震卦为东为木为春，是阳气渐长之时；离卦为南为火为夏，是阳气极盛而衰阴气始生之时；兑卦为西为金为秋，是阴气渐长之时。这后天（文王）八卦方位的四正卦，是自然四时运行的卦筮模式，而其四隅卦即

① 尹锡康、周发祥编：《楚辞资料海外编》，湖北人民出版社，1986，第206页。

东北艮、东南巽、西南坤与西北乾，都喻示相应时位的过渡。第三，六十四卦每卦以二、五爻位为中位。如果某卦阴爻居于第二爻位或阳爻居于第五爻位、因阴遇偶位、阳遇奇位，便是"得中"（"得正"）之爻，往往为吉。如乾卦九五"飞龙在天，利见大人"，坤卦六二"直方大，不习，无不利"、需卦九五"需于酒食，贞吉"，讼卦九五"讼，元吉"等爻都是"得中"、吉利之爻，这在《周易》巫筮文化学上称为"时中"，即"中"得其"时"。当然，有些卦的爻符，虽并非"得中"，而筮符也往往"吉利"，如睽卦九二之阳爻居阴、解卦六五之阴爻居阳，由于两者分别处于下卦、上卦之中位而其巫筮结果为"吉"。第四，从十二消息卦来分析，以十二卦分主一年四时十二月，象征阴消阳息、阳息阴消、盛衰互变，周而复始的"时"之运：

复卦	䷗	一阳息阴	建子	十一月	冬
临卦	䷒	二阳息阴	建丑	十二月	冬
泰卦	䷊	三阳息阴	建寅	正 月	春
大壮卦	䷡	四阳息阴	建卯	二 月	春
夬卦	䷪	五阳息阴	建辰	三 月	春
乾卦	䷀	六阳息阴	建巳	四 月	夏
姤卦	䷫	一阴消阳	建午	五 月	夏
遁卦	䷠	二阴消阳	建未	六 月	夏
否卦	䷋	三阴消阳	建申	七 月	秋
观卦	䷓	四阴消阳	建酉	八 月	秋
剥卦	䷖	五阴消阳	建戌	九 月	秋
坤卦	䷁	六阴消阳	建亥	十 月	冬

这十二消息卦从复卦一阳始息于下、临卦二阳息、泰卦三阳息、大壮卦四阳息、夬卦五阳息、乾卦六阳息到姤卦一阴始消于下、遁卦二阴消、否卦三阴消、观卦四阴消、剥卦五阴消、坤卦六阴消，以及坤卦之后，一切又从复卦开始，是巫文化意义上的循环往复、四时更迭，体现出古人与原始天文、历算文化相联系的"时"意识。

总之，正如王弼《周易略例》所言："夫卦者，时也。爻者，适时之变者也。"此乃深谙易理真谛之论。

无疑，易理之原始、本在的人文意义。在乎"命运"。命者，令也，上天、先天之指令.命乃先天所定。就人之个体生命而言，其所属种族、民族、时代、家族、基因、性别、血型、肤色、长相等等都是前定的，早在其父母结合之"时"已被决定。这便是所谓"命里注定"。运指后天，指人之后天所遭遇、创造的种种机会、机缘。后天的人生经历、习得、修养、道路，是在先天"命"之基础上的人生运化与运作。无论先天的"命"，还是后天的"运"，都是一个"时"问题。

从时间文化学角度分析，人类之"命"即先天时间、自然时间、物理时间；人类之"运"，指与"命"相对应的后天时间、人文时间、心理时间。先天、自然与物理时间本身运化无穷，是"绝对权威"。人类的无穷认识与实践活动，可以改变空间意义上的一切存在，但人类决不可能改变先天、自然与物理时间于一丝一毫。宇宙间没有哪一种力量可以摧毁这种时间及其运行。《阿闼婆吠陀》有云："时间征服了世界。它上升着，成了至尊之神。"时间是"上帝"。

这当然不等于说，人类在这"上帝"面前是无能为力、无所作为的。这种先天时间的"绝对"，恰恰为人类提供了实现无限之后天、人文与心理时间的"场"（field），人类对其自身及其世界的改造，是先天、自然、物理即"上帝"时间的现实实现。人类可以将先天、自然与物理时间思性兼诗性地"带上前来"，使其"当下"即"是"。

这便是笔者关于人类之"命""运"关系的基本理解。这里，"命"，可称为神性时间；"运"，则指人性时间。《周易》巫筮文化的时间意识，处于神、人即神性时间与人性时间之际，笔者将其称为巫性时间。

作为在神、人之际所发生、进行的一场文化"对话"方式，巫性时间观具有五大文化要素。

（一）人类所面临的自然难题总是无法彻底解决，人类永远无力克服、超越先天、自然、物理时间的"绝对"，这也便是前述所谓"命里注定"。

（二）人类在崇拜"命"即神性时间的前提下，同时自我崇拜人自身的"灵力"而相信自己可以在"巫"文化领域解决自然与社会的一切难题。

（三）迷信于神人、物我、物物之际的神秘感应，此即"巫"意义上的"天人感应""天人合一"，亦即《周易》所谓的"气"兼"咸"（感）。

（四）尽管《周易》巫筮文化的逻辑原点，是处于神、人之际的巫性时间，然而其文化目的却指望、落实于人性时间即人之世俗理想，是神秘地借助所谓神灵、神力以达到人的目的，因而其文化品格是"降神"而非"拜神"，这也便是巫术文化与宗教文化之品格的区别。

（五）《周易》巫筮文化作为马林诺夫斯基所谓"伪技艺"，作为一种笔者所言"倒错的实践"，却在非理性文化的阴影之下，显示出"实用理性""前理性""前科学""潜主体"的一点人文觉悟与灵明。巫性时间的文化精神，半是天意半是人力；半是糊涂半是清醒；半是崇拜半是审美。

二、"知几"："时间"地提问

问题不仅在于《周易》筮符、文辞系统即卦爻符号、卦爻辞如此精彩地表喻人类命运即巫性时间的人文真谛，而且重要的是，《周易》象数及其筮辞，还是中华古人关于时间、关于时间哲思的一种提问方式。所谓"时"意识，不仅指时间是什么，而且更重要的是，在人文思维意义上，是"时间"地怀疑、思考与体悟人及其世界，一种"时间优先"地看待与处理世界的理念与方法。

作为西方现象学的奠基者，胡塞尔称现象学"首先标志着一种方法和思维态度、特殊的哲学思维态度和特殊的哲学方法。"[1]这里，暂且搁置"作为方法的现象学"与"作为哲学的现象学"两种含义的同异及其联系这一烦难问题，仅就现象学作为"一种方法和思维态度"而言，它其实就是一种特殊的人文"视域"与"思维态度"。

面对人自身及其世界，当古希腊的哲人主要从"物质"、从"原子"思考问题，认为"'存在'着的东西，它唯一的性质就是占据空间"[2]之时，古代东方的"圣贤"却极富智慧地以《周易》六十四卦这一巫筮符号系统，占验人事吉凶，叩问时间问题的历史、人文之门。正如前文所一再引述的，《易传》所谓"随时之义大矣哉""险之时用大矣哉"等等所论述的"大"，甲骨文作"𡗕"（一期"合集"一二七〇四、一九七七三）。此"大"之本义，《说文》云，"故

---

① ［德］胡塞尔：《现象学的观念》，倪梁康译，上海译文出版社，1986，第24、57页。

② ［德］海森堡：《严密自然科学基础近年来的变化》，《海森堡论文选》翻译组译，载《海森堡论文选》，上海译文出版社，1978，第21页。

大像人形"。徐中舒主编《甲骨文字典》说，"像人正立之形"。裘锡圭《文字学概要》称，"古汉字用成年男子的形'大'表示（大）"。古人以为，"成年男子"是人的生命之"根"，故"大"像"成年男子"这一本义，后来就转义为哲学意义上的"本原"、"本始"①，《易传》"大哉乾元"之"大"，亦具此义。因而，《易传》屡次所述说的卦之"时义"和"时用""大矣哉"的"大"，有本原、本始的哲理意义，这可以看作《易传》对时间哲理之本涵的一种追问。

那么，这种追问有些什么特点？

其一，现象学所谓"现象"，某种意义上指心灵属性即人的内在"意向性"（Intentionality），是"意向性"循"象"的"显现"。这立刻使笔者联想到《易传》关于"象"的那个著名命题："见乃谓之象"。这里，见，现也。此"象"是"见"（现）于"心"的。它直接便是心灵即"意向"本身。因此，尽管在言词表达上，《易传》言"象"而不言"意象"，②而作为这两个词所指涉的心灵现实，其实是一样的，象即意象；意象即象。无意之象，无象之意，都是不可设想的。因此，也可以将"意象"（象）称之为"现象"。

其二，象、意象与"意向性"的"意向"作为"时间"，作为"存在"是否可能？当亨利·柏格森的《时间与自由意志》，称人的心灵意识即对实在的体验即"延展性"（Duration），是一种"真正的时间"之时，则意味者西方哲学开启了时间哲学研究的新领域。柏格森从人的心灵意识的"延展性"，即从心灵意识运动的"延展"这一"现象"，用似乎有些"怪异"、却是深邃的目光，找到了一种"看世界"的方法。这让世人兴奋与惊讶不已。可是这种类似于"意向性"说的"象"的内在运演与理论建构，早在中华古代，大致经过从殷、周到战国这漫长岁月就被充分地关注与思考。"象"是体现于《周易》文本之独异的中华文化及其思维的"原素"。它在原始巫筮文化中，是一种属于巫性时间的心灵迷氛；在尔后的史文化即中华政治教化及其人生哲理文化中，又体现为人性时间的"实用理性"。两者共同的人文基元，因其所关注的并非构

---

① 王振复：《中国美学的文脉历程》，四川人民出版社，2002，第61页；王振复：《"大音希声"解》，载《美学与艺术评论》，复旦大学出版社，2003，第5辑。

② 按：东汉王充的《论衡·乱龙》在中华文化史、美学史上首次揭出"意象"这一范畴。其文有云："夫画布为熊、麋之象，名布为侯，礼贵意象，示义取名也。"

成世界之"物质"本身（空间），而是自然与人文、社会无数人事之间的动态联系即大化流行（变），所以，时间作为基元，无可逃避、无可选择。易者，时也。易即时。时乃易之魂。而问题的关键还在于，古今中外的巫术文化种类数不胜数，惟有中华古代的《周易》巫筮，才能转嬗、成长为以哲理、伦理为主的史文化，作为人文时间、心理时间，发现、建构了一种"看世界"的恒新的人文视域。易象及其人文转嬗与柏格森的"意向性结构"相类、相通，"它显现并展示了时间性的存在"。①

其三，这种时间性即"意向性"，即人之意识运动的时间矢性，被柏格森时间哲学观的后继者与发扬者海德格尔称之为："如此这般作为曾在着的有所当前化的将来而统一起来的现象，称作时间性。"②人类所经历、正在经历与必将经历的时间历程，从不间断，是一个"曾在""当前"（当下）与"将来"三维"统一"的矢性时间。"曾在"，过去了的"当前"与"将来"，它已经不"在"；"将来"，必将实现为"当前"、且必以"曾在"为归宿；而"当前"，仅是由"将来"转化为"曾在"的一个瞬间。它瞬息万变，借用佛学的话来说，叫做"刹那生灭"。

这"当前"，在历史学意义上可以设定与度量，指某一时段；在时间哲学意义上，它不可度量。用庄子之言，可称为"倏、忽"而已，如"白驹过隙"。它实际指处于"曾在"与"将来"之间的一种契机。人是一种善于瞻前、顾后的"文化动物"。瞻前者，向往也、理想也；顾后者，回忆也、回归于传统也。以为只要将"曾在"和"将来"攥在手里，就是掌握自己的命运。然而，人总是"慢待""当前"，总是对"当前"忘乎所以。这用海德格尔的话来说叫做"时间遗忘"。笔者将这种"时间遗忘"，称之为无可救药的"人性的弱点"。然而就时间哲学而言，无论对"曾在"的回忆与留恋，还是对"将来"的向往与憧憬，两者都在"当下""照面"，这便是所谓"时间到'时'"③。"曾在"与"将来"，因来到"当下"即"到'时'"而"存在"。这种"存在"，作为具有

---

① ［德］胡塞尔：《现象学的观念》，倪梁康译，上海译文出版社，1986，第24、57页。
② ［德］海德格尔：《存在与时间》，陈嘉映、王庆节合译，生活·读书·新知三联书店，1987，第371页。
③ 同上书，第375页。

"弱点"之"人性"显现的人性时间，恰恰是不完美、不圆满的，否则，便是神性时间了。这种瞻前、顾后的时间观，在《周易》中表现得很是鲜明，人们可以从《易传》所言诸如"数往者顺，知来者逆""神以知来，知以藏往"以及"小往大来""大往小来"等论述中理解一二。

其四，既然知"来"、察"往"的《周易》巫筮使"时间到'时'"，那么再次"登场"的，便是"此在"。我们不能说"此在"的意思是"存在"于"此"，而是"此在""所包含的存在向来就是它有待去'是'的那个存在。"①"有待去'是'"，即"当下""在场"或再度"出场"，这是现象学、时间哲学思想的关捩点。《周易》巫筮的人文思维与思想，同样尤为注重于"当下"时间。全部巫筮操作即所谓"十八变""作法"的关键，是通过"大衍之数"的运演（算卦），唤醒吉兆、凶兆于"当下"。这里所谓"兆"，稍纵即逝，它便是时间历程之中的"当下"。这便是《易传》所谓"见"（现）、所谓"幾"，从而依所"见"之"幾"，来推断人事吉凶，察往知来。《易传》有云，"知幾，其神乎"。又说，"唯幾也，故能成天下之务"。（虞翻注："务，事也。"）"唯神也，故不疾而速，不行而至"。这里所谓"幾"，《易传》的经典解读是，"动之微，吉之先见者也。"动者，变也，化也，指所显现（见）的幽微莫测之兆，实际不仅是吉兆，也包括凶兆。只是古人"趋吉避凶"心切，故这里仅言"吉之先见者"。"幾"，机之本字。"幾"在原始巫筮中，指"见"于"当下"的瞬间万变之"兆"，已如前述。而所谓"知幾"，既然其言述的着重点在"知"，那么，它无疑体现了主体企图把握当下时间、命运的一种努力。此"幾"既然可以为人所"知"，那么这"幾"，就是为人所努力把捉的时机、机运、机会、机缘。因而可以说，《易传》"知幾，其神乎"这一著名命题，属于巫学也属于文化哲学范畴，它所表达的，不啻也是从巫性时间到哲理时间的文化转嬗，体现出中华古代一种"当下""有待去'是'"的时间观。"知幾"者，"知"天"命"恰逢于人"时"，而且是"当下"的，这是一种天人感应、天人合一的人文思维方式。这种方式用海德格尔的话来说，叫做"照面"。"其神"者，半尊于天"命"，是对神性

---

① ［德］海德格尔:《存在与时间》，陈嘉映、王庆节合译，生活·读书·新知三联书店，1987，第19页。

时间的崇拜，而此"时"既然可"知"，那就无异于《易传》所言，此"时"之人"以亨行于时中也"；半缘于"机运"，即是对人性时间的讴歌与肯定。因而"知幾，其神乎"，等于是说"知时，其神乎。"人恰逢"时中"，故"亨行"。"时中"之文化哲学本涵，是说人之"知"，人之"行"合乎"时宜"而达人生"中"和之境。此"时中"之"中"，并非一空间范畴，而是指"当下"之"时"与人世、人事的宜合、默契。

三、真理："时间"地批判

正如前述，"时"之本涵，有待于"当下"瞬间（幾），即"有待去'是'"。"是"即"存在"。那么，这"存在"究竟如何可能？它的历史、人文意义的真理性又是怎样？

人们知道，《周易》巫筮作为人文"古董"的历史悠久，并且仍然长期存有，而且，其"曾在""将来"只有依转于"当前"（当下）才具有意义。这意义，就是海德格尔《存在与时间》一书所说的"世界"。

这说明两点：（1）《周易》巫筮文化"作为当前化的将来的此在就是曾在的。"[①] "曾在""到时"，说明这存在者不曾过去，它的生存是顽强无比的；（2）"世界"即意义。它不是指主体所面对的作为对象的"物"。海德格尔说，康德心中的"哲学的耻辱"指始终无人能够证明外"物"的存在；而真正"哲学的耻辱"，"在于人们还一而再、再而三地期待着、尝试着这样的证明"。[②] 然而笔者愿意在此申明：就《周易》巫筮而言"世界"固然是"幾"的"到时"，而"知幾"的真理性程度，在此仍须加以证明。这不是文化哲学的"耻辱"，而是其任务。

其一，时间"到时"作为主体在"当下"所经验的"世界"，因其"有待去'是'"，因此任何"世界"的真理，都是一个无穷尽的时间过程，都是不充分、未完成的。这也便是说，任何"到时"的真理都是相对的、不圆满俱足的，

---

① ［德］海德格尔：《存在与时间》，陈嘉映、王庆节合译，生活·读书·新知三联书店，1987，第431页。
② 同上书，第236页。

所谓"绝对真理"仅仅属于神性时间及其思维的逻辑预设。无论人文真理还是科学真理，既澄明又遮蔽，没有不包含错误的。

《周易》巫筮文化以"当下"之"知幾"而睿智、深邃地踏上追问人文真理之途。诸如从原始巫文化转嬗而生起"一阴一阳之谓道""神无方而易无体"以及"阴阳不测之谓神"等等哲理命题，其所传达的关于事物"阴阳互化"的真理性内容自不待言，一种属于古代中华之灿烂的时间意识，令人惊羡。古人云："易者，变易、简易、不易也"。"变易"者，万类因"时"而变，所谓"易之为道也屡迁，变动不居，周流六虚，上下无常"。"简易"者，万变万化不离乎"时"，《易传》云，"天下之动，贞夫一者也"，"易简而天下之理得矣"。"不易"者是说天地万类因"时"而恒变恒化，"变"本身是不变的，是指"当下"时变的本身不变。问题是，既说"天地万类恒变"，即承认天下无不变之事物、现象，又称该"万类恒变"的本身"不变"，岂非等于承认天下还是有"不变"的事物、现象？这是关于易"时"之易理的一个悖论。无异于说A=B，A≠B两者同时建构，同时成立。

值得注意的是，任何真理都是"到时"即"存在在世"之时间的不断展开过程，因而"阴阳互变互化"的真理性，总是有缺失的。然而《易传》却说。这"变（化）"的易理，"弥纶天地，无所不包"，无疑，这是偏失地强调了巫性时间中神性时间因素的真理观，它人为地阻塞了人不断认识、把握真理的道路。

其二，从海德格尔生存论哲学分析，所谓人的生存，决不是既定而现成的，它是"有待去'是'"的时间，它并非是一种"现成'属性'，而是对它说来总是去存在的种种可能方式"。①就此意义而言，《易传》的生存哲学思想与思维，应该并非指人的生命、生存是什么，而是指这种"生"的无限可能性以及如何有待于去"生"。《易传》关于人文哲学意义上的"生"的思想与思维，源自原始巫筮之"幾"（当下之时）。这"幾"，转瞬即逝，故人生道路以及扩展至于整个天地世界，便是危机即生机，生机即危机。其哲学之自觉，不在于孤立地

---

① ［德］海德格尔:《存在与时间》，陈嘉映、王庆节合译，生活·读书·新知三联书店，1987，第49—50页。

看待与处理人的生、死，而是对生、死永恒地互逆互顺、互依互转之动态联系的认知与领悟。在生、死问题上，人的精神如果得以安顿，那么，它并不是孤立地执著于生，或是执著于死，而是对人、天地、生死大化流行之每一"当下"时刻意义的了悟与把握。

无疑，《易传》的生存、生命思想丰富而深刻，然而假如从海德格尔生存论思想角度加以重新审视，又当如何呢？《易传》云，"天地之大德曰生"，"生生之谓易"。这里所谓"大德"，大者，本始也；德者，性也。故"大德"即"本性"之谓。"天地"的"本性"是"生"，这当然并无判断上的大问题。可是从生存论角度看，如果说"天地之大德曰生"这一命题具有真理性，那么同样，"天地之大德曰死"，也具有相应的真理性。可见所谓"生生之谓易"，也可以置换成"死死之谓易"这一命题。"生乃易之本"固然是一真理性判断，而"死乃易之本"，难道就不是一个真理性的判断吗？通篇《易传》言"生"之处甚多，而忌言"死"。只有一处说到一个"死"字，《易传》有云，"原始反终，故知死生之说"。这句话的大意是说，只有回到人的本始，才知道生死究为何事。从《易传》"生生之谓易"这一命题可知，它是执着于"生"的，它只是将"死"看作人、天地两次"生"之间的一个中介。这在人文思维方式上，无异于将"生"看作"绝对"而把"死"视为"相对"，带有诸如"趋吉避凶""否极泰来"如此向往"生"而不是"趋凶避吉""泰极否来"这般面对"死"的巫筮文化的原始胎记。

然而，残酷的"真理"恰好证明，"死"是绝对的。它是一种悬浮于未来的神性时间。死是"上帝"。任何人作为"此在"，他所经验与认知的"死"，只能是他人之"死"。人自身的"死"，不可亲历。作为"此在"，"我"不死；一旦"我"死，便"此在"不"在"。"死"是"此在"的解构。"死"作为神性时间，永远不实现为"当下"。因此，古往今来人们所谈论、包括笔者的这一篇小文所探讨的"死"，仅具有疑似的真切、真实与真理性。

对于"此在"而言，"死"是不可实现的。"此在"即"在"。问题的关键是，人如何向"死"而"生"，亦即怎样自由地向"死"而"生"，以及面对生死的情感态度。《易传》说："乐天知命故不忧。""天""命"作为神性时间，只有在人性时间之一的科学面前，才可能被"知"。作为人性时间之另一个人文形态的道德伦理学面前，它的是否可"知"，是可以存疑的。在巫性时间的认知与实践中，所谓"知命"云云，则意味着通过"知幾"而企图人为地把握机运。这种把握，作为"伪技艺"与"倒错的实践"，实际是悲剧性的。然而，《易传》却以"乐天""不忧"这样美丽的言词来作掩蔽，犹如《易传》对文王演易忧国忧民式的"忧患"加以肯定那样（"作易者，其有忧患乎？"），其关于"忧乐"的时间观，大致仅承认人生活之忧乐与人格之忧乐，而一般不探涉人之生命与人性本在的忧乐之境。

其三，《易传》云："子曰：书不尽言，言不尽意。"又说："圣人立象以尽意。"既认为书写、言语不能完全表达人的内在意向，又认为《周易》卦爻符号能够完全表达意向。那么，由此可以提出一个问题，在《易传》看来，优越于文字书写的言语、卦爻符号（象）与意向（意）、时间、真理的关系又是如何？

海德格尔指出："语言是存在的家，人以语言之家为家。"①这一名言似乎给人一个错觉，以为海德格尔没有把一般语言学意义上的语言与言语加以区别。其实不然。考虑到海氏在这里是从生存论、从时间哲学意义之上来使用"语言"概念这一点，便立刻使人理解这里所谓"语言"，实际指的是言语，即话语。海德格尔说，"语言的生存整体"，是"话语"。②言语（话语）是语言的属人的"生存"形态之一。语言的另一"生存"形态，是文字书写。但是，语言的这两种"生存"形态，是有区别的。文字书写即《易传》所谓"书"，当其作为书写活动过程时，是具有时间性的，而一旦作为书写成果即文本时，则具有空间性。不过"书"这一文本一旦投入阅读过程，这阅读便是时间。相比之下，就"言"即言语来说，无论人说话还是言语被倾听的过程，都具有时间性。因此，言语的发生与进行过程就是人"生存"的时间，它将人的"意向""当下"化，亦即使言语所要表达与唤起的"曾在""将来"意蕴即时"登场"。这种关于言语之三维时间以"当下"为依转的统一，使真理澄明。就此意义而言，海德格尔所谓"语言是存在的家"的意思，是指"时间是存在的家"。"语

---

① ［德］海德格尔：《论人道主义的信》，载《存在主义哲学》，商务印书馆，1963，第86页。
② ［德］海德格尔：《存在与时间》，第160页。

言""还原",与"回到事物本身",便是真理得以展开、绽放,便是"现象"。即以"象"(意向)使真理显现。"现象"即"去蔽"。

然而,"意向"既然作为一种无限之时间的展开过程,即真理之成长、实现永无尽头,它永远是"未完成时"。因而,无论《易传》所谓"书""言"还是"象"(符号),对"意"之真理性的表达、传播与接受,一概都是有限的。就此意义而言,存在的真理性总是不俱足、不圆满的。"现象"即"遮蔽"。

可见,《易传》这一关于"不尽意"还是"尽意"的所谓语言哲学之辨,在其思想意蕴与思维方式上,不是西方那样的现象学的理念与方法本身,却是灵妙地与之相通。现象学揭示了"语言"即文辞符号既澄明又遮蔽的二重性,这也是现象、存在、真理作为"当下"时间过程之意蕴的二重性。通行本《老子》说,"道可道,非常道。"道作为存在,可以被言说;一旦言说,又不是常在之道。《庄子》则云"非言非默",称存在、真理既不"在"此"言"中;又不能不"在"此"言"。《易传》的这一论述,与老、庄一致,可被看作一种古代中华的"现象学"。文辞符号"面对实事本身"的所谓"还原",即对存在、真理、时间性的表达、传播与接受,只能是"不尽"之"尽","尽"之"不尽"。只是《易传》在表述"立象以尽意"这一层意思时,终于还是体现了对"圣人",对巫性时间的崇拜与敬畏。

本文发表于《学术月刊》2007年第17期

时间现象学:《周易》的巫性"时"问题

当现象学将时间作为研究对象与主题时,时间这一似乎对人"无情"而独来独往的世界"幽灵",被当作一种特殊"现象"加以思考与领悟。马丁·海德格尔说,所谓"存在"究竟是什么意思,往往让人茫无头绪。问题的烦难与深刻在于,与存在相系的时间到底指什么,更是令人深感困惑。①时间本身或者说自然时间,是亘古就"有"的,既无源头又无终极,既不是物质又并非精神,它默默流逝永不停息,任何力量都休想摧毁它,以至于《阿阇婆吠陀》说,除了时间,没有什么能够征服这个世界。时间作为存在,成了唯一而无比崇高的尊神。

从时间现象学审视时间问题,我们可以将人类所生活于其间的时间,称为自然时间与人文时间、生理时间与心理时间、客观时间与主观时间以及过去时间、当下时间与未来时间,等等。就人文时间而言,可以是神性时间对应于人性时间。在神性时间与人性时间之际,是巫性时间。这是笔者曾经提出与论证的一个学术范畴。②

一、巫性时间:在神性时间与人性时间之际

中国文化关于时间问题的觉悟尚早。卜辞有"时"字,本义表示农时。在

---

① [德]马丁·海德格尔:《存在与时间》、陈嘉映、王庆节合译、熊伟校:《存在与时间》,生活·读书·新知三联书店,1987,第1页。

② 王振复:《〈周易〉时间问题的现象学探问》,《学术月刊》2007年第11期。

《尚书》《诗经》等古籍中，多有表示"当下"的"时"字出现。如《尚书》有云，"时则有若伊尹，格于皇天""时则有若伊陟、臣扈，格于上帝"(《尚书·周书·君奭》)，等等。《周易》重"时"，在先秦典籍中显得尤为突出。《易传》处处可见有关"时"的论述，如称乾卦"六位时成"(《周易·彖传》)，"与时偕行""与时偕极"(《周易·文言》)等；称坤卦"以时发也"，"承天而时行"(《周易·文言》)等，①其例不胜枚举。《易经》所说的"时"，除指四季时令外，多指巫性时运。

原始易学是蕴含着中国哲学等人文因素的巫学。

就易学而言，《周易》本经是源，《易传》是流，可将《易传》看作解读本经的第一种易学概论。《易传》葱郁的时间意识的人文根源，深蕴在《周易》本经之中。作为中华巫性的时间意识，发轫于从上古到中古②时期的卜辞与《周易》本经。尤其《周易》本经，其整部通行本的六十四卦卦辞、三百八十四爻爻辞和乾卦"用九"、坤卦"用六"两条文辞，大凡都是巫筮记录。尚秉和指出，关于易理，"说者以简易、不易、变易释之，皆非"，"简易不易变易，皆易之用，非易字本诂，本诂固占卜（按：占筮）也"。③《周易》本经作为"占筮之书"，其通篇所叙，都是有关吉凶休咎、趋吉避凶之人的命运问题《周易》关于巫筮、命理的"时"意识，浸透在卦爻筮符系统之中。《周易》象数即其筮符系统，是中华古时典型的文化"时结构"。所谓爻位，实际指爻时。六十四卦的每卦六爻，即所谓"六位时成"的"六位"，从初爻、二爻、三爻、四爻、五爻到上爻，从表面看，是爻符之位的变化，实际是爻时之变，作为爻位的依次而变，象征巫性时间的变衍，是一个时间的运变历程。而六十四卦的每卦六爻，都由下卦（内卦）与上卦（外卦）两个八卦所构成。无论"先天八卦"还是"后天八卦"方位，皆以爻位空间位置之变，象征时间、时序及其规律的变

---

① 朱熹:《周易本义》，天津市古籍书店，1986。

② 班固:《汉书·艺文志》:"人更三圣，世历三世。""三圣"指创设八卦的伏羲、推演六十四卦的文王与相传撰述《易传》的孔子；所谓"三古"，指上古（伏羲）、中古（文王）与下古（孔子）。可以把上古、中古，称为原始"信"文化时代；把下古，称为"史"文化时代。参见《汉书》卷30，中华书局，2007，第325页。

③ 尚秉和:《周易尚氏学·总论·第一论周易二字本诂》，中华书局，1980。

换。如后天八卦方位即文王八卦方位的四正，坎卦为北为水为冬，阴气极盛而待衰，阳气始生之时；震卦为东为木为春，阳气渐长、阴气渐衰之时；离卦为南为火为夏，阳气极盛而待衰，阴气始生之时；兑卦为西为金为秋，阴气渐长、阳气渐衰之时。四季之气阴阳递变，"时"之天道不可错序。后天八卦方位的四隅，东北艮、东南巽、西南坤与西北乾，都喻示了相应爻位即爻时的过渡，从而在爻时的演变中，古人以此测判自己的命运遭际。六十四卦的每一卦，以二、五爻位为中位。如果某卦阴爻居于第二爻位、阳爻居于第五爻位，则由于阴遇偶位而阳遇奇位，此即"得中""得正"之爻，所占往往为吉，"时中"之故耳。

因而，王弼《周易略例》有云，"夫卦者，时也。爻者，适时之变者也"；"故名其卦，则吉凶从其类；存其时，则动静应其用。寻名以观其吉凶，举时以观其动静，则一体之变，由斯见矣。"[1]以巫性之"时"看作《周易》卦爻巫符的文化本涵，王弼独具慧眼。

易理的原始奥义，在于命运与命运的试图把握。所谓命，先天所定；所谓运，指人的后天经历、习得、修养、人生道路、遭际与机缘机会等。这里，作为先天即命这一前提所遭遇的种种后天之运，首先是一个巫性"时"问题。

从时间现象学角度解析，可以将人之天生的命称为先天时间、自然时间、物理时间即神性时间；将与命相系的运，称为后天时间、人文时间、心理时间即人性时间。神性时间运变无穷，作为绝对时间，是无法改变的。世界上真正具有绝对权威的"神"，是先天时间即神性时间。

这不等于说，人处于神性时间之中便绝对无能为力、无所作为。人既是奴隶，又是其主人。神性时间的绝对，恰恰为人提供了后天、人文、心理即人性时间的一种"场"（field）的无限可能。人在神性时间即命的境域中，创造与把握了无数后天即人性时间意义的运，从而改变与创造世界以及人自身。海德格尔说，世界是以天地、神人等结合于一体的所谓"反映游戏"（mirror-play）的场所，"地和天、神和人的这种反映游戏我们称之为世界。"[2]神性时间与人性时

---

① 王弼：《周易略例·明卦适变通爻》，楼宇烈：《王弼集校释》下册，中华书局，1980，第604页。

② 按：引自朱立元、张德兴等：《西方美学通史·二十世纪美学》第六卷上，上海文艺出版社，1999，第465—466页。

间及其结合，构成了一个"有待去'是'"的世界。世界首先是与时间相系的不断展现的过程及其意义。可以而且必须将神性时间，思性兼诗性地"带上前来"，让其与系于人之命与运的神性与人性时间在当下"照面"[①]，于是，呈现于神性时间兼人性时间之"当下"的，是一种独特的时间"语汇"。神性时间与人性时间的当下"照面"以及有待去"是"，实际便是《周易》巫筮文化的时间形态及其现象学意义的巫性时间，它处于神性时间（命）与人性时间（运）之际，这是因为巫，处于神与人之际的缘故。中国人是多了得，是其独创了《周易》巫筮这一用于预测的文化"钥匙"，想要打开命运的黑暗之门，试图揭示这一世界的奥秘，试试自己的好运气。

《周易》的巫性"时"问题，具有五大要素。其一，人类所面临的自然难题总是无法彻底破解，人类永远无法克服、超越神性时间的绝对，便是所谓"命里注定"；其二，人类在崇拜命即神性时间的同时，由于现实地自我肯定与展现了人的伟大智慧，同时将人性时间神灵化，夸大了人性与人的本质力量，寄托着人类企图克服与解决一切自然与社会难题的理想。两者的结合与妥协，便是《周易》巫筮的巫性时间；其三，迷信于神人、人人、物我与物物之际的神秘感应即"同声相应，同气相求"（《易传·文言》）[②]。弗雷泽指出，"巫术的首要原则之一就是相信心灵感应"[③]。这也是巫性时间意义的"天人感应""天人合一"，亦是《周易》所谓"气"的互回之"咸"（感），从而为中国哲学意义上的"天人合一"的诞生准备了思想资源；其四，巫性时间是《周易》巫筮文化及其相应哲学的历史与逻辑原点之一。巫筮的文化目的，却指望与落实于人的世俗理想，企图通过巫的方式，"是以君子夺神功而改天命"[④]，巫，既宗于天命，又宗于人智；其五，《周易》巫筮文化作为人类学家詹姆斯·乔治·弗雷泽所说的

---

① 按：马丁·海德格尔说"现象——就其自身显现自身——意味着与某种东西的特具一格的照面方式。"参见马丁·海德格尔著、陈嘉映、王庆节合译、熊伟校：《存在与时间》，生活·读书·新知三联书店，1987，第39页。

② 朱熹：《周易本义》，天津市古籍书店，1986，第48页。

③ ［英］詹姆斯·乔治·弗雷泽著、赵昍译：《金枝》上册，陕西师范大学出版总社有限公司，2010，第27页。

④ 王振复导读、今译：《风水圣经：〈宅经〉〈葬书〉》，中国台湾恩楷出版股份有限公司，2003，第126页。

"伪科学"[①]，在非理性文化的阴影中，一定程度上显示了源自原巫的"实用理性""前理性""伪主体"的人文特征。巫性时间的文化精神，半是天命半是人运，半是糊涂半是清醒，半是崇拜半是审美。

二、当在:"见乃谓之象"

《周易》巫性占筮，是中华古代关于时运问题的一种叩问方式，可以说是属于数千年之前中国式的时间现象学。它作为巫学其后是哲学等的"一种方法和思维态度"[②]，是"时间"地怀疑、思考和体会古人及其世界，如何"时间优先"地看待与处理人的命运问题，占验家国天下的人事吉凶，叩响时间问题的历史与人文之门。

《易传》"见乃谓之象"[③]这一著名的巫学兼哲学命题是说，"见（现）"之于心的便是易筮的巫象。巫象作为心灵意象，有类于现象学意义之胡塞尔"意向性"的"意向"。它是巫性之象的时间运动。例如，从神秘之客观日象、到古人的主观拜日心象、到古人依此心象画出有关卦爻筮符用于占筮，再到占验吉凶成为信筮者的神秘心象，这四大环节，都是连续的有关巫象主客之际的象的时间转换；哲思之象的时间运动，也蕴含于易理之中。《易传》云，"而天下随时，随时之义大矣哉"[④]。这里的"大"，有本原、本体的哲学意义。许慎《说文》:"故大像人形。"《甲骨文字典》称"像人正立之形。"[⑤]裘锡圭先生说，"古汉字用成年男子的图形"，"表示（大）"，"大的字形像一个成年大人"[⑥]。先民以为，成年男子为人类繁衍的生命之"根"，有原始原本之义，故而这个"大"，后来转义指哲学意义的本原本体，可以看作《易传》对于时间哲理之本涵的表述、提问与解答。

《周易》的卦爻筮符重视象数，《易传》将《周易》的象数哲学化、伦理化了，因而通行本《周易》的象数观，其中尤其是《周易》占筮本身，与现象

---

① ［英］詹姆斯·乔治·弗雷泽著、赵昍译:《金枝》上册，陕西师范大学出版总社有限公司，2010，第16页。

② ［德］胡塞尔著、倪梁康译:《现象学的观念》，上海译文出版社，1986，第24页。

③ 朱熹:《周易本义》，天津市古籍书店，1986，第314页。

④ 同上书，第118—119页。

⑤ 徐中舒主编:《甲骨文字典》，四川辞书出版社，1989，第1140页。

⑥ 裘锡圭:《文字学概要》，商务印书馆，1988，第3页。

学的时间哲学有相通的一面。这个问题可以简析如次:西方现象学的所谓"现象",在胡塞尔那里,指心灵属性即人的内在"意向性"循"象"的"开显"。这使笔者联想到《易传》关于"象"的著名易学命题"见乃谓之象"。在一定意义上,可以将"见乃谓之象",称为"现象",即现之于心的象,它是不断流衍的,富于当下时间性。

这里,有一个象、意象、现象与"意向"作为时间、作为有待去"在"是否可能的问题。亨利·柏格森的《时间与自由意志》,称人的心灵意识对实存的体验即"延展性"(duration),是一种"真正的时间",它意味着西方哲学开启了时间哲学研究的新领域。柏格森从心灵"延展"这一现象,以其似乎有些怪异却是深邃的目光,找到了一种"看世界"的新角度。而在古代东方,一种有些类似于"意向性"之说的有关易象的内在运动与理论建构,就曾经被中国文化所高度关注与思考过。"象"是体现于《周易》文本独异的中华文化及其思维元素。这种元素在原始巫筮文化中,主要是一种属于巫性时间的心灵现象。这是因为易象总是与"数"(本指劫数即巫性之数)结合在一起。易象在其后的"史"文化即中国政治伦理教化及其人生哲理中,又展现为主要是人性时间意义的"实用理性"。易象作为一种心灵现实,是具有流动性与演替性的,它并非是物质存有,其时间性作为易象的基元,是巫性的。某种意义上当我们说,易者象也、易即象、象乃大易之魂时,则无异于承认,易者时也、易即时、时即大易之魂。问题的关键在于,古今中外巫文化的种类数不胜数,唯有中国先秦易筮,才能转嬗、成长为以哲理与伦理为主的中国"史"文化,作为人性时间、心理时间,具有巫性的人文根因。的确,易象及其人文转嬗,与柏格森的"意向性结构",颇有相通的一面,"它显示并展示了时间性的存在"[①]。这种"时间"是当下立见的。当信筮者在占筮前满腹狐疑、须要做出命运预测之时,是依靠当下立见的占筮结果,来决犹疑、判吉凶的。占筮过程中那一个变爻(也称变卦)一下子突现时,则意味着信筮者的世界,突然从"黑暗"走向了"光明"。因此,所谓"见乃谓之象",指巫性的当下时间。

这种时间性,可以借用海德格尔之言加以说明:

---

① [德]胡塞尔著、倪梁康译:《现象学的观念》,上海译文出版社,1986,第57页。

如此这般作为曾在着的有所当前化的将来而统一起来的现象，称作时间性。①

从时间现象学角度看，人类所经历、正在经历与将要经历的时间历程，是"统一起来的"一种"现象"。它从不间断，是一个"曾在""当在"与"将在"三维统一的时间流程。

曾在，过去了的当前与将来，它已经不"在"，却可以通过回忆与言说而立现于当下；将在，是一种可以期待的"在"，必将实现为当前而且必以曾在为归宿；当在，仅仅由将在转化为曾在的一个瞬间。当在永恒地飞逝而过使得将在成为曾在，这里暂且借用佛学的一个话头，叫做"刹那生灭"。

历史学意义的当代可以度量，指某一时段。现象学时间哲学意义的当在是一个奇妙的时间点，就易筮而言，指处于曾在与将在之际所立现的一种机缘、契机。

人类是一种善于瞻前顾后的"文化动物"。瞻前者，向往与理想；顾后者，留恋过去，这都很有必要。可是，人类切莫以为只要将曾在与将在攥在自己手中，即是掌握了自己的命运。人类总是慢待、挥霍于当在，总是对当前忘乎所以。这用现象学时间哲学的话来说，叫做"在的遗忘"或可称之为"时的遗忘"。笔者还愿将其称之为无可救药的"人性的黑暗"。

就现象学时间哲学而言，无论对于曾在的回忆与追溯，还是对于将在的向往与憧憬，二者之所以具有积极意义，是因二者可以在当下"照面"。此即《周易》"见乃谓之象"与海德格尔所言说的"时间性到'时'"②。曾在与将在，因曾经来到或将要来之于当下即"到'时'"而"在"。可人类往往"领会奠基于将来，而现身基于曾在"，却"沉沦则寓于当前"③。人类的"沉沦"与"在的遗忘"相联系。

---

① [德]马丁·海德格尔著、陈嘉映、王庆节合译、熊伟校:《存在与时间》，生活·读书·新知三联书店，1987，第372页。

② 同上书，第362页。

③ 戴月华:《〈存在与时间〉的运思方式、分析与定位》，《厦门大学学报》(哲学社会科学版)1987年第4期。

千百年来的易学研究，将"当在"这一重要的巫性"时"问题遗忘了。从现象学的时间哲学看，《周易》的占筮（算卦）及其所衍生的哲学，其实更重视的是当在、当下。当下"在场"，决定了曾在与将在的全部意义。"在场"，是时间现象学的一个关捩点，在《周易》中，它始于巫筮即算卦。全部巫筮操作即所谓"十有八变"①的"作法"的关键，是通过"大衍之数"的运演（算卦），唤醒、吉兆或凶兆于当下。这里所谓"兆"，当它开显之时，刹那好似一道电光，突然闪现，将人的命运的吉或凶，呈现在信筮者的眼前与心头，这可借用海德格尔所说的"时间性到'时'"加以形容，或者可称之为"现身状态"。

当下时间在场"现身状态"的所谓兆头，《易传》称为"几"。几，机的本字，机会、机运之意。《易传》有"知几，其神乎"（《周易·系辞下》）②之言。"知几，其神"的"几"（繁体幾，从幺，幽微、隐匿之义），神秘莫测，难以把握，故称为"神"。《易传》云，"几者，动之微，吉（凶）之先见（现）者也，君子见几而作"（《周易·系辞下》）③，此是。"知几，其神"的"知"，无疑体现了信筮者企图认识、把握命运的当下时间即抓住人生契机的努力。"知几，其神"肯定了巫性时间中的人性、人为因素，意在"知"天命恰逢于人"时"而显现为"是"。这是一种别致而深刻地建立在天人感应、天人合一基础之上的人文思维方式。"知几，其神"，半遵于天命，是对于神性时间的崇拜，而此"几"既然可"知"，则无异于《易传》所谓"以亨行于时中（读zhong，去声）也"（《周易·彖传》）④；半缘于人为机运，则是对于人性时间的讴歌与肯定。"知几，其神"，等于是说"知时，其神"。人恰逢"时中"，故而"亨行"耳。

三、"现像""病理现像"与"走向事情本身"

尽管《周易》巫筮与象相系的时间和现象学的时间哲学颇为相关，然则本原意义的易象，所指实际是巫象，它具有巫性时间性，它是一种特殊的人文意蕴之象。正如前述，此象主要指的是显现于人之内心的巫性迷氛，它与一般所

---

① 《易传·系辞上》，朱熹：《周易本义》，天津市古籍书店，1986，第303—308页。
② 同上书，第332页。
③ 同上。
④ 同上书，第70页。

说的现象与心象大有区别。时间现象学的所谓"现身状态"，固然是当下显现此在的"此"，而作为特殊的《周易》巫筮的"现身状态"，是受到巫象、巫性时间的制约的。海德格尔说，现象这一范畴，源自希腊语。"等于说：显示着自身的东西，显现者，公开者"，"因此，'现象'一词的意义就可以确定为：就其自身显现自身者，公开者。"

倪梁康解读为：

> 希腊文的"现象（Phaenomen——原注，下同）"在海德格尔那里有两个含义：（1）自身展示（sichzeigen）——就其自身展示自身；（2）虚现（scheinen）——不就其自身展示自身。第一个含义是原生的，第二个含义是派生的。
>
> 德文的"现象（Erscheinen）"（我们这里译作"显现"——中译本原注）在海德格尔那里也有三个含义：（1）自身不显示，但自身报到（sich melden）；（2）报到之物自身（des meldene selbst）；（3）在显现中隐蔽着的某物的"报到性发射（meldene ausstrahlung）①

时间现象学的所谓现象，主要有如下意义："显现"即"就其自身显示自身"；"不就其自身展示自身"；"隐蔽"而"报到性发射"。

值得注意的是，这里所说的现象，同时包括"假象"即"自身不显示，但自身报到"。这种情况，《存在与时间》将其恰当地译作"现像"或"病理现像"。海德格尔说：

> 甚至它可能作为它就其本身所不是的东西显现。②
>
> 这种显现称为显似。③

---

① 倪梁康：《现象学及其效应——胡塞尔与当代德国哲学》，生活·读书·新知三联书店，1994，第194页。按：这里倪梁康所说"报到"，即海德格尔所言"呈报"。
② ［德］马丁·海德格尔著、陈嘉映、王庆节合译、熊伟校：《存在与时间》，生活·读书·新知三联书店，1987，第36页。
③ 同上。

即现象这个词在希腊文中也有下面的含义：看上去像是的东西，"貌似的东西""假象"。①

唯当某种东西究其意义来说根本就是假装显现，也就是说，假装是现象，它才可能作为它所不是的东西显现，它才可能"仅仅看上去象（像）。"②

巫象，无论是占卜的龟象，还是易筮的卦爻之象，它们所显现在信巫者心目中的象本身，自然是真实的。可是，这种真实之象所显现的意义，一定程度上却是"假装显现"，作为一种巫性的"假象"的时间因素，也是神性时间与人性时间的结合与妥协，它在一定意义上，遮蔽了真理的发现，它循象而做出的吉或凶的判断——虽则判断本身是真实的，而判断所指，却局限于吉、凶二维。从人类把握世界的基本方式看，有求神（宗教以及巫术、神话与图腾等）、求善（道德伦理）、求知（科学技术）与求美（艺术文化）等四大类，世界万类何等丰富而深邃，人类对此的把握，大致不出于这四大类及其彼此结合，而且其把握过程无穷无尽。可是，由于巫术仅仅将世界分为吉、凶二维，实际是以巫、巫性来"裁剪"世界，使其模式化、简单化了。这不能不说是一种严重的遮蔽。因而可以说，它"可能就其本身所不是的东西显现"，是一种"显似"的"现像""病理现像"。

从人类认识、把握世界与真理的角度看，作为"伪技艺"与"倒错的实践"、作为科学的"伪兄弟"③的巫术，是人类企图认知、把握世界与真理的一种史前的"信"文化形态。由于神灵、命理意识的统御、纠缠与干扰，初

---

① ［德］马丁·海德格尔著、陈嘉映、王庆节合译、熊伟校：《存在与时间》，生活·读书·新知三联书店，1987，第36页。

② 同上书，第36—37页。

③ 按：英国文化人类学家弗雷泽说，"巫术最致命的缺陷，在于它错误地认识了控制规律的程序性质，而不在于它假设是客观规律决定事件程序的"。在巫术的心灵结构中，联想与幻想，和科学有相通的一面。因此弗雷泽说，巫术"无愧为人类最基本的思维活动。联想得合理，科学就有望取得成果。稍有偏差，收获的只是科学的伪兄弟"。参见詹姆斯·乔治·弗雷泽著、赵昈译：《金枝》上册，陕西师范大学出版总社有限公司，2010，第55页。巫术与科学的复杂联系，是另一个问题，这里暂且勿论。

民极有限的原朴理性，使得其往往真诚地做出错误的认知与判断。这有如《周易》有关爻辞"舆说（脱）辐，夫妻反目"①、"枯杨生梯，老夫得其女妻"②之类的误判那样。从科学认知的角度看，大车车轮的脱散，并非夫妻反目成仇的真正缘由，枝干枯死的杨树从其根部苞出新芽，也不会是老头子娶得女娇娃的真实原因。可是信巫者执拗地坚信这一点。实际上，巫象之中的假象因素作为前兆，一般并非事物、世界发生变易的真正根源。这种与巫性时间相系的因果论，是经不起推敲的因果论。胡伯特曾经说，大凡巫术，总是迷信因果又往往是因果律的滥用，它是因果律的辉煌的变奏曲。因此，巫象之中的假象因素，作为建构于先兆迷信前提下的占断，使得事物发生变易的真正原因并不"在场"。这是现象这一范畴可以包括"现像"即"病理现像"之故。且不说大凡现象，都并非绝对真理的显现，都不是真理的终结，更不用说"现像""病理现像"对于有待去"是"之如何存在的遮蔽了，它既是开显又是遮蔽，是一种既二律背反又合二而一的关系。可见，"见乃谓之象"这一命题中的"象"，还蕴含着"假象"因素，却是相当严重地阻碍"在"的真正开显。这也是一种现象的"照面方式"，可是由于对存在于巫性之中的鬼神与命理迷信因素的倚重，其遮蔽真理的程度，是远胜于一般现象的。

> "现象学"这个名称表达出一条原理；这条原理可以表述为："走向事情本身！"——这句座右铭反对一切漂浮无据的虚构与偶发之见，反对采纳貌似经过证明的概念，反对任何伪问题。③

这里"走向事情本身"的"事情"，并非指胡塞尔所说的意向及其意向性的那种"事情"，而是指存在如何可能。海德格尔以为，"事情本身"只能如此，它唯一的可能，就是"就其自身显现自身"，它明白无误而当下地显现

---

① 朱熹：《周易本义》，天津市古籍书店，1986，第91页。
② 同上书，第156页。
③ ［德］马丁·海德格尔著、陈嘉映、王庆节合译、熊伟校：《存在与时间》，生活·读书·新知三联书店，1987，第35页。

"此在"在"此"，或者"不就其自身展示自身"，是假象因素的显似，是"现像""病理现像"。

而且"事情"不等于事实，进入阐释境域的，由于不可避免地带有"前见"，因此，只能"走向事情本身"，而不是认知与把握"事实本身"，且将事实放在阐释的背景下。与"事情本身"相系的"实存性"，不等于"事实性"，它永远是"事情"的能在性而并非已在性。它是一种"现成'属性'，而是对它说来总是去存在的种种可能方式"①。"实存性"总是在途中，总是一种未完成态的"语言"。

就《周易》巫筮来说，我们必须发问的是，当算出变卦、变爻以占断吉凶的那一刹那（当在），是否意味着正在"走向事情本身"，在当下的那个"在"又究竟如何，作为"现身状态"的变卦、变爻，是"事情本身"吗？其答案既是肯定又是否定的。问题在于，算卦的当下性，作为一种时间现象，并不能保证算卦拥有世界及其真理性。以"吉"（其亚型是"小吉""大吉"等）与"凶"（其亚型是"悔吝""大凶"等）的"二项对立"及其合一，看待与处理天地世界与人的命运问题，固然使得人的头脑显得有些条理、有些诗意甚或意蕴"深刻"，似乎能够安抚我们失魂落魄般焦虑的心情，而作为巫性时间的存在方式，仅仅是一种属于"史前"文化性质、头脑幼稚而粗糙地看世界与人自身的角度与方法而已，并非能够拯救这个世界与人自身，这便是结论。

本文发表于《社会科学战线》2019年第4期

---

① ［德］马丁·海德格尔著、陈嘉映、王庆节合译、熊伟校：《存在与时间》，生活·读书·新知三联书店，1987，第49—50页。

《周易》重"生"美学思想及其历史影响

一

古代"东方所强调和崇敬的往往是自然界的普遍的生命力""是生殖方面的创造力，"[①]黑格尔的这一文化见解与美学论断，某种意义上似乎倒是特意针对《周易》美学思想而言的。尽管张政烺先生认为《周易》六十四卦的原型是数字卦，使阴爻阳爻象征生殖崇拜的易学观点遭到责难，[②]但这不等于说《周易》文化体系中没有任何关于人的生殖的崇拜兼审美观念。《周易》一书，主要是其《易传》部分，强烈地躁动着一种重"生"的美学精神，可以说，没有哪一部中华先秦古籍像《周易》这样对人"生"倾注了如此巨大而虔诚的热情，蕴涵着独特而深邃的美学思考。

《周易》重"生"美学思想具有三个意义层次：肯定与歌颂人"生"的原初与伟大品格；以人"生"观念领悟"天文"（自然美）与"人文"（人工美）的原初生成与本质；以生命美学观界说"天人合一"的"美"的最高境界，从而完成了从形而下的人"生"向形而上的宇宙、人生本体美学思想的转换。

---

① ［德］黑格尔著、朱光潜译：《美学》第3卷上册，商务印书馆，1982，第40页。

② 按：根据公元十二世纪出土的"安州六器"铭文"奇字"以及对近年出土殷周甲骨器物同类筮符的研究，张政烺先生认为《周易》的卦、爻符号原为数字卦。他说："二十年代，弗洛伊德心理学盛行，许多学者用男女生殖器解释阴阳爻，风靡一时，现在有了考古材料，知其说全不可信。"见张政烺：《易辨》，《中国哲学》第十四辑，人民出版社，1988。

首先，《周易》"庄严地纯洁地描写本体的两性"，[①]认为人的生殖繁衍是宇宙间原初与伟大的"美"，这种美学意绪具有稚朴、直率与原古文化的风韵品性。

《易传》对乾坤即男女两性的"生"关注执着并且发出由衷地赞叹："大哉乾元""至哉坤元"！这由于直探人的生命本始而在先秦美学史上显得不同凡响。当人们接触那些卦爻符号及其文辞诠释时，可以感受到古人关于人的原在生命律动的情感领悟。

《易传》所谓的"乾元"与"坤元"是阴阳两性生命底蕴的别一说法。分别而言，刚健的"乾"与柔顺的"坤"各具有作为生命之"元"的潜能和亲合力。生命之"元"，《易传》所谓特殊之"物"，指人体内存的生生不息的"精气"，是宇宙间所有生命形态中最高级的人的生命潜核与精华，其功能在于为了延续人类群体生命本有各向对方亲合的"动"势，具有原初、伟大（大）而且至极（至）的"美"质。当《周易》的美学审视目光首先注视着具有大"美"与"至"美的人的生殖之"元"而不是人的精神时，人们对这种朴素唯"物"的美学观印象深刻。《周易》将乾坤二"元"认作"生"的原初性状，由此涵渗其重"生"美学思想的物质基石与逻辑原点，体现出中华古代朴素生命美学思想的观念底色。

综合地看，"乾元""坤元"由于彼此亲合的"动"势为生命本身所固有断非外力所致，必然使两者趋向自然结合。如果说《周易》上经的乾坤两卦是对生命之"元"的颂歌，那么，其下经的咸卦是乾坤二"元"自然相感的赞美。咸即感。"因为感字去掉心，成为咸，以象征无心的感应，这是异性间自然、必然的现象"[②]首先从两性的生理而非心理角度看待这一点显示了《周易》重"生"美学思想的本色。咸☳结构艮下兑上，象征少男少女自然相感，《周易》以卦象的动态结构象征这种生命的活力。对此，《易传》直言不讳："夫乾，其静也专（依唐陆德明解：专即抟，通团），其动也直，是以大生焉。""夫坤，其静也翕（闭），其动也辟（开），是以广生焉。"凡人之生命必呈"动""静"

---

① 朱维铮校注：《周予同经学史论著选集》，上海人民出版社，1983，第80页。

② 孙振声：《白话易经》，中国台湾星光出版社，1981，第249页。

两态，故清陈梦雷说："乾坤各有动静……静别而动交也。直、专、翕、辟，其德性功用如是。"[①]《周易》所推崇的是生命"动"态之"美"，而生命的"静"态，则意味着乾坤二"元"有待于进入生命的相感历程，其"动静"观渗融着重"生"的美学意蕴。

从乾坤二"元"自然相感境界分析，最"美"的，是《周易》所谓"保合大和"境界。这里的"和"，不是由先秦史伯、晏婴所提出的直接与音乐美相关的"和"，也并非泛指不同事物谐调统一的那种相对平衡状态；东汉荀爽指其为"阴阳相和各得其宜"，可谓深谙《周易》以两性相感为"和"的真实。乾坤二"元"以"精气"为一源，呈示生命的"絪缊"状态，"絪缊"发展成熟为性别各异的生命个体，此即《易传》所谓"乾道成男，坤道成女"；而相感则意味着成熟的生命个体在新生命意义上又回归于生命"絪缊"的"动"态层次，这便是"和"。宇宙间人的生命历程重新开始，因生命"絪缊"的自然相"合"而创造人"生"原初的"大和"境界，这是现实人生"光辉的日出"！《周易》对这种境界推崇备至，以纯朴、严肃而神圣的态度，将人"生"认作美的底蕴。

进而，《周易》将人"生"这一范畴从人自身生殖角度推移扩大，从对人"生"的朴素领悟去推演自然美（天文）和人工美（人文）的原初生成与本质，这在中国美学史上可谓独具一格。

这可由联系文辞分解贲卦卦象见出。

《易·彖》："贲亨。柔来而文刚，故亨。分刚上而文柔，故小利有攸往，天文也。"贲卦☶☲结构离下艮上，由三阳爻、三阴爻对应穿插构建，彼此文饰，象征阴阳往来亨通；贲卦内卦为离☲，离即火，火可指太阳，太阳为天体，天为乾，因而离的原初本体是乾☰。离的生成是坤卦的一个柔爻来就于乾☰，促成乾体"九二"变异为"六二"。离者，丽，美也。离的美无疑是乾卦（男女）相感即"柔来而文刚"所创生的；贲卦外卦为艮☶，艮为山，山属大地，因而艮原为坤体☷。艮的生成又显然是坤卦的变通，是乾的一个刚爻来交于坤☷的结果，坤的"上六"被乾卦的"上九"所替代而生成艮，故曰"分刚上而文柔"；更应指出，由于贲卦内卦离☲的本体是乾卦，外卦艮☶的本体是坤卦，

---

① 陈梦雷：《周易浅述》，卷七，上海古籍出版社，1983。

因此，贲卦的卦体原型其实是乾下坤上之象，即泰卦。泰是什么?《易传》说，"天地交，泰。"可见，泰的美学意蕴仍然执着于乾坤二"元"自然相感这一逻辑基点上。总之，无论从贲之内卦离、外卦艮抑或贲卦的原型泰卦来看，都呈示出乾坤相感"大和"的关于人"生"的素朴理解。这就是古人心目中的"天文"即《周易》所认可的自然之大美。试问，还有什么比"天地交"这自然之大美以及由于"天地交"而派生万物这种自然美更美呢? 以人的生殖来比附、界说自然美原初生成与本质的美学思想，具有人本意义的生命美学的观念烙印。

人工美（人文）是相对于自然美（天文）而言的。《易传》说，"文明以止，人文也"。亦从贲之卦爻结构加以界定。从贲卦象征意义看，贲卦内卦为离，离为火，火即光明，如前所述，由于其内卦离是坤的一个阴爻"文"饰乾的结果，因而光明就是"文明"，火就是"文明"。而贲卦外卦为艮，艮为山、山性岿然静止，因此整个贲卦具有"文明以止"的意义。

然而这里所谓"文明"，不仅指色彩与动态美丽的自然火象，而且进一步可指人类对火的发现与运用。"文明以止"的"止"，《易传》指山（艮）的静止，有的《周易》研究者据此认为"就外卦说是艮体，艮为山，同时又是指人有文明礼仪则能各止所当止"，指"礼仪上的分寸不可逾越。"[①] "止"转义为伦理规范。本文以为尚可作进一步引伸。因为以儒学为基本文化品格的《易传》是强调人为的，具有强烈的伦理价值取向又远远不限于伦理。"止"有人为举止、停止、阻止、禁止、人迹所至等等涵蕴，它应是一个包括伦理内容的"人为"范畴。"止"就是包括审美实践在内的"人为"。就审美而言，人类文明的东方曙光是从对火的发现与运用时升起的，人从对火的把握发现与欣赏火的美，从而导致对一切"人为"的文明之美的领悟。这种"文明"，按照主体真善美的内在尺度对客体加以积极的改造，不限于"礼仪"因此，凡是合规律、合目的的人为实践及其创造成果都可以说是"文明以止"即"人文"的，人在对象上肯定性地、形象性地实现人的本质，这是自然的人化、人工美。而我们在分析"天文"时早就指出，贲卦是离与艮的结合体，即火（文明）与"止"（人为）因素相契，这种相契恰好不无诗意地描述出人工美（"人文"）的主客浑一

---

① 徐志锐:《周易大传新注》，齐鲁书社，1986，第146页。

境界，犹如阴阳和会，契合无间，说明《周易》仍以人的生殖观念去解释人工美（"人文"）生成的深层根源与本质的。

那么，与"天文""人文"相联系的天人关系又是如何呢?《周易》又进一步将人的生殖观念作了宇宙与人生本体意义上的概括抽象，认为天人本如人"生"那样合一，天人合于"生"，天人合一境界是《周易》所推崇的最高层次的"美"的和谐。

西方古代一般认为天人关系是原本对立的。当西方古代由于痛感天的压迫，导致对天的敬畏而衍生出发达的宗教意识之时，古代中国人却淡于宗教，认天人关系为亲和关系。就《周易》而言，人们一般地从古经的原始巫术观念中挣脱出来，通过《易传》的理论建构，在世间而非出世间发展天人合一的美学思维;当西方古代据说由于尝够"原罪的苦果"，企望通过人为努力以改变人的困境，以便重新回到上帝怀抱，一旦上帝一"死"，极大地激励人们向自然进击，由此发展了近现代的科学思维之时，古代中华却没有这种原在的罪恶感，在这里通过《易传》对《易经》的阐发，观念地采摘古代东方美学之树上的"快乐之果"，主要以基于人"生"观之上儒家的政治伦理说去化解天人之际的原在对立，同时实现政治伦理的天则化与天则的人情化，实际上认定天主要地是人间政治伦理的"符号"，同时，与作为"五经之首"的《周易》成对立互补态势的老庄之说，主张在寂寥、虚静、独与天地精神往来的人生中体悟"道"的完美，实质上仅将天看作审美观照的"符号"。两者都热衷于建构古代东方版的天人合一的"美"的世界图式，使现实人生温馨、亲和地陶然于天人本自合一的"美"的境界。

依《易传》所言，《周易》六十四卦每一卦的六爻重迭结构都是天人合一的象征性图示，上两爻象征天道，下两爻象征地道;中两爻象征人道。天地人即天（这里之"天"，指自然宇宙，包括《易传》所说的天地）人之际构成了美学意想中亲密的世界统一体，不是彼此隔绝而是相互变通的。《易传》所谓"是以立天之道曰阴与阳，立地之道曰柔与刚，立人之道曰仁与义，兼三才而两之，故《易》六画而成卦"，"六爻之动，三极之道也"。说的就是这个意思。这里的"三才"与"三极"指天地人，实际上指的是天人即自然宇宙与社会人生之两"极"，属"天"的阴阳、柔刚与属"人"的道德仁义在"六爻之动、三极之道"的每一卦中得到重合。这种"动"态的卦象结构，是天人之际相摩相荡生命运动的简化形式，天人合一境界就呈显在卦爻恒变之中。

在《周易》所建构的天人合一的世界模式中，其天人关系与地位是对应、对等的。我们知道，儒家美学思想一般地强调"人为"，认为宇宙浩大而人具有卓越力量从而热衷于对天下的伦理性改造。孔夫子固不必言，他奔波于诸侯列国之际，为的是"克己复礼"，重在"人为"；孟轲心目中人的形象，以其"浩然正气"立于天地之际；成书稍晚于《易传》的《荀子》说"水火有气而无生，草木有生而无知，禽兽有知而无义，人有气有生有知亦且有义，故最为天下贵也。"[①]儒家所追求的天人合一之"美"是以"人为"为中介，使天合于人的"美"，往往将"人为"实践局限于政治伦理领域，主旨在于使天则向道德化的人事相合；道家也追求天人合一的现实人生境界，但正如成书于《易传》之后的《庄子》所言，"吾在天地之间，犹小石小木之在大山也。"[②]宇宙浩大，人却渺小，人是自然的有机部分，人的精神只有消融于自然才算找到了归宿，"无为而无不为"意味着返朴归真，这便是天人源自一"道"又归于一"道"的天人合一的最高境界，人的精神"逍遥"于天则之中，是人回归天无挂无碍的悦乐。自然，道家虽然一般地认为人力渺小，由于同时认为人的精神超俗境界就是自由无羁的"道"的本体，天人合一于"无为"的"道"，因此并非主张人向天的宗教式皈依，而是人合于天的审美境界。

《易传》的天人合一美学思想以儒学精神为基本质素自无疑问，但又不完全等同于儒，热衷于伦理却不等于其审视目光仅仅专注于伦理；它吸取了早期道家老子关于自然与社会本质形而上的逻辑思辨、具有"道"的思想因子而少有"道"的玄虚色彩和对超功利"自由"的追求。一方面重"人"，如前所述，《周易》卦象的天道、地道、人道三者以人道居中，所谓"有一物必有上下……则必有中，中与两端则为三矣。"[③]尚中即是尚人，这种推崇"人"的尚中思想，基于儒而有背于道。当然，这里的"人"，基本上是伦理主体；另一方面，又

① 《荀子·王制》，王先谦：《荀子集解》，《诸子集成》第三册，上海书店，1986。
② 《庄子·秋水》，王先谦：《庄子集解》，《诸子集成》第三册，上海书店，1986。
③ 陆象山：《陆九渊集》，卷二十一，中华书局，1980。

如汉人所言，六十四卦每一卦象的二、五爻位处于内卦、外卦的中位，往往由于"得中"而为吉爻，如"乾·九五""坤·六二"等都是完美之极、神圣之极的吉爻。正如前述，由于二、五爻位又是象征地道与天道的，因此，这里的尚中观念又是对"天"的肯定，这就多少蕴涵着道家学说的思想因素。既以人为尊，又推崇天的完美，既重人又尚天，天人在伦理与审美上互不偏废，这是《周易》天人合一美学思想的特别之处。

而且，在《周易》看来，天人是同构的。从《易传》行文的显在逻辑看，这种天人之"同"，"同"在人为天所"生"。《易传》说，"有天地然后有万物，有万物然后有男女。"天地（"天"）犹如人之亲父母，不仅"生"万物，而且"生"人。既然人为天地所"生"，则凡是天地所具备的品格特质与"美"，人亦应具备；反之亦然。在"生"这一点上，天人本不二，简直不必言合。但隐藏在这种显在逻辑之下的潜在逻辑恰恰在于，实际上《周易》还是从人的生殖角度去理解天人关系的，将人的生殖之"生"这一"物"的概念普泛化、抽象化达到形而上的思辨境界后，用以解释天人关系及其和谐。故在《周易》文化与美学审视中，只有一个大写的"生"字，"生"是易理之根本，从自然宇宙到社会人生是一个"生"的大系统。

《周易》六十四卦，除了前述乾坤咸泰卦之外，其它如屯、蒙、恒、归妹、渐、大畜、大过、家人、豫、颐、解、益、姤、革与否卦等等，都涉及到"生"这一美学母题。《周易》如此重"生"，一定是因为凡是人总难免一"死"的缘故，因为个体生命过于短暂、炎黄祖先生得过于艰难、活得过于艰难的缘故，否则决不会如此耿耿于怀。对"生"与"死"的重视，以及生的欢乐与死之悲哀，某种意义上决定了关于宇宙与人生的种种哲理思考、价值取向与审美理想。倘人可以无"死"。则人的生死荣枯以及由此而引起的悲欢离合还有什么关心的必要？这个世界上悲天悯人的宗教、渗透着人生深重忧患意识的哲学、美学与艺术也就失去了绚烂的光彩或者根本不可能存在，人的精神生活也就有如清汤寡水，淡而无味。《周易》由于重"生"，不是无视"死"，却忌言"死"。翻遍整部《周易》，言"生"者俯拾皆是，仅一处偶见一个"死"字，此即《易传》所谓"原始反终，故知死生之说。"但也只是认为，人生"死生"之道，从代代相继的生殖繁衍角度看，"生"，人生之"原始"；"死"，个体生命之"终",却断非人生之灰色的否定,而是新一代生命历程的开始,"反"其"终",又是"生",子子孙孙未有穷尽,生命群体绵绵不绝。显然,这里作为其美学的独特视角仍执着于"生"。王夫之说得好,"《易》言往来,不言生灭。"①它强调一个"新"字,即使偶尔言"死","由致新而言之,则死亦生之大造矣。"②《周易》从讴歌与肯定人"生"出发,对现实人生始终抱着纯真而乐观的审美态度,不知道也不承认什么是"死",什么是痛苦、绝望与"世界的末日",这是中华童年的典型心态,折射出中华伟大生命力的光辉。《周易》用一只巨手,奋力地将人生现实"死"的阴影推到历史后面去,执着于向往"生"的原朴、"生"的伟大、"生"的如《易传》所言那般"刚健笃实辉光"。

不过,《周易》重"生"美学思想又是被包裹在严实的原始巫术的硬壳之中的。以"生"为大吉,以"死"为大凶,正因"死"之凶险才忌言"死",其美学生死观是与巫术吉凶观纠缠在一起的。吉凶观念体现出人对"死"的恐惧与对"生"的企望,蕴涵着人既崇拜"死"、又崇拜"生"的原始意识与历史命运。并且,由于对"死"这种自然之"恶"的恐惧与无可奈何,更加重了对"生"这种自然之"善"的崇拜。中华古人重"生"有两个相关的意义:由于深受"死"的巨大威胁、又不理解"生"究为何物何事,惶惶然地企求实际上的种族繁盛、人丁兴旺并寻找对"生"的精神寄托。而崇拜"生",可在精神上达到对"死"的超越,由此铸造乐生的民族文化与美学性格,在崇"生"的沸腾而冰冷的原始意识中,内涵着乐生的审美意识。这种从人"生"发展到具有宇宙与人生内容的美学思维,就其人"生"层次而言,半是糊涂、半是清醒地对两性的生殖繁衍之"美"一往情深;就其以人"生"为底蕴的自然美与人工美观念而言,是将现实人生这两大类美的创生与本质看成如人之生殖一般崇高与神圣的;就天人合一的"美"的最高和谐而言,无意中猜测到了天人之际的有机联系,却留下了过于浓烈的血缘气息。诗意葱郁地将活蹦乱跳的人"生"

① 王夫之:《周易内传》卷五,《周易内传 周易外传》(全二册),李一忻校,九州出版社,2004。
② 王夫之:《周易外传》卷二,《周易内传 周易外传》(全二册),李一忻校,九州出版社,2004。

属性赋予自然，却把天地为父母那种畏天的说教撒向人间。当天被人格化、父母化时，"圣人"也随之被天则化、权威化。当关于天人合一的这种美学思维的灵感熠熠闪光时，却在一定意义上阻塞了基于天人对立的科学思维。《周易》中不是没有科学思维，但这种科学思维遭到了原始巫术与伦理思维的双重扭曲与奴化，作为一种"补偿"，便有准宗教的伦理思想起而填补因缺乏正常的科学思维而留下的空白。天人合一的"美"，也就显露出时而严厉、时而和蔼；时而清晰、时而模糊的面容，使人在半是梦境、半是现实中享受乐生的欢愉，其美学情思的历史天平奇妙却令人不无遗憾地向乐生恶死的一边倾倒，由此在一定意义上奠定了古代中国美学的内在文化基础，《周易》重"生"，是其灿烂而暗淡的序幕。

二

《周易》重"生"美学思想的巨大历史影响不容低估。

当我们试图把握中国古代美学思想发展跳动的脉搏时，感到一股宏大的以重"生"为深刻意蕴的美学思潮在历史的长河中汹涌澎湃。当《周易》的人"生"观念发展、提高到关于宇宙与人生的本体观念时，它便在传统中华文化的大泽中四处漫溢渗透。在美学领域中，以"形""神""气"为一组有机的中心范畴，演化出一系列重要的美学观念与审美尺度。尽管它们的内涵外延因时代流迁而在历史的自律中往复摆动，但其文化原型大凡可以追溯到《周易》。

《易传》之前，"形""神""气"作为各别概念已在诸多古籍中见出，《尚书》之"偏于群神""神人以和"；《国语》之"天地之气"与《左传》所谓"盐虎形"等记载时见于篇什，《论语》中"神"字凡十七见，《老子》者凡七见。但三者并未形成对举互摄的概念群，仅仅具有事物性状、神灵以及天气、地气等各别内涵。尤其未从人的生命现象与底蕴深度去加以理会，且偏重于人所崇拜的对象性态。

《易传》虽未明确地以"形神""形气"与"神气"作三者概念的对应互融，但明显是从独特的人"生"角度加以规范的。"气"指"精气"，为人的原初生命物质，这一点前文多有涉及；"神"指人的生命升华、功能及其令人赞叹的意蕴，《易传》所谓"阴阳不测之谓神""知几其神"。这里，"几"（机），

《易传》说，"几者动之微，吉之先见者也。""几"呈"动"态实为人的盎然"生机"，它是"气"之微妙的"动"态过程与生化韵致。"几"因其形"微"而非视觉对象，韩康伯《周易正义》注："不可以形诘求也"，却是人的审美心智情愫可以加以领悟相契的对象。故人"生"变幻莫测、出神入化、微妙之"美"不可言状。"气"因"几"而神。"气"作为一种生命的原始物质升华到"神"的境界必以"几"动为中介。这种"神"的境界激起了中华古人心灵深处的欣喜与惶恐。这里，虽然并未直言与人"生"之"神"对应的人的形体，却并非认为人"生"根本无"形"，仅仅以为形"微"而无法加以表象观照、隐伏着对人"生"之"形"的一种复杂的情感意识。就是说，在《易传》论及"几""神"这些范畴时实际上已包含对"形"的领悟，即在对人"生"崇拜兼审美中孕育着以"气"为人"生"底蕴的"形神"关系论。这在中国美学史上开启了"重神轻形"的历史先河，后代重"神似"、轻"形似"的美学观由此肇始。

这种美学思想发展到汉代，便有高诱所谓"旨近老子"而采纳《周易》之学的《淮南子》建构起一组颇为完整的"形、神、气"审美范畴："夫形者，生之舍也；气者，生之充也；神者，生之制也。一失位则三者伤也。"[1]人的外在形体（形）、内在精神气质才识智慧（神）与人的生命底蕴（气）三者统一构成一个完美的人的形象，缺一则其美自损或无美可言。但三者关系不是对等的，分别呈现人"生"进而是人生之美的三层次，三境界：外在形体之美是"气"（精气）的完满的物质性外化；内在精神气质之美是"气"的心灵升；"气"则是外在形体、内在精神（形神）两类的根元，这是人的本质之美。如果说，古希腊所推崇的完美的"人"由上帝所创造（生命底蕴）、体魄强健（形）而且智慧超拔（神），那么，东方古国所钦羡的"人"，则以"气"为本始，生气勃勃、神气奕奕、形神兼备但不是上帝的恩赐。

《周易》重"生"尤其重"气"，将天地万物都看成如人一般地具有"生气"。这启发了曹丕"文以气为主"的美学观。联系到曹丕对建安七子的美学

---

① 《淮南子·原道训》，沈德鸿选注，商务印书馆，1933。

评价，《典论·论文》称"应场和而不壮，刘桢壮而不密""孔融体气高妙，有过人者""孔璋章表殊健"等等，可知其所推崇的，也就是《周易》所推崇的阳刚之气。

《周易》重"生"美学思想的进一步被扬弃，将"气"这一范畴改造为"生气"是合乎逻辑的。因为"气"必"生"，"生"必依存于"气"，"生""气"不能互拆。由于"生"是"气"的功用，"气"本具"动"势，于是顺理成章，由"生气"而演化出"生动"这一重要的美学范畴。"气"的流溢是"生动"，"生动"之至必进入"韵"的境界，"韵"是"生气"的波动流转与人生内蕴，于是又有"气韵"这一美学范畴应运而出。"气韵，生动是也。"南朝谢赫的绘画美学观实乃得《周易》重"生"美学思想之真髓。它与谢赫之前顾恺之的"传神写照"说也不无内在联系。顾恺之的画论亦颇重视骨法，这"骨"的概念就人而言虽属于人的形体，但"骨"在内在性这一点上却与"神"相通。因此在中国美学史上，"骨"这一范畴具有内在精神气质的含蕴。尤其刘勰标举"风骨"，体现出对《周易》重"生"美学思想的深刻理解。其《文心雕龙》的《原道》《宗经》篇深受《周易》熏染殊无疑问，而"风骨"是《周易》所推崇的刚健生命力的"活参"说法。如果说，"神"是一种内在"气韵"，那么，"风骨"则偏重于体现内在"气韵"的刚度。"风骨"作为品人与品文的独特审美范畴，脱胎于《周易》重"生"观而借鉴魏晋人物"相法"（后详）之说的合理因素，注重的是人与文内在的风范神韵与精神骨力，所谓"羲之风骨清举也""风骨不恒，盖人杰也"，这是品人；所谓"辞之待骨，如体之树骸，情之含风，犹形之包气"，[①]这是品文。可以说，"风骨"论是《周易》以"气"为生命始基的"重神轻形"美学思想的历史总结。

尔后又如明公安派独拈"性灵"二字来做文学旗帜，可以看作《周易》重"生"，美学思想的历史遗韵。所谓性，本始原朴，无需"学"无需"事"为人生而有之，指人未经社会"污染"的生命原本性状；所谓灵，慧黠之气，天生才气。"性灵"说旨在要求文学发乎真性情、表现人的原初而非矫饰的生命意

---

① 刘勰:《文心雕龙·风骨》，范文澜:《文心雕龙注》下册，人民文学出版社，1958。

蕴，这与《周易》标榜人"生"原初与伟大的美学思想相沟通。与此媲美的李贽的"童心"说要求文学表现"绝假纯真、最初一念之本心"，[1]亦在主张对现实人生的原初境界即人"生"之美的回归升华。清代石涛的画论依易理提出"蒙养"之说，石涛《清湘大涤子题跋》以为，"写画一道，须知有蒙养"，要求"未曾受墨，先思其蒙，既而操笔，复审其养。思其蒙而审其养，自能开蒙而全古，自能尽变而无法，自归于蒙养之大道矣。"这种美学思想实得悟于《周易》蒙卦。蒙者，童蒙，人之初生，因教化未开而少智少欲，是人生最接近于生命原本状态具有自然天趣的境界，作画作为后天之"养"，自是先天童蒙的逆反开展。倘仅囿于笔墨技法，则为法所缚，未得自由；如果理念情趣执着地追求"蒙"的境界，立意在"蒙"，技法得心应手，那么，自能回归于生命本体的"蒙"境和"无法"至法的自由。这种"蒙养"观实际上是表现在中国古代画论中的"性灵"说与"童心"说。

尽管《周易》重"生"美学思想的历史影响带有明丽、开朗的文化性格，幽暗的影子亦常常结伴而随。《周易》一方面对人的自身生殖取审美态度，另一方面又加以崇拜。《周易》崇拜人"生"的历史阴影，作为其重"生"观念的负值面，曾经对历史上人物"相法"的盛行起过推波助澜的作用。所谓人物"相法"，通俗而言就是"看相"，是通过对人外在相容姿的神秘观照，推断人的命性、贫富、妖祥，预测人生命运，是自古就有了的。而《周易》的占筮，其实也包括人物"相法"这一内容，所谓相人之形相颜色而知其吉凶，贵贱在于骨法，忧喜在于容色。然而在美学上，却启悟了人们对生动传神的人物形貌的审美意识，进而思考人的外在形相与内在精神气质之间的联系，从人的外部形象与内在本质面方面而不仅仅从内在本质（神、气）发现与肯定人生之美，推动了盛于魏晋的人物品藻美学思想的发展，这成为魏晋所谓"人的自觉"美学思想的重要内容。《周易》对人的形体之美基本不加注意。先秦儒家崇尚人的内在道德之"美"（实质是"善"）也忽视人的形相之美基本不加注意。魏晋的人物品藻美学标准固然重在人的精神骨气，但已突破了道德樊篱，就是说，其对人的审美域限已从人伦品鉴发展到对人从形体到精神全面的审美观照，不仅使人

---

[1] 李贽：《焚书》卷三《童心说》，文物出版社，2020。

"生"的巫术阴霾开始消褪，而且使人生的伦理精神得到净化，真正开始显露出品人的审美晨曦。由于承认人物形相之美是内在神、气的完满体现而确证这种美的相对独立的审美价值，这是萌于《周易》"形、神、气"一组美学范畴扬弃了人物"相法"巫术内容的历史发展。晋人刘义庆《世说新语》高歌"隽爽有风姿""光映照人""濯濯如春月柳""飘如游云，矫若惊龙"的人物容神之美，同时加以肯定的是人健美的形体、富于魅力的举止、潇洒的风度与高迈的气质神韵，这一切仍是《周易》崇尚所谓人"生"内在血气旺盛健康观念的表现。古人说，凡有血气者，莫不含"元一"以为质，这里所推重的"元一"，仍是一个"生"字。

人物品藻美学思想的横移与外溢，促进了以"生"为审美尺度的对自然美和艺术美品评的深化。当"生"的观念拓展人的审美眼界时，人们突然发现自然山水原是满目生机，到处生意盎然，自然山水作为人"生"之美的符号与语汇，是与人生融会一体的。"其地坦而平，其水淡而清，其人廉且贞"，"其山崔巍以嵯峨，其水汩漾以扬波，其人磊砢而英多"①，自然人之故乡，自然入我胸襟；宇宙，伟大、磅礴而原初的人"生"之域，人生是一小宇宙；人爱山水而山水自来亲人，可谓"人杰地灵"，天人合一。这种对自然美的欣赏观念恰与《周易》以"生"为基因的天人合一境界说遥相呼应。从人物品藻发展到对自然美的审美，这是将自然山水人格化、人情化、人"生"化了，同时也将人的外在形相与内在精神之美放在包括人"生"在内的自然大系统中去加以考察。而且，以人物品藻标准去评判艺术美，必然会将艺术美看作人的生命力的美好象征。比如就中国古代书论而言，无论赵壹、张怀瓘、苏东坡还是康有为，都一致强调用笔须有骨力，书必有神、气、骨、肉、血，"血浓骨老、筋藏肉洁"、神完气足、姿态奇逸，就成美的境界。

总之，美在于人的生命，美的本质关系到人的生命形态、生命活力、生命底蕴与生命的情感冲动。任何东西，凡是显示人的生命或使人联想到人的生命的，都可能是美的。我们平时习惯以"生动传神""栩栩如生""像活的一样"等语辞表示对艺术美的审美感受时，其实是在无意中以《周易》重"生"美

---

① 刘义庆：《世说新语·言语》，刘孝标注，《诸子集成》第八册，上海书店，1986。

学标准评判对象，颇能说明这种古老的重"生"美学意识已经成了民族美学头脑中的"集体无意识"。正如当我们在欣赏影片《红高粱》的美时，那种在生生死死中狂放出浑身热气和生命活力的美，不就能体会到打上现代意识烙印的《周易》所高扬的人"生"同时也是伴随以痛苦的现实人生之美吗？我们伟大民族的重"生"与恋"生"情结，就是一种生生不息、顽强奋斗、一往无前的精神。

当然还须指出，《周易》重"生"美学思想又在一定程度上阻塞了民族忧患与悲剧意识的发展。如在文艺中的突出表现，便是以大团圆去掩盖人生现实的苦难与毁灭。中国文坛与作品，自古少有西方古代那样令人回肠荡气的悲剧力量以及对"死"的美学沉思。梦中相会、双双化蝶、情结连理、厉鬼复仇等几乎成了古代某些作品的俗套，为的是博人破涕一笑。《牡丹亭》的戏剧冲突无疑带有悲剧性，但剧作者的美学逻辑是"因情而死""为情而生"。"因情而死"分明是残酷的现实人生；"为情而生"却只是空洞的美学愿望，作品的审美情结仍执着于"生"。《水浒》未经金圣叹"腰斩"的本子保持了悲剧性结局，但还有《水浒后传》之类的续作写出企图"复生"的余波，以求得民族审美心理上廉价的平衡。即使如"红楼"，也由后四十回续以"兰桂齐芳""家道复初"而不是"大地茫茫一片真干净"的结尾，虽有背于曹氏原旨，却也颇符中国古代一般读者的审美要求。这种"绝处逢生""虽死犹生"，不愿意正视"死"的美学理想，体现了作为文化传统的、在历史中发展的《周易》重"生"美学思想的局限，是中华古代崇拜人"生"的一个必然结果。

本文发表于《学术月刊》1989年第3期

崇阳恋阴的《周易》美学思想

海内外易学界在研讨《周易》阴阳文化及其审美意识之时，有一种"崇阳抑阴"之说，认为《周易》在阴阳及乾坤、天地、男女、父母这一系列对偶范畴关系问题上，是重前者而轻后者的。这并非全无道理。《易传》开篇第一句就说："天尊地卑，乾坤定矣。卑高以陈，贵贱位矣。"是为佐证。的确，"崇阳抑阴"观念在《易传》的伦理文化思想中表现得尤为突出。

然而不能将《易传》的阴阳伦理观等同于整部《易经》的阴阳文化及其美学理念。在文化中，美学是其比较"自由"的部分，《周易》阴阳美学理念诚然深受《易传》伦理观念的濡染，那根植于中华远古生殖崇拜文化沃土中的阴阳审美意识，依然形成与保持其相对独立的文化品格而盛传于后代。本文认为，就总体意义上的《周易》阴阳文化及其美学理念而言，与其说"崇阳抑阴"，倒不如说"崇阳恋阴"较为恰当。

一、易以道阴阳

"阴阳"一词，最初为一对天时、地理范畴。据目前所见出土资料，甲骨文有"阳"字，写作𣃗，未见"阴"字。金文"阴"字作𨸏（见《平阴币》）、钌（见《太阴币》或𨸏（见《古钵岳阴都司徒》），金文亦有"阳"字，写作𨸘（见《农卣》或𣃗见（《虢季子白盘》）。许慎《说文》云，"阴"者，"水之南山之北也，从𨸏，侌声"，"阳"者，"高明也，从𨸏，昜声"。从两字均从"𨸏"（隆起之陆原）看，阴阳，原指山之向背，山南为阳，山北为阴，这是阴阳这一对范畴的天文、地理学本义。

学界一般认为成书于殷周之际的《周易》古经有"阴"字，仅一见，即中孚卦九二爻辞"鸣鹤在阴，其子和之"之"阴"字，取本义，指山之背阳处。《周易》古经夬卦卦辞有"扬于王庭"之说。《说文》云，"扬"，"飞举也，从手，易声"。因为"阳"与"扬"字根同一，可以看作是"阳"（易）的派生字，有"光明正大地公布、宣扬"的意思。二十世纪七十年代湖南长沙马王堆出土的《帛书周易》中，将原《周易》通行本的"扬于王庭"写作"阳于王庭"，不为无由。此"阳"（易），取义已从天时、地理域限向社会人事范畴推移，但一般尚未与关于人的原始生殖文化观念相联系。

在一般认为成篇于战国时期的《易传》中，这一关于"阴阳"的文化观念，基于生殖文化，从其原始本义，实现向哲学、伦理学与美学等理念高度的转换、升华。

《易传》论"阴阳"之处甚多："潜龙勿用，阳气潜藏"，"履霜坚冰，阴始疑（凝）也"，"阴疑于阳必战"，"乾，阳物也；坤，阴物也"，"一阴一阳之谓道"与"阴阳合德，而刚柔有体"。这里，所谓"阳气"，是指男性阳刚之精气，一种在古人眼里"知几其神"的原始生命物质，其功能在于与坤阴之气的交合，此即"大哉乾元""至哉坤元"两者"保合大和"。就卦象、爻象看，即所谓"龙战于野"。龙象为乾阳之气的象征；野者，田野，大地也，乾阴之象。乾阳、坤阴交合，此即《荀子·天论》所谓"阴阳大化"、《荀子·礼论》所谓"阴阳接而变化起"。"接"犹"战"。《说文》称"龙战于野，战者，接也"。惠士奇《易说》亦以"战"训"接"。朱骏声《六十四卦经解》云："战之为言接也，阴阳交合和会，大生广生。"故"生生之谓易"，犹言"阴阳之谓易"。易理之根本是"生"，生者，阴阳交会。

中华古人以生命观念看待自然宇宙、社会人事及两者之动态关系，将无数天地之物认作生气盎然、情感丰富的生命之体，从"生"这一点上建构"天人合一"的宇宙观、人生观与审美理想。在古人眼里，天地之"大美"，就是乾阳、坤阴的"中和"之美。《庄子·天下篇》云："易以道阴阳。"王夫之《张子正蒙注》卷一："阴阳一太极之实体……天地人物屈伸往来之故尽于此。知此者，尽易之蕴也。"清代陈梦雷《周易浅述》亦指出，"阴生阳，阳生阴，其变无穷，易之理如是"。盖中肯之见，并非无根游谈。

要之，"阴阳"这对范畴，起于远古对山之向背的观悟，糅以原始生殖崇拜文化观念，至《易传》遂被改造、升华为哲学范畴，成为乾坤、天地、男女、父母等一切对偶范畴所涵蕴之哲理美蕴的高度概括。

二、崇父（天）意识

《易传》曰："乾，天也，故称乎父。"《黄帝内经》："阴阳者，天地之道也，万物之纲纪，变化之父母"，"阴阳者，血气之男女也"。无疑，《周易》是崇阳亦即崇天、崇父、崇乾、崇男的。《周易》六十四卦以乾卦为第一，其间熔裁之文化意识，盖不同于传说所谓以艮为首卦的夏代"连山易"与以坤为首卦的殷代"归藏易"，这明显反映出原始父系社会的崇父、崇天之文化气质。这种崇父（天）倾向，在《周易》古经，集中地表现为崇拜祖宗。

比如说祭祀祖庙，即是崇父文化意识的表现。《周易》萃卦卦辞云："萃，亨。王假有庙，利见大人。亨，利贞。用大牲，吉。"这里，唐陆德明《经典释文》："亨，祭也。"假，王弼《周易注》释为"至也"。贞，卜问之意。这是说，君王以大牲为隆重祭礼，到宗庙去"感格"祖宗之灵。萃卦六二爻辞云："引吉，无咎，孚乃利用禴。"唐李鼎祚《周易集解》："禴，殷春祭名，四时之祭省也。"孚，诚。这是说，儿辈只要心诚，即使春祭祭品微薄，亦能感动祖宗神，引获吉祥。升卦六四爻辞又云："王用亨于岐山，吉，无咎。"这一条爻辞很清楚，是说周文王来到周族发祥地陕西岐山祭祖，求祖宗神佑助，大吉大利。归妹卦上六爻辞亦云："女承筐无实，士刲羊无血，无攸利。"刲，割；攸，所。古代婚俗，女子嫁，三月后随夫同去祖庙祭祖，以筐盛米、宰羊取血为祭品。这一条爻辞所记，则新妇手捧的筐里无米粟，其夫宰羊亦未采到上佳羊血，祭祖自难隆重，是祖宗无以佑助、后嗣以绝的凶险之兆。自卦象看，这"上六"处于归妹之终，"上六"不与"六三"构成"应"之关系，故不吉利。故《来氏易注》云："今上与三皆阴爻，不成夫妇，则不能供祭祀矣。无攸利者，人伦以废，后嗣以绝，有何攸利？"睽卦六五爻辞说："悔亡，厥宗噬肤，往何咎？"这里，厥，其也，可引申为"我"；蔡渊《易象意言》："噬，啮也；肤，皮也。"可分别引申为"享用"与"肉"。这一条爻辞大意是说，要是我的祖宗在冥冥之中享用了我供献的肉食祭品，则必保佑我，往后还有何害呢？震卦卦辞又说："亨。震来虩虩，笑言哑哑，震惊百里，不丧匕鬯。"这里，亨，享；惊，《经典释文》称为"恐惧貌"；哑，笑声；匕，羹匙；鬯，香酒。这是说，祭祖之时，恰逢惊雷滚动，令人威怖恐惧，而祭祖者由于对祖宗神的佑助深信无疑，也就似乎不闻雷震，内心欢愉、镇静若定，用羹匙取香酒献祭于祖宗神灵时也就不会手忙脚乱、惊魂失魄。

前述仅是从《周易》卦爻辞中随意检索到的有关祭祖的一些内容，在此，读者诸君不难理解中华古人对祖宗的至诚、崇敬。祖字从示从且。据郭沫若及汉学家高本汉解说，"且"字本义象征阳具及其生殖力。甲骨文"祖"字写作 𝌀，示字象征人对"且"（祖之本字）的崇拜。古代与"且"字相近的看，有"苴"字，这是一个与祭祖、崇父意义相关的字。《仪礼·士虞礼》有"祭于苴三"之说；《五经异义》称，"祭有主者，孝予以主系正，夏后氏以松，殷人以柏，周人以粟"。"苴"字从且从艸，象征男性家长坟头之草，另有一个"俎"字，《说文》云，"俎，礼俎也。从半肉在且上"。有以"肉"（祭品）祭祀祖宗之意。"宗"字从宀从示。宀，像建筑物之屋顶，此处像祖庙；示，表示对祖神的尊仰。《白虎通义》说："宗者，尊也。为先祖主者，宗人之所尊也。"《说文》："宗者，尊祖庙也。"然则，中国人的尊祖敬宗，焚香跪拜，除了在原始宗教意义上崇祀祖宗之亡灵之外，还在于培养对男阳、天阳的原始审美意识，所以《周易》所真正赞美的，"并不是祖先已死的本身，而在祖先的生殖之功；也可以说，而在纪念祖先给与我们的生命。"[①]所以，祭祖是对绵绵不绝于千万年的中华民族伟大的生命力的歌颂。祖先之生命，为自然、人生之大美，乃以父亲、天阳为美之至。既以父亲为伦理偶像，又以其为原生之美，这构成了中华先秦儒家垂成后代以"仁"为伦理之善的《周易》美学传统。

派伊《亚洲权利与政治》指出，中华古代的"一切关系的原型是家庭"家庭既是人情的"亲亲"结构，也是政治的"尊尊"结构，它是以崇父、崇阳为基础的。"家""国"同构，"家"是微型之"国"；"国"为宏观之"家"，"家""国"相维系，讲的是忠孝，是冷峻的人伦政治，也是温情脉脉的审美

---

① 朱维铮校注：《周予同经学史论著选集》，上海人民出版社，1983，第78页。

"人情磁力场"。钱穆对中华、希腊（欧洲）、印度古代的审美情感作过比较："中国主孝，欧洲主爱，印度主慈。"①中国"主孝"文化中的父亲，是政治之权威，伦理之表率，也是人格之美的巅峰。从政治与伦理角度看，"在中国家庭里，典型的父亲可期待完全的尊敬，并且不受直接的批评，以报答他为一家的幸福与团结所作的努力。全家都接受这样的观点，即父亲的丢脸或出丑是对每个人的侮辱，因此，他作为一家的象征理应对批评极度敏感"。②

这与西方古代有别。西方（欧洲）古代关于父子关系的美学思考一般是排斥血缘的。古希腊最著名的神话传说，是俄狄浦斯的弑父娶母，并且看作天意如此，是不可违逆的命运。黑格尔《历史哲学》指出，"罗马并不是什么以古老的种族传下来的"，它"没有天然的家长制的维系"。基督教《圣经》曾作如此记载，有一青年信徒想要在掩埋亡父之后，再来对耶稣行弟子之礼，基督对他开示："让死者去埋葬他们的尸体吧！你自跟随我来！"（《马太福音》第八章）这是对崇父、亲子之情的断然拒绝。基督又说："要知道谁奉行我的天父的意志。谁就是我的兄弟。""你们不要称呼地上的人为父亲，你只有一个父亲，就是天父。"基督甚至说："我要使儿子疏远他的父亲，女儿疏远她的母亲，并使媳妇疏远他的翁姑，而去亲近他们的仇人。那爱父母胜过爱我的人，绝不是我的追随者。"（《马太福音》，第二十三、十一章）西方古代以彼岸之上帝为"父"，是谓"天父"。而西方人间的父亲，在中国人看来实在不像父亲，天父与他的子民之间没有血缘联系，从其文化原型观察，可以称为"逆子"和"杀父"文化。

由《周易》所开创的中华古代的"崇阳"、崇父文化与美学显然不同。孙隆基《中国文化的深层结构》一书指出，"如果西方文化可以算是一种杀父的文化的话，那么，中国文化就不妨被称为杀子的文化。"③这也许言重了，因为整个中国文化，有许多侧面、层次，经历了漫长的岁月，似未可一概而论。然而，

---

① 钱穆：《文化与教育》，载《钱宾四先生全集》丙编，第四十一，台北联经事务出版公司，1998。
② ［美］派伊：《亚洲的权利与政治》，第66页，引自王振复：《〈周易〉的美学智慧》，湖南出版社，1991，第280页。
③ 孙隆基：《中国文化的深层结构》，香港集贤社，1983，第177页。

倘以《周易》论之，如要说西方古代的文化与美学观将死亡留给了父亲，那么中国古代的儿子们由于崇父而宁愿拥有"死亡"。日本中村元《东方民族的思维方法》一书指出，这种属于父亲而非儿子的"世界"与"美"，"具有一种偏重依恋过去事实的思维倾向"，"倾向于从过去的惯例和周期性发生的事实中，建立一套基准法则，即以先例（祖父）作为先决模式。"①所言甚是。

《周易》对乾阳亦即父之"美"推崇备至。《易·乾》："乾：元、亨、利、贞。"《易传》释为"元者，善之长也；亨者，嘉之会也；利者，义之和也；贞者，事之干也。"此"元"，指原初，"善"训为美，"长"训为首，是说乾阳乃父之生理属性，为人类生命之元、美之至；"亨"，亨通。"嘉"，连斗山《周易辨画》："两美相合为嘉"，是说乾阳（男、父）、坤阴（女、母）为世之两美。乾阳、坤阴相感、相合之美，乃生命之亨通、繁茂；"利"，荀爽《周易注》云："阴阳相和各得其宜，然后利矣。"朱熹《周易本义》："利者，生物之遂，物各得宜，不相妨害。"是说乾阳在生命流程中的意义，在于和坤阴各得其宜，互为和谐；"贞"，李道平《周易集解纂疏》："木旁生者为枝，正出者为干。是干有正义。""干"，这里可训为"正"，而"贞"，此亦可训为"正"，非"贞问"之意。是说乾阳作为生命之原始，其美正固，乾阳（男、父）与坤阴（女、母）的交合体现了人间正道。这从"乾德"讴歌乾阳亦即父之美德、美性，是从崇父角度对人之生命元气的肯定。

进而我们应当指出，崇父与崇天是同构的。程明道《语录十一》："天人本无二，不必言合"。故崇父意识必合应于崇天意识。苍天在上，渺渺茫茫，一望无涯，其形象之崇高无可比拟，其威仪、其美状，正可用来作为人间父亲的象征。《周易》以"天"喻"父"，以"龙"象"父"，其大旨无非在于揭示父亲乾阳之气内在而磅礴的至德至美。在乾卦，龙作为父之象征性符号，与天同在，龙之美，即乾阳之美，天之美，是以父之美为其文化原型的。这种审美意识的文化本质在于，为了人在审美意义上对人自身的自我肯定与自我欣赏，他宁愿将目光转向天上去寻求有力的证明，从而使这种美学观初具自然哲学的特色。恩斯特·卡西尔《人论》指出，为了组织人的政治、社会的和道德的生活，

---

① ［日］中村元：《东方民族的思维方法》，林太、马小鹤译，浙江人民出版社，1989，第126、127页。

转向天上被证明是必要的。似乎没有任何人类现象能解释它自身，因而要借助于"天"这一"充满魔术般的、神圣的和恶魔般的力量"。如果人首先把它的眼光指向天上，那并不是为了满足单纯的理智好奇心。人在天上所真正寻找的乃是他自己的倒影和他那属人的世界秩序。审美亦然。

三、恋母（地）情结

《周易》阴阳审美意识固然是崇父（天）的，又始终纠缠着一种东方式的恋母（地）情结。《周易》既崇阳，又恋阴。

尽管在卦序上，《周易》以乾卦为第一、坤卦为第二，但若论坤阴之美，倒是与乾阳之美平分秋色的。《易传》论乾阳之美、父（天）之美，称"大哉乾元"。此"大"，是太之本字，有原始、原初之义，"伟大"是其派本义。《易传》论坤阴之美、母（地）之美，又说"至哉坤元"。此"至"，至极无以复加，转义相契于"原始、原初"之义。故"至"与"大"相对应。说明《周易》关于乾坤、男女、父母、天地、阴阳，在非伦理意义上大致是一视同仁的。《周易》六十四卦凡三百八十四爻，其中阳爻阴爻各为一百九十二，各占一半，这爻符数的总体对称、对等已说明了问题。《易传》盛赞乾德、坤德，一般并无偏废与偏爱。乾者，"云行雨施，品物流形"，"乾道变化，各正性命，保合大和"；又说"坤厚载物，德合无疆；含弘光大，品物咸亨"。乾卦卦辞说乾阳具"元亨利贞"四德；坤卦卦辞亦言"元亨，利牝马之贞"；乾卦以"飞龙在天"喻父，天之至美；坤卦以"牝马行地"喻母、地之至美。真乃旗鼓相当，共为易理之纲。并且，尽管《周易》是崇阳、崇父、崇天的，然而自古至今，中国人以阴阳并提时，但称"阴阳"，是阴在前而阳在后，倘颠倒其序，则未免拗口。这一字序结构，积淀了源于远古母系社会阴、女为主、阳、男是从的文化意识，是关于恋母、恋土（地）之"集体无意识"的顽强表现，是对昔日中华汉民族所谓"阴文化""女文化""母文化""土（地）文化"的留恋。

《周易》本经对母亲、大地之美一往情深。这集中表现于坤卦六二爻辞。其辞云："六二，直方大，不习无不利。"关于这一爻辞，易学界一直歧义纷呈。唐人李鼎祚《周易集解》引荀爽："大者，阳也。二应五，五下动之则应阳，出直，布阳于四方。"又引干宝之说云："阴气在二，六月之时，自阳来也。阴出地上，佐阳成物。臣道也、妻道也，臣之事君，妻之事夫，义成者也。臣贵其直，义尚其方，地体其大，故曰直方大。土该九德，然后可以从王事，女躬四教，然后可以配君子。道成于我，而用之于彼，不方以仕，学为政；不方以嫁，学为妇，故曰不习无不利也。"这是从爻位之说对该爻辞作政治伦理学意义的阐说。今人高亨《周易大传今注》说："大字疑是衍文，直读为《诗·宛丘》'值直鹭羽'之值，持也；方，并船也。习，熟练也。爻辞言：人操方舟渡河，因方舟不易倾覆，虽不熟练于操舟之术，亦无不利。"①此说似与卦义无涉，故不取。以笔者看来，这一爻辞，是对大地从而也是对母亲的赞美。坤卦六爻皆阴，坤为地，为母，自爻位看，六二处于全卦下卦之中位，又为阴爻，故为"得正"之爻，最吉也最美。《朱子语类》说"坤卦中惟这一爻最纯粹。盖五虽尊位，却是阳位，破了体了。四重阴而不中，三又不正，惟此爻得中正。所以就说这个直方大。"母亲犹如大地，其无物不载是其大也。王弼《周易注》云，大地"不假营修而功自成，故不习焉而无不利"。这是说，大地宽厚柔顺肥沃，自然天成，无需人力营修而其美自生。清代易学家陈梦雷《周易浅述》亦云："唯六二柔顺而中正，得坤道之纯者也。正则无私曲而内直，中则无偏党而外方。不揉而直，不矩而方，不廓而大，故曰不习。不待学习，自然直方大，故曰无不利。"这是中肯的易解。

中华古代一向有"地为母"的文化与美学观念。地者，土也。《说文》："凡土之属皆从土。地，元气初分，轻清者阳为天，重浊者阴为地。"土者，吐也。《白虎通》："土，含吐万物，土之为言吐也。""土"与"后"古时通用，是谓"后土"。王国维《殷卜辞中所见先公先王续考》："后"字在甲骨文字中"从女，或从母，从子，象产子之形"②。"土"的派生词为"社"，从土从示，象征对土地的崇拜。"土"在甲骨文中写作 Ꝺ，此为"土乳"的象征，实则为人乳之象形，可见其与"地为母"之意义纠连。所以，《礼记》称："社，祭土而主阴气也。""社"之文化与美学意蕴在于恋土，恋土（地）亦即恋母。"社"之古体字又写作"祍"，从土、从木、从示，古昔读为 she，同"叶"。

① 高亨：《周易大传今注》，齐鲁书社，1970，第79页。
② 王国维：《殷卜辞中所见先公先王续考》，载《王国维遗书》，上海古籍书店，1983，第二册。

甲骨文"生"字，写作⬧，像一株树，故这里"祧"，从木（树），已是包含着生殖之意。这揭示出上古祭社不仅堆土为冢，而且植树以像生殖，后世建社必植树，"社"别称"丛社"，祭礼有桑林之祭、郊梅之祭、郊棠之祭之区别。然其要旨在崇拜地母。"社"又称"春社"，为"社会"之人文原型，常在桑林进行，是谓男女幽会。俞正燮《癸巳存稿》卷八："聚社会饮，谓之社会。同社者，同会也。"《周礼·地官》亦说："以仲春之月，会合男女。于是时也，奔者不禁。""社"不仅为男女阴阳和会之地，而且是恋母、恋土的象征。

《周易》坤卦的恋母（地）情结与乾卦的崇父（天）意识相结合，构成《周易》"崇阳恋阴"审美意识的基本结构。《易纬·乾凿度》说："乾坤者，阴阳之根本，万物之祖宗也。"这也是王夫之所谓"乾坤并建"，构成《周易》阴阳美学智慧的鲜明的民族特色。

它一方面是人的审美心灵充满了对"天"的虔诚与敬意，这是一种受人间父亲关怀与鼓励的美学精神；另一方面又脚踏实地，依偎在大地般的母亲温馨的怀抱。中华自古以来关于"大地母亲"的美学精神肇始于《周易》。从父母看天地，天地犹如父母；从天地看父母，父母犹如天地，这美与审美意识就在这"天人合一"的思维框架中相推相荡、往复回旋，此《礼记》所谓"是以尊天而亲地也，故教民美报焉"。

四、崇阳恋阴的美学超越

《周易》审美意识的"崇阳恋阴"，具有葱郁的哲学超越品格。从"近取诸身"的崇父出发，走向"远取诸物"的崇天境界，遂使人间父亲的形象更显得辉煌。西方传统超越意识中的"上帝"至真至善至美。"我们信独一上帝、全能的父、创造有形无形万物的主。"[①]而中华古代超越意识中的"天"这一精神性偶像，却是与人间"大人"相浑契的。《易传》云："夫大人者，与天地合其德，与日月合其明，与四时合其序，与鬼神合其吉凶。先天而天弗违，后天而奉天时。"这"大人"，自然是崇高伟大、十全十美的。但他不是彼岸的上帝而

---

① ［美］穆尔:《基督教简史》，郭舜平等译，商务印书馆，1981，第85页。

是与我具有手足之情的父亲。这"大人"精神之美的最高境界确是高高在上的"天",然而这"天"不过是人间社会、现实人生在崇天、同时是恋土基础上的投射与折光。如果说,西方之"上帝"就是个人灵魂以及现实人间所狂热认同的彼岸偶像,这是因为上帝及天国之"美"的观念性存在,标志着为西方传统美学观念从世俗现实向彼岸超世俗的提升与拔高提供了一个精神性拉动力,那么《周易》阴阳美学智慧中的"大人"与"天"基本为世间范畴,更多地具有恋母、亲地的文化特性,它缺乏一种向彼岸超越的宗教精神动力。

既崇天,又恋土,既尊父,又亲母,成为《周易》阴阳审美意识的一个基本内核。"大人",包括圣人、贤人、君子、帝王,也可以是父亲的代称。他既翘首向"天",又匍匐在地,他以"飞龙"自比,追求"飞龙在天"的至美境界,却决不愿意走极端,飞到"天"外去,这用《周易》的话来说,叫做"上九:亢龙,有悔"。这是凶,也即丑。对于此岸之"天"与"大人",《周易》是尊崇、礼赞的,对于彼岸之"天"与"上帝",却不是其美学所思考的对象。《周易》阴阳美学智慧具有鲜明的回归于现实大地的精神。大地者,母亲。这用《易传》的话来说,称为"安土敦乎仁,故能爱。范围天地之化而不过"。

"安土",朱熹释为"随遇而安",通于"恋土";"敦乎仁",《朱子语类》称为"不失其天地生物之心也"。仁,从人从二,"二人"者,首先指生我养我的父母。"仁",首先是对父母而言的。因而《孟子·离娄下》曰:"仁之实,事亲是也。""仁"是善,也是美,它在天、父的俯视之下,也在地、母的襁褓之中,它是尤其富于人情味的。

这种恋土(母)情结表现在后世中华美学与艺术中,遂使中国传统艺术和美尤具亲地倾向。比如就文学而言,许多诗作的题材与主题充满了强烈的恋土、恋母及眷恋故乡的诗情。《击壤歌》:"日出而作,日入而息,凿井而饮,耕田而食。帝力于我何有哉?"《伊耆氏猎辞》:"土反其宅,水归其壑,昆虫毋作,草木归其泽。"《弹歌》:"断竹,续竹,飞土,逐宍。"《禳田者祝》:"瓯窭满篝,污邪满车。五谷蕃熟,穰穰满家。"这些都是古诗坛上初起的田园诗,其节奏、韵律,洋溢着对大地的淳朴恋情。

由于恋土,又激发出感人至深的故乡诗情。《大风歌》:"大风起兮云飞扬,威加海内兮归故乡,安得猛士守四方。"《古诗一首》:"步出城东门,遥望江南路……原为双黄鹄，高飞还故乡。"《却东西门行》："冉冉老将至，何时返故乡？""狐死归首丘，故乡安可忘？"《别诗》："朝云浮四海，日暮归故山。行役怀旧土，悲思不能言。"《杂诗》："人情怀旧乡，客鸟思故林。"凡此均写恋土、思乡之作。且由思乡同时转为对母亲刻骨铭心的思恋。如果说，比如唐代诗人贺知章《回乡偶书》、王维《杂诗》、李白《静夜思》、崔颢《长干曲》等诗之意境因执著于故乡情结而令人深受感动，那么，比如孟郊的《游子吟》则表达了对故乡母亲刻骨铭心的挚爱。其诗云："慈母手中线，游子身上衣。临行密密缝，意恐迟迟归。谁言寸草心，报得三春晖？"且由于恋土、恋母、思乡进而导致对故国的热爱，在以诸如苏武持节、昭君幽怨为题材的诗作中表现得淋漓尽致，在屈原、辛弃疾、文天祥以及岳飞等的诗篇中也表现得情深意切。

总之，大地母亲生我、养我，人生于斯、长于斯、老于斯，故土难离，叶落归根、家国不容侵犯，此乃中华民族尤其汉民族最美好的民族感情与审美文化心态，其文化之原型，是与《周易》乾卦之崇父（天）意识相对应的坤卦之恋母（地）情结。这是美的苦恋。坤卦建构起大地及大地殷博大、含蓄、深沉的美学胸怀，有如《易传》云，坤阴"德合无疆""行地无疆""应地无疆"。土地者，农植文化的命根与母体，难怪比如中华古代建筑文化一向盛行土葬艺术，《礼记·郊特牲》云，"地示在下，非瘗不足以达之"。既然人子生养于大地母亲坦荡、含蓄的胸怀，则死后掩埋于土，是对母体虔诚的回归。中华古代曾盛行残酷的"人殉"和"牲殉"，这在殷墟墓葬艺术中比比皆是。如殷墟第三期遗址，有"奠基墓，埋小孩1，有置础墓9，埋人1，牛33，羊101，狗78。""乙七基址，埋人1，牛10，羊6，狗20；七个安门墓，埋人18，狗2。"[1]而建筑夯土台基的建造，"经常用人奠基，一般是在台基上挖一个长方形竖穴，把人用席子卷好，填入穴内，再行夯实。"[2]这在《诗经》和《史记》中也有记载，秦穆公死而建陵，殉葬者凡一百七十七人，包括奄息、仲行与铖虎子三大贤人。《诗·黄鸟》："彼苍者天，歼我良人！如可赎兮，人百其身。"即咏此事。而近年所发掘的西安秦公大墓，虽其建造年代晚于穆公墓，但殉人竟达一百八十二。

---

① 邹衡：《夏商周考古学论文集》，文物出版社，1980，第79、80页。
② 《新中国的考古发现和研究》，文物出版社，1984，第225页。

"殉人"残酷而野蛮，却也是一种文化，除了表现相应的伦理观念，还在于体现人对大地、坤阴执著的亲恋，此亦《周礼·大宗伯》"以血祭社稷"之谓。

同时，《周易》坤卦的恋土、亲地观念既受制于崇天意识，又反作用于乾阳之美。仿佛坤阴有一种磁力，它吸引人的文化审美目光注视并依附于人间大地，难作形而上的宗教灵思与飞越。中国文学史上，屈子《离骚》尽管想象极其丰富、夸张，真乃"心飞扬兮浩荡"，然而其深深依恋的，决非尘世之外的天国、佛境，而是"长太息以掩涕兮，哀民生之多艰。"从神话传说之"天"象入诗，却让诗人之"离忧"落实于民生大地。晋陶渊明作桃花源、乌托邦之奇想，有出世之构思，却未上升到宗教的天国境界。"不知有汉，无论魏晋"，此境美不胜收，却依然是老子"小国寡民"与《大学》"大同"世界的一个地上乐园。在唐代，李白之诗以艺术想象奇瑰取胜，如《黄鹤楼送孟浩然之广陵》："故人西辞黄鹤楼，烟花三月下扬州，孤帆远影碧空尽，唯见长江天际流。"这里，虽写了"碧空"和"天际"，但极目所至，仍是远处的地平线。李白又有"飞流直下三千尺，疑是银河落九天"之句。正如李商隐《嫦娥》诗"嫦娥应悔偷灵药，碧海青天夜夜心"，其情思的落脚点，依然离不开大地。连月里嫦娥也思凡心切。那么，这样的"天"，还值得向往、企盼么？

这一切文学艺术恋士、恋母文化观念的展现，都由《周易》坤卦做了其美学的原型。世人读易、研易，指出《周易》如何崇阳、崇天、崇父固然不错，然而不要忘记，恋阴、恋地、恋母，也是易理及其审美意识的深层结构之一。

本文发表于中国台北《中华易学》1995年第十六卷第七、八期

前诗:《易经》卦爻辞的文学因素

如果从中国诗歌发生角度对《易经》加以讨论，不难发现，在《易经》卦爻辞中，存在着一种"前诗"文化现象。它是在《诗经》之前，由一定古汉语文字及其古朴音韵所建构的"准审美"的诗歌雏形，实际上是指《易经》卦爻辞的中国"原诗"因素。无疑，它不是中国诗歌的成熟"文本"，是包容于中国原始巫筮文化"硬壳"之中的先民审美意识的初步觉醒，体现了原始易文化与这种所谓"诗歌之前的诗歌"的复杂文化联系。这一"前诗"文化现象，作为《易经》卦爻辞的有机构成，是中国上古易文化发展到殷周之际的必然产物，它是历史地"自然生成"的，而不是如有的学人所主张的是什么"古歌征引"的结果，本文拟就所谓《易经》卦爻辞"隐藏着一部比《诗经》还古老的诗集"的看法提出商榷性意见。

一

卦爻辞的"前诗"文化现象比较普遍地存在于大致成书在殷周之际的《易经》本文之中。且略举数例：

屯如，邅如，乘马，班如。匪寇，婚媾。（《易·屯》六二）

（大意：有时艰难行进回旋，有时策马簇拥奔驰。并非强寇掳掠，而是求婚者的马队。）

得敌：或鼓，或罢；或泣，或歌。（《易·中孚》六三）

（大意：与敌打仗，或擂鼓奋进，士气大振；或疲惫败退，军心消沉；或因牺牲惨重而悲泣，或为大获全胜而高吟。）

鼎折足，覆公𬱟，其形渥。（《易·鼎》九四）

（大意：煮食之鼎的足折断了，倾翻这王公大鼎之中的美食，它脏兮兮的形状粘粘糊糊。）

这些诸如对古代婚嫁、战争或鼎食之场景的描述，文辞句式相当齐整，音律基本和谐，运用后代朱熹《诗集传》卷一所谓"铺陈其事"的手法状物写人、抒情达意。如果单从表现手法来看，确实已初具"赋"的品格。又如：

无妄之灾，或系之牛，行人之得，邑人之灾。（《易·无妄》六三）

（大意：胆小谨慎，不敢妄为胡来仍招致飞来横祸，好像路人将系拴之牛窃为己有，却使邑中之人平白无故遭受拘捕的骚扰。）

其亡！其亡！系于苞桑。（《易·否》九五）

（大意：以"要灭亡了！要灭亡了！"来警励自己，居安思危，其人、其家国的命运就会像茂发的桑树。）

该两爻的文辞技巧，又初具一种"比"的质素。"比"是比喻、譬喻。朱熹《诗集传》卷一称为"以彼物比此物也"。

除了"赋"与"比"，《易经》卦爻辞中还出现了"兴"的踪影。

枯杨生稊，老夫得其女妻。（《易·大过》九二）（大意：枯杨树生出嫩枝，垂暮老汉喜娶少女。）

枯杨生华，老妇得其士夫。（《易·大过》九五）（大意：枯杨树扬花吐艳，龙钟老太嫁了个少年。）

鸿渐于陆，夫征不复，妇孕不育。（《易·渐》九三）（大意：大雁飞临岸边高地，丈夫出征一去不回，妻子生儿却无力养活。）

显然，这种"兴"体托事于物而兴寄情怀，朱熹所云"先言他物以引起所咏之辞也"。高亨曾在《周易杂论》中说，诸如前引大过卦九二、九五爻辞"是相当灵巧的起兴。它以鲜明的形象、铿锵的韵调，写出老人寻得青年配偶，呈示枯木逢春的生气。"这是说得不错的。

有学人粗略统计，《易经》卦爻辞中的这类所谓"前诗"，约28首之多[1]，

---

① 王岑：《中国诗坛之原始》，《朔风》1937年第15期。

它们"多是语言简古而清秀，描写明朗而多形象；音节爽琅而和谐。'比'、'兴'亲切而有味"①，如果孤立地来看这些卦爻辞，前人的这种评价也许并不过分。

一般而言，赋、比、兴是诗之所以为诗的重要标志之一。可以这样说，哪里的文体具备了赋、比、兴的特点，那里就可能有诗的存在。当然句式是否整齐，是否用韵也是重要条件。既然《易经》的某些卦爻辞初步采用了赋、比、兴尤其是比、兴的写法，那么，就不能不具有某种诗的质素与诗搭配上的亲缘。古人有云："故诗有六义焉：一曰风，二曰赋，三曰比，四曰兴，五曰雅，六曰颂。"（《毛诗·大序》）赋、比、兴与风、雅、颂总称诗之"六义"，就是对赋、比、兴作为诗之基本品格之一的强调。唐人孔颖达说"赋、比、兴是诗的所用，风、雅、颂是诗的成形。用彼三事，成此三事，是故同称为义。"（《毛诗正义》卷一）意思是说，只有运用赋、比、兴手法创作的作品，才有可能是《诗经》风、雅、颂那样的诗作。赋、比、兴作为诗之所以为诗的一个重要特征，自然可以是某一文体是否是诗体的检验标准之一。《易经》卦爻辞的某些"前诗"现象，就是这样被检验、被发现的。比如著名学者李镜池、高亨等都曾做过这样初步的发现工作，但他们没有提出"前诗"这一重要概念。

《易经》的某些卦爻辞，之所以可以被称之为"前诗"，显然与其"立象"方式有关。《易传》有"立象以尽意"说。其文曰："子曰：'书不尽言，言不尽意'。然则圣人之意，其不可见乎？子曰：'圣人立象以尽意，设卦以尽情伪，系辞焉以尽其言，变而通之以尽其利，鼓之舞之以尽其神。"立象"能否"尽意"这是另一问题，此暂勿论。仅就"立象"而言，"立象"就是画爻设卦。爻象、卦象一旦确立，便有相应的卦辞、爻辞系于后。"立象"的特点，《易传》说"其称名也小，其取类也大，其旨远，其辞文，其言曲而中，其事肆而隐。"韩康伯注：所谓"其称名也小，其取类也大"，即"托象以明意，因小以喻大"也；"其旨远者，近道此事，远明彼事，是其辞文饰也"，"其言曲而中者，变化无恒，不可为体例，其言随物屈曲，而名中其理也。"而所谓"其事肆而隐"者，是"事显而理微"（孔颖达《周易正义》）之谓。

---

① 王岑：《中国诗坛之原始》，《朔风》1937年第15期。

无疑，《易经》所言"立象"，首先是指一定卦爻符号的设立，不同于赋、比、兴的表现手法。同时也指卦辞、爻辞的建构，又涉及到赋、比、兴。无疑，这里谈到两种类型的"立象"，它们所采取的材料、媒介与工具不同。一以卦爻符号，一以古汉字符号；一以卦爻立，一以文字立。而共同的特点，是依"象"而"立"。《易传》云："《易》者，象也。""象"的思想，是《易经》一书的根本内容。象也是易理的根本。同时，象又与形象、意象勾连。形象、意象一般又与艺术、审美勾连。所以，虽然意象不能等同于艺术形象、审美意象，却已经离艺术与审美之类不远了。孔颖达在《周易正义》中说："凡易者，象也，以物象而明人事，若诗之比喻也。"清人章学诚《文史通义》也说："易象通于诗之兴比。"且不说有些卦爻辞直接就是运用赋、比与兴的手法写成的了。

因此，"立象"这一易之根本大法无疑开启了从易到诗的智慧之门。叶嘉莹先生曾经从"立象"角度，将中国诗歌的感发方式分为三种类型："一为直接抒写（即心即物），二为借物为喻（心在物先）。三为因物起兴（物在心先），三者皆重形象之表达，皆以形象触引读者之感发。"①写诗即诗之"立象"通常所采用的表达方式，主要是由心与物的交互作用、酝酿与氤氲关系来决定的。大凡即心即物、直接抒写者，赋；心在物先，借物为喻者，比；物在心先，因物起兴者，兴。正如前述，这三类"立象"方式的原始形态，在《易经》卦爻辞中不乏其例。

要之，不仅《易经》卦爻辞的赋、比、兴而且卦爻符号的"立象"方式，使得易原本相通于诗，诗原本比邻于易。

二

问题是，尽管赋、比、兴的文辞"立象"方式与卦爻符号的"立象"方式在《易经》中的存在，是一个无可争辩的文本事实，但不等于说，那些初步沾溉了诗之灵性的卦爻辞本身就是成熟的诗；尽管正如前述，赋、比、兴作为诗之所以为诗的重要特征，反过来可以作为某一文体是否是诗体的检验标准之一，但我们不能由此认为，检验某一文体是否是诗体的惟一标准是赋、比、兴。在

---

① 叶嘉莹：《中国古典诗歌中形象与情意之关系例说》，载《古代文学理论研究》丛刊第6辑，1982。

文体上，赋、比、兴只是提供了成熟之诗体存在的可能性，而并不等于成熟之诗体本身。

就文化智慧层次而言，假如拿《易经》卦爻辞与《诗经》这样艺术上比较成熟的诗体相比，可见是有明显区别的。不仅由于卦爻辞中的所谓"诗"往往只有一、二句，二、三句，篇幅简短，而《诗经》中的诗作往往篇幅较长；不仅由于卦爻辞之赋、比、兴的表现手法，往往不及《诗经》之赋、比、兴运用自如、意蕴圆成，它有时显得更为质朴，有时又相当生硬，而且根本的一点，《易经》卦爻辞的设立，是为了通过占筮趋吉避凶；推天道以明人事，而不是为了艺术审美。近人尚秉和《周易尚氏学》指出，"易者，占卜（引者注：实为占筮）之名"，"说者以简易、不易、变易"试图解释易之本意，"皆非"。易之原型是占，不是其他。《易》原本占筮之书，尽管其中某些卦爻辞不自觉地运用了赋、比、兴的表现手法，然而关于"诗之审美"这一点，总体上并没有进入《易经》的文化视野之中，这是毋庸置疑的。比如前文所引大过卦九二爻辞"枯杨生稊，老夫得其女妻。无不利"，如果将"无不利"弃之不顾，这爻辞可暂且称作诗的兴体。但是这整条爻辞是一个有机整体，"无不利"三字作为这一爻的中心断语，其重要性不言而喻，是弃之不得的。这一断语在这一爻辞中的存在，决定了爻辞在本质上是筮辞而非诗辞的文化特性。同样，如果我们仅仅从大过卦九五爻辞前面部分"枯杨生华，老妇得其士夫"分析，正如前述，亦可将其归之于诗的兴体，但这整条爻辞之后面部分还有至关重要的"无咎无誉"四字，怎么可以随意割去而称这一爻辞是甚么成熟的诗作呢？又如明夷卦初九爻辞"明夷于飞，垂其翼；君子于行，三日不食；有攸往，主人有言。"[1]其大意是说，日落之后山鸡难以飞翔，其糟糕的情况，好比有贤德之人长途跋涉，多日饥不得食。因此筮遇此爻，求筮者如果执意前往，则所到之处主人有灾。该爻辞的前面部分内容在写法上确实是"比"体，因而被有些学者认作如《诗经》"燕燕于飞"之类一样成熟的"诗作"。但我们在此不能忘记，这一爻辞的作者之所以写出这样的"比"体，目的是为了下断语"有攸往，主人有言"。在《易经》中，的确还有不少卦爻辞不写占断之语，如小畜卦九三爻"舆说

---

① 按：爻辞"主人有言"之"言"，通"愆"，过失、灾变义。

（脱）辐，夫妻反目"，随卦六二爻辞"系小子，失丈夫"，"中孚"卦九二爻辞
"鸣鹤在阴，其子和之。我有好爵，吾与尔靡之"等，都不写断语，而不写断语
不等于本来就没有断语，而是一种省略，这种省略并没有妨碍这些爻辞关于占
断吉凶倾向的表达。这些爻辞内容本身就显示出一定的吉凶倾向。因此这一类
爻辞的基本文化品格依然是属"巫"而非属"诗"的。

当然话得说回来，没有人可以怀疑《易经》的某些卦爻辞由于不自觉地运
用了赋、比、兴的"立象"手法而几乎跨入纯粹为了审美的诗歌的历史门槛。
而且更值得指出的是，从为了巫筮的"立象"到为了审美的诗歌的"立象"，
并没有一条不可跨越的文化之鸿沟。恰恰由于原始巫筮的"立象"，开启了诗
歌之"立象"的审美之门。

就"立象"而言，在原始巫筮文化中，"象"指神秘物象（巫术前兆）、由
这物象投射于先民心灵的心象、依这心象所绘制的卦爻之象（立象）以及卦爻
之象投射于信筮者心灵的又一心象（占验结果），此为文化学意义上的巫筮之
"象"的四个运动层次。这巫筮四层次的动态转递即作为"象"的后代审美的
前期文化形态，恰与艺术审美意义上的"立象"、诸如诗的创作，构成异质同
构关系。诗之审美从审美物象（客、实）、到审美主体的审美心象即物象在主
体的审美心理现实（主、虚）、到审美主体依其心象所创造的、物态化的艺术
意象（客、实，作品）、再到艺术意象在审美接受者心灵中所激引的艺术境象
（主、虚），也具有动态转递四层次。

这种从易象到诗象的动态转换与异质同构关系，是易通于诗、诗比邻于易
的有力佐证。正如卢卡契所说："在巫术的实践中包含着尚未分化的、以后成为
独立的科学态度和艺术的萌芽。"①因此，我们的初步结论只能是：一方面，尽
管《易经》的某些卦爻辞已经包含赋、比、兴的文辞表现因素，这不能改变这
一部分卦爻辞的作为"占辞"的文化属性，其卦爻之象及其相应的卦爻辞的设
立，目的不在审美而在于巫术占断；另一方面，正是由于某些卦爻辞的赋、比、
兴的文辞表现因素，尤其是卦爻符号和卦爻之辞的"立象"方式，决定了《易
经》的巫术占辞不可避免地初具一定的诗性文化品格。一方面不是诗歌艺术而

---

① ［匈］卢卡契:《审美特性》第一卷，徐恒醇译，中国社会科学出版社，1985，第318页。

是占筮巫术；另一方面，在这原始的、以象数为文化基因的占筮巫术的卦爻辞中，出现了初朴的赋、比、兴的文辞表达、古老的音韵以及相应的人、事的铺叙、意象的营构和情感的抒发因素，并且易象相通于诗象，易象召唤了诗象，因而，本文把《易经》卦爻辞的这一种文本现象称之为"前诗"现象，看来并非无根之谈。

<h2 style="text-align:center">三</h2>

如果同意本文所主张的"前诗"说并非游谈这一观点，那么，我们就有可能进而对有的学人所提出的所谓"古歌征引"说提出商榷。

"古歌征引"说的基本观点是，《易经》六十四卦的卦辞、爻辞中"隐藏着一部比《诗经》还古老的诗集"，认为卦爻辞的韵文部分是《易经》"征引"古歌"的产物，称"《易经》六十四卦无不征引古歌：六十四条卦辞中时而有古歌，三百八十四条爻辞绝大部分都有古歌"。这说得有理吗？

首先应当指出，"古歌征引"说所说的"古歌"，有些是具有一定韵律、运用赋、比、兴表现手法所写的《易经》卦爻辞中的"前诗"，而其中大量的，却是"古歌征引"说的提出者裁剪、拼接《易经》卦爻辞的"作品"。

为了证明"古歌征引"说的正确性，《易经古歌考释》（以下简称《考释》）一书试图把每一卦的卦爻辞人为地分为"占辞"与"古歌"两个主要部分。有些卦的部分卦爻辞既难于列入"占辞"，又不能归于"古歌"，就说那是"史记"。还有个别的爻辞由于既非"占辞""古歌"，又不是"史记"，就只好称作"古代格言"了，可见勉为其难。而这样一来，全部卦爻辞以及乾、坤两卦"用九""用六"两条辞文在文体上给人一种支离破碎的印象。实际上，由于《易经》原本占筮之书，其所有的卦爻辞在文化属性上都是占辞。仅仅在所有占辞中，有些为韵文，有些是散文；有些是先民生活情事的记载，有些是史迹记载等等罢了。

至于"古歌"，《考释》一书认为"用韵"者即是，然而许多所谓"用韵的地方"是《考释》一书"改造"卦爻辞的结果。

比如《易经》第一卦乾卦卦爻辞有云："乾：元亨，利贞。初九：潜龙，勿用。九二：见龙在田，利见大人。九三：君子终日乾乾，夕惕若厉，无咎。九四：或跃在渊，无咎。九五：飞龙在天，利见大人。上九：亢龙，有悔。用九：见群龙无首，吉。"按照《考释》一书自己预设的"发现""古歌"的思路与操作"标准"来分析，除去"无咎""吉""有悔"这类的所谓"占辞"部分，其所谓的"古歌"部分本来应该是这样的："潜龙，见龙在田，君子终日乾乾，夕惕若厉，或跃在渊，飞龙在天，亢龙，见群龙无首"。可是这样一来，那所谓的"古歌"无论就其意义的圆整，还是句式、用韵来看，都不太像"诗"了。于是《考释》的作者，来了个大胆裁剪，他人为地捡出其中的三句，组接成这样一首"群龙之歌"："见龙在田，或跃在渊，飞龙在天"。句式倒是齐整了，也押韵，而且"诗义"圆整，可是这首"诗"是从哪里来的？实际是《考释》一书的作者利用一些现成的卦爻辞想当然地自己"创作"出来的。

又如关于坤卦，《考释》一书"检索"到这样一首"古歌"："履霜，坚冰，直方，含章，括囊，黄裳，龙战于野，其血玄黄"。真是读来琅琅上口，几乎使人相信这里的确发现"淹没"了数千年的一首好诗。可是一经查阅《易经》原文，原来坤卦全部爻辞假如删除《考释》一书作者所说的"占辞"部分，其余部分如果作为"古歌"，则应为"履霜，坚冰至。直方大，不习，含章。或从王事，无成有终。括囊，黄裳。龙战于野，其血玄黄。"除最后两句"括囊，黄裳"与"龙战于野，其血玄黄"用韵以外，其余是散体，何"歌"之有？这里，为了变散体为韵体，《考释》的作者竟毫无根据地把"坚冰至"删为"坚冰"，以与"履霜"对应，将原六二爻辞形容大地属性的文句"直方大，不习"（大意：大地平直、方正、广大，此乃自然天成，并非从习之故。）拦腰砍去，只留下"直方"二字，任意裁去一个"大"字，并将"大"与后文"不习"二字合为一句，成了意义难明的什么"大不习"，并将"大不习"与后文"无不利"连接，指为"占辞"，真不知《考释》一书如此"考释"依据何在？

再如蒙卦，全部卦爻辞为85字，全文为"蒙：亨。匪我求童蒙，童蒙求我。初筮告，再三渎，渎则不告。利贞。初六：发蒙，利用刑人，用说桎梏，以往吝。九二：包蒙吉，纳妇吉，子克家。六三：勿用取女，见金夫，不有躬，无攸利。六四：困蒙，吝。六五：童蒙，吉。上九：击蒙；不利为寇，利御寇。"虽则其中有"初筮告，再三渎"这样的韵文，但全卦辞文为散体是一目了然的。可是《考释》一书又在此找到了一首"古歌"，仅八字："发蒙，包蒙，困蒙，击蒙。"并释"蒙"为"女萝"（植物：兔丝），称这是女子采拔"女萝"的"歌"，不顾《易传》释"蒙者，蒙也，物之稚也"，《周易正义》释"蒙，昧也，物之初生，蒙昧未明也"之解，不惜为求"证明"这蒙卦也包容着如此一首所谓"古歌"而违背全卦关于"物之始生为蒙"的公认的易理。

《考释》一书关于"古歌"的"考释"经不住推究的实证所在多是，限于篇幅，恕勿在此多费笔墨。本来并不是什么"古歌"，无非有些卦爻辞由于句式相对整齐、用韵，且具有赋、比、兴的某些诗性质素而是初始的韵文与"前诗"罢了。《考释》作者却要力图证明"《易经》中隐藏着一部比《诗经》还古老的'诗集'"，实在是很困难的事。

本文发表于《辽宁大学学报》2003年第3期

巫性：中华文化的原古人文根性

　　笔者以"巫性"这一新创的学术范畴，来概括春秋战国之前中华文化之基本而主导的人文根性，也许会令人感到有些突然。在一般看来，巫性，不就指那种不登大雅之堂、属于"巫风鬼气"的人文属性么，凭什么称其为中华文化的原古人文根性？难道皇皇中华五千多年伟大而灿烂的文化与文明本在于"巫"？

　　近一个世纪前，鲁迅先生曾提出与论述"中国本信巫"这一著名而重要的学术命题。称"秦汉以来，神仙之说盛行，汉末又大畅巫风，而鬼道愈炽"，此"皆张皇鬼神，称道灵异，故自晋讫隋，特多见鬼神志怪之书"[①]。这里，鲁迅追溯了"特多见鬼神志怪之书"的历史、人文之因。所言是。本文试将目光投注于春秋战国之前的"巫文化时代"，试对那时相对成熟的这一文化形态加以审视，所谓"中国本信巫"及其巫性之酝成，究竟如何可能。

一、问题的提出

　　中华文化的原古人文根性究竟如何？

　　长期以来，学界的诸多研究，已经给出诸多答案。或说是"道"，或曰在"气"，或称为"象"，或断言"和""情"与"天人合一"，等等，皆有言之成理之处。

　　问题在于，这里所说的道、气、象之类，一般皆从哲学角度发问、思考、辨

---

① 鲁迅：《中国小说史略》，载《鲁迅全集》第九卷，人民文学出版社，1981，第43页。

析与加以解答。倘以一般哲学的理念方法研究中国原古文化的根性，由于研究对象的文化特殊性，可能仅在于爬梳、辨析原古文化之哲学原素如何存在以及何以存在，等等，不等于道、气、象之类本身就是当时的什么"哲学"。这是因为，春秋战国前的中国原古文化，虽蕴含以哲学原素，却并非成熟形态之哲学。

举例而言，长期以来，所谓通行本《周易》是"哲学著作"的看法，几成学界"共识"。金景芳先生《学易四种》吕绍刚"序"曾云，"《周易》是讲哲学讲思想的书，卜筮只是它的躯壳"。出版于2005年据金景芳讲述、吕绍刚整理而成的《周易讲座》"序"称，"《周易》是卜筮之书"，又说"似《周易》又是哲学著作"①。

通行本《周易》究竟是什么性质的著作？有鉴于以卦爻筮符与卦爻辞算卦的《周易》本经是比较接近于中国原古文化源头的一个文本，称其为中国式关乎巫学、尔后发展为哲学等的文化类著作，是比较妥切的结论。

《周易》本经六十四卦序，上经三十，自乾坤至坎离；下经三十四，自咸（感）恒至既济未济，凡六十四卦的相邻两卦之间，各自构成错卦、综卦或错综卦两两相对的关系，尤其以未济为六十四卦之最后一卦等，显然是有"意"为之，蕴含以相当的哲学意识、思性甚或理念，是可以肯定的。然而这一卦序排列，仅为后人所为。所谓"文王演易"，为殷周之际事，并非原古巫筮的本来面目。《汉书·艺文志》有"人更三圣，世历三古"之言。在传说之伏羲"上古易"、文王"中古易"与孔子"下古易"的时代进程中，《周易》六十四卦的有序排列，大约仅处于"中古易"而不可能属于"上古易"时代。《易传》七篇凡十部分，史称"十翼"，有丰富而深邃的哲学思想，主要体现于《系辞传》与《文言》等篇什，其地位自当重要，而其所叙之思想内容，尚不能代表整部《周易》。《易传》除哲学即包括儒家伦理哲学、道家自然哲学与阴阳哲学等外，还有很重要的儒家仁学、礼学与《周易》古筮法，等等，天理、巫理、哲理、圣理、数理与文理等熔于一炉。因而，如称整部通行本《周易》为"哲学著作"，看来有些牵强。以为《周易》的思想内容仅在于"哲学"，难免有以偏概全之嫌。可以对整部《周易》进行哲学研究，但不等于整部《周易》尤其本经就是

① 金景芳、吕绍刚：《周易讲座》，广西师范大学出版社，2005，第1页。

"哲学著作"。

又如关于"天人合一",作为哲学命题,似乎不证而自明。"惠子宣扬'天地一体',庄子则讲'天地与我并生,万物与我为一'。(《庄子·齐物论》——原注)","在汉代以后的哲学中,'合一'成为一个重要的名词。董仲舒《春秋繁露》云:'事各顺于名,名各顺于天。天人之际,合二为一。'"①凡此都是"天人合一"说之最有力的理据,至于宋代理学家所言"天人本无二,不必言合"云云。更是理据确凿,毋庸置疑。

可是这里所指,皆为春秋战国及此后情形,不能用以证明中国原古文化时期就有哲学意义的"天人合一"。"天人合一"这一哲学命题的提出相当晚近,大凡属于道德哲学范畴。《张子正蒙·乾称》有云:"儒者则因明致诚,因诚致明,故天人合一,致学而可以成圣,得天而未始遗人。"显然指仁学、理学意义之"天人""合一"于道德人格之"诚""明"。其思维、思想源头,在战国中后期《易传》所言"夫大人者,与天地合其德"。意为唯有"大人"(帝王、圣人、贤者)才能在天生之德性上与"天地"合一,民、氓是没有任何资格与可能的。

可是当今有些学术研究,对于哲学意义之"天人合一"何以可能、何以发生等问题甚为忽视,一讲到"天人合一",便以为其似乎自古即有、不证自明而可拿来即用。试想在四千年前民智初开的原古文化中,怎么会有形态学意义的哲学、而且是"天人合一的哲学宇宙观"?称四千年前中国已有哲学,毕竟违背常识常理。那时的原古文化蕴含以一定的哲学意识,当有可能。至于宇宙观,并非一开始就是"天生"而属于"哲学"的。但见西汉《淮南子》,既说哲学"时空"意义的"往古来今谓之宙,四方上下谓之宇",又称"凤凰(凰)之翔,至德也","而燕雀佼(骄)之,以为不能与之争于宇宙之间"。②同一部《淮南子》,一说"宇宙"本义,指宫室(建筑);一说"宇宙"哲学引申义。"因为在当时中国人的历史意识中,认为宇宙即为建筑,建筑即为宇宙之故。"③"览冥训"所述的这一则寓言是说,"燕雀"见"凤皇(凤凰)"在

① 张岱年:《中国古典哲学概念范畴要论》,中国社会科学出版社,1987,第114、115页。

② 《淮南子·齐俗训》,《淮南子·览冥训》,顾迁注释,中华书局,2009。

③ 王振复:《中华古代文化中的建筑美》,学林出版社,1989,第1—18页。

高天飞翔，鄙夷不屑，以为还不如自己在"宇宙"即低矮的屋宇梁栋之间自得地飞来飞去。这里的"宇宙"指建筑。《说文》称"宇"者"屋边也"，亦《周易》大壮卦所谓"上栋下宇，以待风雨"的"宇"；"宙"，通"久"，原指建筑梁栋撑持屋宇、墙体的时间，故宙字从宀（房顶的象形）。汉高诱注："宇，屋檐也，宙，栋梁也。"可谓的论。宗白华先生说："中国人的宇宙概念本与庐舍相关。"①中国哲学宇宙观的历史与人文原型，是"建筑即宇宙""宇宙即建筑"。

由此不难见出，研究中国文化的原古根性，仅从一般的哲学方法进入而唯哲学是瞻，可能还是不够的。它可以是一条治学路向，可能有效地揭示原古文化的哲学原素而未必能俯瞰、把握整个原古文化。习惯性的学术思维总以"哲学"先入为主，这有可能将哲学意义上的"道""气""象"与"天人合一"等，误以为就是中国文化的原古根性，从而遮蔽中国文化的真正源头及其哲学、美学等真正的历史与人文原型。研究中华文化的原古人文根性，有必要力求科学地倚重与运用文化人类学、文化哲学的理念与方法。

二、中华原古文化的人文根性究竟何在

关于这一问题，学界亦曾给出诸多答案。其中主要有"神话""图腾"与"巫术"等三说。笔者以为，从相对成熟的文化形态看，中华文化的原始形态和品类，有以原古巫术、神话与图腾文化为主的一个动态有机的三维结构，且伴随以神话与图腾、以原古巫术文化为其基本而主导形态。②

"神话"说假定中华原古曾存在一个"神话时代"。张光直先生曾据沈雁冰《中国神话研究》、玄珠《中国神话研究ABC》与郑德坤《山海经及其神话》，将商周神话分为四类："自然神话、神仙世界的神话与神仙世界之与人间世界分裂的神话、天灾的神话与救世的神话及祖先英雄事迹系裔的神话"③。后世传说如伏羲创卦、女娲补天、仓颉造字、精卫填海、后羿射日与黄帝、西王母等神

---

① 宗白华：《美学散步》，上海人民出版社，1981，第89页。
② 王振复：《中国美学的文脉历程》，四川人民出版社，2002，第1—23页。
③ 张光直：《中国青铜时代》，生活·读书·新知三联书店，1999，第370、360页。

话传说资料，支持了关于中华原古文化始于"神话"的说法。近年的"神话"研究，在理念与方法上，实际与荣格、弗莱的"原型"说，建立了学理上的信任关系。其舍弃了"原型"说的某些先验性与神秘性，作为可行而有积极成果的学术研究，提供研究中华文化原古根性之有深度的一种学术参照系。

然而"神话"说的研究，至少有三点值得进一步的讨论。

其一，与古希腊、古印度神话相比，中华原古神话传说见诸文本相对晚近，且一般篇幅短小。如关于伏羲神话，主要见于战国中后期的《易传》，保存诸多神话资料的《山海经》，凡18篇，其中14篇为战国时作品，《海内经》4篇为西汉初年之作。有的神话传说，仅片言只语，有些保存于《庄子》一类的哲学著述中。"所谓先殷神话，就我们所有的文献材料来说，实在不是先殷的神话，而是殷周时代的神话。"①话虽不必说得过于绝对，应当说在殷周神话中，一定存有先殷神话的若干遗影。而就文本看，即使是篇幅短小的作品，确多为"殷周时代的神话"。

其二，中华神话思维的相对不够发达，表现在创世神话比较后起。如关于黄帝这一中华"人文初祖"的神话，"周神话中说黄帝是先殷人物；但我们研究周代史料与神话的结果，知道黄帝乃是'上帝'的观念在东周转化为人的许多化身之一"②。战国末期，阴阳家、齐人邹衍"深观阴阳消息"，始创"五德终始"说。认为朝代的更替，依"五行"即"五德"之"生克"律循环往复。西汉时始以黄帝为"人文初祖"。其"理据"，发启于宣扬巫性之"五德终始"说且影响于后世的《吕氏春秋·名类》。西汉时人据此，排出一个朝代更替的"序列"：传说中的黄帝时代之黄帝为土德，因"木克土"而为夏所替代，夏禹为木德；商汤为金德，因"金克木"故，商代夏；文王为火德，"火克金"而周代商殷；嬴政为水德，"水克火"，秦代周。接下来的朝代更迭，是必为汉代秦。试问何以必然至此？此乃按"五德终始"，"土克水"之故。故汉高祖必为土德。既然高祖与黄帝同为土德，那么，汉代以黄帝为这一民族的"人文初

---

① 张光直：《中国青铜时代》，生活·读书·新知三联书店，1999，第370、360页。
② 杨宽：《中国上古史导论》，《古史辩》第7册，上海古籍出版社，1982，见张光直：《中国青铜时代》，生活·读书·新知三联书店，2013，第361页。

祖",真乃"历史之必由""命里之注定"。①

再者,关于盘古的所谓"创世"神话,始见于《太平御览》卷二所录的三国徐整《三五历记》,又见于南朝梁任昉《述异记》。前者云,传说中的盘古,随"天日高一丈,地日厚一丈"而其"日长一丈",仅其生于天地玄黄、是天地"生"盘古而非盘古"生"天地。后者称,盘古确具"开天辟地"之功,"盘古氏,天地万物之祖也,然则生物始于盘古"。可是,这仅是南朝相当晚近的"创世"神话观,不能用以证明中华原始人文根性始于这类神话的有力证据。近百年前梁漱溟氏曾云:"中国文化在这一面的情形很与印度不同,就是于宗教太微淡"②。"淡于宗教"的文化,难为原古神话的相对早启与繁荣提供其所必须的历史与人文沃土。

其三,古希腊或古印度神话作为一种宏伟叙事方式,为欧西、印度后世的叙事体文学的磅礴展开,提供了理念、题材、主题、灵感与文本模式的人文源泉,这在中国是比较少见的。可以看做中国原古文化弱于"神话"的一个反证。自古中国人有点儿拙于"讲故事"。《诗经》中的"叙事"多为"宣情"的一种手段。今文《尚书·尧典》所说"诗言志"的"志",偏于指人的感觉、情感、意念、记忆、想象与理想,指对情感宣泄的描述与记载。尤为值得注意的是,中国原古神话传说尤其"创世"神话,一般具有历史化的倾向。伏羲、颛顼、黄帝、盘古、西王母与尧舜等,至东周及此后便逐渐转嬗为"历史圣王"。比如大史笔司马迁就曾为黄帝立"传",等等。而且凡此神话主角,一般仅与历史、政治与伦理相联系,没有更多地与中国哲学尤其是哲学本原本体论相联系。

"图腾"说认为,人类包括中华文化的原古根性是原古图腾。"图腾是意识到人类集团成员们的共同性的一切已知形式中最古老的形式","意识到人类集体统一性的最初形式是图腾"③。学人据此往往以为,图腾是人类文化之"最古

---

① 按:关于这一问题,请参见王振复:《中国美学的文脉历程》第三章第三节"历史美蕴与人文初祖的塑造"。

② 梁漱溟:《东西文化及其哲学》,载《梁漱溟全集》第一卷,山东人民出版社,1989,第441页。

③ [苏] 苏联科学院民族研究院:《原始社会史——一般问题、人类社会起源问题》,蔡俊生、马龙闪译,浙江人民出版社,1990,第436—437页。

老的形式"。实际苏联学人这里所说的是,迄今"已知"的一切文化方式中,以图腾为"最古老",并未断言图腾就是人类"最古老"的一种文化方式。

图腾是生命文化意识的起始,它倒错地将诸如山川、动植物甚至苍穹认作人类自身的"生父"或"生母"。在原古"万物有灵"人文意识的催激下,追寻人类之"我"来自于"谁"。图腾所崇拜的,是被错认为"生身父母"的神秘、神性的山川与动植之类。因而,图腾是原古自然崇拜与祖神崇拜的叠加,是一种原古的"复性"文化。可以说,人类只有在悠古的自然崇拜与祖神崇拜意识萌生而兼具之时或之后,才可能有原古图腾崇拜意识的生起。就此而言,图腾文化意识或然不会是人类最古老的文化意识。关于图腾文化发生的"第一时"与"第一地"问题,或然可以据已掌握的有关考古与资料即"二重证据"的实证,在逻辑上加以推断,而无法断言迄今考古所发现的肯定是其"第一时""第一地"。

关于原古图腾的起始年代,有的说距今约8 000年,有的称距今约25 000年,有言"13万年""16万年""25万—20万年"甚或"40万年",等等。有的研究,断言约在23万年前,人类已具"最初萌芽的图腾观念"。其主要理据,在叙利亚戈兰高地贝雷克哈特-拉姆遗址,发见了属于"阿舍利文化"的人类女性小雕像。这一结论不免让人感到有些困惑,不是说图腾是错误地以山川、动植等非人类的物类为其"生身父母"么,该小雕像的现实原型是人而非神秘、神性的山川与动植之类,则何以可作为23万年前"最初萌芽的图腾观念"的一大证据?法国人类学家列维-布留尔说:"对属于图腾社会的原始人来说,任何动物、任何植物、任何客体,即使像星球、太阳和月亮那样的客体,都构成图腾的一部分,都有它们自己的等和亚等。"[①]却未有以"人"自身及其原古相关的艺术品为图腾。"阿舍利"女性小雕像,应是人类原古生殖意识而非图腾意识的物证。须知当今所见之人像刻画的图腾柱,并非以"人"自身为图腾对象,而是将有关图腾对象人格化的结果。中国古籍中,确有一则以"巨人迹"为图腾的记载。《史记·周本纪》曰,"周后稷,名弃",乃"姜原出野,见巨人迹,心忻然悦,欲践之。践之而身动如孕者。居期而生子,以为不祥,弃之隘巷","姜原以为

---

① 〔法〕列维·布留尔:《原始思维》,丁由译,商务印书馆,1981,第28页。

神，遂收养长之。初欲弃之，因名为弃"。然这是以人所"践"（踩）的"巨人迹"为图腾，并非"人"本身即可为图腾对象。

中华原古图腾的记载甚多。《诗经·商颂》有"天命玄鸟，降而生商"之言，可证商部落以"玄鸟"[①]为图腾。这便是为何迄今称男性性器为"鸟"之故。"龙的传人"，是一个最典型的原古图腾证据与图腾文化命题。《周易》本经六十四卦的第一卦乾卦，又称龙卦，其每一爻以及"用九"之辞，自"潜龙勿用""见龙在田""或跃在渊""飞龙在天""亢龙有悔"到"群龙无首"，皆为言述龙象之词或兼判词。此《易传·象辞》之所以称"六位（按：指乾卦六爻）时成，时乘六龙以御天"。但乾卦是一兼具巫术、图腾与神话三维的卦爻之象，尽管笔者曾撰文将龙的原型之说总结为十七见，而有关龙这一图腾发生之真正的"第一时""第一地"，依然难以考定。

图腾作为氏族的精神偶像，具有群团血族的巨大作用。作为一种"前生命意识"，其关于生命与尊祖意识的最初步之觉醒，自不言而喻。然而，此亦仅是倒错地树立一个虚假的、替代的祖神权威而已，真正的祖宗其实并不"在场"。而且在所谓的"图腾时代"，除了图腾意识的觉醒，还有诸如属于巫性范畴之"实用"意识、"象"意识、"时"意识与"天人合一"等原古人文意识的历史性登场。尽管图腾意识中已在孕育"崇高感"的历史性感觉及其意识因子，从众所周知的中华文化原本欠缺"悲剧性崇高"[②]这一点或可反证：原古图腾的神性，其实并非中华文化基本而主导的原古人文根性。

"巫术"说主张中华原古文化的基本形态及其主导在于"巫"。或者确切地说，在于伴随以神话、图腾的原古巫文化。

其一，人类包括中华原古文化，首先是人类原古生活、生产与生命实践的历史。衣食住行尤其所谓"饮食男女"，当为人类头等大事。借用李泽厚先生《历史本体论》一书之言，即所谓"吃饭哲学"。确切地说，"民以食为天"及人种的繁衍，对于原古巫文化而言是人类的"第一主题"。尽管巫术作为一种

---

① 按：玄鸟，一说为燕，《古诗十九首》："秋蝉鸣树间，玄鸟安所适？"一说为鹤，《文选·思玄赋》："子有故于玄鸟兮，归母氏而后宁。"李善注："玄鸟，谓鹤也。"。

② 按：《国语·周语》有"土木之崇高"语；《易传》称"崇高莫大于富贵"，皆非指"悲剧性崇高"。

"伪技艺"，实际并非能够解决什么，然巫者坚信巫术无所不能。巫术提高了巫者属于人类童年时代之稚浅而盲目的自信心，去"乐观"地迎接一切人生苦难。巫术是由人类生存面临无数实际困难的巨大压迫而产生的。在巫术观念中，似乎一切实际生活难题、悲剧包括人身死苦，一旦施行巫术，便不费吹灰之力迎刃而解。如"不孕的妇女如果想要当母亲，只要把一个婴儿形状的木偶抱在膝上，她就可以梦想成真"①，云云，这让无数今人"哑然失笑"，但在原古时代却是真诚的坚信。瑞士学者弗里茨·格拉夫说："在古典时期，巫术活动无处不在。"②但看中国的甲骨占卜、《周易》占筮，占宴饮、占衣帛、占居室、占出行以及占生育、死灭、梦境、祭祖与战事成败，等等，几乎无所不占。有人甚至在卜辞中发现，就连"牙痛"一类小事，也有卜例。宋兆麟曾指出，"巫术是史前人类或巫师一种信仰和行为的总和，是一种信仰的技术和方法"，面对实际的生存难题，凭借巫术，"可影响、控制客观事物和其他人行为"③。因而，为企图解决一切实际生存苦难的术士，早在古代波斯时期，"他们负责王（皇）家祭祀、葬礼仪式以及对梦境的占卜和解释。色诺芬把他们描述为'所有关于神的事务'的'专家'"④。此所言"神的事务"，实际指属神又属人的巫术事务。

其二，与原古神话、图腾相比较，如果说，神话只是先民对于世界与人自身生存状态与理想的一种"话语解释"系统，如果说图腾只是先民在"寻根问祖"、群团氏族人心时才对图腾对象心存感激与崇拜、才举行图腾仪式的话，那么原古巫术，实际是先民日常生存、生活的一种实践常式。巫术的施行，几乎贯彻于先民生存、生活的一切领域。人类只有在知识可能达到的地方，才无须巫术的施行。偏偏先民智力何其低下，知识、理性与科学的发生与运用更是困难多多，又一时难于历史性地、全面地展开，于是便以巫术这一"伪技艺"方式，作

---

① ［英］詹姆斯·乔治·弗雷泽：《金枝》上，赵昭译，陕西师范大学出版总社有限公司，2010，第19页。
② ［瑞士］弗里茨·格拉夫：《古代世界的巫术》，王伟译，华东师范大学出版社，2013，第一章"导论"，第27页。
③ 宋兆麟：《巫与巫术》，四川民族出版社，1989，第214、215页。
④ ［瑞士］弗里茨·格拉夫著：《古代世界的巫术》，王伟译，华东师范大学出版社，2013，第一章"导论"，第27页。

为知识、理性等"把握"世界的一大"替代"。当然，这里所涉及之巫术所蕴含的原始知识、理性甚而朴素的科学因素，是另一问题，此勿赘。

"我们越无法倚赖（依赖）自然和知识，则越会寻求征象，希望神迹（奇迹），而信托捕风捉影的佳兆。"①巫术自有其自身的"话语"与"解释"系统，但其本身并非仅仅用以"解释"自身，巫术不仅是意识、理念与话语，更是直接面对生存实际难题的操作与处理方法，是一种直接"应用"的文化方式。难怪英国古典人类学家弗雷泽要将巫术称为"应用巫术"。当然，并非神话与图腾无关乎先民的生命、生存与生活，神话萌生、发展人的原始情感、想象与幻想，图腾萌生、发展人的"准生命意识"，然此二者，一般并非先民处处、时时的日常生活本身。相对而言，原古神话、图腾与先民日常生活的关系是次要的。

这是因为，原古神话与图腾，一般不具有实用性。原古巫术，虽然也没有什么直接的、真正的实际功用，而先民观念上所坚信的巫术之"灵验"，却可以由此产生实际效应，且由此首先发生、发展了人类史前的实用、功利意识理念。一种实际上没有实用功能的文化方式，由于巫者坚信其"实用"，这一巨大的精神力量，给予人的世界、环境、生活、文化与心灵等等以深巨影响，甚而能够控制而严重影响天下、家国、社稷的进程与人的命运、道路。这便是原古巫术的文化之力。

英国功能主义人类学家马林诺夫斯基曾经指出："世界是马马虎虎的背景，站在背景之下而显然有地位的，只是有用的东西。"②此一语中的。人类文化意识何其多样，其萌生、觉醒的历史性契机，首先深蕴于人们的日常生活之中。与先民日常生活具有密切联系的，唯有与企图解决生活实际难题的此一原始实用、功利意识的萌生。因而实用功利意识，在人类历史与文化的深处，有可能最先被"唤醒"。人首先要能吃饱肚子活下去并有所繁衍，才能顾及、谈论与想象其他。原古巫术的实用功能虽属虚妄，而先民由此所产生与体验到的"实用"意识，却是真实的。巫术本身实际上一无所用，然而由先民所"真实"体验到的"实用"，又确在实际生活中发挥实际之功用。值得指出的是，正如神

① ［英］马林诺夫斯基:《文化论》，费孝通译，中国民间文艺出版社，1987，第67页。
② ［英］马林诺夫斯基:《巫术科学宗教与神话》，李安宅译，中国民间文艺出版社，1986，第27页。

话、图腾一样，尽管原古巫术发生的"第一时""第一地"无可发明，原古巫术与神话、图腾的发生究竟孰先孰后，考古学也无法以最后的证据来证明这一点。然而与原古神话、图腾意识相比较，由于原古巫术与先民"衣食住行"等实际需要直接攸关，因而巫术及其实用、功利意识的发生与繁荣，可能更为原始、更为本在。

其三，如要追寻原古巫术文化的人文根性，首先须对巫术与宗教加以区别。关于二者的关系，目前学界有一种习惯性的学术思维，往往将其混为一谈，以"宗教巫术"并称云云，因而，努力厘清二者的关系是必要的。

简言之，从文化智慧的"文明"①程度看，尽管在后世的宗教文化中，巫术一直大行其道，以至于有学人称其为"宗教的堕落"或"宗教的孑遗"，然而，就二者的发生、涵义与功能分析，显然未可同日而语。比如求雨，原始先民因智力的低下，在"万物有灵"意识的支配下而不知"天高地厚"，迷信自己通过巫术"作法"而无坚不摧，有时恰遇大雨倾盆，更坚执于相信此乃巫术之无比灵力使然；待到巫术的失败让人吃尽苦头，反而促成原始理性的觉醒，迷茫中相对的人之软弱无力，变成错误地意识到人绝对的软弱无力，以至于企图通过向神的全人格的跪拜而达成求雨之目的，遂由原先在巫术中人只是向神灵"跪倒了一条腿"，变成了人彻底地向神跪下，这便是宗教的求雨方式；而在科学昌明时代，理性尤其科学理性的高扬，让人工降雨成为现实。在此所谓"巫术-宗教-科学"的逻辑进程中，巫术与宗教往往被人加以混淆。其实不然。弗雷泽说："尽管巫术也经常和宗教拟人化的神灵打交道，但在巫术仪式中，巫师对待神的方式与对待无生命的物体无异——它是强迫甚至胁迫神，而不是如宗教那样讨好神。"又说，"祭司（引者：指宗教祭司）在神面前卑躬屈膝，因此极其厌恶巫师骄傲的态度，和对权力的妄自菲薄。巫师自大地宣称，自己拥有

---

① 按：笔者以为，如果将"文化"定义为"自然的人化"（过程）兼"人化的自然"（结果），则"文明"便指"文化发展的程度"。此乃关于"文明"的文化人类学的审视。历史学以为"文明"乃阶级、国家及文字诞生之后才具有之，称此为"文明时代"，此前则为"野蛮时代"。人类学以为，"文明"既然为"文化发展的程度"，则与文化相伴相生。在人类"野蛮时代"，也是具有"文明"的，为"野蛮的文明""文明的野蛮"。参见王振复:《〈周易〉巫性美学问题举要》。

和神灵同样的权力。”[①]巫术与宗教的文化本质，首先体现于人在这两种“信文化”中的不同地位与对待神之不同的态度。同时，文化形态学意义上的宗教，必须具备主神、教义、组织与信徒的生活制度（戒律）等要素，否则便难以称为成熟之宗教。而大凡巫术，有神灵观念而无主神意识及其偶像；有种种巫术信条却无成理论系统的教义；有巫师人群，如中国先秦时期之“大巫”“小巫”即孔子所谓“君子儒”“小人儒”，但无严格的从教团体；有无数的“禁忌”却不是成系统的宗教戒律，实际上，巫术禁忌只是宗教戒律的文化前驱。

总之，尽管巫术与宗教皆属于“信文化”范畴，其发生、智慧程度与文化功能等，皆为不一。只有认识了这些，才有可能进而扪摸中华文化的原古人文根性究竟何在。

其四，关于原古巫术、神话与图腾三者的人文联系，在中外人类学著作或有关论析中，几乎没有哪一著作与论述，将三者加以严格区分，尔后进而分析三者的人文与历史联系。但看李泽厚先生所言，其谈到审美与艺术的历史与人文成因时说，“审美或艺术这时并未独立或分化，它们只是潜藏在这种种原始巫术礼仪等图腾之中”[②]。此论显然是将巫术等同于图腾，且将巫术作为图腾的一个组成部分来加以理解。其近作《由巫到礼 释礼归仁》已不持此见。然其关于巫术与图腾不加区分的看法，在学界看来还是有些影响的。有学人说，“因此，巫术观念在根本上也就成了原初性图腾观念的特化形式之一”[③]。似乎原古文化唯有图腾而无其他，即使看到了原古巫术文化的存在，也只是将其看做图腾的“特化形式之一”，而不去追究巫术与图腾的文化起因、特性、地位、模式与功能等究竟有无不一。其实，虽然此二者同属原古“信文化”范畴，正如前文所述，其文化差异不可忽略，否则作为中华文化之基本而主导的巫性问题，便难以得到正确的揭示与说明。

在长期以来相当多的有关研究中，将“神话思维”等同于“原始思维”，可说是又一阐释通例。称巫术思维、神话思维与图腾思维同属于“原始思维”，

① ［英］詹姆斯·乔治·弗雷泽：《金枝》上，赵昍译，陕西师范大学出版总社有限公司，2010，第57页。

② 李泽厚：《美的历程》，文物出版社，1981，第5页。

③ 郑元者：《艺术之根——艺术起源学引论》，湖南教育出版社，1998，第107页。

自当不错，却也是初步的可说是有些粗疏的研究。泰勒的《原始文化》、弗雷泽的《金枝》与布留尔的《原始思维》等名著，尤其是后者，以"神秘的互渗""集体表象"等学术概念来解读"原始思维"，颇有说服力。然而《原始思维》一书所论述的，其实主要是巫术及其巫性思维。布留尔说："在一切人类社会（引者：这里指一切原古社会）中都发现了一些与作为图腾崇拜之基础的东西（如信神灵、信离开躯体和身外存在的灵魂、信感应巫术——引者：此为原注）相类似的神话和集体表象，——这个事实被认为是'人类思维'本身结构的必然结果。"[①]显然，这一表述如果不是汉译的错讹，则在概念上将"感应巫术"与"神话"等，看做"图腾崇拜"之"基础的东西"，并不妥切。其所言"人类思维"，是指"原始思维"。则在治学理念上，并未将同宗于"万物有灵"意识、理念的原古巫术、神话与图腾思维加以区别。

其实，此三者的思维个性与指向等甚为不一，是很显然的。如果说，原古神话思维更多地以思维因素融渗于极度夸张、虚构与幻想的"叙事"方式而不直接指向"实用"的话，如果说，原古图腾将思维、心灵专注于寻找与认同"谁"为"生身父母"、将自然崇拜与祖宗崇拜在思维中加以叠加、且亦一般地不具有"实用"功能的话，那么，原古巫术及其巫性思维，一是其思维的域限，定位在神与人、神性与人性之际；二则在于，其"实用功利"思维指向人日常的生活实践。如果说，神话与图腾的原始思维及其意识是对神灵的绝对崇拜，那么，属于巫术的原始思维及其意识，则是对于神灵的相对崇拜，即除了崇拜神灵同时崇拜人自身，巫术的所谓"灵力"，实际是神力与人力的结合与妥协。

三者皆无充裕的智力去发现、理解与运用思维的矛盾律。布留尔说，"原始思维服从于互渗律"，"它对矛盾采取了完全不关心的态度"，"这便是为什么在与我们的思维比较之下可以把它叫做原逻辑的思维"[②]。而"巫术思想（引者：实际指思维），即胡伯特和毛斯所说的那种'关于因果律主题的辉煌的变奏曲'，之所以与科学（思维）有区别，并不完全是由于对决定论的无知或藐

---

① ［法］列维-布留尔:《原始思维》，丁由译，商务印书馆，1981，第12页，"作者给俄文版的序"。

② 同上。

视，而是由于它更执拗、更坚决地要求运用决定论"①。巫性思维，不仅不懂而无视天人、物我、物物之间的"矛盾"，错误地将其看做一体，更"辉煌"而倒错地运用"因果律"和"决定论"，即将巫术预兆与结果以巫的方式加以对接，且坚信从"因"到"果"的神秘必然性。巫术及其巫性思维，既与神话与图腾一样，处于神性与人性之际，又是与实用意识紧密联系的那种既媚神又渎神之相对的主体意识及其思维方式。

三、巫性作为中华原古人文根性何以可能

（一）从文字学看巫性

甲骨文记载诸多巫卜之例。"癸酉卜巫宁风"②"庚戌卜巫帝（禘）一羊一犬"③与"壬午卜巫帝"④，等等，皆是关于占卜具有巫性的明证。王国维、陈梦家、商承祚与于省吾氏等，于此皆有成果丰硕的研究。韩国学人赵荣俊将甲骨文"巫字之义"归纳为十："若视诸家所说，亦不下为十义：第一，可释为卜辞之'筮'；第二，可释为一种祭祀的名称，类似'方衼、望衼'；第三，可释为国名；第四，可释为地名；第五，可释为一种神名；第六，可释为一种人；第七，可释为四方的方位；第八，可释为舞；第九，可释为规矩形；第十，可释为一种巫行法工具。"⑤应该说，此并非指"巫"本具"十义"，而指学界关于"巫"字之义尚有十解。

考巫字本义，在于厘清巫字与筮字之义的文脉联系。学者为证明巫字指巫术"工具"之说，以为甲骨文字"巫"，实际指"筮"。饶宗颐先生称"巫与筮通"⑥，张日升《金文诂林》亦说，"窃疑，（巫）字象布策为筮之形，乃筮之本字"。

问题是，如甲骨卜辞之"巫"实指"筮"的话，则甲骨占卜应为"甲骨

① ［法］列维-施特劳斯：《野性的思维》，李幼蒸译，商务印书馆，1997，第15页。
② 罗振玉：《殷虚书契后编》下四二、四，《殷虚书契五种》，中华书局，2015。
③ 郭沫若：《甲骨文合集》（凡十三册），中华书局，1978—1982，三三二九一、四〇三九九。
④ ［日］贝塚茂树：《京都大学人文科学研究所所藏甲骨文字》，三二二一。
⑤ ［韩］赵荣俊：《殷商甲骨卜辞所见之巫术》（增订本），中华书局，2011，第60—61页。
⑥ 饶宗颐：《殷代贞卜人物通考》，香港大学出版社，1959，第41页。

占筮",这不可能也是不符史实的。《广韵》有"龟为卜,蓍为筮"之言。《礼记・曲礼》:"龟为卜,筮(算)为策。"《诗・氓》:"尔卜尔筮。"可见,虽卜、筮同属巫性文化范畴,而殷卜、周筮的工具、规范、方法与发生时代不一是显然的。尽管后世卜、筮文化有相互交错之时,而两者属巫之文化智慧程度不一,殷之卜比周之筮显得更古远、更权威,并非无根游谈,此《左传・僖公四年》之所以称"筮短龟长,不如从长"之故。有学人将卜辞"丙戌卜贞巫曰集贝于帚用若(诺)一月"①的"巫曰",释为"筮曰"。似乎早在殷代已盛行文化智慧程度比甲骨占卜更高的易筮,这是须有确凿史证的。如果卜辞的"巫曰"确本为"筮曰"之义,则此一辞文,应为筮辞而非卜辞,又何以刻于甲骨令人感到困惑。如将一般读为卜辞的"巫"皆读成"筮",则无异于承认殷周尤其殷之中华原古巫文化,惟有易筮而无甲骨之占卜。这毕竟不符有关历史常识。

卜辞中的"巫",实指所谓通阴阳、天地、神人的"巫人"即后之所谓巫师,其文化属性,在处于神性与人性之际的巫性,此类巫例甚多,如"乙酉卜巫帝犬"②之"巫"然。"巫帝"之"帝",为禘,祭祀义,故"巫帝"的"巫",为主语,指"巫人"。巫字从工。古时有"百工"。《周礼・冬官・考工记》有云:"国有六职,百工与居一焉。"后世之"百工",显然由殷周之"巫"(主要包括卜、筮)而非仅为"筮"发展而来。"巫"乃"百工"之祖。卜辞有"多工"③"百工"④之记。"百工"掌都城、宫室之规划、营造与工艺之类,又时时处处不离"堪舆"即风水之术,而"风水"者属巫。古时所谓"工作",本指巫(工)之"作法"。

再从与巫相关的"士"字看巫性。余英时先生援引杨树达《积微居小学述林》,疑近人吴检斋关于"士,古以称男子,事谓耕作也"之说不确,其以为"'士为低级之贵族',这是正确的论断"⑤,并引顾颉刚《史林杂识初编》所

---

① 李旦丘:《铁云藏龟零拾》,二三,上海中法文化出版委员会,1939。
② 郭沫若:《甲骨文合集》(凡十三册),中华书局,1978—1982,三三二九一、四○三九九。
③ 按:郭沫若《殷契粹编》一二八四:"甲寅卜吏贞多工亡尤。"
④ 按:中国社会科学院考古研究所:《小屯南地甲骨》二五二五:"癸未卜又祸百工。"
⑤ 余英时:《士与中国文化》,上海人民出版社,1987,第9页。

谓"吾国古代之士，皆武士也"的见解做其立论之佐证。此实乃未谙易巫筮法之故。

笔者在《释"士"》一文中曾指出，许慎《说文》有"士，事也"之言①。此"事"，特指"巫事"而非指古代从事"耕作"之事的"男子"，亦并非指"低级之贵族"。《说文》云，"士"者，"数始于一，终于十，从十一"，可谓的论。通行本《周易》之本经，作为巫筮之书，从其八卦、六十四卦及其卦辞、爻辞，为算卦之文本，其性皆属巫。此书大致成篇于战国中后期之《易传》所记古筮法，自始至终为神秘巫筮之数的运演。其古筮法，基于自"一"至"十"此十个数。《易传》云，"天一地二、天三地四、天五地六、天七地八、天九地十。天数五、地数五，五位相得而各有合。天数二十有五，地数三十。凡天地之数五十有五，此所以成变化而行鬼神也。"此之谓：古筮法十个神秘之数，一三五七九为"天数"（奇数、阳数）之和为二十五；二四六八十为"地数"（偶数、阴数）之和为三十，"天地之数"总和为五十五，此古人所谓"大衍之数"。而实际用以占筮时，仅以五十筮策运演，是何缘故？按金景芳《学易四种》所言，此古筮法，在千百年流传中，本为"五十有五"，脱去"有五"二字之故。然"自一至十"的十个神秘筮数，是不可缺的，故有许慎《说文》"数始于一，终于十，从十一"之言。《说文》亦曾引述孔子之言云，"推一合十为士"。许子深谙巫筮之原理。汉刘向《说苑》曰："辨然否，通古今之道，谓之士。""士"者，算卦之巫，其原型在易巫。《士与中国文化》在论述时，已大致注意到《说文》等释"士"之材料，而歧作他解，大概未确《周易》古筮法之故。

（二）巫与巫性的神话传说

关于巫之源起，《尚书·吕刑》云，往古蚩尤作乱，祸及百姓，刑法滥用，天下大乱。于是，颛顼哀怜平民，施行德威，令其孙即通天之"重"，主持天上之事；令其另一孙"黎"，管理地上人事。由此禁绝百姓平民与神灵自由交通。遂使通天地神灵，成为重、黎之特权。此所谓"绝地天通"。

这一神话传说，意味着世界原本混沌一片，无所谓神界、人间。由于人

① 王振复：《释"士"》，《书城》杂志，1993年第3期。

智初进，而分出天地、神人。重、黎者，既通神灵又通人间。实际为神话意识中交通天地、神人的巫之祖。而民、氓无权参与，此之谓"绝地天通"，由此建构了巫的世界秩序。此亦如古印度《梨俱吠陀》所言上达天宇、下彻地界之"宇宙树"。《玄中记》云，"天下之高者，有扶桑，无枝木焉。上至于天，盘蜿而下屈，通三泉"。亦如《山海经·海内南经》所言"建木"，《淮南子·地形训》曰："建木在都广，众帝所自上下"。此"众帝"之"帝"，应指重、黎。扶桑、建木，正如重、黎，是传说中具有巫之文化功能的"原巫"。《国语·楚语》云："颛顼受之，乃命南正重司天以属神，命北正黎司地以属民，使复旧常，无相浸渎，是为'绝地天通'。"所谓"绝地天通"，并非禁止一切人众与天神、地祇相通，"于是，一个新的问题就提出来了。此即究竟由什么（谁）来维系天地、神人之间的联系与交往呢？民当然想有'登天'之举，这一目的可以通过巫（觋）来完成"[1]。巫觋，民人"通神"而占测命运的代表。而后之巫觋在神话传说中的原型，为重、黎。

（三）古籍记载之巫与巫性

关于巫的古籍记载，可谓浩如烟海。且不言殷周甲骨卜辞实为巫辞，也不说金文所记之巫例俯拾皆是，《周易》通行本、帛书本与楚竹书本等，皆多言巫筮。以笔者仅见，上海古籍出版社九卷本《四库术数类丛书》，收录文渊阁本《四库全书》术数类古籍凡五十种。袁树珊编著《中国历代卜人传》一书，凡"三十九卷，表一卷，索引一卷。自上古羲农，至民国初先贤，凡三千八百余人"，所载"大都对于阴阳术数、卜筮星相，多所发明。或具特长，或大圣大贤，忠孝节义，儒林文苑，隐士方外，兼研此术"[2]。虽卷帙浩大，而远未搜罗无遗。

有关中国原古巫术文化的大量古籍文字记载，实际远超于原古神话与图腾的资料。"大荒之中，有山，名曰丰沮玉门，日月所入。有灵山。巫咸、巫即、巫盼、巫彭、巫姑、巫真、巫礼、巫抵、巫谢、巫罗十巫，从此升降，百

---

① 王振复：《中国美学的文脉历程》，四川人民出版社，2002，第13页。

② 袁树珊：《中国历代卜人传提要》，载袁树珊编著：《中国历代卜人传》，中国台湾新文丰出版公司，1998。

药爰在。"(《山海经·大荒西经》)又称"巫咸国在女丑北。右手操青蛇，在登
葆山，群巫所自上下也"。(《山海经·海外西经》)《山海经》实为伴随以原古
神话、图腾资料之记载的一部"古之巫书"。鲁迅称它"记海内外山川神祇异
物及祭祀所宜"，"所载祠神之物多用稌（精米）与巫术合，盖古之巫书也"①。
五经之一的《尚书》，作为"史之记事"，亦记载诸多卜筮之巫例。如"禹曰：
'枚卜功臣，惟吉之从。'帝曰：'禹！官占惟先蔽志，昆命于元龟。朕志先定，
询谋金同，鬼神其依，龟筮协从，卜不习吉'"(《尚书·虞夏书·大禹谟》)；
"七，稽疑。择建立卜筮人，乃命卜筮。曰雨，曰霁，曰蒙，曰驿，曰克，曰
贞，曰悔，凡七。卜五，占用二，衍忒。立时人作卜辞"(《尚书·周书·洪
范》)。《尚书》所记"盘庚迁殷"，关乎属巫的堪舆、风水之事。至于《周礼》
《左传》《国语》《礼记》与《楚辞》诸书，甚而《庄子》等哲学名篇，所记巫例
亦甚多，此难以一一述说。如《庄子》有云："此皆巫祝之知之矣，所以为不祥
也。此乃神人之所以为大祥也。"《韩非子》说："今巫祝之祝人曰：'使若千秋万
岁！'千秋万岁之声恬耳，而一日之寿无征于人，此人之所以简巫祝也。"就连
《诗·小雅·楚茨》，亦有"工祝致告，徂赉孝孙"之记。笔者当然远未阅遍中
华古籍，然从读过相当篇什的古籍而言，几无不涉言巫文化者，更不必说专以
卜辞为务的甲骨文辞与易之筮辞了。

在古代巫文化盛行时代，中华民族居基本而主导地位的人文意识、理念，
无论在哲学、史学、政治学与诗学等领域以及民间生活习俗中，巫是绕不开的
重大主题之一，或有巫文化因素蕴含其间，遂留下无数有关巫的文典。测日、
测风、卜筮、堪舆、放蛊、扶乩、相术与占梦等等，有浩繁的文字资料。即就
卜辞之记而言，张光直先生说："商人在筑城、征伐、田狩、巡游以及举行特别
祭奠之前，均要求得祖先的认可或赞同。他会请祖先预言自己当夜或下周的吉
凶，为他占梦，告诉他王妃的生育，看他会不会生病，甚至会不会牙疼。"②凡
此以巫之文本相传的宏大文化传统，往往使充满智慧的这一伟大民族的头脑，
浸润在巫的迷氛之中，热衷于巫之信仰而无与伦比。

① 鲁迅：《中国小说史略》，载《鲁迅全集》第九卷，人民文学出版社，2005，第18—19页。
② 张光直：《美术、神话与祭祀》，生活·读书·新知三联书店，2013，第45页。

（四）巫与巫性之考古发现

中华最原古巫文化究竟始于何时何地，尚难以考定。宋兆麟《巫与巫术》一书，曾将龙山文化、大汶口文化遗址所出土的玉琮、獐牙钩形器等看做原古巫师"作法"时所用的"法器"，以推定巫文化的起始。然而，此"法器"在形态上已相当成熟，似未可以"最古"论。刘凤君编著《昌乐骨刻文》一书认为，在甲骨文字出现之前，史前已有属巫之"龙""凤"等"骨刻文"在山东等地发现，"我认为这批刻字是山东龙山文化时期的遗物，距今约4000—4500年，属东夷文字，是中国早期的图画象形文字"[1]。这一"骨刻文"，是否为史前人工遗存抑或自然侵蚀而成、以及被读为"龙""凤"诸字是否确为"龙""凤"，学界意见不一。[2]

据考古发现，河南舞阳贾湖遗址有"龟甲"遗存出土[3]，据测年代距今约在7780—7860年间。1987年6月，在安徽含山凌家滩一新石器晚期墓葬遗址，出土一组玉龟、玉版[4]。李学勤先生说："这座墓是一座口大底小的长方形土坑墓"，出土诸多玉器、陶器与石器。"玉器多集中于墓底中部，估计原来是放置在墓主的胸上，而玉龟和玉版恰好为其中央。"并引述俞伟超《含山凌家滩玉器和考古学中研究精神领域的问题》一文之见，即从"上下两半玉龟甲的小孔，正好相对"分析，"一望即知是为了便于稳定在这两个小孔之间串系的绳或线而琢出的"。绳、线可按两半玉龟版闭合或解开，这种"合合分分，应该是为了可以多次在玉龟甲的空腹内放入和取出某种物品的需要"。由此推见，"这是一种最早期的龟卜方法"[5]。

值得注意的是，凌家滩遗址所出土的玉版呈方形，其"正面有刻琢的复杂图纹。在其中心有小圆圈，内绘八角星形。外面又有大圆圈，以直线准确地分

① 刘凤君：《昌乐骨刻文发现与研究》，载刘凤君编著：《昌乐骨刻文》，山东书画出版社，2008。

② 参见《骨刻文座谈纪要》，刘凤君编著：《寿光骨刻文》附一，山东书画出版社，2010。

③ 参见河南省文物研究所：《河南舞阳贾湖新石器时代遗址第二至第六次发掘报告》，《文物》1989年第1期。

④ 参见《安徽含山凌家滩新石器晚期墓地发掘简报》，《文物》1989年第4期。

⑤ 李学勤：《走出疑古时代》，辽宁大学出版社，1997，第116、115页。

割为八等份，每份中有一饰叶脉纹的矢形。大圆圈外有四饰叶脉纹的矢形，指向玉版四角"[1]。笔者以为，该玉版之刻纹图案的平面方圆结合，显然是"天道曰圆，地道曰方"即"天圆地方"人文意识迄今所发现的最早期表现。"八角星形"及向八方放射的"矢形"，类似《周易》八卦方位，其大圆圈外"指向玉版四角"的四个"矢形"，又类于八卦方位的"四隅"（四维）意识之体现。玉版出土时，夹置于具有占卜之功的玉龟甲间，可以看做与龟卜意识有关，亦显示原古龟卜与易筮的文脉联系。

有关原古巫文化的考古发现，高广仁、邵望平《中国史前时代的龟灵与犬牲》[2]一文亦可供参阅。在山东泰安大汶口、江苏邳州刘林及大墩子、山东兖州王因、山东茌平尚庄、河南淅川下王冈、重庆巫山大溪以及江苏常州寺墩等处遗址中，皆有相类之龟甲文物出土，且多有钻孔。如江苏邳州大墩子44号遗址，其龟背、龟版相合，内有骨锥六枚，背、腹甲各具钻孔者四，腹甲一端被磨去一段，上下有X形绳索之痕，年代早于安徽凌家滩。此类令人鼓舞的考古发现，使"最早期的龟卜方法"的推断，增添不少田野证据。

中国属巫之史前风水地理遗址的发现，亦可证原古巫术文化之发生的古远。北京周口店龙骨山"山顶洞人"之"居所"，洞内地理，在考古学上分为"上室""下室"与"下窨"三部分。"上室"位于洞穴东半区，面积110平方米，地势高而宽敞，有先民用火灰烬之痕，为活人居住区而无疑；"下室"位于西半区，地势稍低，有人之遗骸残存之遗痕，发现象征生命与鲜血的赤铁矿粉末痕迹；"下窨"地势更低，空间更为窄小，仅为南北3米、东西1米，为自然形成的南北向裂沟，先民曾在此丢弃诸多动物残骸。这一遗址的空间地理方位安排，为1万8千年前巫与巫性堪舆意识的有力体现。活人居东为上，其次为死者之葬所，再次为动物。人为贵而动物次之。

河南濮阳西水坡45号墓称"龙虎墓"，其藏式，在墓主左右，以蚌壳摆列成图案。"东方为龙，西方为虎，形态都颇生动，其头均向北，足均向外"。此

---

① 李学勤：《走出疑古时代》，辽宁大学出版社，1997，第116、115页。

② 参见《中国考古学研究》，文物出版社，1986。

乃有意为之，"龙形在东，虎形在西，便和青龙、白虎的方位完全相合"[①]。托名晋代郭璞所撰《葬书·外篇》有云，"夫葬以左为青龙，右为白虎，前为朱雀，后为玄武"。可见此西水坡葬制，实乃后代属巫文化范畴之风水理念的前期表现。

至于有关占星、占候与占梦等术数实例的考古资料，在此难以一一述说，恕勿赘。

要之，本文之所以持"巫性为中华文化的原古人文根性"这一见解，基于对原古文化之基本而主导之文化形态为巫文化这一点的同情与理解，所持理据大致已如前述。原古巫术、巫性之文化特质，体现如次：一、先民意识到人生活、生存与生命之难题而具有企图改变处境、克服困难的需求与冲动；二、信仰"万物有灵"和神秘而普遍的"感应"之力；三、巫术作为原古生活、生存与生命的一大基本文化方式，迷信借助神灵之力，人通过巫的方式，可以克服一切艰难险阻、无所不能；四、与原古神话、图腾不同的是，巫文化本具强烈而特有之一定的实用功利意识与目的；五、从其既媚神又渎神、既拜神又降神的"两栖"文化态度看，巫与巫性，具备人通过巫之方式所体现的人原朴而相对的主体意识，不同于宗教之属神的人文意识与态度；六、在原古巫术意识与仪式中，巫术尤其钟情于有因必果、有果必因的"因果律"，实际是对因果律的史前"滥用"。在非理性的迷氛中，依然存有一定的原始理性的"尊严"，成为同是遵循必然律之科学的"伪兄弟"；七、巫术文化作为原古"象意识""象情感"与"象意志"之大泽或马克斯·韦伯所谓"魔术花园"[②]，从巫性转嬗为诗性审美是可能的。

拙著《中国美学的文脉历程》曾在引录孔子"务民之义，敬鬼神而远之，可谓知矣"与"祭如在，祭神如神在"时指出，中华文化中的"鬼神"，"同是尊奉与疏远的对象，这是对待鬼神的第三种人生态度（引者：第一种为绝对崇拜上帝、佛陀与诸神的宗教；第二种，不信、不事鬼神而发现、遵循事物本质

---

① 李学勤：《走出疑古时代》，辽宁大学出版社，1997，第143、144页。

② 〔德〕马克斯·韦伯：《印度的宗教——印度教与佛教》，康乐、简惠美译，广西师范大学出版社，2005，第359页。

规律的科学）。不是不尴不尬，也并非不伦不类，更无三心二意，而是左右逢源，一种进退自如、富于弹性的文化策略。"①应当说，不仅是人生的一大"文化策略"，更是根深蒂固的文化信仰。中华文化中的"神"（实指"鬼神"），绝非基督教的上帝。"神"在中国，是这样的一个属巫的角色："如不'祭'呢，神就不'在'了。神不是一个'本体'，所以也更缺乏权威性。神是'祭'出来的，不是笃信彼岸确有'神'在，而是彼岸之'神'不妨有，也可以没有。"②当本文再次论述"巫性"问题时，笔者依然坚持这一看法。

值此拙文即将结束之际，笔者愿再次强调，作为中华文化原古人文根性的巫性，迷信与理智交互，糊涂同清醒兼具，委琐与尊严相依，崇拜携审美偕行，是古人所言"畏天""知命"的有机结合与妥协。

本文发表于《学术月刊》2016年第4期

---

① 王振复：《中国美学的文脉历程》，四川人民出版社，2002，第177页。
② 同上书，第178页。

灵之研究：中国原巫文化六题

一、灵之感应：中国原巫文化的重新认识

关于究竟如何认识巫文化，英国文化人类学家爱德华·泰勒曾倡"万物有灵"说。[①]泰勒指出："巫术是建立在联想之上而以人类的智慧为基础的一种能力，但在相当大的程度上，同样也是以人类的愚钝为基础的一种能力。这是我们理解魔法（巫术——引者注）的关键。"又说："联想当然是以实际上的同样联系为前提的。以此为指导，他（指巫师）力求用这种方法来发现、预言和引出事变，而这种方法，正如我们现在所看到的这种，具有纯粹幻想性质。"[②]这是说，人类智慧的"愚钝"与错误的"联想""幻想"，是理解巫术文化的"关键"所在。这一较早从文化人类学角度解说巫术文化本质的见解，虽然有些笼统而不够全面，却对其后的巫文化研究，具有一定的启迪意义。

英国人类学家詹姆斯·乔治·弗雷泽（James George Frazer），正是从泰勒的"联想""幻想"说，"把它们归结成两个原则——'相似律'和'接触律'"。他说："如果我上述分析无误，那么巫术的两大原则其实只是'联想'的两大错误方式。"此即"基于'相似'的联想而建立的'顺势巫术'"与"基于'接

---

① 按：英国功能主义人类学家马林诺夫斯基说："将宗教加以人类学研究之基础的人，当推泰勒（Edward B.Tylor，1832—1917——原注）。他底著名学说认为原始宗教底要点乃是有灵观（animism），乃是对于灵物的信仰。"参见马林诺夫斯基著、李安宅译：《巫术科学宗教与神话》，上海社会科学院出版社，2016，第4页。

② ［英］爱德华·泰勒：《原始文化》，连树声译，广西师范大学出版社，2005，第93页。

触'的联想建立起来的'接触巫术'"。并称,"巫术的本质是一种伪科学,一种没有任何效果的技艺。它是一种对自然规律体系歪曲的认识,是一套错误的指导行动的原则"。①凡此见解大致不差。弗雷泽所说的"伪科学",或译"伪技艺",确实是关于原始巫术文化的一个经典性解读。当然,称巫术是"一种没有任何效果的技艺"显然未妥,实际大凡原巫,在民族的、时代的政治、经济、军事、文化以及人的日常生活中,曾经发挥过相当重要的作用,作为"伪技艺",并非"没有任何效果"。

理解人类包括中华原巫文化之实质的关键,其实只是一个字:灵。

灵,繁体写作靈。靈字从巫从霝,显然是专指中华古时巫事活动及其意义的一个汉字。学界一般以为,在甲骨卜辞中,迄今尚未真正发现有灵字,于省吾主编《甲骨文字诂林》与徐中舒主编《甲骨文字典》等,都未收录灵字这一条目,便是明证。何金松《汉字形义考源》一书,曾将郭沫若主编、胡厚宣总编辑的《甲骨文合集》8996一个"从龟从雨"的甲骨文字读为"灵",但这一文字是否确为灵字,学界意见尚为不一。

但这不等于说中原巫文化不是以"灵"为人文底蕴与灵枢的。东汉许慎以为,"靈"从"玉",大致是从"巫"的角度解释"灵"的字义。其云,"灵,巫以玉事神","灵或从巫"。②战国屈原《九歌·东皇太一》云:"灵偃蹇兮姣服,芳菲菲兮满堂。"此"灵"实指女巫。其《九歌·湘夫人》有"九疑(嶷)缤兮并迎,灵之来兮如云"之吟,此"灵"指巫性神灵。《诗·大雅·灵台》有"经始灵台,经之营之"之叙。灵台是中国先秦的重要建筑类型,要建造得尽可能地高大,用以作为巫性的祭天之用。考辨《周易》本经颐卦初九爻辞"舍尔灵龟,观我朵颐,凶"之"灵龟"的"灵",为巫性之灵无疑。龟是一种灵物,早在殷代先民就是信奉的,包括对牛骨之类亦是如此,否则就不会有甲骨占卜起于殷商的历史了。与灵相系的汉字,有"雩",《甲骨文合集》6740有"戊戌雩示九屯"语。许慎释"雩",称"夏祭乐于赤帝,以祈甘雨也"③。此指古时巫

---

① 〔英〕詹姆斯·乔治·弗雷泽:《金枝》上册,陕西师范大学出版总社有限公司,2010,第16—17页。

② 许慎:《说文解字》,中华书局,1963,第13页。

③ 同上书,第242页。

师"作法"求雨。《左传·桓公五年》有"龙见而雩"之记,《礼记·月令》曰:"仲夏之月","大雩帝,用盛乐。"①东汉郑玄注云:"雩,吁嗟求雨之祭也。"古时求雨之类,都是属于巫灵的作为。

灵的人文意识,是中华原巫文化的核心,或发生于中华"万物有灵"意识诞生之前。因为只有先有了"灵"并且有了关于"灵"之足够的生存经验及其内心体验,初民才能将它从偶然的"一物有灵"扩展到"众物有灵",再推衍到"万物有灵"的想象、崇拜与认知。此"灵"对于初民而言,实际就是日日、月月、年年都在经历的人自身的意识、情感、想象、幻想和意志的被巫化。它看不见摸不着,却又始终实实在在地建构起初民的文化心灵结构,随时随地主导着他们的生存实践行为。人们很早就注意到,世界及其周围环境的改变,正是始于自我意识、情感、想象尤其是自我意志的心灵作用。

法国人类学家爱弥尔·涂尔干说:"只要人类还不知道事物的秩序是不可改变和不可松动的,只要他们把它看作反复无常的意志作用,那么他们很自然就会认为这些或那些意志可以随心所欲地改变事物。"②日常生活中被巫化的意志等的"反复无常"和"随心所欲",正是原始初民所体验、崇拜和理解之"灵"的最基本的人文特性。它可以解释初民在生存活动与日常生活中所遭遇的所有成功与失败、吉凶与顺逆。于是,巫"灵"意识的觉悟使人类第一次感受到自己有别于周围环境的"自由"。原始初民以"有灵"自居,把周围的一切都看做能够被"灵"所改变和驱使的物事与环境。因此,最初的巫术正是建立在初民有意识地以"灵"遣物的观念之上。他们有意识地(区别于过去的无意识、下意识)将"灵"与日常生活的事件——打猎、采集与氏族部落间的战争等等结合起来,一旦如此,则巫术的雏形就诞生了。由于坚信"灵"的随心所欲、反复无常,初民会在整个结合过程中,不断重复自己心中的情感、联想、幻想和愿望,甚至以呼唤、叫嚣、诅咒与许愿以及强烈的歌舞动作等等,来加强巫的"灵力"与效用。于是,最初的巫咒和巫性歌舞就产生了。一旦施巫"灵验",则初民对于巫术便深信不疑,强大而持久不衰的巫术传统就形成了;如

① 杨天宇:《礼记译注》上册,上海古籍出版社,1997,第256—259页。
② [法]爱弥尔·涂尔干:《宗教生活的基本形式》,吾敬东、汲喆译,上海人民出版社,2006,第24页。

果巫术失灵而心中之愿不能实现，也不会去怀疑、反思巫术本身是否真的灵验，而是检讨自己在施巫过程中的种种失误。无论成功或失败，都归因于诸多巫术禁忌的严格遵守或不遵守。严格、虔诚的仪式、过程及其咒语、歌舞和禁忌，是早期巫术最基本的形态、特征，"灵"在其中，起了关键性的作用。中国巫文化的发展，主要是由对于"灵"的体验、认识的加深而引起的。从人的"自我之灵"到"万物之灵"显示了原始初民人文眼界的拓宽和巫术经验的积累。从雏形巫术的无数的所谓成功和失败之中，人们认识到，除了"自我之灵"，周围环境一切事物无不蕴含着反复无常、随心所欲的"灵"，它们具有神秘莫测的超强灵力，隐匿在可见的"形"之内。葛洪《抱朴子·至理》云："形者，神之宅也。""灵"也是以"形"为宅舍的。"灵"是世界、事物与人之命运存在、改变、决定走向和结局的人文根因。可以说，原巫文化所坚信和奉行的，是普泛的拜灵主义。中国风水文化的所谓"四灵"，即左（东）青龙、右（西）白虎、前（南）朱雀、后（北）玄武，构成了一个巫性的"灵力"场。时当仰韶文化期的河南濮阳西水坡45号墓葬所出土的"龙虎"蚌壳图形，虽然仅为"龙形在东，虎形在西"，却与"四灵"说中的"青龙、白虎的方位完全相合"[1]。"四灵"实际与"二十八宿"相对应。二十八宿即二十八星座，为青龙：角亢氐房心尾箕；朱雀：井鬼柳星张翼轸；白虎：奎娄胃昴毕觜参；玄武：斗牛女虚危室壁。东南西北每方七宿，作为神秘之天象，与人事相感应，是属巫的原古天文思想和思维，此《易传》之所以说"天垂象，见（现）吉凶"。

在原巫时代，巫术一开始就不是单纯的"自我之灵"对于环境的控制，而是自我之灵与他物之灵的一场"交易"，巫术的成功与失败，都是两者互相感应、交易的结果。因为凡是"灵"，都是一个"天人合一"的结构，自我之灵与他物之灵二者，实际是同一个"灵"，而在施行法术的方式上，给人的感觉似乎是两个。凡是自我之灵成功说服、抚慰、取悦于他物之灵而得到他物之灵响应、协助的巫术，就会取得成功；引起他物之灵的不悦甚而遭到排拒、抵抗与作祟的巫术，即告失败。巫术就是"灵"与"灵"之间法力的相互感应、融合甚或比拼。对于原始初民而言，自我之灵是能够直接感悟与"自知"的，它就在自

---

① 李学勤：《走出疑古时代》，辽宁大学出版社，1997，第144页。

己的心中。而他物之灵，则显得"异己"而神秘，只能以自我之灵去想象、猜度、讨好或是加以胁迫。于是，一套请灵、问灵、媚灵或是迫灵的巫术仪式就形成了，将巫歌、巫舞、巫乐、巫祷和巫咒等加强自我之灵的仪式，转而同时施行于他物之灵。如巫祭就是一种尤为重要而经常的对于外在神灵的献媚方式。卜辞"乙卯卜即贞王宾报乙祭亡祸"①之"祭"，即是如此。"祭，祀也。从示，以手持肉。"②实际"甲骨文祭不从示，示为后加之意符"，甲骨文祭字确象"以手持肉"形，"或以数量不等之点象血点之形，会祭祀之意。"③《礼记》所言说的"礼"，不仅在其《月令》篇中，而且《祭法》《祭义》《祭统》等篇，都大讲巫性的"祭问题"。如"燔柴于泰坛，祭天也。瘗埋于泰折，祭地也，用骍犊。埋少牢于泰昭，祭时也。相近于坎坛，祭寒暑也。王宫，祭日也。夜明，祭月也。幽宗，祭星也。雩宗，祭水旱也。四坎坛，祭四方也。"(《礼记·祭统》)④凡是祭礼，都是对于自然神灵与祖宗神灵的崇拜与献媚，都是为求祭祀者内心的安宁。"凡天之所生，地之所长，苟可以荐者，莫不咸在，示尽物也。外则尽物，内则尽志，此祭之心也。"(《礼记·祭统》)⑤祭礼，是巫性意义的趋吉避凶。

值得注意的是，巫术的主旨，是对于外在环境与对象的"控制"，但这种控制，绝对不是单向的，实际是以"自我"为主的自我之灵与他物之灵的相互控制与交合。这就是说，巫性之灵"具有两重性，既基于人又通神，基于人或曰本是人这一点是实在的，而通神则是虚拟的。因而其人格（实指巫格——引者注）是半人半神的。从人之角度看，巫是神化的人，他假借神的旨意，施行巫术，以达到人的目的；从神之角度看，巫是人化的神，他为了达到人的目的，通过巫术，将自己抬高到神的高度。巫是人与神之间的一个中介和'模糊'状态，具有非黑非白、亦黑亦白的文化'灰色'"⑥。在人-巫-神的三维结构中，巫是一种从人到神、从神到人之际传递"信息"的角色。这种"信息"就是灵。

① 胡厚宣：《甲骨续存》一、一四八六，群联出版社，1955。
② 许慎：《说文解字》，中华书局，1963，第8页。
③ 徐中舒主编：《甲骨文字典》，四川辞书出版社，1989，第18页。
④ 杨天宇：《礼记译注》下册，上海古籍出版社，1997，第789页。
⑤ 同上书，第829页。
⑥ 王振复：《〈周易〉的美学智慧》，湖南出版社，1991，第375页。

巫灵，既降神又拜神，既渎神又媚神，是一种神人合一的原始心灵结构。自我之灵即人之灵始终处于主导地位，这便是《尚书·泰誓》之所以说"惟人，万物之灵"的缘故。

二、气（灵）：从原始巫学到哲学的提升

巫性之灵作为一个原始巫学范畴，参与中国哲学的逐步建构，是一个独特的古代中国的文化"事件"。灵者，气也。就中国原始文化的巫术、神话与图腾的动态三维结构而言，有鉴于原巫处于基本而主导的历史地位，有如《庄子》关于"气"的哲学，其实主要地本原于巫性之灵。

"气"的字义，首先指中国原巫试图认知与支配自然、环境的灵。徐中舒解读气字为"象河床涸竭之形"[①]，但这种"涸竭"现象，是被原始初民看做神秘而神奇的。初民时时处处遭遇无数如江河暴涨暴落以至于"涸竭"等神秘现象，恐惧、疑惑它的所由所为，久而久之而萌生"信文化"意义的"灵"即"气"的原始人文意识，相信超自然的灵气、灵力、灵性无时无处不在，于是便创构为一个与灵相契的"气"字。明义士《殷虚卜辞》二三二二，有"贞佳我气不若（诺之初文）十二月"之记。此贞，本义为卜。气，汔即干涸义。卜辞该字，后写作气、氣。氣字从气从米，可以证明古时候人对于人类生命之气与服食米谷之联系的敬祈与认知。《易传》有"精氣为物，游魂为变"的话，"精氣"之"氣"，就是气字初文的演变。

气作为描述与定义原巫文化之灵的运化与功能的一个范畴，具有独特的"中国性"，以至于英国著名学者李约瑟曾称其几乎难以英译。不过他还是妥当地指出，气是一种神秘的"感应力"。气，或可译为"field"（场），其中含义可供读者揣摩、品评。气在后世确已成长为中国哲学的一大本原性范畴，但在甲骨文时代，却仅仅表达了初民巫性人文的"信意识""灵意识"。今日，人们在认可气作为中国哲学元范畴的同时，有理由进而追问该哲学元范畴的何以发生。作为哲学思想的凝聚与理论纽结点的"气"这一范畴，作为本原本体的气的哲学根性，实为巫性即灵性。

---

① 徐中舒主编：《甲骨文字典》，四川辞书出版社，1989，第38页。

《国语·周语上》载："幽王二年，西周三川皆震。伯阳父曰：'周将亡矣！'"是何缘故？伯阳父的回答是："夫天地之气，不失其序。若过其序，民乱之也。阳伏而不能出，阴迫而不能烝，于是有地震。"这里所言气，显然并非指哲学意义上的气，而指巫性之灵气，重在以"地震"为凶兆之占卜及其占断："周将亡矣。"旧题晋郭璞所撰《葬书》①云："盖生者，气之聚也。"无疑，这也是从原始巫性文化角度说气。这一说法，显然源自《庄子》所言"人之生，气之聚也。聚则为生，散则为死"，"是其所美者为神奇，其所恶者为臭腐。臭腐复化为神奇，神奇复化为臭腐。故曰：通天下一气耳。"（《庄子·知北游》）②可证《庄子》所谓"通天下一气耳"这一哲学论断原于巫。所谓"臭腐复化为神奇，神奇复化为臭腐"即翻手为云、覆手为雨式的神秘变异，唯有巫性文化才能具有如此神秘而神奇的"异能"。

在原巫文化中，人的肉躯的生与死，有两种形态：气聚者生，气散者死。肉躯有生死，而气无所谓生死。气不生不死而且"通"于"天下"，气实为永恒永在。这也便是巫性之灵，或可称之曰"灵魂""鬼魂"，等等。正如前引《易传》所言"精氣为物，游魂为变"的"变"，指人的肉身之气由"聚"态变为"散"态。"游魂"是肉身的"散"在方式，而气总是本"在"的。庄子所言"通天下一气耳"这一命题，首先指巫学之气通于天下，同时才是哲学，是由巫学意识与理念走向哲学。

既然巫性之气不生不灭而总是本"在"的，那么，气由原始巫性转变为哲理思性，便水到渠成，气成长为中国哲学的一个元范畴，顺理成章。

古人有视气为"物"的传统，可以前引《易传》所言"精气为物"为佐证，实际气作为一种本"在"，此"物"实为元物，亦指神人、物我与物物之间普

---

① 按：《葬书》"托名郭璞所撰"，是因"宋代之前有关郭璞著述的记载中，我们未见该书著录，直到《宋志》才有记述。由此似能推定，该书当为宋时托名之作。有方技家、好事者粉饰、增华成一卷二十篇，南宋蔡元定病其芜杂，删为八篇，元人吴澄又病蔡氏未尽蕴奥，遂择其要义，以至纯者为内篇，粗精、驳纯相半者为外篇，粗驳过去而姑存者为杂篇。《葬书》通行本内、外、杂篇体例，仿通行本《庄子》体例，可能源自吴澄旧本"。参见王振复导读、今译：《风水圣经〈宅经〉·〈葬书〉》，中国台湾恩楷出版股份有限公司，2003。

② 王先谦：《庄子集解》卷六，上海古籍出版社，1986，第138页。

在而不息的"感应"即"灵"。试看《周易》巫筮之气，不就是巫学意义的所谓本"在"吗？此即《易传》所言"见（现）乃谓之象"。"现"巫象于当下，即依据于占卜占筮的吉凶之兆，从而占断人的命运休咎。

气即灵，是充满于时空的，或者说时空、世界及其环境之中，时时处处都是气（灵），它首先是人文时间性的。易理所谓"时中"的"中"，并非"中间"的意思，而是"中的"之"中"，读为第四声。"因为时就是易（变动不居——原注）之历程。《易经》哲学最重时；六十四卦里每一卦的卦义可以说都是被此卦的'时义'所决定的。而时义的基本观念就是'时中'。"①此言自当不错。而易理的"时中"，首先是巫学意义的"时中"，然后才是哲学意义的"时中"，指《周易》算卦的吉凶之兆瞬时立"见（现）"的一刹那，借用海德格尔时间哲学的话来说，叫做"时间到'时'"②，或者可以从"时间到'时'"这一现象学的哲学命题，来回溯、领悟中国哲学诞生之前，那种占卜、算卦之气（灵）的当下"到'时'"性。"当下到'时'"这一现象，在西方海德格尔从现象学哲学角度言说之前千百年，中国原巫文化，早就从气、灵的巫性角度，加以言说与立论，这便是本文前引《易传》的"见乃谓之象"这一既是巫学又是哲学这一命题。然而它首先是属于巫学性质的，尔后才从巫学走向哲学。气之本"在"，或可称为"在场"，此即所谓当下"存有"，指依"场"而"有"。"场"（field，气）始于原始巫性文化这一"经验源头"，然后才得以建构"形上姿态"的哲学。场，指当下之时的气、灵的蕴涵、氛围与意境。作为当下之"在"，指事物发展过程当下即"在"的一刹那。无数当下的"在"，就是时间的连续而构成事物发展的全过程。所谓"过程哲学"，重在从事物过程的时间连续与相关角度，发现、阐析事物之本"在"。"什么叫做'场性'呢？这里'场'一字所代表的乃是一哲学的观念"，"我们所谓的'场'乃是依事物的相对相关性而言的。简单地说，'场'就是事物的相对相关性的所在"。③所言是。

---

① 唐力权：《周易与怀德海之间》，辽宁大学出版社，1997，第2页。

② ［德］马丁·海德格尔：《存在与时间》，陈嘉映、王庆节合译，生活·读书·新知三联书店，1999，第372页。

③ 唐力权：《周易与怀德海之间》，辽宁大学出版社，1997，第3页。

"场有哲学"的理念，并非凭空发生。哲学之场，原于巫学之场。

学界一般以其为中国五行哲学。"一曰水，二曰火，三曰木，四曰金，五曰土。水曰润下，火曰炎上，木曰曲直，金曰从革，土爰稼穑。润下作咸，炎上作苦，曲直作酸，从革作辛，稼穑作甘。"（《尚书·洪范》）学人以此为五行哲学观。"五行说以木、火、土、金、水五种元素，作为构成宇宙万物及其现象发生无限变化的基础"，"是当时（指战国——引者注）关于宇宙生成的理论，发展到后来，成为指导人类行为的基本原理"。[1]

这就等于说，似乎"五行"说原本就是哲学，其实不然。相传夏禹得"洛书"之启蒙，传授给殷商的箕子。周灭殷而箕子向武王讲述治理天下方略，此即所谓"洪范九畴"。九件天下大事之中，推"五行"为"初一"。五行相生相克，是过程性的，存在于原始巫文化之中，以相生为吉，以相克为凶。它兼有空间性与时间性。五行的生克、吉凶，构成一个巫性的"场"，就是气、灵的互为"感应"之"时中"的连续性、相关性与有机性。"五行"原本属巫，然后才由此发展为"五行"的过程哲学，或者可称为由巫性及其概念所发展的时间哲学。

三、巫术之灵与宗教之灵：中国由"巫"向"史"之必然

大凡宗教文化及其崇拜，蕴含"灵"这一人文意蕴是其通则。西方基督教教义称上帝为"圣灵"（God the Holy Ghost），《圣经·创世纪》云："起初上帝创造天地。地是空虚混沌，渊面黑暗，上帝的灵在水面上运行。上帝说'要有光'，于是便有了光。"基督教有"灵感"（Inspiration）（亦称"默感"）说，指上帝与信徒在精神上所达成的感应和默契，认为《圣经》之所以成文，是因为作为信徒的《圣经》写作者，深受上帝之灵的感召、启迪和抚爱的缘故，《圣经》就是上帝圣谕的记录。灵在后起的宗教文化中显得活跃而重要。这正可证明，宗教之灵源自原巫之灵，并且超越了原巫之灵，而提升为宗教信仰及其哲学的本体精神。

作为中国本土宗教的道教，是一个尤为崇"灵"的宗教。道教早期经典

---

[1] 何新:《诸神的起源》，生活·读书·新知三联书店，1986，第232页。

《太平清领书》即《太平经》，首创"灵宝"一词，成为魏晋道教另一经典《灵宝经》流行和灵宝派创立的一个历史性契机，后世道教"三清"之说中的"灵宝天尊"即由此而来。什么是"灵宝"？"气谓之灵；精谓之宝。寂然不动、感而遂通曰灵；上无复祖、惟道为身曰宝。""灵宝者，精气也。"①指明了灵与气的内在联系。而无论灵抑或气，皆原于巫。道教之所以大谈鬼神、灵异，施行斋醮、灵符与谶纬之类，是因为道教未脱净其文化母胎之一即原巫文化传统的缘故。道教崇尚神仙，而神仙的文化原型即是巫祝。鲁迅先生云："前曾言中国根柢全在道教，此说颇为流行。以此读史，有多种问题可以迎刃而解。"②鲁迅之所以说"中国根柢全在道教"，是因为他敏锐地看到了道教的"根柢"在"巫""中国本信巫"③的缘故。

"中国本信巫"使得道教文化带有过多的"巫术的孑遗"。《抱朴子》《太平经》之类，不乏属于"巫风鬼气"的叙述。道教尤其崇奉"符箓"的所谓法力和灵力。据《正统道藏》所载，后世道教保存属巫的诸多"请神"符箓仪式，诸如"净坛符""敬香符""献酒符""急奏符""召万灵符"与"召元始雨令天君符"等不一而足。驱邪有"招魂符""招幽符"，镇宅有"净宅符""镇妖符"与"百无禁忌符"，祛灾有"解厄符""解三灾符""解四煞符"与"解冤结符"，等等，都被看成绝对"灵验"的，似乎世间一切矛盾、困难与苦厄，都可以因符箓而消解殆尽。如"驱鬼符"，"子欲制百邪百鬼及老精魅，常持符、执剑"，瓮中盛水，口念咒语，"于中视其形影。凡行出入，卒逢非常怪物，于日月光中视其形影，皆可知也"。又"以丹书制百邪符"，置浮于瓮水之上，"邪鬼见之，皆自然消去矣"。这便制造些无有不"灵"的神话，可以一时让信徒深信不疑。又，道教以老子为教祖，老子哲学的根，其实是"种植"在

---

① 陈观吾：《度人经注解序》，载《道藏》第二册，文物出版社，1988，第392页。

② 鲁迅：《致许寿裳（1918年8月20日）》，载《鲁迅书信集》上卷，人民文学出版社，1976，第18页。

③ 按：鲁迅这一论述的全文为："中国本信巫。秦汉以来，神仙之说盛行，汉末又大畅巫风，而鬼道愈炽；会小乘佛教亦入中土，渐见流传，凡此，皆张皇鬼神，称道灵异，故自晋迄隋，特多见鬼神志怪之书。"参见鲁迅：《中国小说史略》，载《鲁迅全集》第九卷，人民文学出版社，1981，第43页。

原巫文化土壤之中的。老子哲学，自当是对于原巫的思想理念与精神意蕴的超越，但依然带有些巫术文化的胎记。"道之为物，惟恍惟惚。惚兮恍兮，其中有象，恍兮惚兮，其中有物。窈兮冥兮，其中有精。"(《老子·第二十一章》)这一关于"道"之描述的"物"与"精"的原型，显然还是那个"神出鬼没"的"灵"。

这涉及原巫文化与宗教以及作为"准宗教"的中国先秦儒家"史"文化的关系问题。英国文化人类学家马林诺夫斯基说，"巫术与宗教都是起自感情紧张的情况之下"，"因为在理智的经验中没有出路，于是借着仪式与信仰逃避到超自然的领域去"。又说，"巫术与宗教都严格地根据传统，都存在奇迹底氛围中，都存在奇迹能力可以随时表现的过程中。巫术与宗教都被禁忌与规条所包括，以使它们底行动不与世俗界相同"。①此言甚是。

巫术与宗教，都宗于"有灵"的超自然观，都包含非理性而悖于理智的因素，都严守传统，相信奇迹，不敢逾越禁忌与规条而皆具信仰，等等。然而，巫术与宗教的同中之异，又是显然的。弗雷泽曾说："我所谓的宗教，是被认为能够影响和控制自然与人生进程的，超自然力量的信仰或抚慰。这就将宗教分为理论与实践两大方面：一是对超自然力量的信仰，二是讨神欢心、安抚愤怒。显然，信仰是先导，若不相信神的存在，就不会想要取悦于神了。当然，如果这种信仰并没有带来相应的行动，那它便只能被定义为神学，而不是宗教。"②从宗教角度，或可将巫术与宗教加以简略比较。

其一，巫术与宗教，都属于人类"信文化"范畴。巫术信鬼神、精灵与吉凶休咎之兆等，宗教信教主、诸神、彼岸与天国等。此"信"的文化内核，即"灵"。巫术之信，既贯彻于拜神、又贯彻于降神之整个巫性实践过程，属于相对之信仰，亦即既信灵力，又信人力；其二，宗教之信，为绝对之信仰。具有神性的宗教规范与践行，往往具有成系统、体系的理论形态。宗教崇拜包含着"非理性"等精神因素。而宗教之创立，实据于一定之理性，倘无一定理性，则

① [英]马林诺夫斯基：《巫术科学宗教与神话》，李安宅译，上海社会科学院出版社，2016，第108页。
② [英]詹姆斯·乔治·弗雷泽：《金枝》上册，陕西师范大学出版总社有限公司，2010，第56页。

宗教无以诞生。故宗教本身，具有一定的"自我解构"的力量。其三，从巫术崇拜到宗教崇拜，人相对的软弱无力，变成了绝对的软弱无力。生活在巫术文化环境中的人，只是向神灵跪倒了一条腿。人的拯救，一半靠神灵，一半靠自己；一般宗教生活中人，是全人格地向神、上帝之类彻底跪下，崇尚"他救"。唯有佛教中的中观学派等，推崇人的自我觉悟，主张在佛关怀之下的"自救"。其四，巫术的禁忌多如牛毛，人约束自己的思想行为，是为了"确保"巫术的"成功"，达到对环境的影响与控制；宗教戒律的人文原型是巫术禁忌，戒律的严格遵行，或可成为心体、性体意义之信徒的自觉要求。依宗教戒律修行，是上帝、梵天与佛等精神偶像影响与控制的意志自由。其五，巫术因人企图解决人所遭遇的一切生活难题而诞生，孜孜以求其"实用功利"，它对人的精神终极关怀漠不关心；宗教则更多地出于灵魂抚慰、向往终极的精神需求。"巫术要早于宗教登上历史的舞台。巫术仅仅是对人类最简单、最基本的相似联想或接触联想的错误运用；而宗教却假设自然的背后还存在着一个强大的神。很显然，前者要比后者的认识简陋得多，后者认定自然进程取决于有意识的力量，这种理论比那种认为事物的发生只是由于互相接触、或彼此相似的观点深奥得多。"①显然，巫术与宗教的区别，主要在于二者远非同一历史与人文水平的文化智慧程度及其理性深度，前者的粗鄙与后者的精致，不可同日而语。宗教起源于原始巫术与原始神话、图腾等原古"信文化"，巫术与神话、图腾等文化因素与成分，又在宗教文化中得以延续。

但中国以易筮为代表的巫文化，可以说是世界上发展得最为充分而高级的原巫文化。卦爻符号与卦爻辞的文脉联系，构成了世上独一无二的象数体系，象数原本蕴含着可以发展为阴阳哲学的文化基因，"吉凶"作为二元对待之巫性的人文根因，凝聚为"灵"，达成阴阳五行哲学之本体即气。但中国哲学的气，不是西方基督教那般的上帝，它是拖着巫性之长长的人文阴影的。一般而言，从原巫文化走向宗教，是人类文化之历史发展的一般通则，如犹太教、基督教、伊斯兰教与印度教、佛教等，皆是如此。中国文化的历史确实有些特别。大致

---

① ［英］詹姆斯·乔治·弗雷泽：《金枝》上册，陕西师范大学出版总社有限公司，2010，第60页。

始于老聃、孔丘之春秋末期至战国的所谓中国文化的"理性化"时期，中国文化完成了由"巫"向"史"的历史性转换，这是被雅斯贝尔斯称为世界"轴心时代"所发生的"中国事件"。

"史者，巫也。史是从巫中发育、分化出来的。"①这有两个阶段：其一，"巫史"。以行"巫"即从事巫占事项为主，兼擅"史"事。陈梦家云："祝即是巫，故'祝史''巫史'皆是巫也，而史亦巫也。"②其二，"史巫"。"史"由"巫"而来。"史"者，史官之谓，参与、辅佐甚或主持朝廷、王府种种政事的人物。《礼记·玉藻》载："卜人定龟，史定墨。""卜人，为君掌卜事之官。定龟，据孔《疏》说，龟甲有多种，占卜不同的事项当用不同的龟甲，故须定之。"又"据江永引吴氏说，灼龟甲后，由史官用墨涂其坼裂处（即所谓兆纹——原注），其裂广而深者，则墨可渗入而显，其裂细微者则墨不可入而不显，然后根据其显裂之兆纹以断吉凶"。③继而，在龟甲占卜之后，将卜辞镂刻于龟甲，为由巫而来的"史"。此"史"，后来渐渐以"记事""记言"为主业，又兼擅巫占。《礼记·玉藻》称，"史"者，帝王"动则左史书之，言则右史书之"。此亦《说文》之所以称"史，记事者也"④，此之谓。后代史官以及辅佐帝王的宰相等人物，原于巫。

"巫史"与"史巫"二者在文化本质上区别不大，却昭示了由巫到史的历史与文化历程。"巫史"在前，"史巫"在后。二者所担当的社会角色、责任与功能不尽一致。"史巫"是周人对于巫师的称谓。"但周人将'史'置于'巫'前，称'史巫'而不称'巫史'，却大可注意。"⑤从"巫史"到"史巫"，正可证明由"巫"而"史"的历史与人文轨迹。

中国文化在"轴心时代"的"巫"向"史"之转嬗，是历史、文化的必然抉择。

其一，宗教之诞生，始于人的意识超越与精神提升。余英时说，"轴心时

① 王振复：《中国美学的文脉历程》，四川人民出版社，2002，第27页。
② 陈梦家：《商代的神话与巫术》，《燕京学报》1936年第8期。
③ 杨天宇：《礼记译注》上册，上海古籍出版社，1997，第495页。
④ 许慎：《说文解字》，中华书局，1963，第65页。
⑤ 汪裕雄：《意象探源》，安徽教育出版社，1996，第96页。

代"，"如中国、印度、希腊、以色列、波斯等，都曾经经历了一次精神上的重大突破，其结果则是每一文明都完成了一场'超越'（transcendence——原注）运动。因此这1000年也可以称之为'超越时代'（Age of Transcendence）"。并称中国文化是"内在超越"。[①]

虽然中国文化曾经历与世界其他一些民族同样的"轴心时代"，可是中国"精神上的重大突破"，并非表现于形上地创造一个西方上帝一般的宗教主神及其诸神体系和彼岸世界，而是由"巫"走向"史"即直接从巫文化与神话、图腾等文化形态，开出一个中国式的道学、礼学、仁学与心学等等新时代，且绵绵瓜瓞、影响深远。这一"重大突破"，实际上并非真正地成就西方宗教那样的"超越"，而只能说是"心境超脱"。李泽厚说："没有上帝信仰的中国学人大讲'内在超越'，又能'超越'到哪里去呢？这种所谓'内在超越'，平实说来，大多是一种离弃世俗的心境超脱，少数是某种神秘体验。"[②]此言甚是。

中国文化之所以未能创立一个形上之上帝，是因为巫文化传统及其思维在追求"实利"上过于强大而执拗的缘故。凡事力求其实用，"实用"便是这一伟大民族心灵曾经有过的重大归趣。崇尚实用性的生活经验与尊重"实用理性"，是这一文化传统基本的价值观。它主要由巫文化所培育、熔铸且深潜于民族文化的灵魂骨髓之中。这一意识、精神自古以来作为依据与出发点，缺乏向往、提升至彼岸、天国之足够强大的精神"超越"的原动力。

先秦儒道两家文化，之所以终于可将两汉之际东渐的印度佛教逐渐"中国化"，是因史前伴随以神话与图腾而居于基本、主导的原巫文化传统，所建构的求其"致用"这一超稳定心性结构总在发挥功用的缘故。儒家推崇礼乐、仁德，此直接原于巫。礼乐之本义，原指巫者献祭于神灵及其所举行的仪式与巫者召神、降神之乐歌、乐舞——亦即"施法"之方式；所谓仁德之仁，孔子释为"仁者，爱人"自当不错，然"仁"发生之初，本指人对巫性之神灵的爱。儒家治天下、社稷、家国与自身而推崇"仁德"（德者得也），仍是原于实利、得失的。

《老子》（王弼注本）云，道兼四义："可以为天下母"（本原）（《老子·第二十五章》）；"道法自然"（本体）（《老子·第四十章》）；"反者，道之动"（规

---

① 余英时：《论天人之际——中国古代思想起源试探》，中华书局，2014，第196页。
② 李泽厚：《由巫到礼 释礼归仁》，生活·读书·新知三联书店，2015，第126页。

律性）；"道生之，德畜之"（形上之道最终落实于形下之德）（《老子·五十一章》）。该"道"之第四义，便是《老子》哲学的目的论。老子所言"道"，乃"本无"之义。战国中期太史儋所编纂通行本《老子》的哲学之"道"，宗"玄无""虚静"与"阴柔"而一般未染宗教之风色，它实际是以形上之道，说日常"致用"之道的合法性与合理性。起于东汉的道教，以哲学老子为教主，且其仪规、践行具有太多的巫术"孑遗"，并非西方基督教那般典型的宗教样式。"它就在近处，的确就在我们身边；不过却是难以捉摸的，一种你伸手去拿却拿不到的东西。它似乎如无限的极限那样地遥远，可是它却不远；每一天我们都在用它的力量。""它去了，可是并没有离开。它来了，却又不在这里。它是无声的，不曾发出可以被听见的音符，可是突然之间我们发现它就在我们心中。"① 这是什么？是"道"而其原型却是巫性之"灵"。西方译者根据《老子》原义所译解的这段话，诗性与思性双兼而可能有所发挥，却依然保留了道、灵"在""我们身边"的生活、且每日"在用它的力量"的人文特质。这一特质，从"根"而言，确是由原巫之灵所"种植"的。

"做怎样的人以及怎样做人"，是先秦儒道学说的共同命题；处世为人，讲究"实际"效用，是儒道两家所追求的人生目标，仅仅其角度、品格、程度与方式不同罢了。中华强大而悠远之巫文化的巫性之力，由于其原始理性一开始就钟情于"实用理性"，难以由此发生宗教创立所必须的形上之理性与灵魂的"超越"，遂使由"巫"到"史"成其历史与人文之必然。

其二，从原巫文化走向宗教的另一重要条件，便是原巫须具备充分的非理性基因与迷狂意绪。宗教由巫术与神话、图腾等发展而来，从原巫崇拜到宗教崇拜，须有一条牢不可破的情感、意绪之链。原巫之迷狂与激情，作为宗教由此而起的心灵助推器，必不可缺。

不能说中国原巫文化没有属于非理性的情感意绪，否则，巫术本身便不可能诞生与进行，须知情感因素是巫术得以发蒙、育养的重要心灵条件之一，不可或缺。问题是，从考察中国巫文化的基本特色可知，其情感意绪之含蕴与方式，确是相对平和、冷静而非极其迷狂的。或者可以说，中国原巫文化，是倾向于"日

① ［美］休斯顿·史密斯著：《人的宗教》，刘安云译，海南出版社，2013，第190页。

神"型而非"酒神"型的。一个远古欧洲原始氏族的农夫，可以为祈求丰年而在田野里日夜蹦跳，他坚信，自己能跳多高多久，庄稼便能长多高，而年年丰收便能保持长久，于是竭力蹦跳，直至筋疲力尽昏死过去，这才意味着"作法"的"成功"。一个非洲原始部落的男子"成丁礼"，以一二百根钝而糙的骨针满刺全身，最后一根须横穿舌头，其痛苦之巨无可比拟，坚信这样做一定会感动神灵、受神灵的怜悯而降福恩于人类，其残酷之程度与精神意绪的迷纷狂乱，惊心动魄。这正是由巫文化向宗教文化发展所必须的迷狂甚至迷乱的激情因素。中国亦具有一些情感强烈甚而迷狂的巫文化现象。如神话传说所言那般无头颅之"刑天"狂舞"干戚"的巫术，并非孤例。情绪趋于狂热的"厌胜"类的"黑巫术"、甚而以"取人性命"之类的蛊术、邪术与咒术，亦不绝如缕。

然总体而言，中国古代巫术以"白巫术"为主流，且起源最早、历时弥久，具有普遍性。最典型的，便是盛行数百年之久的殷代甲骨占卜与连绵至今的周代易筮。还有占日、占星、占风、占候、占梦、扶乩（或曰扶箕）、祭祀、堪舆与骨相，等等，皆为"白巫术"。其施行之时的情感方式，相对平静，慢条斯理、温文尔雅。那些以甲骨占卜、以易卦占筮的巫者，大有"君子之风"。这类居于基本而主导的巫文化样式，主旨在于趋吉避凶，是"善意"地面对世界与企图解决困难以求自保，却并非要主动出击、甚而如古印度之"劫"（即天地一生一灭为一劫）那般的"恶"性的巫术。巫师"作法"，往往与人为善。无论天之神灵、地之黎民抑或施法之巫师及其目的，一般都是善意、善性的。而且，在巫文化结构中，所谓"感应"既是天道影响人道，又是人道影响天道的，它是"灵"的交相回互。将天之灾异、天下大乱之因，归于人道忤逆的巫例，早在《尚书》与《周易》中就有记载。以至于人们坚信，巫者人格品行的笃诚与高尚，是巫术"成功"的前提之一。

其三，一般宗教文化，皆具强烈而深沉的苦乐意识。基督教有对天国的无限憧憬。"黄金铺地，宝石盖屋"，"眼见美景，耳听音乐，口尝美味，每一官能都有相称的福乐"（《新旧约全书·彼得前书》）。所谓"真福八端"："虚心的人有福了，因为天国是他们的"；"哀恸的人有福了，因为他们必得安慰"；"温柔的人有福了，因为他们必承受地土"；"饥渴慕义的人有福了，因为他们必得饱足"；"怜恤人的人有福了，因为他们必蒙怜恤"；"清心的人有福了，因为他们必得见上帝"；"使人和睦的人有福了，因为他们必称为上帝的儿子"；"为义受逼迫的人有福了，因为天国是他们的"（《新旧约全书·马太福音》）。所谓上帝之"福音"，是信众无限福乐的源泉。福海有多深广而崇高，信众原本之罪错便有多危厉。天国无比之福乐，便是信众原罪的解构之力。就佛教而言，"从是西方过十万亿佛土，名曰极乐。""极乐国土，有七宝池、八功德水，充满其中。池底纯以金沙布地。""池中莲华，大如车轮。青色青光，黄色黄光，赤色赤光，白色白光。微妙香洁。"①凡此宗教天国、彼岸之永生的无比幸福快乐与地狱的罪恶苦难乃至死灭之绝望的人文胚素，其实早在原巫文化中已经存在了许多个世纪，只是程度不一且通过有关宗教教义将其系统化、理论化与审美化了。

在原巫文化中，巫者之苦乐，来自其对于巫术成败的绝对自信与不自信。一般而言，巫文化肇始于人类童年稚浅心智及其不成熟的情感因素等，他们坚信自己即神灵、神灵即自己，灵是神、人之间的共通因素。于是不知天高地厚而坚信"无所不能"。盲目自信，催激起巫性之心灵、心境与心态的巨大快乐，从而憧憬未来实际是虚妄的美景。巫术"带给人们同样强烈的吸引力，把对美好未来的憧憬化作双翼，去引诱那些疲倦的探索者和追求者，带他穿越密布的乌云和失望的现实，翱翔于碧海蓝天，俯瞰天国美景"②。同时，巫术"施法"的往往失败，总让人吃尽苦头，甚而让巫师与受巫者付出生命的代价。尽管史前人类几乎无事不占、总要试试自己的运气如何，企望不费吹灰之力而令人间的一切困难迎刃而解。可残酷的现实处境，总困难无数，生死未卜，举步维艰，苦灭无已。巫术禁忌的多如牛毛，正是人类所面临之无数艰难困苦如大山压顶的一大明证。基督教《旧约》教义称亚当夏娃"偷食禁果"、从而犯下"天条"而所称之"原罪"，实际是人类原巫文化重大"禁忌"的宗教说法。正因人类所遭遇的苦难、毁灭无有穷时，则巫术禁忌永不可废除。

与西方相比，中国文化有所不同。中国"史"文化在这一点上，总是乐观地继承了原于巫文化的所谓"乐生"性，而将人生现实所遭遇的无尽"死苦"，

① 鸠摩罗什译：《阿弥陀经》，黄智海"白话解释"，上海古籍出版社，2014，第33、44、47页。
② ［英］詹姆斯·乔治·弗雷泽：《金枝》上册，陕西师范大学出版总社有限公司，2010，第55页。

大致遗弃在历史的尘埃里。

据不完全检索，甲骨卜辞，有"生"（"其获生鹿"，郭沫若《殷契粹编》九五一）、"乐"（"乙未卜在乐贞王步亡灾"，罗振玉《殷虚书契前编》二、八、一）二字，有"死"（"贞不死"，郭沫若主编、胡厚宣总编辑《甲骨文合集》四七〇）但未见"苦"字。可见，关于人"生"之"乐"的人文意绪，发蒙较早；虽有关于"死"的意识，而在占卜中，却希望以"不死"为"贞（卜）"；至于"苦"之意识，尽管早已诞生，而尚未见于卜辞。这或可证明，在中华原始文化中，先民以"生"与"乐"为主流意识，而关于"死"及"苦"的人文意识，却为"生"之"乐"的意识所遮蔽，或在一定程度上，采取了不承认而有所逃避的人文态度。其因之一，大约正是由于顽强的巫性意义上的盲目自信所导致的结果。

作为中国"史"文化的重要文本、大致成篇于战国中后期的《易传》，曾反复论及有关"生"之"乐"这一关乎中国文化的全局性问题："天地之大（太之初文，原初、原本义，引者注）德曰生""生生之谓易"与"乐天知命故不忧"等。将"生"与"乐"，看做易理之根本。其实，如果说"生生之谓易"具有真理性的话，那么"死死之谓易"，亦具真理性。可是《易传》的"史"文化意识，是尽可能忌言"死"及其"苦"的。《易传》言"生"之处甚多，唯有一处说及"死"："原始反终，故知死生之说。"是将此问题的逻辑原点设定于"生"，仅将"死"看做宇宙、天下、家国与人之个体生命的"暂态"。这一"死生之说"，确实由文化性格独特的中国原巫文化自信地钟情、向往于"生"之"乐"、力避"死"之"苦"而一脉相承的。"生之思考""死之思考""综合生与死之思考"抑或"以生为主结合以死为主之思考"此四类，各具意义价值，而其作为文化基因的巫性及其人文态度则不一。是故梁漱溟说，"中国文化在这一面的情形很与印度不同，就是于宗教太微淡"①，这是值得参究的结论。②

---

① 梁漱溟：《东西文化及其哲学》，载《梁漱溟全集》第一卷，山东人民出版社，1989，第441页。

② 按：这里所简析的三点意见，可参见王振复：《周易的美学智慧》，湖南出版社，1991，第48—55页。

四、原巫之灵:"科学的伪兄弟"及原巫文化与科技之关系

弗雷泽说:"巫术最致命的缺陷,在于它错误地认识了控制规律的程序性质,而不在于它假设是客观规律决定事件程序的。""它们是对思维两大基本规律的错误运用,即错误地对空间或时间进行'相似联想'以及'接触联想'。""联想得合理,科学就有望取得成果。稍有偏差,收获的只是科学的伪兄弟——巫术。"① 巫术与科学的关系十分微妙。原巫作为一种"信文化""伪技艺",本质上无疑是反科学的,巫术总是发生、存在于知识、科学达不到的地方,对于知识与科学,有敌对的一面。然而,巫术并非有意要与知识、科学为敌,仅仅因为初民的智力十分低下,却又要改变人自身的命运、控制其所处的环境,便企图借助灵力以及在与神灵感应、感召的条件下,通过巫的"法术",以求达到自己的目的。巫术文化,往往是知识与科学的同行者。

巫术与科学有相通的一面。两者都尊重经验与因果律,都承认事物运行的规律性,都坚信人类可以把握必然以达到自己的目的,等等。两者的区别在于,其一,巫术始终处于经验与错误因果律之域限之中,其思想与思维,是对因果律的滥用,这种滥用建立在关于因果律的错误认识之上;科学从经验出发,尊重实验,标立理性,遵循事物之间的本然联系和因果律、矛盾律与排中律等一切原于经验、实验的理性判断,以求达成真理的把握。其二,巫术将事物的规律性,误认为是天命、神灵的既定安排与由神灵与人力相结合的巫性意志,实际系于巫者的主观"联想"即幻想、臆想,等等;科学认为事物的规律性只能被发现与把握,而不能被创造,此即牟宗三氏所谓"外延真理"。"凡是不系属于主体(Subject——原注)而可以客观地肯断(objectively asserted)的那一种真理,统统都是外延真理。科学的真理是可以脱离我们主观的态度的。"② 科学研究系于主体,而科学真理本身,将主体的想象、意志和情感态度等排除在外,力求排除不利于发现与证明真理的人格因素包括情感等心理,干扰、阻碍对于真理的发现和证明。这当然不是说,在科学真理的把握过程中,科学家是没有或者不需要富于情感的。其三,"巫术与科学站在一起的地方,乃在有一个清楚

① [英]詹姆斯·乔治·弗雷泽:《金枝》上册,陕西师范大学出版总社有限公司,2010,第55页。
② 牟宗三:《中国哲学十九讲》,上海古籍出版社,1997,第20页。

的目的"，"巫术是用来达到实用目的的"①。科学的目的，除了追求其实用价值、实际用途——科学技术之运用等，还有重要的科学理性对于宇宙、生命等无尽奥秘的不息探寻与把握及其人文关怀。

在文化本质上，巫术的反科学性毋庸置疑。然其又在一定程度上，对知识、科学、理性因素，采取某些宽容与尊重的人文态度，或是将其放在巫术施行的背景之上。巫师为信巫之病者有时成功地驱除了病魔，明里证明"通灵"之伟力，暗中却往往施行某种医术使然，此亦便是原古何以"巫医同源"。这里有对于知识的把握、对于规律的尊重，或者起码将一定的知识、技能，暗中作为"巫术灵验"的背景，实际是知识、理性的胜利，巫师却向信众大肆渲染那是巫之魔法、灵力的"应验"。巫师在大肆渲染自己施行法术何等有效的同时，却在一定程度上，容许与其不同道的知识与科学结伴而行。巫术原本是要独立地面对整个世界的挑战、试图解决一切生活、生存与生命难题的，可是它根本做不到。巫术每每失败的惨痛教训，遂令巫师不得不暗中"请"出知识、科学这一"尊神"来为自己服务，以维护其行巫"神通广大""无所不能"的绝对权威和神圣的公众形象。巫术作为"科学的伪兄弟"，因其有"灵"的参与，总是给人以神秘、神奇而诡异的面貌。

中国原巫文化，并非绝对拒绝知识与素朴理性的参与，那些在巫术行为中所谓"神出鬼没"的地方，其实可能是某种原始之科学知识在起作用的缘故。不过，原巫文化中的知识、理性甚而科学因素，远不是也不能够以其独立而成熟的形态出现。比如关于"数的巫术"即《周易》占筮中的"数"，是象数"互渗"的，用明清之际王夫之《尚书引义》卷四的话来说，可称为"象数相倚"②。巫性筮数，作为后世自然科学意义的数学之数的萌芽，远不是独立自存的。"在初民的原始智慧中，不存在纯粹是数的数，也不存在纯粹是现象的自然现象，两者通常总是被某种神秘的氛围所笼罩着。可以这样说，原始初民对

① ［英］马林诺夫斯基:《巫术科学宗教与神话》，上海社会科学院出版社，2016，第106页。
② 按:王夫之原话为:"天下无数外之象，无象外之数。既有象，则得一之、二之而数之矣;既有数，则得以奇之、偶之而数之矣。是故象数相倚。象生数，数亦生象。象生数，有象而数以为数;数生象，有数而遂成乎其为象。"参见王夫之:《尚书引义》卷4，中华书局，1982。

数的知识把握，处于半具象半抽象的智慧发育阶段，并且受某种神秘观念的支配。"①正如法国学者列维-布留尔所言，每当初民运用巫文化中的"数"施行法术之时，"他就必然把它与那些属于这个数的、而且由于同样神秘的互渗而正是属于这个数的神秘的性质和意义一起来想象。""因此，每个数都有属于它自己的个别的面目、某种神秘的氛围、某种'力场'"。②

诚然，中国原巫文化中与"象"相倚的"数"，固然开启了后世自然科学中数学的历史之门，比较而言，中国古代却偏重于数理技术的发明与运用。关于这一点，从中国原巫文化传统之悠远、强大与普遍性的角度加以审视，显然是合适的。众所周知，诸如指南针的发明与磁偏角的发现，有赖于古时属巫的堪舆术所谓"辨方正位"之相土尝水的实践与思考。《周礼·地官》有"惟王建国（按：国，域之谓，本指都邑），辨方正位"之说。《韩非子》云："先王立司南，以端朝夕。"汉前已有作为指南针原型之"司南"的发明，用于"端"即辨正"朝夕"之阳光照射的方向与位置。汉之所谓"栻盘"，以二十八宿、二十四向（路）、十天干与十二地支相配，其人文原型，为《周易》八卦九宫方位。东汉王充《论衡·是应》载："司南之杓，掷之于地，其柢指南。"可见，指南针的发明、运用，始于风水巫术，尔后才用于航海，在古老术数的"泥淖"中，培育了关于空间、方位等技术理性的萌芽。北宋沈括《梦溪笔谈》指出，方技家以磁石引针锋，便能起"指南"之效。实际上，针锋所指，并非正南，而是南偏东7.5度，此之谓磁偏角。古时金属之磁性的发现，始于巫。巫师在行巫的漫长实践中，偶尔发现金属间因磁性而相互吸引，惊为"神异"。继而以此"作法"，在信众前演出无不"神秘"的把戏，进而革新了自汉之前以来的"司南"，成为指南针的技术理性。

技术理性，属于实用理性范畴。李泽厚曾言："所谓'实践（实用——原注）理性'，首先指的是一种理性精神或理性态度。""对待传统的宗教（指巫术等）鬼神也如此，不需要外在的上帝的命令，不盲目服从非理性的权威，却仍然可以拯救世界（人道主义——原注）和自我完成（个体人格和使命感——原注）；不厌弃人世，也不自我屈辱、'以德报怨'，一切都放在实用的理性天

---

① 王振复：《周易的美学智慧》，湖南出版社，1991，第12页。
② ［法］列维-布留尔：《原始思维》，丁由译，商务印书馆，1981，第201页。

平上加以衡量和处理。"又说:"这种理性具有极端重视现实实用的特点。即它不在理论上去探求讨论、争辩难以解决的哲学课题,并认为不必要去进行这种纯思辨的抽象。"①原巫文化因其重视巫性之灵与实用理性的缘故,一定程度上遮蔽了形上而纯粹抽象之理性的发蒙和运用。始于原巫的实用理性,既接引一定的科学理性、技术理性得以启蒙与发展,又在某种意义上,阻碍了原始时代科学理性的开发。

五、原巫之灵与古代政治权威的建构

张光直先生曾称中国原巫之灵最为活跃而盛行的时期为"青铜器时代"。这一历史时期的原巫之灵,曾经占据中国奴隶制王朝政治权力的中心。在相当大的程度上,人们的思想行为,一般受到巫祝观念及其思维的主宰。巫灵,曾经对于古时王朝的统治,发挥了凝聚人心、统一意志和参与天下、国家大事之决策的作用。

王朝权力统治的实质,就是对于人心的控制和安抚,通过控制与安抚人心,进而统御全社会。其特征:一是人对于自我之灵的自我觉悟;二是对于他物之灵、众物之灵以及万物之灵的认知与把握;三是巫术的控制人与环境,实质是自我之灵与他物之灵的交易、协和。首先是自我之灵通过献祭、巫歌、巫舞、符箓与咒语等一切"作法"手段,感动、震慑或胁迫他物之灵这一"异己",从而在主客之间,达成协和即妥协。这意味着,通过自我之灵的协调,实现主体与主体间可能的和谐,也就是将众多的愿望、意志和目标,通过巫的占卜、占筮等"作法"方式,统一协调于王权之下,为王权统治服务。"协,同心之力","从心"。"同力也,从三力"②。"三力"者,众力之谓。众力之魂,即灵。灵者尤其大巫之灵,作为一种超强的可以改变事物、环境以及人与社会命运的意志力,"可能是祖先、神灵、鬼魂等具有某些力量的个体,也可能是力量本身,如风雨雷电等自然现象"③。当然,这里所说的鬼魅与风雨雷电等,都是神

---

① 李泽厚:《中国古代思想史论》,人民出版社,1985,第30页。
② 许慎:《说文解字》,中华书局,1963,第293页。
③ 蒲慕州:《追寻一己之福——中国古代的信仰世界》,上海古籍出版社,2007,第8页。

秘之灵的化身;其间以自我之灵为主,那些帝王兼大巫的自我之灵,是主宰一切的。在古代,从巫灵意志到政治意志,仅一步之遥。

当新石器晚期东夷部落首领颛顼平定"九黎之乱"之时,"绝地天通"遂使巫术一改仅作为日常生活的"伪技艺"和工具的角色,从而使其与治理部落事务的政治权力相结合走上政治舞台。部落首领垄断、兼任了大巫的身份,唯有他们才可以通天辖地而显得神通广大。《易传》有云:"是以君子将有为也,将有行也,问焉而以言。"这里所谓"君子",可以是帝王兼大巫的代称;所谓"问",占问之谓。《史记·龟策列传》说:"王者决诸疑,参与卜筮,断以蓍龟,不易之道也。"虽然这些是战国与汉时对于巫灵、巫占的言说和理念,而自古至汉,将问卜、筮策与政治决断相联系,作为治国、治理天下的"不易之道",是一以贯之的。

《尚书》记录周武王向箕子询问治国方略,箕子即以"洪范九畴"作答。箕子云,"洪范九畴"之第七点,就是"稽疑:择建立卜筮人,乃命卜筮"。这是说,天下、国家有大疑必须问卜占卦以作出决断。帝王兼巫师,可以亲自从事卜筮活动,也可以让"巫史""史巫"实施。箕子又说,卜筮的兆象有七种:"曰雨,曰霁,曰蒙,曰驿,曰克,曰贞,曰悔,凡七。卜五,占用二,衍忒。"而"立时人作卜筮,三人占,则从二人之言。汝则有大疑,谋及乃心,谋及卿士,谋及庶人,谋及卜筮。汝则从,龟从,筮从,卿士从,庶民从,是之谓不同。身其康强,子孙其逢。吉。汝则从,龟从,筮从,卿士逆,庶民逆,吉。卿士从,龟从,筮从,汝则逆,庶民逆,吉。庶民从,龟从,筮从,汝则逆,卿士逆,吉。汝则从,龟从,筮逆,卿士逆,庶民逆,作内吉,作外凶。龟筮共违于人,用静吉,用作凶"(《尚书·洪范》)。

《尚书·洪范》这一作为周初卜筮决疑原则的记录,未必处处符合原巫之则,却贯彻了一条红线,即当帝王在进行政治决策、朝廷上下意见分歧时,最后统一决策的,是卜筮的占断。而且龟卜优先于易筮。这便正如《左传》所言,"筮短龟长,不如从长"。卜筮之所以具有如此不易的权威,是因为将原巫之灵看作绝对崇高神圣的缘故。

在古代中国,原巫之灵的控制与抚慰贯彻于政治,认为大凡政治者,首先在于控制臣民并且对其加以安抚。这是将执政制度与执政行为巫性化,以便对臣民实行控制、专制与垂怜。虽然有"天视自我民视，天听自我民听"（《尚书·泰誓》）的政训，似乎富有"民本"思想，而实际上，无论王道抑或霸道的施行，都以政治化了的巫灵、巫占优先。依仗于巫之灵的古代政治控制得好，则往往盛世而"一天下""四海宾服"、政通人和，反之即遭乱世。原巫有关"控制"的意识理念，推动古时专制政体的诞生与发展。

其一，正如恩格斯所言，人类上古氏族血缘制度"十分单纯质朴"，它"没有军队、宪兵和警察，没有国王、贵族、总督、地方官和法官，没有监狱、没有诉讼"①。那时天下的太平与社会的安定靠的是什么？靠氏族制度及其首领、酋长与英雄的个人人格权威与原巫之灵的结合。由于首领、酋长与英雄同时又是大巫，因而其人格实际是一种超迈而神秘的巫格。巫格之中的巫之灵，就是具有绝对权威性的社会心灵与意识形态。私有制度一旦建立，远古中华原先"讲信修睦""天下为公"的原始共和大同遂被打破，人心与社会，遭受了"最鄙下的利益（庸俗的贪欲、粗暴的情欲、卑下的物欲、对公共财物的自私自利的掠夺）和最卑鄙的手段（偷窃、暴力、欺诈、背信）"的强烈冲击，在中华远远没有彻底摧毁氏族血缘制度的同时，历史却延续了原巫之无边的灵力，让原巫之灵转而成为家族血缘政治、私有专制制度的一大"尊神"。"绝地天通"将巫权和政权合为一体，它克服了原始共和"民、神杂糅"二元结构的松散和软弱，建立起"神-巫（首领等）-民"这样的三元结构，凸显了首领兼大巫的专制权威，巫灵的政治化与政治的巫灵化，铸造了稳固的政权统治基础。

其二，与巫灵"控制"相"协和"的专制政权体制的仪式化，意味着把巫术的灵之感应、交合的神秘仪式，向人治化的方向转化，其结果是"礼"的诞生与推行。礼，说到底就是仪式化的政治。巫性政治所依凭的，就是"以礼治国""以礼治人"，人和则国安。《礼记·祭统》云："凡治人之道，莫急于礼。礼有五经，莫重于祭。夫祭者，非物自外至者也，自中出、生于心也。心怵而奉之以礼，是故唯贤者能尽祭之义。"②这里所说的"礼"，指对于山川自然神

---

① ［德］恩格斯：《家庭、私有制和国家的起源》，载《马克思恩格斯选集》第四卷，人民出版社，1997，第92页。

② 杨天宇：《礼记译注》下册，上海古籍出版社，1997，第826页。

灵与祖神的祭祀，出于敬畏之心即所谓"心怵"。"尽祭之义"，意在保佑家国、人身的平安，是巫性的。所谓"礼有五经"的"五经"，"据胡广说，指吉、凶、宾、军、嘉五礼"①。古时巫性之礼的最大功用，在于通过祭礼，求得人与神灵的协同、和解。"有子曰：'礼之用，和为贵，先王之道斯为美。'"（《论语·学而》）此之谓：祭礼，意在进行、实现巫之灵与灵的交合、感应。

这不等于说，巫性的自我之灵与他物之灵在祭礼中是平起平坐的。祭礼的根本在于等级意识及其制度。礼辨异而乐统同。自我之灵对于他物之灵的敬畏及其人对于神灵的献祭，则意味着在祭主、祭祀对象之间的等级、阶差。原巫意义的等级观，便是后世人与人、人群与人群之间森严的政治、伦理等级的人文原型。不同等级的灵与不同等级之人的社会地位、身份又达成协和关系，这便是"乐"，乐指礼的和谐。礼乐制度原于巫。

原巫文化原先对待他物之灵、万物之灵的立场与态度，一旦成长、演化为政治、伦理制度，那些巫祭、巫歌、巫舞与巫咒等原巫仪式，便一变而为政治、伦理制度的种种仪式。时至春秋，人们仍普遍认为，"国之大事，在祀与戎"②。《国语·周语上》载："故天子听政，使公卿至于列士献诗，瞽献曲，史献书，师箴，瞍赋，矇诵，百工谏，庶人传语，近臣尽规，亲戚补察，瞽史教诲，耆艾修之，而后王斟酌焉，是以事行而不悖。"这个过程将礼治理想化了。从巫祭之礼到礼乐政治，从崇拜巫性之灵到崇拜政治王权和君王人格及其精神，成就新的政治清明与君臣、君民的人际和谐与平衡的"政通人和"，遂使道心、人心"允执厥中"而行王道于天下。

其三，曾经施加巨大影响于政治的巫术之灵，上升到观念与精神层面，便是其政治哲学及其政治伦理观。首先，这即使在老庄的言述中亦可见出。所谓道者"惚兮恍兮"，"窈兮冥兮"，与其说是对哲学之道的描述，不如说是政治哲学之道中所蕴含的无形之灵。原本作为巫灵的征兆与表现，一变而为道家哲学所推崇的"自然"，自然世界的雨与风、晴与阴、温与寒之类，都成了神灵在面对天子行政时所产生的不同政治表情，直接预示了天下太平与否即政治的趋

① 杨天宇：《礼记译注》下册，上海古籍出版社，1997，第827页。
② 按：参见《左传·成公十三年》，"祀与戎"之"戎"，据考为军礼，录此备考。

向和好坏。本当晴雨冷暖之类是自然客观的表现，有着其自身运行的规律，现在成了神灵对于政治的预示和作出政治决断的依据。其中，天子的政治人格，也是人、神交合的。感性的直观世界的本体是灵，人们所看到、听到和触摸到的，实际都是政治化的灵对于臣民的"告诫"。其次，巫术之灵是一定政治偶像、权威甚至法令的文化底色。在上古时期，氏族的酋长即是大巫，他们掌握了通天、通灵的神权，他们也是那时的"知识精英"，由于在上古原巫的文化观念中，自我之灵与他物之灵的神圣地位远不是平等的，一个巫术的成功，总是以自我之灵为中心的。自我之灵的绝对权威，在历史的陶冶中，成为奴隶社会、封建社会天子、君王绝对王权的人文雏形。其中关键的一点，以巫灵为感应、协和、交合的天人合一，奠定了后世绝对王权神圣不可动摇和不可侵犯的基础。当天子、君王宣称其"替天行道""为民作主"具有绝对合法性之时，实际上所肯定的，是上古原巫文化中具有绝对巫权的那个"灵"。因为灵本具神圣地位而不能被挑战，所以古时那些帝王及其政治的绝对威权，也是不能被挑战的。这种政治思维的定势，铸成于上古原巫的崇灵时代，灵是天命的另一说法。再次，原巫的自我之灵与他物之灵的交合，是巫性意义之"天人合一"的最初模式。这一交合可以是威严而强迫的，也可以是和平而温情脉脉的。这种"协和"人文精神的提炼，铸就后世所谓政治"礼乐"的"乐"的诗性人情，所谓"君惠臣忠""父慈子孝"和"仁者爱人"等的早期文化模式，始源于原古巫灵的交合、协和与妥协。

六、从灵之巫性走向诗性审美

从文化形态学角度看，无论原始神话、原始图腾抑或原始巫术，都存在一个从原始灵性走向诗性审美的历史性契机。对于原始巫文化与诗性审美的关系而言，巫性之灵、灵之巫性走向诗性审美的内在人文机制，在于巫灵的历史性转换。它是由"巫"向"史"的一个特例，属于人性、人格从受种种牵累、强制到终于获得精神自由与解放的那个部分。问题的关键在于，从灵之巫性走向诗性审美如何可能与必然。

其一，从文化人类学关于巫学的理念分析，原巫文化之基本范畴"吉凶"及其意识，是诗性审美范畴"美丑"及其意识的历史与人文性前提，在历史的陶冶中，诗性"美丑"，正是由巫性"吉凶"转嬗、升华的结果。换言之，巫性"吉凶"是诗性"美丑"的历史与人文根因。

试以《周易》巫筮如何走向审美为例。《周易》本经乾卦卦辞有云："乾：元亨，利贞。"这里，元，太之义；亨，通享，享祭义。高亨说："亨即享字，祭也。"①可从。利，吉利之谓；贞，占问义，许慎云，"贞，卜问也。从卜贝"。而"卜，灼剥龟也，象灸龟之形。一曰象龟兆之从横也"②。乾卦卦辞的大意是，筮遇乾卦，占筮的结果是，可以进行祖神祭祀，这是吉利的占问。这是距今约3100年前殷周之际的一个著名卦例，在殷周之际的古人看来，所占的乾卦，是一个吉卦，纯粹是用于巫筮的。可是大约时至战国中后期的《易传·文言》中，同样是这一乾卦卦辞的意义，却实现了其人文意蕴的转换。读作："乾：元、亨、利、贞。""元者，善之长也；亨者，嘉之会也；利者，义之和也；贞者，事之干也。"已经历史地实现了从灵之巫性向诗性审美的人文转换。"这里，所谓'善之长'，古代文化中善、美未分，善通美；长，首也。这是指乾天具有元始造物之美，也象征圣人美德的一种极致境界。朱熹云：'元者，生物之始，天地之德莫先于此。'天地同具造物之美德，而乾天尤具'元性'，此即'善之长'。所谓'嘉之会'，连斗山云：'两美相合为嘉，众物相聚为会。'此言乾坤天地为'两美'，而乾为亨通嘉会之元始。所谓'义之和'，义，宜也。朱熹称：'利者，生物之遂，物各其宜，不相妨害。'《说文》曰：'和，相应也。'乾坤相和各得其宜，利事和谐。乾坤虽然对立，却宜其相和；相和则万物生而亨通，从而各得其利。这是颂赞乾天之性具有与坤地和谐至美的品德。所谓'事之干'，李道平：'《诗诂》云：木旁生者为枝，正出者为干。是干有正义。'朱熹：'干，木之身，而枝叶所依以立者也。'《周易·乾象》：'贞，正也。'这是说，'贞'作为乾天之一大美德，具有正固难摧、正大光明的特性。由此可见，原是作为筮卦的乾，经过《易传》的改造，已由巫学智慧意义上的'吉'，转换成审美文化智慧意义上的'美'。当然，这'美'同时包容着'善'。"③

---

① 高亨：《周易大传今注》，齐鲁书社，1979，第53页。
② 许慎：《说文解字》，中华书局，1963，第69页。
③ 王振复：《周易的美学智慧》，湖南出版社，1991，第74页。

其二，从巫性的占筮之象走向诗性的审美之象，是可能而必然的。从巫筮之象的转换与诗性审美之象转换的关系角度加以审视，两者"异质同构"。这里所谓"异质同构"，指巫性与诗性的人文性质不一，而其各自关于"象"之四个环节的转换结构与方式，又是同一的。既"异质"又"同构"，便实现从巫性占筮之象走向诗性审美之象的历史与人文的转换。

试看《周易》巫筮，具有动态而相系的四个环节。此即从神秘物事（实）、占筮者的巫筮心灵之象（虚）、卦爻巫筮符号系统的创立与用于占筮（实）到受筮者之信筮的心灵之象从而接受巫术吉凶的占断（虚）这一巫性意象转换的动态结构，恰与诗性审美之四个环节的动态结构，构成"同构对应"的文脉联系。诗性审美之象四个环节转换的动态结构是：一是社会现实（实）；二是作者审美心灵之象（虚）；三是作品文字符号系统（实）；四是审美接受者的心灵之象兼审美判断（虚）。凡此构成诗性审美之象的动态之链。可见，巫性之象的动态转换与诗性之象的动态转换两者之际，异质同构，都具有"实-虚-实-虚"的转换机制。

比如《周易》晋卦，原是用于巫性占筮的。其筮符为坤下离上，坤为地，离为火为日，晋卦为旭日东升之象，以汉文字表达，即"旦"。晋卦作为巫筮之象的转换之链是：一是初民所见东升之旭日，为客观存在的朝晖实景；二是旭日喷薄的外在形态，显现于初民心灵，以为无比神秘神奇，此《易传》之所以称"在天成象"，遂构成拜日而属巫的心灵虚象；三是初民为推断命运的吉凶休咎，进而画出晋卦筮符，用以占筮答疑，这是筮符实形；四是以晋卦卦符进行占筮，受筮者据此受筮于心灵，获得所谓吉凶祸福的体会与判断，这又是一个心灵虚象。

在历史与人文的熔铸中，原本作为巫性崇拜对象的东方旭日，终于发育为一大诗性审美对象。关于旭日之象的诗性审美过程，同样具有四个环节。此即从艺术作者所观之旭日喷薄、云蒸霞蔚（外在实景）、遂诗情勃发而有所感兴（构成审美心灵虚象）、进而写为歌诗谱成乐曲或绘以画作等，最后投入审美接受过程为接受者所欣赏领悟（审美心灵虚象），这一诗性审美的全过程，恰与巫性占筮的全过程，构成"异质同构"的关系。可见，诗性审美的人文根因根性之一，在于原巫文化，诗性根植于原古巫性。

其三，诗性审美，以感觉、想象、情感与灵感及其相互关系为要。这种审美心灵主要元素的酝酿、培养和生成，除了源于原始神话与图腾，主要是原巫文化的赐予，对于中国的诗性审美而言，尤其如此。

列维-布留尔曾经指出："原始人所居住的那个世界却包含着无穷无尽的神秘联系和互渗。"①天人、物我与主客之间的神秘联系与互渗，始于主体对于客观世界形相的感觉以及想象、情感和灵感。初民惊讶地打量着令其深感敬畏甚而恐惧的那个世界，首先培育、锻炼了对于神秘物象的初浅感觉。初民所感觉的世界，是一个到处存在鬼怪、精灵的世界。又觉得并且坚信人自己有能力"控制"这个世界，这便是所谓巫的灵力"无所不能"。弗雷泽说："我们已经了解到，原始人尚不清楚自己控制自然能力的局限性，他们认为自己和其他人具有某些超能力。除了普遍相信受神的支配，人们还认为人在某一时期，可以在神灵的感召下，暂时拥有神祇的知识和能力。这种信念很容易演变成人们认为某些人身上会永恒地降临神灵，或者某些人（引者：指巫师）接受了神灵以秘密方式赐予的超能力。"②初民对于自己具有"超能力"的信念，是建立在对于世界之基本错误的感觉之上（这里，之所以称"基本错误"，是因为初民伴随以错误的感觉，毕竟还有关于世界和人自己的一些真实与正确的因素存在）。

感觉又与"象意识"相联系。巫术之象，正如原始神话、图腾之象等一样，开启了初民心灵之初步的缘象、审象的智慧能力。对于原巫文化而言，象之感觉与感觉之象，实际是显现于心灵的，以《易传》之言来说，称之为"见（现）乃谓之象"。故所谓巫象即心之象、灵之象。所谓"观物取象"，又充满了属于巫性的想象和情感因素。与实际存在的事物形相尤为不一的巫象，是灵异之象。这里是"兆"（吉兆、凶兆）也便是巫象、灵象的世界。由于初民对于世界和人自己的感觉是基本错误的，遂使其基本建立在这一感觉基础上的想象，犹如脱缰的野马，一时疯长起来。此时原始理性固然诞生，并且正在发挥持久而颇为深刻的作用与影响，可总往往是被巫性的非理性所裹挟，同时有原始神话和图腾的非理性推波助澜。

---

① ［法］列维-布留尔:《原始思维》，丁由译，商务印书馆，1981，第280页。
② ［英］詹姆斯·乔治·弗雷泽:《金枝》上册，陕西师范大学出版总社有限公司，2010，第106页。

属巫的想象、联想以至于幻想甚而是胡思乱想，由于充斥于属巫的头脑，又发展、丰富了信巫之初民的情感生活。原始巫术作为企图破解生活难题的"伪技艺"，对于初民的命运、境遇而言，是休戚相关的，与巫术的成功或失败相系，使得初民的情感跌宕起伏、波涌浪激。所谓巫术的成败，可能给中华古人忽而带来巨大的利益或意外的收获，忽而又被突然推入无底的深渊，一切化为乌有；忽而大喜若狂，只是一心念叨天神的好处，忽而惊恐万状，满腹狐疑与恐惧又不敢诅咒"天"的惩罚。巫术文化，正如神话和图腾文化一样，培育了初民的情感心灵。

无数方术、"伪技艺"的崇信和施行，诞生和发展了属巫的"象意识""象感觉""象思维""象想象""象情感"与"象意志"。这里，蕴含着诗性审美的心灵因子。在古老的占星术、望气术、占梦术、堪舆术、扶乩术以及尤为盛行于殷周时代的卜筮之巫术等等的漫长实践中，到处是富于迷信成分的巫性虚构、夸张、想象与非理性，在粗鄙、污浊的文化"泥淖"中，偏偏有洁净、精致的诗性审美因子得以孕育其间。好比亭亭净植的莲花，可以而必须出于污泥又不染于污泥。原巫文化的感觉、想象、情感和灵感，是诗性感觉、想象、情感和灵感的一大文化温床。其文化因缘，是因为巫性与诗性文化之间，具有本然的"异质同构"关系的缘故。

值得注意的是，在原巫文化中，巫的意志活动和功用需求十分强烈，这原本有碍于诗性审美因子的生成。原巫的所谓"象意志"有些特别，它作为灵巫的"意志"，与巫性感觉、想象、情感和灵感一起形成一股合力，共同实现巫的目的，似乎是"无所不能"、绝对自由的，实际上，正因初民的智力十分低下、面对无数生活难题无法破解才有巫术的诞生与施行——这是初民真正的不自由。然而，即使在远古初民如此狼狈与困难的生活、生存的境遇之中，依然不乏对于人性、人格及其环境之真正自由的向往和理想，便是孕育于原巫文化的诗性审美的萌芽因素，成为原巫意志的解构之力，从而使从灵之巫性走向诗性审美成为可能。诗性审美，并非与人的意志绝缘。不过，蕴含于诗性审美中的意志是"自由意志"，它其实就是人对于精神之真正自由的理想追求。原巫的"象意志"，一方面对于诗性审美意识的萌生具有"灭火"作用，另一方面，又因其在原始巫术活动中，作为一种信仰及其巫师的绝对自信，蕴含着人对于人性、人格及其所处环境之真正自由的向往和企盼。巫性的"象意志",倒错地开启了与诗性审美相系的"自由意志"的历史和人文之门。

诗性审美作为天人、物我、主客之间的浑契合谐,作为天人合一的一种人文境界,孕育于原巫文化的天人合一。巫性之灵的心理结构,是"史前"的天人合一,它是诗性审美天人合一的前期形态,它的内在人文机制是灵的感应。弗雷泽说:"巫术的首要原则之一就是相信心灵感应。关于心灵之间具有跨距离感应的说法,很容易使野蛮人信服,因为原始人早就对此深信不疑。"①《淮南子·览冥训》云"夫物类之相应,玄妙深微,知不能论,辩不能解,故东风至而酒湛溢,蚕咡丝而商弦绝,或感之也。"这也有如《葬书·内篇》所言的"铜山西崩,灵钟东应"②。被古人看做十分神秘而灵异的灵之感应。从巫文化角度分析,所谓阴阳五行的相生相克,都是灵的感应。西蜀铜山崩塌,实为地震,未央宫内的"钟自鸣",为地震余波所致。可是,东方朔却解释为"铜出于山气相感应",是因山属土而铜属金、故而土生金之故。这里,融渗以巫性的感觉、想象与情感等心灵因素,实际是巫的灵感。

如前所述,诗性灵感,实缘起于巫性灵感。灵感一词,西文称inspiration,指人对于神之灵气的感应。《西游记》载:"敝处通天河,有一灵感,每岁要一男一女祭奉。"神与人之间,可以有"灵"相互感应,这种灵的感应,以"一男一女祭奉"神灵,便是巫性的灵感,亦可称之为既媚神又降神即"召灵"。因此,人的诗性灵感,实起于巫性灵感,巫性灵感是诗性灵感的史前"异化"方式。

与诗性灵感相系的,是"我的灵明"。弟子问王阳明:"人心与物同体……禽兽草木益远矣,而何谓之同体?"阳明先生说:"你只要在感应之几(引者:指《易传》所言'知几其神乎'之'几',几即巫术之'兆')上看,岂但禽兽

---

① [英]詹姆斯·乔治·弗雷泽:《金枝》上册,陕西师范大学出版总社有限公司,2010,第27页。

② 按:原文为:"是以铜山西崩,灵钟东应。"《葬书》注:"汉未央宫一日无故钟自鸣。东方朔曰:'必主铜山崩应。'未几,西蜀果奏铜山崩。以日揆之,正未央钟鸣之日也。帝问朔何以知之? 对曰:'铜出于山气相感应,犹人受体于父母也。'帝叹曰:'物尚尔,况于人乎!'"参见王振复导读、今译:《风水圣经:〈宅经〉·〈葬书〉》,恩楷出版股份有限公司,2003,第89页。

草木，虽天地也与我同体的，鬼神也与我同体的。"此"同体"，指巫性的天人合一。这里，王阳明主要是从巫性感应、灵感的主观角度做了解答。"我的灵明，便是天地鬼神的主宰。天没有我的灵明，谁去仰它高？地没有我的灵明，谁去俯它深？鬼神没有我的灵明，谁去辨它吉凶灾祥？天地鬼神万物离却我的灵明，便没有天地鬼神万物了。我的灵明离却天地鬼神万物，亦没有我的灵明。"①毋庸赘言，"我的灵明"即诗性灵感与巫性灵感的文脉联系，也是"异质同构"的。因而，从巫性灵感走向诗性灵感，也是可能的。

本文发表于《社会科学战线》2018年第4期

---

① 王阳明：《王阳明全集》上卷，吴光等编校，上海古籍出版社，1992，第124页。

"信文化"：从神话到图腾与巫术

初民虔诚地把不是真正祖先的动植物、日月、山川、苍穹甚至"履大人迹"行为等，错认为是本氏族的血缘祖先，从而加以崇祀。这真是很有意思。图腾信仰，是一种"错认他乡是故乡"般的意识和行为，真正的"他的亲族"，其实并不"在场"。

中华原古，曾经经历过一个漫长的"信文化"时代，原始初民的生活、思想和理想，以信仰神话、图腾与巫术为主要文化特征。神话、图腾与巫术这三种文化形态，构成一个原古文化的三维动态结构。

一、神话作为一种人文"话语"系统

长期以来，人们一般地把人类包括中华原古时代称为"神话时代"，把"神话思维"等同于原始思维。这是对诞生于原始社会和传播的神话做了广义的理解。这里所理解的，包括神话以及图腾与巫术。张光直《中国青铜时代》一书，将我国商周时期的神话分成四种，取广义神话观。他指出，第一是"自然神话与神仙世界的神话"；第二是"神仙世界之与人间世界分裂的神话"；第三是"天灾的神话与救世的神话"；第四是"祖先英雄事迹系裔的神话"。实际上，张先生所说神话的第一种，包含了人对于天帝、图腾动植物之类信仰的神话品类；所讲的第二种，实际是与原古巫术相联系尤为密切的神话文化形态。

狭义神话观也把所有原古神话分为四种。第一，以天帝、日神、月神、风神、雨神和四方之神等为主角的神话；第二，创世和创造性神话，如盘古开天辟地与伏羲创卦、仓颉造字等故事传说；第三，灾变与英雄救世的神话，如女娲补天、后羿射日、精卫填海、大禹治水和愚公移山等；第四，祖先神话比如黄帝初祖的神话。

狭义神话观以为，在文化本涵上，神话是一种原始初民口头创作和传播的"话语"系统。它把与神话有千丝万缕人文联系的图腾和巫术等，从广义神话观中独立出去。理由是，虽然图腾、巫术和神话都信仰天帝、祖神、神祇与精灵等，但是在具体的文化成因、文化特性和功能等方面，是各自有所不同的。

顾名思义，神话是"神"所说的"话"；是氏族酋长、巫觋等借"神"说"话"；说的是具有神性、灵性和巫性三兼的"话"。

所谓狭义神话，都是要有一定的故事、情节的。神话并非总是普在于初民的一切生活领域，只有当氏族在举行祭祀祖神、召神、集会或者教育后代等仪式时才去进行。迫于生计，初民不可能不做其他事情，而一天到晚闲在那里讲故事。神话寄托了初民的理想，极大地培育、锻炼、丰富和发展了初民的幻想、想象、夸张与虚构。神话中的"神"，作为初民精神的第二个自我，是初民生活的"第二面貌"。它很早养成初民讲故事的想象能力和表述的兴趣，是人类叙事文学的一种"元语言"，也是荣格、弗莱所说的文学诗性的"原型"。

以往学界有所谓中国神话"篇幅短，诞生晚近"的不妥当的看法。玄珠《中国神话研究ABC》说，中国古代神话，"比起别的文明来，显得非常贫乏"。张光直称，"有几位很知名的学者曾经主张，中国古代神话之'不发达'是因为中国先天不厚，古人必须勤于度日，没有工夫躺在棕榈树下白日做梦见鬼。"其实，给人造成神话"贫乏""不发达"印象的原因，可能是以往学界对中国神话发掘、研究不够的缘故。而故事讲得简洁而生动，正是中国神话的一大特色。诸如盘古开天辟地的文字文本，始于三国吴徐整的《三五历纪》，定型于南朝梁任昉《述异记》，从文字文本看，的确偏于晚近，但在文字文本诞生之前，一定经历过许多个世纪的酝酿、创作与世代传播的历史过程，神话的口头创作与传播，不知要比文字文本早多少个世纪。研究神话，运用王国维"二重证据法"而加以重新发掘、整理和阐释，是很有必要的。

二、图腾:"他的亲族"

图腾一词,是印第安语totem的音译,意思是"他的亲族"。18世纪末叶(1791),约翰·朗格的著述《一个印第安译员兼商人的航海与旅行》说,"野蛮人的宗教性迷信之一就是,他们每个人都有自己的totem(图腾)"。1903年,严复翻译英国学者甄克里《社会通诠》一书,首先将totem译为"图腾",从此成为通用的译名。

原古图腾的诞生和崇拜,出自初民意识到寻找本氏族祖神的精神需求。初民虔诚地把不是真正祖先的动植物、日月、山川、苍穹甚至"履大人迹"行为等,错认为是本氏族的血缘祖先,从而加以崇祀。这真是很有意思。图腾信仰,是一种"错认他乡是故乡"般的意识和行为,真正的"他的亲族",其实并不"在场"。图腾是自然崇拜和准祖神崇拜的奇幻结合。这不啻是说,在人文意识上,图腾是建立在这两大崇拜意识已经初步觉醒的原始心智之上的。

比如《诗经·商颂》说,"天命玄鸟,降而生商。"这是将"玄鸟"认作商氏族的祖先了。所谓玄鸟,古籍一说燕子,《古诗十九首》"秋蝉鸣树间,玄鸟逝安适"的那个"玄鸟"便是。又说是鹤。《文选·思玄赋》:"子有故于玄鸟兮,归母氏而后宁。"李善注:"玄鸟,谓鹤也。"总之说的都是"鸟",难怪《水浒》里黑旋风李逵的口头禅,离不开这个词。

中国原始时代的图腾很多,丁山《甲骨文所见氏族及其制度》一书第32页曾经提到,中华上古竟然有二百余氏族各有其"图腾"。鸟鱼蛇蛙猪羊牛熊虎以及虚构的龙这一神性、灵性的生物等,都曾经是中华氏族的图腾。图腾,体现了初民的准生命与准生殖意识。初民意识到"认祖"的精神需要,却只能将其大致地放在自然崇拜的文化模式中,来试图求得解决,图腾是原始祖神崇拜的"史前"文化方式。图腾好比是戴在血族祖先头上的一张脸谱,将真的祖先的面容遮蔽起来——当然不是故意这样做,那祖神就立刻变得崇高、神圣而神秘起来。

比方说龙的图腾,据《中国美学的文脉历程》一书考辨,龙的原型,有蜥蜴、鳄鱼、龟、蟒蛇、马、河马与闪电、云神等十七种。罗愿《尔雅·翼·释龙》称龙作为图腾,"角似鹿,头似驼,眼似龟,项似蛇,腹似蜃,鳞似鱼,爪似鹰,掌似虎,耳似牛。"显然是由九大图腾糅合起来的一个文化综合。

"龙的传人"作为吾中华民族具有无比群团与向心力的伟大图腾命题，让华夏氏族、汉民族与中华民族，始终团结在"龙"的旗帜下，去面对从来多事的这个世界的挑战。在民族文化心灵上，龙图腾是我们努力克服蛮野自然与盲目社会力量的一个"保护神"。

图腾树立起祖神崇拜的巨大对象，它深沉的文化尺度与真实、真诚与真切的情感空间，确实为原古"信文化"意义上的崇拜走向审美的崇高，开辟了历史与文化之路。

三、巫术：试图追求"实用"的"伪技艺"

与原古神话和图腾相比较，用"试图追求'实用'的'伪技艺'"这句话，来给原巫文化下一个判断，也许是比较贴切的。

巫术必须同时具有五大文化要素。一、初民意识到巨大的生存难题并自信能够克服；二、心灵为先兆迷信所左右：三、有一个追求"实用"的预期目的；四、有"作法""仪式"即巫性的操作过程、行为和"技艺"；五、迷信人神、心物和物物之间普遍存在的灵性感应。

灵，繁体写作靈，从巫从需，可见所谓灵，首先是就巫术文化而言的。巫术，在中国的上古与中古时代一直极盛，殷代的甲骨占卜和周代的易筮，是其典型和代表。

巫术是一种迷信，巫术文化的复杂性是二重的。既基于人又通神，基于人这一点是实在的，通神则是虚拟的。巫格半人半神。巫是神化的人，又是人化的神。巫性处在人性与神性之际。巫是在神性及其灵力的支配下，以巫觋作为中介所发生的所谓人神互谐的感应。既拜神又降神，既媚神又渎神。迷信与理智交互，糊涂同清醒兼具，委琐和尊严相依，崇拜携审美偕行。巫术是"畏天"与"知命"、"灵力"与"人智"文化的有机结合与妥协。

英国功能主义人类学家马林诺夫斯基《文化论》指出："我们越无法倚赖自然和知识，则越会寻求征象，希望神迹，而信托捕风捉影的佳兆。"巫术的产生和运用，证明初民在巨大而盲目的自然力面前绝对的不自由。而巫术的迷信，却使人坚信能够心想事成、无坚不摧、战无不胜。巫术用这种"喜剧性的狂欢"，来掩盖人实际上的悲剧性命运。巫术，是智慧程度属于"史前"水平的"倒错的实践",也便是弗雷泽所说的"伪技艺"。迄今巫术绵绵不绝,证明巫文化传统在中国的顽强性。

马林诺夫斯基《巫术科学宗教与神话》一书又说:"世界是马马虎虎的背景,站在背景之上而显然有地位的,只是有用的东西。"尽管巫术没有实际的效用,初民却迷信它是神通广大而绝对"有用"的。实用成为巫术的第一功能。从巫术的所谓实用功能看,它在初民和古人的生活中,显然比神话和图腾更基本、更广泛、更重要。

四、三位一体各具所"能"

在原古文化中,神话、图腾与巫术,是三位一体的。三者之间的共通共融点,是"信"。西汉扬雄《太玄·应》,有"阳气极于上,阴信萌于下"之言。《太玄》注云:"信,犹声兆也。"信字从人从言。"言"(言语)作为"兆"的一种,在巫觋、巫祝与萨满那里,便是巫性的召神同时为神所召,咒语作为一种"黑巫术",直接便是所谓"克敌制胜"的攻击性武器。不仅巫术,而且在举行神话和图腾仪式时,都讲究"声兆",可能都念念有词、载歌载舞,与言语的魔力合为一体。古人对于神话、图腾和巫术所谓"奇迹"的信任,都坚信三者真实不虚,都敬畏有加,都奉行"万物有灵"这一信条。

三者的不同在于,如果说,神话是用言语而后兼有文字,来认知、解说与宣传神灵世界,那么,图腾和巫术则是,一在于崇拜替代的氏族血亲而慎终追远,使得精神回到祖先生命原始的怀抱;一在于企望以通神的"伪技艺",施行所谓的灵力、魔法,趋吉避凶,让充满苦难与挑战的命运,变得好一些。

我们的态度始终是,择其精纯而汰其糟遗。

本文发表于《文汇报·文汇学人》2018年1月19日

从巫学智慧到美学智慧——《周易》美学思想探讨之一

　　成书于殷周之际的《周易》本经所蕴涵的文化智慧原为巫学智慧，它是一个颇为原朴，浑沦的智慧集成。而学界一般认为成篇于战国时期的《易传》具有颇为丰富、成熟的美学思想，这就使从《周易》本经到《易传》，必然存在着一个从巫学智慧到美学智慧的转换问题。本文拟就如下三个方面对这一理论课题加以初步简略的探讨：

　　一、从时代看，《周易》从巫学到美学的智慧转换，体现了我国春秋战国时期从神到人的智慧超越；

　　二、从《周易》本经巫学智慧的内在构成看，其所深蕴的美学胚素，是巫学智慧转化为美学智慧的一种文化"内驱力"；

　　三、从文化心理机制看，《周易》的巫学智慧与美学智慧存在着某种同构性与相通性，这为前者向后者的转换提供了可能。

一

　　这里，我们的简略分析先从历史开始。殷周之际是中华奴隶主社会的鼎盛期。辉煌灿烂的青铜文化，标志着奴隶制礼乐与文物典章制度的圆熟，宗法制得到了完善和趋向于定型。从"殷道亲亲"到"周道尊尊"，意味着以血缘为基核的独特社会政治、伦理意识形态的发展。然而这一历史时期的中华文化智慧依然处于"童年"阶段。社会生产力的普遍相对低下,某种意义上可以说,中华古人的文化心智仍在文化智慧"黎明"前的"黑暗"之中摸索。其表现之一,是人们普遍地对具有神秘色彩的卜筮文化的崇信无疑。

殷人对占卜极其虔诚,至今从地下所发掘出来用以占卜的约十五万片甲骨就是明证。殷人几乎是无事不卜。"帝令雨足年,帝令雨弗其足年?"[1] "伐舌方,帝受我又?"[2]"王封邑,帝若"[3]。"我其已宁,乍帝降若;我勿已宁,乍帝降不若。"[4]……年成丰歉,战事胜负,择地筑城以及官吏任免等等,都须稽疑于占卜。此风直至周代仍在沿续。据考古发现,不仅在殷虚,而且在周人发祥地"周原"亦有甲骨出土。

风行占卜之同时,周人更发展了别具一格的《周易》的占筮。《周易》八卦与六十四卦,原本都用以占筮。《左传》《国语》有关《周易》事筮的记载可以为证。如《左传》庄公二十二年:"周史有以《周易》见陈侯者。"襄公九年:"是于《周易》曰,随,元亨利贞……"。昭公七年:"孔成子以《周易》筮之。"《左传》所记《周易》筮则十二、《国语》中也记有两条。《周易》本经蒙卦卦辞有云:"初筮告,再三渎,渎则不告。"可谓其言凿凿。至于《易传》中所保留的古筮法,也同样是《周易》原本巫学的确证。殷周之际,卜筮并重,在人们心目中都有绝对权威性:"汝则有大疑,谋及乃心,谋及卿士,谋及庶人,谋及卜筮。"如何判断吉凶呢?"汝则从,龟从,筮从,卿士逆,庶民逆,吉。卿士从,龟从,筮从,汝则逆,庶民逆,吉。庶民从,龟从,筮从,汝则逆,卿士逆吉。"[5]可见卜筮在判断人事吉凶休咎时的发言权是很大的。

然而,这种笃信卜筮的时代文化气候到了春秋战国时期便有所变更。这一历史时期,实现了中华文化史上第一次意义重大的智慧的超越与解放。就生产工具而言,铁器的发明与运用促进了农业的繁荣,手工业与商业的发展,为文化、意识形态新思潮的出现准备了某种条件。春秋五霸争峙,极大地削弱周天

① 罗振玉:《殷虚书契前编》一、五〇、一,《殷虚书契五种》之一,中华书局,2015。
② 林泰辅:《龟甲兽骨文字》一、一一、一二,北京富晋书社,1930。
③ 罗振玉:《殷虚书契后编》下,一六、一七,《殷虚书契五种》之一,中华书局,2015。
④ 罗振玉:《殷虚书契前编》,七、三八、一,《殷虚书契五种》之一,中华书局,2015。
⑤ 《尚书·洪范》,上海古籍出版社,2015。

子的权威地位；战国七雄兼并，使东周近乎名存实亡。这种政治现实领域中周天子绝对权威的丧失，伴随以巫学领域之"神"立足难稳。奴隶的逃亡与解放造就了大批比奴隶身份相对"自由"的农民，手工业者与商人，他们的生产方式有利于推动社会相对"自由"思潮的传布。城市的兴起与市民力量的增大，逐渐瓦解一些农民对土地的依附性，这也会辐射到文化教育领域，使以往"学在官府"的陈规，受到了新兴私学的冲击，所谓"有教无类"在一定程度上给处于社会下层的人提供一个接受教育的机会。而战乱迭起也从一方面迫使统治者无暇严厉压制"士"的思想自由，战国的"连横"与"合纵"推动了以思辨哲学为代表的整个社会文化智慧的进化。

无疑，所有这一切社会因素有利于开拓人们的文化眼界，天命与神权思想受到了冲击。于是，由殷周之际对上天神灵的诚惶诚恐转而抱怨、责难与怀疑意绪四处漫溢：《诗经》："天之抗我，如不我克。"（大意：上天与我为敌，像要加害于我。）"昊天上帝，宁俾我遁？"（难道上天你要逼我四处逃遁吗？）"昊天不傭！"（上天不均！）"昊天不惠！"（上天不慈！）"昊天不平！"（上天不公！）"昊天疾威，弗虑弗图！"①（上天滥施淫威，全不顾百姓死活！）与此同时，对祖宗神也敢于冒渎："群公先正，则不我助？父母先祖，胡宁忍予？"②（列宗列祖不佑助我，难道宁愿我忍受苦难吗？）"先祖匪人，胡宁忍予？"③（老祖宗真不是个东西，难道忍看我苦难深重吗？）

虽然并未彻底否定上天神灵，却也敢于在"神"面前时时发点人的小脾气。在如此时代精神氛围中，人们对卜筮的一片热忱也开始降温了。据《左传》所记，楚国大夫屈瑕将领兵出征，想预卜胜负如何，若敖之子斗廉认为形势有利于楚，必胜无疑，不必占卜。他说："卜以决疑。不疑，何卜④？"郑厉公入侵郑地大陵之前，见内宅之蛇与野外之蛇恶斗于郑南门中而内蛇死，鲁庄公认为此乃妖凶之兆。鲁大夫则认为"无妖"。什么妖不妖的，"妖由人兴也。人无衅

---

① 《诗·小雅》，《诗经》，郑玄笺，中华书局，2015。
② 《诗·大雅》，《诗经》，郑玄笺，中华书局，2015。
③ 《诗·小雅》，《诗经》，郑玄笺，中华书局，2015。
④ 《左传》桓公十一年、庄公四年、僖公十六年，杨伯峻：《春秋左氏注》，中华书局，2018。

焉,妖不自作。"①宋襄公见陨石自天而降,问:"是何祥也?吉凶焉在?"周内史叔兴一面对宋襄公说,今年,"鲁多大丧,明年齐有乱,君将得诸侯而不终。"事后却对别人说:"君失问。是阴阳之事,非吉凶所在也。吉凶由人,吾不敢逆君故也。"②可见,即使在从事卜筮的人中间,也有对卜筮不相信的。

春秋战国时代是中华文化智慧上初步兴起无神论的伟大时代,它意味着人的文化智慧的觉醒,必然形成对建构于一定神灵观念基础上的巫学智慧的挑战。尽管当时社会远不可能摒除一切关于卜筮的神灵观念,然而,《周易》本文占筮的神圣灵光毕竟比以往有所暗淡了。这给《周易》本文的巫学智慧向《易传》之非巫学智慧的转化准备了时代文化氛围和精神条件。从神到人的觉醒,标志着人的文化智慧努力从传统巫学桎梏中挣脱出来,去开拓一个新的理想境界、思维天地、情感领域和意志"寄寓"之所,这便是《易传》所建构的新的智慧体系。在这一体系中,失去了主导地位的巫学智慧被挤到了一角,而有哲学、政治伦理学与美学等文化智慧灿烂磅礴。诸如《易传》中关于"天行健,君子以自强不息""刚健、笃实、辉光,日新其德"以及"生生之谓易"等美学智慧,诚为时代新声雄放,已自响彻云霄,意味着人们试图努力摒弃巫术占筮这种"伪技艺",愿以属人而非属神的智慧,去独立地面对这个充满挑战意味的世界,其中的美学慧智,成了整个《周易》文化智慧最"自由"的部分。

二

《周易》巫学智慧向美学智慧的转化固然因时风所致,或者可以说其本身就是时代文化智慧超越的一个重要构成,然而其转化的"内驱力",却在《周易》本文的巫学之中。

认为《周易》本经的巫学智慧纯属文化垃圾、其间没有任何积极的智慧成果,这也许是一个误解。实际上,尽管《周易》本文的巫术占筮整体上是一种人类童年幼稚的迷信和"伪技艺",却仍然不能否认其智慧的深层结构中埋蕴

① 《左传》桓公十一年、庄公四年、僖公十六年,杨伯峻:《春秋左氏注》,中华书局,2018。
② 同上。

着美学智慧的胚素。

首先，《周易》本经的巫术占筮尽管是一种"假错"的实践行为，然而在自然与社会力量的挑战面前，人强烈地要求通过这一"实践"方式以"改造"世界从而改变人自身命运的愿望却是真实的。这种要求改造世界的愿望意绪、要求有所作为的人的生存本质，是《周易》巫术走向审美的一座桥梁。

当人类在原始社会里由于社会生产力的极度低下、而一时无力克服由自然或社会盲目力量所施加的巨大压力和障碍、又不愿屈服这种种压力与障碍时，加上原始"万物有灵"文化观念的催激，可能促使人们的努力从一般社会实践领域"挪移"，相信可以通过另一种"实践"手段即所谓巫术企图达到人改造自然、社会与人自身的预期目的，这便是巫术占筮的起因与功能。巫术的起因具有三个文化要素：一、自然与社会难题暂时无力克服与解答；二、人自信能够解决一切自然与社会难题；三、人的头脑中存在着"万物有灵"观念。在这三要素中，最根本的是存在着一种唯一属于人的精神，即人自信自己能够改造这个世界并且在巫术中执拗地不愿放弃这一"实践"的努力。虽然在巫术"实践"中实际上总是不能达到人的预期目的，但是其一，巫术本身锻炼了人要求改造世界的强烈愿望；其二，这种巫术"实践"总是与那些真正能改造世界的生活生产实践纠结在一起，前者成为后者的精神性支柱与动因。巫术不能达到直接改造世界的目的，这不等于说它没有参与人对世界的实际改造。而美学的根本问题即审美的问题，归根结底是一个人类如何认识与改造世界的问题。尽管《周易》本经的巫术占筮并不就是审美，可是在巫术占筮的文化智慧构成中，已经早早地提出了人类要求认识与改造世界这一审美的根本命题。大家知道《易传》美学智慧的根本一条，正如前文所述，是强调人在自然与社会难题有所作为，所谓"天行健，君子以自强不息"也，这种关于人类有所作为的美学，其实早在《周易》本文的巫学中已经埋下了"种子"。

其次，并非凡是人的本质对象化都创造美，因为人的本质对象化除了意味着审美，也可以是求真的、向善的。然而凡是审美的问题，都与人的本质对象化攸关。因此，以人对现实的审美关系为研究对象的美学智慧与人的本质对象化问题结下了不解之缘。《周易》本经的巫术占筮在整体上而言是人的本质的原始异化，似乎谈不上审美。马林诺夫斯基在谈到巫术的本质时说："我们越无法倚赖自然和知识，则越会寻求征象，希望神迹，而信托捕风捉影的佳兆。"①这无疑是人的本质的异化，人的实践动机、过程与目的，却由人所虚构出来的属神的异化力量去支配，这是对美的扼杀和对审美的压制。问题在于，《周易》巫术占筮的文化本质又并不是如此单一的。除了直接是人的本质的异化，在这异化的整涵中，又曲折间接地开启了人的本质对象化的历史过程。这就是说，人一方面深感自身在盲目自然力和社会力面前的软弱，必须依赖神灵的"感应"才能完成一个巫术占筮过程，另一方面巫术又不同于宗教，人在巫术中并未彻底拜倒在神灵脚下，只是跪倒了一条腿。神灵在巫术中的地位，只是一种人的借助对象而不是主角，主角是相信神力的人。《周易》用以进行巫术占筮的一整套筮符系统无疑具有神性与灵性，但认为这是人与人的智慧所能把握的。所谓河图、洛书由"天"所授，但他们又是"圣人"可以掌握的。八卦与六十四卦据说由"圣人"所创演，但这种带有神圣性质的卦爻智慧，又是凡夫俗子所可以接受与斥破的。《周易》巫术"伪技艺"据说是神灵的启悟，但这种巫术操作过程由人所"耍弄"起来却显得得心应手，十分娴熟。巫术的所谓趋吉避凶须依靠神灵从中"帮忙"，可是就趋吉避凶本身而言，却又是为了人而不是为了神。而数在《周易》巫术占筮中具有举足轻重的地位，然而这种深受神灵奴役的筮数，又具有原始科学理性的品格以及排列有序的数学美的风韵，在这里，与审美相关的人的本质也在一定程度上实现了对象化。

同时，《周易》本经的巫术是"伪技艺"，谁能想象它确实又与原始数理科学因子携起手呢？科学是人的本质对象化的理性表述，科学智慧与美学智慧有两相沟通、重叠的方面。弗雷泽曾经指出，"巫术与科学在认识世界的概念上，两者是相近的。两者都认定事件的演替是完全有规律的、肯定的。并且由于这些演变是由不变的规律所决定的。"②为了掌握规律，从事巫术与科学活动的人都需要知识、都预言未来。科学的预言是建立在科学实验的基础之上的，这种求真态势、过程与境界是不能不与一定的形象、情感等因素与审美理想相联系的，也就不能不与审美有关。巫术占筮如果真是神灵的创造与活动，也就可以

① [英]马林诺夫斯基：《文化论》，中国民间文艺出版社，1987，第67页。
② [英]詹姆斯·乔治·弗雷泽：《金枝》，陕西师范大学出版总社有限公司，2010，第76页。

摒弃一切知识了。偏偏任何巫术实际原无什么神灵，仅仅是人在筮符操作过程中自以为是神罢了。因此，倘要使巫术显得"灵验"以争取更多的信筮者，占筮者一般需要见多识广、阅历丰富、掌握大量的知识，成为古代的博学之士，这就有可能使巫学向科学靠近。在古代筮人大量的知识中，必然有许多讹误，不具有科学性质，但一定也有许多知识是具有科学意义的。这些科学知识由于揭示了客观事物的本质规律，体现出人的本质在对象上的肯定性实现，也就与审美相联系。

总之，审美是人的天性，盲目自然力与社会力的巨大压迫，激励人去追求无穷无尽的真善美境界并且永不休止。巫术作为一种人类童年时代的"假性"实践方式，是一种"假性"审美活动，其所深蕴的审美胚素用真正的美学标准尺度去衡量自然是极不完善的，然而正因如此，从历史和心灵深处，激发出一种"内驱力"，使《周易》的巫学智慧向成熟的美学智慧阶段推移。

三

《周易》巫术占筮与审美之间在心理要素上可能存在的某种同构性与相通性，为《周易》巫学智慧向美学智慧的转换提供了一定的心理学依据。

从文化心理角度分析，巫术智慧作为人类文化智慧比较初起的智慧模式，包蕴着人类高级智慧其中包括美学智慧的胚胎、萌芽和因子。审美活动中的基本心理要素比如感知、想象、情感和理解等等，在《周易》巫术占筮中也以扭曲、异化的方式存在着，或者可以说以"前审美"的方式存在着。

其一，从感知（包括感觉以及在感觉前提下的知觉）这一心理要素看，巫术活动中最重要的第一步，是人对客观世界的形象感知，亦即捕捉前兆或人为地创造前兆。列维-布留尔说，"原始人所居住的那个世界却包含着无穷无尽的神秘联系和互渗。"[1]客观世界在初民心目中尽管是神秘的，对它的观察与感知却是真实的，它极大地培养和锻炼了初民对客观事物形象的心理感受力，使得关于自然、社会以及人自身形象的智慧得到启蒙与开发，由于"万物有灵观念的笼罩，这种感知以巫术前兆形式出现，又使相应的审美心理机制在巫术活动

----

[1] ［法］列维-布留尔:《原始思维》，商务印书馆，1981，第280页。

中潜长。举例来说，《周易》"大过"卦九二爻辞云，"枯杨生稊，老夫得其女妻，无不利"。"枯杨生稊"是巫术前兆，是人们实际观察、关切与感觉的对象。不管这一前兆与"老夫得其女妻"之间如何神秘"互渗"，人们对"枯杨生稊"这一自然现象的关注，必然会在人们心目中打下关于其形态、色彩、风致，其起死回生生命活力的深深烙印，这给未来可能出现的对自然现象的审美活动提供了形象感受。而"大过"九二爻象的创立，是对人为巫术前兆的创立，这抽象的爻象，意味着蕴涵于爻象与爻辞对应中的感觉进入了知觉层。这种关于巫术的自然现象与爻象确为占验吉凶的前兆，然而，客观形象（不管具象抽象）以及对形象的感知，又样以为审美提供了活生生的形象因素和一定的心理感知基础。这可的例子在《周易》中不胜枚举。由于《周易》巫术占筮总是首先得与"象"打交道，这就不可避免地会发展人的感觉与知觉能力，这种能力一旦提高而越出巫术域限，那么，曾经被扭曲的关于形象的感知心理有可能自由、舒展地释放出来，从而为审美开启了一道心理阀门。

其二，从想象角度看，想象是审美必不可少的一个心理因素。如果说感知为审美奠定了一块心理基石，那么，想象就是立于基石之上审美心理大厦的画栋雕梁，是飘浮于屋角之上的云彩。

《周易》巫术占筮不是对人类想象能力的扼杀而是一种催激。想象在巫术中显得十分活跃。我们知道，在巫术占筮的兆象（前兆）与占验结果之间，存在着一个中介与空白，它是须靠一定的心理想象来填补的。比如前引"枯杨生稊"这一巫术前兆与占验结果"老夫得其女妻"之间就存在着这样的中介与空白，它是靠类比性想象将两者组接在一起的。即将"枯杨"比之于"老夫"；"生稊"比之于"得其女妻"，使巫术思维从此一自然现象向彼一社会情事滑行。想象是人之心理能量最自由、最活跃的部分，它是连接巫术前兆和占验结果之间的心理纽带，想象使巫术占筮具有魅力，它是沿着巫术轨道飞行的。

而这种巫术想象一旦历史地挣脱巫术的文化心理羁绊，就有可能向审美以及比如求真、向善、崇神（宗教）等其它领域漫溢，尤其能使得审美展开飞翔的翅膀。在巫术占筮中，想象的作用在于，前兆作为刺激物，它触发了想象，想象反过来推动前兆之文化意蕴向占验结果这一巫术目的地挪移，想象在这一心理过程中起了传递和意义由前兆意蕴向占验结果意蕴变异的作用，想象建立起两者之间的"神秘联系和互渗"。在审美中,想象同样由某一自然景物或社会情事所触发的,想象推动自然事物或社会情事的意蕴向被想象的审美主题推移。"白发三千丈,缘愁似个长",这是审美想象。从人自身之"白发"现象到绵长的愁绪之间有一大段心理空白,是靠想象来填补的。

由此可见,巫术想象和审美想象在心里素质上是异质而同构的。凡是同构的东西必有耦合的一面。从巫术想象到审美想象的转换则无疑存在着一种心理契机。从某种意义上说,巫术想象的发展成了审美想象的前导。

其三,从情感角度看,情感是人对客观事物、环境的一种情绪性的心理反射。它基于一定的理性,又具有冲决理性和某种非理性的心理特点。不用说,任何巫术都是具有丰富的情感因素的,它是巫术这部古老的"文化机器"得以运转的润滑剂。中华原始初民在东方大地上生活,想必通常是十分艰难的,然则有时也可能意外地舒适(原始意义上的舒适),这必然促使人们非常关注天文、地理以及生活环境的变迁,情感也随之起伏波动。人们一忽儿惊恐万状,满腹狐疑,一忽儿大喜又望,只是一心念叨天与神鬼的恩德,一忽儿又突然被推入绝境,生活的极其不安定导致情感转换频率的加强和变化的剧烈,使得巫术这一"实践"方式充满了情感因素。试想一想,当中华古人见到"枯杨生稊"这一自然现象时,那老头子该是何等惊喜;而当人们大喊"其亡,其亡,系于苞桑"("否"卦九五爻辞。意思是说:要断子绝孙了,要断子绝孙了,命运的吉凶就看桑树能否抽出嫩芽、嫩枝来!)时,其心绪又是何等忧郁、焦急与惊怖。

巫术情感是人类童年的一种典型心态,它不是审美心态,却与其相比邻,在一定历史契机中有可能发展为审美。巫术情感具有两个相契的"力场",即作为前兆的物理之"力场"与作为占验结果的心理之"力场"的相对接。占验结果的"力场"之所以是心理性的,是因为任何占验结果其实都是心造的幻影、是一种未必能实现的心理愿望,仅仅占筮者相信其能够实现罢了。由于这巫术愿望,巫术占筮者一旦捕捉到某一兆象,不仅对立刻推知的占验结果充满激情,而且迅速波及兆象,也使兆象染上了同样的感情色彩,所以,对于巫术情感来说,其两个"力场"是同构对应的,巫术之神人、主客之间的关系的不统一是不可设想的。

在审美心路历程中，也存在两相对应的"情感力场"：审美对象的情感"力场"与审美主体内在的情感"力场"。这两种"力场"质料不同，前者凭借一定的物质形象得以显现，后者则内在于人的心灵。然而审美关系的建立与审美的发生，必然是审美对象与审美主体在情感机制上的融和与浑契，否则不会有审美的存在。此时，审美对象的物理属性与审美主体的心理界限就被打破并且变得朦胧起来，达到物我浑契的境。此时，对象着我之情感、情感亦外化为对象。

由此不难见出，就巫术情感与审美情感的各自运动而言，两者都达到了物我、主客浑和、统一的境界，都有移情机制的存在。只是巫术情感主要建立在非理性的心理基础上并且与一定的神灵观念相纠缠，后者建立在以理性为主的心理基础上。前者实际上是主体意识的来不及发展或重新迷失，后者则是人之主体意识的肯定性实现。然而两者的情感框架无疑有相似、相通的一面，所以一旦具备一定条件，比如一旦巫术占筮的"万物有灵"观瓦解，就有可能导致从巫术智慧向审美智慧的转换。

其四，从理解角度看，理解是审美活动中的理性因素，它是其余各种审美心理的主导因素，并不以赤裸裸的逻辑形式出现，而是"溶解"于其间，好似蜜中花、水中盐，体匿性存，无痕有味。理解对于审美来说无疑是重要的。如果感知中没有理解，这种"感知"至多不过是一种动物式的信号反射，"只有理解了的东西，才能更好地去感觉它。"①人对对象的审美感觉尽管是瞬时直觉的，却是一种蕴涵着隐性思维的感觉，它就是"溶解"于审美感觉、审美经验的理解。如果想象中没有理解，就无法使心灵完成从此事物向彼事物的组接、传递与飞越，也就根本不会有想象。如果情感中不包含理解，情感就会丧失其运动方向，强度和对其性质的规范，成为动物式的情绪流露或是歇斯底理（癔病）的发泄。当然，审美活动中的理解因素也不能离开审美感知、想象、情感及意志等而孤立存在，否则，就是冷静、理智的逻辑判断而游离于审美轨道。

在《周易》巫术占筮活动中，也同样存在一定的理性因素即理解。不管巫术在文化本质上基本是一种非理性的"实践"行为，在巫术中介然自有人的自

① 毛泽东：《实践论》，《毛泽东选集》第一卷，人民出版社，1951。

我意识的一点地盘，即在一定程度上意识到人自身的力量、地位与目的、意识到人所处自然、社会环境的恶劣或温馨、意识到自己需要通过一定努力改变或保持人的生存条件。这种意识就是一种初起的理解。就每一巫术模式而言，其中也包括一定的理解因素。每一巫术的前兆迷信与占验结果之间都是同构对应的，没有关于这一点的一定认识即理解，也就根本不可能发明巫术这一文化方式。比如中华古人是靠什么将"枯杨生稊"这一前兆与"老夫得其女妻"这一占验结果在思维中联接起来的呢？靠一定的理解，即理解到前兆与结果之间的同构性。因为同构，所以可将两者相类比。在巫术中，理解因素同样起到了支配感知、想象与情感运动的某种作用。如果巫术感知中不具有人一定的自我意识，那么，这种感知虽然是动物式、自然性的与被动的，人便无法从无数自然、社会与人自身的生命现象中检索到他所需要的现象作为巫术前兆。这就是说，尽管这种前兆观本身是迷信，然则如果没有一定的理解，就连这样错误的前兆观也产生不了。如果巫术想象没有一定的理解，这想象就会失去一定的思维指向、变得漫无边际、杂乱无序从而无以想象。同样，如果巫术情感失去一定理解因素的规范，这情感到底是悲是喜、是忧是欢、是轻悦还是重戚等等同样会失去定性。总之，整个巫术智慧的内核是倒错的因果联系，是错误与迷信，但人们在巫术中关于因果律的滥用，正如卡西尔所言，是建立在人们意识到在天人之间、事物之间存在着因果联系这一理性基础之上的。巫术的谬误是对因果律的滥用，但并不反对因果律这一理性本身。

于是我们由此又可见出，在《周易》巫术与审美中都客观存在着理性（理解）因素，只是其地位与程度不同罢了。无论巫术还是审美，都有一个理解与感知、想象、情感之间的关系。理解在巫术中的地位之所以不如其在审美中那样显著，是由于受到非理性的"万物有灵"观制约的缘故。因而，当巫术中的"万物有灵"观有朝一日被历史性地消解之时，其理解作为人的理性因素就有可能从巫术的坚壳中解放出来，深入审美的世界。

要之，人对现实的关系基本上有实用（求善）、认识（求真）、审美（求美）与崇拜（求神）四种关系，这也是人把握世界的四种基本方式，是各不相同而又相互联系、相互制约的一个整体。以往的美学研究较多地、偏重于从美与真善、丑与假恶的动态关系着手，得出了许多美妙的结论。然而在笔者看来，在真善美与假恶丑相对应的美学结构之前，还应有一个以巫术吉凶为对应的"前审美"阶段，这一阶段以及它与审美之间的关系问题，尤其值得美学研究者重视。本文探讨《周易》从巫学智慧到美学智慧的转换问题，也就是基于这样的一点认识而作出的尝试。这是一个巨大而复杂的课题，自然远非一篇短文所能解决的。

本文发表于《美学与艺术评论》第3集

略论中国早期巫性文化与审美诗性的文脉联系

一、以原始巫性为基本而主导的"信文化"

在探讨中国早期巫性文化与审美诗性的文脉联系问题之前，首先有必要简略地厘清什么是"中国早期"及其文化属性。

人类学关于巫学研究的所谓中国文化的早期，指春秋战国以前。

德国学者卡尔·雅斯贝尔斯的人类"轴心时代"说指出，以公元前500年为中心，从公元前800年到公元前200年之际，人类精神文化的基础，几乎同时而独立地在四大古文明开始奠定。中国、印度、波斯、巴勒斯坦与希腊的文化，经历了一种叫做"哲学之突破"的精神性提升。这也就是德国学者马克斯·韦伯所说的"理性化"时代的到来。

雅斯贝尔斯说："在中国，孔子和老子非常活跃，中国所有的哲学流派，包括墨子、庄子、列子等诸子百家都出现了。和中国一样，印度出现了《奥义书》和佛陀，探究了从怀疑主义、唯物主义到诡辩派、虚无主义的全部范围的哲学的可能性。伊朗的琐罗亚斯德传授一种挑战性的观点，认为人世生活就是一场善与恶的斗争。在巴勒斯坦，从以利亚经由以赛亚和耶利米到以赛亚第二，先知们纷纷涌现。希腊贤哲如云，其中有荷马、哲学家巴门尼德、赫拉克利特和柏拉图……在这数个世纪内，这些名字所包含的一切，几乎同时在中国、印度和西方这三个互不知晓的地区（引者注：这里所说的"西方"，实际指希腊与伊朗、巴勒斯坦、以色列、埃及等）发展起来。"并说，"人类一直靠轴心时代所产生的思考和创造的一切而生存，每一次新的飞跃都回顾这一时期，并被它重新点燃"。①

中国文化史，从公元前770年至公元前476年为春秋时期；自公元前475年至公元前221年为战国时期。在春秋战国之前，可称为中国文化的早期。《汉书·艺文志》所说的"人更三圣，世历三古"，指以传说中的伏羲时代为上古；自文王已降为中古；从孔丘开始为下古。作为中国文化及其哲学、美学意识萌起的早期，相当于伏羲上古与文王中古时代。

与整个人类"轴心时代"精神的苏醒和腾越一样，关于中国文化所蕴含的理性、思想，包括哲学与"前美学"所获取的伟大精神成果，是怎么评价都不为过的，而且学者们对此研究颇丰。

可是这一研究，迄今所发现的问题似乎不少。其中之一，便是以哲学、美学的"天人合一"来概括中国早期文化的性质属性。实际比如"天人合一"之类，主要是春秋战国即"轴心时代"的思想与精神成果。在中国文化早期，还没有哲学及其美学意义的所谓"天人合一"。

拿大致成书于殷周之际（距今约3100年）的通行本《周易》本经来说，要寻找它的"天人合一"意义的哲学与美学，是既困难又不妥的。《周易》本经六十四卦符、卦辞与三百八十四爻辞以及乾"用九"、坤"用六"两条辞文，都是巫性筮符和筮辞的记录，可能蕴含着一定的哲学、美学意识，却并非理论形态的哲学与美学。全书六十四卦相邻两卦互为错卦、综卦或错综卦关系：如乾坤互为错卦；屯蒙、需讼互为综卦；既济未济互为错综卦；以及上经从乾坤到坎离，下经从咸恒到既济未济的卦序安排等。这些显然是有意为之，体现出一定的关于事物对立而相应的哲学意识，但是这还不是成熟的哲学、美学。这种文本现象，应当说并非中国早期巫性之易的原貌。

成篇于下古时期的《易传》说："夫大人者，与天地合其德，与日月合其明，与四时合其序，与鬼神合其吉凶。"以往有的美学研究，认为这是中国"早期美学"关于"天人合一"的一大证据。其实这种说法有些牵强。唐孔颖达《周易正义》说："此论大人之德无所不合，广言所合之事。'与天地合其德'，庄氏云，'谓覆载'也；'与日月合其明'，'谓照临'也；'与四时合其序'者，

---

① ［德］卡尔·雅斯贝尔斯：《历史的起源与目标》，李夏菲译，华夏出版社，1989，第8、14页。

若赏以春夏、刑以秋冬也；'与鬼神合其吉凶'，若福善祸淫也。"《易传》的这一言说，虽时在下古，实际却是属于早期的中古的思想。作为"大人"即中国早期大巫的人格模式，确是"天人合一"的，可是并非哲学、美学意义的"天人合一"，而是指中国中古时代原始巫性的"天人合一"。出现于战国《易传》的言论，却不都是所谓的"哲学的突破"。《易传》这一段名言，主要体现了中国早期巫文化关于"大人"人格的意识与理念，所谓"大人"者"与天地合其吉凶"之言，就是最有力的明证。

笔者将中国上古、中古时期的文化，统称为中国早期"信文化"。从文化形态学角度看，这一早期"信文化"，是一个原始巫术、神话与图腾的动态三维结构。其特点是以原始巫术文化为基本而主导，伴随以神话与图腾。巫性是"信文化"的基本而主导的原始人文根性，这可以从有关古文字学、神话传说、古籍记载与考古发现得以证明。①

中国早期"信文化"的关键，在于一个"信"字。此"信"，在原始巫术、神话与图腾中的地位与价值，是不尽一致的。

原始巫术文化，处于神性与人性之际，是人在意识、理念上，借助于神性之力企图通过"作法"实现人"求生""实用"目的的一种文化形态，"趋吉避凶"是其基本的巫性价值取向。由于求其"实用"，它必然成为人类包括中华初民的原初生活常式。原始神话，是初民关于想象、表述与歌唱世界、生活和未来以及人自身的一种"话语"系统。其作为后世诗性"叙事"的重要源头，并非原古生活常式本身，而施加重大影响于初民的生活与情感。信字从人从言，包含了初民对于"言语"巫性的原始崇拜。从巫术角度看，言者，"声兆"之谓。"言语""法力无比"，在原始神话中，已经萌生、发展了作为巫术的咒语。神话文化的"信"，确是具有巫性的。原始图腾的文化意义和价值在于崇拜与寻找"他的亲族"（Toten），将一些动物、植物与山川之类无生命灵气的对象，错认为富于生命之灵的氏族"祖先"。作为错认"生父"的人文意识、情感和理念，是原始自然崇拜与祖先崇拜的结合，它与后代生命哲学、美学相联系，首先在于信仰血缘亲族的生命，这信仰本身是真实的，而其信仰对象是虚妄的。

① 按：请参见王振复：《中国美学的文脉历程》第一章"巫文化与审美初始"，四川人民出版社，2002；王振复：《巫性：中华文化的原古人文根性》有关论证，《学术月刊》2016年第4期。

与此相关的，是对于"文化"与"文明"关系的理解。人类学所谓"文化"，指人的一切意识、感觉、想象、情感、意志、理念、思想、行为、工具、成果及其实践过程，尤其指作为主体的人本身，包括物质、精神、结构、传播、意义、价值与言语诸要素，确实可以用"自然的人化"同时是"人化的自然"来加以概括。这里值得注意的，是关于"自然""人化"的理解。在中国早期或者说史前文化形态中，"自然"不等于今天我们所说的自然界，它一般是具有神性、巫性的，实际指甲骨卜辞所说的"天""帝""命"与"天命"等等。"人化"这一概念，在早期文化中，实际指与人的意识、感觉与行为相系的神化、巫化，当然，其中也包含人类对于世界的认知与改造。在尚未来得及以彻底的科学理性实现对于自然界彻底的认知与改造之前，与人类相系的"自然的人化""人化的自然"，无可逃避地必须以神化、巫化的史前方式来加以实现。"人化"永远不可能是彻底的，它是一个无尽的历史及其实践过程，仅仅其"人化"过程与文化品格，处于不同的历史水平而已。

审美是人类文化或曰"人化"的关于精神自由的一种高度的文明方式。精神自由的高蹈或沉潜、喜悦或悲哀、崇高感或优美感等，只是文化发展的不同阶段、不同过程与程度的种种文明呈现。在此，笔者愿意强调指出，历史学将"文明"仅仅看作是人类进入阶级社会、国家诞生与文字产生与运用的一种文化属性，人类学的所谓"文明"，指与人类文化同时诞生、同时存有和发展的程度。被历史学称为中国早期即上古、中古的"野蛮社会"及其"蛮野文化"，其实也是具有"文明"的，它便是关于那种文化的"野蛮的文明""文明的野蛮"。原始审美意识，便是这样的精神"文明"的心灵呈现，它首先与原始巫文化相系。

二、巫性，史前的诗性；诗性，审美的巫性

探讨中国早期巫性与审美诗性的文脉联系，关键在于认知与研究其人文根性，即巫性。

什么是中国文化的原始巫性？

拙著《周易的美学智慧》（1991年）曾经提出，中华原始"信文化"，"它所推重的是巫，巫既通于人，又通于神，是神与人之际的一个中介"。"巫具有两重性，既基于人又通神，基于人或曰本是人这一点是实在的，而通神则是虚

拟的。因而其巫格是半人半神的。从人之角度看，巫是神化的人，他假借神的旨意，施行巫术，以达到人的目的；从神之角度看，巫是人化的神，他为了达到人的目的，通过巫术，将自己抬高到神的高度。巫是人与神之间的一个中介和'模糊'状态，具有非黑非白、亦黑亦白的文化'灰'色。"[1]这里所言"巫格"，实指巫性。巫性是巫的人文属性，处于神性与人性之际。作为属巫的一种"文明"方式，它是初民关于求神、求善、求知与求美四大文化因素的文化统一体，其中蕴含着巫性审美的"文明"因子。

正如前述，春秋战国之前中华原古基本而主导之早熟的文化形态，主要是一种伴随以原古神话、图腾的原古巫性文化。曾经盛行于殷商的巫卜与周代的巫筮，是其代表，亦是其有力佐证。卜辞诸如"帝令雨足年，帝令雨弗其足年"[2]、"戊戌卜，永。贞：今日其夕风"[3]、"癸酉卜，巫宁风"[4]等巫例，举不胜举。商之民人几无事不卜。"商人在筑城、征伐、田狩、巡游以及举行特殊祭奠之前，均要求得祖先的认可或赞同。他会请祖先预言自己当夜或下周的吉凶，为他占梦，告诉他王妃的生育，看他会不会生病，甚至会不会牙疼。"[5]卜筮的盛行，曾耸动朝野言行，成为当时知识界、思想界与政治决策层的一大权威，并漫溢、广被于民间社会，成为企图解决实际生活难题的一种普遍信仰与生活常式。

《尚书·洪范》有云："汝则有大疑，谋及乃心，谋及卿士，谋及庶人，谋及卜筮"。所谓"人谋鬼谋"，最后取决于"鬼谋"即卜筮。测阴阳、占吉凶、决犹豫、省人生以至于定天下，几无所不用巫筮之术。那时人心思巫而信巫的程度，可谓无以复加。李泽厚先生说："从远古时代的大巫师到尧、舜、禹、汤、文、武、周公，所有这些著名的远古和上古政治人物，还包括伊尹、巫咸、伯益等人在内，都是集政治统治权（王权）与精神统治权（神权）于一身的大巫。"[6]巫与巫性，作为一种强有力的社会上层建筑与意识形态，在政治、教化

---

① 王振复：《〈周易〉的美学智慧》，湖南出版社，1991，第374、375页。
② 罗振玉：《殷虚书契前编》一、五〇、一，《殷虚书契五种》，中华书局，2015。
③ 郭沫若主编、胡厚宣编辑：《甲骨文合集》（凡十三册），中华书局，1978—1985，一三三三八。
④ 同上书，三三〇七七。
⑤ 张光直：《美术、神话与祭祀》，生活·读书·新知三联书店，2013，第45页。
⑥ 李泽厚：《由巫到礼 释礼归仁》，生活·读书·新知三联书店，2015，第7页。

与思想领域，尤具威权与人文控制力。鲁迅先生所谓"中国本信巫"①这一论断，并非无根游谈。

时至春秋战国时期中国"轴心时代"的来临，"哲学的突破"打开了中华先民的眼界，"理性化"思潮，逐渐成为民族、时代的主要心灵现实。然而，美国学者罗德尼·斯达克所说的如西方那样的"理性的胜利""理性神学的赐福"②，即由原始巫术、神话与图腾文化而转嬗为基督教那般的宗教文明，却并没有出现。而是"由巫到礼，释礼归仁"③，从而走向"史"即世俗现实、伦理至善及其审美。

从原始的巫礼到春秋战国以儒家为代表的仁德，即由"巫"到"史"的"祛魅"，始于周克殷未久。失去了家国社稷的殷人，曾经笃信于属巫的神秘天命和祖神，坚信巫术改天换地、无所不能。现在亡国的残酷现实催人反思。有些卜、巫、祝、史与士之辈，在郁郁苦思之中，将殷的覆灭归罪于朝野对天命、祖神的不信不诚，从而更笃执于天地、神灵包括龟筮的"灵力"。却也有大批巫卜之士，率先觉悟而作一逆向性思考，认定巫灵、巫术实则既不"灵"又不"公"，于是产生"吉凶由人不由天""卜筮由周不由殷"的新鲜想法。《诗经》多有所谓"天之抗我，如不我克。""昊天不公！""昊天疾威，弗虑弗图！"④"昊天上帝，宁俾我遁？"与"群公先正，则不我助；父母先祖，胡宁忍予？"⑤等等充满愤懑的呐喊，对于天命、鬼神与祖神的怀疑、抱怨和诘问，几乎不绝于耳。他们对于一向信仰不已的神秘卜筮，已经不如从前那样看得绝对神圣而有效了。有楚大夫屈瑕带兵与敌战，想预卜胜负如何，若敖之子斗廉以为必胜无疑而不必预测，"卜以决议。不疑何卜？"⑥见两蛇斗于郑南门而一蛇死，鲁庄公信其有

---

① 鲁迅：《中国小说史略》，载《鲁迅全集》第9卷，人民文学出版社，1981，第43页。

② ［美］罗德尼·斯达克：《理性的胜利——基督教与西方文明》，管欣译，复旦大学出版社，2013，第3页。

③ 李泽厚：《由巫到礼 释礼归仁》，生活·读书·新知三联书店，2015。

④ 《诗·小雅·正月》《诗·小雅·节南山》《诗·小雅·雨无正》。《诗经》，郑玄笺，中华书局，2015。

⑤ 《诗·小雅·云汉》《诗·小雅·节南山》《诗·小雅·雨无正》。《诗经》，郑玄笺，中华书局，2015。

⑥ 《左传·桓公十一年》，杨伯峻：《春秋左氏注》，中华书局，2018。

妖，鲁大夫则以为："妖由人兴也。人无衅焉，妖不自作。"①僖公十六年春，有陨石自天而降，宋襄公为此惴惴不安，问周内史叔兴："是何祥也？吉凶焉在？"答："君失问。是阴阳之事，非吉凶所在也。吉凶由人。"②而《管子》亦有"神筮不灵，神龟不卜"等记载。这一伟大民族，原本因绝对信仰卜筮而充满阴霾的文化的天空，在下古时代，变得有些明丽起来。

当时一些趋于理性的头脑，一定程度上，已从巫卜巫筮的阴霾之中解放出来，这为新时代的诗性审美，准备了心智条件与人文背景。

最原初的人类文化，不可能具有神性与巫性即灵性。这是因为，最原初的人类包括中国人的文化意识，虽然已经启蒙，却混沌一片，当人类的原始理性，尚没有能力分出天地物我之前，怎么可能有神、巫的意识？设想比如要在距今约170万年的元谋人那里发现神、巫意识，那是可能的么？最原初的人类意识，尚未进化到能够"造神""造巫"的地步。直到原古神灵、巫术及其巫性意识、理念的诞生与盛行，则艺术审美，便无可逃避地"沐浴"在神祇、巫灵之浓重的人文阴影之中。尔后经过许多万年，巫灵、巫性理念与情感的逐渐淡薄，又使得艺术审美，可能显示明洁而优雅的色彩、风度与"史"的"理性化"趋向。这一历史过程，其实与巫术、巫性的发生、转嬗相生相系。

人类早期的艺术审美，往往与通灵的巫术重合，本义并非在于纯粹性审美，却蕴含着艺术审美的人文元素。原始骨器、玉器之类"妆饰品"，起初是因为巫性"通灵"并非为了审美的缘故，而被初民所佩戴的。却不料正因这类巫术的施行，由于漫长历史的陶冶、实践的熔铸，而将艺术审美的意识、理念、情感与意象，召唤到初民的现实生活和心灵之中。

仰韶文化期人首蛇身壶盖纹饰的题材，与作为"巫书"的《山海经》所说的"人首蛇身"相应。容庚先生曾经所列举的原始动物纹样，如饕餮纹、夔纹、蟠龙纹、虬纹、犀纹、鸮纹、兔纹、蝉纹、蚕纹、龟纹、鱼纹、鸟纹、凤纹、象纹、鹿纹、蟠夔纹与蛙藻纹③等等，都是巫性的纹样，确是历史地"养育"了

① 《左传·庄公四年》，杨伯峻：《春秋左氏注》，中华书局，2018。

② 《左传·僖公十六年》，杨伯峻：《春秋左氏注》，中华书局，2018。

③ 按：参见容庚：《商周彝器通考》，《燕京学报专刊》，哈佛燕京学社1941年第十七期。此文后为容庚、张维持：《殷周青铜器通论》第五章，文物出版社，1984。

原始审美。仰韶文化期人首蛇身壶盖之纹饰或殷商青铜艺术如人面纹方鼎、兽面纹鼎与枭尊等，给人以狞怖的感觉，被李泽厚称为"狞厉的美"。这类青铜艺术饕餮纹样的神秘性甚而其可怖的特点，证明此时的艺术诗性，尚处于"寄'神'篱下"的历史与人文的境遇之中。《吕氏春秋》云："周鼎著饕餮，有首无身，食人未咽。"① 铸造周鼎作为国之重器，本意在于以饕餮吞噬凶神、以鼎压迫鬼邪，以求国泰民安，是属巫的一种文化现象。而鼎的安放和受祭，使其逐渐成为国家、王族的象征，富于一定政治、道德与审美的神圣、庄严与崇高。

春秋战国之时，历史提供了人的智慧趋于理性思考的契机，才有《诗》篇那般对于昊天神灵与祖宗神祇大不敬的怨刺之音。且不说战国末年屈子《天问》以磅礴之气势表达属于时代的关乎"天""天命"的冷峻思索和深邃智慧，即以创作于春秋的莲鹤方壶而言，此壶青铜营构，其全身之纹样雕镂，仍不失于传统的奇诡与狞怖，可见其尚未脱尽属神、属巫的历史遗痕。然于在这莲华的造型之中，有一昂然逸鹤单足峻立，大翅作翔飞之状，仰颈向天似隐隐有歌鸣不已，真所谓探出云天、志得意满、有傲视之志，一种不离于巫性又属于审美诗性的时代新精神，凛然而奋励。

原始巫性与原始的诗性审美，在文脉上具不解之缘。当最原初的所谓"艺术"来到世间，比如那些旧石器之类，尚来不及受到"万物有灵"及其巫术、神话与图腾理念的精神性熏染，呈现"原始单纯"即混沌的特点，处于"元白""元黑"之人文状态。初民由喉头所发出的简单音节、语音，喜怒哀乐情绪的表达和形体动作等更是如此。它们只是为最初口头文学与最原始的音乐与舞蹈等的萌生准备了条件。工具的制造与使用，无疑培养、锻炼了属巫且求其实用之关于形象、形式的"前审美"的感觉与感性，当然有原始的"信意识""信感觉""信情感""信意志"与"信意象"等心灵因素，融渗于其间。在属巫的"信文化"时代，"原始人丝毫不像我们那样来感知"，"不管在他们的意识中呈现出的是什么客体，它必定包含着一些与它分不开的神秘属性"②，这一"属性"，便是巫性。巫性不等于诗性，却开启了走向诗性审美的历史之门，这便

① 《吕氏春秋·先识览第四》，高诱：《吕氏春秋注》卷十六，上海书店影印本，上海古籍出版社1986，第180页。

② ［法］列维-布留尔：《原始思维》，商务印书馆，1981，第34页。

是如西安半坡彩陶"人面鱼纹"所显示的那种艺术之美。巫性崇拜与诗性审美的二律背反又合二而一，是巫性、诗性的一种"互渗"。一定意义上可以说，巫性是史前的诗性，诗性是审美的巫性。在历史上，巫与诗、舞、画与纹样等，曾经比邻而居。

　　人类把握世界的基本方式，大凡为五种。在通常所言宗教求神、功利求善、科学求真与艺术求美之外，还有一种巫术方式，它与其余诸多方式不太一样，又与其余四种方式相联系。就其与"求神"之关系而言，将巫、巫术及其巫性，笼统地归于宗教甚为不妥。因为，巫并非如宗教那般纯粹求神。巫在求神即拜神、媚神的同时，兼有降神、渎神的一面。巫、巫术与巫性，并不如孔子所言，仅宗于"死生有命，富贵在天"①之则，它同时也有"知命"的思想和行为。如属巫的堪舆之说，既称"墓宅俱凶，子孙移乡绝种"②，似乎一切皆"命里注定"，又说人如遭遇风水咎害，可"乘其所来，审其所废，择其所相，避其所害，是以君子夺神功而改天命"。《葬书》注引陈抟之言云："圣人执其枢机，秘其妙用，运己于心，行之于世，天命可移，神功可夺，历数可变也。"③巫术，是以巫的方式，张扬人一定而有限的主体意识。

三、异质同构：从早期巫性到审美诗性的文脉转换

　　原古巫文化，可说是史前孕育审美诗性的人文"孵化器"之一。且不说艺术之象作为审美诗性第一要素而发源于原古巫术、神话与图腾文化这一点，且说如《周易》巫筮的卦爻之象，实为后之艺术诗性"观象"与"兴象"的人文渊薮，这都是毋庸置疑的。如六十四卦之一的晋卦，其卦象坤下离上，坤为大地而离为日火（太阳），整个晋卦，为旭日东升之象，只有当先民的巫性拜日、以朝晖霞蔚为吉利意识觉醒之时，才能被创造出来。易筮之所有卦象的创造，皆为如此。卦爻之象的创设与运用，孕育、培养了先民的"象感受"与

---

① 《论语·颜渊》，刘宝楠：《论语正义》，《诸子集成》第一册，上海书店，1986。
② 《黄帝宅经》卷上。王振复今译、导读：《风水圣经：〈宅经〉〈葬书〉》，中国台湾恩楷出版股份有限公司，2005。
③ 《葬书·内篇》及注。王振复今译、导读：《风水圣经：〈宅经〉〈葬书〉》，中国台湾恩楷出版股份有限公司，2005。

"象意识"。且不说保存于唐名僧一行《卦议》之汉孟喜的卦气说是如何由巫性之物候，存在走向审美诗性的可能。卦气说关乎巫卦之一年"七十二候"，每一"候"如冬至"水泉动"、立春"蛰虫始振"、清明"虹始见"、小满"苦菜秀"、大暑"大雨时行"、秋分"雷乃收声"与立冬"水始冰"，等等，都是本具巫性的象候。岂料正是在此巫性感受、认知与实践中，无数物候，才渐渐进入先民的审美视野，唤醒其对种种自然现象的意象与好恶之感。从来的文艺美学，往往只在真善美与假恶丑的对应、对比之中进行研究，殊不知科学之真假、伦理学之善恶与一般美学之美丑，有一人文原型，便是文化人类学、巫学与人类学美学必须加以研究的吉凶。吉凶是真假、善恶与美丑的人文原始。

审美诗性，必关乎感知、想象、情感、理性与灵感五要素，这在原古巫术文化中，已是蕴含着可能发展为审美诗性的人文根因与根性。

假如从西方的拼音文字与中国的象形文字角度看，则西方偏于用耳朵"听"世界，中国偏于以眼睛"看"世界，二者说的，都指感受、感知世界而所取用的方式和倾向不一。这当然不是说，西方只是以耳"听"而中国仅以眼"看"，实际两者兼用。在西方原古的巫术文化中，"以咒语和诅咒（引者：通神灵之声音魔力）造成损害仅是其中一端，远非全部。巫术仪式（指咒语）不但可用以伤害敌人和对手，而且也为达到更高的灵性（spirituality——原注）提供了途径"。先民迷信言语（咒语）的魔力可以致幻。于是在"演说家里巴尼乌斯（Libanius）以及摩西和耶稣，他们都被认为拥有超越凡人的力量"[1]。难怪西方有钟情于演说及其审美的传统，连"崇高"这一审美范畴，也与演说相联系。滔滔雄辩的诗性兼理性的魅力，其人文根性，显然与原古巫术的诅咒攸关。

在中国，巫的"作法"方式繁多，其中除了咒语，更多诉诸形体、动作、服饰与表情的巫舞，即首先是眼目看得见的东西。《说文》云：巫者，"以舞降神者也"。郭店楚简《性自命出》有"喜斯陶，陶斯奋，奋斯咏，咏斯摇，摇斯舞"之言。此时的巫者，处于迷狂状态，达到令神灵与受巫者主要以目"感知"从而通神、降神的"功效"。从文化形态学看，中国偏于象形，这在原古

---

① ［瑞士］弗里茨·格拉夫：《古代世界的巫术》，王伟译，华东师范大学出版社，2013，第2页。

巫术、神话与图腾文化之中都有表现。就巫术来说，所谓物候与卦爻之象等，就是先民首先有所"感"的巫术前兆。列维·布留尔有云："原始人所居住的那个世界却包含着无穷无尽的神秘联系和互渗。其中一些是固定的和已经知道的"，"但是，又有多少其他这类联系发生着和消失着而为人所不知"，"假如这些联系自己不表现出来，那就有必要迫使它们表现出来，这就是占卜的来源，或者至少是它的主要来源之一"①。巫术的发明与施行，首先是从目视这一感觉开始的。感觉巫术前兆，并非艺术审美，而巫术文化，确是审美与艺术的前驱或者说温床。举例而言，《周易》大过卦九二爻辞云："枯杨生稊，老夫得其女妻，无不利。"这是说，见到枯杨树从根部长出嫩枝，便断定这是老头子娶小媳妇的吉兆。从巫术角度看，前兆即"因""枯杨生稊"与"老夫得其女妻"此"果"之间存有"神秘的互渗"。前兆是巫性的，而"枯杨生稊"这一兆象，却有可能在历史与人文的陶冶中成长为后世关于"枯杨生稊"的审美。

想象是审美诗性必不可少的一大心灵因素，它让感知在美丽而高远之苍穹自由翱翔。然而想象与联想、幻想，早在原古巫术之中就显得十分活跃。在巫术前兆与占验结果之间，存在一个中介与空白，须靠想象以及联想、幻想来加以填补。实际本无什么必然的"枯杨生稊"（前兆）与"老夫得其女妻"（结果）的因果关系，靠巫的想象等才能建构这种"因果"联系，进而以此想象为基础而做出占断。想象的巫性天空，到处是神灵鬼怪，诡谲多变，没有任何时空限制，其精神的迷狂无以复加。想象进入魔幻境界，可将人们"带到极高极高的山峰之巅，在那里，越过他脚下的滚滚浓雾和层层乌云，可以看到天国之都的美景，它虽然遥远，但却沐浴在理想的光辉之中，放射出超凡的灿烂光华！"②原古巫术，极大地培养与锻炼了人类包括艺术与科学的想象力。所谓上天入地、移山填海、点山成金、撒豆成兵、无奇不有、无所不能。巫风鬼气的世界，充满了令人恐怖、瞠目结舌而奇幻美丽的想象，人间任何危难与矛盾，似乎都是在想象之中被轻易地"克服"的。且不说《红楼梦》贾宝玉的"通灵宝玉"满是巫气，《水浒传》"误走妖魔"而引至三十六"天罡"与七十二"地煞"的沸

---

① ［法］列维-布留尔：《原始思维》，商务印书馆，1981，第280页。

② ［英］詹姆斯·乔治·弗雷泽：《金枝》，徐育新等译，中国民间文艺出版社，1987，第76页。

天造反，这说的都是巫性文化。且说在《封神榜》与《西游记》等作品中，无数艺术想象自不待言。"西游"孙猴"七十二变"、一把毫毛变出无数小猴、"一个筋斗十万八千里"却"不能翻出如来佛的手掌"、"钻进铁扇公主肚里"而终于借得铁扇等等，作为神魔小说无边的诗性想象，天庭、人间与地府，靠想象而无有阻隔。然则凡此诗性想象，早在原古巫术以及神话、图腾文化中，已是历练了一遍。巫性想象与诗性想象，"异质同构"。从巫性到诗性之途，其实并不遥远，巫性是诗性的人文前导。

情感作为人对事物、环境的基于好恶的情绪性反应，具有出于理性、又冲决理性的一定非理性的心灵特征。情感是原古巫术以及神话、图腾这类古老文化机器得以运转的助动力和润滑剂。在早期社会，人生存的大悲大喜，首先是随着作为生活常式的巫术的"成败"而起伏不定的。一忽儿惊恐万状、满腹狐疑，一忽儿大喜过望，只是一心念叨天命、鬼神的恩德，一忽儿又突然被推入绝望的深渊。试想：当那老头儿见到"枯杨生稊"这一吉兆时，该是何等喜悦；当先民大喊"其亡，其亡，系于苞桑！"（注：《周易》否卦九二爻辞，意为：要断子绝孙了，要断子绝孙了，我血族的命运，就决定于这桑树能否长出嫩枝来！）的时候，他的心绪又是何等惊怖不安。这种充沛而灼热的情感，在巫性与诗性审美中都不缺乏。原古巫术与艺术审美，都进入天人、物我、主客的浑契的境界，但是，一为蕴含以诗性审美因素的巫性，一为由巫性等发育而成的诗性。

早期巫性文化，有一个关于感知、想象、情感、灵感、非理性与理性等互渗、融契的文化心灵结构，它的理性无疑处于原始状态。总体而言，原古巫术是非理性的，却不能没有原始理性，否则，就连巫文化本身都不能发蒙。如果感知、想象、情感与灵感没有一定原始理性因素的规范和导引，那么所谓感知，不过是一种动物性的信号反射，想象也变得"不可想象"，情感就会失去"好恶"方向而沦为动物式之无序的情绪发泄。至于灵感，既源于巫性"感应"，又不能不在原始理性支配下对于世界有所领悟。巫性智慧与诗性智慧的又一"异质同构"，表现为两者的理性因素，都是正如钱钟书《谈艺录》所说的那样，"如水中盐，蜜中花，体匿性存，无痕有味"。巫易占筮，为"象数"结构，都与所有巫术的心灵因素攸关。王夫之曾云："天下无数外之象，无象外之数",是"象数相倚"①。这里所说的"数",兼指天命与原始理性因素。"数"在巫术中的地位举足轻重。这并非指后世数学的纯粹理性,但又蕴含数学之数的萌芽。其中原始理性因素,与象"互渗"。列维·布留尔说,在巫术中"每当他想到作为数的数时,他就必然把它与那些属于这个数的,而且由于同样神秘的互渗而正是属于这一个数的什么神秘的性质和意义一起来想象"。"因此,每个数都有属于它自己的个别的面目、某种神秘的氛围、某种'力场'。"②可见,审美诗性中的理性因素,实乃脱胎于原古巫性。

在远古时代,巫术与艺术在概念上并未分开,艺术即巫术,巫术即艺术。难怪时至晋代,居然还有以"艺术"称巫术的显例:"艺术之兴,由来尚矣。先王以是决犹豫、定吉凶、审存亡、省祸福。"③英语art(艺术)一词,源自古拉丁语ars,指"技术""技艺"与"技巧",兼指"法术""魔术""巫术"。因而时至西方文艺复兴时期,这个词的意义与用法,有时仍是双重的。莎士比亚历史剧《暴风雨》普洛斯庇斯一角在舞台上脱下自己的法衣时,说了这么一句台词:"Lie there,my art!"艺术诗性与原古巫性的文脉亲比关系,由此可见一斑。

中国早期巫性文化与诗性审美的文脉联系,还体现在巫性意象向诗性意象的转嬗中,二者也是异质同构的关系。

从《周易》巫筮看,整个过程有彼此相系的四个环节:客观巫性物象(实)→巫师心灵之象(虚)→画出卦爻符号(实)及其运用→受筮者心灵之象(虚);从艺术审美看,整个过程也有彼此相系的四个环节:客观社会生活之象(实)→作者审美心灵之象(虚)→艺术文本的符号系统(实)→欣赏者心灵接受之象(虚)。巫术占筮与艺术审美,都具有四个动态过程,两者性质不同,但是结构相同,所以是异质同构的。既然同构,使得从巫性占筮转嬗为诗性审美,成为可能。

本文发表于《中国美学研究》第8辑,商务印书馆,2016

---

① 王夫之:《尚书引义》卷四,中华书局,1962。

② [法]列维-布留尔:《原始思维》,商务印书馆,1981,第201页。

③ 房玄龄:《晋书·艺术传序》,中华书局,1974。

中国巫性美学在《周易》中的四种呈现

如果从文化人类学、文化哲学来审视的话，在学科与学术分类上，呈现在《周易》中的美学智慧，属于巫性美学范畴而非一般之哲学美学或文艺美学。原因在于，原始的"易学"是一种巫学[①]。巫具有两重性——既基于人又通神，在前者是实在的，在后者则是虚拟的。因此，其巫性是半人半神的。从人的角度看，巫是神化的人——假借神的旨意，施行巫术，以达到人的目的，通过巫术，将自己抬高到神的高度。巫是人与神之间的一个中介和"模糊"状态，具有非黑非白、亦黑亦白的文化"灰"色。在人、巫、神三重结构中，巫在观念与精神上是一个从人到神、从神到人传递"信息"的角色。正是缘于《周易》中的美学智慧建立在文化人类学、文化哲学关于巫学的学术理解与研究之上，故只有自《周易》巫筮入手进行其巫性美学研究，才是抓住了中国文化及其哲学、美学的基本人文特质。本文特拈《易》"象""生""时""气"四个范畴，从巫性角度论述其巫性的美学意义。

一、象：在形上形下之际、"书不尽言，言不尽意"与异质同构

"象"这一人文范畴进入中国文化视野有其必然性。罗振玉《殷虚书契前编》收录一"象"字，像动物大象之形，写作"𧱅"。《说文解字》云："象，南越大兽。长鼻牙，三年一乳，像耳牙四足之形。"据考，商代及殷商之前，中

---

① 王振复:《〈周易〉的美学智慧》，湖南出版社，1991，第1章。

原地区气候温热，有大象生存于此。1935年秋、1978年春，在位于今河南省安阳市的殷墟王陵区，曾先后发掘祖宗祭祀坑二，出土两具大象遗骸。此作为巫性祭祀之大象，并非由南方进贡而至。甲骨卜辞有云："今夕其雨，获象"[①]是其证。

罗振玉（1866—1940）指明，大象"古代则黄河南北亦有之"，"则象为寻常服御之物。今殷墟遗物有镂象牙，礼器又有象齿甚多。卜用之骨有绝大者，殆亦象骨。又，卜辞卜田猎有'获象'之语。知古者中原有象，至殷世尚盛也"；并录王国维（1877—1927）所引《吕氏春秋·古乐》"商人服象为虐于东夷，周公乃以师逐之，至于江南"作为有力佐证。[②]

时至商周之际，中原气候骤寒，大象畏寒而南迁。战国时期，动物大象已在中原绝迹多时。汪裕雄（1937—2012）的《意象探源》一书，对由动物大象向人文之"象"这一转嬗、生成有较早与贴切的解读。[③]当时，中原民人偶尔从地下挖出动物残骸，便疑为"死象之骨"。此《战国策·魏策》之所以有"白骨疑象"之言。《韩非子·解老》称："人希见生象也，而得死象之骨。案其图以想其生也，故诸人之所以意想者，皆谓之象也。"

可见，凡是人文及其审美之"象"的本义，实始于动物大象于人心所酝酿之心灵图景，并非指客观形器。人文之象，指人所"意想者"。某人、某物、某景曾被目见、接触、感受而留遗的一切心灵记忆、印象、图景、轨迹甚或心灵氛围，即谓之"象"。

《易传·系辞上》云："见乃谓之象，形乃谓之器。"象异于形。形器为事物之空间存在样式，其"见"（现）之于心灵者，为与形器相对应的心灵之象。张岱年（1909—2004）曰："'见乃谓之象，形乃谓之器'，表示一个重要意思，即象与器都是可感而知的，但象仅是视觉的对象，形不但是视觉的对象，而且也是触觉的对象。"[④]此说有待商榷。形（器）为五官感觉之对象，但人文之

① 罗振玉：《殷墟书契前编》三·三一·三，《殷墟契书五种》，中华书局，2015。
② 罗振玉：《增订殷虚书契考释》，载李圃编：《古文字诂林》，第8册，上海教育出版社，2003，第445页。
③ 汪裕雄：《意象探源》，安徽教育出版社，1996，第30页。
④ 张岱年：《中国古典哲学概念范畴要论》，中国社会科学出版社，1987，第108页。

象原本是指"见"（现）于心灵的印象、映象与意象等等，并非指"视觉的对象"。《周易》用以算卦的卦爻之"象"，实际指卦爻符号（形）。《易传·系辞上》云："天垂象，见吉凶，圣人象之。"此"天垂象"之象，实指天空、苍穹之形在心灵之印象。其"见"之于心灵的神秘感觉，即心之象。"见"即现，即吉凶意识、观念与情感等现之于心灵；"圣人象之"的象，为动词，指"见"于心灵之神秘天象，以卦爻符号表示之。

从《周易》心象而言，此象究竟在何处？《易传·系辞上》云："是故形而上者谓之道，形而下者谓之器。"可见心灵之象，是在形下之器与形上之道之际。人文心灵之象，"形而中"也。此象，不如"道"那样绝对抽象而形上，亦不如器绝对具象而形下，实为半抽象半具象而"形而中"。

《易传·系辞上》云："子曰：'书不尽言，言不尽意'。然则圣人之意，其不可见（现）乎？子曰：'圣人立象以尽意，设卦以尽情伪（引者注：此"情伪"，指事物、事理之真真假假），系辞焉以尽其言，变而通之以尽利，鼓之舞之以尽其神。'"既称"书不尽言，言不尽意"，又言"圣人立象以尽意"，此表述不免让人困惑。从思维对存在、从认识世界与审美审视言之，究竟是"立象以尽意"，还是"书不尽言，言不尽意"？

如果"立象"能够"尽意"，须满足如下条件：从客观事物（实）到"见"于巫之心灵或审美心灵之象（虚），再到文化符号包括《周易》筮符或文艺作品符号系统（实），再到受筮者或审美接受者的心灵之象（虚），再回归于客观事物此一原点，此即郑板桥（1693—1765）所说的从"眼中之竹"到"心中之竹"到"手中之竹"到"心中之竹"再回到"眼中之竹"。这一认知、表述世界及其审美的四者之间，必须做到绝对同态对应、同构对应，其中的任何环节、任何信息皆不能遗漏或增减。然而，这却是难以实现的。

书、言、意、象这四者运化、转换之间，无论如何，只能是简化之对应而不能达成绝对传真即同态对应、同构对应。例如，唐人李白《望庐山瀑布》"日照香炉生紫烟，遥看瀑布挂前川。飞流直下三千尺，疑是银河落九天"之诗唱，想象之丰富与奇特，令人赞叹。然其仅写了诗人眼中、心中、手中尔后勾起读者眼中、心中此时此地之庐山瀑布与银河的某些人文联系。此诗之银河意象，仅是瀑布无数意象之一种。瀑布与银河，与世界无数人物、事件、心灵之其余一切联系，均被舍弃。诗人与读者之其余不同时域、心情与心境等等，亦严重影响其诗境的构成及其接受，其意象之建构或消解所出现的无数可能性，亦被舍弃。

因此，就巫筮文化与审美而言，"书不尽言，言不尽意"，为普遍之原则、不二之铁律。即使"圣人"，亦断无可能做到"立象以尽意"。西方哲学、美学有并用之两大命题："语言是存在的家，人以语言之家为家"[①]；"语言即思想之牢笼"。此有如《周易》"圣人立象以尽意"与"书不尽言，言不尽意"。前者为相对，后者为绝对。

从《周易》巫筮之象的转换与文艺审美之象的转换关系加以审视，两者异质同构。

从神秘的客观事物（实）、占筮者巫筮心灵之象（虚）、卦爻巫筮符号系统（实）到受筮者心灵之象（虚）而作出巫术吉凶之占断此一意象之转换，与文艺审美之象的转换，即从社会生活（实）到作者审美心灵之象（虚）、作品文字符号系统（实）到审美接受者心灵之象（虚）而作出审美判断此两者之间，确为异质同构关系，两者皆具"实-虚-实-虚"之转换结构。例如，《周易》晋卦，筮符为坤下离上，坤为地，离为火为日，晋卦乃旭日初升之象，即"旦"。其一，先民所见东升之旭日，为客观存在之朝晖实景；其二，旭日喷薄之形态"见"于先民心灵，以为无比神秘神奇，此《易传》之所以曰"在天成象"，遂构成拜日的属巫之心灵虚象；其三，为推断吉凶休咎，进而画出晋卦筮符，用以占筮答疑，此为筮符实形；其四，以晋卦卦符进行占筮，受筮者据此受筮于心灵，得出所谓吉凶祸福之体会与判断，则又为一心灵虚象。以审美言之，从艺术作者所观之旭日喷薄，云蒸霞蔚（外在实景），遂诗情生启、有所感兴（成审美心灵虚象）而写为歌诗、谱成乐曲或绘以画作等（作品符号系统），进而投入审美接受过程、领域（审美心灵虚象），此乃艺术、诗性创造与审美之全过程，恰与巫筮之全过程及其结构相对应，仅两者人文属性不一。

可见，文艺审美的根因根性之一，在于原古巫术、巫性之文化；文艺的审美属性，根植于巫术、巫性。

---

① ［德］马丁·海德格尔：《论人道主义》，载熊伟编：《存在主义哲学数据选辑》上卷，商务印书馆，1963，第86页。

二、生:"生生之谓易"、"天地交,泰"的"天文"与"人文"之美

甲骨卜辞有"生"字,写作"𡴆",为草木初生之象形。《周易》屯卦,震下坎上。项安世(1129—1208)《周易玩辞》云:"屯者,始难之卦也。"《易传·序卦》:"屯者,物之始生也。"先民因悟"始生"之尤为艰难而崇祀不易之生命。《易传·系辞》有"生生之谓易""天地之大德曰生"之名言,其推重生命哲学、生命美学之思自不待言。可这仅仅是战国中后期《易传》的生命思想,那时中国文化的生命意识已然大为觉醒且蓬勃地进入文化、哲学与美学等领域。这与殷周之际及之前先民创设《周易》卦爻筮符时的情形,殊为不一。

学术界曾经研究、探讨《周易》卦爻筮符的原型问题。尽管易之古筮,在于预测人之生命、生存与生活的吉凶休咎,然其人文原型却并非在于"生"。《左传》僖公十五年云:"筮,数也。"《易传·系辞上》:"极其数,遂定天下之象。"《汉书·律历志》:"自伏羲画八卦,由数起。"张政烺(1912—2005)曾统计"数字卦"凡三十二,参与巫筮的数字自一至九的出现次数,以"六"最多(64次),其次是"一"(36次),"二、三、四"概不出现。原因是,此数字卦"直书"之故,"写在一起不易分辨是哪几个字,代表哪几个数,所以不能使用,然而这三数并非不存在,而是筮者运用奇偶的观念当机立断,把二、四写为六,三写为一,所以一和六的数量就多起来了"。其结论为,"殷周易卦(引者:即数字卦)中一的内函有三,六的内函有二、四,已经带有符号的性质,表明一种抽象的概念,可以看作阴阳爻的萌芽了"。[1]关于这一见解,近有丁四新教授提出了不同见解:"张先生曾认为《周易》阴阳爻画来源于筮数'一'、'六',现在看来这一具体结论是不正确的。"[2]而从一般原型言之,并未否认《周易》卦爻起之于数。湖北省江陵县天星观一号楚墓出土的数字卦残简筮数为一、六、八、九;安徽省阜阳县出土的残简为一、六;长沙市马王堆汉墓出土的帛书《周易》与上海博物馆藏楚竹书《周易》为一、八;今本即通行本《周易》之阳爻称九、阴爻称六。从古易之数字卦到江陵天星观易简、安徽阜阳易简、长沙马王堆帛书易与上博馆藏楚竹书易而直至通行本《周易》,可

① 张政烺:《易辨》,《中国哲学》,第十四辑,人民出版社,1988。
② 丁四新:《从出土材料论〈周易〉卦爻画的性质和来源》,《哲学门》2015年第2期。

见易之数字爻符不断被简化而宗奇（阳）偶（阴）的人文历程。易筮之本，在于象数；易的根因、根性在巫之象数，于此可证。此明清之际王夫之（1619—1692）称为"象数相倚"；"天下无数外之象，无象外之数。"[1]借用法国学者列维-布留尔（L.Lévy-Bruhl，1857—1939）《原始思维》之言，亦可称为"神秘的互渗"[2]。至于1930年代起关于《周易》阴阳爻原型为"男女性器"之说，可待商榷。

然而，这不等于说通行本《周易》没有关于"生"的文化、哲学与美学之思。从《易传》对于屯卦（其次还有蒙卦）"难生"卦义之发挥，可见其与整个春秋战国时期关于生命之意识、理念与思想相对应。《易传》而非《周易》本经，是一个不可多得的有关生命之思的重要文本。

梁漱溟（1893—1988）云："这一个'生'字是最重要的观念，知道这个就可以知道所有孔家的话。孔家没有别的，就是要顺着自然道理，顶活泼流畅地去生发。"[3]此所言"自然道理"，即指"儒家的根本思想，出发于生殖崇拜"[4]。《周易》有咸（"感"之本字）卦，言少男少女相"咸（感）"之道。此"咸"，首先为无"心"之"自然"的感应。原始儒家倡言"仁"，从字源言，仁者，二人，本指男女。《孟子·离娄上》："仁之实，事亲是也。"《易传·系辞上》云："夫乾，其静也专（引者注：抟之本字，通团），其动也直，是以大生焉；夫坤，其静也翕，其动也辟，是以广生焉。"关于这一言述，朱熹《周易本义》一书称，乾坤者，男女也。"乾坤各有动静。于其四德见之。静体而动用，静别而动交也。乾一而实，故以质言而曰'大'，坤二而虚，故以量言而曰'广'。"清代陈梦雷（1650—1741）《周易浅述》一书，删去了朱熹的"于其四德见之"一句，称"直专翕辟，其德性功用如是"[5]。《易传》以淳朴、直率之表述，庄严地宣示生殖崇拜的神圣性。

[1] 王夫之：《尚书引义·洪范一》，卷四，中华书局，1962。
[2] ［法］列维-布留尔：《原始思维》，商务印书馆，1981，第201页。
[3] 梁漱溟：《东西文化及其哲学》，载《梁漱溟全集》第1卷，山东人民出版社，1989，第448页。
[4] 周予同：《孝与生殖器崇拜》，载《周予同经学史论著选集》，上海人民出版社，1983，第77页。
[5] 陈梦雷：《周易浅述》，上海古籍出版社，1983，卷七。

由此才得以理解,《易传》何以如此强调"生生之谓易""天地之大德曰生"。

在生死问题上,《周易》及中国文化、哲学与美学以"生"为"思之原点",不同于世界上有些民族以"死"为"思之原点"。《易传·系辞》言"生"之处甚多,唯有一处说及死:"原始反终,故知死生之说。"所谓"原始反终",即将思之逻辑设定为生,有生必有死,而终于还是生。死是从此生到彼生之逻辑链的一个中介(看做暂时状态)。有如《列子·汤问》"愚公移山"中所宣扬的,个体生命固然会死,而"子子孙孙未有穷尽"矣。

中国文化、哲学与美学之所以钟情于生,以"乐生"为理想,实起源于巫。巫筮之所谓趋吉避凶,以生为吉而以死为凶,为的是幸福地生而逃避于死。中国人向往这一人生理想,此《易传·系辞上》所谓"乐天知命故不忧"。中国人的忧患,有如周文王(姬昌,前1152—前1056)当年被商纣王(子受,约前1090—前1044)囚于羑里(在今河南省安阳市汤阴县境)而演易然。《易传·系辞下》云:"易之兴也,其于中古乎?作易者其有忧患乎?"文王、屈原(前340—前278)式之忧患,仅仅是"伤时忧国"的情思;《楚辞·离骚》"日月忽其不淹兮,春与秋其代序,惟草木之零落兮,恐美人之迟暮"的"美人"之喻,亦即治国平天下之理想而已。当然,此并非说中国之哲学、美学唯有"乐生"而不涉于其他。新儒家代表人物之一牟宗三(1909—1995)曾强调中西文化、哲学、美学之"会通",指出中西之际,"一个是生命,另一个是自然,中国文化之开端,哲学观念之呈现,着眼点在生命,故中国文化所关心的是'生命',而西方文化的重点,其所关心的是'自然'或'外在的对象'(nature or external object),这是领导线索";又说,"重点在生命,并不是说中国人对自然没有观念,不了解自然。而西方的重点在自然,这也并不是说,西方人不知道生命"[①]。然而,两者对待生命的人文态度确为不一。

佛教东来之前,中国文化及其哲学、美学之忧思,为生活之忧而非生命之忧,为人格之忧而非人性之忧。凡此,皆由远古巫文化之根因、根性所决定;巫筮之趋吉避凶,实乃"趋生避死"。

---

① 牟宗三:《中西哲学之会通十四讲》,上海古籍出版社,1997,第11页。

与"乐生"之思相呼应，虽先秦偶尔称言"崇高"，如《国语·楚语上》"土木之崇高"，实指宫室的高大壮丽，然《易传·系辞上》云："崇高莫大于富贵。""富贵"为"乐生"理想之一，无论古今。然人生坐拥财富与权势之时，其人格可以崇高，也可以卑下，此绝非美学意义的悲剧性崇高。

这不等于说，《易传》关于生之思一概否定了人生之大美；恰恰相反，它是对于这一东方伟大民族独异之"天文"（自然美）、"人文"（人工美、道德善）的肯定。

《周易》有贲卦"䷕"，离上艮下。《易传·彖辞》云："贲，亨。柔来而文刚，故亨。分刚上而文柔，故小利有攸往，天文也；文明以止，人文也。"

其一，全卦三阳三阴，"阴阳合德，而刚柔有体"，故"亨"。

其二，"柔来而文刚"，指贲卦之下卦离的本卦为乾"☰"，由坤卦"☷"的一阴（柔）爻，来就于乾九二而变爻为贲卦之下卦离六二，即乾变离。

其三，"分刚上而文柔"，指贲卦之上卦艮的本卦为坤"☷"，由乾卦的一阳（刚）爻，来交于坤上六而变爻为贲卦之上卦艮上九，即坤变艮。

其四，可见贲卦之本卦，为乾下坤上之形，即为泰卦"䷊"。《易传·彖辞》云："天地交，泰。"乾天坤地即"天地交"。其人文之原型，即男女相感相悦。泰卦者，男女即天地相"感"之象。《易传·系辞下》云："天地氤氲，万物化醇；男女构精，万物化生。"此之谓"天文"，亦梁漱溟所言"自然道理"之"自然"。以美学言之，可称为"自然美"。不同于世间其他人物、事物与环境之美，此实为人生命本在之美。正如苏渊雷（1908—1995）在《易学会通》中所言："纵观古今中外之思想家，究心于宇宙本体之探讨，万有原理之发见者多矣。有言'有无'者；有言'终始'者；有言'一多'者；有言'同异'者；有言'心物'者，各以己见，钩玄阐秘，顾未有言'生'者。有之，自《周易》（引者注：实指《易传》）始。"[1]《易传》言"生"之美，可谓别具一格。它并非指一般的生之漂亮美丽，而指生命本始、本在之美。

其五，《易传》又说，"文明以止，人文也"。何为"人文"？但看贲卦之下卦为离，《易传》称"离为火"，初民发现与学会使用火，此乃历史学意义的

---

[1] 苏渊雷：《易学会通》，中州古籍出版社，1985，第62页。

文明之始；贲卦之上卦为艮，《易传》曰"艮为山"、"艮为止"。因而，整个贲卦，象喻"文明以止"。止，"趾"之初文。"文明以止"，指人之言行合乎道德规范。因而，这里所言"人文"，实为与审美相系之道德修为的"文明"，指伦理之美善。如果说，从历史学看，自人类发明、使用文字，即为"文明社会"之始；从人类学审析，"文化"即"自然之人化"兼"人化之自然"，那么，所谓"文明"指文化发展之过程与程度。如此说来，历史学家所称文字发明与使用前之所谓"野蛮社会"，其实亦具"文明"属性与"文明"之美善的。

三、时："卦者，时也"、"几者，动之微"、"当下即是"与"现象直观"

时，为《周易》又一重要范畴。甲骨卜辞有一"时"字，下为大地、上为禾苗之形，象禾木生长于大地，本表"农时"之义。卜辞有"乙卯卜。贞：今时泉水来"[①]之记。

《易传》言"时"尤多。如称乾卦"六位时成""与时偕行""与时偕极"，称乾德"与四时合其序"，坤德"承天而时行"，大有卦"其德刚健而文明，应乎天而时行"，随卦"而天下随时，随时之义大矣哉"，观卦"观天之神道，而四时不忒"，贲卦"观乎天文，以察时变"，损卦"损益盈虚，与时偕行"，革卦"天地盈虚，与时消息"，等等，不胜枚举。

没有哪一先秦古籍如《周易》这般如此重视中国文化之"时"问题。那么，《周易》一书所言"时"，究竟指什么？

王弼（226—249）《周易略例》有云："夫卦者，时也；爻者，适时之变者也。"[②]这便是说，《周易》六十四卦每一卦、八卦每一爻以及先天、后天八卦方位图，等等，皆首先为一"时"结构，此即巫性之卦时、爻时的运化、变易模式。从"十二消息卦"即从一阳息阴（复）、二阳息阴（临）、三阳息阴（泰）、四阳息阴（大壮）、五阳息阴（夬）、六阳息阴（乾），至一阴消阳（姤）、二阴消阳（遯）、三阴消阳（否）、四阴消阳（观）、五阴消阳（剥）、六阴消阳

---

① 胡厚宣:《甲骨续存》，群联出版社，1955，二·一五四（二〇一五四？）。
② 王弼:《周易略例·明卦适变通爻》,《王弼集校释》下册，中华书局，1980。

（坤），构成了一个四时运化之时运结构与模式。算卦以变爻占测人事之命运休咎。爻之变于当下，此即王弼所言"适时"，指"暂态"。

这一时运变化模式，笔者称为"巫性时间"。所谓"巫性时间"，是指《周易》巫筮关乎人之命运的预测和把握。这里，"命"可称为神性时间，"运"则指人性时间。《周易》巫筮文化的时间意识，处于神、人即神性时间与人性时间之际。在《周易》看来，人的命运可通过巫筮得以把握，此为"知几"①。亦可称之为巫性意义的"当下"亦即"照面"，契合于海德格尔所谓"时间到'时'"②。"暂态"即"时间到'时'"。

《易传·系辞下》云："知几，其神乎？""几者，吉（引者注：疑此缺一凶字）之先见者也。""唯几也，故能成天下之务。"几，巫筮之物事转机与人命运吉凶之先兆或曰蛛丝马迹，犹"风起于青萍之末"。此即"当下""暂态"化变之始，《易传》称"动之微"。

几，"机"之本字，从幺，微奥、幽细之义。《列子·周穆王》："因形移易者，谓之化，谓之幻。"幻，从幺。《文选》载张衡《西京赋》有"奇幻儵忽"，指巫筮爻变之"奇幻"，发生于极短即不能再短之一瞬间。"儵忽"亦称"倏忽"。《庄子·应帝王》曰："南海之帝为倏，北海之帝为忽，中央之帝为浑沌。"《楚辞·九歌·少司命》："倏而来兮忽而逝。"倏，指犬疾行之时速；忽，《孙子算经》："度之所起，起于忽。欲知其忽，蚕吐丝为忽。十忽为一丝，十丝为一毫，十毫为一厘，十厘为一分。"指极微之空间长度，转义指极微之时段。《易传·系辞上》有云，巫筮之"几"者，"故神无方而易无体"，"阴阳不测之谓神"，"唯神也，故不疾而速，不行而至"。此是。

从哲学、美学而言，"几"，时机、时运、机运、机会、机缘之谓，人事命运的一种契机。"知几，其神乎"的"知几"，通于现象学所谓"当下即是"；"其神"者，一半是对"天命"及其神性时间之崇拜，一半是对人与人性时间之把握，此把握被孔子（前551—前479）称为"知天命"。

博格森（H.Bergson，1859—1941）时间哲学之后继者与发扬者海德格尔

---

① 王振复：《〈周易〉时间问题的现象学探问》，《学术月刊》2007年第11期。
② ［德］马丁·海德格尔：《存在与时间》，生活·读书·新知三联书店，1999，第375、372页。

（M.Heidegger，1889—1976）说："我们把如此这般作为曾在着的有所当前化的将来而统一起来的现象，称作时间性。"①此乃理解现象学时间观的关键之语。其要义在于，"当下即是"指"当下"时间性。时间具矢性。时间之流渐，由曾在（过去）、此在（当下）、将在（未来）所构成。曾在，已经过去之此在，与此在、将在两者即将成为过去；将在，将来之此在与必将成为过去；此在，处于曾在、将在之际的"暂态"即"当下即是"。曾在与将在，因曾经或有待前来于当下而"在"。史学所言"当下"或曰"当代"，可指一个相当长之时段。现象学所言"当下"，其实仅指处于曾在、将在之际一瞬间。假设以一直线象示时间流行之矢性向量，以曾在为负、将在为正，则时间现象学之谓"当下"（当在），可以"〇"表示。此亦类于庄子（约前369—前286）所言"倏忽"、佛禅之"刹那生灭"然。

胡塞尔（E.G.A.Husserl，1859—1938）称时间现象学"首先标志着一种方法和思维态度，特殊的哲学思维态度和特殊的哲学方法"②。由这一特殊之"态度"与"方法"看《周易》巫筮，则其巫性时间观，实际在专注于变爻之刹那；抓住当下之"几"而为当下吉凶之"象"，便刹那"见"（现）之于此"心"（心灵）；遂断以吉凶，使人事命运"当下""照面"；占吉凶、省往来、决犹豫，似"黑暗"之世界一下被"照亮"。此乃巫性意义之"现象直观"。其通于现象学的哲学与美学，已无疑问。毋庸赘言，审美亦为"现象直观"。观王羲之《兰亭序帖》、苏东坡《前赤壁赋》、徐悲鸿《奔马》之美，或仰望崇峻之危磊或苍穹之高远等等，其心境皆为瞬时之愉悦、顿悟之直观。待要思虑其何以美丽、崇高，则已离弃审美之情境而入于审美之评断。可见，巫性时间、诗性时间，两者亦为"异质同构"。其质素不一，却因"观象"之"同构"性，而可从巫筮走向审美。

《周易》有关巫筮"当下"之"时"的理念，给人启迪良多。人是一种善于瞻前顾后的"文化动物"。瞻前者，理想也，向往未来；顾后者，恋旧也，眷恋过往，以为唯有将"将在"与"曾在"攥在自己手中，即可把握自己之命运

① ［德］马丁·海德格尔：《存在与时间》，生活·读书·新知三联书店，1999，第375、372页。
② ［法］胡塞尔：《现象学的观念》，上海译文出版社，1986，第24页。

与前途。然则，人总是轻忽、慢待"当在"（当前），总是对"当在"忘乎所以，此以海德格尔之言言之，称为"时间遗忘"。此乃无可救药"人性之弱点"与人生之悲剧，在于我总不"在场"矣。①

四、气："精气为物，游魂为变"、"通天下一气耳"与气韵、意境之美

"气"，卜辞写作上下两画加中间一点或一短画，曾被错释为"三"。后写作"气"再演变为"气"、"氣"二字。从其原本字形看，既象形又表意。象河川忽而流涌滔滔、忽而干涸见底，象示先民对此一自然现象的神秘与敬惧之感。"气"字上下两画象河之两岸，中间一点（后演变为一短画），表示水系忽涌忽涸于此及先民之巫性的神秘体验。先民对于河流突然汹溢突而干涸难以理解，遂令其心灵落入人文迷氛之际，迷信超自然超人为之神秘感应，可决定人的生存遭际、吉凶祸福。故《说文解字》称"气"为汔之本字："汔，水涸也。""气"，后来演化为"氣"，从米，盖因古人进而以气解释人生命本原之故。生命有赖于食谷，故"气"从米而为"氣"。孔子以"血气"言人生"三戒"："君子有三戒。少之时，血气未定，戒之在色；及其壮也，血气方刚，戒之在斗；及其老也，血气既衰，戒之在得（引者注：贪）。"②此所言"血气"者，即为"精气"。

《易传·系辞上》："精气为物，游魂为变，是故知鬼神之情状。""精气"作为"元物"而存有，遂令人之肉身得以生存。人之肉身一旦死亡，"精气"依然"活"着，只是"变"为"游魂"（鬼魂）而已。在《易传》看来，便是真正地"知鬼神之情状"（实际情况）。此乃准确理解巫性气论之关键所在——气永远不死，仅仅改变其存有状态罢了。受其影响，《庄子·知北游》云："人之生，气之聚也。聚则为生，散则为死"，"故万物一也。是其所美者为神奇，其所恶者为臭腐。臭腐复化为神奇，神奇复化为臭腐。故曰：'通天下一气耳'"。"气之聚"，人肉体之生；"气之散"，人肉体之死。人之生死不过是"臭腐"为"神

---

① ［德］马丁·海德格尔：《存在与时间》，生活·读书·新知三联书店，1999，第30页。
② 《论语·季氏》，中华书局，2012。

奇"、"神奇"为"臭腐"——在于气"聚"、"散"之际。

学术界一向把庄子关于"通天下一气耳"作为哲学、美学命题,认为他所指之气是天下万物之本原本体。殊不知,该命题首先属于巫性之人文观;该本原本体有一人文之来源处,便是不死的巫性之气。庄子关于气之哲学、美学的思性兼诗性,实原于巫性。庄子的哲学、美学,根植于人"受命"于"天地"的思想:"受命于地,唯松柏独也正,在冬夏青青;受命于天,唯尧舜独也正,在万物之首。"①人之"受命"者,巫也,道亦然。人"无所逃于天地之间",如同"父母于子,东西南北,唯命是从"②。原因在于,人之生死,实为气之"聚"、"散",无可逃避。

托名黄帝之《宅经》卷上有云,"是和阴阳者,气也";托名西晋郭璞(276—324)所撰且仿《庄子》体例之《葬书·内篇》称,"经曰:'气乘风则散,界水则止。'古人聚之使不散,形之使有止,故谓之风水。风水之法,得水为上,藏风次之";《葬书·内篇》又言,"盖生者,气之聚也"。古人迷信命理之墓藏制度而施行风水之术,意在通过"得水"、"藏风"之法,使已"散"之气(死)重"聚"(生)于"福地",以庇荫血族后裔之生耳。

通行本《周易》有"先天(伏羲)八卦方位"与"后天(文王)八卦方位"等图式,皆为卦气即巫气之表示。

前者方位:乾南、坤北、离东、坎西、兑东南、艮西北、震东北、巽西南。仅从其四正卦言之,为天(乾)对地(坤)、火(离)对水(坎),此乃古人心目中"理想"的吉气之风水模式。明清北京紫禁城之平面布局,为南天安门、北地安门,从南至北,以中轴线及其两边对称铺排,其四郊设天坛(南)、地坛(北)、日坛(东)、月坛(西),构成一如封似闭、气韵生动的宫殿建筑群所组合的政治、伦理制度,其人文之根因、根性,为《周易》吉利的巫性之气。

后者方位:离南、坎北、震东、兑西、巽东南、乾西北、艮东北、坤西南。此方位图式,在古代风水学、风水术中的运用更为普遍。如明清北京之四合院平面,一般为南北长、东西短之长方形。其四周墙体封闭,唯其东南隅辟

① 《庄子·德充符》,中华书局,2012。
② 《庄子·人间世》;《庄子·大宗师》,中华书局,2012。

一门户以供出入，此应在《周易》"后天"之巽位上，此《易传》所谓"巽为入"。进四合院大门，迎面为照壁（影壁），左行至中而面北，进垂花门，见一天井（中庭），风水学称为"明堂"，为整座四合院"聚气"之处。古人相信，中庭不在于大小而须有。有庭则灵，灵不灵全在于这一口"气"。中庭之正北，为主房，家族长辈与贵宾之居所，地位最正、用材最精、造型最为高崇而品位最显。此中庭与主房，正应于"后天"大吉之中位。中庭与主房两侧，设相对之东厢、西厢。东厢为家族男性儿辈之居所。故东晋太尉郗鉴派人至宰相王导家选王羲之为婿即"东床袒腹"之故事，必发生于东厢。东厢应于"后天"之震位，以《易传》"震为长男"为据。西厢为家族女性儿辈之居所，不可错越。《西厢记》红娘牵线、张生跳墙之情事，必发生于此。西厢应于"后天"之兑位，《易传》"兑为少女"。四合院之离（南）位称倒座，为男仆之居所，虽应于离火之位，门却只能向北开，故曰倒座。四合院之坎（北）位设后房，为女佣之居所，其伦理地位最为低下。此四正、中位与四隅其余房舍、环境之安排，皆合《周易》"后天"方位之制。以往之研究，述及建筑美学、家族伦理及其居住制度，均未探究其人文之根由唯在于巫性之气这一点。家族伦理及其居住制度之所以不可错越，是因崇尚巫性风水"聚气"之故。古人迷信，气"聚"为生为吉，气"散"为死为凶。

　　巫性风水之吉凶，亦与审美相系。英国学者李约瑟（J. Needham，1900—1995）说："在许多方面，风水对中国人民是有益的，如它提出种植树木和竹林以防风，强调流水近于房屋的价值。虽然在其他方面十分迷信，但它总是包含着一种美学成分。遍布中国农田、居室、乡村之美，不可胜数，都可借此得以说明。"[①]。这一"美学成分"有如莲花，"出淤泥而不染"，有亭亭净植之美。

　　钱钟书（1910—1998）云："堪舆（风水）（風水）之通于艺术，犹八股之通于戏剧。"[②]就《周易》"后天八卦方位"而言，将八卦所示八个方位加一中位，分别填入九宫格，依清代易学家胡渭（1633—1714）《易图明辨》卷二，将八卦

① ［英］李约瑟：《中国之科学与文明》，载王其亨主编：《风水理论研究》，天津大学出版社，1992，第273页。
② 钱锺书：《谈艺录》，中华书局，1984，第57页。

九宫与九数分别相应，为上中下各三数、左中右各三数与两斜向三数之和，皆为十五（见图1）。此即上中下三数，巽（东南）4加离（南）9加坤（西南）2，等于震（东）3加中宫5加兑（西）7，等于艮（东北）8加坎（北）1加乾（西北）6；左中右三数，巽4加震3加艮8，等于离9加中5加坎1，等于坤2加兑7加乾6；两横向三数，巽4加中5加乾6，等于坤2加中5加艮8，皆等于十五之数。十五者，吉数也。难怪仰韶文化彩陶盆内侧所绘舞者之数亦为十五。此九数的有序群集，寓西方所谓"魔方"（Magic Square）之神秘的美。八卦九宫之九数，实与"河洛"的洛书九数一一相应。由巫性而相应于诗性，美妙地呈现无与伦比的和谐、均衡之美。其为一生气灌注之"气场"（Field），在美学上即为气韵生动之意境。

4	9	2
3	5	7
8	1	6

图1　九宫图

《易传·系辞上》云："通其变，遂成天下之文。极其数，遂定天下之象。"此九数之集群，于巫筮、风水言，则为"天命"（命理）兼"知天命"之巫性意义的原古人文符号系统。作为科学理性之数学的一大滥觞，并非数学本身，蕴涵以巫气、巫性此原始非理性、理性及其意象、意境之"神秘的互渗"，"某种神秘的氛围，某种'力场'"[1]。

本文发表于澳门《南国学术》2016年第3期

---

① ［法］列维-布留尔：《原始思维》，商务印书馆，1981，第201页。

当代易文化与文化保守主义

二十多年来的中国易学研究，作为一股复杂多元的文化、学术思潮，当以受到文化保守主义的思想影响为最广泛、持久与深刻，某种意义上不妨说，它是属于文化保守主义思潮范畴的现代新儒学的有机构成，而与文化西化派基本无涉。

中国的文化保守主义，是在现当代、颇为长期的中西文化的强烈冲突中逐步形成的，大致起始于十九世纪末、二十世纪初，以肯定、维护中国传统文化的历史地位与现实价值为文化旨归。美国学者艾恺曾经在《世界范围内的反现代化思潮——论文化守成主义》一书中称其为"反现代化思潮"，实际当然并非一概如此。中国文化保守主义在一般地接纳现代意识、赞成现代化的同时，侧重于对以儒学为基干的传统文化资源的承传、开掘、改造与光大。在关于物质、精神、传播、制度与价值的文化"五元"中，尤其认为与钟爱中国传统精神文化具有磅礴于世界的"优越"。认为主要在"精神"层面上，中国以儒为主的传统文化比如"天人合一"（自然与人之融合）、究天人之际的哲学慧思和以仁为内核的伦理精神等等，不仅是中华民族走向现代化的一种可资采掘的精神源泉，而且简直可以说，它对全人类的现代化的精神文化建设具有普遍性意义。

而这种"优越"的精神文化之源，被认为首先存在于作为"群经之首"的、古老的《易经》之中。因而，文化保守主义对《易经》以及历代易学的推崇，是一贯的，理所当然的。

早在"五四"时期的现代新儒学之开创者梁漱溟曾经指出，以孔子为代表的原始儒学源于《易经》，儒家所崇尚的天人和谐、生命调和等"中国这一套东西，大约都具于《周易》"（《东西文化及其哲学》）。因此，中国传统儒学的复兴，首先是易学的复兴，而"世界未来文化就是中国文化的复兴"（同前），《易经》与易学的时代使命与世界意义可谓大焉。熊十力以为，"易者，儒道两家所统宗也"（《新唯识论》）。他在《读经示要》中称，他的哲学体系是"评判佛家空有两宗，而折衷于《易》"。又说"吾平生之学，穷探大乘，而通于《易》。……此《新唯识论》所以有作，而实根柢于《大易》以出也。"可见《易经》在熊氏心目中的崇高地位。又称："六经（包括《易经》）广大，无所不包通。""吾大易，早有智周万物与制器尚象及开物成务等明训。"（同前）这是对《四库全书总目·经部·易类一》所谓"易道广大，无所不包"传统易学观念的重新肯定与推重。冯友兰则发挥宋代大儒朱熹关于"《易》只是个空的物事"的见解，也说《周易》只是一个"空套子"，似乎什么都可以填进去，消化得了，解释得通。"《周易》的内容，主要的是很多的公式。每一个公式，都表示一个道或几个道，总括《易》中的公式，就可以完全表示所有的道"（《易传的哲学思想》）。唐君毅大力倡言以《易经》为代表的中国传统文化的精神价值，觉得"中国文化之精神，在度量上、德量上，乃已足够"。以为在《易经》的"三才之道"中，已经包含了后世所谓太极、人极与皇极思想的因素，"太极为绝对精神，人极为人格之主观精神，皇极为客观精神"，"皇极、人极、太极三者皆立，然后中国文化精神之发展，乃百备至盛而无憾"（《中国文化之精神价值》）。牟宗三研究宋明理学，从宋儒"天人本无二，不必言合"上溯至《易经》所谓"是以立天之道曰阴与阳，立地之道曰柔与刚，立人之道曰仁与义"的道德说教，将《易传》与《论语》《孟子》《中庸》"通而一之"，指出《易经》所谓"生生之谓易"的生命思想，就是宋儒所谓"宇宙秩序即是道德秩序，道德秩序即是宇宙秩序"——"此是绝对圆满之教"的哲学基础。至于活跃于八十年代以来国际易学界与哲学舞台的美国夏威夷大学哲学系教授成中英，则响亮地提出"重建中国哲学"的口号，认为"这个重建既是中国哲学的世界化，也是世界哲学的中国化"。并且强调指出："在中国哲学的发展过程中，《易经》哲学作为其发展的原始点，永远构成中国哲学再发展的源头活水。""有了这一基于《周易》哲学对西方哲学的掌握和了解，我们才能提供未来世界哲学发展

的蓝图和方向。"(《世纪之交的抉择》)

尽管现代新儒学内部学门纷纭、支派颇多，往往各抒己见，然而就其学统、学脉与文化品格分析，大多力图"援西学而入儒"且自豪地站在中华传统儒学立场上，充分表达对儒学、尤其是易学的"同情"与"敬意"，体现出"文化保守"的鲜明特点。具有"文化保守"特点的现代新儒学面对所谓"花果飘零"的儒学危机与困境，抱着"悲天悯人"的文化态度，做学问时有一种"天将降大任于斯人"式的责任感与神圣感，其思想的立足点是"中国历史文化精神生命之肯定"(《中国文化与世界》)。现代新儒学的哲学与文化主题始终是：从"内圣"开出新"外王"。即从推崇精神品格"优越"的"内圣"始，在学理上，试图使先秦原始儒学的心性之学到宋明儒学道统（内圣）与西土入渐的科学精神相契合，由此寻觅治国方略、重建民族的"精神家园"、进行"思想拯救"，直至在实践中"改造未来"（外王）。

这一文化主题始终贯串于二十多年来的中国易学研究中。可以说，近二十年来的中国易学研究，一定程度上是在现代新儒学文化思潮的推动下兴起的。一是现代新儒学的文化主题，往往同时就是当代易学的文化主题，二者的"文化关切"与"终极关怀"是相通的；二则现代新儒学的理论、学说常常是通过阐说《易经》这一古老的文本而建构起来的，一些海外现代新儒家又是当代易学家，因而他们通过著书立说，随着国际文化、易学界以及大陆与台港之际学术交流的空前活跃，不仅为中国的当代易学研究注入了思想的"新鲜血液"，而且简直是关于具有"文化保守"倾向的现代新儒学易学观的一次思想"启蒙"与普及"运动"。中国二十年来的易学研究及其文化思潮，一定程度上"生活"在"保守"的新儒学的思想"阴影"之中，是"命中注定"的，自然不乏某种思想的积极意义。

就中国二十多年来易学研究的现状看，大致上可以分为彼此有联系的六个方面，也一般具有"文化保守"的特点。

其一，"传统易"，即治易基本沿袭中国传统以汉代"象数"、宋代"义理"易为代表的思路与方法，采用文字学、训诂学、音韵学与笺注等传统治易之法，主要对《周易》通行本（以历史上的王弼本为祖本）和帛书本（七十年代湖南长沙马王堆汉墓出土的本子）的卦爻符号与文辞系统进行文字、符号的全面解读。它在一定程度上总结了历代易学的优秀成果，承传了历代优秀的易学文化内容，但也不可避免地"弘扬"了以《易传》为代表的某些传统道德伦理说教之陈旧的一面。"传统易"的学术文化品格无疑在于传统的"保守"与"开新"。

其二，"考古易"，即从田野考古角度、对《易经》的某些所谓难解的千古之谜进行探源性研究。例如关于"数字卦"与帛书本《易经》的考证等，可以说显示了当代易学尤为灿烂的学术生命，在治易观念与方法上，其一般所运用的，是王国维所说的"二重证据法"即以野外考古与古籍记载、文字解诂相参照。然而在这一学术领域，有时也难免浮躁之气，比如有人撰文称《易经》是所谓"外星人"的"发明"等等，用基于崇拜《易经》心态的主观臆断代替考古、考证。考古、考证之目的是为了证伪而存真，但由于所据资料之欠缺或操作中某种不利的观念因素参与，使得本欲对某一易题的证伪异化为"伪证"，从而使"文化保守"这一主题变得盲目而虚幻。

其三，"历史易"，即所谓"以史说易"，从历史角度治易。一是以为《易经》卦爻符号及经、传文辞所述或影射的是史事与历史，其学术之源，远承于汉代古文经学的"六经皆史"说。中国自古以来有"以史说易"的传统，从三国淳于俊、宋代杨万里、明代王守仁、清末章太炎直至近人胡朴安，都试图将"易"解读为"史"，其值得肯定之处，是挥斥占筮迷妄之说，强调历史理性。"历史易"检索到《易经》中关于"王亥丧牛羊""高宗伐鬼方""帝乙归妹""康侯用锡马蕃庶"与"王用享于岐山"等史事（王国维、顾颉刚等曾对此作过考证），但毕竟《易经》本质上并非史书，因而要像章太炎那样从乾坤两卦象征"天地洪荒"、逐卦串解全部六十四卦，以证明整个人类历史的发展有如六十四卦序列的做法，是非常困难与牵强的。近年有的学人认为"《周易》是为周厉王出谋划策而作的书"（见宋祚胤《周易新论》）、"《易经》是一部殷周奴婢起义史"（见黎子耀《周易秘义》），在治易观念上如此坐实的"历史易"显然深受"文化保守主义"关于所谓"六经广大，无所不包通"之影响所致。其实《易经》远非"无所不包通"，它欠缺了许多东西。

其四，"科学易"，即试图从自然科学角度看待、发掘与研究《易经》卦爻符号系统所含蕴的朴素的自然科学思想因子与数理、生化、天文等科学的内在联系。《易经》具有朴素而奇妙的某些自然科学思想因子，诸如二进制数学与太极裂变之易理、八卦的对称排列与宇宙对称、生物遗传信息DNA的四种碱基与"易"之四象、八卦、六十四卦与"代数结构"等等，都是如此。问题在于，不能简单地将易理与自然科学划上等号，否则，可能会无意之中拔高《易经》的文化品位，把古老的"易"现代化、科学化，给人造成一种《易经》"穷尽一切"的不实之想。诸如将易图的数理逻辑看做是一种"前科学"的见解，大致是符合《易经》文化思想之实际的。如果盲目地夸大《易经》文化内容的朴素自然科学意义，这种治易之方法本身是否"科学"是值得讨论的，它只能是比"文化保守主义"更"保守"。

其五，"预测易"，即在《易经》之象、数、占、理四要素中独拈一个"占"字，把"占"（预测）作为《易经》巨大文化价值以及现实实用价值之所在，十分肯定与重视《周易》预测的实践与"灵验"。这是当代"易"热的一种重要的文化思潮与现象，《易经》大量的追随者与"易"之读物，都是关于"预测"的。《易经》预测之所以令人感兴趣，是因为它适应了人们由于处境不佳而勾起的对未来包括"命运"的神秘向往、企盼心理抑或恐惧心理。对预测的解释自古往往带有迷信的成分。目前的遗憾是，对预测未有真正周到而令人信服的学术研究。不少关于"预测"的书与文章都曾断言，《周易》预测不仅是"灵验"的，而且是"科学"的，这与古人仅言预测"灵验"、不说"科学"有了不同，由于迄今未能在理论上说明为何"灵验""科学"而缺乏说服力。有人指出，诸如《人类神秘现象破译》一书称《周易》预测的"灵验"之根因"在于鬼神，在于神灵"（"潜意识"）的说法，有如牧师布道般地宣说某种宗教信仰。因而，"预测易"在当代易学流派中最显得"轰轰烈烈"，却是最软弱无力的，原因在于尚缺乏系统而周密的理论建树。同时应当指出，虽然历史上的文化保守主义比如现代新儒学一般并不把"预测易"放在其文化视野之内，现代新儒学之学术品格的高雅与学术头脑的趋于深邃，使其决不愿意对"粗鄙"的"预测"多看一眼，可是从文化之传承与影响角度看，"预测易"在中国大地上曾经一度兴旺的原因之一，大约不会与现代新儒学鼓吹易学的"优越"没有关系，这毋宁可以看做是新儒学在易学土地上所栽种的智慧之树结出的一颗"酸果"。

　　其六,"文化易"。它力图运用文化人类学关于巫学的观念与方法,对《易经》的象数之学、义理之学及其繁复之文化联系、《易经》的古老而时新,广大而深邃的文化内容进行综合的文化学意义的研究,一定意义上具有综合本文前述五种治易内容的学术特点,是笔者长期以来所倡言、从事的易学研究路向。"文化易"打破现代新儒学所谓"《易》乃哲学之书"的治易观念,认为《易经》是中国文化的典型之作,是中国文化集成之一。它运用泰勒《原始文化》、弗雷泽《金枝》、列维-布留尔《原始思维》以及列维-施特劳斯、马林诺夫斯基等西方文化学著作与文化人类学家关于原始巫学的观念与方法,对《易经》的原始巫术占筮进行文化原型的研究,并将《周易》本经的原始巫术文化向大致成于战国中后期之中国哲学、伦理学与审美、艺术意识等的文化转型作为其学术研究的重要对象。"文化易"并非全盘同意现代新儒学的"文化保守主义"观点,对《易经》文化的精华与糟粕同时加以辨析与研究。无疑,现代新儒学把《易经》的哲学与伦理学内容作为其学术关注的重点,"文化易"却将成书于殷周之际的《周易》本经的原始巫学内容作为研究的重点和出发点。然而,在致思方式上,"文化易"并非武断地抛弃现代新儒学的积极的学术成果,依然具有尊重传统的一面,它受到"文化保守主义"的影响是不言自明的。

本文发表于《人民政协报》1998年7月3日

释 "士"

读余英时《士与中国文化》一书，知其对中国古代"士"文化的研究已颇深入。然"士"之文化原型究竟为何，似有再议之必要。

余先生援引杨树达《积微居小学述林》，疑近人吴检斋关于"士，古以称男子，事谓耕作也"之说不确，以为"'士为低级之贵族'，这是正确的论断"，并引顾颉刚《史林杂识初编》所谓"吾国古代之士，皆武士也"的观点作立论的佐证。

笔者在关于中国古代"士"文化之考释中，觉东汉许慎《说文解字》的解释有理。许子云："士，事也。"此从音训释"士"，非指古代从事"耕作"此"事"的"男子"。进而许慎称"士"者，"数始于一，终于十，从十一"，可谓的论。

大致成书于殷周之际的《周易》本经，为巫术占筮之书，一般以为成篇于战国中后期（采张岱年之说）的《易传》记述之《周易》古筮法，自始至终均为筮数的运演。其占筮法基于自一至十这十个数，所谓"天一、地二；天三、地四；天五、地六；天七、地八；天九、地十。天数五、地数五，五位相得而各有合。天数二十有五，地数三十。凡天地之数五十有五，此所以成变化而行鬼神也"。

此按《周易》古筮法，十个数中一三五七九为天数，二四六八十为地数，"天地之数"总和为五十五，便是《周易》巫术占筮的"大衍之数"。整个巫术占筮所谓"十八变"的巫筮操作过程十分繁复，限于本文篇幅，恕勿赘述。然而我们已能见出，《周易》巫术占筮的文化内蕴，基于"数始于一，终于十"。这是一个数的巫术。士字从十从一，完整而简略地将《周易》占筮法的筮数运演机制，"压缩"在"士"这一字形之中。《说文》曾引述孔子之言云："推一合十为士"。此可谓易筮释"士"义，深谙易理也。

不难见出，"士"的文化原型，并非躬耕劳作的山野农夫，亦非赳赳"武士"或"低级之贵族"，确为与筮数打交道、中国古代从事巫术占筮的"巫"。

《白虎通》有云："士者，事也。任事之称也。"这"事"，便是专指巫术占筮而言的。正如《传》曰："通古今，辨然否，请之士。"上知天文、下通地理、知命运休咎，对历史现实和人事然否所谓"了如指掌"者，惟有以《周易》筮数擅于巫术占筮之"巫"，此即后代所谓"士"，而并非农夫、武士或贵族之类。

在无事不卜、不占时代，巫是那个社会的特殊角色。他们声称自己，亦被社会公认为通于神、人（普通平民）之际，是神与人之际的中介。巫是上古颇具学问的社会群团，然随社会情势的变迁、发展而不断分化。有的高迁入官，但称"官巫"；有的下沉于民间，是谓"民巫"，均被社会所推重。此乃两者均以"神灵"之代言者自居且共同具一定知识优势之故，《周礼》将"官巫"称为大史、小史、内史、外史或大祝、大卜等。《曲礼》云，"天子建天官，先六大：曰大宰、大宗、大史、大祝、大士、大卜"。他们都是当时掌管史职，兼擅巫事的权威及社会精神主宰。比如大卜，则卜天之垂象，言祭祖、征战、农桑等吉凶。占梦、占筮、占龟、占风与望气等，所请"三易九筮"。三易者，连山、归藏、周易；九筮者，指巫史、巫咸、巫式、巫目、巫易、巫比、巫祠、巫参与巫环。此外还有掌群巫之政令的司巫。值得注意的是，这里所引《曲礼》一则材料，已将当时之"巫"别称为"大士"，与大宰、大宗、大史、大祝与大卜并列。此"大"者，太也，有原初、原始义，"大士"即"太士"，指原始之"士"。这种文字表述之巫与士的耦合现象，正可反映从巫到士文化学意义的传承联系。

"士"为中华上古的知识分子，上升于朝堂，为"史"（史官、史巫）；下潜于民间，为布衣"寒士"，均称为"士"，其原型为"巫"。刘向《说苑》云，"辨然否，通古今之道，谓之士"。《士与中国文化》一书已大致注意到《说文》等释"士"之材料，却歧作他解，盖未从易筮、易数释"士"之故。

本文发表于《书城》杂志1993年第3期

井卦别释

《周易》井卦，六十四卦之普通一卦，其文化意蕴，耐人寻味。井卦䷯，巽下坎上之象，由下卦巽、上卦坎相构而成。《易传》有云，巽为风，坎为水，故有云，井卦卦象具有风行于水下、井泉涌起而不竭之象征意义。古人以为泉涌，乃井底有风压迫水往上涌出之故，因而创构该井卦卦象以象征水井，颇与现代科学不符。《易传》并将这一卦象的意义作了引申，称"井洌、寒泉"，比于君子之德，所谓"无丧无得，往来井井"（大意：日日井泉流涌而总未盈溢，天天供人汲取不见枯涸），是为"井养而不穷也"，这也说得过去。《易传》此解一出，两千多年来历代易学家释井卦均循此说。唐孔颖达《周易正义》称"古者穿地取水，以瓶引汲，谓之为井"。宋朱熹《周易本义》云："井者，穴地出水之处。"清陈梦雷《周易浅述》说："井卦，下巽上坎，巽入于水，汲而上之，井之象。"而唐李鼎祚《周易集解》则早就指出，"井以汲人，水无空竭，犹人君以政教养天下，惠泽无穷也"。总之，易学家们都认为《周易》井卦乃水井与圣贤道德之象征。

然而，读易倘一味拘泥于古人成说，由于古人成说比如《易传》及承《易传》而来诸多历代易学家解易处处以道德伦理为指南，是否能时探寻"易"之堂奥，大约颇有些疑问。须知，由于《周易》井卦的原始创构与《易传》对井卦的解说在时距上相差千百年，这就难以保证《易传》所阐释的易理一定是原始的"易"。"易"的意义，也远远不仅是一个道德伦理问题。倘突破伦理意义之域限，可望有些别样的意见。

那么，井卦之"井"，难道是指"水井"么？

"井"这一汉字，甲骨文作 ♯（《甲》三〇八）或 ✹（《粹》一一六三），原写作 ♯。清朱骏声《六十四卦经解》云，"井，本作丼，穴地以达泉。古者八家一井。"汉许慎《说文》也有"八家一井"之说。问题是，此所谓"八家一井"，究竟是"八家合用一口水井"，还是另有什么意义？

中国古代有所谓"井田"土地制度。据考，大约夏禹时代，就产生了井田制的雏形。《世本·作篇》称，"伯益作井"。伯益，夏禹时东夷部落首领，相传曾助夏禹治水有功，并"初作井"。这里值得注意的，是"作井"之"作"，卜辞写作 ⊬（《合》二九五、《粹》五九七）、⊬（《周甲·探》八六）等，有"人工造作、营建"之意。《尔雅·释言》所谓"作，造，为也。"卜辞多见"乍邑""作邑"之记，如《前》二、三"王乍邑"，《诗经》大雅、小雅也有"作邑于丰"和"作都于向"的记载。胡厚宣《甲骨探史录》据《甲骨文字研究·释封》与《卜辞通纂》三七四、三七七考释，认为甲骨文"乍"字用作"人工造作、营建"之意时为"封"字。因而所谓"乍（作）邑"，是"封邑"的意思。

"乍（作）邑"既为"封邑"，那么，这里所言"作井"，其实乃"封井"之义。正如《周礼》所云，"凡造都鄙，制其地域而封、沟之"。"封""沟"，按郑注即为挖沟封疆、垒筑边界之谓。

由此不难理解，此所言"井"，不是水井之"井"，而是"井田"之"井"，否则"封井"之解就欠通了。"伯益作井"，封筑边界，指"井田"的开辟。

因而，古人所言"八家一井"，主要并非指"八家"合开、合用一口"水井"，而是"八家"合为一块井田。《周礼·考工记》所言，并非指伯益以人工开掘、建造水井的意思，而是指掘土以"沟洫"而标出疆界，以成一"井"，这便是笔者所理解的"作井"（封井）。此"八家"之"家"，为家庭之意且兼为土地面积单位。"八家一井"，是中国夏、商、周三代的一种土地制度，亦是一种生活居住模式。

井田制在周代比较盛行，至战国渐衰。《孟子》云："方里而井，井九百亩，其中为公田，八家皆私百亩，同养公田。"这揭示了井田制之一"井"的规模范围。即以"方"为"井"，一"井"包括位于四周的八家私田与位于中央的一份公田，凡九个面积单位，每一单位均为古一百亩，是孟子所谓"井九百亩"。

这一井田制度，八家私田围列于四周而公田居中，以文字表达，即古井字井。正如古文字"上""下"，甲骨文写作 ⌣（《前》七、三二、四）、⌒（《前》四、六、八）之造型的圆点、在表意上是对上、下方位加以强调那样，古井字（井）中间一圆点，亦是古人造"井"字之初对公田之所在的一种强调。后来，在渐趋瓦解的井田制中公田被取消，再无必要在"井"之字形上强调公田的位置，于是，其字形便由井转型为井。朱骏声《六十四卦经解》称，井田公田居中，私田在四周，所谓"百亩环之，沟洫隧路塍垺，视以为经界之准，而永无所改也。"那么，假如将这里所言井田四周的"沟洫""经界"在文字造型上表达出来，则"井"字实应写作田。

一个多么有趣的文字符号，它揭示出一"井""九分"之制。《周礼·地官·小司徒》说："九夫为井。"此说似与前述"八家一井"有别，其实这里所谓"夫"，原指一家之主即从事耕耘的男子，在井田制中又指土地面积单位。周制一家即一"夫"授田百亩，该土地面积便称为"夫"。《汉书·食货志上》云："六尺为步，步百为亩，亩百为夫。"此之谓。因此，古书上说"九夫为井"，是就八分私田、一分公田而言的；称"八家一井"，则公田（一夫）除外，是比较后起的井田制。

在中国井田文化的历史发展中，八家（私田，每家一夫）聚居耕作，共养其中央一"夫"（一分公田）。一旦耕耘所得有了剩余，便始交换，起之为商，这便是中国城市萌生的一种原始文化现象。清段玉裁《说文解字注》云："方里而井"，"因为市交易，故称市井。"此"方里"之"里"乃居住之意。"市井"两字在后世连用，说明"市"起始于"井"。这"井"非水井之"井"，而是井田之"井"自无疑问。无疑，井田制是中国城市发蒙的文化之摇篮。古人有云："公田之中，庐舍之间，居中作井。"指为井田之中掘一水井。由此学界一直有人误以为，中国"市井"文化源自水井边的商贾交易。

据前文，这里又涉及一个"里"字。段玉裁注："里，居也"，"若今云邑居也"。《尔雅·释宫》："里，邑也。"故里、邑相关。邑是什么？《说文》指出，"邑者，国也。"《公羊传》称，"邑者何？田多邑少称田，邑多田少称邑"。这说明了邑与田（井田）的原生关系以及自井田向城邑的转化。邑源自田。在井田中央一夫原为公田，自从在此有了商贾交易，公田便渐渐蜕演为市井。市井之发展，便是城邑的建构，同时是井田制的瓦解。

那么，此处所涉及的"国"又作何解？国，甲骨文为**叶**（《前》二五六）、**杏**（《外》八五），国，繁体为國，从口从或。或，域之本字。《说文》曰："或，邦也，从口从戈以守一，一，地也。"因此，国，"从口从或"，像持戈者守卫着一片四周围合的土地，这其实就是从井田发育而成的都城（邑）。徐中舒主编《甲骨文字典》说："孙海波（甲骨文字学家——引者注）谓口像城形，以戈守之，国之义也。古国皆训城，按孙说可从。"故前文所引《说文》"邑者，国也"，可谓的论。

可见，《周礼·考工记》所言"匠人营国，辨方正位"，并非如一些《周礼》注释者所说的什么"匠人治理国家"之类，如持此解自是不通，试问匠人何能治理国家？而是指匠人营造都邑。都，一种方城之设计，自应辨认方位（风水）。后世"国家"一词"国"与"家"连用，都与古代井田文化相沟连。这就是说，国（都邑）起源于井田，城市的起源就是国家的起源。国家之"家"，原为井田制之耕耘与居住单位。段玉裁注云，古时"二十五家为里"，此乃取自《周礼·遂人》所谓"五家为邻，五邻为里"之说，而《穀梁传》则说"古者三百步为里"，"三百步"者，指井田之中方三百步的那一区域。据古制"步百为夫"，方百步者为一夫之制，故此《穀梁传》所言一"里"仅为三夫（家），显与《周礼》所言"二十五家为里"之说相距甚大。

这就雄辩地说明，古代所谓"九夫为井"该平面格局是恒值，即一块井田必包括九个"一夫"，然而邑（里）的范围大小却是变迁的。在笔者看来，这便是《周易》井卦卦辞关于"改邑不改井"的深层文化学和历史学之意义。笔者见到诸多古今译注《周易》的著作，都将井卦的所谓"改邑不改井"解读为"都邑可以搬迁而水井不能搬迁"之类，大谬矣。

中国古代都城起源于井卦文化当无疑义，或者说，都城就是一块四周围以城垣而扩大了的井田，井田是邑、国的文化母体。邑（城）即原始之"国"。"国"之本义与"乡"相对应，关于这一点，只要看一看后世所成"水乡泽国"这一成语就清楚了。因为中国古代都城源于井田文化，所以典型的中国古代都城，比如汉、唐之长安、明、清之北京城的平面布局，大凡是规整的棋盘形，这一点早在《周礼·考工记》中有了严格规定。尽管在具体营事活动中未必处处按古则行事，然而，大凡典型城制，都具有"井田"这一文化"潜结构"。在此，原先井田四周的"沟洫"演变为护城河，田野阡陌发育为城邑的纵横道路，原先的"中央一夫"成为后世王城、宫城的滥觞（作为变则，实际王城、宫城的位置可在全城平面的中部偏北）。而且，古人心目中最理想、最典型的城邑平面，总被规划、建造为九个区域，这就是《周礼·匠人》所谓"九分其国，以为九分，九卿治之"。其文化原型，是"九夫为井"。

都邑如此，居舍、陵墓、宫殿群体组合的所谓"风水"地理方位的平面规定亦是如此，不过有时在实际操作中稍作变化而已。比如典型的中国民居北京明、清时代四合院的平面布局，分为九个功能区域。此即空间尺度最巨的主房居中，居中的同时包括主房前的一个中庭（庭院、天井），东、西设两厢，南为倒座，北为后房，而东南隅设四合院大门，西南、西北、东北之隅均设辅助性用房。当然，这九个居住、活动区域的面积、空间尺度不都是相等的。又如陵墓地理"风水"平面布局，亦以东南西北（四正），东南、西南、西北、东北（四维）加以一个中域为理想的总体构想。此即北为主山（玄武），南为案山、朝山（朱雀），东为青龙山，西为白虎山，东南为水口（陵区出入口），西北为"龙脉"之起始，而东北、西南两隅亦有山脉、水系环围。这八大方位的山水，构成一个如封似闭的自然地理环境，而陵体居于中央或中央偏北，位于背阴朝阳、坐北面南的"龙穴"之上。古人云，这便是好"风水"。凡此，依然是一个"九夫为井"的文化模式。

值得注意的是，这根深蒂固的井田文化意识，根本的一点是表现在中国古人的宇宙观念之上。据《尚书·禹贡》所记，相传大禹治水分天下为九州，属神话传说。《禹贡》为战国时人所撰，"禹贡九州"传说与战国时阴阳家邹衍所谓九州之说相符。据《史记》，"儒者所谓中国者，于天下乃八十一分居其一耳。中国名曰赤县神州。赤县神州自有九州，禹之序九州是也，不得为州数。中国外如赤县神州者八，乃所谓九州也。"顾颉刚《秦汉统一的由来和战国人对于世界的想像》（见《古史辨》第二册）一文有"邹衍大九州图"。其文化观念，认为宇宙、天下是由九个"大九州"所构成的，每一"大九州"又分为九个"小九州"。故中国作为九个"小九州"之一，是整个宇宙、天下"八十一分居其一分"，中国自身又别称"九州"。这无异于说，整个宇宙、天下是一块"九夫为井"的大型"井田"，称为"大九州"；"大九州"之一又是"九夫为井"的次大型"井田"；每一个"小九州"（包括中国）又是"九夫为井"的小型"井田"。中国古人认为，中国这块"井田"恰居天下之"中"，这种宇宙观念即"井田"观念一直贯穿于中国都城、民居、宫殿与陵寝建筑空间方位布置之中，实在可以说是一个文化原型。

"井田"这一宇宙空间模式具有美丽的文化精神，被古人高度概括在先秦文化古籍《周易》的八卦九宫方位之说中。这便是按《易经》有关思想、由宋人所设制的伏羲（先天）八卦方位图与文王八卦方位图（后天）。前者为乾南、坤北、离东、坎西、震东北、兑东南、巽西南、艮西北及中宫。后者为离南、坎北、震东、兑西、艮东北、巽东南、坤西南、乾西北及中宫。这一八卦九宫方位，用古文字表达，便是由井卦所涉及、文化意蕴醇厚的井字，它是中华古人发轫很早的井卦文化在"易"中的表现。

本文发表于中国台湾《中华易学》第十七卷第九期

上博馆藏楚竹书《周易》初析

楚竹书《周易》的发现，是中国当代易学史的重要一页。该书最近已由上海古籍出版社出版，收录于马承源主编《上海博物馆藏战国楚竹书（三）》[①]。

初读楚竹书《周易》，为其独特的文本面貌与人文意义所深深感动。与今本（通行本）《周易》、阜阳简本《周易》和帛书本《周易》等比较，楚竹书《周易》无疑具有重要的文献价值与深邃的人文意蕴。

一、从"数字卦"看楚竹书《周易》的卦符

本书并非《周易》六十四卦完本，仅为三十四卦，尚缺失三十卦，抄写在五十八枚简上。而且，在这三十四卦中，具有卦符、卦名、卦辞与爻辞之完整内容的，仅讼、帀（师）、比、余（豫）、陵（随）、大坓（大畜）、颐、豚（遁）、敂（姤）、汬（井）凡十卦。其余二十四卦内容有缺残。有的卦例，如复卦，仅剩其六五爻辞"（注：此处仅存半个残字，无法识读）遑，亡悬（注：悔）"与"上六：迷"等极少文辞内容，残失严重。这种缺卦现象，文本体例上无规律可寻，估计不是楚竹书《周易》入土随葬时的本来面目，而可能是因发掘、盗墓、收藏或不明原因的散佚所造成的。

虽然如此，楚竹书《周易》的重要文献价值仍不容低估。作为"国之重宝"，楚竹书《周易》的本经内容，鲜明地体现了《周易》的古貌。

---

① 马承源：《上海博物馆藏战国楚竹书》（三），上海古籍出版社，2003。

据竹简图版，楚竹书《周易》每卦前有卦符。楚竹书《周易》的卦符，不是如今本《周易》一般由阴爻、阳爻所构成的卦符，而是属于“数字卦”系统，与安徽阜阳简本《周易》、长沙马王堆帛书本《周易》相类同。“数字卦”说认为，在阴爻、阳爻诞生之前，易符是以“数字”来表示的，即以特殊符号表示筮数，一为一，＝为二，≡为三，≣为四，⧖（⋈）为五，∧为六，＋为七，八为八，九为九，以此构成卦符。湖北孝感（古称安州）曾于公元1118年出土两个“数字卦”，1950年春，安阳殷墟四盘磨村西区，发掘“数字卦”三例。著名学者张政烺发现，这些“数字卦”都没有出现筮数＝、≡、≣，这是因为“数字卦”直书的缘故。因直书，这三个筮数写在一起不易分辨究竟是哪几个筮数，但不等于这三个筮数不参与构卦与占筮。张政烺曾统计三十二个“数字卦”，筮数出现次数最多的是一与六，一为36次，六为64次，分别为奇、偶筮数之最，而筮数二、三、四从不出现。这种现象证明，凡用筮数三时，将三并入一；凡用二、四时，又将二、四并入六，“所以一和六的数量就多起来了。”张政烺《易辨》一文的结论是：“殷周易卦中一的内涵有三，六的内涵有二、四，已经带有符号的性质，表明一种抽象的概念，可以看作阴阳爻的萌芽了。”①

《汉书·律历志》：“自伏羲画八卦，由数起。”《左传·僖公十五年》：“筮，数也。”《易传》：“极其数，遂定天下之象。”“数字卦”说印证了《易传》的“象数”说，说明在阴、阳爻成卦之前，易筮有一个以特殊符号表示筮符的历史时期。

比较而言，楚竹书《周易》的卦符，显然是由原始“数字卦”发展、进化而来的，而与其原始面貌已有不同。原始“数字卦”采用一、六两数最多，二、三、四未见，同时亦采用五、七、八、九。而楚竹书《周易》的所有卦符，都仅以一与八两个筮数构成，余皆不用。这无疑比张政烺等所识读的原始“数字卦”的表述方式进一步简化了。

问题在于，我们要考察的是，楚竹书《周易》的这种卦符现象究竟处于怎样的历史、人文水平上。关于这一点，倘再以楚竹书《周易》与其他一些出土

① 张政烺：《易辨》，载《中国哲学》第十四辑，人民出版社，1988。

易简相比，可以看得更清楚些。

第一，正如前述，原始"数字卦"的构卦与占筮，以一、六出现次数最频，同时兼用五、七、八、九共六个筮数，为阴阳爻萌生之始。

第二，据考古，如1978年湖北江陵天星观出土战国楚墓竹简之卦符所用筮数为一、六、八、九凡四个，显然比原始"数字卦"有了进一步的简化。

第三，据考古，如安徽阜阳简本《周易》的筮符，仅以━（一）、ᐱ（六）两个筮数构建卦符，这是基于原始"数字卦"之一、六出现最多意义上认识的一次飞跃，即纯以一、六这两个奇、偶之数为代表，体现阴、阳爻之对立、互应与消息的人文意识。

第四，据考古，长沙马王堆帛书本《周易》的卦符，又纯以一与八两数来表达，而楚竹书《周易》正与此同。由此可推见，楚竹书与帛书本《周易》因卦符所用筮数符号之相同，在历史、人文水平上同属一类。由于阜阳简纯以一与六表述而更接近于原始"数字卦"一与六出现最多这种情况，我们有理由相信，阜阳简的卦符较帛书本、楚竹书可能更为古老。

第五，与阜阳简相比，楚竹书《周易》纯以一、八两数构卦，以八代六，这体现了东方殷氏族"数以八为纪"、崇拜数字八的人文理念。相传八卦由伏羲氏创构，伏羲是东方人，东方氏族尚"八"。今本《周易》称阳爻为"九"、阴爻为"六"，这是将"九"代替原始"数字卦"表示阳爻的"一"，体现西方周人崇拜数字"九"、"数以九为纪"的人文特点。西方周氏族又摒弃殷族以"八"表示阴爻、重新恢复"六"表示阴爻的人文传统。

可见，仅从楚竹书《周易》的卦符专重筮数一、八分析，其文化原型可能属于殷易系统，这与帛书本相类。马承源先生曾断言，楚竹书《周易》"应该说是迄今为止所有《易经》版本中最古老的、最原始的一种。"①这一见解有待于讨论。

二、楚竹书《周易》为何有"经"无"传"

如以今本体例去衡量，楚竹书《周易》有"经"无"传"，是与今本不同

---

① 上海大学古代文明研究中心，清华大学思想文化研究所：《马承源先生谈上博简》，原载《上海馆藏战国楚竹书研究》，上海书店出版社，2002，第7页。

的。今本《周易》经、传双兼。其两部分合编为一书，始于东汉郑玄，但《易传》（"十翼"）独立成篇，没有分拆且安排在"本经"之后。魏王弼始将《彖》上下、大小《象》相应辞文，分拆且附于六十四卦每卦相应的卦爻辞之后，又将《文言》相应辞文附于乾、坤两卦卦爻辞之后。《易传》其余部分即《系辞》《说卦》《序卦》与《杂卦》，仍安排在"本经"之后，这便是沿用至今的今本《周易》的体例。帛书本《周易》的《易传》计五种七篇，包括《系辞》（原无标题）两篇，《二三子问》（原无标题）两篇，《要》《缪和》与《昭力》各一篇，抄写于"本经"之后，也是一个经、传双兼的体例，内容有别而体例有类于今本之原始即东汉郑玄本。

楚竹书《周易》的这种文本现象说明，要么有关解读本经的"传"在当时并未写出；要么当时虽已有"传"，但筑墓者未将"传"文与"本经"一起随葬，体现了墓主生前的意愿。这意愿出于对"本经"的尊重，说明当时人们未将经、传同等看待；要么虽已有"传"，但经、传在楚地是分别流行的。楚竹书《周易》可能是流传于楚地的别一传本。

这一问题，关系到《易传》的撰成年代。

学界一般以为，今本《周易》之《易传》的写作年代，大致不出于战国中后期。其理由是，比如《彖》有"地势坤，君子以厚德载物"之言，被《象》概括为"坤厚载物，德合无疆"句，可证《象》在《彖》前。也有学者以为《彖》在《象》前，因为《彖》仅解说六十四卦卦辞，而《象》同时解说六十四卦卦辞与三百八十四条爻辞及乾、坤两卦"用九""用六"两条辞文，内容整体上比《彖》详尽，且今本《周易》在《易传》内容编排上，总是《彖》前《象》后。又，《荀子·大略》云："《易》之'咸'，见夫妇。夫妇之道，不可不正也。君臣父子之本也。咸，感也。"这显然是对《彖》"咸，感也"的解读与发挥，证明《彖》的成篇，必定在战国末期的荀子之前。《系辞》又云："天尊地卑，乾坤定矣。"《庄子·天运》则解读为："夫尊卑先后，天地之行也，故圣人取象也。"《文言》说："同声相应，同气相求"。《庄子·渔父》解读为："同类相从，同声相应，固天之理也。"考虑到庄周（约前369至前286）时代大致在战国中期偏后这一点，而《庄子·天运》与《庄子·渔父》，分别为庄子后学而非庄子本人所撰，属《庄子》一书之外、杂篇，因而其成篇，应在战国后期。由此可见,《系辞》和《文言》之撰成,可能在庄子时代即战国中期偏后,甚或战国后期。其余《说卦》《序卦》与《杂卦》诸篇,也有资料可证其撰成不晚于战国末年,为约简篇幅,此恕勿赘。

楚竹书《周易》无《易传》,这似乎使得考定其成书年代失去了一个依据。好在,据2002年中国科学院上海原子核研究所以高度灵敏的小型回旋加速器测谱仪测定,楚竹书之竹简年代,距今约2257±65年,据此可推其上限为2322年,下限为2192年,以2322-2002=320;2192-2002=190,即大约在公元前320年至公元前190年之际,可推算其上限稍早于荀子(约公元前313至前238)、韩非子(约公元前280至前233)而晚于庄子;其下限,却在秦之后的西汉初年。但这下限年代,当是保守的估计。又据有关资料,上博馆藏楚竹书中有两篇赋的残简[1],应是中国文学史最早的赋体文学屈原赋与荀子赋的同期之作。假如此说成立,综合如上考释,那么,楚竹书《周易》的入葬年代,大约与屈子(约公元前340至前278)、荀子同时或稍后。马承源先生说:"我们现在推测,上博简是楚国迁陈郢以前贵族墓中的随葬物。"(同前)这一见解是可信的。公元前278年,楚国为秦所败,郢都失守而迁都于陈(今河南淮阳),屈原极度伤时忧国,遂投汨罗自尽。

可见,楚竹书《周易》的抄写与随葬年代,可能在屈、荀生年或稍后。倘以前述加速器测谱仪测定数据,暂且舍去上限与下限,即2257-2002=255,可推定其年代在公元前255年前后。这一历史时期,《易传》的某些篇章业已写成并流传,有些或在酝酿、撰写之中,楚竹书《周易》的抄写者当不可能不知世上有《易传》。故笔者认为,楚竹书有"经"无"传",大约正是墓主尊"经"贬"传"的缘故。中华古人牢固树立"经典"的思想观念,自当在西汉武帝时设立五经博士制度之后,而这不等于说在此之前没有尊经的人文意识传统。《庄子·天运》云:"孔子谓老聃曰:'丘治《诗》《书》《礼》《乐》《易》《春秋》六经。'"又说:"夫六经,先王之陈迹也。"这可能是"六经"一词最早的出典,说明战国后期已有"经"与尊"经"的思想观念。因为"尊经",便不将《周易》"传"的内容抄写于同一本子,不放在一起随葬,是可以理解的。其实,自

① 张政烺:《易辨》,载《中国哲学》第十四辑,人民出版社,1988。

《易传》写成到东汉郑玄（127—200）将《易传》有关篇章附于本经之后以前，经、传都是分开、分别流行于世的，楚竹书《周易》有"经"无"传"，正证明了此本《周易》的历史古貌。

三、首符、尾符意义解析

楚竹书《周易》有所谓"首符"（位置在每卦卦名之下）、"尾符"（位置在每卦辞文之末），为楚竹书《周易》所特有的符号，一共六种。它们是□（红方形）、▣（红方形含黑马鞍形）、◪（红马鞍含黑方形）、〔（黑马鞍形）、▣（黑马鞍形含红方形）、■（黑方形）。

这里，先将楚竹书《周易》凡三十四卦首符、尾符情况依次具列如下：

尨（蒙），由于简残而首符、尾符未见。

孞（需），首符、尾符均为红方形。

讼（讼），首符、尾符均为红方形。

帀（师），首符为红方形，尾符无法判断（濮茅左认为首符、尾符均为红方形）。

比（比），首符、尾符均为红方形。

大又（大有），首符残失，尾符为黑方形。

塦（谦），首符、尾符均为黑方形。

余（豫），首符、尾符均为黑方形。

陵（随），首符、尾符均为黑方形。

蛊（蛊），首符为黑方形，尾符残失（濮茅左认为尾符为黑方形）。

遪（复），首符、尾符残失。

亡忘（无妄），首符未见，尾符为黑方形。

大坙（大畜），首符黑方形，尾符黑马鞍形。

颐（颐），首符为红马鞍形含黑方形，尾符为黑方形。

钦（咸），首符为黑马鞍形，尾符为黑马鞍形含红方形。

丞（恒），首符、尾符均为黑马鞍形含红方形。

豚（遁），首符、尾符均为黑马鞍形含红方形。

樵（暌），首符、尾符均为黑马鞍形含红方形。

訐（蹇），首符、尾符均为红马鞍形含黑方形。

繲（解），首符、尾符均为红马鞍形含黑方形。

夬（夬），首符残失，尾符为红马鞍形含黑方形。

敂（姤），首符、尾符为红马鞍形含黑方形。

啐（萃），首符、尾符均为红马鞍形含黑方形。

困（困），首符残失，尾符为红马鞍形含黑方形。

汬（井），首符、尾符均为红马鞍形含黑方形。

革（革），首符为黑马鞍形含红方形，尾符残失（濮茅左认为尾符实为黑马鞍形含红方形）。

艮（艮），首符为黑马鞍形含红方形，尾符为黑马鞍形（濮茅左认为尾符实为黑马鞍形含红方形）。

渐（渐），首符、尾符均为黑马鞍形含红方形。

豐（丰），首符残失，尾符为黑马鞍形含红方形。

遴（旅），首符为黑马鞍形，尾符残失。

舜（涣），首符、尾符均为红方形含黑马鞍形。

小迲（小过），首符残失，尾符为黑马鞍形含红方形（濮茅左认为首符实与尾符同）。

既淒（既济），首符残失，尾符为红方形含黑马鞍形。

未淒（未济），首符、尾符残失。

考上述凡三十四卦首符、尾符情况，如下三点似可注意。

其一，楚竹书《周易》之每一卦，均有首符、尾符两个特殊符号，并且位置固定：首符，位置在每卦卦名之下；尾符，位置在每卦爻辞之末。有的卦，如龙（蒙）、遉（复）与未淒（未济），未检索到首符、尾符，并非说明这些卦本无首符、尾符，而是竹简严重残损之故。这证明，对于楚竹书《周易》而言，位置固定的每卦之首符、尾符，不是可有可无的，而是意义重大的。

其二，关于每卦首符、尾符的意义，楚竹书《周易》考释、整理者濮茅左先生认为，所有三十四卦首符、尾符的符性，有两种情况：要么同卦首符、尾符之符性相同，比如同为黑方形、或同为红方形等，且三十四卦中每卦符性相同者居多，说明"同卦同类符号是其常"；要么同卦首符、尾符之符性相异，比如首符为红马鞍形含黑方形，尾符为黑方形，等等。濮茅左发现，大凡"对立成组"（引者注：即所谓错卦、综卦）的易卦，"都分别具有同类符号"，认为，"毫无疑问，这是楚竹书《周易》符号的一个重要原则，对立与统一。"[①]

这一见解，是否站得住，且让我们稍作分析。

濮茅左所谓"对立成组"的易卦"都分别具有同类符号"这一说法，基本符合楚竹书《周易》实际。比如孵（需）（䷄）与讼（讼）（䷅），"对立成组"，其首符、尾符，为红方形，其余如壂（谦）与氽（豫）、敂（姤）与啐（萃）等，亦然，其首符、尾符的符性，各自相同。

但是，有些卦，比如帀（师）与比（比）两卦，虽然"对立成组"，但帀（师）卦首符为红方形，尾符未见于《周易·图版》。濮茅左先生为证明其所谓"对立成组"而必具"同类符号"、体现"对立与统一"之"重要原则"这一见解，忽视师卦竹简之实际情况，将师卦之尾符也说成是红方形的。类似例证在濮氏的"考释"中，还有如蛊（蛊）之尾符本是残失无法判定，却被说成与其首符相同，均为黑方形。又如革卦、艮卦、小过卦，亦然。（见《周易·图版》第30、59、61、68页）由此可见，这种关于"对立成组"之易卦因各自首符尾符必相同而得出的所谓体现"对立与统一"的结论，可以作进一步的讨论。多年以来，我国易学界似乎有一个倾向值得注意，就是总有一些学者自觉不自觉地将《周易》及其思想成就现代化、夸大化，把那些本不是《周易》的东西说成是《周易》的，这里所谓"对立统一"之如此成熟的辩证法思想，是否为楚竹书《周易》所本具，值得商榷。

其三，考楚竹书《周易》首符、尾符凡六种符号中有一符号为匚（黑马鞍形），这一符号在整部楚竹书《周易》中共出现过四次，它们是大壂（大畜）尾符、钦（咸）首符、艮（艮）尾符与遬（旅）首符。（第35、38、61、65页）楚竹书《周易·附录二：关于符号的说明》却说："在发现的楚竹书《周易》中，符号'匚'只出现两次。"这不符合图版实际。濮茅左并且说，"匚符号的前后反映出一个现象，即匚符号前为楚竹书《周易》之上部分，匚符号之后为《周易》下部分，匚符号可能是楚竹书《周易》上、下部分的分界符号。"（第

① 马承源：《上海博物馆藏战国楚竹书》（三），上海古籍出版社，2003，第255页。

258页)①这一结论可能有些匆忙。首先，正如前述，匚符号在楚竹书《周易》（见图版，共31卦）中实际共出现四次而不是"两次"。这可证明，该符号不是"楚竹书《周易》上、下部分的分界符号"；其次，所谓楚竹书《周易》是否有"上、下部分"的问题，是楚竹书《周易》整理、考释者的一个预设。这个预设是，因为通行本《周易》有上、下经，所以楚竹书《周易》有"上、下部分"，且似在认为"上、下部分"是上、下经的前期文本现象，并认为这"上、下部分"的"分界线"在大壾卦与钦卦之际。原因是"《大壾》尾符的匚，表明上部分结束，这一部分可称之为'匚（音方）上'。《钦》首符的匚，表明下部分由《钦》开始，这一部分可称之为'匚下'。"（同前）因为见到大壾尾符为匚、钦首符亦为匚，就说楚竹书《周易》有"上、下部分"、并且这"上、下部分"的"分界线"在大壾与钦之际，似缺乏说服力。因为据通行本上、下经体例，在大畜（大壾）与咸（钦）卦之际，还有颐、大过、坎、离四卦，在楚竹书《周易》的大壾与钦之际，实际还有一个颐卦。因而没有理由因为颐与大过、坎与离四卦为前后两对错综卦而"被移往他处"。（同前，第258页）更不能为要证明大壾、钦卦是楚竹书《周易》的"上、下部分"的"分界线"，而无视在大壾钦卦之际还有一个颐卦的存在。据楚竹书《周易》图版、颐卦首符为红马鞍形含黑方形，不与大壾尾符相同；颐卦尾符为黑方形，也不与钦卦首符相同，在楚竹书《周易》的大壾、颐与钦之际，并不存在"同类符号"即匚与匚的直接对应。这说明，在楚竹书《周易》大壾、钦卦之际并未构成匚上、匚下即"上、下部分"关系，也便是说，大壾是否是楚竹书《周易》上部分的最后一卦，钦是否是楚竹书《周易》下部分的第一卦，值得作进一步的研究。

本文发表于《周易研究》2005年第1期

---

① 按：《周易·图版》仅录31卦，尚缺夬卦、困卦与丰卦。且遯（旅）卦首符，濮茅左判为黑马鞍形含红方形。马承源：《上海博物馆藏战国楚竹书（三）》，上海古籍出版社，2003。

甲骨文字原始人文意识考释

如果说史前"陶符"①仅是一种"准文字"的话，那么，作为中华古老文化与文明的辉煌标志之一、盛于殷代的甲骨文字，则已是比较成熟的汉文字了。它携带源自上古中华先民大量悠远的文化心理记忆，其中不乏深邃而幽微的原始人文意识，深刻影响中华哲学、美学与文字学等文化观念的历史性建构，值得深入研究。本文试就这一以往也许少有学人问津的学术课题，择数个甲骨文字略作考释，向学界提供一个初步的意见，以祈批评。

一、井："九分"天下

卜辞有井字，写作：

井（董作宾《小屯·殷虚文字甲编》三〇八）

井（郭沫若《殷契粹编》一一六三）

---

① 按：据考古，目前所发掘的有关中国古文字比较确切、可靠的资料，是甘肃秦安大地湾一期文化遗存红陶钵形器内壁之彩绘刻划符号。这类符号共十余个，考古学家称其为"陶符"或"陶文"，发掘于1978年至1982年。据碳十四测定，距今约7350—7800年之间。这种迄今所发现的最原始的刻划符号，比如其中有一个符号"↑"，有类于后代汉字的造型，可称其为"准文字"。李学勤先生指出，河南裴李岗新石器文化遗存所出土的一片甲骨契有一个似"目"造型的"字"，其年代距今约8000年，"当更早于大地湾"（见祝敏申《说文解字与中国文字》，第107页，复旦大学出版社，1998年版）。在年代上，比裴李岗与大地湾更早的，是山西朔县峙峪文化遗址出土的骨片刻划，属旧石器时代晚期。考古学家迄今尚难以断定，这是否是先民人为有意识的符号刻划。

东汉许慎《说文》所录井字篆体为丼[①]，清朱骏声《六十四卦经解》有"井，本作丼"之说，可见丼是井的本字。朱骏声说，"古者八家一井"。这一见解，同样源自《说文》"八家一井"[②]说。

值得注意的是，许慎与朱骏声所言古丼字造型中间那一圆点原指什么？由丼变为井，丼该圆点的消失又说明了什么？而《说文》所言"八家一井"，到底指古代"八个家庭共掘、合用一口水井"，还是别有深意？

中国古代曾有井田土地制度。井田制盛于殷周，而早在夏禹时代已成雏形[③]。《世本·作篇》云："伯益作井。"伯益，传说为夏禹时东夷部族首领，其"初作井"。问题是，这井，指水井还是井田？

卜辞有"乍"（作之本字），主要写法有：

（郭沫若：《殷契粹编》六六三）

（郭沫若：《殷契粹编》五九七）

（罗振玉：《殷虚书契前编》六、五六一）

（方法敛《库方二氏藏甲骨卜辞》七〇八）

郭沫若《卜辞通纂》三七四、三七七与《甲骨文字研究·释封》认为，卜辞所谓"乍邑"，是"封邑"的意思，乍（作）者，封也。为什么呢？彭邦炯《卜辞"作邑"蠡测》一文指出，郭沫若"曾认为乍上带'十、廾、卅、卌'的为封字的异文；并将卜辞中的这种上带'十、廾'等的'作邑'尽释成'封邑'"[④]。罗振玉《殷虚书契后编》下一六、一七"王封邑，帝若（诺）"的"封邑"，其意为"筑城"，即以营造手段，将一个区域四周围合起来。由此笔者以为，《世本》所谓"伯益作井"的"作"（乍），也是封字异文。所谓"作井"，并非指掘地营造水井，而是封井即封疆为一块井田。

《说文》释"井"时，作如是解说："象构韩（引者注：共栏）形……古者伯益初作井，凡井之属皆从井。"[⑤]无疑，这是将井田之井，释为水井之井了，

① 许慎：《说文解字》，中华书局影印本，1963，第106页。
② 同上。
③ 金景芳：《中国奴隶社会史》，上海人民出版社，1983，第45—46页。
④ 胡厚宣等：《甲骨探史录》，生活·读书·新知三联书店，1982，第265页。
⑤ 许慎：《说文解字》，中华书局影印本，1963，第106页。

许子有误。所谓"八家一井",并非"八个家庭共掘、合用一口水井",而是八家合为一块井田。如何见得呢?

《周礼》记述中国古代有两种井田制。一为《遂人》所谓"十进制"井田;一为《小司徒》"九夫为井"井田。其形制,不管何种井田,都须在一定区域四周挖掘沟洫之类,标出疆界,以成一井,这便是所谓"封井"(作井)。其中"九夫为井"的格局与规模,正如古人所言:"方里而井。井九百亩,其中为公田。八家皆私百亩,同养公田。"①井田平面为方形,一井包括位于井田四周区域的八家"私田"与位于中央的一份公田,全井共九个面积单位,每一单位为古制一百亩,是谓"井九百亩"。

显然,这是一种"公私合营"式的井田制。它的文字造型表达,即古井字丼。丼字中间一圆点,是古人造字之初对井田中央那一份公田的强调。后来,这井田制渐趋于瓦解,公田被取消,再无必要在字形上强调公田的位置,于是,其字形便由丼嬗变为井。

这井字,朱骏声《六十四卦经解》称其"而百亩环之,沟洫隧路塍埒,视为经界之准,而永无所改也"。如果将这井田四周的"沟洫""经界"在文字造型上表达出来,那么这一井字,实应写田。

卜辞有"田"字,写法多种,主要为:田、田、𤱶、田,②这最后一种写法与笔者所言井字的实际写法重叠,说明在井田制中,田是土地的平面划分与组织模式,这模式通常是由九个面积单位所构成的井字形。田是一个富于原始人文意蕴深度的文字符号。它揭示出一井"九分"之制,即"九夫为井"。公田除外,便是"八家一井"。

原始井田制大约曾经历过八家(夫)聚居、耕耘与共养公田的时代。公田的消失与耕耘所得有了剩余,便始交换,起为商贸,便是市井的起源。清段玉裁说,"方里而井","因为市交易,故称市井"③。"市井"两字后世连用,说明

---

① 《孟子·滕文公上》,焦循:《孟子正义》,《诸子集成》第一册,上海书店,1986。

② 按:依次分别见于郭沫若主编等:《甲骨文合集》一、二四四五七,二八四四六;三三二〇九;三三二一二(中华书局1978—1982)、中国社会科学院考古研究所《小屯南地甲骨》一〇二,中华书局,1982。

③ 许慎撰、段玉裁注:《说文解字注》,上海古籍出版社,1981,第216页。

"市"起于井田而非水井边。井田制是商贸、市井即城市文化发蒙的摇篮。

这里涉及一个"里"字。段注:"里,居也","若今云邑居矣"①。《说文》称:"邑者,国也。"而邑又与田相构连,《公羊传》说:"邑者何?田多邑少称田,邑多田少称邑。"这说明邑与井田的原生关系以及自井田向邑(都城)的转递。

这里又涉及一"国"字。国,繁体为國,从囗从或。或,域之本字。国指四周所围合的一个区域。甲骨文字"国"写作𢦏、𢧌②,像持戈者守卫一个四周围合的区域。这其实就是从原始井田发育而成的都邑,都邑即国。因而,《周礼·考工记》所谓"匠人营国"一语中的"营国",就决非如某些《周礼》注释者所指什么匠人"管理国家"之类:匠人只管营造都邑,何能管理国家?

后世"国家"一词中的"家"即前引"八家一井"的"家",原指井田制"夫"。夫是井田"家"中从事耕耘的男子,兼指土地面积单位,这同样显示出都邑(国)在人文意识的原型与"井"的沟连。据段注:古时"二十五家为里"③,这取自《周礼·隧人》所谓"五家为邻,五邻为里"之说。但《穀梁传》则称"古者三百步为里"。据古制,"步百为亩"④,即方百步者为一亩,因此,《穀梁传》所说一"里",仅三亩,与《周礼·遂人》所说相距实在太大。

这有力地证明,中国古代所谓"九夫为井"作为井田的一种平面格局,是固定难变的文化模式,而自井田发育而来的里、邑的实际范围大小,是变异的。在笔者看来,这便是《周易》井卦卦辞所谓"改邑不改井"的隐秘而深层的一种文化意义。笔者曾见诸多译注《周易》的著作,都把"改邑不改井"误读为"都邑可搬迁而水井不能搬迁"⑤之类,欠妥。

---

① 许慎撰、段玉裁注:《说文解字注》,上海古籍出版社,1981,第694页。

② 罗振玉:《殷虚书契前编》二、五、六;董作宾:《殷虚文字外编》八五。

③ 许慎撰、段玉裁注:《说文解字注》,上海古籍出版社,1981,第694页。

④ 按:《汉书·食货志上》:"古制六尺为步,步百为亩,亩百为夫。"

⑤ 按:陈鼓应、赵建伟:《周易注释与研究》(中国台北商务印书馆,1999):"城镇的居民有时会迁徙而水井却不会因之改移。"黄寿祺、张善文:《周易译注》(上海古籍出版社,1989):"城邑村庄可以改移而水井不可迁徙。"南怀瑾、徐芹庭《白话易经》(岳麓书社,1998):"井养万物,所以人们虽然改换了地方,也不会改变井水而不饮的。"宋祚胤:《周易译注与考辨》(湖南人民出版社,1987):"即使城邑改变了,水井也不会改变,"黄玉顺:《易经古歌考释》(巴蜀书社,1995):"改造了旧城却没有改造水井。"

　　都邑起自井田自无疑问，都邑就是一块四周围以城垣的扩大了的井田。难怪古人心目中理想而典型的都邑平面，总被规划、建造为井字形的九个区域或是其变则。这便是《周礼·匠人》所谓："九分其国，以为九分，九卿治之。"其基本文化原型，是"九夫为井"。

　　不仅都邑如此，居舍与陵墓的地理方位布局，也是这一文化模式的基本呈现或略作变通。典型的北京明清四合院平面布局，是主房与庭院居中，南为倒座，北为后房，东有东厢，西设西厢，而东南隅安排四合院大门，西南、西北与东北隅建辅助用房。这种宫室与居住秩序，显然是一井字形"九分"格局。陵墓地理布局，也以东南西北（四正）、东南西南西北东北（四隅）加上一个中域为理想的总体构型，即东青龙、西白虎、南朱雀（朝山、案山）、北玄武（主山）以及东南为水口（出入口）、西北为"龙脉"之起始，东北、西南两隅也以山水环围。八大方位的山水布局，构成一个如封似闭的自然、人居环境。而陵体必建造于中央或偏北，位于背山朝阳、坐北面南的所谓"龙穴"（中穴）之上，这，依然是一个"九夫为井"的文化模式。

　　值得强调的是，这在中国文化中反复呈现、根深蒂固的井田文化意识，实际是一种井字形"九分"天下意识。中华先民热衷于以"九"这一《周易》所崇尚的老阳之数来规范天下秩序，寄托顽强的人文理想。据《尚书·禹贡》所记，相传大禹治水分天下为九州，为"禹贡九州"，恰与前述《世本·作篇》"伯益作井"说相契。《禹贡》实为战国时人所撰，其思想，与战国阴阳家邹衍所持"九州"之说相符。西汉桓宽指出，邹衍"所谓中国者，天下八十一分之一，名曰赤县神州而分为九。川谷阻绝，陵陆不通，乃为一州，有大瀛海环其外，此所谓八纮而天下际焉[1]"。邹衍将天下分为九个大型九州，每一大型九州又分为九个小型九州，中国为小型九州之一。顾颉刚《秦汉统一的由来和战国人对于世界的想象》[2]文录有"邹衍大九州图"。《吕氏春秋·有始》与《淮南子·天文训》有"九野"之说，即中央（钧天）、东方（苍天）、西方（颢天，亦作昊天）、南方（炎天）、北方（玄天）、东南（阳天）、西南（朱天）、东北

---

① 桓宽：《盐铁论·原邹》，上海古籍出版社，1990。

② 顾颉刚编著：《古史辨》第二册，上海古籍出版社，1981。

（变天）、西北（幽天）。《广雅·释天》称：东方（皞天）、西方（成天）、南方（赤天），余同。凡此所想象的"九分"天下之制，显然不是现实世界的真实面貌。然而具有中国人自古崇尚条理与原始理性之美丽的人文精神。考其意识之源，积淀于先秦典籍《周易》所谓八卦、九宫方位之中。此即伏羲八卦方位：乾南、坤北、离东、坎西、兑东南、巽西南、震东北、艮西北与中宫；或文王八卦方位：离南、坎北、震东、兑西、巽东南、坤西南、艮东北、乾西北与中宫，构成中华自古人文意识自居室、城邑到天下、自小至大之同构的生存与想象空间。以文字表达，便是这一人文意识葱郁的甲骨文字：井。

二、大：人之原始、本体

在先秦古籍中，"大"字屡见，《老子》有"大道""大伪""大象无形""大方无隅""大巧若拙""大智若愚"与"大音希声"之说，《易传》"大哉乾元""保合大和""天地之大德曰生""易有大极"（亦称"易有太极"）以及《礼记》"是故夫礼，必本乎大一"等等，都关涉这一文化活力四射的"大"字。

大之本义，《辞源》归纳为六：（一）与小相对；（二）性质重要；（三）夸张；（四）年长；（五）事物过半；（六）敬祠[1]。《辞源》并未将"大"的本义释出。

考"大"之本义，属"人"。转义有原本、原始与原朴之义。读tài，大是太的本字。

从字源分析，大，实际指人。许慎《说文》云，"大，像人形"[2]。持论公允。甲骨文"大"字多见。如"贞作大邑于唐土"，其字形为 夨[3]。字义指范围广大，与小相对，并非本义。另一卜辞"贞其有大水"[4]亦然。而卜辞"辛丑卜乙巳岁于大庚"，其字形为 夨[5]，"大"字冠于殷先王名号之前，表示男性祖先。

---

① 《辞源》（修订本）第一册，商务印书馆，1984，第660页。

② 许慎：《说文解字》，中华书局影印本，1963，第213页。

③ 方法敛：《金璋所藏甲骨卜辞》六一一，美国纽约影印，1939。

④ 罗振玉：《殷虚书契后编》下三、四，《殷虚书契五种》之一，中华书局，2015。

⑤ 董作宾：《小屯·殷虚文字乙编》六六九、三九一六，科学出版社，1953。

甲骨文字"大"的造型，像男子正面站立、四肢伸展之象。裘锡圭先生指出："古汉字用成年男子的图形🔸表示（大）"，"大的字形像一个成年大人"[1]。所言是。

"大"，像成年男性顶天立地立于天下之象。在字源上，"大"又与"天"相构连。卜辞"🔶🔷🔶🔷"（贞辛天雨）[2] 中的🔸（天）与前述"辛丑卜乙巳岁于大庚"的"大"（🔸），在甲骨文字的造型上类同。许慎《说文解字》第一上云，"天，颠也。至高无上，从一大。"段注："颠者，人之顶也。"王国维《释天》云，天"本谓人颠顶，故像人形。"[3] 而"大庚"的"大"（🔸），是在原🔸上加了"二"这一符号，表示男性头顶即为"天"之所在，是对🔸（大）这一男子顶天立地伟岸形象的强调。

大（人）、天在甲骨文字造型上的类同，可能说明这两个古汉字本义的原始统一。即在先民的人文意识中，大（人）者，天也；天者，大（人）也。天、人本是混沌；天、人一体；天、人原本合一。在原始父系社会的人文意识中，自然或神性的"天"，犹如男性祖先与酋长"至高无上"；男性祖先、酋长原本象类于"天"。正如宋程颢所言，"天人本无二，不必言合"[4]。这一后世著名而重要的哲学与美学命题，其实早在先民关于天、人两字的造字之初，已经埋下了天人合一人文意识的种子。

与大、天两字相关的，是夫字，甲骨文写作🔸。徐中舒说："🔸为后世夫字所本，在卜辞中则均为大字。"从其造型看，夫是大、天的变体。"甲骨文大天夫一字。"[5] 许慎云："夫，丈夫也，从大一。"段注："从一大则为天，从大一则为夫。于此见人与天同也。"[6]

大、天、夫构成一个同类文字组群，其原始人文意识的文化基质，在于"大"（人）。《易传·文言》云："夫大人者，与天地合其德，与日月合其明，与

① 裘锡圭：《文字学概要》，商务印书馆，1988，第3页。

② 董作宾：《小屯·殷虚文字乙编》六六九、三九一六，科学出版社，1953。

③ 《王国维遗书》第一册，《观堂集林》卷六，上海古籍书店影印本，1983，第10页。

④ 程颢：《语录二上》，《二程集》，中华书局，1981。

⑤ 徐中舒主编：《甲骨文字典》，四川辞书出版社，1989，第1140、1179页。

⑥ 许慎撰、段玉裁注：《说文解字注》，上海古籍出版社，1981，第499页。

四时合其序，与鬼神合其吉凶。先天而天弗违，后天而奉天时。"虽然这是战国时人关于天，人关系的认识与阐述，依然可以见出先民有关"大人"（夫）的原始的人格意识，由此印证大天夫三字人文意蕴本是同源的致思方式。

与"大"本义相关的，还有"美"字。许慎释"美"，称："甘也。从羊从大。羊在六畜主给膳也，美与善同意。"①宋徐铉称"羊人则美，故从大"②。日人笠原仲二《古代中国人的美意识》说，美是"羊和大两字的组合，是表达'羊之大'，即'躯体庞大的羊'这样的意思"。并由此推论："中国人最原初的美意识，就起源于'肥羊肉的味甘'这种古代人们的味觉的感受性。"③这一系列有关"中国人最原初的美意识"的误读，都在于将"美"字"从羊从大"的"大"，错解为大小的"大"了。

考甲骨文"美"字，有多种写法，如🐏（董作宾:《小屯·殷虚文字乙编》五三二七）、🐏（姬佛陀:《戬寿堂所藏殷虚文字》三七、八）、🐏（胡厚宣:《战后京津新获甲骨集》二八五四）与🐏（董作宾:《小屯·殷虚文字甲编》一二六九）等，写法大同小异，尤其该字下部的"大"，都像正面站立的成年男子。因此，所谓"羊大为美"，实乃"羊人为美"。萧兵说："美的原来含义是冠戴羊形或羊头装饰的'大人'（"大"是正面而立的人，这里指进行图腾扮演、图腾乐舞、图腾巫术的祭司或酋长）"④此说可从。李泽厚、刘纲纪说，美"一个'大人'头上戴羊头或羊角，这个'大'，在原始社会里往往是有权力有地位的巫师或酋长"⑤。这是同意萧兵的意见。而萧兵的见解得启于《说文》"大，像人形。"之说。

既然"大"指正面而立的成年男子形象，那么，由此不难发现"大"所蕴含的原始人文意识。

① 许慎:《说文解字》，中华书局影印本，1963，第78页。
② 徐铉:《说文注》，《说文解字》，中华书局，1963。
③ ［日］笠原仲二著、魏常海译:《古代中国人的美意识》，北京大学出版社，1987。
④ 萧兵:《楚辞审美观项（琐）记》，《美学》第3期，上海文艺出版社1981，第225页。按:括号里的注文，为原有。该文先发表于《北方论丛》，1980第2期，题为《从羊人为美到羊大则美》。
⑤ 李泽厚、刘纲纪主编:《中国美学史》第一卷，中国社会科学出版社，1984，第80页。

初读朱熹《周易本义》，往往会因该书将"易有太极"写成"易有大极"而感到困惑。原来，大是太的本字，"大极"即"太极"。在文字结构上，太比大多的那点是先民出于男性生殖崇拜而对男性生殖在文字造型上的强调。在原始父系文化中，先民逐渐认识到，人的生命之始与"大"的密切联系，认识到"大"在生殖上具有原生的意义。由此，"大"由原始生殖具有原生意义转入哲学。"大"转义为"原"，是在古人认识男性在生殖上具有原生意义之后。《易传》所谓"大哉乾元"，既是对男性生命、生殖之原生性的歌颂，又是中国生命哲学与美学意识的一个原始命题。这里，"大"具有原始、原本与原朴之义，兼具有本体的意义因素。《老子》称："有物混成，先天地生，寂兮寥兮，独立而不改，周行而不殆，可以为天下母。吾不知其名，强字之曰'道'，强为之名曰'大'。"这"大"，即具哲学与美学的本体意义。陈鼓应先生说："大，形容'道'没有边际，无所不包。"①这是把具本体意义的"大"，误读为大小的"大"了。陈鼓应又将"大音希声""大象无形"，分别解读为"最大的乐声反而听来无音响""最大的形象反而看不见形迹"②。同样欠妥。其实，《老子》所谓"大音"者，原音也，根本之音也，实际指音乐本体：道。"大音"当然听不见，因此称为"希声"③。而"大象"者，原象也，当然是"无形"的。"大音""大象"之类，均指事物"本然的存在"。

"大"这一汉字，始指生殖意义之成年男性；继而为政治、伦理意义上的酋长、祖先与帝王等；最后历史地酝酿为中国哲学与美学的本体论范畴，所谓"伟大"之类意义是后起的。不过，所有这些意义嬗变，都始于原始男性生殖文化之甲骨文字的这一个"大"。

三、生：姓与扶桑

"大"（人）具有原生意义，那么，"生"的本义及其原始人文意识又是如何？

---

① 陈鼓应：《老子注译及评介》，中华书局，1984，第165页。
② 同上书，第230页。
③ 按：通行本《老子》十四章："听之不闻名曰希。"

　　生，甲骨文字为业①《说文》云："生，进也，像草木生出土上。②"生字上部为屮，草木之象形；下部为一，大地之象形。"生"该文字营构，出自先民对植物生长于大地的观察、理会与描摹。该字引申为一切生命的"生"。卜辞有"辛巳贞其索生于妣庚妣丙牡白豕"③之记。这里"索生"的"索"，有快速之义，卜辞记述了先民对生育的祈求心情。又有"癸酉卜出生豕"④之类记载，关于生命的原始人文意识，体现在先民对动物生育的关切之中。

　　与"生"相系的，是甲骨文字"姓"，写作姓⑤或姓⑥。卜辞云："甲…姓媲…"⑦（媲，同娩）。"姓"是一个从女从生的会意字，像女子跪倒于草木之前，因孕育而拜倒在先民心目中的神树之前，有祈求生命、生育之义。

　　源自上古的中国神话传说有关于三株神树的原始意象，这便是西方若木、中央建木与东方扶桑。《山海经·大荒北经》说："上有赤树，青叶赤华，名曰若木。生昆仑西，附西极，其华色赤，照下地。"《淮南子·地形训》称，"若木在建木西，末有十日，其华照下地"。《山海经·海内经》说，众帝居"昆仑丘"，其上有"阆风"；"阆风"之上，复有"悬圃"，"建木在都广，众帝所自上下，日中无景，呼而无响，盖天地之中也。"⑧屈原《离骚》云："饮余马于咸池兮，总余辔乎扶桑。"《山海经·海外东经》曰："汤谷上有扶桑，十日所浴。"《淮南子·天文训》说："日出于旸谷，浴于咸池，拂于扶桑。"这里，汤、旸两字均从易（阳之本字），"易者，云开而见日也"⑨。故汤谷即是旸谷。而"浴"，

① 郭沫若主编等：《甲骨文合集》二七六五、一四一二八、三四〇八一，中华书局，1978—1982。
② 许慎：《说文解字》，中华书局影印本，1963，第127页。
③ 郭沫若主编等：《甲骨文合集》三四〇八一，中华书局，1978—1982。
④ 郭若愚：《殷虚拾缀》第一编三一一。
⑤ 商承祚：《殷契佚存》四四五，金陵大学墨拓影印，1933。
⑥ 罗振玉：《殷虚书契前编》六、二八、三，《殷虚书契五种》，中华书局，2015。
⑦ 同上。
⑧ 按：都广，古本《山海经》为"广都"，见《太平御览》卷九五九、《艺文类聚》卷八五等。何新《诸神的起源》（三联书店，1986）指出："而广、黄二字古通用。由此可知谓广都其实就是黄都，也就是'黄帝下都'。而黄都（广都，都广）之野，《山海经》《淮南子》均说位于天地正中心。"此说可供参考。又，日中，正午。景，影的本字。
⑨ 丁山：《中国古代宗教与神话考》，上海文艺出版社，1987，第364页。

古义喻鸟"飞乍高乍下也"①。古时以金乌喻太阳，故这里所谓"十日所浴"，指十个太阳升降于扶桑，此所谓"九日居下枝，一日居上枝"②。可见，若木、建木和扶桑，都始终与太阳意象重叠、纠缠在一起。所不同的，若木为日落之树，处"昆仑西"；建木为"日中"之树，位于"昆仑丘"，处"天地之中"；而扶桑，"日出"之树，生于东方"旸谷"和"咸池"。三大神树都具有日神崇拜的生命意蕴，体现出先民对生命与太阳之本然联系的朴素领悟。

问题是，从"姓"字造型看，为什么这"太阳之树""生命之树"的崇拜者，偏是女性？换言之，为什么这原始的"生"，与"女"攸关？

学界有一颇为流行的见解，是从原始母系社会的群婚文化来释"姓"字含蕴，认为"群婚是同母权联系在一起的。由于群婚，势必造成知母不知父的后果，从而使人类的群体只能以母系血缘维系，从母得姓"③。群婚④而"知母不知父"，确实是人类包括中华先民曾经自然地出现过的原始生殖方式，然而，如果把甲骨文字"姓"看作就是这一原始文化方式的一种文化表达，看来尚有讨论的余地。因为这不好理解，正如前述，为什么那女子因生育而偏偏要拜倒在扶桑这样的神树面前？问题的关键在于，神树之原始意象为什么参与了先民关于生殖原始人文意识的建构？

人类文化的诞生、嬗变与发展，归根结蒂是建立在人的物质生活资料生产与人自身的生产基础上的。从"姓"这一汉字分析，似乎让人一看就明白"姓"所关涉的仅仅是人自身的生产问题，其实不然。因为"姓"字"从生"的"生"，原指象征人之生命、生殖的神树。这说明，先民最原始的生命、生殖意识，首先并非直接地与人自身的生产相联系，倒是在先民物质生活资料的生产中，起于对植物、草木生命现象原始、原朴的关注与领会。植物之所以为先民关于生命、生殖之原始人文意识的"启蒙者"，是因为植物是先民食物的主要

---

① 《大戴礼记·夏小正》，江苏人民出版社，2019。
② 《山海经·海外东经》，栾保群：《山海经详注》，中华书局，2019。
③ 李玲璞、臧克和、刘志基：《古汉字与中国文化源》，贵州人民出版社，1997，第259页。
④ 按：原始群婚制的历史发展分三阶段：一、"原始自由"，接近于动物意义上的无任何伦理限制的两性杂婚；二、血缘氏族内部同辈两性之间杂婚，禁止不同辈分两性之间的通婚；三、排斥了血亲即兄弟姐妹两性的通婚，为血亲氏族、集团外的群婚。

来源，意味着先民个体生命的存在与延续。于是先民便对植物、草木产生由衷的感激与崇拜，否则，我们就很难解释，先民为什么要对那株树情有独钟、顶礼膜拜？

任何神话，都是关于现实世界的虚拟与幻想。现实中先民对植物、草木的感激与崇拜，是虚构扶桑、建木与若木等神话原始意象的意识之根。但这三者，在先民原始人文意识中的意义是不尽相同的。如果说，建木是生长于"天地之中"、供"众帝所自上下"的"通天"之树，那么，扶桑（还有若木）却并不"通天"，它们只与大地血肉相系。因此，比如扶桑的神性，实际是与大地的神性、母性相联系的。我们迄今很难断言中华先民的地祇崇拜到底起于何时与何地，可有一点是肯定的，即原古的地祇、社木与扶桑崇拜，在意识上是同构的。

甲骨文无"地"字。"地"字从土。"土"，写作 Ⓐ（罗振玉：《殷墟书契后编》下三七五）、Ⓐ（郭沫若主编等《甲骨文合集》九七三五）、Ⓐ（同前，三四一八五）与 Ⓐ（同前，三六九七五）等。土是社的本学。社，指土地神、地祇，亦指对地神的崇拜。卜辞有"贞燎于土"[1]之记，这"土"，指社。社是先民生命的寄托，蕴涵原始大地崇拜的生命意识。古人云："夏至祭地曰社"，"社，祭土而主阴气也"[2]。"封土立社，示有土也"[3]。那么，如何表示这里是地祇之所在呢？"必择木之修茂者。立以为丛位"[4]也。"丛位"的"丛"，指社丛，社丛即社木。社木即桑林。"桑林者，社也。"[5]桑林之巨大而美丽的原始神话意象，即生于东方日出之处的扶桑。扶桑的"扶"，古音在帮母，与"榑"（古音 bò）通假。因而，扶桑即榑桑，《淮南子·览冥训》有"朝发榑桑"之记。"榑"者，溥也。溥有"广大"义。古人云："上有扶木粗三百里"[6]，扶桑在神话中的高广意象，于此可见。扶，指古时女子肃拜的姿态。《释名·释容姿》："拜……

---

① 郭沫若主编等：《甲骨文合集》一四三九五，中华书局，1987—1982。

② 《礼记·郊特牲》，杨天宇：《礼记译注》上册，上海古籍出版社，1997。

③ 班固：《白虎通义·社稷》，中国书店出版社，2018。

④ 《墨子·明鬼》，孙诒让：《墨子间诂》，《诸子集成》第四册，上海书店，1986。

⑤ 《路史余论》之六，罗泌：《路史》，北京图书馆出版社，2003。

⑥ 《山海经·大荒东经》，《山海经详注》，中华书局，2019。

于妇人为扶，自抽扶而上下也。"毕沅疏："肃拜者，颊首正立，敛两袖于胸前，而低印之，故曰抽扶而上下。"从音训看，扶即福。这里的"福"，指古时女子敛袵致敬、顶礼膜拜，也称"万福"。因此，所谓扶桑，隐含女子肃拜神树桑木之义，此谓之"姓"。

　　由此可见"姓"字本涵。所谓姓氏之义是后起的。相传商之贤臣伊尹生于"空桑"，"有莘氏女子采桑，得婴儿于空桑之中……故命之曰伊尹"[1]。空桑本为扶桑之别称，在后世却说伊尹"其母居伊水之上，孕"，"身因化为空桑"[2]。从扶桑到空桑，这一株神树便由神话传说逐渐走向历史，使历史具有扑朔神奇的人文氛围。而桑是人的生命之母，它是殷人心目中的社树、神木。因此，"汤乃以身祷于桑林"[3]。因此在《周易》否卦卦辞中，便有"其亡！其亡！系于苞桑"这一爻辞，它很生动地传达出先民将血亲一族的兴衰荣枯系于桑树之强烈的一种生命意识。墨翟说，"燕之有祖泽，当齐之社稷、宋之桑林"，"此男女之所乐而观也"[4]。相传桑林曾是大禹与涂山女的交会之处，此屈子所谓"焉得彼涂山女，而通之于台桑"。王逸注，此指禹治水途中，与涂山女"通夫妇之道于台桑之地"[5]。难怪《诗》有"维桑与梓，必恭敬止"[6]的咏唱，也就难怪后代汉乐府中，与生殖、情爱相关的罗敷绝伦之美与陌上之桑相连，陌上桑作为审美意象，是由桑作为崇拜性的原始人文意象历史地发育而来的。

　　由"生"到"姓"的字源意义的构连，让人领会先民关于人之生殖原始人文意识的历史性展开，它首先细缊于上古原始混沌的神话崇神文化之中，随之从崇神趋于明丽的人之审美，这种审美在文化品格上是属"女"的，这在后之老子的哲学与美学意识中得到了发展。老子云，"谷神不死，是谓玄牝。玄牝

---

① 《吕氏春秋·本味》，上海古籍出版社，2014。

② 同上。

③ 《吕氏春秋·顺民》，上海古籍出版社，2014。

④ 《墨子·明鬼》，孙诒让：《墨子间诂》，《诸子集成》第四册。

⑤ 按：屈原：《天问》及王逸注。此"台桑"即"桑台"倒文，为协律之故。

⑥ 按：《诗·小雅·小弁》。这里《诗经》说"梓"亦是"恭敬"的对象，使人想起本文前引《吕氏春秋·本味》关于"有莘氏女子采桑"这一记载。

之门，是谓天地根"①。日人东条一堂说："此章一部之筋骨。'谷神'两字，老子之秘要藏，五千言说此两字者也。"②朱谦之引宋司马光言云："中虚故曰谷，不测故曰神，天地有穷而道无穷，故曰不死。"③而"'玄牝'殆谓其为玄妙之女性"④。在这以"道"为本体的老子的哲学与美学意识中，那株神树、社木的原始意象被消解了，留下的是纯粹而葱郁的哲学与美学的"生命"，它具有贵柔、尚阴而守雌的文化品格，体现了人之生命的觉醒。

本文发表于《学术月刊》2003年第5期

---

① 《老子》第六章，王弼：《老子道德经注》，《诸子集成》第三册。

② 严灵峰：《无求备斋老子集成续编》，转引自萧兵、叶舒宪：《老子的文化解读》，湖北人民出版社，1994，第551页。

③ 朱谦之：《老子校释》，中华书局，1980，第17页。

④ 苏雪林：《屈原与九歌》，中国台湾文津出版社，1992，198页。

论崇拜与审美

　　美学范畴群的对称、对偶结构，使人立刻想起与审美这一美学范畴相对应的一定还有另一范畴，它其实就是崇拜。崇拜两栖于宗教学与美学。传统美学由于对那在文化宏观上与审美关系密切的崇拜现象往往缺乏必要的关注，使诸多美学问题的实质，可能变得有点模糊起来或者甚至被曲解了。其实，无论对于美学自身抑或与此相关的宗教学、艺术学、哲学、科学、心理学等等，研究崇拜与审美之关系问题，都具有普遍的理论与现实意义。

　　为求揭示崇拜与审美关系的实质，首先有必要来探讨崇拜的本质。

　　弗洛伊德曾从精神分析学说出发，将人的崇拜意识的起源归之于俄狄浦斯情结即生命原始的性的罪恶。原始部落儿子们对于占有其母亲的父亲有一种天生的性嫉恨，以至于犯了杀父"原罪"，他们的天良倍受责备，"纠缠不已的有罪的意识，迫使他们希望和被杀害的父亲和解，于是他们就把死者变成了崇拜的对象。"①这种将复杂的崇拜本质归结为人们血亲之间性纠葛的观点，似可备一说，却尚需增加与匡正些什么。现代西方哲学、人类学开创者舍勒认为，崇拜意识是与生俱来的人性的一部分。人是什么？一种将其自身与超验的上帝维系在一起的生物，"人能与其他存在物相区别的只能是精神、文化与宗教"。人是生命之流的过渡与中介。人的本质不易被把握。他是"上帝的显示"，是"寻找

---

① ［法］沙利-安什林:《宗教的起源》，生活·读书·新知三联书店，1964，第58页。

上帝的活生生的 X。"①此说由于撇开人的社会实践看待人与上帝的关系,由此洞照崇拜的本质,颇具神学倾向,成了现代西方宗教哲学人类学的一个思想来源。

作为比较普遍的文化现象,无论宗教崇拜还是世俗崇拜,都是人与自然关系中人遭受盲目自然力残酷奴役的结果。"人一方面赋有自然力,生命力,是能动的自然存在物";"另一方面,作为自然的、有形体的、感性的、对象性的存在物,人和动植物一样,是受动的、受制约的和受限制的存在物。"②人的这种"受动性"是与其相对低下的社会生产力相联系的。当盲目自然力量及其延伸盲目社会力量同主体的内在尺度相比较显得足够强大时,由于种种与此相涉的文化心理因素的催发,就有可能使人不得不屈辱地对这种盲目力量加以崇拜。伟大先哲曾将人的崇拜意识看作"对自然界的一种纯粹动物式的意识"。③任何崇拜,本质上都是人不得不对自然的服膺关系所决定的。精神一开始就很倒霉,它在能动地超拔于物质之上的同时注定要受物质的纠缠。这种精神的轮回显然不是动物的特性,人却由于尚未褪尽动物式的蛮野色彩而令人感伤地必然具有崇拜这一历史意识与行为。崇拜是人的自然难题与社会难题永远无法彻底解决的一种人文表现,它是人的真正自由自觉远未全面实现的确证,是人在必然王国的痛苦挣扎、冷酷世界的灼热情感。

崇拜同时是客观对象的被神化与主观世界的异化。

从客观对象看,宗教之神以及世俗准神,就是那"人们把自己的经验世界变成了一种只是在思想中想象中的本质,这种本质作为某种异物与人们对立着。"④神的本质是外在于人的本质力量、为人所暂时无力把握的客观对象的本质规律。因而,凡是恶神总是严厉地站在人的对立面,凡是善神总是至上地俯瞰芸芸众生并施以抚爱与关怀。无论恶神或善神,都具有与人对立对应的至上性。神是那种与人的经验世界具有联系、由拜倒在其脚下之人的"思想""想

① [德]舍勒:《关于人的观念》,《英国社会的现象学》1978年第9期,第194页。
② [德]马克思:《1844年经济学-哲学手稿》,载《马克思恩格斯全集》,人民出版社,1979,第42卷。
③ 《马克思恩格斯选集》第一卷,人民出版社,1979,第35页。
④ 同上书,第三卷,第354页。

象"而变得更加威力无比的蛮化的自然力。是由虔诚心灵所膨胀、发酵、幻化了的客观对象的本质规律。神的虚幻的特点，意味着它是尚未被真正把握的自然与社会的本质在彼岸、天国的折光。

从主观角度看，神是与人的本质力量相对立的心灵的偶像，或者说，是被客观对象本质规律所震慑、压倒了的人的心灵异化。其实这同时就是崇拜的本质。由于人在实践中无力在客观对象上实现自身、观照自身，迫于那有限的自我意识，必然可能从主体自身出发，虚幻而夸大地发展幼稚的比拟想象，人注定要按照其自身面貌创造神的形象。色诺芬指出，"埃塞俄比亚人说，他们的神是鼻子矮翘、肤色黝黑，而在色雷斯人的心目中，他们所奉之神则是眼睛碧蓝、发色淡黄。"①在《圣经》与《荷马史诗》中，"到处可以看到神明与凡人一样有躯体，有刀枪可入的皮肉，会流出殷红的鲜血，有同我们一样的本能，有愤怒、有肉欲。"②是因为人住的是房子，希腊的神才"住"进了神庙。造神就是将客观对象人格化、虚拟化、夸大化与永恒化。造神过程就是崇拜过程。人格化的神，就是神格化的人。"因为，上帝之下降为人，必然以人之上升为上帝为前提。"③如果说人是上帝所创造的，则上帝就是颠倒、夸大的人。如果说人创造了上帝，则上帝就是人之公开的、极其完美的内心向往，就是那尚未在历史进程中展现其全部丰富性与深邃性的人的本质在天国的翻版。当人暂且无力在世俗实践中使自身的本质力量对象化创造真善美事物时，由于人又不安于这种屈辱的历史地位，就先通过造神，企图将这一对象化的世俗要求，扭曲地搬到彼岸去"实现"。因此，宗教说耶和华创造亚当与夏娃是上帝创造一切的一个重要历史环节，其实恰相反，人创造上帝及其它神，则是人可以通过社会实践创造一切的一个不可避免，也是必然会趋于消亡的历史环节。

从主客观关系看，崇拜是人主体性的迷失。在崇拜过程中，人"把一个自然对象在他自己所激起的那些感觉，直接看成了对象本身的性态。"④对象本身

---

① ［苏］谢·亚·托卡列夫：《世界各民族历史上的宗教》，魏庆征译，中国社会科学出版社，1985，第10页。

② ［法］丹纳：《艺术哲学》，人民文学出版社，1983，第45页。

③ ［德］费尔巴哈：《费尔巴哈哲学著作选集》下卷，荣震华译，商务印书馆，1984，第78页。

④ 同上书，第158页。

的性态是自在的，由于未被主体所准确把握，其巨大尺度必激起主体的错误感觉以及偏离理性的判断，在心灵深处复制神的形象以获得精神的补偿。因而，所谓崇拜，并非崇拜客观存在的对象本身，而是客观对象的主观心灵衍射。任何神都不是客观自在的，而是崇拜者受激于客体对象盲目巨大尺度而由"我心"创造的幻影。我们平时所见宗教诸神的神之雕像之类，其实并非神本身，而是神的形象符号。神是被崇拜心灵重新组织与复制的感觉经验。世俗崇拜的对象，也不是客观自在的某人诸如祖先、领袖、父亲、导师以及艺术家等等，而是由崇拜者在一定客观原型基础上所重构、夸张了的某人。任何世俗崇拜对象总是比其相应的客观自在对象显得更强大、更完美。与其说，一切崇拜之对象是客观的，不如同时看作主体盲目的自我。在崇拜中，人准确的自我感觉和自我意识要么未及获得，要么再度丧失。崇拜是一定历史水平主客观畸型的结合。

无论在宗教领域抑或世俗领域，崇拜现象是普遍存在的。崇拜与审美的辩证动态关系则表现为两者既二律背反，又合二而一。

人的本质被异化的崇拜与人的本质对象化的审美这两个互逆的命题，是可以同时加以论证的：崇拜是艺术的本质；审美是艺术的本质。说崇拜，因为艺术这种实践方式是以人"注定"要依附于客观自然为基础的。人的受动性决定了人不能凭空创造艺术，人们常说自然是艺术的唯一源泉就是这种人对自然的依附。许多原始艺术的基本意义都在于崇拜意识与情感的宣泄。比如出现于新石器时代所谓"巨石建筑"，分布于欧洲全境、北非及亚洲印度，可由一千二百块长方形花岗巨石排列于原野达三千英尺之遥，这是艺术，同时也是巫术。体积庞大、质量沉重、坚硬的巨石在古人心目中有一种镇压有害神灵的威慑力；漫长的巨石柱列，对有害神灵具有拦截或推拒的作用，其目的是要在天地间划出一个令人感到安全和美的心理空间区域。"巨石建筑"上的诸多文饰，有些可以看作古人企图取悦于巨石，将这人文因素神化，企望巨石发挥更大魔力的一种努力，这是人对巨石的崇拜，是人与神（自然神）寻求和解的标帜。因此，这种以神制神的史前建筑艺术，正是人类历史圣桌上的一道供礼而在于对神的崇拜。说审美，因为艺术是人自由自觉本质的形象显现，它又意味着人对依附于自然这种卑微地位的历史性超越。史前"巨石建筑"艺术尚不是成熟意义上的艺术，也许主观上原来连一点审美的意思也没有。然而主观上不在于审美，并不等于客观上不在一定程度上是审美的现实。因为作为巫术的"巨石建筑"一旦屹立于原野，由于已经包容人企图通过其自身的努力以改造世界的人为因素，就由人原本在巫术崇拜中对心理空间安全的虚幻"占有"变成了现实的占有。这在客观上同样是一定程度上人本质力量的肯定性实现，自然涵蕴着审美的因子。这正是歌德所言，人既是自然的"奴隶"，又是其"主人"，崇拜与审美这双重意义在艺术中达到了融合。

这一点在宗教艺术中表现得尤为明显。宗教艺术产生于崇神需要。为求更多人去膜拜彼岸，宗教首先必须将天国、佛土之类尽可能描绘得崇高与优美，描绘之唯一手段是艺术。于是，当宗教教义向人宣传彼岸的无比美善时，是以必须否定此岸一切美好事物（尤其艺术）为沉重代价的。可是，为要渲染出世间的所谓美好境界，让在苦难世俗中焦灼痛楚的灵魂来一次精神饕餮，人又不得不重新捡起刚刚被自己无情抛弃的东西，尤其通过艺术方式，重新开动审美"机器"作有力的宗教宣传。于是，根据教义本来应当断然拒绝属于此岸的艺术，不料恰恰为了弘扬这一教义，作为手段，又使艺术重新获得肯定。在宗教艺术中，艺术审美将宗教崇拜艺术化了，艺术审美一旦达到宗教般崇拜的地步，这艺术才臻于化境；宗教崇拜一旦与艺术审美相契合，才更显出宗教的魅力，登上崇拜的极致。这是崇拜与审美表现在艺术之中的二律背反与合二而一。

因而，倘要涉猎古希腊艺术，不能无视古希腊那种"人类正常童年时代"的"美的宗教"。假如不愿仔细把握西方中世纪神学那狂乱跳动的脉搏，就会误以为整整一千年的西方古代智慧史惟有宗教崇拜这一种单调的时代音响而忽略其潜在的审美节奏，就会只看到那时的艺术园地似乎只是一片荒芜而未能发现心灵历史的块块绿洲。尔后但丁的《神曲》将世俗的贪官污吏与神职人员罚在地狱受苦、推向炼狱焚烧，这是对宗教的皈依，还是对世俗丑恶的审美批判？带领诗人游历天堂的贝亚特丽齐，又究竟是作者理想的美的化身，还是神的圣洁符号？所有这对立的两极在艺术中却并无严格界限。歌德的浮士德高唱，"堂堂男子不亚于巍巍神祇。别在那幽暗洞穴之前颤栗""撒手一笑便踏上征途，哪怕是冒危险坠入虚无"。[1]这种对人生无限的执着追求，确实体现出人的审美

---

[1] ［德］歌德:《浮士德》，董问樵译，复旦大学出版社，1983，第38页、第509页。

理性、情感与意志力，而这种追求偏偏又以老博士与魔鬼打赌的方式将灵魂出卖，以至于使人仿佛觉得作者的理想最终回到了宗教。这种艺术现象反映出人类心理具有相反相成的两极：虽然"美与丑从来就不肯协调"，却又"挽着手儿在芳草地上逍遥"①崇拜与审美之关系难道不是如此吗？

在科学认知领域，认知就是对神与神秘的克服与否定，其崇拜之灵光要暗淡得多了。可是，崇拜这个非理性的幽灵，有时也会在光天化日的理性领域游荡。如果将科学认知理解为广义的审美，则这种审美方式也会与宗教崇拜纠缠不清。费尔巴哈在谈到这一点时曾经举例说，如果太阳老是待在天上不动，它就不会在人心中燃起崇拜太阳的热情火焰。只有当它在黑夜中消失，将黑暗的恐怖撒向人心，然后再度在天空出现，人这才向太阳跪下，对于它出乎意料的归来感到喜悦，为这喜悦所慑服。是的，即使原始初民，"也不是完全没有类比和抽象的能力。如果他们还不懂得昨天的太阳和今天的太阳是同一个太阳，昨天刮的风和今天刮的风是同样的风，认为一切现象都是个别的、易逝的东西，那么，神灵的观念和宗教就不可能产生了。"②"当人还不知道金银的价值和用途的时候，神怎么能在金子和银子里面发出光彩来呢？"③

"既然任何一个人都不可能信仰某种实际上至少跟他的思维能力和表象能力相矛盾的东西，那么，每一种特定的宗教，每一种信仰方式，就都同时又是一种思维方式。"④既然崇拜不可避免地须以一定的理性思维为基础，它就必然在一定程度上与科学认知具有深层心理的联系性。

思维的至上性是在一系列非常不至上地思维着的头脑中实现的；拥有无条件真理权的那种认识是在一系列相对谬误之中实现的，两者都只有通过人类生活的无限延续才能趋于完全实现。这意味着，由社会实践所决定的认识运动所出现的一时难以逾越的巨大障碍与谬误，可以促成人在思维高度抽象时的错误发挥，从而在科学认知不断逐神的殿堂上为神与崇拜留下了一点地盘。关于宇宙、人生、人的思维领域，从宇观、宏观到微观，从感性、知性到理性，崇拜

---

① ［德］歌德：《浮士德》，董问樵译，复旦大学出版社，1983，第38页、第509页。
② 朱天顺：《原始宗教》，上海人民出版社，1978。
③ ［德］费尔巴哈：《费尔巴哈哲学著作》下卷，商务印书馆，1984，第2、374页。
④ 同上。

意识是人类认识历史的寄生现象。人类无限的认识运动总是带有其分阶段的局限性，往往迫使人屈辱地让理性的审美与非理性的崇拜坐在同一条板凳上。这就不难理解一些充满理性的伟大头脑，何以有时也会在神与崇拜意识中迷茫。①一些自然科学家是理性审美的骄子，也几乎是非理性崇拜的信徒。这种意识中的"背反"与"合一"，雄辩地说明人与自然的复杂联系。

当人们回眸哲学这一"审美"方式时，也应看到，即使是哲学，也与崇拜这一历史意识存在千丝万缕的联系。柏拉图哲学的"理式"范畴，实在是"客观存在"的神的哲学代名词。阿奎那的哲学体系，直接就是他的神学大全。康德受休谟《人性论》《人类理智研究》怀疑主义影响所建构的批判哲学，将世界分为现象界与物自体，认为现象界是人的理解力即先天综合判断所能够把握的，这部分带有英国经验主义烙印的哲学观，基于感性融渗了合理的审美意识。康德又认为物自体是不可认知的，但人的本性又顽强地要求把握物自体，这种人生的痛苦与矛盾，只能暂且以在实践中去信仰的方式来求"解决"。换言之，因为物自体只能是"实践理性"所崇拜的对象，这部分哲学观也具有崇拜意识。故而列宁说，"康德：限制'理性'和巩固信仰。"②康德的《纯粹理性批判》和《实践理性批判》之基本观点，分别论证的是"纯粹理性"（知）对现象界理性的审美把握和"实践理性"（意）对物自体的崇拜"把握"。这是两者的"背反"。恰好，康德的《判断力批判》中所说的判断力，是在"情"的领域即美学领域沟通现象界与物自体、纯粹理性与实践理性的一个中介，是崇拜与审美的"合一"，难怪康德关于美的分析会有那么多"二律背反"其实也是"合二而一"的美学结论了。至于黑格尔，正如其在《精神现象学》里所说的，崇拜

---

① 按：参阅恩格斯：《自然辩证法·神灵世界中的自然科学》。近代自然科学史奠基者之一的培根相信奇迹，用他所谓新的经验归纳法开出了完成奇迹的"药方"；经典力学家牛顿晚年相信上帝的一脚"推动"了地球的转动，一个创立三大力学定律的"巨人"，却猥琐地写下《评但以理书和圣翰默示录》而为神学呐喊，并三次函告主教本特雷，论证上帝的存在；动植物学家华来兹说灵魂可以脱离肉体而"孤立存在"，据称这种灵与肉的矛盾，在其催眠颅相学中获得了"证明"；而化学元素铊的发现者克鲁克斯，却以物理实验手段，醉心于研究"降神术"。

② ［苏］列宁：《黑格尔〈逻辑学〉一书摘要》，中共中央马克思恩格斯列宁斯大林著作编译局译，人民出版社，1965，第19页。

是"绝对本质"的一般意识，在宗教里，"表象的内容是绝对精神"。[①]由于其自性自生成、自发展、自己否定自己，并且将人类社会、艺术和美看作绝对精神存在与发展的一个历史过程，这可以看作是颠倒地体现了人的审美实践所凝聚的合理理性、情感与意志诸因素。而绝对精神作为黑格尔美学体系的精神性客体，又是黑格尔时代及以前人类有限社会实践所偏离理性的自我感觉与自我意识的"外化"，一种被哲学与美学所精致化了的人对自然的崇拜意识。

当人们的文化视野转向中国古代哲学领域时，发现这种崇拜与审美的"二律背反"兼"合二而一"现象亦屡见不鲜。比如易理作为一种哲学，原本远古巫术占筮，它反映出中华古人笃信神灵的文化心灵。然而巫术占筮并非仅仅体现出人对盲目自然力的崇拜意识，它作为一种人企图改造自然（社会）的"伪技艺"，在神灵面前保留着作为人的智慧、力量与尊严的一席之地。这"技艺"的智慧内核据说是神灵的启悟，但归根结蒂却是由人所把握的。施行这总是无效的"技艺"在于趋吉避凶，然而这巫术目的本身却是为了人而不是为了神。占筮过程中一系列繁复的数之运演被神秘地看作是神灵的预示，但数之运演本身却是清醒的人的思维过程。这里已经埋下了被《易传》所发展的哲学与审美的种子。从崇拜与审美之关系看，作为"群经之首"的《周易》，其哲学既是从崇拜到审美的中介，又是两者的综合、消解与升华。而关于老子哲学的道之本质，我国哲学界早有"唯心""唯物"或"既唯心又唯物"之争，其实从崇拜与审美之关系角度看，老子之道，是中华古代哲学在崇拜自然的神圣迷雾中依稀可辨的一种审美意识，是东方古代智慧明朗的早春天气的阴晦之时，是历史的糊涂与历史的清醒的一个"蒙太奇"（组接之意，原为建筑学术语），也是人类的哲学心路历程在天上地下的来回奔突与圆融流转。

就宗教本身而言，这种崇拜与审美的关系同样是值得探讨的。正如佛教的基本教义，一言以蔽之，"谈空说有"而已。倘以"空"为彼岸、"有"为此岸，则"空"更多地与崇拜意识相联系，而"有"更多地与审美意识相联系。佛教首先是崇"空"的：诸法无常、诸法无我，因缘而起，一切皆空。《般若》《三论》有所谓"十八空""二十空""毕竟空"之说，六祖坛经亦有"本来无一物"

---

① ［苏］列宁：《黑格尔〈逻辑学〉一书摘要》，人民出版社，1965，第19页。

（空）的名偈。尽管佛教崇拜对象有佛、菩萨、西方净土之类，实则崇拜一个"空"字。然而，由于，"空"（彼岸）是从"有"（此岸）的世俗土壤中升华超拔出来的精神性客体，因而这种精神性客体又有一种要求回归于世俗此岸的内在趋势，或曰世俗此岸对要求"出离诸苦"的崇佛之心本具磁力吸引。哪里有关于"空"的禅虑崇拜，那里就有关于"有"的审美观照出而胡搅蛮缠。有的佛教宗门标举"空空"之义，这对彼岸的崇拜自然是较彻底的。然而，历来佛门并非真是什么绝对的"空门"，诸多戒律的设置与实施就是一个明证。"空"是针对"有"而提出并斥破"有"的，它意味着人为了实现对"空"的崇拜而必须抑制甚至泯灭对"有"的审美。然而，崇拜与审美这相反相成的两极，都是人的内心生活欲求，仅仅不同个人或同一个人在不同境遇中各有侧重罢了。所以佛门愈是谈"空"成癖，愈证明"有"即具有审美意义的现实世俗存在的顽强性。明代高僧德清一言道破："所谓空，非绝无之空，正若俗语谓'旁若无人'，岂旁真'无人'耶？"尽管以"空"为指归，留恋"有"的凡心却难以泯灭。如从崇拜与审美的关系看，"空门"愈是声言不要现实世俗的"女性"，便愈是需要天上的玛丽亚来作为必要的补偿。故玛丽亚形象的塑造，其显在意义是对天国的宗教崇拜，其潜在意义则在于对现实世俗的审美。难怪在佛国中，还需娟娟飞天来作点缀，而本是男身的观世音菩萨，大致从宋代始，也忽然变作女性了，其实她就是佛门中的玛丽亚。

这种有趣的宗教现象，并不能被简单地斥为教义的虚伪，这是超世俗的崇拜与世俗的审美意识之间，人痛苦的矛盾冲突与同一。两者的关系，"既是上帝跟人的和解，同时又是其不睦；既是统一，同时又是其对抗。"[①]

因为，"宗教是人类精神之梦。但是，即使在梦中，我们也不是处身于虚无或天空之中，而是仍旧在地上，仍旧在现实之中。"[②]一切宗教崇拜以企望脱离现实苦海、超越此岸为假想基础，然而宗教幻想却是以人始终立足于现实世俗为前提的。"红尘"可以被看破却无法被抹煞。人越是发誓要让苦楚的灵魂飞升天国，却越是意味着人的双足永远深陷在现实的"泥淖"之中。彼岸的快乐，

---

① ［德］费尔巴哈：《费尔巴哈哲学著作选集》下卷，商务印书馆，1984，第8、531—532页。
② 同上。

是此岸生活理想不得在人间实现的一种虚幻的精神"享受";此岸世俗的忧患意识(这是一种典型的审美意识)却是崇拜彼岸的精神基础。所以,在由人所虚构和崇拜的彼岸圆融美景中,渗融着被颠倒了的关于此岸现实的审美因素。法轮未转,"食轮"先转。"食轮"的难以转动,反而促使法轮转得飞快。可见当初释迦佛在古印度鹿野苑"初转法轮"的原动力,到底还是来自于"食轮"的。不只是佛教,一切宗教从其教义到实践行为,都陷入了崇拜与审美这种二律背反又合二而一的奇妙和尴尬的境地。

前文仅从艺术、科学、哲学与宗教四个方面,简略地论述了崇拜与审美的辩证关系,说明这两者在人对现实的基本把握方式中是互逆互顺、对立对应的两极。马克思说:"整体,当它在头脑中作为被思维的整体而出现时,是思维着的头脑的产物,这个头脑用它所专有的方式掌握世界,而这种方式是不同于对世界的艺术、宗教的、实践-精神的掌握的。"[①]这就是说,人对现实的把握方式基本上可有科学、艺术、宗教与日常生活实践四种,并有哲学凌驾于上、融渗于这四者之间。自然宇宙与社会人生是一个整体,因而我们的头脑对客观世界的思维应是整体性的思维。尽管科学之于认知求真、艺术之于审美、宗教之于崇拜、日常生活实践之于意志、求其实用各有侧重,并且哲学凌驾于这一切之上,然而它们彼此之间并非互不相涉,而是统一于崇拜与审美的矛盾运动之中。就连哲学本身也包容着崇拜与审美的双重因素。当然,这里所言崇拜,包括宗教与世俗崇拜两方面,是广义的;所谓审美,远远不限于艺术审美,同时又包涵科学求真、伦理求善以及日常生活实践中人的实用观念、行为等一切对主客观世界的实践认识与改造,也是广义的。倘对崇拜与审美关系进行动态分析,则可以发现,两者的关系是一种从崇拜走向审美、从审美走向崇拜的双向回流结构,是螺旋形的实践上升运动。审美越出世间转化为崇拜;崇拜回归于世间又放射着审美的光辉。审美入于化境,几近于崇拜;崇拜的必然接近归于消亡,意味着人类审美本质力量的趋于全面实现。

人类实践的漫长历史标志着人对自然崇拜与审美的实践矛盾运动无有休止。原始初民对世界与自身的改造是与原始巫术联系在一起的,那时成熟的宗教尚

---

① 《马克思恩格斯选集》第二卷,人民出版社,1972,第215页。

未及产生，巫术作为宗教的前期现象，由于人在神灵（被神化的自然力）面前只是跪倒了一条腿而并未彻底跪下，巫术这一把握世界的方式显示出人类童年的天真、乐观与自信，相对于尔后的宗教富于人对自然的原始审美因素；发展到宗教阶段，人在自然面前原本相对的软弱无力变成了绝对的软弱无力，尽管在宗教实践中，正如前述并非不潜隐着审美的渴望，而从宗教实践总体看，它比巫术富于人对自然的崇拜因素。因而从原始巫术发展到宗教历史阶段，一定意义上可以说，是从审美转化为崇拜。而历史一旦进入科学阶段，尽管人的科学行为本身往往包含着崇拜自然的文化心态，本质上却是对自然广义的审美、理性的审美。因而从宗教发展到科学，一定意义上人又从崇拜回归到审美。自然，这是更高层次的审美。有如求雨，弗洛伊德说，"要是人们希望下雨，那么，他只要做些看起来像下雨或者能使人联想到下雨的事情即可。"这是偏于原始审美的巫术求雨阶段；"在稍后的时代里，这种模仿式的求雨渐渐地为人抛弃，人们开始在庙里膜拜来祈求住在里面的神明降雨。"这是一心专注于崇拜的祈神求雨阶段；"最后，这种宗教仪式又被放弃，而企图以改变大气的组成来制造下雨。"[1]这是偏重于审美的科学造雨阶段。

从佛教的历史发展过程看，回眸释迦其人创立原始佛学之初，虽然作为一门新生的宗教，不可能与崇拜意识与观念完全无涉，然而佛祖的教义具有针对婆罗门教的宗教崇拜、反对偶像的另一面。"佛的一切说教都没有带着任何宗教的权威，也没有任何关于上帝（神）或他世的话。"[2]"他没有谈到上帝（神）或绝对权威的有无。他既不肯定，也不否定。"[3]初转法轮时的释迦是人而不是神。而后经过世代佛门弟子的层层渲染，从原始佛学到部派佛学、从小乘到大乘，经过不断的重构与复制，终于将释迦推到超凡入神的崇拜之极境。此时，佛徒对佛的崇拜已是登峰造极，因而在相当于我国东汉中叶的印度迦腻色迦王时代之前，就连印度佛教雕刻艺术，没有敢于直接雕塑佛像的。这种对于佛像的讳避，是想要对佛的尊容保持一个心理距离和模糊的幻相，而越模糊似乎越真实，愈虚愈实，若离若即，以便激发信徒对佛的崇高神圣永远不可企及的无

---

① ［奥］弗洛伊德：《图腾与禁忌》，中国民间文艺出版社，1986，第104页。

② ［印］贾瓦哈拉尔·尼赫鲁：《印度的文明》，世界知识出版社，1955，第150页。

③ 同上。

限迷狂，就是说，此时对佛陀的虔诚崇拜使信徒顿感无比卑微，就连正视佛像的勇气也丧失殆尽。这从某种意义上说，释迦由人转化为神（佛），由人们心目中的审美对象演变为崇拜对象，人们对释迦的观照也从审美趋向于崇拜。可是，佛教发展到中国唐代的禅宗，佛陀的威权却日见其黯淡了。早在禅宗之前，除了三论宗和唯识宗，中国佛教各宗都认为"一切众生，皆有佛性"，人人均可成佛，就连一阐提也能成佛。禅宗更是主张"不立文字、直指人心、见性成佛"。而既然人人均可成佛，也就等于无佛。对佛陀的崇拜意绪被"稀释"了。尔后禅门五宗更是变本加厉，发展到"呵佛骂祖"，讥称佛祖为"干屎橛"、声言"逢佛杀佛、逢贼杀贼"、"一棒打杀，与狗子吃"的地步，其措辞之激烈使人几乎难以相信是佛门中人，充分体现出对佛祖崇拜意识的淡化，标志着佛教在东土的走向衰落，原先澎湃、狂热的崇拜之激情渐渐归于平静。而其实，这是不承认外界权威、只是钟爱自我的人之审美意识的重新觉醒。

在艺术活动中，艺术的审美有时可以发展为艺术接受者对对象精神迷乱的"疯狂"崇拜。崇拜歌星、影星、舞蹈"王后"或"王子"的现象并不是个别的。恩格斯曾经在一封信中写道，一八四八年早春，匈牙利著名音乐家李斯特到柏林访问演出，立即在上流社会掀起一股崇拜的狂潮。女士们"为了抢夺李斯特落在地上的手套而争斗""希里普彭巴赫伯爵夫人故意将香水倾倒在地，而将李斯特未喝完的茶，灌进她的香水瓶里"。美国现代舞"王后"邓肯的精湛舞艺也培养了大批的崇拜者，一群翩翩少年"疯狂"到甘愿作"马"，拉着坐在马车里的邓肯在大道上飞奔。垂危老者让人抬着到剧场去观看邓肯的演出，仿佛只有这样，才心满意足地给生命划上一个完美的句号。而那种球迷因球星之高超球艺闹到以命相搏的事情更是屡见不鲜。这一切对艺术的崇拜以及对艺术家全人格的绝对倾倒，其实都是从对艺术的审美开始的。由于审美对象杰出的美使艺术接受者大喜过望、精神上骤感极大满足，导致情感的极度活跃，必然使一定的理智因素受到抑制，从而将审美对象想象得极端完美，使审美"升华"为崇拜。而倘若以崇拜的心态去欣赏艺术，又必然会使艺术审美的愉悦与痴情更为浓烈。

从人与自然之关系这一文化学母题看，崇拜与审美的双向回流，是由主体与客体之间的不同尺度所决定的。审美的性质，不仅决定于审美对象的性质，而且密切关系到审美主体内在的尺度。当审美主体的内在尺度与审美对象的客观尺度趋于平衡时，美的对象可以在审美主体心理上引起优美感，一种犹如人们欣赏春华秋英所唤起的平和的美的愉悦。当审美主体的内在尺度"大"于审美对象的客观尺度时，对象的客观属性可以在主体心理上引起滑稽感，主体藐视客观对象，主体的优越感在嘲讽客观对象之时得到了显现。当审美主体的内在尺度"小"于审美对象的客体尺度时，这种对象对主体的精神上的"压倒"，可能激起审美主体心理上往往伴随以痛感的明朗而自觉的惊奇感、崇高感。崇高感是受压抑的主体，充分激发起其自身的本质力量，转而在精神上征服、超越客观对象的一种人的感觉。而崇拜，则是当客观对象"大"于主体的内在尺度、主体在对象面前抬不起头来的慑服与敬畏。崇拜与崇高的内在联系与区别即在于此。当客观对象的巨大尺度，无法激活人的本质力量，反而使人的本质力量受抑而无力在对象上得到肯定性实现之时，主体的自我意识便可能走向迷失。这意味着，客观对象的超常尺度，大大超出了主体心理机制所能承受的最大域限，心理上的崇拜便产生了。而且，崇拜之产生由于同时是主体心理之自我意识的迷失，必然在想象中将客观对象虚构得愈加尺度超常。因而，当主体的内在尺度与客体的巨大尺度相比较反差强烈，主体暂时无力把握客体对象时，从审美可能转化为崇拜；由于社会实践的不断深入发展，主体内在尺度的进一步培养与申张，使人的自我意识从迷失状态回归于自由境界，则可能使人对自然的崇拜转化为审美。

就崇拜而言，人与自然、主体与客体的关系有"异己"与"顺己"的区别。崇拜是客体尺度超常、异己的客观对象对主体心理的折服；顺己的客观对象，对于主体而言其尺度也可以是超常的，它导致主体对客体产生依赖感。这种崇拜，是主体深感自身力量的渺小而仰仗客观对象的恩赐。人感激自然、客体意外的恩赐，养成依赖心理，这是主体心灵蜷缩在客体温暖怀抱而没有任何痛楚的崇拜。因此，崇拜的本质，不仅关系到人对自然、客体的畏怖的感情，"而且也有与畏怖相反的感情，即欢乐、感恩、爱和崇敬这样一些积极的感情，就在于爱、快乐、崇敬，也像畏怖一样，被人神化了。"①崇拜有"异己""顺己"两

① ［德］费尔巴哈：《费尔巴哈哲学著作选集》下卷，商务印书馆，1984，第531—532页。

种基本类型，"异己"性崇拜是盲目、巨大的自然力迫人崇拜；"顺己"性崇拜是盲目、巨大的自然力引人崇拜。就崇拜与审美关系看，这两种基本类型的崇拜，便有两种基本类型的美与其相对应，并且在一定条件下可以相互转化，此即"异己"性崇拜与壮美（崇高）相对应相转化；"顺己"性崇拜与优美相对应相转化。

崇拜与审美的关系是人与自然永恒关系对立统一的两个侧面，两者分别标志着自然对人的"改造"与人对自然的改造，伴随以同一人类社会实践系统的始终。社会实践总是愈来愈趋向于深广与高级层次的，人的本质力量也随之不断地向前展开，这种趋势无有穷尽。这意味着，人类的审美实践，处于崇拜与审美这一对矛盾的主要矛盾方面。审美是人类历史愈加壮丽的雄浑乐章。然而，审美又只能是人的本质力量在客观对象的愈来愈趋于全面实现，却不是绝对全面的实现。因为这种绝对全面的实现，意味着十全十美的自然宇宙与社会人生境界的建构，它是人与自然原在矛盾的彻底解决，是属神而不是属人的；崇拜，必将日益"衰弱"、趋于全面消亡，又不会是绝对全面的消亡。这是因为，人的社会实践是一个不断展开、发展的历史过程，未来自然宗教与社会宗教消亡了，不等于说一般意义上的崇拜也随之绝迹，人与自然的矛盾冲突在更高的历史层次上依然存在，人仍然可能面临着新的暂时无法克服的生活难题。人的审美追求自然是无止境的。人将尽善尽美的向往寄托在对神与天国的崇拜之中，对绝对完美境界的期望，既洋溢着崇拜的激情，又深蕴着审美的沉思。这正如歌德所言："十全十美是上天的尺度，而要达到十全十美的这种愿望是人类的尺度。"[①]人正在为此不断地作出努力和牺牲。

本文发表于《学术月刊》1991年第7期

---

① ［德］歌德:《歌德的格言和感想集》，程代熙、张惠民译，中国社会科学出版社，1982，第61页。

神性美学：崇拜与审美的人文"对话"

本文所谓"神性美学"，指以宗教神性为主要研究对象的美学，属于"神学美学"的重要一支，又属于"作为文化哲学的美学"①这一学科范畴。"神性"，一个宗教神学、宗教哲学亦是文化哲学所应研究的学术课题，横跨于诸多现代、当代的学科领域，足以可证其内涵、意义、价值即思维、思想的多栖与深邃。而属神的"崇拜"与属人的"审美"这两者之间，既二律背反又合二而一，具有复繁而深致的人文联系。

一、"所谓美，就是上帝的在场"

"神性"，作为神的文化属性，因其为神性，故一般无须亦难以为自然科学所证实或证伪。对于"神性"而言，定量分析可谓徒劳无益且无必要。正如牟宗三氏有云，"神性""神性美学"所指涉的，是所谓"内容真理"而非"外延真理"②。前者，"它不能离开主观态度"，"我们一定要承认一个内容真理，它是系属于主体（的）"；后者，指"凡是不系属于主体（subject）而可以客观地肯断（Objectively asserted）的那一种真理，通通都是外延真理"。"神性"本身作为属神的"内容真理"，关乎主体、主观的人文态度。而"神性"作为一个超

---

① ［德］海因茨·佩茨沃德：《符号·文化·城市：文化批评五题》，邓文华译，四川人民出版社，2008，第46页。

② 牟宗三：《中国哲学十九讲》第二讲，上海古籍出版社，1997，第18—42页。

验的神学范畴，它与审美性之间，构成怎样的文化哲学意义的联系，决定我们首先应予讨论的第一个问题是，神究竟如何可能？

这个世界本来并没有什么神。这一充满理智、似乎纯属人类学、文化哲学ABC的基本常识性问题，却在历史与现实生活中，一再遭遇诸多智者的怀疑与攻讦。这里，不仅如古罗马奥古斯丁、中世纪阿奎那等虔诚的神学家，而且甚而包括一些杰出的自然科学家，如开普勒、法拉第与牛顿等，都曾对神与宗教信仰怀有令人感动的眷恋与挚爱。现代航天科学之开创者冯·布劳恩（Von Bran，1912—1977）曾说，宇宙之无边神奇，惟有证实我们有关造物主确定性的信仰。人们发现，理解一个不承认在宇宙背后存在超理性的科学家和领会一个否认科学进步之神学家，是一样困难的。这种关于自然科学、理性与神、信仰、超理性之间的有趣"话语"，显然来自于属神之西方基督教的文化背景、修养与传统。

神源自于何且究竟是什么使"上帝临在"？当十九世纪后期，英国古典文化人类学家泰勒《原始文化》首度提出"万物有灵"论时，这一关于原始先民承认万物本具"灵性"的论断，几乎让人的学术思维与思想，走到通往神性、神学的入口处。在西方文化史上，可以将神、神性的有关文化意识，追潮到原始神话、原始图腾与原始巫术发生之时。比如"在神话中，神的启示赢得了一种'神圣'的生动形象，这种形象是如此的本真……神性主要就是在这段时间内成型，每个民族都有其独特的神话源头，但希腊的神话源头却囊括了整个西方其他所有民族，描写了各种各样的主题"①。

这个世界本来没有神，而人却偏偏热衷于塑造、虚构文化意义的诸神，且拿诸神"说事"。这个世界及其审美与美学便从此多事，而且倍增诗意。然则就西方文化及其哲学、美学而言，具有决定意义的，是《圣经》关于上帝这一主神的创设。遂使其在希伯来、希腊两大文化传统的结合之中，充满神性、神学的灵光，从而令其哲学与美学别具光辉。

问题是，上帝的降临于世究为何故，上帝对人而言，究竟意味着什么？

其一，上帝以及诸神的"临在"，是人类面对世界与生存难题，总是难以

① ［瑞士］冯·巴尔塔萨：《神学美学导论》，曹卫东、刁承俊译，生活·读书·新知三联书店，2002，第14页。

彻底克服和解决的一个确证，是在人与自然、人与社会、人与人、人之内心的本在关系中，总也"命在注定"般遭受无穷无尽之盲目自然力残酷奴役的一个结果。"人一方面赋有自然力、生命力，是能动的自然存在物"，"另一方面，作为自然的、有形体的、感性的、对象性的存在物，人和动植物一样，是受动的、受制约的和受限制的存在物"①。人的这一"受动性"，总是与人永远是相对低下的社会生产力（人的智力及其一切心灵、心理能力、体力与两者的结构、制度等）相联系。当盲目自然力及其延伸即盲目社会力与主体的内在尺度相比较显得足够强大之时，由于种种与此相系之文化心灵、社会环境条件与因素的催激，便可能使人不得不屈辱地在漫长而多变的造神运动中，在人心灵意义上孕育、创造上帝或诸神，并且加以崇拜。人的精神、心灵，是人与一般动物的根本区别。但人一开始就很倒楣，它在能动地超拔于外界、物质之上的同时，注定要受制于盲目自然力的压迫与纠缠。宗教、崇拜、造神以及上帝之类的降临，是人类真正自由、自觉永远未能全面、彻底实现的人文表现。上帝及诸神的诞生与降临于世，是人类在必然王国的痛苦挣扎，冷酷世界的情感迷狂，虽然它给予信众的直接感受与体验，是温暖而充满诗意的。可见，神、神性并非其他什么。它是盲目自然力即尚未被人类所正确而准确地把握到的自然本质规律及其社会本质规律性。因其尚未被把握，就在人的文化心灵中幻化为神、神性。神是"先验幻想"的结果。

其二，上帝。诸神的"临在"，又是人类之绝对、完美之理想的一大体现。人类固然无奈地拜倒、服膺于上帝脚下，却并非意味着在这盲目自然力面前是绝对无能为力的。造神及其上帝之类的十全十美、全智全能，是人类绝对理想主义的神性表述。《圣经·创世记》有云，"起初上帝创造天地。地是空虚混沌，渊面黑暗，上帝的灵在水面上运行。上帝说'要有光'，于是就有了光。上帝看光是好的，就把光、暗分开了。上帝称光为昼，称暗为夜。有晚上，有早晨，这是头一日"②。上帝创造、主宰与爱抚一切，赏罚分明。"《希伯来圣经》中上帝有多种

---

① ［德］马克思：《1844年经济学—哲学手稿》，载《马克思恩格斯全集》第42卷，人民出版社，1979。

② 《新旧约全书·创世记》，中国基督教协会，1989。

称谓。'至高的上帝'（El elgom）、'永生的上帝'（El olam）、'全能的上帝'（El shaddai）、'立约的上帝'（El berit）中均称艾勒（El）"①。上帝作为主神，至真、至善、至美。上帝其实是此岸之人所企盼完美之人、人性与人格在彼岸巨大、崇高与无与伦比的一个折光。这个世界到处是苦难，罪恶与死亡，而"上帝临在"，正可证这一世界与人类，还是有救的。上帝之光，即人类内在之光；上帝的自信，即人类本在的自信；上帝救赎人类，实为人类坚信能够自救。这一绝对理想主义，是积极而宏大的一种人文诉求。它意味着，人类是将此岸难以实现的绝对之美，拿到彼岸、天国去加以"实现"。可见大凡神性尤其是上帝的神性，其实不过是现实人类所企盼之完美人性（人格）与完美世界的一个"乌托邦"。冯·巴尔塔萨曾说，在接受希伯来宗教神性文化传统影响的希腊人看来，"所谓美，就是上帝的在场"，"只有在宗教里才存在着真正的美"②。说的就是这个道理。当然，这里所谓"上帝的在场"的美与"真正的美"，指的是绝对之美。

其三，从神学角度看，上帝创造一切；从人学角度看，人创造上帝。"上帝万能"这一神学命题，因其是神学的，故必遭遇人学的挑战。假设"上帝万能"而创造一切，那么试问，上帝究竟能否创造它自己呢？又能否创造一座连它自己也搬不动的山呢？如果它能，那这座山是上帝自己所搬不动的；如果不能，证明上帝并非"万能"。这一悖论，是上帝其实也是人的尴尬与无奈。同样，诚然上帝能"拯救"我们，然而，难道上帝也能"救活"一个装死的人或能"唤醒"一个假睡的人吗？不能。既然如此，人类又为什么要创造上帝这"至上""全能"的"天父"，从而让人自己隶属、匍匐且沐浴于"圣光"之中，这究竟是世界、人性与人格的完美实现，还是反受奴役与残害？

问题的关键在于，当《庄子·齐物论》称"六合之外，圣人存而不论"之时，从希伯来文化结合希腊文化的传统之中所孕育、完成的，却是关于上帝与所谓"两个世界"的人文思维方式。犹太教、基督教的基本教义，在经验世界之外，又预设了超验的另一世界，这包括天堂与地狱。于是，与西方传统之整

---

① 任继愈总主编、卓新平主编：《基督教小辞典》，上海辞书出版社，2008，第347页。

② ［瑞士］冯·巴尔塔萨：《神学美学导论》，生活·读书·新知三联书店，2002，第79、11—12页。

体、全局文化理念、哲学及其美学尤为相涉的，是该"两个世界"即此岸（人间）、彼岸（天堂、地狱）之基本的文化思维结构，这不仅建构起宗教及其主神的神殿，而且主神上帝作为"创造"时空之"第一因"，为随之而起的希腊乃至整个西方哲学及其美学的本原、本体学说，提供了坚实而深邃的思想与思维资源。柏拉图的"理式"，就是被人文理性思维所精致化的关于哲学与美学之本原、本体的"上帝"。所谓"美的宗教"这一著名命题，揭示出西方宗教与美、美学的人文联姻。《新约全书·约翰福音》云，"太初有道，道与上帝同在，道就是上帝。这道、太初与上帝同在"。上帝，时空与世界未成之时的本因、本在，这便是"道"。此即希腊语所谓"逻各所"（Logos）。"道成肉身"（Incarnation）即耶稣基督。作为"三位一体"（圣父、圣子、圣灵）之第二位格的圣子、基督与上帝同因、同在，属同一、独一真神。"因此，是你，主，创造了天地，你是美"①。上帝即道，乃美之自身。此亦即哲学、美学之理式。这是因为，上帝、道、逻各斯，即"第一存在"。逻各斯既然可指事物之本在，因而上帝是不可能不存在的"存在"，亦即不可能不美的"原美"。柏拉图说："一个东西之所以是美的，乃是因为美自身出现于它之上，或者为它所分有，不管它是怎样出现的或者是怎样分有的。"②这一有关"美自身"的言说，立刻让人领悟到其巨硕而深沉之关于"上帝"这一文化背景。希腊古哲之所以称"美是难的"，是因为那"美自身"本属上帝，是上帝这一本在，而非"他在"或"异在"，因而人不可企及。这"两个世界"的哲学与美学思维，直到康德那里，仍是如此。康德的美学，将"世界"分为"物自体"与"现象界"，其企图加以统一，而终于未能完成。至于柏拉图所谓"一切美的事物都以美理念为源泉，所有一切美的事物分有美理念，有了它那一切美的事物才成其为美"③的美学之思，在人文思维模式上，显然与犹太教、基督教所谓"道成肉身"、基督作为圣子而"分有"上帝之光、上帝之美的教义，具有同构之文化联系。虽然是"分有"，但在"神性"之美这一点上，两者是同一的。

① ［古罗马］奥古斯丁：《忏悔录》卷十一，周士良译，商务印书馆，1997。
② ［古希腊］柏拉图：《斐多篇》，100C-E，转引自范明生：《古希腊罗马美学》，第288页，蒋孔阳、朱立元主编：《西方美学通史》第一卷，上海文艺出版社，1999。
③ ［古希腊］柏拉图：《会饮篇》，211B（同前），第316页。

二、崇拜与审美：既背反又合一

由此可以进而讨论神性崇拜与人性审美的关系。

笔者以为，崇拜与审美的文化哲学之联系，既二律背反，又合二而一[1]。

其一，神性崇拜可分宗教崇拜与世俗崇拜两类，前者是后者的神性之原；后者是前者的世俗表现。两者在神性程度上有差异。而所谓崇拜，不管是宗教还是世俗生活中的，都同时是客观对象的被神化即主体意识的迷失。这种神化与迷失，只是程度的不同。

假定我们从客观对象角度看崇拜，它是将人类所处的经验世界、现实人生在幻想、想象或迷狂之中，幻变为一个与主体现实性相对立的存在。崇拜之中的所谓神的本质，外在、异在于人的本质，崇拜首先是将神与人对立。故大凡恶神，总是严厉地站在人的对立面。凡是善神，亦总是至上地俯瞰芸芸众生并施以恩惠，两者的文化地位极不平等。神的善、恶之性，都具有对立、对应于人的至上与异在性。在神面前，人首先注定是"弱势群体"。崇拜神与神性的人，往往总是睁着一种受苦、无奈或惊恐之眼目，向这个世界发问，谁来拯救我们？

假定从主观角度看，神、神性又是与人的本质力量相生相伴、相对相应的人之心灵的一种异化，或曰是被巨大而盲目之客观对象的本质规律（幻化为神）所威慑、压倒之主观心灵的异化。一种以心灵为"主体"的迷失，弥漫于整个神性崇拜的过程与氛围之中。正因如此，人"命里注定"会追随神的指引而去面对这个世界的挑战，会按人自身的面貌来创造神的形象，或是夸大、虚构而变形。色诺芬说，"埃塞俄比亚人说，他们的神是鼻子矮翘，肤色黝黑，而在色雷斯人的心目中，他们所奉之神则是眼睛碧蓝、发色淡黄"[2]。在《圣经》与荷马史诗中，"到处可以看到神明与凡人一样有躯体，有刀枪可入的皮肉，会流出殷红的鲜血，有同我们一样的本能，有愤怒、有肉欲"[3]。当然，也有如上帝之类的主神，因是纯然超验的，反不以具象来加以塑造。但其神性，依然是对

---

[1] 王振复：《论崇拜与审美》，《学术月刊》1991年第7期。

[2] ［苏］谢·亚·托卡列夫：《世界各民族历史上的宗教》，中国社会科学出版社，1985，第10页。

[3] ［法］丹纳：《艺术哲学》，傅雷译，人民文学出版社，1983，第45页。

立、对应于人性的神性。"因为，上帝之下降为人，必须以人之上升为上帝为前提"。这里所谓"上帝之下降为人"，主要指上帝的至上神性通于人性；而"人之上升为上帝"，指人性通于神性。不过，神性与人性之间，却是因为对立而相通。

从主客关系看，神性与人性的相遇，总是在一个统一的崇拜过程中得以完成的，遂使渗融以人性的神性，放射无限光辉。这里所谓"主客的统一"，必然既是客观对象的被神化，同时是主体意识的迷失。费尔巴哈有云，人"把一个自然对象在他自己所激起的那些感觉，直接看成了对象本身的性态"①。故所谓崇拜，并非崇拜客观对象之存有本身，而是崇拜因客观存有之主观心灵的衍射。所有神性崇拜，都并非崇拜实物，而是由崇拜者受激于客观因素之巨大尺度而由"吾心"所创构的心灵幻影。崇拜即造神。"造神就是将客观对象人格化、虚拟化、夸大化与永恒化。造神过程就是崇拜过程。人格化的神，就是神格化的人。……如果说，人是上帝所创造的，则上帝就是颠倒、夸大的人。如果说人创造了上帝。则上帝就是人之公开的、极其完美的内心向往，就是那尚未在历史进程中，展现其全部丰富性与深邃性的人的本质在天国的翻版"②。

其二，在神性崇拜与人性审美关系中，人的自由本质力量的异化及其对象化即所谓的"积极性实现"，同时发生、发展与消亡，两者互逆互顺。

就艺术审美而言，一般以为其与崇拜无涉。其实不然。说其具有崇拜因素，是因为大凡艺术，作为一种通常是审美性的人类实践方式、过程与结果，是以人必然要依凭客观自然为前提的，人的受动性，决定了人无论如何不能凭空创造艺术及其审美。人们常说，自然（包括"人化的自然"即社会生活）是艺术审美的惟一源泉，即指人对自然的依附。在艺术审美及其艺术创造中，人首先必须敬畏于自然这一源泉（注：这一"自然"，亦指人的"心灵自然"，而且首先是"心灵自然"）。

就神性崇拜而言，大凡崇拜，都有审美之因素存矣，或在历史与人文的陶冶之中，从崇拜之中陶铸出某种审美性因素。诸多史前艺术，在当时基本都是

---

① ［德］费尔巴哈:《费尔巴哈哲学著作选集》下卷，商务印书馆，1984，第78、158页。

② 王振复:《论崇拜与审美》,《学术月刊》1991年第7期。

关乎人之崇拜意识与情感的宣泄（这里当然也有原始意志的存在）。如新石器时期的所谓"巨石建筑"，分布于欧洲全境、北非与亚洲的印度等地区，其中巨型者，可由一千二百块长形花冈巨岩排列于原野，可达三千英尺之遥（注：还有列石、桌石之类）。这是一种史前建筑艺术样式，有学人认为是史前坟墓之遗物。笔者以为是人类原始巫术之一种。以石体巨硕、质量沉重、质地坚硬之蛮石，成其漫长而蜿蜒的巨石列阵，是对于有害神灵的拦截或推拒，目的要在蛮荒之天地间，"营造"一个令人感到安全与美善的心灵空间。"巨石建筑"上或有此原始文饰即雕凿之类，可被看做先民企图取悦于巨石，且将该文化因素神化而企望巨石阵发挥更大魔力的努力。而在崇拜的同时，于心灵深处努力寻求与企图达到人与神、人性与神性的和解。以神制神的这一史前艺术，正是人类献祭于神灵之历史圣桌上的一道供礼。而说其兼具艺术审美的因素，是因这因素在漫远之历史与人文的陶炼中，可从史前之崇拜的迷氛之中，孕育、发展、成长为一定的审美因素。史前"巨石"作为一种巫术文化现象，也许主观上原本连一点儿审美性都未备，然主观上不在于审美，不等于客观上不在一定程度上成为某种审美因素的现实。这是因为，本是作为原巫的"巨石"，一旦屹立于广阔的原野，由于已现实地包含人企图通过其自身的努力，将其积极的本质力量，物态化为人改造环境的人为因素，遂促使先民原本于巫术崇拜之中对心灵空间的安全这一虚幻的"占有"，变成了现实的占有。这在客观上，同时是一定程度之人的本质力量的肯定性实现，自然蕴含一定的审美因素。正如歌德所言人既是自然的"奴隶"，又是其"主人"，故神性崇拜与人性审美的在艺术之中结伴而行。

这亦正如在中华古代的风水文化中，"风水"作为一种迷信，充满了对于所谓"神灵"的敬畏、崇拜甚而恐惧，一种"畏天"的命理意绪与思想，充斥于古代风水学的说教之中。读者只要去阅读一下作为中华古代风水学代表之作如《宅经》《葬书》即可明了。然而，即使是迷信、崇拜于命理的"风水"，也并非仅仅宣说所谓"死生有命，富贵在天"的"一面之词"。它在渲染"畏天"与崇拜的同时，依然不忘对于人为、审美的肯定。这便是所谓"知命"之说。如《葬书·内篇》云，如人处于逆境、遭宅舍凶险风水咎害之时，人亦并非听天由命，而是可"乘其所来，审其所废，择其所相，避其所害，是以君子夺神功而改天命"。《葬书》注引陈抟之言解说云:"圣人执其枢机,秘其妙用,运已于心,行之于世,天命可移,神功可夺,历数可变也。"此之谓"知命"。"知命"者,是人性、人格、人为的肯定,其中必有审美因素存矣。

要之,在神性崇拜与人性审美的历史与人文联系中,"人是一个有趣而尴尬的角色。糊涂与清醒同在,迷信同理智并存,委琐和尊严兼有,崇拜携审美偕行"①,既背反又合一。费尔巴哈有言,"宗教是人类精神之梦。但是,即使在梦中,我们也不是处身于虚无或天空之中,而是仍旧在地上,仍旧在现实之中"②。而人的精神一旦与"现实"相联系,就必与审美存不解之缘。别的暂且勿论,比如,佛教这一对于佛国、净土或空幻的崇拜之中,必渗融以被颠倒了的关于现实、人世间的审美因素。总也法轮未转而"食轮"先转。"食轮"的难以转动,反倒促成法轮转得飞快。当初释迦牟尼在古印度鹿野苑"初转法轮"的现实、历史之原点,到底还是来自于"食轮"的。可见,任何神性崇拜与人性审美之关系,无一例外都处于既二律背反又合二而一之奇异和尴尬的境地。

三、崇拜与审美的双向回互与审美的崇高

对于中国美学研究而言,神性崇拜与人性审美的关系,无疑是一个重大的学术课题,只可惜许多年以来,学界对此不甚注意。究其原因,首先与一般学人那种所谓"淡于宗教"的学术意识不无一点联系,从而对西方那般神学美学、神性美学暨崇拜与审美之关系研究的重要方法论意义,有所罔顾。

人们当然没有多少理由可以怀疑,那种通常将审美问题孤立起来,甚而仅仅将其局限于艺术审美领域的研究就一定不能把捉某种学术性真理,而从文化人类学、文化哲学角度看,审美不仅与艺术相系,且与道德求善、科学求知等,尤其与宗教崇拜,本具"天然"的人文之缘。

无论审美还是崇拜,作为共通而相系于人类人文的精神现象,均首先诉诸人的感性、情感与想象(幻想)等,都对人的情感生活、人之精神世界,具有

---

① 王振复:《正本清源:理性地解读"风水"》,《学术月刊》2011年第8期。
② [德]费尔巴哈:《费尔巴哈哲学著作选集》下卷,商务印书馆,1984,第531—532页。

宣泄安抚与净化的功能。而且就纯粹性的宗教崇拜而言，其实，它与审美在人之精神境界的终极关怀上，可以彼此容受与相通。如大乘空宗关于"空空"之境即对于"空幻"的无所执着，也是如审美那样的"无功利""无目的"的。

不仅如此，在一定的社会现实、心灵现实条件下，崇拜与审美二者，可以相互转化。

其一，在宗教领域，比如印度释迦其人创立原始佛教之初，虽则作为一门新起的宗教，其文化、哲学之推动力，不可能与崇拜意识无关。但佛祖的原始说教，首先有斥破婆罗门教之宗教信仰、反对偶像崇拜的一面。"佛的一切说教都没有带着任何宗教的权威，也没有任何关于上帝（神）或他世的话"[1]。初转法轮时的释迦智者，是人而不是神，尔后经历印度世代佛门弟子的不断渲染、塑造，从原始佛教到部派佛教，从小乘到大乘，终于将释迦推向超凡入"神"之崇拜的极致之境。故而，在相当于中国东汉中叶的印度迦腻色迦王时代之前而达于顶峰。此时印度的佛教雕刻艺术，没有敢于直接雕塑佛像的，崇拜者宁可对"佛"保持一个空幻的心灵幻相。在"佛"面前，崇拜者不能也不敢做具体的想像与幻想，以便微起无限迷狂。然而，从印度佛教包括佛陀崇拜意识大致自两汉之际入渐于中土，遂被逐渐"中国化"，直至唐代如禅之南宗所宣说的"佛"，已指众生空寂之"心"，此所谓"直指人心，见性成佛"。这无疑是对于佛陀之崇拜意绪的"稀释"。而在一定程度上，将关于佛的崇拜，"还原"为人的审美。至于后世禅门五宗（所谓"一花开五叶"），有的发展为"呵佛骂祖"之类，从而使原本狂迷的宗教崇拜激情，转化为激扬或淡泊、平易而优渐的基本属人的审美。这一将人（人性）变成神（神性），又将神（神性）变回人（人性）的历史与人文的转嬗，关乎崇拜与审美的互为转换。

其二。在世俗领域，崇拜与审美之关系的双向回互，亦为常见。如政治领袖人物本为凡人，由于其丰功伟绩的巨大尺度，在一定历史、现实条件与文化、心灵因素的催激下，本为人（伟人）的政治领袖，就可能由原先的审美对象，转化为万众的崇拜对象；又为另一些社会、心灵条件所激发，再由崇拜对象递传为审美对象。此时便令伟者、英雄之类走下"神坛"或"圣坛"。于是民众

---

① ［印］贾瓦哈拉尔·尼赫鲁：《印度的发现》，世界知识出版社，1955，第150页。

的文化心灵，又从对绝对权威的膜拜之中向审美的现实"解放"。又如，世俗生活中对于歌星、影星的崇拜，始起于对其一定艺术成就的欣赏与佩服，这基本是审美。而人们一旦对此类艺术、艺术家因倾羡而成"迷"，便可导致对其人格的崇拜，陷入对象的被神性化即主体意识的迷失这一精神、心灵状态，以至于在一些媒介的推波助澜之中，酿成对那歌星与影星之类几乎是全社会的狂热崇拜风气。粉丝甚至可以对那些"星"的诸如生老病死、吃喝拉撒睡等极为关切，明星也会故意制造些"绯闻"之类，弄出点儿"动静"来耸人听闻，让其虔诚的崇拜者如痴似醉、欲罢不能。粉丝的快乐与幸福，一种崇拜兼审美之喜剧又悲剧性的精神性狂欢，其与造"星"运动相生相伴。

文化人类学与文化哲学的美学，以崇拜与审美之关系的研究为其题中应有之义。这也便是美学如何看待与研究神性与人性（人格）之关系这一学术课题的问题。神性的人文本涵，自当关乎崇拜。正因它是关乎神性的崇拜，同时又因该预设的神性，实为人性（人格）的另一表述，因而，所谓神性化的崇拜，便必然与审美性的崇高相系。在审美中，当对象的外在尺度与主体的内在尺度达到平衡、统一之时，可以激起主体心灵的优美感；当主体心灵尺度"大"于对象的尺度时，主体便可感到对象的"渺小"甚或"可笑"，从而激起喜剧性的滑稽感；而当主体身处逆境、所谓现实之外力"大"于主体，甚而为对象所"毁灭"时，由于人性本在的高贵与人格的尊严和正义，被对象所暂时"压倒"的主体精神，反不受震慑，扬起"高贵的头颅"而激起以痛感之明朗而自觉的惊奇感与崇高感。崇高是人之为人、人性与人格的优越、伟大与庄严。某种意义上，崇高作为审美，同时关乎崇拜，它不仅是对客观对象之神性、神圣的肯定，同时也是主体意识与精神之神性与神圣的肯定性实现。崇高的人文主题是："我是人"而同时也是"我是神"。崇高是神、人的背反与合一。在审美性的崇高中，"我"所遭遇的苦难甚或毁灭，有类于"神"的遭遇。从而，不仅是人性而且神性，兼通于崇拜与崇高。假设这个世界与人可以舍弃神性，其结果正如失去人性一样，那么，人们所不幸地丢弃的，就不仅仅是神性崇拜，而且还有审美性崇高。审美之崇高与神性崇拜结伴而行。崇高，是人之精神的伟巨、静穆与净化。

这个时代、民族与世界，尤为需要崇高。我们的美学，应当为崇高正名。

二十年前，似乎有些"赶时髦"的《躲避崇高》①一文，因"首先是生活亵渎了神圣"（引者注：此指"文革"时代的"生活"），而提倡"躲避崇高"云云，在此值得重新思考。就那种假、大、空的"生活"而言，说"生活亵渎了神圣"固然不错，但并不等于说，生活、现实本身就没有任何神圣与崇高值得肯定。即使在"文革"时代，也依然自有人民的崇高在。"伪崇高"固然必须唾弃，而真正美学意义的崇高，值得提倡与捍卫。"伪崇高"，作为对真正崇高这一神性兼人性、人格之高贵与优越性的遮蔽、解构与羞辱，决非崇高本身，亦掩盖不住其光芒，何需"躲避"？而且在当下，所谓"伪崇高"，并未也不会绝迹，只是改变了其表现形式而已。因而，这一时代仍当提倡真正美学意义的崇高。

本文发表于《美与时代》2013年第6期

---

① 王蒙：《躲避崇高》，《读书》1993年第1期。

论当代世俗崇拜

文化学可将人类所创造的全部文化，归结为宗教文化与非宗教文化（亦即世俗文化）两部分，"'世俗'的这个概念，其内容经常是通过同神圣化的宗教相对而言的。"[①]在人的一切现实关系与社会文化总体结构中，宗教虽远离世俗，却绝对没有力量将现实世俗精神抽离与过滤干净，宗教的"心灵"决不能割断与世俗的一切精神联系；世俗现实也不可避免地融渗着一定的宗教精神。所谓"人人心中都有一个上帝"的说法，某种意义上说明了宗教对世俗在精神上的巨大影响力与穿透性。正是宗教与世俗各向对方领域的溢出与渗透，使得崇拜这种社会现象也可区分为宗教崇拜与世俗崇拜。

任何对象，如果其影响力足以迫使主体心灵为这对象所压迫、所震慑，那么，这种对象便可能成为主体心目中的偶象，对这种偶象的心态便是崇拜。当代世俗崇拜，是除当代宗教崇拜以外的对一般偶象与异己力量的崇拜。崇拜领袖、英雄、祖先、导师、古人、洋人、艺术家、权力、金钱，崇拜某种文化传统观念与思维模式以及唯意志等等，均属此类。它没有教义、僧众与戒律禁忌，也不把天堂、佛国、上帝、真主与菩萨之类奉为顶礼膜拜对象，它所崇拜的对象在此岸而不在彼岸，自然也没有特定的宗教生活。

但是，当代世俗崇拜这一社会文化心理行为的广泛性、深致性与顽强性，又颇具准宗教崇拜的文化特色。在中国，某种程度上可以说，它是一种"溶解"

---

① ［罗］亚·泰纳谢：《文化与宗教》，张伟达译，中国社会科学出版社，1984，第26页。

于当代世俗生活的中华民族所特有的宗教意识与宗教感情。当代世俗崇拜对社会意识的侵蚀恰恰表现在它的麻醉作用上。具有现代意识的人，对宗教崇拜一般尚能识破其实质，但对当代世俗崇拜，人们却常常表现出宽容与麻木的态度，甚至还可以"山路元无雨，空翠湿人衣"般地对它爱恋与陶醉，以致在不知不觉中"愉快"地失去人的主体意识，有时甚至会恶性发展成为一种"集体无意识""时代病"或"民族文化瘟疫"。

一

当代中国的世俗崇拜的具体表现，可以举出以下几方面作为例证。

领袖崇拜：最典型的表现，莫过于十年"内乱"时期。那时，所谓"三忠于""四无限"等宗教般的对领袖的颂赞曾不绝于耳，天安门前检阅时山呼万岁的热浪，使人如醉如狂；背诵小红书、跳忠字舞、"早请示"、"饭前敬祝"、"晚汇报"以及将像章直接别在胸脯上弄得鲜血淋漓的愚蠢举动，被认为是一种"崇高"，红卫兵将崇拜"火种"撒向全国的狂热行为令人目迷神乱……这一切现在回想起来，荒唐好笑得令人心颤，但在那个灾难岁月中苦熬苦度过来的人，当时肯定有不少并未清醒地意识到那是十足的迷信与崇拜。相反，崇拜者虔诚的心灵似乎还从中获得了某种似是而非的净化。当某种社会思潮的汹涌狂澜席卷而来时，躁乱的心绪无法保持平衡与冷静，理性在痛苦地呻吟，人无法对历史与现实、社会与人生加以及时而必要的沉思，而这种社会悲剧的出现，不是催人猛省，反而迫使人愈加寄望于领袖的力挽狂澜，将对领袖思想的信仰作为自己迷茫时的精神寄托。

权力崇拜：人在改造自然与社会时，个人力量总是显得非常渺小，必须通过集团、阶级、国家或全社会的力量才能达到目的。但是，当人民大众的力量、意志与利益被凝聚为某种权力时，它就高居于全社会之上而成为上层建筑的重要因素。如果行使这种权力的个人或集团，不是将自己看作权力的代表而是看作权力本身时，就可能脱离人民，并使权力异化成为崇拜对象。

认为权力万能、"有权就有一切"，是以对权力的神化作为逻辑基点的，它刺激了野心家、阴谋家的权力欲和他们篡权、耍弄权术的活动，也促成了拜倒在权势之下的奴化心理和一朝权在手便把利来争的极端利己主义思想，这在十年"内乱"时期有突出的表现。在今天，也有以权谋私、生怕"过期作废"、视权如命的种种表现，一旦要求他将人民给予的权力重新交回给人民时，就会痛心疾首、如丧考妣，认为"失去权力便是失去一切"，权成了持权者的一种精神支柱。

"权大于法"或"权即是法"是又一种权力崇拜观念。法的本质，是一定社会物质生产水平通过国家意志所表现出来的统治阶级的整体意志，因此，法不是统治阶级中个别人物的恣意妄为，也不允许特权枉法。权力崇拜者往往不能清醒地看到与承认这一点。当权与法发生冲突时，由于头脑中只有权力观念没有法制地位，往往人为地维护个人权力、践踏法制尊严，还自以为这是"组织观念强、党性纯"的表现。与此相关的，便是把权力作为判断是非的真理尺度，相信有权就有真理，权力大小决定真理的多寡。

意志崇拜：意志是确定目的并选择手段以克服阻碍、达到预定目的的一种心理过程，是人的意识能动性的表现，它在制约与规范人整个的心理行为并将行为贯彻到底时具有重要作用。然而，一旦意志过分强烈，脱离了客观实际，就可能使意志越出理智的域限，失去对情感正常的控制作用与对行为正常的调节作用，表现为"唯意志"倾向，即对个人意志的崇拜。在我国，五十年代后期的"共产"风，诸如"十五年赶超英国""三个月进入共产主义"以及"人有多大胆，地有多大产"之类的口号，都是这种意志崇拜的表现；十年"内乱"期间批判所谓的"唯生产力论"，倡导"在大乱中求大治"的唯生产关系"革命"论，其心理基础之一，也是意志崇拜。意志崇拜导致人盲目地相信"精神万能"、相信理想即可成为现实，结果种种过激行为只能是摧残文化；而领导者一旦崇拜个人意志，就可能不顾客观规律，作风专断、听不得不同意见、损害民主集中制。

人格崇拜：这种世俗崇拜较多地表现在家庭伦理关系中。比如父子之间，中国历来提倡"父慈子孝"这一人格模式，时至今日，尤其在经济落后的偏僻农村，崇拜父亲的现象仍不是个别的。不管父亲实际上提供的是怎样的一种文化表率，儿子们往往以"孝子"作为自己的人格理想来追求。于是代代相陈，儿辈趋于父辈的足迹塑造自身的人格形象，经济上依靠父母从而也在观念上养成对父亲的奴化心理。这种人格崇拜意味着每一个男子都可能充当两个角色：既是严厉的父亲，又是恭顺的儿子，既是崇拜对象，又是崇拜者。同时，这种人格崇拜又可以另一种方式表现出来：随着经济条件的变化、文化观念的更新，四代同堂之类传统的大家庭正在迅速解体，父亲的传统威权遭到了毁灭性打击，于是对父母从盲目顺从一转而为盲目反叛，一边侈谈人格独立，一边却在经济上无情地从父辈那里榨取，甚至不愿赡养年老而失去劳动能力的父母，又成为具有现代色彩的人格标准。又如夫妇之间，妻子对丈夫的崇拜以及丈夫要求妻子对自己的崇拜也每每存在。一方面丈夫的威严与霸道，另一方面则是妻子的退避与忍让，夫唱妇随贤妻良母是其家庭人格理想。或者作为对传统夫权至上的惩罚，一变而为妻子对丈夫的严加管束，首先是丈夫经济上的绝对无权导致人格奴役，发展着另一种畸型家庭伦理关系。而有些青年女性择偶的标准是对象必须比自己强，仿佛只有这样心理上才有所依靠，这是女性主体意识没有真正觉醒的一种表现。再如，在上下级之间，有的当上级的相信"不管怎样，你总得听我的"这一信条，虽然口头上现在已经不太讲"驯服工具"什么的，但凡遇听话的下级总感到内心十分慰贴；有些至今仍被束缚在小块土地上的农民，他们心平气和地尊上级为父母官，如作家高晓声笔下所描绘的陈奂生一类盲目的"跟跟派"，心悦诚服地以异在的外力作为自己精神上的支柱，否则便无所适从、为失去主心骨而显得惶惶不安。以上三种人格崇拜是当代世俗归属型、依附型文化心态的表现，与主体型人格那种独立自主意识、竞争向上心理人生态度格格不入。

观念崇拜：它颇具普遍性，首先表现为当代文化观念中的崇古倾向，作为经学文化的负值面，历史上的经学笺注观念仍在一定程度上困扰着当代文化。"经也者，恒久之至道，不刊之鸿教也。"① "经为圣人所作，为万世不易之常道。"② 于是，在今天的学术理论研究中，重诠解、少生发；重复述、少创见；重对古代的肯定，少科学的否定，在某些领域几乎成了思维定势。正如尼采所言，"他们如同磨盘也如同杵臼一样地工作着，只要向他们投放谷粒便成！——他们擅长磨碎谷粒，制成白粉！"③ 但不事新的播种。"他们的手指知道一切的

① 《文心雕龙·宗经》。范文澜：《文心雕龙注》上册，人民文学出版社，1958。
② 蒋伯潜：《十三经概论》，上海古籍出版社，2010。
③ 《尼采全集》第6卷，第1卷，转引自周国平《尼采在世纪的转折点上》，东方出版社，2014。

穿针、引线、编结，他们如此缝制精神的袜筒"①。崇古文化观念在当前文化寻根热中也有反映，仍在培养新的"精神上的驼背"，又如，陶醉于"世界第一"的美好回忆之中，说湖南岳麓书院是中国第一所"大学"，距今足有一千年啦，中国海关创立于西周，有三千年的光荣历史啦，文学的"意识流"始于中国唐代，李贺的一些诗作就是"意识流"杰作啦等等。问题不在于古代中国究竟有多少"第一"，而在于倘若一味沉醉于过去的"光辉灿烂"，聊以自慰，盲目乐观，可能泯灭民族忧患意识，丧失摆脱落后现状的紧迫感。

其次，与崇古观念相关的是迷外意绪。由崇古走向反面，竭力贬低与否定中华民族的过去与现在，将自己说得一无是处、一钱不值、一团漆黑，因此对未来也同样抱悲观态度。在个别蹩脚的所谓"寻根"文学作品中，过分渲染中国的极端愚昧、黑暗、野蛮与神秘，描写那种所谓披兰戴芷、索茅以占、结茝以信、茹毛饮血甚至混沌未开的原初野性，这与其说是马克思批评的那种"留恋原始的圆满"，倒不如看作悲观厌世情绪的宣泄。因为悲观，就必然会对西方现当代文化理想化与神化，以便在精神上寻找出路与寄托。迷信洋人洋物、以洋为上、唯洋是听，有的甚至在中外交往中丧失国格人格，这是西崽式文化心态的复活。这种情况，是将当代清醒而必要的向西方的学习变成了迷狂而自卑的崇拜。

二

当代世俗崇拜的本质是对客观事物的神化，同时又是主观世界的异化。

作为一种比较普遍的文化现象，无论宗教崇拜、世俗崇拜，都是人与自然关系的必然衍生现象。人与自然的关系决定了人具有两重性。"人直接地是自然存在物，作为自然存在物，而且是有生命的自然存在物，人一方面赋有自然力、生命力，是能动的自然存在物……另一方面，作为自然的、有形体的、感性的、对象性的存在物，人和动植物一样，是受动的（Leidend）、受制约的和受限制的存在物。"②人的这种"受动性"，意味着人在能动地改造自然与社会的历史实践中，无法摆脱这样或那样盲目自然力量与社会力量的压迫。"人们就处于矛盾

---

① 《尼采全集》第6卷，第1卷，转引自周国平《尼采在世纪的转折点上》。
② ［德］马克思：《1844年经济学-哲学手稿》，载《马克思恩格斯全集》第42卷，人民出版社，1979。

之中，一方面，要毫无遗漏地从所有的联系中去认识世界体系；另一方面，无论是从人们的本性或世界体系的本性来说，这个任务都是不能完全解决的。"①因此，当这种盲目自然力量与社会力量同主体的内在尺度相比较显得足够强大时，由于种种与此相关的文化心理因素的催发，就有可能使人不得不屈辱地对这种盲目力量加以崇拜。客体力量的盲目与强大必然是与主体的软弱无力相对应的，由于社会生产力的低下，自然界与人类社会本身总是给人出了太多的难题，这就为主观对客观的崇拜提供了历史契机。

当代世俗崇拜同样也是社会生产力水平低下、人具有受动性的一种文化表现。

凡是崇拜对象，都是被神化了的对象。任何世俗对象一旦与主体构成崇拜关系，则意味着人由于无法把握客体，使异在于主体的客观对象的本质规律具有神秘性与不可知性，此时，对象原本客观存在的本质规律被"虚化"为宗教般的彼岸性，实际上已经不是那些客观存在的对象本身，而是被夸大、虚构与幻想化了。因此，任何当代世俗崇拜的对象总是比它相对应的客观存在的对象显得更强大、更完美，正如弗洛姆所言，"人之信仰一个全能、全知的神，是由于人类生存状态的无助，是由于人想求得伸出援手的父母亲。"②主体愈是在现实关系中处于无助地位，其所崇拜的对象就愈显得全能、全知。因此，当代世俗崇拜者心目中的领袖、父亲以及种种文化观念、传统与模式等等都是十全十美、毫无缺点的；或者那些权力、意志之类都是无比强大、无所不能的。

在主体对崇拜对象无条件的顺从与依赖的情况下，"人的相对的软弱无力变成了全面的、绝对的软弱无力；受历史条件决定的人在物质和精神力量上的局限性成为天然的不可逾越的鸿沟。"③此时，主体"虚妄地认识着自己、自己的力量、填补着自己的软弱和自己的历史局限性。"④就是说，处于崇拜关系中的主体显得比实际上更软弱，精神上更能自轻、自贱、自责甚至自戕。这种当代

① ［罗］亚·泰纳谢：《文化与宗教》，中国社会科学出版社，1984，第25页。
② ［日］铃木大拙、［美］弗洛姆：《禅与心理分析》，孟祥森译，中国民间文艺出版社，1986，第132页。
③ ［罗］亚·泰纳谢：《文化与宗教》，中国社会科学出版社，1984，第23页。
④ 同上书，第24页。

世俗崇拜心态，或者表现为对崇拜对象的企望、惶恐与痛苦感和无可奈何的苦苦追求；或者表现为"心悦诚服"的"自觉"要求，心甘情愿地为崇拜对象贡献一切，将自己的命运交给崇拜对象去安排，从而沉浸在虚幻的自由与幸福之中，无论哪一种崇拜心态、都是主观的异化。

客观事物的被神化与主观世界的被异化同时进行、同时完成、互为因果、同时存在，都是人的主体意识的迷失。崇拜过程也是造神过程，某种意义上可以说，崇拜"创造"了它自己的对象。这种对象的本质，是"人们把自己的经验世界变成了一种只是在思想中想象的本质。"①神格化的对象，是以崇拜主体自我意识的迷失为心理条件的，它意味着就是崇拜主体极不完善、失去主体意识的心造的幻影；而崇拜主体的心灵，也映照着未被主体所把握的客体对象的盲目性。因此，崇拜对象是在一定历史水平上的被神化了的客观与已经异化了的主观之间畸型的"结合"。崇拜具有深重的悲剧性，其根源就在于此。

列维-布留尔在《原始思维》一书中曾经指出，原始逻辑思维遵循的是"互渗律"，对在理性头脑看来显而易见的矛盾表现出普遍的不关心与无所谓，不重分析而热衷于主观客观、原因结果、现象本质、偶然必然、可能现实等关系的混一，认知与意向尚未分化或再度混淆，无力认识事物的客观属性，只好将一切都归结为企图满足主体需要的价值属性。当代世俗崇拜也正是缺乏理性判断而盲目地发展了价值判断，它远离理智而颇近于意志，就这一点而言，也不妨将当代各种世俗崇拜称为"意志崇拜"。这种意志崇拜，对理性具有抑制与"灭活"作用，它能调动起崇拜者巨大的心理能量（主要是情感），迫使主体心灵陷入迷狂状态，对其周围世界、崇拜对象及自身"表现出几乎永远是不分析的和不可分析的。"②于是作为补偿，就令人不无感慨地发展了人的记忆力。因为狂热地崇拜"神"，就竭力记忆"神"的训示、教诲、教条与圣则，能做到对先辈的遗训、历史经典或"老三篇"之类背诵如流，这不免令人想起，比如古印度的释门弟子、代代口授佛的无尽说教而表现出来的惊人记忆。

---

① ［德］马克思:《马克思恩格斯全集》第三卷，人民出版社，1979，第354页。
② ［法］列维-布留尔:《原始思维》，商务印书馆，1981，第102页。

这种简直不让理性思维获得任何优势的精神迷狂，就是崇拜者竭力的自我贬损与自我摧残成了企图"感动"于"神"以及向"神"的唯一"敬献"，犹如基督教把痛苦视作"原罪的苦果"那样，人似乎只有被钉上十字架才能得以赎罪，达到皈依境界，自卑、自损成了超凡入圣的解救之途。由此，任何理性头脑无一不深感到被浸在崇拜"冰水"之中的民族、历史与人的命运的深创巨痛。但对崇拜者而言，这种自卑、自损的狂热，又似乎能给他以巨大的愉悦，犹如"基督教是一项绝望的挣扎（出击 Salida）。即使如此，也唯有借着这一份挣扎的绝望精神，我们才得以赢得最终的希望。"①这种虚幻的愉悦，是以历史与现实的大悲苦为文化底蕴的"瞬时永恒"的"愉悦"，它体现出宗教精神在当代世俗崇拜中的变异。

当然，当代世俗崇拜同宗教崇拜是有区别的。虔诚的佛教徒对于佛的崇拜，往往总是十分专笃、"从一而终"的，除非经历重大社会变故，则不足以摧毁其信仰而改换门庭。因此，始而信佛继而皈依基督的人是少见的。社会生活的飞速发展，直接造成了佛教徒没有这样的专一性。例如，在我国民族文化中，崇古观念历来是非常强烈的，但这种崇古观念一旦遭到实际上的沉重打击时，由于当代西学东渐的巨大力量，崇古又会转变为迷外、自尊自大会一变而为委琐卑微。不过，这仅仅是崇拜形式的转变，无论崇古还是迷外，都是人主体意识的迷失。在十年"内乱"期间，有些人热衷于阶级斗争（其中包括对阶级斗争的崇拜意向），当这条政治发迹之路已被阻断之时，他们又可以无视党纪国法，在经济领域贪污、行贿、诈骗，一定程度上表现出对金钱的崇拜。当前是高扬人的主体意识的时代，但主体意识并不是唯我意识，也不仅是为我意识，必须在个人、集体、民族、国家诸多关系的"座标系"中才能科学地确立它的位置。在改革开放的今天，由于一方面是旧的社会文化体制逐渐解体或调整，另一方面新的社会文化体制尚未真正建立起来，使得有些人的唯我与为我意识极度膨胀起来，将唯我与为我意识混同于主体意识，损害国家、民族、集体或他人利益，表面上好似主体意识的觉悟，实际上是企图不受任何约束的人欲横流的利己主义的沉渣泛起。是的，他们不崇拜任何外界权威、唯独崇拜自己及其非份

---

① ［西］乌纳穆诺:《生命的悲剧意识》，段继承译，北方文艺出版社，1986，第117页。

的个人利益。这种主体意识的"觉悟"，其实并未真正走出当代世俗崇拜的迷阵。凡崇拜都是走极端的，从这一极端跳向另一极端，是由当代世俗崇拜的本质所决定的。

三

当代世俗崇拜的根源，是社会生产力水平仍然相对低下以及民族文化传统的深刻影响。前述几种当代世俗崇拜表现，几乎都可从民族文化传统中找到它们各自的文化原型。

比如将人民领袖当作"红太阳"来敬祝，就有初民崇拜太阳神的历史痕迹。神话传说中的太阳神伏羲，被认为是中华之始祖神，即所谓"帝出于震"中的"帝"，其"继天而生，首德于木，为百王先""故位在东方"①。这里所谓"震"，指文王八卦方位图中的震卦☳，此卦在图中标示正东方。因此，"帝出于震"一语的现代版，就是"东方红，太阳升。"

同时，"帝"这个汉字，是从远古植物图腾崇拜观念中发展而来的，本义即"蒂"。宋人戴侗采郑樵之说："帝象华蒂之形，即'蒂'字也。借为天帝、帝王之帝。"②卜辞中的"帝"，已具有祖先（父）至上的崇拜意义。"六合之内，皇帝之土。……人迹所至，无不臣者。"③对君的臣服就是子对父一般的崇拜。"中国皇帝通常被称为君父，而他的官僚也就是皇帝对各地方施行父权底支柱"④这种历史上的尊帝文化传统，是将子对父的崇拜从家庭领域扩大到了国家领域，具有东方宗法制社会所谓天下大家庭的伦理色彩。这种崇拜，在家庭领域，表现为孝；扩展到国家领域，便是忠。这就难怪当年对领袖要如此怀有对"慈父"般的虔诚感情并且要那般大讲血统论了。

又如当代权力崇拜，也是数千年封建帝制所造成的专制主义在当代政治生活中的残余。汉代大儒董仲舒从"王"字象形与指意角度加以神化，说"古之

---

① 皇甫谧：《帝王世纪》，齐鲁书社，2010。
② 戴侗：《六书故》，转引自胡奇光：《中国小学史》，第209页。
③ 《史记·秦始皇本纪》，司马迁：《史记》，中华书局，2006。
④ ［德］马克思、恩格斯：《马克思恩格斯论中国》，人民出版社，2018，第41页。

造文者三而连其中谓之王。三画者，天地与人也，而连其中通其道也。取天地与人之中以为贯而参通之。非王者孰能当是。"①又，"无偏无陂，遵王之义；无有作好，遵王之道；无有作恶，遵王之路；无偏无党，王道荡荡；无党无偏，王道平平，无反无侧，王道正直。会其有极，归其有极。"②这是将王道（权力）及其对它的尊崇说成了最高的人生境界。它实际上是以泯灭老百姓的主体意识为前提的。

再如，观念崇拜中的崇古与笺注式思维，早在孔子时代就已经出现了。春秋末年，当生活年代大致与孔子同时的古希腊亚里士多德发出"吾爱吾师，更爱真理"的人生宣言时，以"克己复礼"为己任的孔子，却给我们留下了"郁郁乎文哉，吾从周"③的遗训以及"君子有三畏：畏天命、畏大人、畏圣人之言"④的所谓"三畏"之论，以至于由于墨守古代"成法"而宣称"信而好古，述而不作"。随汉代"独尊儒术"、经学兴盛，这种崇古思维模式就渐趋定型化。秦汉经学的谶纬化、魏晋经学的玄学化、唐宋经学的科举化以至于八股化、宋明经学的理学化以及清代经学的朴学化，尽管历代经学包含十分丰富的民族文化思想，自有许多发展，但基本上是在"古体今用"的思维框架中发展的，"宗经"是其传统。这正如清代朱一新所言，比如"五经四子之书，日用所共如水火菽粟之不可缺，无论今文古文，皆以大中至正为归，古今只此义理。"⑤因此，这种崇古与经学笺注式思维模式是两千多年来禁锢民族文化思维最典型的牢笼，至今仍在一定程度上困扰着当代文化思维。

综上所述，当代世俗崇拜的存在与发展条件是当代相对落后的社会生产力，要有效地反对与消除当代世俗崇拜现象，除了发展社会生产力，不断提高全民族的文化素质，别无他途。

中华民族历来"淡于宗教"而重世俗，但这并不等于说没有"神"的观念，

① 董仲舒：《春秋繁露·王道通三》，山东人民出版社，2018。
② 《尚书·洪范》，钱宗武译注，中华书局，2022。
③ 《论语》，刘宝楠：《论语正义》，《诸子集成》第一册。
④ 同上。
⑤ 朱一新：《佩弦斋文存》卷上，转引自《儒家文化的困境》，广西师范大学出版社，2006。

正如钱穆所言，"中国人亦非不重神，但神不专在天，不专属上帝，亦在人在物。"①这就指明了当代世俗崇拜的世俗特点。世俗的"神"多了，超世俗的神就被削弱了权威性。如果说，西方文化由于是一种"原罪文化"，据说人由于偷食禁果、想要赎罪，于是有感于"天人对立"的痛苦，努力向自然进击而争取早日回到上帝怀抱，结果反而在人的世俗生活中发展了人的理性与科学精神的话，那么，由于重世俗、重现实，中华民族往往沉浸在"天人合一"的盲目乐观之中，终于不狂热而急迫地需要上帝的拯救与普遍受佛国之类的诱惑，而将某些企望寄托于人间之"神"，这也是当代世俗崇拜的一个文化根源。

本文发表于《复旦学报》1988年第3期

---

① 钱穆：《现代中国学术论衡》，九州出版社，2012，第7页。

原始"信文化"说与人类学转向

从文化人类学关于文化意识形态的角度看,人类文化史上最早出现的文化意识形态究竟是什么,是原始宗教还是在原始宗教之前,有最为古悠的文化意识形态即原始神话、图腾与巫术三者;这一最古老的文化意识形态,是宗教的"文化之母",抑或原始宗教文化本身,凡此相系的学术论题,人类学有进一步加以探问、讨论的必要。为此,本文试以提出、初析原始"信文化"这一学术命题,以期引起可能的讨论。

一、关乎"原始宗教":问题的提出

长期以来,学界有一种看法,认为原始宗教(或称"史前宗教""自然宗教"),在人类文化的史前一开始就有的。动植崇拜、山川崇拜、天象崇拜、生殖崇拜、鬼魂崇拜与祖神崇拜以及以此为人文主题的原始神话、图腾与巫术等,都应归类于"原始宗教"这一学术范畴。任继愈先生说,"原始宗教品类复杂,多种多样","原始宗教以自然自发形态存在",然而它"还不具备后来完备的宗教的宗教形式和内容,只是有一些朦胧的鬼神观念"[1]。这就有些令人不解了。既然与"完备的宗教"没有任何联系,又凭什么称其为"原始宗教"?是否只要具有"一些朦胧的鬼神观念",就可以判断为"原始宗教"呢?有的学人断

---

[1] 卓新平主编:《基督教小辞典》(修订版)任继愈"绪论",上海辞书出版社,2008,第4、3页。

言，这样的"原始宗教是人类社会历史上第一个社会意识形态"①。这无异于说，在人类文明曙光照亮之前的野蛮时代，宗教作为一种文明程度相对较高的文化却已经诞生，只是仅仅处于"原始"阶段而已。

本文以为，从文化形态学看，在真正的原始宗教诞生以前，原始"信文化"②已然诞生。其文化意识形态，便是原始神话、图腾与巫术三者。其文化的内容与形式，是原始动植崇拜、山川崇拜、天象崇拜、生殖崇拜与祖神崇拜，等等。这一具有"三维动态结构"的原始"信文化"，并不是历史与现存的原始宗教，不能以"原始宗教"名之。它是原始宗教、成熟宗教的"文化之母"，一种属于史前的原始"信文化"现象。

与此相关，关于宗教起源于何时，长期以来学界所持的见解，多有不一。

以色列学者尤瓦尔·赫拉利（Yuval Noah Harari, 1976—）说，在澳洲大陆，"在大约7万年前到3万年前之间"，人类文化史上"有了确切的证据证明已经出现了宗教"，属于"智人（Homo sapiens）"的一种"认知革命（Cognitive Revolution）"③。这一宗教起源之见，是比较谨慎的看法。美国学者休斯顿·史密斯（Huston Smith, 1919—?）《人的宗教》一书称，"历史的宗教（引者：指人文宗教、成熟宗教）现在几乎覆盖了整个大地，可是以编年的角度来看，它们只是宗教冰山的一角；因为与在它们之前大约为时已有三百万年的宗教比起来，它们只有四千年。"并说，"三百万年前的宗教"，可以称"宗教模式为原初的"即"原初宗教"④。史密斯将这种"原初宗教"即"原始宗教"的起源，

① 和力民：《简论原始宗教的基本性质和形态特征》，《云南师范大学学报》第24卷第6集（1992年第12期）。

② 按：请参阅王振复：《"信文化"：从神话到图腾与巫术》，《文汇学人》"学林"版，2018年1月19日。

③ ［以］尤瓦尔·赫拉利著、林俊宏译：《人类简史——从动物到上帝》，中信出版社，2014，第22、3页。按：体质人类学将人类的进化，依次分为：古猿（森林古猿、腊玛古猿、南方古猿）、能人、直立人、早期智人、晚期智人阶段。所谓"认知革命"，指人类由人类学所说的"自然宗教"向"人文宗教"阶段的转嬗。

④ ［美］休斯顿·史密斯著、刘安云译，刘述先校订：《人的宗教》，海南出版社，2013，第345页。按："历史的宗教"即宗教人类学所说的"历史宗教"即"人文宗教"，与"自然宗教"这一学术概念相对应。"自然宗教"即"原始宗教"。

上推到"三百万年"前。且在其书中，将它与印度教、佛教、伊斯兰教、犹太教和基督教等相提并论，用了整整一章的文字来加以阐述。[①]"三百万年"前的人类已经有了"宗教"，尽管它是"原初"的。真是让人不敢想象。

按照美国人类学家摩尔根（Lewis Henry Morgan，1818—1881）关于人类文化"蒙昧——野蛮——文明"[②]三阶段说，人类的"蒙昧"时代，大致可对应于考古学、历史学所说的旧石器时期，距今约在300万年前至1万年前之间。"三百万年"前正值"蒙昧"文化的初级阶段，处于森林古猿向人进化的第一步。人类智力极度低下，主要以采捕植果、昆虫与鱼兽等为食，用于交际的分节语远未生成，人的意识、思维几乎长期处于原始混沌状态，尚未诞生诸如神灵意识之类，也是可以肯定的，所谓此时"原初宗教"已经诞生云云，真是从何说起。

长期以来，学界有关宗教起源与原始宗教的言说颇多，这里再略说三则。丁山先生有一部学术名著，题为《中国古代宗教与神话考》。其"卷头语"云："这篇中国古代宗教与神话考，意在探寻中国文化的来源"，且将"中国文化的来源"，归于"中国古代宗教与神话"。该书考辨了中国神话的方方面面，所见有据有理条分缕析，而关于宗教与神话两者的文脉联系究竟如何，似有进一步厘清的必要。该书接着指出："由'地母'崇拜到'天父'、到祖先的鬼魂也成为神灵之时，宗教的思想便告完全。"[③]人类一旦有了"神灵"意识，宗教"便

---

① 按：见休斯顿·斯密斯：《人的宗教》第345—361页。

② 按：摩尔根说："现在，我们可以根据有力的证据断言，人类一切部落，在野蛮社会以前都曾有过蒙昧社会，正如我们知道在文明社会以前有过野蛮社会一样"（摩尔根《古代社会·序言》，北京：商务印书馆，1981）。恩格斯说："摩尔根是第一个具有专家知识而想给人类的史前建立一个确定的系统的人；他所提出的分期法，在没有大量增加的资料认为需要改变以前，无疑仍旧是有效的。"（《家庭、私有制和国家的起源》，第19页）夏建中《文化人类学理论学派——文化研究的历史》一书，总结摩尔根文化"三阶段"说云，"蒙昧时代"："低级"，以野果和坚果为食；"中级"，食用鱼类和用火；"高级"，发明了弓箭。"野蛮时代"："低级"，制陶术产生；"中级"，东半球开始家养动物，西半球开始种植玉米和以土、石建造原始住屋；"高级"，发明冶铁术。"文明时代"：文字的发明和使用。（《文化人类学理论学派——文化研究的历史》，北京：中国人民大学出版社，1997，第32页）

③ 丁山：《中国古代宗教与神话考》，上海书店出版社，2011，第1—2、3页。

告完全"即宗教完全成熟这一结论，看来是缺乏理据的。

任继愈先生也说到宗教文化的起源。其文有云，"宗教"，"在二百万年以前已经出现，但从考古发现的实物，当时还未发现存在宗教信奉的痕迹。"①作为我国宗教学研究的重要学者，任先生先说"二百万年前"宗教"已经出现"，又承认这一结论其实并不可靠。既然如此，又何能断言"宗教"在"二百万年以前已经出现"呢？

著名人类学家、美国哈佛大学教授张光直先生说，中国"华北旧石器时代与中石器时代的住民，无疑有他们一套宗教观念与仪式行为"，且以"周口店上洞遗址"有关"墓葬""鬼蜮"②为证据。北京周口店"山顶洞"，距今约1.8万年，属于旧石器晚期智人的一个文化遗存。考古发现，其洞穴"上室"为人居之域，"下室"位于洞穴西半部，地势稍低，深约8米，有人的残骸与一些随葬品，残骸周围曾撒有赤铁矿粉末的遗迹，可证约1.8万年前的原始初民，已经初步具有生死、鬼神和"风水"意识。问题是，我们是否一见诸如"墓葬""鬼域"等远古神鬼文化现象，就能据此断言那是"原始"意义的"宗教观念与仪式行为"？

关于"原始宗教"及其起源说，是众说纷纭的。之所以如此，笔者以为，可以归原于"人类学之父"英国爱德华·伯内特·泰勒（Edward Burnett Tylor，1832—1917）《原始文化》一书的影响，此书主张：

把神灵信仰判定为宗教的基本定义。③

任何文化，无论中外古今，只要具备"神灵信仰"这一点，便可判为"宗教"。这就等于说："神灵信仰"即"宗教"。无疑，这是将宗教文化的机制、内涵与特质看得有些简单了。

---

① 卓新平主编：《基督教小辞典·绪论》（修订版），任继愈总主编"宗教小辞典丛书"之一，上海辞书出版社，2008，第1—2页。

② 张光直：《中国考古学论文集》，三联书店，1999，第116页。按：北京周口店"山顶洞"，除"上室""下室"外，还有处于"下室"深处的一条裂沟，南北约3米，东西约1米，发现这里有颇为完整的动物残骸，称为"下窖"，这里从略。

③ ［英］爱德华·伯内特·泰勒：《原始文化》，连树声译，上海文艺出版社，1992，第412页。

　　原始"神灵信仰"包括种种原始崇拜，并非宗教本身，而是宗教诞生的文化土壤。泰勒这一"定义"，将宗教文化的缘起和本质，归之于他所创说的"万物有灵论"（animism）[1]即"神灵信仰"说。汉译《原始文化》第11—17章，都在据泰勒所搜集的有关考古与文字资料，论证"万物有灵论"即"泛灵说"。所谓"万物有灵"，是说除人类以外，一切的"物"，都是具有"生命"即"有灵"的。此"灵""不死"，永远"活着"，或者说无所谓生死，且会严重干预、影响环境和人的生存、命运。

　　"万物有灵论"的"灵"（拉丁文anima，生命、灵魂义），有类于中国文化的重要范畴：气。庄子说，"人之生，气之聚也。聚则为生，散则为死"，"故万物一也"，"故曰：通天下一气耳"[2]。中国文化中的气，也可称之为"灵"。气（灵）的"聚"态，为人之肉身的"生"；气（灵）的"散"态，为人之肉身的"死"。而气（灵）本身，是"不死"即无所谓生死的。气的存有，永恒弥漫于一切时空，此所谓"通天下一气耳"，只是不断改变其"聚""散"状态罢了，且迷信其时时处处影响人的命运甚至家国天下。

　　泰勒的"万物有灵论"，在揭示人类宗教文化的起源等问题上，作出了原创性的学术贡献。人类文化可分"神"（灵）与非"神"（灵）两大类。显然，并非凡是讲"灵（气）""万物有灵""神灵信仰"的，都是原始宗教，更不是成熟的宗教文化。"万物有灵"意识，诚然是宗教不可或缺的一种起源意识，否则所有氏族、民族与时代的宗教便无从发生，而在原始宗教诞生之前，还有比宗教

---

[1]　按：叶舒宪教授批评说：王振复《中国巫文化人类学》一书，在讲原始神话、图腾与巫术这原始"信文化"的"三维动态结构"说时，"唯独没有标出的是万物有灵论"（见叶舒宪《人类学转向与巫文化研究》）。其实，原始神话、图腾与巫术，是人类原始"信文化"最早而基本的文化意识形态，泰勒的"万物有灵论"，只是整个原始"信文化"的人文意识基础，在逻辑上，并不与原始神话、图腾与巫术三大最早的文化形态并列。因而，拙著在此处不提"万物有灵论"，是可能而必要的。关于泰勒的"万物有灵论"，作为人类原始"信文化"也是原始宗教基本的人文意识、观念，尽管拙著（太原：山西教育出版社，2020）并未详尽地展开论析，而在拙著第18、68、92、125、128、149、366、367页，都曾谈到。

[2]　王先谦：《庄子集解》卷六，《庄子·知北游第二十二》，《诸子集成》第三册，上海书店，1986，第138页。

更为古远的原始神话、图腾与巫术等所构成的原始"信文化",也是缘起于"万物有灵"意识的。把"万物有灵"意识,看作宗教的起源意识固然不错,而将"万物有灵"的"神灵信仰",认作宗教的"基本定义",作为"判定"宗教与否的一个标准,便是值得商榷的了。如果并非译文的不周,泰勒在原则性地揭示宗教文化起源的同时,实际上混淆了原始宗教与由原始神话、图腾与巫术所构成的原始"信文化"的区别,让人误以为,从大约300万年前或200万年前人类具有"万物有灵"意识起,便是宗教或起码是原始宗教的时代。这很难说符合人类文化史、宗教史的真实。

从整个人类"信文化"之发展的历史谱系看,在成熟的宗教文化之前,有原始宗教;在原始宗教之前,有作为原始"信文化"的原始神话、图腾与巫术三者的存在;在原始"信文化"三者诞生之前,人类一定还有更为古悠而未成形态的原始"信文化"的意识及其文化,只是今天的我们无法知其所以罢了。

将原始神话、图腾与巫术等原始文化意识形态,误读为原始宗教,是由泰勒这一所谓"文化人类学史上关于宗教的第一个定义"[①]所引起的,导致对于历史上真正存在的原始宗教的发生、本质、机制与功能等的遮蔽与忽略,造成将原始神话、图腾与巫术甚至神灵信仰等,都归类于"原始宗教"这一打引号的假性学术范畴的尴尬,便有所谓"宗教神话""宗教图腾""宗教巫术"等一些不伦不类的学术术语的提出与使用,以至于造成学术概念的混乱。

目前较为流行的"原始宗教"说,是将多种原始崇拜,作为"原始宗教"的内容和形式来看的。陈麟书先生《宗教学原理》一书关于宗教文化的研究,自当做出了许多值得肯定的理论建树。而该书将"大自然崇拜、动植物崇拜、鬼魂崇拜、祖先崇拜、图腾崇拜、灵物崇拜、偶像崇拜"等,看作"原始宗教"的"主要形式"[②],看来尚有待于进一步的讨论。一系列的原始"崇拜",实际属于原始"信文化"形态的原始神话、图腾与巫术"三维动态结构"的内容和"主要形式",是作为原始宗教的"前意识"、"前形态"而存在的,是指原始宗教直接起源于此,并非原始宗教本身的内容和"主要形式"。吕大吉先

① 夏建中:《文化人类学理论学派——文化研究的历史》,中国人民大学出版社,1997,第24页。
② 按:见陈麟书:《宗教学原理》,四川大学出版社,1986,第99页。

生主编《中国各民族原始宗教资料集成》，在有关资料广泛、深入的搜集与研究上作出了重要贡献。该书也认为，"图腾崇拜""祖先崇拜""自然崇拜""天神崇拜"，是"原始宗教"的主要崇拜对象；称"原始宗教"经历了"三大阶段"：其一、在母系氏族文化早、中期，主要是"图腾崇拜"阶段，是"天（自然异己力量——原注，下同）人（社会异己力量）浑一崇拜"；其二、母系氏族文化晚期与父系氏族文化时期，是"祖先崇拜""自然崇拜"并存的"天人分立崇拜"；其三、史前的末期与文明社会初期，主要是"天神崇拜"，也可以说是"天人合一崇拜"[①]，等等。在笔者看来，凡此种种原始崇拜，实际是原始"信文化"关于原始神话、图腾与巫术的神性、灵性与巫性的崇拜，它们都是作为原始宗教的"文化之母"而存在的宗教之前的文化现象，不应也不必等同于原始宗教与成熟宗教本身。

笔者所以试图倡言和论说原始"信文化"这一新的学术命题，且将原始神话、图腾与巫术三维，隶属于这一学术命题之下，在于企望相关的学术研究，从目前学界较为流行而概念纠缠、打上引号的"原始宗教"这一提法中解放出来，是基于如下学术认知：

其一，假定这一"原始宗教"的提法具有真理性，那么我们由此可以作一推论："原始宗教"也是宗教——你总不能说它不是宗教吧——只是仅仅"原始"罢了，既然如此，那么宗教的一般形制、本质、特性与功能等，原始宗教起码是应当具备其中一些基本要素的。

判断是否宗教的标准是什么，也便是说，宗教与非宗教的历史与逻辑分野，究竟在哪里？

1993年在美国芝加哥召开的世界宗教百年纪念会所发表的"宣言"称，判断某一种文化形态是否宗教，须同时满足如下基本条件：

> 通常，所有的宗教都包括四个C——信纲（Creed——原注，下同）、规范（Code）、崇拜（Cult）、社团结构（Community-Structure），并以关

---

① 按：参见吕大吉主编：《中国各民族原始宗教资料集成·考古卷·前言》，中国社会科学出版社，1996。

于超越者的概念为其基础。①

真正成熟的宗教，必须符合"四个C"等的判定标准。这里，"信纲"指教义；"规范"指教规；"崇拜"，指崇拜的意识和践行仪式；"社团结构"，指教团。而"超越者的概念"，指主神及与主神意识相系的终结关怀。归纳起来，判定宗教与否的标准，有六大要素：教主、教义、教团、教规、崇拜仪式与终极信仰。

成熟而典型的宗教，必须同时具备这六大要素。史前的一些原始部落文化，远未同时具备此六大要素，只有一般的"神灵信仰"而体现为原始神话、图腾与巫术等，不妨可归类于原始"信文化"这一学术范畴。关于原始宗教，我们或许可以说，那些具有其中一、二要素的，不妨可判其为低级的原始宗教；具有二、三要素的，可称之为中级的原始宗教；具有三、四要素的，为高级的原始宗教；有四、五要素的，则为最趋近于成熟宗教的原始宗教形态，而同时具备此六大要素的，才是真正的宗教。这里值得说一句，尽管迄今的文化人类学、民俗学与宗教学等研究，说了那么多"原始宗教"，关于真正的原始宗教，倒是颇少涉足的。

世界现存的宗教文化何其多样，大致除了基督教、伊斯兰教与佛教等三大宗教为典型而成熟的宗教外，还有宗教的许多亚型和变型的存在，不妨可以用诸如"前宗教""准宗教""别宗教"甚至"伪宗教"等范畴加以命名，以示区别并加以研究。目前有关这些宗教文化的"前""准""别"与"伪"等形制、特性的研究所以颇为少见，大约是因为将原始"信文化"所属的原始神话、图腾与巫术，误读为"原始宗教"的缘故。关于中国先秦儒、道文化，究竟是儒家心性——伦理之学、道家天道——哲思之学，还是宗教抑或"准宗教"等等，人类学、宗教学与社会学等的争辨非常之多。还有占星、望气、风角、卜筮、傩与萨满等巫术与神话、图腾等，统统杂乱地被装在"原始宗教"这一个"筐"里，以至于造成长期的学术困惑和概念纠缠。

---

① [美]孔汉思、库舍尔编著、何光沪译：《全球伦理：世界宗教议会宣言》，四川人民出版社，1997。按：引自李天纲：《金泽——江南民间祭祀探源》，生活·读书·新知三联书店，2017，第507—508页。

以原始自然崇拜（包括动植、山川、天神等崇拜）与人文崇拜（包括生殖、祖神、图腾等崇拜）为主的原始神话、图腾与巫术三维，显然远未同时达到前述的六大标准，它不是原始宗教、更不是成熟宗教，是可以肯定的。拙著《中国巫文化人类学》指出：

> 被称为"原始宗教"的上古文化，实际上是一种原始意义的"信文化"。史前有所谓天命、鬼神、精灵附身而通神的首长，他们往往是神话讲说者、图腾崇拜者与巫师等身份集于一身的，然而他们并非宗教意义的教主；巫术、神话与图腾文化，具有丰富而虚灵的人文意识、理念甚或思想信仰，可是还不具有宗教教义一般的理论系统；巫术等拥有大批信众，甚至遍于朝野，却一般并未构成具有组织系统的教团；有种种禁忌（按：即使在进行神话与图腾活动时，也有许多禁忌——原注），可是凡此禁忌，还不等于是严格、严厉的宗教教律；有属神、属巫的神话传说、图腾崇拜与巫术施行等实践活动，而且几乎渗透在人的一切生活、生产与生命领域，可是，那些都不是什么正式的宗教践行；巫术等（引者：包括神话与图腾）作为"信文化"，当然是具有一定的信仰的，然而它们没有终极信仰。[1]

其二，历史上的原始宗教信仰本身，自当富于非理性，却又是一定理性成长的产物。宗教即使原始宗教，比起原始神话、图腾与巫术来，是一种智慧程度相对高级的人类文化。其文化本质及其起源，必须具备诸多主客的根据和条件。其中除了意识到"万物有灵"以及人心的"自在之灵"外，起码还得有一定理性的存养及其足够的育成。

李秋零先生说，"宗教，按照基督教的解释，是一个源自启示的信仰体系。启示却绝对不是来自理性，对待启示的基本态度必须首先是信仰。""然而，人把握、理解、解释启示毕竟需要理性。"[2]美国学者罗德尼·斯达克说，宗教及

---

① 王振复：《中国巫文化人类学》，山西教育出版社，2020，第13页。

② 李秋零：《何以解经? 唯有理性! ——康德论宗教与理性的关系》，原载邓晓芒、戴茂堂主编：《德国哲学》（2008年卷），中国社会科学出版社，2008，第36页。

其起源，有赖于非理性，而"理性"也"是属神的事"。"真的，如果排斥理性，将其仅仅归诸信仰，那是靠不住的"。关于宗教文化的发生及其信仰，"那说服我们相信这一点的一小部分理性，却必须先于信仰"[①]。宗教的理性，集中体现于神学，往往有与其相应的哲学因素。哲学，作为理性最高、最深的人文蕴涵，体现了一定的人的自觉性，可能还有一定的理论系统甚至体系，如基督教、伊斯兰教与佛教等世界三大宗教然。

原始神话、图腾与巫术，并非没有一定的原始理性，否则其文化形态本身便不可能形成。然而其原始理性，往往多为在原始神性意识支配下的"实用理性"，有企图解决生存困难的盲目的指向性，大致匍匐于"食""色"二维之狭隘的生活经验，属于原始"工具理性""目的理性"的范畴。这一类原始"信文化"关于神性与灵性的信仰并不专一，所谓"万物有灵"便是"万物有神"，故而称为"泛灵""泛神"意识，没有一个为哲思理性所创造的"主神"，实际上也无力创造，这是很关键的一点。原始神话、图腾与巫术文化，诚然并非与原始理性绝对无缘，它们是后世哲学的历史与人文温床，却不是哲学理性本身。泰勒说："万物有灵论既构成了蒙昧人的哲学基础，同样也构成了文明民族的哲学基础。"[②]这是看到了人类哲学理性的历史与人文"最初"意义的孕育，而并非指隶属于原始"信文化"范畴的神话、图腾与巫术等本身有什么深度的哲学理性，这是显然的。

二、三位一体 各具其"性"

西方文化人类学史上，有一种笔者所试以概括的"广义神话"说。所谓"广义神话"，作为人类文化最早而唯一存在的文化形态，是将上古社会实际存在的原始神话、图腾与巫术三者，统统称之为"神话"，而将图腾与巫术，作为"神话"的有机构成且从属于"神话"。与"广义神话"说相应的，是笔者试以提出而解析的"狭义神话"说，即将原始文化本来存在的神话、图腾与巫

---

① ［美］罗德尼·斯达克:（Rodney Stark）《理性的胜利——基督教与西方文明》，管欣译，复旦大学出版社，2013，第5、6页。

② ［英］爱德华·伯内特·泰勒:《原始文化》，上海文艺出版社，1992，第414页。

术"三位一体"的文化意识形态,按"各具其'性'"而相应地分列开来。"广义神话"与"狭义神话"二说的提出,看来都并非没有各自的理据,都应是学术创构的自由,应予尊重的,作为学术操作的不一编码,大约都可能指向学术的真理之域。

这不等于说,"广义神话"与"狭义神话"说之间,没有任何有关立论、解析与所持见解等方面的不同。

这里,且从"狭义神话"说即原始神话、图腾与巫术三者相对分立的角度,试作初步解析,以就教于学界有识之士。

所谓"三位一体",所强调的是原始神话、图腾与巫术三者的文化共性。

其一,三者同属于原始"信文化"范畴;其二,皆以泰勒所首先揭示的"万物有灵",作为三者共同具有的原始历史、人文意识;其三,作为最原始、最早出现的人类文化意识形态,三者共同支撑起"信文化"性质的社会意识形态,而并非是原始文化意识的全部,此外还有非原始"信文化"意识的存在与发展;其四,三者都以"万物有灵"意识及其灵物信仰,作为宗教文化的起源。正如英国功能主义人类学家马林诺夫斯基所言,"将宗教加以人类学研究之基础的人,当推泰勒(Edward B.Tylor,1832—1917——原注,下同)。他底著名学说认为原始宗教底要点乃是有灵观(animism——原注),乃是对于灵物的信仰"[1];其五,宗教始于"万物有灵"的灵物崇拜,而"万物有灵"并非原始宗教本身。

原始神话、图腾与巫术等"三位",所以具有"一体"共性的关键一点,是信仰"万物有灵"。"原始人感到自己是被无穷无尽的、几乎永远看不见而且永远可怕的无形存在物包围着","在中国,按照古代的学说,'宇宙到处充满了无数的神和鬼'","每一个存在物和每一个客体都因为或者具有'神'的精神,或者具有'鬼'的精神,或者同时具有二者而使自己有灵性。"[2]

灵,繁体汉字通常写作靈,从霝从巫。霝,雨霝义;巫,为神性之人兼人

---

[1] [英] 布罗尼斯拉夫·马林诺夫斯基著、李安宅译并按语:《巫术科学宗教与神话》,上海社会科学院出版社,2016,第4页。

[2] [法] 列维-布留尔著、丁由译:《原始思维》,商务印书馆,1981,第58、59页。

性之神，巫处于神与人之间，是通神的人，又是通人的神。从巫的角度看雨雹，则是富于神秘之灵性的。东汉许慎云，"灵或从巫"，此之谓也。许慎又说，灵字的繁体，又写作从霝从玉，"灵，巫以玉事神"①，玉是原始灵物之一，是相对后起的，此外还有其它。

灵与灵物崇拜，作为原始"信文化"之魂，哺育了中国神性、巫性与诗性的文化。《周易》本经颐卦初九，有"舍尔灵龟，观我朵颐，凶"之辞，屈原《九歌·东皇太一》云，"灵以蹇兮姣服，芳菲菲兮满堂"，《九歌·湘夫人》曰，"九疑（嶷）缤兮并迎，灵之来兮如云"，与《诗经·大雅·灵台》"经始灵台，经之营之"，等等，都以"灵"为文化主题。灵，首先蕴含于一切神秘的自然现象中。《左传·桓公五年》有"龙见而雩"语，《礼记·月令》称"仲夏之月"，"大雩帝，用盛乐"②，郭沫若主编、胡厚宣总编辑《甲骨文合集》所载卜辞六七四〇"戊戌雩九屯"的"雩"，许慎称其"夏祭乐于赤帝，以祈甘雨也"③。这里的"雩"，便是"灵"的呈现之一。灵也存在于社会现象中，作为原始人文意识的"主角"，灵是原始神话、图腾与巫术意识的人文底蕴，尔后蕴含于审美文化等。我们现在所说的诗性"空灵"这一范畴，是印度佛教东传之后，佛教空意识与中国本土灵意识的结合与提升。

所谓"各具其'性'"，指原始神话、图腾与巫术"三位一体"的同时，各具不同的文化成因、特质、方式与功能。

其一：成因

原始神话的特殊人文成因，出于先民强烈的口头表达和交流的生理兼心理性需求。人的生命有一种先天的原始冲动，总想将人自身的内心感受、理会、想象、虚构、意志以及关于天灾人祸、食物丰歉、人之生死与天地宇宙等的喜与悲等情感和向往，加以宣泄，且对世界与自己"发言"，以证明人的自身认同与存在。神话者，说的是"神"所说的"话"，是氏族酋长、英雄与巫觋等借"神"说"话"，说的又是具有神性、灵性与巫性三兼的"话"。

---

① 许慎：《说文解字》影印本，中华书局，1963，第13页。
② 杨天宇：《礼记译注》上册，《礼记·月令第六》，上海古籍出版社，1997，第256、259页。
③ 许慎：《说文解字》影印本，中华书局，1963，第242页。

图腾的特殊人文成因，在于先民意识到必须寻找自己的"亲族"即"生母""生父"，作为自身心灵之巨大的精神性皈依。这一原始冲动是无法遏制的，否则，人类便会深感孤寂和痛苦，感到自身被无数异己的"他者"所围困，像一群无家可归的"野孩子"，在亘古荒原上流浪。图腾崇拜，是人类第一次有意识的"探亲"活动；图腾活动作为神话题材之一，其主题为"田园荒芜胡不归""我要回家"，是人类从灵魂深处所发出的第一声"寻亲"的呐喊。

巫术的特殊人文成因，一是先民意识到生存的艰难困苦尤其死灭的"万劫不复"；二则迷信于神灵的佑助，错以为借助神力而人自己可以战胜一切的苦难和死亡，出于先民对自身力量何等盲目的迷信；三为迷信天人、物物、人人与主客之间的神秘"感应"。英国人类学家詹姆斯·乔治·弗雷泽（James George Frazer，1854—1941）曾说："巫术的首要原则之一就是相信感应。"[1]此是。巫术的发生，必须同时具备这三大条件，三者缺一不可。

神话、图腾与巫术，都建立于"自然之灵""自我之灵"及其相互感应的原始信仰之上，这种原神、原灵意识及其绝对崇拜，促成三者在具体发生上，又是各各不一的。

其二：特质

神话的文化特质，即区别于图腾与巫术的个性，首先在其原始心灵的幻想、想象及其虚灵之性，固然与图腾相近，又是比巫术强烈的。如果说，巫术文化的"眼目"是"向下"而较为偏于"实际"的，那么，神话则是颇为蒙昧而茫然地向"天"上、向远处"眺望"的，尽管这种原始精神的"飞升"与宗教文化相比，依然严重不足。神话尤重原始意象。卡尔·古斯塔夫·荣格（Carl Gustav Jung，1875—1961）说："原始意象或者原型是一种形象（无论这形象是魔鬼，是一个人还是一个过程——原注），它在历史进程中不断发生并且显现于创造性幻想得到自由表现的任何地方。因此它在本质上是一种神话形

---

[1] ［英］詹姆斯·乔治·弗雷泽著、赵昍译:《金枝》上册，陕西师范大学出版总社有限公司，第27页。

象（引者：或称为原始意象）。"①此是。

图腾的文化特质，正如神话那样，也是关于原始意象的建构与传播的。不过，它专注于图腾即"他的亲族（Totem）"这一主题及其巨大的原始意象，绝对虔信于这一初民心灵的"血亲"而无瑕、不愿他顾，作为其原始意象的崇拜意识，十分专一。原始图腾之神，将对于天神、地祇等的崇拜心灵，都收摄于图腾的原始意象之中，化作对于错认的"生母""生父"的绝对崇拜，实际是后世宗教主神、哲学本体与审美崇高意识等的缘起。

巫术的文化特质，尤其注重于巫性的意志。它富于神性、灵性的原始意象及其幻想、想象的虚构性，更注重于人的现实世界、经验及其艰困处境的所谓"解决"之术；它的抬头向"天"，并非纯粹地耽于幻想，而是企图"控制""改变"这个多事的世界、环境与人自身的命运。巫者在原始崇拜的神与人的结构中，并非全人格、彻底地向神"跪下"，而是仅仅"跪倒"了一条腿，是与宗教全人格地彻底向神"跪下"不同的。并非证明巫术对于神灵三心二意、不够虔诚，而是萨满师、巫师与术士在迷神的同时，又迷信自己能够战胜一切，从而活得"潇洒"，或然起码可以说，巫者错误地幻想可与神"平起平坐"、在"拜神""媚神"的同时，可以"迫神""渎神"的。

谈到文化特质，这里值得注意的是，还有在人文态度和思维方式上，神话、图腾与巫术三者，是颇有不同的。

首先是态度。神话面对言说对象，取虔诚崇拜中的"平视"的态度，该褒则褒、该贬则贬，对所谓的善神、恶神，作出言说者的"客观"评价；图腾的视角为"仰视"，对于图腾对象，绝不丝毫轻忽而亵渎神圣，是"跪着"的态度；巫术则企图"俯视"，即试以"把握"对象于巫法的"手掌"之中。一旦错以为"战胜"了恶神、恶魔，便在神灵面前"趾高气扬"，扬言巫术的所谓"灵验"，实际并未逃脱神性、灵性的迷氛与"掌控"。

其次是思维。原始神话、图腾与巫术三者，一般都运用类比这一文化思维方式，具有理性因素初浅、幼稚而少弱的特点，都属于列维-布留尔所说的"原逻辑思维"，不自觉地遵循"互渗律"。布留尔说："原始思维"，作为原

---

① 荣格著、冯川、苏克译：《心理学与文学》，生活·读书·新知三联书店，1987，第120页。

始初民与言语同时诞生的思维，不涉及或是回避于科学的因果和事物的矛盾，"表现出几乎永远是不分析的和不可分析的。由于同样的原因，原始人的思维在很多场合中都显示了经验行不通和对矛盾不关心"①。然而，神话的这一思维方式，是随着口头叙事而得以实现的；图腾崇拜的思维素质，与图腾理念相称相谐，其"思维"的原始性，直接导致先民真切、真诚与真实的"寻亲"活动的结果，却是真正的"生母""生父"其实并不"在场"的悲剧，故图腾意识是一种"前生命""前生殖"意识。一旦理性思维成熟，便是原始图腾这一绝对权威的消解；在巫术中，"原逻辑思维"则试图指向事物矛盾的轻易"解决"，实际却是一种"假性认知"，无力到达真理的彼岸，支撑这一思维的，是一种"前实用""准实用"甚至是"伪实用"意识。

其三：方式

原始神话的文化方式，是言说而且始终只能是言说，往往在祭祀天神祖灵、捕猎与战争前的动员或教育后代等活动中出现。在"讲故事"时，可能还有些歌赞因素的存在。言说的对象，通常是本具神性、灵性与巫性"异能"的酋长、英雄与大巫等的"故事"与"奇迹"，还有一定的生活知识的传授。在极度夸张的幻想与虚构、"荒诞不经"的"叙事"中，呈现天神、地祇以及无数的善神或恶灵及其争斗，成为原始口头之"梦"的表述，以口头创造一个空恍而微茫的"精神世界"，或者可以说，神话是人类原始、童稚而甜酣的"梦境"兼"诗国"，沉睡其间而一时难以清醒。

图腾这一文化方式的仪式感很强，其中主要是绝对性的礼拜。中国人的双膝下跪，大概是在原始图腾崇拜活动中初步学会的。如果说神话的言说者可以站着也可以坐着"讲故事"，其态度既虔诚又从容，甚至慢条斯理、娓娓道来的，那么图腾崇拜的方式，无论图腾者肃立着还是下跪着，其心灵对于图腾对象，是彻底"跪下"、绝对虔诚、对于"祖神"感激涕零的。王国维《释礼》一文，曾引述《说文·示部》关于礼者"所以事神致福也"一语，以为礼字繁体写作禮，其本字为豊，写作豊，称"殷虚（墟）卜辞有豊字"，豊字下部的

① ［法］列维-布留尔著、丁由译：《原始思维》，商务印书馆，1981，第102页。

豆字，为"行礼之器"，其上部的⼝字中，有两个丰字简体形的象形字，好像供在图腾对象之前的两串灵玉，王国维说，"古者行礼以玉"，"推之而奉神人之酒醴，又推之而奉神人之事，通谓之礼"①。这里说一句，这种原始之礼，在原始神话、巫术的仪式中，也是存在的，不过其礼敬的，并非唯一的"祖神"即先民想象中的唯一祖先。

巫术的仪式，在不同巫术类型中是反差很大的。拙著《巫术——〈周易〉的文化智慧》，曾将巫术相对地分为"天启""半天启半人为"与"人为"等三大类，如属于"杂占"的所谓"望气"，巫者只要抬头观察云状云色，便可作出吉凶休咎的判断，简素得几乎很少"人为"因素，其仪式是十分简单而尤为原始的，可称"天启"巫术；甲骨占卜，须经过请龟、衅龟（以血涂龟）、杀龟、灼龟、判龟、刻龟与藏龟等步骤，其仪式比较繁复，"人为"因素大为增加，可称"半天启半人为"巫术；原始易筮一类巫术的"人为"因素最为繁多。算卦时，从"天一地二，天三地四，天五地六，天气地八，天就地十"始，到最后判定吉凶休咎，要经过所谓"十八变"的算卦仪式仪轨，十分繁复。②故可称"人为"巫术。

必须补充一句，原始神话、图腾与巫术的种种仪式（方式）中，不可或缺的，是禁忌的施行，数巫术的禁忌最为繁多而严厉。

其四：功能

原始神话的文化功能，在于先民心灵的口头宣泄和关于心路历程、社会生活、情景、想象、向往等的口头"发言"、交流和记忆。狭义神话与图腾崇拜、巫术行为等，都是"带有虚构成份的一部人类历史。通过神话，后人可以体悟

---

① 王国维：《释礼》，《观堂集林》卷六《艺林六》，《王国维遗书》影印本，第一册，上海古籍书店，1983，第14、15页。

② 按：王振复：《巫术——〈周易〉的文化智慧》云："一是'天启'巫术，比如杂占（在中华古代又称物占——原注）；二是半'天启'、半'人为'的巫术，比如盛于殷代的龟卜；三是'人为'巫术，指的就是《周易》占筮。"（杭州：浙江古籍出版社，1990，第99页）这三类巫术，都是天启、人为仪式兼具的。相对而言，第一类人为因素少弱；第二类人为因素稍增；第三类人为因素最多，故作如此分类，供参考。关于《周易》巫筮仪式的"十八变"，请参阅王振复：《〈周易〉精读》（复旦大学出版社，2009，第294—303页）的解读。

到人类原古历史的光辉遗影"①。但这不等于先民历史的全部。还有被漫长的自然时间和历史时间所销隐的原始先民主要是非原始"信文化"的生活内容。原始人无比而超长的记忆力，主要是由神话叙事所培养、锻炼而成熟的。"讲故事"的神话通常为散体，不能排除个别韵体的施用。言语及其原始逻辑，因口头神话的无数次重构而丰富、深刻起来。记忆也因不断地累积促成其发展。让那个几乎混沌而陌生的世界，变得有些条理而清晰，培育、发展了"讲故事"的能力和人类的历史。

图腾的文化功能，是在自然崇拜与祖神崇拜相结合的意识支配下，以某些被错认为"祖神"的神性、灵性的天象、山川、动植甚而"玄鸟"（《诗》云："天命玄鸟，降而生商"）践"巨人迹"（"姜原出野，见巨人迹，心忻然说（悦），欲践之，践之而身动如孕者"②）之类，为奉献的巨大对象而实现的。图腾有"寻祖""归家"的功能，凝聚了氏族、部落的灵魂、意志和力量，将整个氏族、部落，群团在图腾的伟大旗帜下，然则实际所"寻"及的，只是被虚构的生母、生父的"他者"。

巫术的功能是企图求其"实用""功利"。马林诺夫斯基说："世界是马马虎虎的背景，站在背景以上而显然有地位的，只是有用的东西——主要是可吃的动植物。"③这一句话，马氏是就"图腾宴"而言的，然而对于巫术来说，是尤为贴切的。《孟子》引录有云："告子曰：'食色，性也。'"④"食"为维持与发展人的个体生命；"色"为维持与发展人的群体生命，在这两方面，先民都遭遇了无比巨大的困难。原始巫术的发明与运用，便是试图解决这种生存困难的"倒错的实践"。虽则这种"实践"总是归于失败，但是先民在巫术中，却意外地

① 王振复：《中国巫文化人类学》，《"中国巫文化人研究"序》，山西教育出版社，2020，第4页。
② 按：见《诗经·玄鸟》，陈子展：《诗经直解》下卷，复旦大学出版社，1983，第1192页；司马迁《史记》卷四《周本纪第四》，中华书局，2006，第17页。
③ ［英］布罗尼斯拉夫·马林诺夫斯基著、李安宅译并按语：《巫术科学宗教与神话》，上海社会科学院出版社，2016，第38页。
④ 焦循：《孟子正义》卷十一，《孟子·告子章句上》，《诸子集成》第一册，上海书店，1986，第437页。

培养和锻炼了原始实用意识与实用理性。并且为了"实用""功利",先民才那样神魂颠倒地信仰天地鬼神,以求得它们的佑助。

总之,原始神话专重叙事,不排除有诗性因素的歌唱,作为先民口头表达与传播的古老的文化方式,是初民向世界与人间敞开心扉的"发言",具有宣说、传播与教育甚而鼓动的文化功能,其文化母题,为探问"世界是什么"兼"我是什么";原始图腾,因寻找与错认氏族、部落的"生身之母""生身之父"的强烈意愿而缘起。它是一种"错认他乡为故乡"的"寻亲"文化,实际上真正的生母、生父总是"缺席"。在图腾崇拜的"严肃"兼"喜悦"的场景中,图腾文化的悲剧性尤为深重,却是对于自身身份的"认同",使得整个氏族、部落群团于图腾的旗帜下,其文化母题,在于追问"我来自于谁";原始巫术,起源于初民生存的巨大压迫甚而生命的死灭,是为"实用""功利"而存在、发展的。与神话、图腾的富于原始"诗性"相比,巫术显得"实际""实在"得多。巫文化固然有想象、幻想,有对于神灵的信诺,却是信天命与信人力、拜神与降神、媚神与渎神二者兼具,且以前者为主的。原始巫文化的母题,是"我该做什么"。

"世界是什么(我是什么)""我来自哪里"与"我该做什么"三大文化母题,似乎一开始就是很"哲学"的,实际之于原始氏族、部落,凡此提问一般并非由于自觉的理性,而是出于非常狭隘、稚浅的生存、生活与生产(包括衣食住行等生活资料的生产和人自身的生产)的经验,没有也不能在人文精神意义上作一哲学的自觉的提升。不过,原始神话、图腾与巫术文化的实践方式,因在无意中相系于属人的世界意象、人类情感与意志执著,确为人类后世的宗教、哲学、审美与道德等的萌生,准备了历史与人文的温床。

三、"原始'信文化'"的文化批判

拙著《中国巫文化人类学》的撰作初衷,在于试图对中国原始"信文化",进行严肃的文化批判。以原始神话、图腾尤其以巫文化为研究对象,拟做一个原始"信文化"意义的关于巫文化的"本土的研究",也是"人类学转向"的一种学术尝试。即从中国原始文化的"实际"出发,试以研究中国巫文化的"种种现象、特质、功能、价值及其文化哲学,且与宗教、科学、道德、审美与

风水等诸问题相联系，意在阐析中国巫文化人类学这一学术课题的内在学理机制与人文特性"①。

地球人类童年时代最早的原始文化意识形态，一般都是以自然崇拜、祖神崇拜及其结合为主题的原始神话、图腾与巫术三维相系与相对的分立，此即前文所说的"三位一体，各具其'性'"。这里暂且不说原始神话与图腾，仅就原始巫文化而言，是原始初民不得不选择的一种文化，也是试图"把握"世界的一种"倒错的实践"方式，甚而可以称其为"立命之本"。初民不得不进行"两种生产"即"物质生活资料的生产"和"人自身的生产"，以维持与发展其个体、群体的生命。可是智力偏偏极其低下、稚浅而粗陋，其最起码的知识理性所能认知、把握的领域极为有限，于是不得不选择"巫"这一"尊神"来作"武器"，施行所谓的"法术"，进行这一充满历史与人文悲剧性的"伪技艺"，导致其千万年一直生活在"甜酣"而浑浑噩噩的"梦"中。人类总有一"劫"，想要不得"巫"这一人类童年文化的"小儿麻痹症"，是绝对不可能的，并且看来难于彻底"痊愈"、彻底"祛魅"。

这一类"伪技艺"的文化"病症"，在人类文化史上是俯拾皆是的。弗雷泽说，北美印第安人，绝对信仰巫术的"作法"和"习俗"，"比如当一个奥基波维印第安人试图害仇人时，就会制作一个仇人模样的小木偶，然后用针刺木偶的头部和心脏，或者把箭头射进木偶体内，因为他相信仇人的这一部位也会痛；他如果想要马上杀死仇人，只要一面将这个木偶焚烧或埋葬，一面念动咒语即可。"在苏门答腊，"不孕的妇女如果想要当母亲，只要把一个婴儿形状的木偶抱在膝上，她就可以梦想成真。"②初民对于巫术的所谓"巫力"即灵力的迷信与信仰，幼稚、痴傻得可以。马林诺夫斯基说，在澳洲，"大多数初民都信这种势力（引者：巫力、灵力），有些梅兰内西亚（Melanesia——原注，下同）人管它叫作摩那（Mana），有些澳洲部落管它叫作阿隆吉他（Arungquiltha），许多美洲印第安人管它叫作瓦坎（Wakan）、欧伦达（Orenda），或摩尼图

---

① 王振复：《中国巫文化人类学·导言》，山西教育出版社，2020，第1页。

② ［英］詹姆斯·乔治·弗雷泽：《金枝》上册，陕西师范大学总社有限公司，2010，第18、19页。

（Manitu）。"①格拉夫也说，在古希腊古罗马时期，西方文化中的"巫术活动无处不在"，"柏拉图（Plato——原注，下同）和苏格拉底（Socrates）的同时代人把伏都玩偶（Voodoo）放在坟墓和门槛上"，以求所谓的吉利；"西塞罗（Cicero）的一个同事自称因受咒语作用而丧失了记忆"，"老普林尼（Elder Pliny）则宣称谁都惧怕受捆绑咒语（binding spells）之害"，"特奥斯城（Teos）的居民以咒语来诅咒任何进攻该城邦的人。"希罗多德则指出，正如希腊一样，波斯"术士们（magoi）组成了波斯的一种秘密团体或秘密阶层，他们负责王（皇）家祭祀、葬礼仪式以及对梦境的占卜和解释；色诺芬（Xenophon）把他们描绘为'所有关于神的事务'的'专家'。"②

在中国文化中，"巫"是一个尤其强盛、顽劣而芜杂的文化传统，一个今日的文化研究总也绕不过去的沉重"话题"，充满了神秘和荒诞的文化迷信，数千年来，一直纠缠着无数聪明而智慧的头脑，成为某些中国人至今不易的"信仰"。这里，且让我们简略地看看中国早期文化的巫性本色。

《尚书》有所谓"乃命重、黎，绝地天通"说。传说中的高阳氏颛顼命"重"以"司天"、命"黎"以"司地"之后，一般的"民氓"就没有与天神地祇"交通"的权利和福分了。于是，"重、黎"成为中国文化的人文意义的"原巫"，可证中国的巫文化意识就此诞生。③

据《中国历史年表》，大约"10万"年前，是传说中用于巫筮的八卦始创者"伏羲"的"时代"④。可见，即使今日严谨的历史学著述，也似将与"原巫"传说相系的伏羲这一"百王先"，作为真实历史"源头"的一个"证明"，是令人颇感惊讶的。可证在中国人的心目中，"巫"尤其"原巫""大巫"，有如祖神一般的神圣和崇高。

① ［英］布罗尼斯拉夫·马林诺夫斯基著、李安宅译兼按语:《巫术科学宗教与神话》，上海社会科学院出版社，2016，第6、7页。
② ［瑞士］弗里茨·格拉夫著、王伟译:《古代世界的巫术》，华东师范大学出版社，2013，第1页。
③ 江灏、钱宗武:《今古文尚书全译》，《尚书·吕刑》，贵州人民出版社，1990，第434页。按:关于"原巫"之说，可参阅《国语·楚语下》:"古之民神不杂"，"颛顼受（授）之，乃命南正重司天以属神，命北正黎司地以属民"，"是谓绝地天通"。
④ 中国社会科学院历史研究所编制:《中国历史年表》，中国社会科学出版社，2002，第2页。

据考古，河南舞阳贾湖遗址有用于占卜的"龟甲"①出土，年代距今约在7780—7860年间，证明中国文化信"巫"历史的悠远。据《安徽含山凌家滩新石器晚期墓地发掘报告》(《文物》1989年第4期)，1987年6月，在凌家滩一处新石器晚期的墓葬遗址中，出土了一组玉龟、玉版。李学勤先生说，墓中"玉器多集中于墓底中部，估计原来是放置在墓主的胸上，而玉龟和玉版恰好在其中央"。李先生引述俞伟超先生《含山凌家滩玉器和考古学中研究精神领域的问题》一文之见，即从"上下两半玉龟甲的小孔，正好相对"这一现象分析，"一望即知是为了便于稳定在这两个小孔之间串系的绳或线而琢出的"。绳、线可按需使两半玉龟版闭合或解开，这种"合合分分，应该是为了可以多次在玉龟甲的空腹内放入和取出某种物品的需要"。李学勤的结论是，"这是一种最早期的龟卜方法"②。

《史记》说，黄帝"与蚩尤战"，"遂禽(擒)杀蚩尤"，"获宝鼎，迎日推荚"，即迎着太阳推演巫性算策，以预测人事家国的命运。可见"人文初祖"的黄帝，也是一个善筮的"大巫"，有《史记》可证："有土德之瑞，故号黄帝"③。瑞者，巫性占卜吉兆的玉造之信物。《周礼·春官·典瑞》注云，"瑞，符信也。"王充《论衡·订鬼篇》引"世称"曰，"人含气为妖，巫之类是也"，"故夫瑞应妖祥"④。

最为突出的，是殷代的甲骨占卜和周代的巫性易筮，大致上"轰轰烈烈"盛行了14个世纪之久(商：公元前17—公元前11世纪。周：公元前1046—公元前256年)，迄今所发见的约15万片甲骨，都是用于占卜的。由郭沫若主编、胡厚宣总编辑，中国社会科学院历史研究所《甲骨文合集》编辑工作组集体编纂的《甲骨文合集》，皇皇凡十三册，那里收录的，都是卜辞。可证中国的汉字，可能是因原巫文化的缘起而起步的，并且首先运用于占卜的记录。通行本《周易》的六十四卦卦辞与三百八十四爻爻辞以及"用六""用九"两条辞文，都是

① 按：参见河南省文物研究所：《河南舞阳贾湖新石器时代遗址第二至第六次发掘报告》，《文物》1989年第1期。
② 李学勤：《走出疑古时代》，辽宁大学出版社，1997，第116页。
③ 司马迁：《史记》卷一，《史记·五帝本纪第一》，中华书局，2006，第1页。
④ 王充：《论衡·订鬼篇》，《诸子集成》第七册，上海书店，1987，第221页。

筮辞。世界上没有哪一民族为了巫文化、为了"预测"人的命运，如此煞费苦心写出了一部首先供占筮之用的大书即《周易》本经，且在后世尊其为"十三经之首"的不朽经典，而且，尚不说在《易经》之前，还有传说中所谓文化资格更为"古老"的"夏易"（连山易）与"殷易"（归藏易）。

可见，我们的老祖宗对于巫性卜筮，是何等的热衷何等的痴迷何等的刻骨铭心！这在整个人类文化史上，是绝无仅有的，证明吾伟大中华，在巫性的"预测"这一点上，是"觉悟"得尤其早的，而且十分热衷。信天帝祖神，信神祇精灵，信卜筮"奇迹"，等等，使得整个殷周文化，长期浸透在漫长、愚昧而阴郁的"巫"的迷氛之中，倒将文化风色相对"明丽"些的原始神话与图腾，挤到了历史和典籍的一角，这是中国文化的本土特质和特征之一。

张光直先生说，在殷商，"由卜辞得知，商王在筑城、征伐、田狩、巡游以及举行特别祭典之前，均要求得祖先的认可或赞同。他会请祖先预言自己当夜或下周的吉凶，为他占梦，告诉他王妃的生育，看他会不会生病，甚至会不会牙疼。"①事无巨细，只要知识理性达不到的地方，都靠巫性的卜筮，来"预测"命运，"指引"方向，"选择"道路，求得"解决"，这种生活及其历史，是何等的"有趣"、何等的不幸和艰难。

《尚书》有云，当"汝则有大疑"时，其最好的"稽疑"之法，便是"谋及卜筮"②。相传舜将"帝位"传于大禹，是出于大禹治水即"克勤于邦"的盖天之功，在于看重大禹的品德高尚，"克勤于家，不自满假，惟汝贤"。然而这还不是根本的。根本的是，须看占卜的最终结果。大禹对舜说："枚卜功臣，惟吉之从。"此之谓也。按古训，传位和选择官吏，须对被选者逐一占卜以作出最后判断才是，唯有对家国前途大吉大利者才得胜任。于是舜对大禹说，"昆命于元龟"，"鬼神其依"，"毋！惟汝贤"③。意思是，已经卜过了，神灵的旨意不能违背，只有你是最吉利的，不要推辞了。可见，舜终于禅位于禹，是最终遵从"元龟""鬼神"之命的缘故。而商代历史上的"盘庚五迁"，是出于对旧都

① 张光直：《美术、神话与祭祀》，生活·读书·新知三联书店，2013，第45页。
② 江灏、钱宗武：《今古文尚书全译》，《尚书·洪范》，贵州人民出版社，1990，第241页。
③ 同上书，第43、44页。

"风水"凶险、"民不适有居"的恐惧而"恪谨天命"①。至于"既克商二年"武王重病时，周公便虔诚地为其占卜，"今我即命于元龟"，"乃卜三龟"，"乃并是吉"②，才得安宁，云云，就更是为坊间所熟知的了。

这里所述，难免挂一漏万，仅是中国早期历史上存在的无数巫文化卜例的九牛一毛，却也可见中华古人惟"巫"是"尊"到何等地步。

中国人对于巫占，一直抱着无比虔信的态度，巫是人心中不舍的替代性的神明，敬若天神，也是"释疑""选择"人生与家国之路的一种"策略"。中国佛教史上，曾经发生过以"灭佛"为主题的所谓"三武一宗"的"法难"，此即：一、北魏太武帝真君七年（466）；二、北周武帝建德三年（574）；三、唐武宗会昌五年（854）；四、后周世宗显德二年（954）。而数千年的巫文化，一直昌盛而不衰，甚至耸动朝野，有望风披靡之势，所谓"灭巫""法难"之类的事，是极少发生的，即使发生，多为个人或偶然事件。

中国人对于巫文化，一直守持着坚定的人文立场，是与西方不一的。据美国学者安德鲁·迪克森·怀特（Andrew Dickson White，1832—1918——原注）《科学—宗教论战史》一书所引，《圣经·出埃及记》明言："行邪术的女人（引者：指女巫），不可容她存活。"可见，从犹太教、基督教一开始，就将"巫"视为"他者"甚至敌人。西方根据《圣经》教义，譬如对于有关彗星这一天象的巫性迷信与所谓对魔鬼的"信仰"等，进行了长期而反复的斗争。"早在公元九世纪，一位伟大的传教士、里昂大主教阿戈巴尔德（Agobard）曾对这种迷信予以了沉重的打击。"公元1437年，罗马教皇尤金四世，"发布了一道诏书，激励对异教和巫术的审理者更加勤勉地惩治魔王在人间的代理者，尤其要打击那些有能力导致坏天气的人（引者：指施巫者）"。教皇英诺森"授权搜捕女巫"，且遵照"《捣巫锤》（Witch-Hammer，Malleus Maleficarum——原注）"所订立的"规则"，对"数以千计"的"女巫"进行"拷问"。"在十六世纪末叶，西方"对巫术和魔法的迫害特别残酷"，"在15年间"，把"900个"施巫者"判处了死刑"。在大不列颠，"随着清教徒的出现，迫害的规模扩大了，迫害活动也更为系统化、更为残

① 江灏、钱宗武：《今古文尚书全译》，《尚书·洪范》，贵州人民出版社，1990，第156页。
② 同上书，第252、253页。

忍"，"在一年的时间里，就有60人因巫术而被处于绞刑"，"当时最伟大的法理家马修·黑尔爵士以从事巫术为由把两个妇女判处了火刑，他宣称，他的审判是以《圣经》中的直接证明为依据的。"①

这种残酷"杀巫"事件，在中国文化史上从未发生过。虽则，据《左传·禧公十六年》，先秦周内史叔兴有"吉凶由人"②的见解；据《史记·滑稽列传》所载，有西门豹治邺而设计禁巫的史事③；有东汉王充"蓍不神，龟不灵，盖取其名，未必有实也。无其实则知无神灵，无神灵则知不问天地也"④的言说；有东晋《搜神记》记述"宋定伯捉鬼"⑤的故事，还有清代纪昀，曾戳穿"女巫郝媪""言人休咎"而"以售其欺"⑥的骗人把戏，等等，然而，凡此较为清醒、理性的关于"巫"的言行，在中国仅为偶发事件，远远不足于抵御、反抗数千年巫风鬼气横行中华的文化大势。

别的暂且勿论，秦始皇苛政于天下，焚书坑儒，准李斯奏言，"非秦记皆烧之"，"天下敢有藏诗、书、百家语者，悉诣守、尉杂烧之"，而"所不去者，医药卜筮种树之书。"劫后余生，"卜筮"等书得以独存，是因嬴政、李斯等信巫、崇巫的缘故。在所坑460儒生中，自当不乏行巫之方士。他们被坑的原因，

---

① ［美］安德鲁·迪克森·怀特著、鲁旭东译：《科学-神学论战史》，第一卷，商务印书馆，2012，第453、452、454、458、461、464、465页。

② 按：《左传·禧公十六年》："十六年春，陨石于宋五，陨星也"，"周内史叔兴聘于宋，宋襄王问焉，曰：'是何祥也？吉凶焉在？'对曰：'今兹鲁多大丧，明年齐有乱，君将得诸侯而不终。'退而告人曰：'君失问。是阴阳之事，非吉凶所生也。吉凶由人，吾不敢逆君故也。'"（左丘明《左传》，杜预集解，上海古籍出版社，2015）

③ 按：《史记·滑稽列传第六十六》："魏文侯时，西门豹为邺令"，知所谓老年女巫为"河伯娶亲"而残害乡里，"赋敛百姓"。便设计假言"河伯妇"（被残害之少女）貌"丑"，"烦大巫妪为入报河伯，得更求好女，后日送之"。将"巫妪"与其"三弟子""三老"相继投入河中，"从是以后，不敢复言为河伯娶亲。"（《史记》卷一百二十六，中华书局，2006，第732、733页）

④ 王充：《论衡·卜筮篇》，《诸子集成》第七册，上海书店，1986，第235页。

⑤ 按：干宝《搜神记》："南阳宋定伯"，"夜行逢鬼"，鬼与宋对话，佯称自己亦为鬼，因"步行太亟"而相约"共递相担"，"行至宛市"，一举将鬼"执之"（捉住），鬼无奈"化为一羊"，宋"恐其变化，唾之"，"便卖之"，"得钱千五百"。（干宝《搜神记》卷十六，北京：中华书局，1979年）

⑥ 纪昀：《阅微草堂笔记》，上海古籍出版社，1980，第77、78页。

并非"文学方士"装神弄鬼，而是为始皇采"不死之药"而"终不得"①，且冒犯了始皇的绝对权威。历史上，即使有如宋太祖时期所谓"信医"不"信巫"的记载："蜀民尚淫祀，病不疗治，听于巫觋，惟清擒大巫笞之"②，也只是昙花一现、不成气候的，反倒有所谓"祝由之术"，作为传统中医"十三科"之一。《礼记》云："龟为卜，筮为筮。卜筮者，先圣王之所以使民信时日，敬鬼神，畏法令也；所以使民决嫌疑，定犹与（豫）也。"③这便成了数千年所信守的精神信条。

中国原始"信文化"，笃守巫性的所谓"吉凶"，其人文思维的域限，往往局限于吉与凶之间，二者仅仅诉诸于人的命运。在很早的时候，拟将混沌的世界加以粗陋的"分析"，似乎已经使得人的精神世界开始变得有些条理。可惜这一分析，只是一般地为宗教学的此岸彼岸、哲学的阴阳、科学的真假、伦理学的善恶和审美学的美丑等意识的生成，准备了一些历史与人文条件，而其本身却绝非宗教学、哲学、科学、伦理学和美学。

鲁迅先生说，"中国本信巫"④。这一文化传统何其强大，尤其孜孜于重实际、重现世的"实用功利"这一意志，遂使在别的民族文化中本是空灵的宗教之翼，变得特别的沉重，无疑阻碍了真正成熟的宗教文化从原始神话、图腾与巫术文化的发蒙。惟"吉凶"是问的意识与思想，其逼仄的思维空间，终于促成先秦"巫史"文化及其传统的形成，以道德的善恶及其所追求的人格圆成，填补因缺乏真正宗教的终极关怀而留下的精神空间，以使本是失衡的文化天平，勉强取得了相对的平衡。鲁迅先生又说，"中国根柢全在道教"⑤，是其敏锐地看到道教的"根柢"在于"巫"的缘故。这一土得掉渣的中国本土宗教，在东汉诞生时，一是原于本土"谶纬神学"即谶纬巫学的精神培育；二是深受两汉之际东来的印度佛教的影响；三是全盘承传了自古中华巫学的弘大传统，没

① 司马迁：《史记·秦始皇本纪第六》，《史记》卷六，中华书局，2006，第47、48页。
② 脱脱等：《宋史·李惟清传》，《宋史》卷二六七，中华书局，1977，第9216页。
③ 杨天宇：《礼记译注》上册，《礼记·曲礼上第一》，上海古籍出版社，1997，第40页。
④ 鲁迅：《中国小说史略》，《鲁迅全集》第九卷，人民文学出版社，1981，第43页。
⑤ 鲁迅：《致许寿裳（1918年8月20日）》，《鲁迅书信集》上卷，人民文学出版社，1976，第18页。

有对原始"信文化"中的"巫",进行过全面、深刻的思想与思维的清理和必要的唾弃。它是一个尤为崇"灵"的宗教。《太平清领书》即《太平经》首倡"灵宝"一词,促成魏晋道教另一经典《灵宝经》与灵宝派的流行与创立。道教"三清"之说的所谓"灵宝天尊",实际是巫性的"天尊"。"灵宝者,精气也"①,原于《易传》巫性的"精气为物,游魂为变,是故知鬼神之情状"②说。中国有一句俗语:"道高一尺,魔高一丈",可见"魔"即"巫"的厉害了。

从原始"信文化"中巫术与后世哲学的关系看,相当程度上,是"巫"奠定了中国哲学的人文素质和思维特质。《说文》云:"巫,祝也。女能事无形,以舞降神者也,像人两袖舞形,与工同意。"③这里,"巫"、"无"与"舞",是三位一体的。巫,指"无"与"舞"的文化底色;无,即"无形"之无,原指巫术思维与仪式的神灵、巫魅;舞,指巫术的"作法"即仪式。其中的巫性之"无",是老庄哲学本体之无的历史与人文原型之一。难怪在先秦道家典籍中,独多既是神性、灵性、巫性又是哲学之道(无)的描述:道者,"视之不见名曰夷,听之不闻名曰希,搏之不得名曰微,三者不可致诘,故混而为一。""是谓无状之状,无物之象。是谓恍惚,迎之不见其首,随之不见其后。"④这里,说的是哲学的"道",其人文底色,又是"巫"。《老子》重"道"(无)又重"德"(有),故通行本《老子》,上篇讲"道"即"无";下篇述"德"即"有",玄无、虚静的本体之道,终于要落实于实实在在的人伦道德。老子说:"无,名天地之始;有,名天地之母。"⑤此之谓也。其思维模式,源自前文所引《尚书》关于"绝地天通"即"重"以"司天"、"黎"以"司地",是很显然的。

道这一汉字,郭店楚简写作彳、亍二字之间加一个人字。彳、亍者,小

① 陈观吾:《度人经注解序》,《道藏》第2册,文物出版社,1988,第392页。
② 朱熹:《周易本义》,怡府藏版影印本,天津古籍书店,1986,第291—292页。
③ 许慎:《说文解字》,中华书局影印本,1963,第100页。
④ 王弼:《老子道德经》上篇,《老子》第十四章,《诸子集成》第三册,上海书店影印本,1986,第7、7—8页。
⑤ 王弼:《老子道德经》上篇,《老子》第十四章,《诸子集成》第三册,上海书店影印本,1986,第一章,第1页。

步行走踌躇不进之谓。中国哲学，首先重在从"天上"俯瞰人生，尔后落实于人生道路的选择，这一哲学，从文化"娘胎"里带来的，主要是"巫"的血脉和素质，其历史与人文的源头，主要专注于所谓"吉凶休咎"，一定程度上局限了中国文化的眼目。中国文化的"心目"中，除了由神话与图腾所培育的神性，还有隐在的"巫"的"情结"，给中国哲学、美学、艺术和道德等以持久的影响。

中国原巫文化与科学的关系，也是值得注意的。巫术与科学技术相通的地方，在于都承认经验、因果与必然的规律性，都坚信世界可以被改造而且有救的。然而，二者的区别是根本的。其一、巫术的思维始终被错误的因果律所钳制，是对因果律的滥用，而科学是对事物因果、矛盾律等的准确把握；其二、巫术将世界与人生的必然规律，误认为天命、神灵的既定安排与由神灵与巫力相系的巫性意志，科学则以为，事物的必然规律，只能被发现、被把握而不能被创造、更不能"无中生有"；其三、"巫术是用来达到实用目的的"①，而实际上总是归于失败。科学技术的目的，除了追求实用价值、实际用途外，还有科学理性对于宇宙、生命等无尽奥秘的不息探求、把握及其人文关怀；其四、巫术的反科学性毋庸置疑，其有时可能与科学同行，为了维持与标榜其所谓的"灵验"和巫的权威，可以对科学采一些宽容的态度，却始终不能指向真理。其五、巫性"吉凶"的原始价值判断，可以在后世一变而为德性的善恶。趋善祛恶，便是提升而成长为道德之巫性的"趋吉避凶"；其六、来源于原始"信文化"即巫术、神话与图腾三维的的中国哲学及其美学，多俯瞰于此岸、世间人生，难以有力地向中国的科学技术，注入绝对形上的哲学之魂，反倒让哲学，作为"地上"的古代政治、伦理的合理性，拿到"天上"去加以证明。

这一切，除了原始神话和图腾的原始给予，还有原始巫文化的显著"贡献"。

要之，本文之所以在学术上，提出、论证"原始'信文化'"这一范畴，在于试图将人类原始文化最早的三大文化形态即神话、图腾与巫术，加以学理

---

① ［英］布罗尼斯拉夫·马林诺夫斯基：《巫术科学宗教与神话》，上海社会科学院出版社，2016，第106页。

意义的命名与概括，纠正长期以来流行于学界的以"原始宗教"这一笼统提法，来描述人类与中华最早文化形态的偏颇，这是可能的一个"人类学转向"；同时，西方学界大量的文化人类学著论，一般都将原始神话、图腾与巫术，统称为"原始神话"，将原始思维，统称为"神话思维"，实际所论析之通常而大量的，主要是原始巫术与巫性思维，这是将关于神话、图腾与巫术文化的共性研究，不无偏颇的替代与抹去了三者共性兼特性的研究。不言而喻，中华原始文化居于主导地位的最早文化形态并且其影响广泛而深远的，是伴随以原始神话与图腾的原始巫术。这一点，在中华原始玉石文化、青铜文化、风水建筑文化与殷卜、周筮以及《山海经》等文化形态和相关典籍中，体现得尤为典型与显明。努力摆脱诸多西方人类学所谓"广义神话"说的影响，切实而有理有据地做出真正的"本土性研究"，这是可能的又一个"人类学转向"。

本文发表于《学术月刊》2022年第8期

中国建筑文化与美学

东方独特的大地文化与大地哲学

中国建筑文化，是东方所特具的一种大地文化与大地哲学。

历史悠邈、源远流长、自成体系、独具一格，以及自古偏于渐进的"文脉"历程，构成中国建筑之伟大的文化旋律。在漫长而灿烂的历史长河中，无论史前晨曦、秦汉朝晖、隋唐丽日、还是明清夕月，作为东方文化与哲学的物质载体之一，中国传统建筑的崇高意象，在东方广阔的地平线上，投下了磅礴而巨大的历史侧影。它映射出美丽的人文精神，具有严肃的道德伦理规范，以及以伦理为"准宗教"的对人生的"终极关怀"。在高超的土木结构科技成就与迷人的艺术风韵濡染之中，中国建筑文化，陶冶了葱郁的大地文化的理性品格与深邃的哲思境界。其文化之特点，可归纳为四项，简析如次。

一、人与自然的亲和关系、"天人合一"的时空意识

在西方古代通常的人之文化视野中，人与自然原本是对立的。伊甸园里亚当、夏娃偷食禁果、犯下"原罪"，以及古老传说司芬克斯之谜，就是这种原始对立的象征。因而，西方古代建筑作为一种人工文化，是人对自然之强制性进击、占有与征服。中国人一般不这么看，他将大自然认作自己的"母亲"与"故乡"。在中国人的文化观念中，由于自古生命哲学思想的深刻影响，认为人与自然是血肉般相连、同构对应的。所谓"天人合一"之哲理思考，在先秦古籍《周易》与老庄等的著述中，表现得很突出。《周易》关于天、地、人的"三才"之思与老庄的"道法自然""我自然""返璞归真"等丰富思想，莫不如此。

汉代大儒董仲舒有云："以类合之，天人一也。"①，而宋代程明道则曰："天人本无二，不必言合。"②因而，中国建筑文化，是世代中国人与大自然不断进行亲密"对话"的一种奇妙的文化方式，它令人深为感动地体现出"宇宙即建筑，建筑即宇宙"的恢宏、深邃的时空意义。从自然宇宙角度看，天地是一所庇护人生、巨大无比的"大房子"，所谓"上下四方曰宇，往古来今为宙"③。这"大房子"以浩浩大地为基、茫茫苍穹为屋宇，以北极为"顶盖"之最高处，有八柱撑持，这是中国远古神话里所描绘的"宇宙"（建筑）；从人工建筑文化角度看，建筑象法自然宇宙，所谓"天地入吾庐"，"吾庐"即是宇宙。

中国建筑文化的时空意识，是一种典型的、人与自然相亲和的建筑"有机"论。明代造园家计成所著《园冶》一书将"虽由人作，宛自天开"④看做中国园林文化的最高审美理想，其实，这也是中国建筑文化基于"天人合一"哲学思维的最高审美境界。英国著名学者李约瑟《中国的科学与文明》一书曾经指出："没有其他地域文化表现得如中国人那样如此热衷于'人不能离开自然'这一伟大的思想原则。作为这一东方民族群体的'人'，无论宫殿、寺庙，或是作为建筑群体的城市、村镇，或分散于乡野田园中的民居，也一律常常体现出一种关于'宇宙图景'的感觉，以及作为方位、时令、风向和星宿的象征主义。"⑤此所言是。

二、淡于宗教与浓于伦理

人与自然相亲和、"天人合一"时空意识相一致的，是中国人所一向独具的"淡于宗教"⑥、浓于伦理的文化传统。自古中国人文化头脑中真正长期占支配地位的"神"，大多是自然神，而并非是人对之拳拳服膺的宗教"主神"。佛陀、

---

① 苏舆撰，钟哲点校：《春秋繁露义证》，中华书局，1992，第342页。
② 程颢，程颐：《二程集》第二册，中华书局，1981，第80页。
③ 尸佼：《尸子》卷下，清平津馆丛书本，第26页。
④ 计成：《园冶》卷一，民国刻喜咏轩丛书，第2页。
⑤ ［英］李约瑟：《中国之科学与文明》，中国台湾商务印书馆，1977，第167页。
⑥ 按：1988年，费孝通在香港大学主办以"中国宗教伦理与现代化"为主题的《中国文化与现代化》研讨会，梁漱溟为该研讨会录制演讲视频，提出了"中国人淡于宗教"的观点。

上帝、真主这些宗教"主神"，都是舶来品。所谓中国土生土长的道教，尊老子为教主，而老子是先秦道家哲学的创始者，道教在中国建筑文化史上的影响，远不及作为哲学文化的老庄道学。印度佛教曾大举东渐于中华，它对中国建筑文化的濡染与渗透自然十分有力，然而，这种异族文化，自入传之初就开始了"中国化"的历史进程，终于在唐代被中国传统儒道文化所融汇而彻底被改造成中国的东西，成为一种中国文化与中国哲学、一种现实的文人士子的生活方式、生活情调与人格模式。中国传统文化的这种巨大的"消解"力量，表现在土木营构上，便是作为政治、伦理文化之象征的宫殿建筑的自古辉煌与持久延续，远甚于佛教寺塔文化的灿烂，并且在时空意识、建筑理念、平面布局与立面造型等方面，中国佛寺佛塔，深受中国宫殿建筑文化语汇的影响，甚至一定意义上可以说，比如中国佛寺的某些文化因素，是中国传统宫殿文化的文化辐射与余绪。如果说，以古希腊为文化传统的西方古代建筑史，大致是神庙与教堂所构成的光辉历程的话，那么，古代中华的巍巍宫殿及其演变形式帝王陵寝及坛庙之类，则以其无可争辩的主旋律，发出了持久而雄浑的历史的轰鸣。而且正如前述，那大批"中国化"了的寺塔与石窟文化，总体上都不能摆脱中国建筑传统"文脉"思想的浸润与"关怀"。中国建筑文化，无疑具有"淡于宗教"的文化特色。

然而，这种"淡于宗教"所留下的历史空白必须得到填补，民族文化的历史天平要求达到平衡。由于中国文化自古就陷入既"淡于宗教"，又在精神上呼唤"谁来关怀我们"这一文化两难之境，于是，在长期历史文化的相激相荡之中，便有伦理文化的充分展开，起而填补因"淡于宗教"而留下的精神之域。"淡于宗教"者，必浓于伦理，"以伦理代宗教"，正是整个中国文化的基本品格之一。由此，城市及村镇规划，宫殿、陵墓、坛庙、民居、寺观、园林建筑，以及屋顶、斗栱、门廊、台基与装饰形制等等，无一不是或者强烈、或者平和；或者显明、或者隐约地体现一定的伦理文化主题。就连在思想比较自由、审美情趣比较浓郁的园林文化之中，也渗融着一定的伦理文化因子，这尤以皇家园林为甚。

一定程度上，中国建筑文化是一部展开于东方大地之上的伦理学的"鸿篇巨制"，是伦理的审美化与宗教化。这是由于一定意义上东方伦理代替了宗教，充当"准宗教"角色，成了人生"终极关怀"之故。梁思成曾经指出，中国建筑文化具有"不求原物长存"[①]的文化观念，因而一定程度上忽视建筑古迹的保护而热衷于建筑天摧人毁之后的重建。其实，这种"重建"行为，除了中国建筑主要以土木为材，相对难以持久，不得不"重建"之外，在观念上，是中国人"淡于宗教"之故，它一般地缺乏西方古代那种宗教神圣的文化信念，于是难以做到把建筑古迹、原物看作宗教偶像那般神圣。

三、"亲地"倾向与恋木"情结"

"淡于宗教"与浓于伦理，说明中国文化的哲学超越意识，基本上是现实、现世、此岸性的，缺乏（注意：不是绝对没有）一种从现实大地向宗教天国狂热的宗教性的向上"提拉之力"。人们相信，人生之欢愉既然可以在现实大地上得到实现，就不必使建筑物高耸入云，以西方中世纪教堂那样的尖顶去与神圣"和美"的宗教天国"对话"。所以，除了一些高台建筑以及佛塔之类比较高耸之外，中国传统建筑，一般显得比较平缓。由于中国文化之"心"对宗教采取若即若离的文化态度与对伦理的相对亲近，就难以执著地建造像西欧中世纪那样的教堂尖顶，而热衷于使建筑群体向地面四处作有序的铺开。这种建筑空间与平面布局的有序性，在于讲究建筑个体与群体组合中的风水地理，在地面之上作横向发展，象征严肃的人间伦理秩序。

因此，东方大地这一中国人生于斯、长于斯、老于斯的建筑"场所"，就是中国人所独有的"人情磁力场"，人们不难见出中国建筑文化的"亲地"倾向与恋木"情结"。

在物质生产与生活方式上，中华先民很早就在这中华大地上发展了简直无与伦比的农业文化，以"耕耘为食"的大地文化，与以"土木为居"的大地文化，构成内在的文化对应。中国建筑文化的主要物质构架以土木为材，这正是东方大地农业文化的有力馈赠。农业文化又是与"淡于宗教"的恋土、亲地观念相一致的，它决定了中国建筑文化的材料模式及结构"语汇"。

有的学者以为中国古代少有石材建筑，认为所谓"用石方法之失败"，是

---

① 梁思成：《梁思成文集》，第三卷，中国建筑工业出版社，1985，第11页。

中国古代阴阳五行哲学只有金木水火土而独缺"石"之故，这一见解似值得商榷。

其一，所谓阴阳五行学说，学界一般认为起于周代，成于战国时期的邹衍。而在周代之前许多个世纪，比如在浙江河姆渡新石器文化中，中国建筑的土木之制早已形成，如果说，中国建筑少用石、多施土木的文化传统之形成与阴阳五行说之缺"石"有关，那么，在周人之前多少个世纪的中国土木建筑文化传统，又当如何理解？

其二，从另一角度分析，阴阳五行学说又实际上是包含了"石"的。《周易》有云，八卦中的坤（｜瘟｜椭）为地、为土，艮（｜瘟｜椭）为山、为石。土者，五行之一。而从卦之意义上看，坤象征土、象征大地，是包括山、石在内的。因为，这里艮卦卦符只是乾卦（｜椭）中的一个阳爻来交于坤卦而成。艮卦，仅是坤卦的第三个阴爻变异为阳爻而成。所以，艮卦的母体是坤，它只是表示艮卦所象征的山、石原是大地的一部分而比平原大地更富于刚性罢了。因此，中国建筑文化主要以土木为材而少用石材，看来与阴阳五行说没有必然联系。

实际上，无论以土木为材的中国建筑营构，还是阴阳五行说，都是中国农业大地文化的物质表现与哲学阐释。

由于以土木为材，这基本上决定了中国建筑的技术结构、空间组合与形体造型、质地色彩与艺术装饰等形象。从土木结构看，屋架、立柱、举折、斗栱以及墙体、瓦作、台基与雕饰等，都是由土木这一基本材料文化所决定的中华结构。倘改用石材或其他材料，一切中国建筑文化所特有的大木作、小木作以及瓦作等均谈不上，木构土筑之屋顶翼角不会登上中国建筑文化的历史舞台，斗栱也不会成为中国建筑技术结构、艺术表达的关键与度量制度。而且，由于以土木为材，流风所至，即使极少数的中国石材营构比如石窟窟檐、石阙等，也力图模拟木构形制。中国建筑的群体组合，在文化观念上，固然是血亲家族团聚与向心的生理、心理之需要及象征，而在材料学上，木材与泥土具有韧性、加工灵便、组合方便的优点，但又显得不够重实、刚度不足、负重力有限、易被摧损。这些土木材料的优缺点，成了中国建筑群体组合登上文化舞台，并且长存不衰的历史性基础。群体组合，正是扬土木之长、避土木之短的产物。正因土木结构，故墙体一般不承重，于是门窗的开设比较自由，发展为精彩而独特的中国门窗文化（当然，门窗的如何安设，同时受到伦理规矩、艺术情趣与"风水"观念的影响，这是另一个问题）。又由于群体组合，才有独具东方文化情调的封闭或半封闭的中国庭院文化应运而生。庭院是中国建筑的"通风口""采光器"与家庭血族之公共活动场所，也是建筑群体的"呼吸器官"。它在文化心理上，是人与自然进行情感交流、交融的一种建筑文化方式，别具东方情调。中国人一向有"无庭不成居"的居住习惯，此对庭院的钟爱之情自不待言。在所谓"风水"观念上，庭院又被看作"气口"。"居"不在大，有"庭"则灵，灵不灵，就凭这一口"气"。

四、"达理"而"通情"的东方文化意绪

中国建筑文化观念上的象法宇宙、"淡于宗教"浓于伦理与"亲地"倾向、恋木"情结"，一方面，说明中国建筑之富于理性的哲学品格；另一方面，又洋溢着长于抒情的艺术风格，它是一种"达理"而"通情"的东方文化。

其一，无论建筑群体与个体，中国建筑的平面布局，往往具有严格的"中轴"观念，尤其在宫殿、坛庙、陵寝与民居之上，可以见出井井有条、重重叠叠的空间序列，仿佛是冷峻之理性精神在东方大地上留下的轨迹。这种"中轴"，造成中国之大部分建筑物的平面与立面对称、均齐的空间形态。由于偏重于表达严肃之伦理规矩，使得中国建筑往往处处、时时显现出严谨的"文法""文风"与逻辑理性。这种强烈而清醒的世俗理性精神，在宋、明之后，有愈烈之势。以宋代《营造法式》与清代《工程做法则例》为代表的建筑理论著作，规定了严格甚而是严厉的"材·分"模数制与一系列构成体系的建筑工程"做法"，不啻是浸透了伦理精神的中国建筑理性思维的体现。尽管在具体建筑设计实践中，未必每座建筑物都不折不扣地按照这"钦定"的法则去做，然而，以所谓"实践理性"即伦理原则为最高的文化思维尺度，确是中国儒学文化观念体现于中国建筑的鲜明特色之一。

同时，中国建筑理论界一向认为，中国"建筑之术，师徒传授，不重书籍"，梁思成也曾说过，中国建筑，向来被看作匠艺，以为末流。

"匠人每暗（闇）于文字，故赖口授相习，传其衣钵，而不重书籍。数千年

古籍中，传世术书，惟宋清两朝官刊各一部耳。"①这种历史状况，的确与欧西一向重视建筑文化及其研究、著论迭出不同，然而这并不等于说，中国建筑文化，长期以来是无序的非理性或缺乏理性的文化，或者说，仅仅只有"实践理性"而已，缺乏形而上的深层哲学思考。并不是说，中国建筑文化只是一堆杂乱无章的经验性材料。恰恰相反，除了少数几部建筑学与园林学著作之外，在经、史、子、集之大量浩繁的文字材料中，往往具有深邃而精湛的中国建筑文化的理性思想。比如，人们可以从《周易》《老子》等先秦典籍中，分析出关于中国建筑文化之时空观、伦理模式的哲学思维以及技术、艺术"语汇"等文化理性之原型。多年以来，人们之所以可能以为中国建筑文化缺乏理论与理性色彩，客观上，是因为中国丰富而深刻的建筑理性思想，往往散在于历代各典籍之中的缘故，不像西欧古代那样凝集于一部部的建筑理论著作之中；主观上，亦因为并未进一步打开理论视野之故。对诸如《营造法式》的研究无疑是必要的，然而，如果仅止于对建筑技术、技艺与具体"做法"上的一般解析，仍然难于把握中国建筑文化理性思维的广度与深度；如果仅止于对建筑这一领域作"器"之层次上的研讨而不将眼光扩大到整个文史、哲学、科技与艺术领域，看来难于扪摸中国建筑文化深邃而迷人的理性之"道"。总之，并非中国建筑文化缺乏葱郁的理性精神，而是缺少文化学、哲学、科学、伦理学、史学与美学等全息意义上的发现。

其二，中国建筑文化无疑是重"理"的，它一般没有如西方中世纪宗教建筑文化那样的神秘与迷狂，也一般地排斥如西方巴洛克与洛可可建筑风格那样的迷乱意绪。然而，这又并不等于它是绝对唯"理"无"情"的"冷调子"文化。从某种意义上说，中国古代建筑文化是礼（伦理规范、实用理性）与乐（首先诉诸情感的艺术与审美）的统一，是内在的令人意志整肃、发人深思的实践理性与外在的令人精神愉悦的情感形式的和谐，是天理与人欲的同时满足。无论就建筑的群体组合，还是个体存在，无论是"大势严正"的建筑平面、立面墙体、立柱型式，还是反翘之屋盖、交构之屋架、错综之斗栱，以及无数建筑装饰艺术样式等等，都在不同程度上达到"理"与"情"的"共振和鸣"；仅

① 梁思成：《梁思成文集》，第三卷，中国建筑工业出版社，1985，第12页。

仅有的偏于"达理",而断非无"情",是情感积淀为理性;有的偏于"通情",又不是无"理",是理性宣泄为情感罢了。从总体上看,中国建筑文化,达到了自然宇宙与人工宇宙(建筑)同构的理性思维高度,具有以伦理(实践理性)代宗教、宗教伦理化的情感方式。"亲地"与"恋木",是其真正令人感动的东方大地文化的情、理交融的品格。从建筑造型及其文化意蕴看,它是空间与时间、材料与结构、方形直线与圆曲韵致、庄重与活泼、阳刚与阴柔、理性与情感之间所进行的一场美妙的文化"对话"方式。

本文发表于中国台湾《空间》杂志1994年第2期

中国建筑文化的易理阐释

《周易》的文化思想容量巨大而深邃，它所涵蕴的易理，往往成为种种中国传统文化现象的一种基因，也是中国建筑文化的思想之源。"易"，作为古老的东方智慧之一，大凡在易卦、易数与易图三方面，给中国建筑文化以深刻影响。

一、易卦的建筑文化意蕴

从易卦分析，与中国建筑文化观念尤为深切的，除了《周易》大过、震卦等外，应是其六十四卦之一的大壮卦。

《易传》有云："上古穴居而野外，后世圣人易之以宫室，上栋下宇，以待风雨，盖取诸大壮。"① 依字面解，上古之中华初民，原先"野处"于地穴（包括自然山洞与挖掘于坡地、平原之上的居穴），后来有所谓圣人、智者发明、建造了地面建筑（古人将这看作建筑文化的起源），这建筑梁栋高高在上，立柱支擎着下垂的坡顶，得以严阵以待风雨的侵袭，巍然乾立于东方大地。这种建筑发蒙的灵感，都源于《周易》大壮卦。

大壮卦䷡，乾下震上之象，即其下（内）卦为乾、上（外）卦为震。按易理，乾为天、震为雷，故整个大壮卦为"雷在天上"即古人所云"雷天"之象。雷天磅礴，是风雨交加之天象的前奏或同时并发，所以大壮卦象隐涵"风雨"之意，这是最浅显的卦义。这正如《左传》所言，"在易卦，雷乘乾曰大壮䷡，

---

① 郑玄：《周易郑注》卷八，湖海楼丛书本，第3页。

天之道也。"①说明以《周易》大壮卦象征"风雨"及风雨之中的建筑形象。

由大壮卦"雷天"之象到象征"风雨",进而到象征中华建筑文化观念及建筑的起源,这正是中国建筑文化审美之魂的一次壮丽的"日出",是以崇高感为审美主体心态、中国建筑文化意绪的觉醒与解放。

这是因为,中华原始初民最初无"居"可供栖息、无家可归、或仅能卷伏于"地穴"之中时,尚谈不上对这"雷天"之象、盲目自然力真正崇高的审美的。一旦发明、建造地面宫室屹立于东方大地,岿然不动而风雨难摧,才真正迎来中国建筑文化的一个伟大的新时代。其文化审美意义在于,迄今为止的建筑,是一种大地文化,它是人类对大地空间人为的梳理、经纬、安排与占有,它不仅具有躲避盲目自然力之侵害的"盾"的性质,更是人的伟大力量进入自然、改变自然环境之崇高的象征,兼有"矛"的性质。在《周易》看来,宫室之起源,不仅是对盲目自然的逃避,更是辉煌的进取。建筑是"盾"亦是"矛"。当原始初民匍匐于地穴之时,建筑这一"矛"的进取性尚未充分发挥,地面建筑的昂然屹立,才真正显得人力对自然的抗击。因而,前引《易传》所言"以待风雨"的这一个"待"字,真是用得极确。"待"者,等待,有"泰然迎接,主动迎候"之意,这是深谙易理的表现。《易传》曰,"生生之谓易",凡"生"者,必非畏缩不前,而是勇往直前。用《易传》的话来说,"鼓之以雷霆,润之以风雨",无畏也。这便是"易"。在美学上便是大壮之美。建筑这巨大的"非有机的躯体"是人的伟大力量向"自然底生成"。②当人能够安然地生活于建筑物之中时,才能豪迈地欣赏屋外雷霆万钧、风雨豪泻的自然美景。这也便是《周易》震卦卦辞所谓虽然雷震令人恐惧,人却"笑言哑哑"的意思。

因此,从大壮卦卦象看,其浅在的卦义在于象征"雷天"风雨,而深一层次的易理,则肯定、表现建筑与人的伟壮形象,正如《易传》所云:"大壮,大者壮也,刚以动,故壮。"③

---

① 洪亮吉:《春秋左传诂》卷十八,南菁书院续经解本,第40页。

② [德]马克思:《1844年经济学-哲学手稿》,人民出版社,1956,第57页、第147页。

③ 郑玄:《周易郑注》卷四,湖海楼丛书本,第4页。

《周易》大壮卦与中国建筑文化之密切关系，还可作进一步解析。

其一，大壮卦象既为☳，则据《易传》所解，其上卦不仅为震，"为雷"，而且这☳（震卦）又象征竹与芦苇。竹子、芦苇等物，入于茅草一类，为上古中国所常用的建筑材料，用作围护结构与屋顶复盖，所谓"茅茨不翦"也。其下卦☰（乾卦）不仅"为天，为圜"，而且"为君，为父"。因此，整个大壮卦象，是竹、苇之物复其上，君父居于下之象，象征原始宫殿、宗庙及住宅等建筑文化及居住方式。

其二，大壮卦的错卦（与本卦阴阳爻序相反）为观卦☴，其下卦为坤☷，依《易传》，"坤为地"；上卦为巽☴，"巽为木"，构成坤下巽上即地下木上之象，这又是中国传统木构建筑屹立于东方大地的象征。易学家尚秉和《周易尚氏学》说，"大壮通观"，上卦巽为木、"巽为栋"，因其"在外（上）卦，故曰'上栋'。"此解甚切易理。同时，大壮卦的综卦（即与本卦之卦爻阴阳序相互颠倒的卦，清代易学家毛奇龄称为"反易"）为遁卦☶，其下卦有艮象☶，据《易传》，艮卦不仅象征"山"、象征"止"，而且"为小石"、"为径路"、为"坚多节"的"木"、"为门阙"、"为阍寺"，凡此卦义，均与建筑相关。

其三，从"互体"（即一卦六爻的二、三、四爻或三、四、五爻各构成一个新的八卦，与卦之"旁通"现象来看，大壮卦本卦的其中一个互体卦为兑☱；其错卦既观卦亦包含着一个互体之艮卦☶；其综卦即遁卦的"互体"之一又为巽卦☴；大壮卦的"旁通"卦为无妄卦☳，呈震下乾上之象，这里又包含着两个"互体"，即艮卦☶与巽卦☴。总之，人们由此不难看出，在大壮卦象中，艮、兑、巽等卦，是反复出现的符号信息。除前文所述，不仅艮卦，而且兑卦，都传达出与建筑文化相契的易理。据《易传》，兑"为少女、为巫，为口舌"。许慎《说文解字》云，"巫，祝也。在男曰觋，在女曰巫。"巫者，指巫人与巫术。兑卦"卦象为巫问卜于龟。先秦时代人营都城、建宫室，事先都要请巫师进行龟占（引者按：应为龟卜）。由龟占的结果确定是否营建、何时营建及营建的方位等。"[1]王文说得在理。这里须要补充的是，卜辞中记载了许

---

[1] 王贵祥：《〈周易·系辞下〉大壮卦建筑隐义浅释》，参见清华大学建筑系：《建筑史论文集》第十辑，第151—158页。

多原始初民营事活动开始时的龟卜实例，如据《殷虚书契后编》："王封邑，帝若"、"王乍邑，帝若"。这里的"封"，胡厚宣《甲骨探史录》据郭沫若之见、释为"乍"之异文，而"乍"，即"作"。这条两卜辞的意思是说，圣王修筑都城，神秘的上帝（上天）同意了（"众"，即"诺"）。这是记载了建筑龟卜的结果。那么谁来进行龟卜呢？巫也。以卦象表示，就是☱。卜辞中又如"贞，作大邑于唐土"、"癸丑卜，作邑五"、"甲寅卜，争贞，我作邑"等，都是有关《周易》兑巫的卜例。而兑所以又"为口舌"，是在表示兑巫向上帝的卜问求询。至于这里所涉及的巽卦，不仅如前所述，"巽为木"，而且据《易传》所言，巽又"为绳直，为工"、"为长、为高"。这些卦义，包含着建筑基地测量、结构尺寸及建筑材料之加工所应遵循的绳墨规矩等建筑文化内容。

二、易数的建筑符号表述

易数与中国建筑文化之关系是多方面，这里仅就若干易数在建筑物上的象征性符号加以初步的分析。

中国古代的礼制性建筑明堂，为帝王宣明政教之所，凡朝会、庆功、祭祀等大典，往往在明堂举行。《三辅黄图》有云："周明堂。明堂所以正四时，出教化，天子布政之宫也。"[1]明堂之数的象征关乎易理。《大戴礼》说："明堂九室，一室有四户八牖，凡三十六户，七十二牖。"[2]这里已涉及到"九"、"四"、"八"等易数。《周易》阳爻何以称"九"（阳爻何称以"九"说来话长，此处勿赘），为阳数之极，"四"即"四象"之数，"八"为八卦方位之数。所以古人在解释明堂易数时说，"称九室者，取象阳数也。八牖者，阴数也，取象八风。三十六户牖，取六甲之爻，六六三十六也。"[3]所谓"八风"，指自八个方位之风。古人所以重视明堂的"八方之风"，盖象征教化流行也。应劭注："明堂所以正四时，出教化。明堂上圜下方，八窗四达，布政之宫，在国之阴。上八窗法八风，四

---

① 张宗祥:《校正三辅黄图》，古典文学出版社，1958，第39页。

② 戴德:《大戴礼记》卷八，元至正刻本，第9页。

③ 《考工记》，黄干、杨复订:《仪礼经传通解续》卷二十二，宋嘉定十六年南康军刻元明递修本，第1152页。

达法四时，九重法九州，十二重法十二月，三十六户法三十六旬，七十二牖法七十二候。"①这里除前所述，所谓"三十六旬"，"七十二候"，都是蕴涵着阳数"九"之倍数的天时意义。

中国人在建筑文化尤其在都城、宫殿坛庙等建筑类型中，最推崇易数"九"。在《周礼·考工记》营国制度中，"九"这一易数，是频繁出现的。"匠人营国，方九里"、"国中九经九纬，经涂九轨"。这里的"国"，繁体写作"國"，"或"，"域"之本字。因此，"国"，指以建筑手段（城墙）所围合起来的那一个区域，即古之都城。这都城九里见方，城中道路纵横，各为九条。而纵直（南北向）之道（经）的宽度严格限定为"九轨"。轨即车辙，二辙之间的宽度为周制八尺，放"九轨"为周制七十二尺。又，《周礼·考工记》云："内有九室，九嫔居之；外有九室，九卿朝焉。"②这是说的宫城中的前朝后寝制度，后来发展为帝王之数，都城，宫殿如此重"九"，在于象征王气浩荡。

在著名明清北京天坛之数的象征中，关于"九"数的符号表述更显得集中而强烈。天坛圜丘三层。其最上一层之中心为一圆形太极石，取《易传》"易有太极"之义。太极之数为一。围绕太极石砌石料九块，构成第一圈，第二圈为十八块，第三圈为二十七块，逐圈向外，直至第九圈为八十一块，整个最上层构成以"九"为基数的易数的递进关系：$1×9$；$2×9$；$3×9$；$4×9$；$5×9$；$6×9$；$7×9$；$8×9$；$9×9$。凡"四十五个九块"，共由405块石料组成。第二层，以此类推，为$10×9$；$11×9$；$12×9$；$13×9$；$14×9$；$15×9$；$16×9$；$17×9$；$18×9$。第三层各圈的石料数，均为"九"和"九"的倍数。这种中国建筑文化的重"九"主题，其文化原型为易数"九"。《周易》乾卦九五爻辞云，"九五：飞龙在天，利见大人。"这里象征帝王的大吉之爻。因为据易理，乾卦九五爻，是阳爻居于阳位（《周易》六十四卦每卦六个爻位中，以一、三、五爻位为阳位，二、四、六爻位为阴位），称为"得位"之爻；又，这九五爻又处于乾卦上卦之中位，故又是"得中"之爻。这在古人看来是吉利而辉煌无

① 刘向：《后汉书》卷十二帝纪，武英殿本，第213页。
② 程明哲：《考工记纂注》卷下，明万历刻本，第23页。

比的。因而成为象征帝王之独尊的"龙爻"。这在该爻爻辞中已经显示出来了。这里所言"大人",帝王之称谓,帝王犹如"飞龙在天",故被称为"九五之尊"。这一文化主题亦在天坛圜丘上表现出来了。圜丘凡三层,其第一层径为九丈;以全一九之数;第二层径为十五丈,以全三五之数;第三层径为二十一丈,以全三七之数。这里,一、三、五、七、九都是《周易》巫术占筮所推重的筮数,奇数,尤以"九"为神秘,神圣而崇高。而天坛圜丘三层径之和,为9+15+21=45,45=9×5,这"九乘五",又寓乾卦"九五"之易理。在北京古建筑中,这种推重易数"九"(有时还有"五")的建筑文化现象令人深思。且不说比如九龙壁正背面各塑龙象九、十七孔桥何以为"十七",因你无论从桥之哪一端数起,桥的中间一孔总是第"九"孔之故。天安门城门五阙,重楼九楹,暗合"九五"之义,并且取"九脊顶"造型,其义自明。太和殿面阔现为十一间制,其实它原为九间制,"十一"仅是"九"的变则与强调,而同时进深为五间,又隐喻"九五"之义。并且其宽为63米、高为35米,前者为7×9;后者为7×5,同样契合"九五"易数之意蕴。凡此可见,中华古人崇尚易数"九",可以说是一种刻骨铭心的文化"情节"。

三、易图与建筑风水文化

易图很多,难以尽言,这里仅就文王八卦方位图(后天图),简述易图与建筑风水文化的关系。

英国著名学者李约瑟在《中国的科学与文明》中引查理(Chatlay)的定义,认为风水是"使生者与死者之所处与宇宙气息中的地气取得和合的艺术"。所谓"生者""所处",阳宅;"死者""处",阴宅。阴阳二宅的所谓风水之术,都在通过觅龙、察砂、观水、点穴,通过建筑选址、造势、避讳等手段,追求人之所居、所葬,"与宇宙气息中的地气取得和合"的境界。

中国建筑风水理论关于城市、村镇、住宅、陵墓与寺观等的最佳选址模式,是以西北方位为逻辑起点的,称为祖山;北为少祖山,少祖山之南为主山,从西北到北,由"龙脉"相承,实际指山势走向,一种远观效果,东(左)为青龙山;西(右)则白虎山。在青龙山、白虎山之外侧,各有护山;南有案山与朝山。在这两山之间,有溪流(水脉)经水口透迤流淌。而所谓水口即整个建筑单体或建筑群体环境的入口，位于东南方。建筑物呢，则建于这山水怀抱的中间区域，风水术称作"龙穴"之所在，由此构成一个坐北朝南、如封似闭，负阴抱阳的建筑生态环境与"场"（field）。这是古人心目中理想的建筑风水模式。这样的选址模式契符《周易》文王八卦方位观念。

《周易》文王八卦方位图以西北方为乾。据易理，乾为阳，为男、为父、为祖，故风水术中以西北之山为祖山，这里被看作是"家运"、"族运"、"国运"之根基，在风水术中位置尤为重要，它是"使生者与死者之所处"与所谓"宇宙气息"取得"和合"之"地气"的起始，犹如一家一族一国之民"祖德"之所在。德国著名学者恩斯特·卡西尔曾经指出："中国是标准的祖先崇拜的国家，在那里我们可以研究祖先崇拜的一切基本特征和一切特殊含义。"①德·格罗特也说："我们不能不把对双亲和祖宗的崇拜看成是中国人宗教和社会生活的核心的核心"。②在中国古代建筑风水文化中，这种崇祖观念再次强烈表地现出来，不过，它是与山岳崇拜观念紧密结合在一起的。或者说，风水文化以西北之山为祖山，其浅一层次的意义是山岳崇拜，深层次的文化精神是祖宗崇拜。然而在这具有一定迷信色彩的崇拜观念中又涵蕴一定的审美意识与理性精神。因为当风水先生在建筑选址之西北方探寻"祖根"之时，他首先面对的，是真实存在的山体、山势及其植被等自然因素，这种自然环境应是入目而悦情的。穷山（还有恶水）之自然环境决不会是好风水，这也就不可避免地揉和着审美的因子。

祖山又称来龙山，来龙山与居于北方的少祖山、主山之间以具有葱郁之"龙脉"为佳。在这里，中国风水术又引入了关于《周易》"龙"的文化观念。龙在《周易》中的原始意义是"乾德"。乾卦即为龙卦。《易》云，"初九：潜龙"、"九二：见（读xie）龙在田"、"九四：（龙）或跃在渊"、"九五：飞龙在天"。龙具"元、亨、利、贞"四德。《易传》在解说这"四德"时说："元者，善之长也；亨者，嘉之会也；利者，义之和也；贞者，事之干也。"这大意是说，龙（乾）为万物与人的善美道德之首，龙（乾）与坤和合就是"生"气亨

① ［德］恩斯特·卡西尔著、甘阳译：《人论》，上海译文出版社，1985，第108页。
② ［荷］德·格特罗：《中国人的宗教》，引自［德］恩斯特·卡西尔著，甘阳译：《人论》，上海译文出版社，1985，第109页。

通（古人称，乾坤"两美和合为嘉"），龙之"利"，正如朱熹《周易本义》所云，"利者，生物（指生命）之遂（圆满），物各得其宜，不相妨害。"古人又云，木之正出者为干，旁为枝。所以龙的"贞"德，就是一种正固不摧的德性。龙具无限阳刚之气，成为中华民族祖宗及祖德的代码。在《周易》里，龙又是中华原始男性生殖崇拜观念的文化符合之崇高的象征（限于篇幅，这一问题难以在此展开论证，可参阅拙著《周易的美学智慧》）。在建筑风水文化中，所谓"龙脉"与"龙穴"的重要是不言而喻的。当然，这种关于"龙"的易理，在风水理论中已被翻译成具象的东西了。关于环境营构及其建筑的龙脉，原指起于西北（应在《周易》后天八封方位的乾位上）、向北（应在后天八卦方位的坎位上）走向的葱茏山势的起伏行止，尔后将龙脉的观念普泛化，指建筑环境中起主导作用的灌注生气的一条隆起的地脉，也称为"形势"。旧题黄帝《宅经》与郭璞《葬书》等，都有相关阐述。《葬书》云："千尺为势，百尺为形。势来形止，是谓全气。"《葬书》注："千尺言其远，指一座山之来势也；百尺言其近，指穴地之成形成。原其远势之来，察其近形之止。形势既顺，则山水翕合，是为全气之地。"又说："地势原脉，山势原骨，委蛇东西，或为南北。"①中国古代堪舆学的文化底蕴，为易理。

风水龙脉始于西北而首先走向北方，这是因为文王八卦方位图以北方为坎卦，坎在《周易》象征乾坤和合之"子"即"中男"。所以，以少祖山、主山居于北方甚契易理。而建筑基址，必选址于"龙穴"，这在八卦方位属于"中宫"位置，在风水中自为"佳壤"之所在。

比较起来，风水术亦颇重视整个建筑环境水口的设置。水口设于东南而非其它方位，亦是易理的表现。文王八卦方位以东南为巽位。而与巽位比邻的两个方位即东为震位，南为离位，按照《易传》之说，震为雷、离为火，是响亮、红火的卦位。巽位处于两者之间，自然是"吉利"的。从巽位本身看，《易传》称，巽为风、为人，因此，选择在东南一隅作为村镇、住舍，寺观或陵墓的出入口，在易理上，与明清北京四合院以东南为大门入口是对应同构的。

---

① 郭璞：《葬书·内篇》，《风水圣经：〈宅经〉〈葬书〉》，王振复导读·今译，中国台湾恩楷出版股份有限公司，2005，第108、107页。

　　《葬经》（传为晋·郭璞所撰）云："气乘风则散，界水则止。古人聚之使不散，行之使有止，故谓之风水。"建筑风水文化观点所限定的建筑选址，方位，地形、走势，朝向以及诸种自然与人文因素，往往是易理这种中国古人关于宇宙与人生的文化哲学精神，在东方大地上的展现，这是没有疑问的。

本文发表于《时代建筑》1994年第1期

中国建筑文化的符号象喻

西方当代符号文化学的代表人物恩斯特·卡西尔曾经指出，符号是人类文化之创造，人性的提示。人生活在物理宇宙之中，也生活在由他所创造的文化符号这一"宇宙"之中，人类是这两个宇宙的一个中介。所以，一切文化符号，是人类、人性、人之形象、本质力量的象征。他说："人不再生活在一个单纯的物理宇宙之中，而是生活在一个符号宇宙之中，语言、神话、艺术和宗教则是这个符号宇宙的各部分，它们是组成符号之网的不同丝线，是人类经验的交织之网。所有这些文化形式都是符号形式。因此，我们应当把人定义为符号的动物（animal symbolism）来取代把人定义为理性的动物。"[①]中国建筑作为东方所特有的一种文化符号，具有许多象征类型与象征手法。笔者以为其基本点为四。

一、数的暗示

《周易》之全部卦爻符号体系，是数之象征、数的"理想国"与数之"宇宙秩序"。中国建筑文化，从其时空意识上看，它是宇宙的象征。就是说，中国古代的城市、宫殿、民居之类，一方面是实存于天地之际的人之庇避之所，另一方面又是中国人心目中的"宇宙"。

中国建筑文化必关系到数理科学、数文化之审美化，就是中国建筑文化的数的象征，它是蕴含于一定建筑文化现象的数的关系，对一定"建筑意"的一

---

① ［德］恩斯特·卡西尔:《人论》，上海译文出版社，1985，第33页。

种暗示。古代有一类建筑称明堂，为帝王宣明政教之地，凡朝会、庆功、祭祀等大典，均在明堂举行，其后宫室形制渐备，另在近郊东南建明堂，以存古制。《三辅黄图》说："周明堂，明堂所以正四时，出教化，天子布政之宫也。黄帝曰合宫，尧曰衢室，舜曰总库，夏后曰世室，殷人曰阳馆，周人曰明堂。"①除了其实用性功能之外，明堂还有象征性意义。所谓"明堂九室，一室有四户八牖，凡三十六户，七十二牖"②者，其意常在数的象征。"称九室者，取象阳数也。八牖者，阴数也，取象八风。三十六户牖，取六甲之爻，六六三十六也。"③所谓"八风"，指"八方之风"。"八方"即所谓"东北、东、东南、南、西南、西、西北、北"。"八风"依次指"炎风""滔风""熏风""巨风""凄风""飂风""厉风""寒风"④或"明庶风""清明风""景风""凉风""阊阖风""不周风""广莫风""融风"⑤之类。所谓"六甲"，以天干地支相配计算时日，其中所谓"甲子""甲戌""甲申""甲午""甲辰""甲寅"称"六甲"。前指空间、后指时间，明堂的数的象征意义即在于此。而明堂"四闼者，象四时四方也，五室者，象五行也"⑥。不待多言，其象征之思维模式同于以上"八风"和"六甲"之象。关于这一点，《汉书》或《白虎通》的说法亦可参阅："元始四年，安汉公奏立明堂辟雍。"应劭注："明堂所以正四时，出教化。明皇上圜下方，八窗四达，布政之宫，在国之阳。上八窗法八风，四达法四时，九重法九州，十二重法十二月，三十六户法三十六旬，七十二牖法七十二候。"⑦又，"八窗象八风，四闼法四时，九室法九州，十二重法十二月，三十六户法三十六旬，七十二牖法七十二风。"⑧大同小异。

---

① 张宗祥：《校正三辅黄图》，古典文学出版社，1958，第39页。
② 戴德：《大戴礼记》卷八，元至正刻本，第9页。
③ 《考工记》，黄干、杨复订：《仪礼经传通解续》卷二十二，宋嘉定十六年南康军刻元明递修本，第63页。
④ 高诱注、毕沅校：《吕氏春秋》第十三卷，毕氏灵岩山馆本，第213页。
⑤ 高诱注、庄逵吉校：《淮南子》卷四，武进庄氏刊本，第68页。
⑥ 《考工记》，黄干、杨复订：《仪礼经传通解续》卷二十二，宋嘉定十六年南康军刻元明递修本，第63页。
⑦ 刘向：《后汉书》卷十二帝纪，武英殿本，第213页。
⑧ 班固：《白虎通·德论》卷第四，元大德覆宋监刊本，第12页。

在著名明清建筑北京天坛上，数的象征显得更为丰富。

易学家有关于"太极"的宇宙观念，所谓"太极生两仪，两仪生四象"，称"太极"为万物"本根"。作为太极之象征，天坛之圜丘中央砌一圆形石板，称为"太极石"。此石四周围砌9块扇形石板，构成第一重；第二重砌18块；第三重砌27块；直到第九重为81块，于是，组成以下递进的数的系列：1×9；2×9；3×9；4×9；5×9；6×9；7×9；8×9；9×9。除一块处于坛之中央的"太极石"，凡"四十五个九块"，共405块石板组成，目的是在不断重复强调"九"数的意义。中国古代有"九重天"之说，依次为"日天""月天""金星天""木星天""水星天""火星天""土星天""二十八宿天"以及"宗动天"，因此，建筑构造"九"数的重复出现，

意在象征寰宇之"九重"。但这是圜丘比较浅层次的象征意义，人们只要看看每当祭天之时，只有坛中央的"太极石"上才能供奉昊天上帝的神牌，象征天帝居于九天之上而统辖天下这一点，便不难发现，这里明为象征昊天上帝，实质歌颂封建王权。因为，只有人间帝王才是天帝的代表，只有帝王在人间出现，才能产生关于天帝的文化观念。因此，祭天时那昊天上帝的神牌在"太极石"上的供奉，实质在象征人间帝王至尊以及对民众百姓的统辖。这一点，可从圜丘第一层共九重的"四十五个九块"中见出。四十五者，九乘五也，内含"九五之义"。"九五"，据《易传》所解，为最美妙、最吉利的帝王之爻位，是关于中国帝王的中正之位、至尊之位。中国古代称帝王为"九五至尊"，源自《周易》乾卦九五爻辞："九五，飞龙在天，利见大人。"这里的"龙"是封建帝王之象征。帝王如云天之飞龙，光明无量、前路无限，刚健、辉光，这是中国古代的传统文化观念。

圜丘四周石栏上的石板数也不是随意设置的，同样具有数的象征意味。其三层坛台四周栏板依次为（2×9）×4=72；（3×9）×4=108；（5×9）×4=180；亦即"八个九块""十二个九块""二十个九块"，共40×9，凡360块，象征历法"周天"，象征昼夜运行360度或一周年约360天之数。当然，这里所象征的，还不是单纯的自然时空意识，同样蕴涵着王权思想观念。

天坛之祈年殿，据《奇门遁甲》，其形象亦专注于象征。为暗示天宇、天数、阳数以及君王之权威，祈年殿高为九丈九尺；殿顶周长三十丈，表示一月

约三十天；殿内金龙藻井下设楹柱四根，以示一年四季春秋代序、冬夏交替；中间一层设十二根立柱，象征一年十二个月；外层设十二根立柱，附会子丑寅卯辰巳午未申酉戌亥的一天十二时辰，里外立柱凡二十四根，是一年二十四节气的暗示；加上藻井下另外四根楹柱，代表所谓二十八星宿；另外，殿顶四周有短柱三十六根，是谓三十六天罡星；在祈年殿内墙东门外的所谓"七十二连房"，又有七十二地煞之意。

这种数的象征，还表现在中国古塔建筑文化中。以多见的平面为正四边形或正八边形的中国古塔为例，它们在于象征佛教的所谓"四相八相"，即释迦牟尼的种种变相。"诞生、成道、说法、涅槃曰四相；再加上降兜率、托胎、出家、降魔谓之八相。或以住胎、婴孩、爱欲、乐苦行、降魔、成道、转法轮、入灭曰八相，名异而义同。"①又曰，它们象征佛法的四圣谛与八正道。四圣谛，苦集灭道之四谛，为佛教所见之谛理；八正道，佛教修行之道。"一、正见，见苦集灭道四谛之理而明之也，以无漏之慧为体，是八正道之主体也。二、正思维，既见四谛之理，尚思惟而使真智增长也，以无漏之心所为体。三、正语，以真智修口业不作一切非理之语也，以无漏之戒为体。四、正业，以真智除身之一切邪业住于清净之身业也，以无漏之戒为体。五、正命，清净身口意之三业，顺于正法而活命、离五种之邪活法也，以无漏之戒为体。六、正精进，发用真智而强修涅槃之道也，以无漏之勤为体。七、正念，以真智忆念正道而无邪念也，以无漏之念为体。八、正定，以真智入于无漏清净之禅定也，以无漏之定为体。"②

平面为正六边形的中国古塔，象征所谓"天、人、阿修罗、地狱、饿鬼、畜生"的"六道轮回"教义；正十二边形者，暗示所谓三世轮回教理的"十二因缘"说。又如在中国佛塔塔刹上，相轮时作"十三天"，意在象征佛法之崇高神圣，喇嘛塔大多采用"十三天"式相轮制。而有些佛塔如原洛阳永宁寺大木塔，有相轮三十重，被称为"三十天"，就更显其崇高无比了。"相轮，塔上之九轮也（注：开始时，相轮多为九重）。相者，表相。表相高出，谓之相"③，

①　史岩：《东洋美术史》上卷，商务印书馆，1936，第42页。

②　丁福保编纂：《佛学大辞典》，文物出版社，1984，第63—64页。

③　引自罗哲文《中国古塔》，中国青年出版社，1985，第65页。

"人仰视之，故云相"①。相轮巍巍，冠表全塔，是佛徒倾心仰瞻佛的标志，起到礼佛之用。《洛阳伽蓝记》记永宁寺塔，有九层，高"九十丈"，塔刹为"十丈"，共耸出地面"一千尺"，称京师洛阳百里之外便可望瞻。又有承露金盘三十重，塔刹上有铁链四索攀拉于塔顶之四角，铁链上挂金钟以及全塔每层檐角下都有金钟悬挂，共为120个，塔身四面，每层每面设三门六窗，门扉上金钉九行、凡5 400枚。这些表现在佛塔上的数，都具有一定的象征意义。

二、形的表现

这是以一定的建筑形体造型、模拟宇宙或社会人生中一些事物情状以象征一定文化观念情绪。

如"天圆地方"观，是中国人文化心灵中典型的宇宙观，由于中国人认为天是圆的、地是方的，于是圆、方之形的建筑遍于域中，尤其方形建筑最为常见。

中国最古老的一些茅舍，如仰韶文化期的建筑平面与屋宇皆为圆形。这圆形包蕴着一定的象征天穹的意识。象征永恒天道的明清北京天坛之圜丘与祈年殿的平面布局也都作圆形，圜丘之"太极石"与祈年殿内墁嵌于中央的一块"中心石"也是圆形的。明永乐十八年（1420）明成祖朱棣建天坛时，行天地合祭制，故当时名天地坛。明嘉靖九年（1530），始改天地分祭制，在北京北郊另建地坛（方泽，平面为方形），南郊原在的天地坛只用以祭天，改名为天坛。然而，天圆地方之观念仍可从天坛之某些平面布置中见出，比如圜丘、祈年两坛两重围墙仍按旧制，取南方北圆形。此之所谓："帝王之义，莫大于承天；承天之序，莫重于郊祀。祭天于南，就阳位；祠地于北，就阴位。圜丘象天，方泽象地，圆方因体，南北从位，燔燎升气，瘗埋就类。牲欲茧栗，味尚清玄，器成匏勺，贵诚因质。天地神所统，故类乎上帝，禋于六宗，望秩山川，班于群神，皇天后土随王所在而事佑焉。"②正如古之明堂"以茅盖屋，上圆下方"③、

---

① 《行事钞》，引自罗哲文：《中国古塔》，中国青年出版社，1985，第65页。

② 张宗祥：《校正三辅黄图》，古典文学出版社，1958，第44—45页。按：本句出于《汉书·平帝纪》原始三年臣瓒注。原注载元始五年宰衡莽奏文，系《续后汉书·祭祀志》刘昭注文所引。

③ 戴德：《大戴礼记》卷八，元至正刻本，第9页。

"上圆象天，下方法地"①一样，"其宫室也，体象乎天地，经纬乎阴阳，据坤灵之正位，仿太紫之圆方"②。

社稷坛的建造观念，亦在于形的象征。中国自古以农立国，土地是其根本，崇祀土地与农业神为立国与人生一件大事，故建社稷坛以了此心愿。所谓："人非土不立，非谷不食。土地广博，不可遍敬也，五谷众多，不可一一祭也，故封土、立社，示有上尊。稷五谷之长，故封稷而祭之也。"③明清北京社稷坛筑为三层方台，方是其平面特色，以示"地方"之意喻。

在大地方位上，中国古代有"东西南北中"之说，即将大地之形划分为彼此相连的五个方位，这是《周易》八卦方位观在整个中国地理文化中的反映。中国建筑文化既然是一种通过人工、"生长"于东方大地的文化，那么，这种方位之"形"常常在中国建筑文化中得到观念上的暗示，就不足为奇了。儒家"以南为阳，左为上"，所谓"左，阳道；右，阴道"也，于是，南阳、北阴、东阳、西阴。天坛其性为阳，地位在上，故天坛建于原北京城区的南郊偏东的左方；地坛其性属阴，地位在下，故地坛另建于原北京城区的北郊。在都城制度上，中国古代行"左祖右社"制，象征祖宗血脉的宗庙建于宫城之左前方，实属理所当然，不言而喻。只是按"左上右下"说，将社稷坛建于宫城之右前方，似乎由此可以得出在古人看来社稷不如祖宗重要的结论。其实不然，中国古代的建筑空间意识以西南为"奥"，"奥"是尊位，故比如北京社稷坛建于紫禁城之右前方（即城之西南方）也是顺理成章的。一"以左为上"，一"以奥为尊"，可谓旗鼓相当，互臻其美善。

与此攸关的，便是根深蒂固的关于"中"的意识。一般除了园林建筑，中国古代的都城、宫殿、坛庙、民居以及陵寝等都注重"中"的象征性精神意义。关于非常多见的中轴线平面布局，《中国建筑文化大观》由笔者所撰第一编"悠悠时空"已作论述。需要补充的是，在有的陵寝制度中，以"中"字形来象征"中"的观念情绪。雍城地区的西安秦公大墓，据考古发掘，其平面都作"中"

---

① 《考工记》，黄干、杨复订：《仪礼经传通解续》卷二十二，宋嘉定十六年南康军刻元明递修本，第63页。

② 班固：《西都赋》，萧统编、李善注：《文选》卷一，上海涵芬楼藏宋刊本，第11页。

③ 班固：《白虎通德论》卷第二，上海古籍出版社，1990。

字形，其中一号秦公大墓面积5 334平方米，总体积比以往发掘的最大墓葬河南安阳商代王陵大十倍以上，比湖南马王堆一号汉墓大二十倍，这样巨大的"中"字形平面安排自然是有意为之的，象征王侯据中以视天下的尊严与权威。同时，中国古代建筑文化所以那般热衷于中轴线或"中"字形的象征，还意味着对传统的"中和"这种文化观与美学观的执着表现与追求。儒家认为，"中和"是最高的文化审美境界与文化表现，天人合一的境界便是典型的"中和"境界，"喜怒哀乐之未发谓之中，发而皆中节谓之和……致中和，天地位焉，万物育焉"①。并且，"中和"也是道德的最高准绳，此之所谓"中和者，听（引者注：理政）之绳也"②。"中和"在伦理文化学上的境界，即为"中庸"，"中庸之为德也，其至矣乎"③。

以字形为平面的建筑亦曾在清代圆明园中出现。圆明园有"万方安和"殿。其平面为卍字形。清人吴长元说："'万方安和'在'杏花春馆'西北，建宇池中，形如卍字。"④这"卍"为古之"万"字的别写，故其意在象征以帝王为宇宙、人生社会之中心的万方太平、安泰、和谐。梁思成曾经指出，圆明园"各个建筑物之平面，亦多新创形式者。如清夏斋作工字形，涵秋馆略如口字形，澹泊宁静作田字形，万方安和作卍字形，眉月轩之前部作偃月形，湛翠轩作曲尺形，又有三捲、四捲、五捲等殿。"⑤当然，这里所言，还不仅是"字"形的象征。

古代建筑文化中也有以这种种平面造型象征一定的道德观念的现象。比如，清代赵昱在《春草园小记》中记述一三角亭："宋人俞退翁有《题三角亭》诗云：'春无四面花，夜欠一檐雨'。向属石门袁南垞书此一联。乾隆庚申夏，山阴金大小郊假馆园中，换书：'缺隅亭'额，取《韩诗外传》：'衣成则缺衽，宫成则必缺隅'之意，雅与三角亭名吻合云。"筑亭意为三角、缺隅，意在推崇谦

---

① 《中庸》，朱熹：《四书章句集注》，中华书局，2011。
② 杨倞注，卢文弨、谢墉校：《荀子》卷五，嘉善谢氏本，第3页。
③ 何晏：《论语》卷三，古逸丛书日本景正平本，第43页。
④ 吴长元：《宸垣识略》卷十一，清乾隆五十三年池北草堂刻本，第16页。
⑤ 梁思成：《中国建筑史》，《梁思成文集》第三卷，中国建筑工业出版社，1985，第230—231页。

德，以骄盈为戒，因为在筑亭者看来，世间万物本来就不是圆满完美的，此之所谓"屋成则必加拙，示不成者，天道然也"①。

有些古代建筑，以扇形筑亭，象征清风快意；以船形筑舫，象征轻舟荡漾；以笔形造塔，象征科运发扬；以莲荷之形作佛寺佛座或塔之须弥座，象征西土净界。秦始皇于园事中首作堆土筑山之举，象征"蓬莱"之类的神仙非非之想，于长安大事营造，引渭水、作长池来灌王都，象征天河人寰，天泽浩荡。

又，故宫有文渊阁，仿宁波天一阁而建，象征洛书所谓"天以一生水，而地以六成一"之义。圆明园这一地处北地的典型的皇家林苑，却依江南西湖、兰亭、庐山名胜格局建造诸种景观，以示"移天缩地在君怀"的皇家气派，象征君小天下、君抚天下。

三、音的谐趣

这是以一定建筑物所发出的美妙音响或运用谐音手段所构成的象征。

有些中国佛塔以一定的音响象征其"梵音到耳"的佛法意义。比如，历史上著名的洛阳永宁寺塔，"角角皆悬金铎，合上下有一百二十铎"，"至于高风永夜，宝铎和鸣，铿锵之声，闻及十余里"②。由这种音响所造成的声波意境，在佛教徒听来，犹如天主教徒闻教堂钟声，可谓惊心动魄。

在北京天坛之圜丘第三层太极石上轻轻呼唤，会迅速从周围传来回声。这种音响现象本有科学道理，但在这里声学却被服务于神学与儒学。封建帝王说，这是昊天上帝向凡人实质是人间帝王向臣属发出的训谕，象征神权与王权的声威。回音壁的象征意义与此同理。圜丘之北的皇穹宇，为专事收藏神牌之处，由于其四周象征天穹的围墙为圆形，此墙具有传声的性质。人站立于殿前石陛正中甬道的第三块石板上，对殿门说话，有可能听到多重回音，象征天帝对尘世凡夫俗子的"对话"，或者说是"有求必应"与"谆谆教诲"，此之所谓"人间私语天闻若雷"也，在天帝与皇帝面前，一般人的心曲无法隐瞒，天帝与皇帝"洞察一切"，由此要求对帝王的忠诚。

---

① 韩婴：《韩诗外传》卷三，四库全书本，第20页。
② 杨衒之：《洛阳伽蓝记》卷一，吴若准注，吴氏刊本，第7页。

在中国古代建筑文化中常见的另一种音的象征是谐音。"宗，尊也；庙，貌也，所以仿佛先人尊貌也。"①这便是宗庙的谐音象征意义。在高门深院或陵寝神道中常出现狮子的雕塑形象，这不仅因为狮子形象威武，也是"狮""事"谐音的缘故。因而，府邸大门两侧设两头蹲狮形象，象征"事事如意"；将"狮"与"瓶"结连的剪纸图案贴在窗上，象征"事事平安"；此剪纸图案"狮子"与"铜钱"相配，象征"财事茂盛"；"狮"佩彩带，象征"好事不断"；粘贴以狮子滚绣球的剪纸作品，象征"好事在后"；如果粘贴以幼狮形象，则又象征"子嗣兴旺"。

有些中国古代建筑以鱼的造型为装饰，"鱼"谐"裕"，象征生活的丰裕有余；"鹿"谐"禄"，故建筑物上装饰以鹿之形象，象征俸禄源源不断，这种象征是封建社会官意识强化的表现；蝙蝠与祝福之意相去甚远，却由于"蝠""福"音谐而使建筑物上的蝙蝠形象成了祝福的象征；"善""扇"同音，因此，扇形的建筑造型或装饰形象象征善的愿望。

为了这建筑文化谐音之象征，曾使多少古人于营造时煞费苦心、惨淡经营，比如明十三陵陵址的选定。原初选址于口外的屠家营，却由于明朝皇帝姓朱，"朱""猪"音同，"猪"进"屠家"，岂不是"朱"进"屠家"，因此万万不可。又选址于昌平之狼儿峪前、羊山脚下，"猪"（朱）遇着"狼"，此乃大凶。又选京西燕家台，不料，"燕家""晏驾"（皇帝死去但称晏驾）音同，也很不吉利。尽管"万岁爷"是人而不是神，他最终也得死，选陵址就是其不得不死的明证，却如此忌讳说到死或者与死相涉的事物，这是十分具有讽刺意味的，其文化心理机制无异于阿Q忌讳"亮""光"与"灯"那样。

四、色的借喻

这是以一定的建筑色彩为符号的一种象征。

比如，说到明清北京紫禁城，其基本、典型的建筑物色调为黄红两色。大凡品位较高的宫室，均为黄瓦红墙。明清北京紫禁城正门为天安门，城阙五阕，重楼九楹，以汉白玉砌为须弥座，上建丹朱色墩台，再上建重檐城楼，覆盖以

---

① 张宗祥：《校正三辅黄图》，古典文学出版社，第41页。

黄色琉璃瓦，与朱墙相映照。太庙重檐庑殿顶，黄琉璃瓦顶配以红墙。太和殿为现存中国古代最大的木构殿宇，面阔十一间，进深五间，汉白玉基座，殿内沥粉金漆木柱与精致的蟠龙藻井装饰，红墙黄瓦，显得富丽堂皇、雄浑伟大。中和殿为黄琉璃瓦四角攒尖顶，正中设鎏金宝顶；保和殿黄琉璃筒瓦四角攒尖顶。午门，又是重檐庑殿顶的主楼，其余四楼为重檐攒尖顶，其上覆盖以金色琉璃瓦，而明十三陵中的诸多陵寝建筑，比如长陵之祾恩殿，殿面阔九间、进深五间、重檐庑殿顶，黄瓦红墙交相辉映，色彩谐和悦人，凡此一切，都在象征华贵、庄严、兴旺的皇家气象以及封建统治者内心的甜甜。明清之际，黄色为"富贵之色"，为皇家所专用。这是因为，按五行说，黄色居中，与传统文化观念所谓汉族为黄帝子孙不无关系。

按阴阳五行说，五行、五方与五色是相对应的，北京社稷坛的象征性色彩意义即在于此。社稷坛为三层方台，每层四周白石栏杆，上层每面长16米、中层16.8米、下层17.8米。上层台面铺以五色土，象征广阔之国土大地，中为黄色、东为青色、南为红色、西为白色、北为黑色，以五色象征五行与天下五方观念，并与春夏秋冬四季之交替流变之时间观念相联系。按古代传统，黄帝居天下之中，其色属黄，黄帝有四张脸，各自面对着东南西北四个方位，故天下五方均在他"老人家"的统辖之下，其余四方统治者都是由黄帝支配的。东方者太皞，其色属青，故称青帝，由木神辅佐，手持圆规，以掌春时；南方者炎帝，其色属红，由火神助之，手握秤杆，以司夏天；西方者少昊，其色属白，故称白帝，由金神相助，手拿曲尺，以管金秋；北方者颛顼，其色属黑，故称黑帝，由水神相佐，手提秤锤，以治冬日；黄帝高居中央，土神是其助手，手拿一根绳子，有四面，雄视四方。

与此相联系，中国古代都城有所谓四门制关于色彩的象征观念，即东方苍龙（青）、南方朱雀（红）、西方白虎（白）与北方玄武（黑），都城东门名苍龙、南门名朱雀、西门名白虎、北门名玄武，其"建筑意"源自五行、五方与五色的对应文化观念。

天坛祈年殿的色彩象征在历史上有所变化，作为皇家建筑兼祭祀性建筑，当以黄、红二色为基调，同时体现祭祀性的象征意义，因而，当祈年殿于明嘉靖二十四年（1545）改建之时，名大享殿，是一镏金宝顶三层檐攒尖式屋顶的圆形建筑，上檐覆盖以蓝色琉璃瓦，中层黄色、下层绿色，这样处理是不无道理的。然而，到清乾隆十七年（1752），将祈年殿之三层檐均改为蓝色瓦，在其色彩的象征意义与符号系统上，就显得更单一、更明确了。祈年之主题在于企求农事之丰收，强调青绿色，在于突出植物生命之象征与丰年之象征这一主题。

同样情况，还可从天坛斋宫色彩象征上见出。斋宫是皇帝祭天时的斋戒住所，作为帝王寝宫，应以黄色琉璃瓦覆顶为是。而斋宫之顶却铺以蓝色琉璃瓦，并且不是通常的坐北朝南，而是坐西向东。这是因为，封建帝王为人间之君王，其权威至高无上，但作为天子，却又是"昊天上帝"之"子"，为了表示祭天的虔诚，在斋宫的色彩象征上也得表现出"奉天承运"的天命思想与谦德。

至于其他建筑样式比如中国佛塔的色彩象征，亦十分丰富有趣。这里略举数例。一般而言，大江南北所常见的白塔，诸如北海白塔、妙应寺白塔、蓟县观音寺白塔、辽阳白塔、扬州莲性寺白塔等等的象征意义是显然的。其塔通体洁白，意在暗示佛性洁净无瑕。佛教有所谓"白心"说，言"清净之苦心"也。"白者，表淳净之菩提心也。"白塔所在即为"白处"，"白处"者，"以此尊常在白莲华中"[1]。白莲华，象征佛性之华，故建塔以象法莲性，崇拜佛性。当然，中国古塔，一般是中国化了的佛塔，其建造观念中往往渗入封建士大夫的精神意绪，在崇扬佛性的白塔形象中，也可能寄托着"出淤泥而不染"和"亭亭净植"的文人雅士的所谓高尚情思，这，犹如晋慧远法师在庐山虎溪东林寺，集慧永、慧持等名僧以及刘遗民、宗炳、雷次宗等深受佛学影响的名儒建白莲社象征意义一样。

有些琉璃塔色彩斑斓，其象征之意亦与佛法攸关。"塔之砖瓦，其药共分五色：一为钴与硅酸锰制成之深紫，二为硅酸铜制成之嫣绿，三为锑制成之御黄，四为铜与脱酸剂制成之鲜红，五为铜与硝酸制成之艳蓝"，"必具五色者，以佛家谓佛国有五色宝珠，故法其数也"[2]。所谓宝珠，佛教名物，即所谓摩尼珠，又称如意珠。如意者，"心性宝性、无有染污"[3]之意，"净如宝珠，以求佛

① 丁福保编纂：《佛学大辞典》，文物出版社，1984，第454页。

② 白谢尔：《中国美术》，商务印书馆，1924，第53页。

③ 《宝悉地成佛陀罗尼经》，引自丁福保编纂《佛学大辞典》，文物出版社，1984，第1443页。

道"①。佛教声称，"如意珠能除四百四十病。"②看来实在"美满无比"。

有些中国古塔饰以绿、红、白、黑四色，比如建于清乾隆二十至二十四年（1755—1759）的承德普宁寺的四座塔门，位于此寺乌策大殿四隅，其象征意义显然渗融以中国古代传统的四方观念，此即东方属青（绿）、南方属红、西方属白、北方属黑，只是没有将属黄的中央一方所谓黄帝为始祖的文化观念用塔的色彩暗示出来。

关于中国建筑色彩的象征符号，其多样丰富性当远不止以上所论述之数种，比如以"无"象征"有"便是一例。我们知道，一般的墓碑，是陵墓的标识，其碑文不外乎对墓主歌功颂德，然唐代武则天墓前，却竖了一块无字碑，象征功德昭著，为一切语言所无法形容表达，或听凭后人评说。这种象征手法，亦可谓"不著一字，尽得风流"。因此，可以说前述数种象征符号，亦不过挂一漏万。一般认为，中国建筑文化中的文化象征现象，在象征性色彩符号与象征性意义之间的对应关系是大致稳定的。红色，象征豪华、热烈、辉煌，其建筑形象给人以温暖、兴奋、动感强烈的心理感觉；黄色，象征明朗、华贵、欢愉，其建筑形象可给人以高尚、辉煌的心理感受；橙红，象征富丽，令人亢奋，或者烦躁；绿色，象征生命，有凉快、平静之意；蓝色，象征沉静、幽深、退缩，给人以优雅、平静或者忧郁、冷淡甚至悲哀的感觉；紫色，象征神秘、丰富。而灰色象征平和、质朴，白色象征纯洁等等都可能在建筑形象中给人以不同的审美感受。

从某种意义而言，建筑是一种象征性艺术。中国建筑文化的表现在于象征，这象征还有其他方面，如陵墓建筑神道两旁的"石象生"如文臣、武将像等，即为"事死如事生"的象征。象征或曰象喻，是中国建筑文化的一种文化方式与文化性格，其审美意蕴，隽永而丰富、深邃。

本文发表于《中国美学思问录》，沈阳出版社，2003

① 《妙法莲花经·序品第一》，姚秦三藏法师鸠摩罗什译，心澄译释:《妙法莲花经》上，广陵书社，2012，第43页。
② 《大智度论》卷第五十九《释舍利品第三十七》，龙树菩萨造，姚秦三藏法师鸠摩罗什译，引自丁福保编纂《佛学大辞典》，文物出版社，1984，第1143页。

中国建筑技术的文化之路

众所周知，在文化本质上，建筑，是一种以一定物质材料与结构建造，与一定自然环境相结合，使一定社会人生内容抽象性地展现于空间，具有实用、认知、审美有时兼崇拜诸种社会功能，一般地渗融着艺术等人文因素的科学技术。作为一种大地文化，建筑的主干无疑是科学技术。

因此可以说，在中国建筑文化的历程中，技术唱了主角。这技术文化的主旋律，是土木结构。

世界上没有哪一个民族的建筑文化，像中国这样，在近现代西洋建筑东渐之前，如此漫长地热衷于土木结构及其群体组合。从史前穴居、巢居到清代大木作、小木作与瓦作之类，千万年东方古国的建筑文化大潮，始终没有离开土木结构这个"主航道"。

梁思成曾经指出："从中国传统沿用的'土木之功'这一词句作为一切建造工程的概括名称可以看出，土和木是中国建筑自古以来所采用的主要材料。这是由于中国文化的发祥地黄河流域，在古代有茂密的森林，有取之不尽的木材，而黄土的本质又是适宜于用多种方法（包括经过挖掘的天然土质、晒坯、版筑以及后来烧制的砖、瓦等）建造房屋。这两种材料之掺合运用对于中国建筑在材料、技术、形式传统之形成是有重要影响的。"[①]

中国古代不是绝对没有石材或其他材料构筑的建筑，如在山区，各种石料

---

① 梁思成：《中国古代建筑史绪论》，《凝动的音乐》，百花文艺出版社，1998，第270页。

曾被比较广泛地、长期地运用于建造房屋，正如李约瑟《中国的科学与文明》所言："肯定地不能说中国没有石头适合建造类似欧洲和西亚那样子的巨大建筑物，而只不过是将它们用之于陵墓结构、华表和纪念碑（在这些石作中经常模仿典型的木作大样），并且用来修筑道路中的行人道、院子和小径。"而总的说来，土木结构是中国建筑文化亘古不易的传统，直到近现代，这一"文脉"才告中断。

中国建筑从其起源意义上的材料选择开始，就走上了土木结构这独特的文化发展之路。材料可分天然与人工两部分。最原始的材料自然都是自然材料，除了砂石、茅草与竹子之类，以土、木为材是最基本的。杨鸿勋《中国早期建筑的发展》一文提出，起源意义上的中国建筑的文化原型，是"穴居发展序列"和"巢居发展序列"，这两大序列，分别是后代土木混合结构和穿斗式结构的滥觞。"黄土地带源于穴居的建筑发展，是土木混合结构的主要渊源"，"沼泽地带源于巢居的建筑发展，是穿斗结构的主要渊源"[1]。无论何者，其材料的基本"语汇"，都是不能离开土与木的。侯幼彬《中国建筑美学》一书认为，这一"序列"说，"清晰地点明了中国原始建筑的主要发展脉络和木构架建筑生成的主要技术渊源"[2]。所言甚是。

起源意义上的原始穴居文化，是从纯用泥土、挖走部分泥土以开拓空间始，直至从地下空间、半地下空间、地上空间——地面之上原始茅屋的建造，则意味着在"土"这一材料系统中加入了"木"材料因素，并且木材成为承重的构架；原始巢居文化，是从纯用木材、在自然空间中构筑居住（人工）空间始，直到在木材（植物）系统中加入泥土（以粘土涂抹墙体、屋顶）因素以完善这一空间，这意味着，木材一开始就作为承重构架。两者的区别，一在始向地下要空间，挖去泥土，做的是"减法"，终而有"木"因素的加入即再做"加法"；一在始于自然空间中营构一个领域，先立木构架，先"木"而后"土"，无论木、土材料的运用，做的始终是"加法"。而两者的共同点，均以土、木材料为物质生命。

---

① 中国建筑学会建筑历史学术委员会：《建筑历史与理论》第一辑，江苏人民出版社，1980，第112—135页。
② 侯幼彬：《中国建筑美学》，黑龙江科学技术出版社，1997，第4页。

在笔者看来，原始建筑意义上的中国土木结构的文化成因，不是因为"中原等黄土地区、多木材而少佳石"①；不是"因为人民的生计基本上依靠农业，经济水平很低"②，因此不得不为之；也不是由于史前中华"缺乏大量奴隶劳动"以至于不能像亚述与古埃及那样"驱使大量的劳动力来运输巨大的石块作为建筑和雕刻之用"③的缘故；更不能同意李允鉌关于"中国建筑发展木结构的体系主要的原因就是在技术上突破了木结构不足"④，因而迷恋于木结构传统、不思变革的看法，而是出于中华原始初民由原始植物采集发展而来的原始植物种植的生产方式，是源于这一原始生产方式的关于大地与植物的生命意识。

人类文化史的一条规律告诉我们，人类的生产力决定生活方式，两者往往是同步对应的。建筑在人类社会中的角色，主要是作为一种生活方式出现的，它必然受一定的生产力的制约。生产力又受时代、地理与种族因素的影响。史前时代人智未开，原始初民关于建筑的发明是一个不断积淀的、漫长的历史过程，人们对建筑材料的选择，不可能随心所欲，不是一种自觉而自由程度很高的行为，它处于所谓信手拈来的原始混沌状态，也就是所谓手边有什么，大自然为人们准备了什么，就以什么为建筑材料，遵循因地制宜原则。这里因地制宜的"地"，指建筑材料的地理因素与自然条件。古希腊历史学家希罗多德主张，地理环境因素总是为一定时代、种族的文化包括建筑提供一个无可逃避的自然背景。亚里士多德创立环境地理学，认为包括建筑在内的人类文化多少决定于人类所处的地理环境。法国学者让·博丹说："某个民族的心理特点决定于这个民族赖以发展的自然条件的总和。"⑤尽管正如黑格尔《历史哲学》所言："我们不应该把自然界估量得太高或者太低：爱奥尼亚的明媚的天空固然大大地有助于荷马诗的优美，但是这个明媚的天空决不可能单独产生荷马。"⑥不过，

① 李允鉌：《华夏意匠》，香港广角镜社，1982，第58页。
② 同上。
③ 同上。
④ 同上。
⑤ ［法］让-博丹：《论国家》第五册，沈蕴芳译，转引自冯天瑜、何晓明、周积明：《中华文化史》，上海人民出版社，1990，第21页。
⑥ ［德］黑格尔：《历史哲学》，王造时译，商务印书馆，1963，第123页。

地理条件，是某个民族、时代建筑的特性包括建筑材料特性得以历史地形成的一个必要条件，这是研究建筑文化应当加以注意的一个问题。

中华原始初民世代繁衍生息于"东渐于海，西被于流沙。朔南暨声教讫于四海"①的广阔的亚洲北温带区域，这里气候温润，土地肥沃，植被丰富，尤其在黄河与长江中下游，据考古发掘证明，早在7 000多年前的新石器时代，就逐渐实现从原始渔猎向农耕定居的生产与生活方式转型。从距今约7 000年的河姆渡文化遗址中发掘的大量稻谷与木构榫卯遗存证明，这种以稻作文化为代表的农业文明与干阑式建筑为代表的居住文明，是同步对应的。从已发掘的仰韶文化（距今约6 000年，首次发现于河南渑池仰韶村）、屈家岭文化（距今约4 000—5 000年，首次发现于湖北京山屈家岭）与龙山文化（距今约4 000年，首次发现于山东章丘龙山镇）诸多遗址看，最显著的，麦粒、粳稻粒等种子与石锄、石镰等农具和大量建筑遗存的出土，雄辩地说明原始意义上的中华文化，确是土、木（这里可以广义地看作植物）对应，土、木一体与土、木相构方式的。《周礼》称"大宰之职"（农官之职责）："以九职任万民，一曰三农，生九谷；二曰园圃，毓草木；三曰虞衡，作山泽之材；四曰薮牧，养蓄鸟兽……"②，是以司职农事为首，林业为要，以牧业为次的。而长期重视农耕，必然会以农业文明的文化视角去选择、决定建筑材料，培养成熟了关于土地与植物（木）的文化情结。因此，中国建筑自古基本以土木为材，是理所当然的。

中国是一个非常重视生命的民族，此即《易经》所谓"天地之大德曰生""生生之谓易"。在原始初民看来，植物春华秋实，夏荣冬枯，死而复生，绵绵不绝，生命永存，比起石头之类"死物"来，自然是更富于生气的。同时大地本身，虽然不是生命本身，但它含蕴着生命之气，此亦即《易经》所谓"地势坤"，大地"厚德载物"，"含吐万物"，"应地无疆"。《管子·水地篇》所谓"地者，万物之本原，诸生之根菀也"，大地与生命是联系在一起的。

因此，中国建筑自古以土、木为材，在文化观念与审美意识上，又是与远

① 段玉裁:《古文尚书撰异》卷三，清乾隆道光间段氏刻经韵楼丛书本，第81页。
② 孙诒让:《周礼正义》，《周礼全集》，中华书局，2016。

古农业文明相联系的，对大地（土）、植物（木）永存生命之气的钟爱与执著。

当然，这种建筑观念是很顽强的，后代一脉相承的土木结构的中国建筑的历史沿袭，是由于文化传统的力量。然而也正是出于传统，当近现代中国建筑的历史发展，由于内外文化因素的催激而使文化能量积聚到一定程度时，即使再怎么顽强的文化传统也会嬗变，部分地消解中国建筑的材料因素，让生命之气"活"在新的建筑现实之中。这里，演变的是材料，而不易的是关于建筑文化的中国人所特有的生命气息与生命意识。

中国建筑技术的文化历程始于史前时代。史前最早的原始穴居与巢居，离不开土木技术这一基本模式。

大约五万年前，原始氏族群落在黄河、长江中下游流域以及东北辽河流域与西南地区不同程度地出现。尤其是黄河中游地区的氏族群落，作为原始居住常式的土穴，是初民掌握挖掘泥土即"打洞"技术的证明，这种营造技术尽管是属人的，然而没有真正脱离本然的"动物状态"——因为动物也会打洞，打洞是动物行为。同样，在长江以南水网地区，初民的巢居即利用巨大树冠加以一定的结扎顶盖以构造一个居住空间，也并未彻底摆脱"动物状态"，因为筑"巢"也是鸟类的行为。原始初民比动物高明的地方，是尔后对穴壁有意的加工即以手或手握石块、木棍之类对穴壁进行拍打，目的使穴壁坚固、不使疏松的土壁坠坍，这是初民营造意识的觉醒，这种智慧，动物是不可能具备的。

这种对穴壁最原始的拍打，在建筑技术上的意义，是夯土技术的文化先导。据考古发现，比如在属于新石器时代的仰韶文化青莲岗遗址中，已能见出土穴之夯土技术的原始形态。所谓夯土技术，即人自觉地运用沉重的工具将穴壁与居住面的土层夯实，达到坚固这一目的。从出土的新石器时代的全穴居、半穴居以及夏末、商初的地面建筑遗址看，夯土技术随时代的向后推移而逐渐发展。全穴居的穴壁与穴底土层，几乎没有经过人工拍打过的遗痕。半穴居则不然，从商代宫室、宗庙或陵墓遗址的有关出土资料分析，其基地都是经过人工夯筑的，比较坚实，有的基地土层中还杂以卵石之类，以增加牢固度与承重能力。此时，关于台基的观念与"作法"已经产生。台基是运用夯土技术筑成的。在先秦颇为繁荣的所谓"灵台"一类建筑中，台基是很重要的。《诗》云："经始灵台，经之营之。"《孟子》称"文王以民力为台"，"谓其台为灵台"。这

"灵台""孤高""于野","高二丈,周回一百二十步也"①。灵台所以能如此"孤高"、自持,必以夯土为基。《老子》云:"九层之台,起于累土。""累土"者,必须夯实,否则"孤高"的灵台是建不起来的。

由此观之,后代中国建筑台基技术的文化源头,是原始初民对穴壁的"拍打"即为原始夯筑,而成熟于灵台台基。

与原始夯土技术相联系的,是所谓原始"墐涂"。据考古,有的属于仰韶文化期的半穴居遗址地面曾被"墐涂"过,即将粘土掺以黍穰,烧烤成红棕色或青灰色陶质地面,使地面土层变得细密坚硬,有利于隔潮,且不易磨损。在审美上,也可能比未经墐涂的地面光滑、美悦一些,由于这种粘土材料经烧烤之后呈红棕色或青灰色,给原始建筑增添了人工创造的色彩之美。这种墐涂之法,实际是原始制陶术在原始营造活动中的最初尝试。制陶术起源于初民对火的发现与运用。开始,必然是无意之中发现经过"野火"即自然之火烧烤的泥土、地面变得坚硬了,进而便自觉地发明墐涂之术。因此可以说,墐涂是中国建筑之砖、瓦制造技术的滥觞。

与原始夯土、墐涂之术相联系的,是原始"版筑"。中国建筑的墙壁,作为围护与空间分隔的手段,一般不起承重作用(起承重作用的,是木构架)。壁,辟也。避御风寒。墙,障。《尔雅·释宫》说:"墙谓之墉。"疏曰:"墙者,室之防也。"墙又称堵,《诗经·小雅》所谓"之子于垣,百堵皆作"。墙壁的文化原型,是穴居的穴壁即人工挖掘之穴的内立面。进而由穴居发展到半穴居,其露出地面的四周围护结构,有两种形制,一是由植物枝条编扎为篱,尔后改进为在篱上涂泥;二是以土筑墙。但土墙是否牢固,是一个亟待解决的技术问题。这时,便有版筑的发明。所谓版筑,就是将具有一定湿度与黏度的生土按人的需要夯实为墙,为求坚固,在生土之中适当地掺入小石块或植物纤维之类,如后代长城的有些地段,是版筑的土墙,生土中掺入小石与苇草等,以增强墙的拉力。商代已有版筑技术的熟练运用,在高台建筑中运用得很普遍。西周一般居室均采用版筑技术,标志着整个民族建筑技术质量的提高。有些建筑遗存,如陕西扶风周原遗址的夯土墙、版筑墙遗迹,可以证明其技术水平之高,否则,

---

① 王棠:《燕在阁知新录》卷十一,清康熙刻本,第24页。

绝不可能保存至今。

版筑为墙，应当说技术要求不是很高，所以起源颇早。其技术缺陷也是明显的。即墙体的转角处与高处技术要求较高，施工难度较大，如处理不好，往往导致高墙的倒坍。同时，墙虽被夯实，毕竟以生土为材，渗水是难免的。一旦渗水，导致墙体膨松、剥落而倾倒。在这种情况下，将生土经过烧制以成熟土之材即砖的发明，是不可避免的。同时，木构架的发明，使木柱与墙体相互依持，就是必然的了。

中国建筑的木构技术，同样始于原始巢居与穴居。南地浙江河姆渡的木构技术已经相当成熟，其榫卯技术的运用之圆熟令人惊讶，这说明在河姆渡之前许多个世纪，中国人早已发明了这种营造技术，只是这种发明现在还未被考古所证明罢了。北方黄土地区的穴居之原始形制中，据推测，有些直穴（或称袋穴、瓶形穴）建造在平地之下，为避雨雪、兽害，为通风、日照与按需要供人出入，必在其上加一以植物枝叶编扎而成的顶盖、且以木棍之类撑持。这一顶盖，是中国建筑最原始的一顶"帽子"，无疑是中国大屋顶的滥觞。大屋顶"如跂斯翼"，"如翚斯飞"，其形象轻逸俏丽，"飞"意"流"韵。中国建筑的屋顶基本形制，在后代发展得多样而充分，主要有庑殿、歇山、悬山、硬山、攒尖以及卷棚、盝顶、盔顶、单坡、囤顶、平顶、圆顶、拱顶、穹窿顶、风火山墙顶与扇面顶等多种，其中以前五种为最主要，以庑殿顶为最高文化品位，以反宇飞檐的造型为常见。而如此众多的屋顶形制，其文化技术之原型，是穴居的那个原始顶盖与巢居之稍事编扎的那个顶盖。反宇飞檐的大屋顶，从技术角度看，正如刘致平所言："中国屋面之所以有凹曲线，主要是因为立柱多，不同高的柱头彼此不能划成一直线，所以宁愿逐渐加举做成凹曲线，以免屋面有高低不平之处。"[①]中国建筑基本以土木为材，材料的物理特性，决定了建筑开间不能过大，否则，由于负重而必致梁柱变形。为避免变形与房屋倒塌，就须增加立柱数量，立柱过多，其高度又不易处于同一平面，所以索性以主脊为最高，成为"人"字形两坡顶或四坡顶。这种形制的起始，并非出于审美需要，而是技术使然。大屋顶有下斜的坡度，在实用上，有利于溜水。其檐部出挑深

① 刘致平：《中国建筑类型及结构》，建筑工程出版社，1957，第98页。

远，为的是保护台基、墙体、主柱与门窗免受日晒、雨淋。

大屋顶历史十分悠久。据考古，河南偃师二里头早商的宫殿建筑的屋顶，可能已是《周礼·考工记》所说的"四阿重屋"，即为庑殿重檐式，早已是一种大屋顶形制了。最早的大屋顶，必然是朴素的，依古籍所言，即所谓"两注"式。"两注"者，指双坡"人"字形屋顶，"注"是屋顶溜水的意思。"四阿"指四面坡，"阿"是垂脊之意。又有"四霤"之说，"霤"即"流"或"溜"，"四阿"亦即"四注"。殷周之际，大屋顶形制随宫殿建筑的技术成熟而完善。殷末商纣王广作宫室，《史记·殷本纪》称："南距朝歌，北据邯郸及沙丘，皆为离宫别馆。"诸宫馆，大凡离不开大屋顶。春秋战国时期，崇尚"高台榭，美宫室"，此宫室之形制，亦包括大屋顶。故宫博物院藏"采猎宫室图"，据梁思成云，其图所绘"屋下有高基，上为木构。屋分两间，故有立柱三，每间各有一门，门扉双扇。上端有斗栱承枋，枋上更有斗栱作平坐……平坐两端作向下斜垂之线以代表屋檐。借此珍罕之例证，已可以考知在此时期，建筑技术之发达至若何成熟水准，秦汉唐宋之规模，在此凝定。后代之基本结构，固已根本成立也"[1]。反宇飞檐的大屋顶，看来在春秋战国之际已趋发展。前文所引《诗经》的记载已是明证。在屈原的诗作中，所谓"翼飞"之反宇飞檐也隐然可见。《楚辞》所谓"筑室兮水中，葺之兮荷盖"。这里的"葺"，是一种用以覆盖屋顶的草，虽然"茅茨不翦"，但"经堂入奥，朱尘筵些。砥室翠翘，挂曲琼些"。"翘"者，反宇。

秦汉之世，大屋顶风行于天下。在宫殿、陵寝、祠庙、阙与园林建筑上，到处可见其踪影。如汉阙之造型似碑而略厚，上复以略微起翘的檐。从四川、湖南的崖墓看，大者堂奥盛饰，有外檐多以风化，但堂之内壁隐起枋柱，上刻檐瓦之形象，有出挑起翘之状：或门楣之上刻出两层叠出之檐部形象，作出挑状。一般屋檐下用斗栱和具有卷杀的檐椽，并在檐下施用一层向外挑出的斜面，使檐部向外挑出更长，并抬高檐口，这不是反宇飞檐是什么？秦汉之屋宇以悬山、庑殿式为多见。庑殿式正脊（主脊）很短，其屋顶为上下两叠之制，班固《两都赋》、王延寿《鲁灵光殿赋》等，都有关于"反宇"的描述。从广州出土

---

[1] 梁思成：《中国建筑史》，《梁思成文集》（三），中国建筑工业出版社，1985，第21页。

的汉代陶屋看，这种汉代明器的屋檐呈反翘之势。尽管秦汉多数明器与画像石上所表现的屋面檐口都是平直型的，但它们的正脊与戗脊之尽端均已微微起翘，且以筒瓦与瓦当、滴水加以强调。

魏晋南北朝时期，反宇飞檐之大屋顶已发展为屋顶之常式，这在石窟遗制与画像石上可以见得分明。河南洛阳龙门古阳洞的窟檐有庑殿式，其屋脊呈曲线反翘式；又有歇山式，用鸱尾造型，使屋檐有曲线"生成"；山西大同云冈第九窟窟檐也以鸱尾作曲线"生成"之势；河南洛阳所出土的北魏画像石，其上之屋角起翘的造型十分显然；河北涿县北朝石造像碑上的屋角反翘造型，表现得十分夸张；北朝石虎于邺地"起台观四十余所，营长安洛阳二宫"，有"穷极使巧""徘徊反宇"之态。又，石虎于铜爵台起五层楼阁，作铜爵楼巅，其造型"舒翼若飞"①。

隋唐之大屋顶厚重而舒展，显得大气磅礴。除现存山西五台山佛光寺大殿（中国现存地面最古老木构建筑之一）为四阿顶外，还有九脊、攒尖等屋顶形制，其屋檐有微微上翘之势。唐大明宫麟德殿复原图体现出屋角起翘的造型。敦煌壁画所绘唐代民居的屋檐，反翘之状十分明显。山西五台山南禅寺大殿的檐口，也呈优美的反翘弧线形，表现出技术结构与建筑文化的完美统一。

宋代大屋顶造型避免生硬的直线，普遍地使用卷杀之法，其屋顶坡度，从唐式之平缓向陡峻方向发展，并规定屋之开间与进深愈大，屋顶坡度愈显陡峻的做法，做出宋式大屋顶在优美之中透出一股峻肃之气。河北蓟县独乐寺观音阁的宋式大屋顶，曲线丰富，檐口变"软"，大有飘逸之气，河北正定龙兴寺摩尼殿的大屋顶正立面的檐角缓缓上翘，其坡度比唐式坡度加大了，而檐中厚度与斗栱、柱径的尺度变小。山西太原晋祠圣母殿也具有这一文化特色。河南登封少林寺初祖庵大殿，建于宋徽宗宣和七年（1125），其檐角反翘之势强烈。又如宋代佛塔，如福建泉州镇国塔与上海松江方塔等，都是檐角反翘十分明显的塔例。

元明清时代的中国大屋顶，总的趋势向峻严、耸起方向发展。经过北宋

① 陆翙：《邺中记》，转引自郦道元注、杨守敬疏、段熙仲点校：《水经注疏》，江西古籍出版社，1989，第940页。

《营造法式》的理论总结，整个中国建筑文化趋于理性化，而有时也不免显得僵直死板。大屋顶的伦理色彩更强烈了。比如屋顶琉璃瓦的运用十分重视表达不同的等级观念，以黄色为最显贵之色，故北京紫禁城的大屋顶构成了一片壮阔的黄色琉璃瓦海。此时庑殿顶为至尊、歇山顶次之、悬山顶又次之，硬山再次之，而攒尖为卑。清代庑殿顶向两山逐渐屈出，谓之"推山"，使垂脊在45度角上的立面不作直线而为曲线。但清代大屋顶上的有些饰件往往过于理性化而少生气，如脊饰之制，宋代称为鸱尾者，清代改为正吻，其造型，由富于生趣的尾形变成了方形之上卷起圆形的硬拙装饰，成为某种几何形体的堆砌。正如梁思成所言，清代大屋顶装饰，"虽极精美，然均极端程式化，艺术造诣，不足与唐、宋雕饰相提并论也"[①]。

可见大屋顶形制，在中国建筑文化史上走过了一条由简入繁、由繁而简的道路。起初比较简朴，显出"原生"状态；向前发展，因过分推重人工智巧而必导致进入繁丽、绚烂直至夸饰虚华；于是又向原朴回归。这在科学与美学上，可以说是一种文化的思想净化。由于中国文化历来非常倚重于伦理，所以大屋顶的思想净化，不得不滑向伦理意义上的严格的规范化，在逻辑清晰、简洁的同时，又不免有些僵化的趋势。

大屋顶的技术成就是杰出的。其历史轨迹，大约直到东汉年间，从画像砖、画像石与明器造型分析，以下斜之屋坡的平直造型为主。20世纪30年代末在旅顺南山里东汉墓内出土一件陶屋明器，其屋面呈为下斜之折面。近年在四川牧马山东汉崖墓出土的陶制二层楼造型，其屋面亦然。隋唐之前，一般的屋面曲线，也呈为折线，西安隋大业九年李静训墓的九脊殿式石室以及南北朝石刻所反映的凹曲屋面的结构，类似唐南禅寺大殿那种每坡仅由两段屋椽所构成的折面造型，只是在铺瓦时将泥浆填充于屋面转折处而形成凹曲屋面形象罢了。杨鸿勋说："这显示了曲面屋盖脱胎于折面屋盖的发展途径。"[②]这是中肯之见。从先秦直坡到东汉偶一为之的屋坡折面，再到后代放到檐椽前端，使檐部上反，使整个屋面呈反翘的弧线形，这已在隋唐之际。这当然不是说，隋唐之时已绝

① 梁思成：《中国建筑史》，《梁思成文集》（三），中国建筑工业出版社，1985，第266页。

② 杨鸿勋：《建筑考古学论文集》，文物出版社，1987，第272页。

对没有下斜平直或折线形屋面的存在，实际上比如初唐的西安大雁塔门楣石刻佛殿的屋面造型，其檐部仍表现出平直之态。然而屋面渐趋柔曲及屋角起翘和檐口呈弧线形，自隋唐始，毕竟是中国大屋顶造型的流行式。而经过宋元发展到明清，在漫长岁月里，大屋顶造型中的曲线因素又渐渐减弱，同时是趋于严谨的直线因素的加强。

立柱，中国木构建筑的重要构件，它与整个木构架，无疑是中国建筑的"骨骼"。立柱支撑着沉重而庞大的梁架、屋顶，成为不可或缺的承重之物。《释名·释宫室》云："柱，住也。"立柱是建筑物稳固不移、风雨难摧的"根"，它直立向上的力学性格与挺拔的风姿，给人以强烈的印象。立柱的分类，如从建筑内、外部空间加以区分，可以分为内柱、外柱与嵌入墙体的亦内亦外柱三类。内柱即室内之柱；外柱指檐下之柱、室外之柱；亦内亦外柱指墙柱。如按其结构、功能加以区分，可分为金柱、中柱、童柱、檐柱、门柱与山柱等。从立柱断面看，中国建筑的立柱，一般为圆形，此尤多见于早期木柱。其次是方形。另外还有八角柱、束竹柱、凹楞柱等。从柱身造型看，既可分为直柱与收分柱（直柱，即全柱圆径上下一律者，或断面通体相同的方柱、八角柱等；收分柱，即柱自下而上的圆径逐渐收杀）；又可分为素柱与彩柱（素柱，不加任何修饰，造型素朴；彩柱，或油漆、或彩绘、或雕刻、或楷书，造型华丽）。从立柱整体看，还有无础柱与有础柱之别。最原始的立柱，既无柱础，也无柱头上与柱相构连的额枋、平板枋与雀替之类，它直接与梁相构。由于无础柱承载有限，容易下陷，所以才有有础柱的产生。从材料看，可分木柱与石柱等，而最常见的，是木柱。

中国建筑的屋柱制度，其柱高、柱径之比，大约在十比一之际，即十个柱径长度之和约等于同一柱的高度。有时，比如在唐代及受唐代风格影响的辽代初期，中国建筑崇尚雄健之风，一般柱高与柱径之比，约在八比一、九比一之际，这使得立柱粗度增加，有雄壮之感。自宋代始，立柱趋于细长，虽然此时外檐柱的粗度基本因袭"唐风"，而内柱已明显变"瘦"，内柱的柱高与柱径之比，大约在十一比一，有的甚至达到十四比一。自元、明至清，不仅内柱，外柱的粗度也渐变小，外柱高与柱径之比，大概在九比一至十一比一之间。当然，不同品位、等级的建筑，不同时代、地域、民族的建筑，其比值往往各有不同。

中国立柱，有"侧脚"与"生起"之法。所谓"侧脚"，即立面上的列柱自两端向内微有些倾斜。《营造法式》规定，"凡立柱并令柱首微收向内，柱脚微出向外，谓之侧脚"[①]。其具体尺度是，"每屋正面随柱之长每一尺即侧脚一分，若侧面每长一尺侧脚八厘，至角柱，其柱首相向各依本法"[②]。这是说，宋代大木作制度规定，外檐柱的向内倾斜度，为柱高的百分之一。十尺之柱，向内倾斜度为十分即一寸；百尺之柱，则为十寸即一尺。在两山者，内倾度略小，为千分之八即百分之零点八。至于角柱，在纵横两个方向上都应有所倾斜。"侧脚"首先是一种建造技术，一座四边立柱均微微内倾的建筑物，柱的相互撑持的力度增加了，有利于建筑物的稳固。同时，也为了纠正视觉上的偏差。由于光影关系，倘檐柱绝对垂直于地面，在视觉上反而显得是不够"正直"的，因而从这个意义上看，柱"侧脚"又是"错觉"的"艺术"。所谓"生起"，其具体做法是，以当心间平面为基准，当心间柱脚不升起、不抬高。次间柱脚升二寸，梢间柱脚再升二寸，尽间柱脚再升二寸，依次递增。如建筑面阔为三间者，中间一间不升起，两侧间各升二寸，五间者四寸，七间者六寸，九间者八寸。一旦"生起"，有助于檐口立面向两端微微翘起，形成和缓、起翘的曲线。

中国建筑还有"移柱"与"减柱"之术。这在宋、金、元建筑中，为求更合理、更美观地组织室内空间，常采用"移柱"之法将一些内柱移位。如山西大同华严上寺金代所建的大雄宝殿，其中央五间前后檐的内柱，均向内移一椽长度，改变了建筑的内部空间秩序与空间韵律，利于安置佛像。或者适当减去一部分内柱（以不影响承重结构为限），称为"减柱造"。比如山西五台山佛光寺的文殊殿建于金代，这座面阔七间、进深四间的殿宇，将内柱减少到只剩两根，不能不说是建筑大木作的一个创举。"移柱"与"减柱"之术，有时同时并用于同一建筑，如山西大同善化寺三圣殿，面阔五间进深四间，它将后檐次间的内柱内移一椽长度，又减去前檐全部内柱，如此"偷梁换柱"，不能不说是一种技术的革新，同时，确也带来了技术上的风险。立柱作为承重构件，如移、减某些立柱，在结构上不得不设以大跨度的额枋，造成梁架的不规则，必然降低整个木构架的安全系数，往往遇到设计与施工上的难题。因此，这种"移

---

① 李诫：《营造法式》卷五，四库全书本，第6页。
② 同上书，第617页。

柱""减柱"之术，在明、清建筑中已基本难以见到。

中国最原始的屋柱究竟是什么样子的？目前的考古学尚难以提供确凿的证据。既然中国最原始的建筑样式是穴居与巢居，那么，在这最原始的居住样式中似可寻觅屋柱的技术原型。正如本文前述，在原始穴居中，初民用以支撑活动顶盖的那一根木棒之类，以及原始巢居中的树干，可以看做中国建筑立柱的技术雏形。在半穴居中，立柱作为支承屋顶重载的构件，已经得到了运用。

新石器时代晚期，中国土木结构的建筑早已屹立于中华大地，进化的程度已相当精彩。如七千年前的浙江余姚河姆渡建筑遗址，已有数量很多的各种木构件的出土，构件上有在当时来说技术精湛的榫卯，还包括立柱。

在约六千年前的西安半坡遗址，出土了方形、圆形居室遗存。方形者一般为半穴居式，圆形者多建造于地面之上，门多南向，有俗称所谓"大房子"的，考古发现了柱洞。

原始立柱大多为圆形断面，这是因为当时技术原始、尚无力进行深加工的缘故。最初立柱不用柱础，直接植立于夯实的地基上，因承重之故而导致立柱沉降，技术上自然是很不完善的。

著名的河南偃师二里头建筑遗址，考古证明这是一座早商宫殿。其夯土台基面积达到一万平方米，台基中央建造大殿，其面阔是很少见的八间制，进深三间，台基四周有廊庑围绕，大门南向，考古发现了其木柱腐损之后所留下的柱洞与柱洞底部的柱础。殷商时代的大型建筑一般都是有柱础的，从殷墟看，其柱础常以卵石为材。

秦汉时期，中国宫殿建筑的土木技术进步极快，很大程度上得益于战国以降铁器工具的发明及大量运用。所以，自秦代始，已经出现了经过深加工的方柱。汉代的立柱样式更趋丰富，除了木柱，还有仿木构的石柱出现。八角柱、凹楞柱、束竹柱甚至人像柱等都被创造出来，并且柱础露明（即露出地面），运用倒栌斗式，柱径出现"收分"现象。如汉代彭山崖墓中柱多八角形，间亦有方者，均肥短而收杀急迫。"柱之高者，其高仅及柱下径3.36倍，短者仅1.4倍。柱上或施斗栱，或仅施大斗，柱下之础石多方形，雕琢均极粗鲁。"[1]一般

---

[1] 梁思成：《梁思成文集》（三），中国建筑工业出版社，1985，第37页。

汉代立柱所以如此粗壮浑朴，首先与柱式材料观念有关。当时建筑工匠尚未科学地测出立柱的负重力度，为确保重载安全，因而建造粗壮的立柱。同时，从技术到艺术，汉风重朴硕，故立柱务求粗矮，正是汉人所欣赏的。

魏晋南北朝时期中国佛教初盛，屋柱形象始染佛调。立柱、柱础的莲华（注：莲华为印度佛教佛性清净的象征）之饰，首先出现在佛寺、佛塔的装饰上，进一步向中国柱式的渗透，便是束莲柱与高莲瓣柱础的出现。在北魏、北齐的石窟中，仿木构的石柱多呈八角形断面，柱身"收分"明显，但无卷杀，其当心间柱，时以坐兽或覆莲为柱础之饰。有的立柱，又以忍冬或莲瓣包饰柱脚四角，以覆莲造型装饰柱头。而在柱身中段，再饰以仰覆莲华形象。

隋、唐时代的中国柱式获得了进一步的发展。主要是平面上檐柱和内柱（金柱）的排列纵横成列、规整严谨，如现存山西五台山佛光寺大殿，就是这方面的典型之作。同时，佛光寺大殿的内、外（檐）柱高度相符，柱高与柱径之比约为9∶1，柱头为覆盆之形，柱身上端略有卷杀，可以很明显地见出"侧脚"与"生起"。柱础显得较平、轻短，而柱高约等于明间面阔（面阔在5米上下），明间空间的立面形象显得方正而壮阔。而且，在唐代一些佛塔上有所谓"假柱"出现，如净藏禅师塔为八角柱，形体粗矮。而大雁塔与香积寺塔等的"假柱"，均显得极为细长，这不是唐柱典则，为强调某种装饰与象征意义，可作夸张与变形。至于前文所提及的"减柱造"，始起于辽代中叶，即平面中减去前金柱或后金柱。这种技术，发展到金、元时期，应用已较普遍，成为这一时期一些大型建筑的重要技术特征之一。如佛光寺文殊殿，面阔为七间制，进深四间，建于金天会十五年（1137），其平面仅用金柱四，前后各二，十分简洁。此后便渐渐少见，尤其在大型建筑上，不再采用这种技术。当然，在一些明、清时期的中、小型建筑上，往往还有减去正中前金柱的做法，可以看做是"减柱造"的遗构。

宋代是贯彻《营造法式》所钦定之柱法最得力的时代。如柱径与柱高之比，唐及辽代初年，大约在一比八、一比九之际。宋、金时期的檐柱"仍保留这种粗壮的比例，但内柱则较细长"[1]，大约在一比十一到一比十四之际。这种技术

---

① 祁英涛：《怎样鉴定古建筑》，文物出版社，1981，第18页。

上的变化，与艺术、审美意义上从唐型文化崇尚雄伟到宋型文化推重秀逸的历史发展趋势合拍。宋代建筑柱身的趋于修长（先求变于内柱，再逐渐扩展到檐柱），使得明间的开间从唐代的方形变为纵向的长方形，加上斗栱的相对缩小、柱头变得轻盈，柱表又往往刻雕花饰，使整个立柱形象变得秀丽起来。这些，在《营造法式》中都有"规定"的依据。宋代建筑的立柱制度，有直柱、梭柱之法。如杭州灵隐寺及闸口白塔，柱身下部三分之二大体垂直，上段三分之一卷杀明显，与《营造法式》所规定的直、梭柱制度，大体符合。《营造法式》规定："若十三间殿堂，则角柱比平柱升高一尺二寸，十一间升高一尺，九间升高八寸，七间升高六寸，五间升高四寸，三间升高二寸。"[①]这种关于平柱最低、角柱最高的立柱"生起"之法，不仅是对唐代建筑立柱制度的总结，不仅以宋代建筑为最典型，而且为明代以前的建筑工匠所大致遵守。当然，建筑是以一定的技术与艺术"语汇"，与一定的自然、人文环境，与大地，与一定的材料进行"对话"的一种文化方式，由于建筑必须因地制宜，因时制宜，因人制宜，因而宋代建筑及其柱式技术，在严肃地执行《营造法式》所钦定的种种规矩、绳墨的同时，据今人研究，实际上却没有一个建筑实例，是绝对死守"法式"的。

明、清之时，中国建筑的立柱总体上向修长方向发展，如明、清时期的楼阁一类建筑，由于在上下层柱间不设斗栱这样的承重构件，使得内柱通体直接升向上层，使得立柱更显修长而挺拔，典型的实例，是河北承德普宁寺的大乘阁。明、清一些重要建筑如宫殿、坛庙与帝王陵寝等立柱的用材十分讲究，如营构或修缮北京紫禁城与十三陵等建筑，曾经花费大量人力、物力与财力，从云贵、四川、湖广与江西等地采办檀木、楠木、花梨木、樟木与柏木等，吃尽千辛万苦，将其运抵北京。明代建筑立柱的尺度要求尽可能地巨大，如天安门明间的跨度长达8.5米。明十三陵长陵之祾恩殿内，有大柱32根，其中最为巨硕的4柱每柱高14.3米，其柱径竟达1.17米，巨柱如林，殿宇深邃，加强了寝陵形象的肃穆与神秘感。清代营造宫殿建筑时，大型木材已较匮乏，这反倒刺激了立柱工艺的发展，匠师们以小块木材拼接为柱，外加铁箍并油漆。明、清时期

---

① 李诚:《营造法式》卷五,四库全书本，第6页。

以直柱与梭柱为屋柱的常见型式，两者在北、南两地的发展不平衡。北方以直柱为常式，南地除直柱外，尚保留着梭柱形制，这种柱式的分流现象，是地域文化观念影响建筑技术的表现。北地之人豪放而刚直，偏重于欣赏直柱之美；南域之人偏重于崇尚优渐之美，故对梭柱的曲弧柔和较能受纳。

总之，立柱作为中国建筑的承重构件，在技术上经历了一个由简朴到成熟、复杂，再趋于简练甚至有时（如清末）不免有些僵化的漫长的历史过程。其技术理性、其高度的标准化与定型化、制度化，被前后总结在宋代《营造法式》与清代《工部工程做法则例》之中，成为表达一定等级观念、政治伦理思想的一种特殊的技术"语汇"。在美学层次上，立柱技术又成为划分、组织、营构不同空间形象和建筑基本单位即"间"之韵律的手段，立柱与梁架一起，是中国建筑首先是由技术所决定的一种"风骨"意象。

中国建筑的梁架，主要由梁、檩、枋、椽及驼峰、雀替等所构成。所谓梁，疆梁也。疆有疆界之意，说明梁是屋架中的一种横跨构件，与立柱成垂直角度。从文字学角度看，梁字从水、从木，原为架凌于小河的木桥，即所谓"河梁"。疆者，强也。梁之功用，承受由上部桁檩转达的屋顶重载。主梁为直木，其两端接设于前后两金柱之上。若是无廊之建筑，安放在两檐柱之上。梁的长短，决定了建筑开间的面阔与进深。由主梁之上用两短柱或短墩再支一短梁，逐层叠架而上，成叠梁式梁架。按梁在屋架中的位置，有多种分类，主要有单步梁、双步梁、三架梁、五架梁、七架梁、九架梁以及顺梁、扒梁与角梁等。比如一梁所负为七檩，则称为七架梁。梁的长度受制于木材的力度与建筑功能。其断面，最原始的为圆形、矩形或方形等，是成熟之木构的表现。宋代大梁断面的矩形高宽之比为三比二，明、清接近于一比一。这种断面的梁制显得条理清晰，形象整齐一律，线条纵直、简洁而美观。然而在实用功能即在承重上，由于对木材的深加工破坏了它的木材原生态，负载力因而降低，这也是造成中国木构建筑不易长存的原因之一。在明、清，江南民居及园林建筑，有以圆木为梁的，这种"圆作"形制，并不是建筑技术的倒退，而是在文化、美学上蕴涵着"回归于自然"的象征意义。自然，这样做在加强木构屋架的承重能力方面也是可取的。中国建筑中还有诸如四架或六架梁的，这些双数架的梁多没有屋脊，脊部做成圆弧形，称为卷棚式，亦称元宝脊，而此类屋顶形制之顶层的梁即为月梁。月梁的做法，是一种曲栱向上的造型，这无疑加强了梁的负重刚度，而且在审美上改变了那种凡是梁均为绳直的某种单调感。

所谓檩，亦称桁，或称桁檩，其安设于各梁头之上，上承椽。其尺度，大式桁径按清代"斗口"规制，小式桁与檐柱径略同。在宋代，檩径尺寸按建筑物品位作了规定，根据"材·栔"模数制度，宫殿之类檩径为一材一栔至两栔，厅堂者次之，为一材三分至一材一栔。其余建筑型类相应递减。这种檩径规定，与各类建筑的形制、间之高广、间数以及斗栱等制度相对应。按桁檩所居位置，有脊桁、上金桁、中金桁、下金桁、正心桁与挑檐桁等各种型式。如在设有斗栱的较重要的建筑物上，正心桁位于正心枋之上，桁径为四点五"斗口"（清式）。在重檐金柱上有老檐桁，它就是上檐的正心桁，脊桁是屋架上最上方的檩，它是屋脊的骨架，在脊桁与正心桁之间设以金桁，可有上中下三桁之制。从最高的脊桁随坡顶斜落，桁檩构成了平行的序列。檩有出山与不出山两种。出山者即檩之两端伸出于山墙，称为"出际"，它的长度一般决定于屋椽数。宋代《营造法式》规定两椽屋出二尺至二尺五寸（营造尺），四椽屋者，为三尺至三尺五寸。

所谓枋，即主要设于檐柱之间的联系构件。因多位于檐部，又称额枋。是立柱的附件，又是梁架的一部分。枋上常满饰雕塑或彩绘，似屋架的"面额"，有标示作用。早期的枋多为一根，称"阑额"，发展到后来，在这一根枋下又增设一较细的枋，构成大额枋（位于上部）、小额枋（位于下部）形制，二枋之间用垫板相构。枋具有某种承重作用。有的枋设于内柱之际，称内额，还有的设于柱脚处，称地栿。《中国建筑史》指出："唐代阑额断面高宽比约二比一，侧面略呈曲线，谓之琴面，阑额在角柱处不出头。辽代阑额大致同唐，但角柱处出头并作垂直截割。宋、金阑额断面比例约为三比二，出头有出锋或近似后代霸王拳的式样。明、清额枋断面近于一比一。"[1]枋的断面高宽之比的变化是历史性的，从二比一、三比二到一比一，枋的断面越来越显得方正了。罗哲文主编《中国古代建筑》指出："在明清木构建筑中还出现了若干加强结构的手法，如在内外柱之间施用穿插枋，在内檐通柱之间施用跨空枋，从而加强了柱

---

① 梁思成：《中国建筑史》，中国建筑工业出版社，1982，第163页。

与柱之间的水平联系，可防止柱子产生倾倚；在七架梁或五架梁等长跨度的荷重梁下附加随梁枋，可提高梁枋的负荷能力；在内檐金柱两侧加抱柱，可增强榫头的抗剪应力，这都是前所未见的新东西。"①所言是。

其他如椽、驼峰与雀替等，恕不一一论列。

与梁架相关的，是《营造法式》所说的"举折"（清代称"举架"）之法。《周礼·考工记》有云："匠人为沟洫，葺屋三分，瓦屋四分。"郑司农注："各分其修，以其一为峻。"葺屋，即茅屋。无论茅屋、瓦房，早在周代都有关于屋面坡度的规制。举者，指屋架高度；折者，指屋面坡度由连接的曲线相构，所谓"举"乃"举屋"、"折"即"折尾"之谓。

举折之法，决定了屋架高度与屋面的坡度。宋代《营造法式》云："历来举屋制度，以前后橑檐方心相去远近分为四分，自橑檐方背上至脊槫（即脊檩）背上，四分中举起一分，虽殿阁与厅堂乃至廊屋之类略有增加，大抵皆以四分举一为祖。"这里的"祖"，是基本准则的意思。实际操作起来基本不离此则，但也视实际情况而定。《华夏意匠》一书云，中国木构举折的历史发展，大体上时代愈古、举高程度愈小，即造成的屋面坡度愈是平缓。如现存唐代山西五台山南禅寺大殿的举折，不是这里《营造法式》所说的"四分举一"，而是六分举一。南禅寺建于唐代中叶，而建于唐代后期的佛光寺大殿的举折，实际测得的结果，大约为四点七七举一，其屋面坡度已经陡于南禅寺。在宋代以及与宋大致同时的辽、金以及此后的元代，中国屋架的举高程度进一步加大，一般大约在四分举一到三分举一。发展到清代，《工部工程做法则例》已明文规定为"三分举一"。而在实际操作中可能超越这一规定，比如清代所重建的山东曲阜孔庙大成殿的举折，为二点五分举一。这种屋架逐渐举高的态势，以清代为最。清代屋架举高程度的增大，在审美上表现为屋顶形象的峻起与严肃。从立柱之趋于细长，斗栱尺寸渐小，屋檐出挑的有所内收与屋架举高加大等因素一起综合审视，则清代建筑形象，在有所严谨之形制中显示出挺拔的风韵，这种美学风格，首先是由举折、屋架技术所赐予的。

与立柱、屋架相联系的，是中国建筑的独特技术文化斗栱。

---

① 罗哲文主编：《中国古代建筑》，上海古籍出版社，1990，第157页。

斗栱作为技术构件，是较大型且重要建筑物之立柱与屋架之间的一种过渡，它是由方形之斗、升和矩形之栱、斜向之昂所构成的。所谓斗，即其上凿有槽口的方木垫块，位于一组斗栱的最下方的，称坐斗，也称为大斗。汉时称栌，宋代叫栌斗。由于斗所在位置不同，故有多种名称，比如所谓"十八斗"，宋代称"交互斗"，位于挑出的翘头之上；"三才升"，宋代称"散斗"，位于横栱二端之上；"齐心斗"，又称"槽升子"，位于翘头与横栱等交叉位置上；而所谓"翘头"，亦称为"翘"，即方向与栱成直角者。所谓栱，是置于坐斗口内或跳头之上的短横木。栱的基本形态是矩形，也有表现为曲线、折线或曲、折线混合形的。栱也依所处位置不同而名称有别。如清代所谓"翘"，即宋代所言"华栱"，指向内外出挑的栱。又有瓜栱、万栱、厢栱以及正心瓜栱、正心万栱等区别。据《中国古建筑修缮技术》一书所载，斗栱种类，还有内檐、外檐之分。外檐斗栱又有上、下檐者之别，两者位置均在檐部柱头与额枋之上。外檐斗栱位于柱头者，称柱头科；位于柱间额枋上者，称平身科；在屋角柱头上的，称角科斗栱；在外檐平座上的，或称为品字科斗栱；与内外檐构架相关联的，还有溜金斗栱。内檐斗栱除镏金花台科之外，还有位于梁架之间的隔架科斗栱与品字科斗栱。

斗栱之全部，称为攒。一攒斗栱，通常由方斗、曲栱、斜昂与枋子等几十个乃至百余个构件构成，纵横交错，层层垒叠向外伸跳，构成中国建筑技术文化的奇观。每一攒斗栱又可以分为三部分。其一，以檐柱缝为分界线，处于檐柱缝上的，称为正心栱，包括正心万栱、正心瓜栱；其二，在檐柱缝以外者，称外拽栱；其三，在檐柱缝以内者，又称为里拽栱。

斗栱众多构件之间存在一定的比例关系，即所谓"口分"，又称为"斗口"。与宋代所谓"材·分"模数相关的，指材厚、就是平身科坐斗垂直于面宽方向刻口尺寸的宽度。"斗口"在清代分为十一等，最大者，六寸，最小者，一寸。斗栱还有繁简之别。

斗栱是中国建筑技术的杰出创造，在物理力学功能上，作为承重构件应运而生。中国建筑多为土木结构，木构架承载全屋重量，这就造成立柱、梁架负载过大。要解决这一问题，一是加大立柱粗度；二是缩短梁、枋等的长度。但是要这样做是有困难的，首先是木柱自然长成，粗度有限；其次，如过分缩短梁、枋长度，必使开间变小，室内空间因立柱过密而显得狭小拥挤。因而，斗栱的诞生，是由木材承载力的有限所"逼迫"出来的，它对立柱、梁架的重载具有一定的承托与分力作用，加强了立柱与梁、枋、檩的结合，使木构接榫处不因过重、过于集中的压力而受到损害。由于斗栱（外檐斗拱）具有逐层挑出支承荷载的分力之效，才使沉重的屋盖出檐深沉。不了解斗栱技术性能的人往往钦羡于斗栱形象的错综之美，其实这"美"是由技术所造就的，斗栱技术的原始创造，首先是为求实用而非审美。

在伦理学功能上，斗栱后来成为中国封建社会伦理等级观念在建筑文化中的一种符号。斗栱技术之高超、匠心之独运，无与伦比。而且它一般总是出现在较大型、较重要的建筑物上，久而久之，便成为社会权贵、统治者政治伦理地位、等级、品格的建筑象征。发展到封建社会的中后期，便只有宫殿、帝王陵寝、坛庙、寺观及府邸等一些高级建筑才允许在立柱与内外檐的枋处安设斗栱，并以斗栱层数多少来表示建筑的政治伦理品位。如北京明清紫禁城太和殿与明十三陵之长陵祾恩殿的斗栱，其品位无疑是最高的。即使紫禁城内部，其余殿宇的斗栱尺度，也不能与太和殿相比。一些寺庙的大雄宝殿的斗栱，也一定比其余配殿上的斗栱更为雄大、复杂，因为这是象征主佛释迦牟尼的建筑形象符号。印度佛教本来不重视政治伦理这一套，当初印度释迦牟尼创立佛教时，就包含着对婆罗门"种姓"等级的蔑视，但是印度佛教一旦中国化，就以中国所特有的斗栱技术符号，表达出中国人的政治伦理观念。当然，斗栱形象的政治伦理色彩总是以中国皇家宫殿、坛庙之类为最典型、最强烈，推崇王权，是以建筑技术所表达的斗栱文化的强烈主题。

斗栱技术究竟发明于何时？目前尚难考定。建筑学家杨鸿勋于1973年对河南偃师二里头早商大型建筑遗址进行考察，"发现在主体殿堂檐柱遗迹的周围有遗存的小柱洞"，"这些小柱洞鉴定为擎檐柱迹（目前所知最早的擎檐柱遗迹，有洛阳王湾仰韶文化遗址F11、湖北红花套大溪文化遗址F111等，原注）"，进而结合安阳小屯殷墟材料的研究，得出擎檐柱是商殷时代高级建筑的一种主要承檐方式的结论①，认为"承构的高级结构——向前后悬臂出挑的斗栱，是由承

---

① 杨鸿勋：《斗栱起源考察》，《建筑考古学论文集》，文物出版社，1987，第255页。

檐的低级结构——落地支承的擎檐柱，进化而来的"①。这一学术见解不为无据，能够以"考古"服人。但目前考古发现的擎檐柱迹，是否是中国建筑技术文化史上最早的擎檐柱遗存，这是难以断定的。又，考古发现，属于周代青铜器的"令"器足之上，有栌斗之造型，证明至少在周代，中国建筑已有栌斗的施用，栌斗是后代成熟之斗栱的雏形，"令"的四足为方形短柱，柱上置以栌斗，又在双柱之间，于栌斗口内施以横枋，于枋上安置二方块，类似后代"散斗"。

汉代，随宫殿之类大型、重要建筑物的大批建造，斗栱的施用渐趋普遍。虽然汉代斗栱因原为木构至今荡然无存，但在汉代画像砖、画像石、建筑明器、壁画及有关文字记载中部有所反映。江苏铜山汉画像石有"一斗二升"形象造型，这是一种"转角斗栱"造型。汉代斗栱形制渐丰，有一斗二升、一斗三升、一斗四升、单层栱、多层栱等多种模式。在东汉石阙、崖墓上，也留下了斗栱的历史遗影。河南三门峡刘家渠73号墓曾出土东汉陶楼，该楼檐下有"一斗三升"造型，其底层转角处，又有龙头插栱造型；山东高唐东固河采集曾出土东汉绿釉陶楼造型，其檐下及顶层平座有"一斗三升"斗栱的造型。当然，此时斗栱形制比较简朴，如广州出土一件汉代明器上的"实拍栱"，四川冯焕石阙、沈府君石阙上的"一斗二升"斗栱造型以及山东平邑石阙"一斗三升"斗栱形象等，均不复杂，具有中国早期斗栱的稚朴风貌。

在魏晋南北朝时期，中国建筑木构技术进一步发展，斗栱经受了历史考验，不仅作为承重构件，而且其文化内蕴渐渐丰富起来。在敦煌石窟属于北魏时期的窟檐中，保存了数个单栱遗构。在河北响堂山7窟、山西大同云冈1窟与9窟以及河南洛阳龙门古阳洞等处，都有斗栱的优美形象。值得注意的是，河南洛阳龙门古阳洞的一个斗栱造型，呈出挑之势，而人字形斗栱造型，也出现在甘肃天水麦积山5窟中，其中有的还是人字栱与"一斗三升"形制的结合，证明当时的斗栱技术正由简朴向丰富复杂方向发展。

隋唐是中国斗栱技术发展的重要历史时期。从现在实物唐代山西五台山南禅寺大殿与佛光寺大殿以及石窟、壁画的有关史料分析，这一时期的斗栱，具有雄大、浑朴与明丽的造型特征，并正趋于理性、规范与成熟。如佛光寺的台

---

① 杨鸿勋：《斗栱起源考察》，《建筑考古学论文集》，文物出版社，1987，第257页。

基低矮，立面每间近于方形，立柱具有"生起"与"侧脚"，在各个柱头上，无论檐内、檐外，都直接安置众多斗栱，其形体硕大，造型颇为错综复杂。尤其檐外斗栱，一方面承托出挑深远、舒展雄浑的屋檐，另一方面其自身在宽大且呈翼飞之状屋檐的"庇护"之下，体现出雄强而壮丽的风姿。由于唐代建筑的屋宇坡度较小，显得比较平缓，所以位于外檐之下的巨大的斗栱组群，外露倾向明显、视感十分强烈，成为整座建筑的注意中心。其内檐斗栱组群，也琳琅满目，创造了一种丰富、灿烂的空间韵律。如唐代佛光寺大殿的外檐斗栱与柱高之比，竟然达到令人瞠目的一比二，这种斗栱巨大的尺度感，突出了它政治伦理意义上的炫耀性和审美文化意义上的伟大意象与文化魄力。

唐代斗栱技术还在向有比例、规范化的方向发展。从初唐壁画斗栱造型看，其栌斗之上安置了水平栱，出挑其上；在盛唐壁画中，出现了所谓双杪又下昂出挑的斗栱形象；隋与初唐时，建筑的补间铺作沿袭旧制，多采用人字形栱，但发展到盛唐，则出现了驼峰，并且相当完善地使用了下昂技术。技术的进步，必然带来斗栱的理性化和规范化，比如佛光寺、南禅寺大殿之所有建筑构件的尺寸，都以栱的高度为基准形成了系列的比例关系，成为宋代由《营造法式》加以总结的"材·分"模数制度的一种历史先导。

宋代是中国建筑之斗栱技术的真正成熟期。其表现为：其一，以"斗口"为基本模数，确定斗栱与整座建筑木构架之间的比例关系。《营造法式》规定材分八等，各有定规："各以材高分为十五分，以十分为其厚。"斗栱各件比例，均以"材·分"为度量依据，使斗栱各部尺寸以及出跳长度，不能随意更改，这是追求理性的宋代理学精神及其伦理观念在建筑技术上的体现，并影响到元、明、清三代。其二，与唐代相比，宋代斗栱尺度趋于小型化。如独乐寺观音阁、山西应县木塔与奉国寺大殿等，可能由于地处偏僻仍染唐风之故，其斗栱和柱高之比，依然在一比二之际。但是，如宋初榆次永寿寺雨华宫、晋祠大殿等，其斗栱尺度已见缩小。到北宋末年，如初祖庵，斗栱与柱高之比为二比七，这种变化是很剧烈的。发展到南宋，则斗栱尺寸更见缩减。这不是斗栱技术的退化与萎缩，而是审美口味、伦理观念的改变。如果说唐代巨大斗栱形象正契合唐人雄放文化心态的话，那么到了宋代，这种巨大斗栱已令人深感灼眼，是追崇透逸、软糯口味的宋人所"消受"不起的，人们宁肯弃重拙、雄健而就秀丽、婉约，由阳刚之美向阴柔之美转换。

最后，时代发展到明清，中国人对斗栱巨大形象的热情已经彻底消退。随着屋顶的逐渐高耸，出檐变小，立柱趋于细长，斗栱尺度变得更小了。此时，一般斗栱的高度，只有柱高的五分之一、六分之一、七分之一，甚至十分之一。同时，建筑补间铺作日见增多，明初所建北京社稷坛享殿增至六朵，后来建造的长陵祾恩殿为八朵，此后凡明清宫殿的当心间所用补间铺作，均以八朵为"清规"。《工部工程做法则例》进一步将斗栱技术制度化了，以"斗口"为基本模数，走上了严格规矩的历史之路按：本文以上有关中国建筑技术结构如屋顶、屋架与斗栱等，是在参考刘致平《中国建筑类型及结构》（建筑工程出版社，1957年版）、祁英涛《怎样鉴定古建筑》（文物出版社，1981年版）与罗哲文主编《中国古代建筑》（上海古籍出版社，1990年版）等书基础上，从其"文化"角度，加以引用、撰写而成，特此表示谢意。

中国建筑的技术文化丰富而灿烂，想要在这里说尽它，是绝对不可能也不必要的，如墙壁、屋顶、门窗、台基、铺地与砖瓦技术等等，都曾经历了有声有色、轰轰烈烈的历史发展道路，限于本文篇幅，不在此一一赘述。这里，仅就中国建筑瓦技中的瓦当再稍作论述，也能收"窥一斑而见全豹"之效。

瓦当，中国建筑文化中以土为构的一种技术兼艺术、实用兼审美、理性兼情感的瓦饰构件。作为瓦族之中的"骄子"，是瓦技、瓦艺园地中的一朵奇葩。瓦技、瓦艺是泥土与用火的产物，瓦当是古代制陶术的一种。

据清代马骕《绎史》卷四引已散佚《周书》云，"神农之时，天雨粟。神农遂耕而种之，作陶冶斧斤"。宋代类书《太平御览》卷八三三引《周书》又说，"神农耕而作陶"。清代朱琰《陶说》卷二引《周书》也说，"神农作瓦器。"这样的传说，还有不少，如《古史考》："夏世，昆吾氏作屋瓦。"《博物志》："桀作瓦"。制瓦技术的发明，其实是一个历史之谜，其始于实用之需的技术理性，被淹没在诗意朦胧的传说之中。

而明代宋应星的《天工开物·瓦部》有关于瓦之制作与种类颇为具体的记载：

凡埏泥造瓦，掘地二尺余，择取无沙粘土而为之。百里之内必产，合用土色，供人居室之用。凡民居瓦形，皆四合分片。先以圆桶为模骨，外画四条界，调践熟泥，垒成高长方条。然后用铁线弦弓线，上空三分，以尺限定，向泥不平……一片，似揭纸而起，周包圆桶之上。待其稍干，脱模而出，自然裂为四片。凡瓦大小，若无定式。大者纵横八九寸，小者缩十之三。室宇合沟中，则必需其最大者，名曰沟瓦，能承受淫雨不溢漏也。凡坯既成，干燥之后，则堆积窑中。燃薪举火，或一昼夜，或二昼夜，视窑中多少为熄火久暂。浇水转泑，与造砖同法。其垂于檐端者，有滴水；下于脊沿者，有云瓦；瓦掩覆脊者，有抱同；镇脊两头者，有鸟兽诸形象，皆人工逐一做成。载于窑内，受水火而成器则一也。若皇家宫殿所用，大异于是。其制为琉璃瓦者，或为板片，或为宛筒。以圆竹与模木为模，逐片成造。其土必取于太平府。造成，先装入琉璃窑内，每柴五千斤烧瓦百片。取出成色，以无名、异棕桐毛等煎汁涂染成绿黛；赭石、松香、蒲草等涂染成黄。再入别窑，减杀薪火，逼成琉璃宝色。外省亲王殿与仙佛宫观，间亦为之。但色料各有，配合采取，不必尽同。民居则有禁也。①

中国历来瓦的品种繁多。以用材而言，自以泥瓦为最。有木瓦，以木为材。《绀珠集》："虢国夫人夺韦嗣立宅，以广其居室，皆覆以木瓦。后复归韦氏，因大风折木坠堂上，不损。视之皆坚木也。"有铁瓦，《明一统志》："庐山天池寺，洪武间敕建。殿皆铁瓦。"有铜瓦，《天中记》："西域泥婆罗宫中，有七重楼，覆铜瓦。"有竹瓦，《南征八郡志》："岭南峰州冀泠县，有大竹数围，任屋梁柱，覆用之，则当瓦。"有布瓦，《汉武故事》："武帝起神明殿，砌以文石，用布为瓦而淳漆其外，四门并如之。"自然还有琉璃瓦，又称缥瓦。《鸡跖集》："琉璃瓦一名缥瓦。"它是中国建筑瓦作中一个大名鼎鼎的成员，常覆于皇家宫宇之顶，由陶质筒瓦、板瓦、青瓦与檐头装饰物表层烧上一层薄而细密的彩色釉而成。

瓦当，是瓦作的后继技术与艺术，俗谓瓦头，亦即前引《天工开物》所言

① 宋应星：《天工开物》卷中卷七，明崇祯十一年刻本，第1—2页。

"垂于檐端者"的"滴水"。①又引清代日本刊印的《秦汉瓦当图》说："凡瓦蒙屋脊,曰甍,屋脊栋也。镇栋两端,曰兽瓦,又名鸱吻。弯中而仰覆其屋,曰板瓦。覆板瓦而下,曰筒瓦。又写作。之垂檐际而一端圆形有文者,曰瓦当。当者,当檐头也。"②瓦当一名,因清乾隆年间由于秦汉宫瓦出土引起学者注意与研究而给定的。原因在这些秦汉宫瓦瓦头的铭文中多有一个"当"字,如"兰池宫当""马氏殿当""宗正宫当"与"万岁冢当"等。瓦当的基本造型为圆形或半圆形,在种类上,有文字瓦当、图案瓦当等数种。

考中国瓦当之历史,源于距今3 000余年的西周初年。近年考古发现,在陕西扶风召陈村发掘西周初大型宫室遗址,此为西周周原地域,有瓦筑遗存出土,带有瓦钉、瓦环,有穿孔者,全为泥条盘筑,背面饰以绳纹,显为瓦当之胚构。中国建筑之最原始的屋顶"茅茨不翦",以茅草覆盖是其常式。但茅顶易被腐损,故作为改进的第一步,便是在茅顶表面涂泥。第二步则借助制陶术的发展,以瓦器代替茅茨。为了滴水需要,不使雨水渗漏,于是便有瓦头即瓦当的发明与运用。西周瓦当正值初起,采用泥条盘筑工艺,显得相当古朴原始。从扶风召陈西周宫室遗址所出土的两件半圆瓦当实物看,其纹样由弧形曲线构成,从纹样看,似卷云、似山,又似流水之漩涡,表达了周人对大自然的某种神秘感觉与情感冲动。

春秋战国期间的瓦当的题材扩展了,其纹样、图案从过去多见的朴素、神秘的绳纹转为动植物造型,有鱼、鸟、龟与鹿之类,植物图案以树为多见。比如有一片出土的战国树纹半圆瓦当,平面中部画刻一树,以两边略为对称的斜上树枝(左右各六条)表现出树的旺盛的生命力,尤其在树干顶部,刻画一个大圆,状硕果之形,表达了对生命繁衍的虔诚崇拜与美好祝愿。不少战国瓦当的图案同时以树、鹿为题材。有一片战国树纹、鹿纹半圆瓦当,直径为14.5厘米,中部有一长势蓬勃的生命之树形象,树下左右各有一鹿在追逐嬉戏,鹿象之上还以勾线(S形)画刻以云纹,表现出一种明丽、欢乐的生活情调。

秦代瓦当现多出土于陕西咸阳、西安与临潼等地。其瓦当纹饰丰富,表现

① 张星逸:《瓦当叙录》,引自钱君匋等编:《瓦当汇编》,上海人民美术出版社,1988,第8页。
② 钱君匋,张星逸等编:《瓦当汇编》,上海人民美术出版社,1988,第2页。

动物的灵动之态，也有诡谲的云纹与幻想中的动物如龙、凤与夔等，均有神异之相。秦汉瓦当的尺度尤为巨大，有一片俗称"瓦当王"的，其直径为61厘米，是一般瓦当尺寸的三四倍，这是秦始皇陵寝的遗物，可以由此想见当时"天下第一帝"的陵寝形象何等恢宏。同时，秦代瓦当的造型十分粗犷，龙身遒劲雄奇、夔凤粗拙有力。即使花卉与飞云之图案，线条也是厚实浓重，动势强烈，其无所畏惧的生命元气淋漓充沛。另外，有些瓦当的文字之饰，表现了趋吉避凶、祈福呈祥的文化心理。一是企求长生，如"羽阳千秋""羽阳千岁"瓦当；二是企求太平，如十二字瓦当，上画刻"维天降灵，延元万年，天下康宁"的吉语。

时至汉代，迎来了中国建筑瓦当技术与艺术发展的巅峰期。从形制上看，虽然出土物中像秦代"瓦当王"那样的大尺度作品未曾见出，但大量动植物图案与文字纹样的瓦当之直径，一般均在20厘米上下，瓦当的题材进一步扩大。随着汉代阴阳五行说的流渐，所谓"四灵"（东青龙、西白虎、南朱雀、北玄武）的神秘之题材，多见于汉代瓦当的纹饰之中。随着汉代黄帝的威权深入人心，汉代以龙纹为饰的瓦当也不少见。出土物中还有不少豹纹、双瑞兽纹、凤纹、鹤纹、马纹、玉兔青蛙纹以及龟纹等大瓦当。据杨力民《中国古代瓦当艺术》（上海人民美术出版社，1986年版）一书记载，汉代瓦当的云纹有"网边云纹"与"绳纹边云纹"两种。前者在圆形瓦面外围画刻一周网眼形花纹，其圆心处有瓦钉，其四周分为四区，画刻涡卷形云纹；后者的构图模式与前者略同，仅将网边改作绳纹边而已。另有所谓"几何边云纹"，都在表现大自然的飞云形象，这可能与汉代神学观念中对大自然的云象尤为关切有关。汉代巫术流行，其中"望气"这一方术，依据云气的色彩、形状与流动之方向等来占验人事吉凶。《吕氏春秋》云："至乱之化，君臣相贼，长少相杀，父子相忍，弟兄相诬，知交相倒，夫妻相冒，日以相危，失人之纪，心若禽兽，长邪苟利。"这种"至乱"的时世，在云象上被认为是有先兆的，"其云状有若犬""其状若人苍衣赤首不动""有其状若悬釜而赤""有其状若众植华以长，黄上白下，其名蚩尤之旗"等等，都是不吉利的云兆，故汉代瓦当时以云纹为饰，是不奇怪的，它是以一定建筑技术为基础的文化艺术观念的反映。

瓦当技术与艺术在汉代达到高潮之后，到了隋唐已成强弩之末，虽然隋唐之世的文字瓦当、植物图案瓦当（如莲华纹瓦当等）以及佛像瓦当等曾经流行，皆竟已是"黄昏"之作，不能与秦汉盛世相比，这种关于泥土的技术与艺术的渐趋没落，是一个值得研究的建筑文化学课题。瓦当造型浑朴，色彩灰暗，一点儿也不华秀晶莹，然而其朴素的技术与艺术，却具有一种沉凝的历史感，另有一股厚重的文化气息。

最后，在行将结束本文之前，有一个问题应该提出来稍加讨论，即中国建筑之群体组合的文化成因与土木技术的关系问题。

中国建筑在文化观念上象征自然宇宙，具有体象乎天地、磅礴于日月的伟大胸怀，一贯追求其"大"无比的境界。然而中国建筑的这种"大"，主要不是表现在它的建筑单体，而是表现在群体组合上。西方古典或近现代建筑，无论古希腊、罗马的大型神庙，中世纪大教堂还是近现代的摩天高楼，都以其单体的巨大体量与空间而取胜，它们往往将诸多功能都组织在同一个巨大的单体之中。中国建筑的巨大，比如北京明清紫禁城宫殿的巨大体量，主要是通过群体组合的构筑来实现的。所谓太和、中和、保和三大殿的总体功能都围绕着帝王理政这一中心，从功能出发，若将三大殿合并为一个体量巨大的建筑单体，也是未尝不可的，但是，中国人却不去进行这样的建筑构想与构筑，而热衷于自古以来一以贯之的群体组合。

考群体组合的文化成因，最流行的，是所谓"血亲家庭伦理"说。王国维曾经指出，上古"宫室之始"时，"唯有室而已，而堂与房无有也"。"后世弥文而扩其外，而为堂；扩其旁，而为房；或更扩堂之左右而为箱（厢）、为夹、为个"。原因是："我国家族之制，古矣。一家之中，有父子、有兄弟。而父子、兄弟又各有其匹偶焉。即就一男子言，而其贵者，有一妻焉，有若干妾焉。一家之人，断非一室所能容，而堂与房又非可居之地也。"[①]这种从血亲家庭及其居住伦理功能方面来阐述群体组合的文化成因的见解，自可备一说。然则笔者以为，大凡建筑的决定性文化因素，除其功能之类，又是建筑材料及由材料性能所决定的结构（技术）方式。

中国建筑之所以走上了群体组合的历史之路，是由于土木这种由农业文明

---

① 王国维：《明堂庙寝通考》，《观堂集林》卷三，海宁王氏本，1927，第130页。

所规定的特殊建筑材料对建筑技术与结构的制约，是土木材料性能的长处与短处的生动表现。

土木之材相对比较轻盈，可塑性强，但其长度与强度不如石材。由泥土烧制而成的砖、瓦之类，其长度与强度是有限的。土木这种材料的性能，决定了它更有利于建造尺度相对小一些的建筑单体。这并不等于说，以土木为材的中国古代建筑没有高大者，先秦的"台"就造得很是高大。从中国现存的一些绘画作品中见出，中国古代也曾经建造过体量巨额的近乎集中式的单座高层楼阁和以土、木为材的高巨的木塔与砖塔等，其中许多迄今还矗立在广阔的神州大地上。问题是，以土木之特殊性能，要建造尽可能高伟的建筑单体，在技术、结构上是有相当难度的。因此，倒不如根据不同功能，建造多种多样、丰姿绰约的形体相对小一些的建筑单体，且按一定文化观念加以有序组合来得灵活、自由。

土木材料比较怕水、怕火，其保存期远不如石材，因此，将具有不同功能的房屋分而建造，再进行群体组合，自然是较为经济合理的。原因在于，如综合各种功能建造一所体量巨大的"大房子"，一旦遇到水灾、火灾，所毁坏的，很可能是整座"大房子"，而群体组合中的建筑单体一旦遭遇水火，由于单体与单体之间是具有室外空间的，水漫或烧毁的，可能是群体组合中的部分房舍而不是全部。

由于以土木为材，使中国建筑的群体组合文化发展得淋漓尽致。其平面的组织与安排，除了重视单体，更重要的，是重在解决单体与单体之间的空间关系。由此，中国建筑的群体总平面中，就营构了许多情趣丰富的"朦胧空间"和"灰空间"（日本著名建筑师黑川纪章语），构成了丰富的整一、整一的丰富。据有关文献记载，唐代曾有一座天下最大的庙宇章敬寺，有48院，殿宇、房舍总数达到4 130余间，假如将这4 000余间集中建成一所"大房子"在材料、技术与结构上，是不可能的。即使建成，必然是比较规整的，不会像群体组合这样多姿多态。设想将北京明清紫禁城（即现为北京故宫）的皇宫建成一座"政府大厦"，其单体体量自然是够巨大的，但已经不是中国式的丰富多彩了。"在传统的概念上，中国建筑很早就产生了不同形式、不同功能的、有一定固定形式的单座建筑类型"。但"楼、台、殿、阁、门、廊正如棋子中的帅、车、马、炮、象、士、卒一样，各有各的任务和地位，巧妙之处就在于如何去布局，如何使棋子这间构成一种严密的关系。中国式的单座建筑虽然每座独立，但绝不是独处的，整体的观念从来就十分坚强，座与座之间多半用庑廊相连。主、从，虚、实，井然有序，它所表现出的高度的技术和艺术处理手法，在性质上已经和'原始型'的平面分布方式相去甚远，平面布局法则往往含义甚多，已经不是简单的'数'的累积了"[①]。

由于以土、木为材，使中国建筑的群体组合，往往体现出以庭院为文化、技术意匠之中轴对称的平面布局。土木建筑由于材料性能的优越与局限，一开始就以离散型的平面形态即以若干单体构成彼此"联络"、又保持一定空间距离的群体组合面貌出现，那种集中式的建筑聚合形态如盛于先秦的高台建筑等，时至汉代就遭到了淘汰。唐代的有些建筑比如大明宫麟德殿与在宋画中反映出来的黄鹤楼与滕王阁等，都曾以较大的聚合体量出现，不过，这种聚合形制到宋代之后就基本上退出历史舞台。尤其在宫殿、住宅中，不管怎样巨大或娇小的建筑单体，都往往被巧妙地构思与构筑在一个统一的群体之中。而这个群体，又往往是一个具有中轴对称态势的庭院与庭院的群体组合。游览过北京故宫的人都知道，这座宫殿巨大的群体组合，是由自南至北一进又一进尺度扩大了的庭院所构成的，为渲染王权的神圣、庄严与崇高，其正殿（如太和、中和、保和三殿）总是安排在整座故宫的中轴线上，两边配殿对称而庭院方整。这种庭院式群体组合，首先是由土、木材料的性能所决定的，这宫殿的政治、伦理意义十分强烈，在这强烈的文化意义的深层，重要的是由材料所决定的技术因素与结构"语汇"。

本文发表于《中国美学思问录》，沈阳出版社，2003

---

① 李允鉌：《华夏意匠》，香港广角镜社，1982，第133页。

中西建筑文化的美学比较

这里，我们想就中国建筑与西方建筑的个体造型，进行一次简略的比较。由于中、西建筑文化本身的丰富性、民族性与历史性很复杂，其中充满了"意外"与特殊，由于所掌握的资料似嫌不足，这种比较是初步的、大致的，在某种意义上，也是相当困难的。先说明一下，所谓"中西比较"的"西"，实际是以古希腊为传统的欧洲建筑。在欧洲建筑中，有古希腊、古罗马以及此后的意大利、法兰西、西班牙、德意志、英格兰与俄罗斯等建筑的区别。并且，不同历史时期欧洲各民族的建筑文化，在文脉发展中也往往各具时代特点，情况是丰富多彩、非常复杂的。

虽然如此，就宏观而言，毕竟整个欧洲建筑，具有共通的文化特征与文化本涵，其建筑个体，也体现了这一特征与本涵，它与中国建筑的文化反差是强烈的。

那么，中西建筑的文化反差主要是哪些呢？就建筑个体来说，可能表现在如下几方面。

一、以土木为材与以石为材

材料是建筑及其文化的基本素质。大凡各民族、各时代建筑的种种文化反差，是从不同材料起步的。

概括地说起来，中国建筑自古主要以土木为材，西方建筑主要以石为材。

中国建筑以土木为材这一点，在笔者所撰《缪斯书系·华夏宫室》（共四册）等与另几种书中，已多次阐述与强调，这里从略。

我们来简略地谈谈西方的"以石为材"。西方把建筑称为"石头的史书"，这形象而贴切地道出了西方建筑基本的材料素质问题。

这种"以石为材"的建筑文化传统，有一个历史发展过程。在人类建筑的原始草创时期，建筑以什么为材料，遵循着一个"因地制宜"的经济与文化原则，即什么地域有什么材料可供利用，便一般地决定着建筑以什么为材。当然，这里还有一个社会生产力的问题，尤其社会生产力的主角即人已能掌握什么生产工具来开采、加工某一材料，也是具有决定意义的。

比方说在古埃及时代，尼罗河两岸一向缺少质地优良的建筑木材，因而古埃及人的原始房屋，开始时，一般是由棕榈木、芦苇、纸草和粘土建造起来的。虽然那里有自然的花岗石材可供利用，但是因为当时的古埃及人还没有历史地、自觉地"凝视"过这种建筑材料，并且社会生产力还没有进步到能提供有效的生产工具，足以把沉重、坚硬的花岗石开采出来。直到公元前3000年的埃及古王国时代，出于文化的"觉悟"与社会生产力的提高，采石才成为现实。于是这种石材进入人们的文化视野。这种石材具有坚硬的质地、无比的沉重感、不易被自然力与人力损蚀的特点以及人对石材的神秘感，使得它在技术上、文化上成为建造大型、坚固、神圣、静穆的金字塔所必需的、理想的材料。

在欧洲原古时期，情况也大致类似。公元前8世纪初，在巴尔干半岛、小亚细亚西岸和爱琴海诸岛上出现过诸多小型的奴隶制国家，由于古代移民，又在意大利、西西里和黑海沿岸建立国家，在历史、文化上被历史学家称为古希腊。

古希腊的早期建筑，也曾经是以土木为材的。这种历史选择，也遵循"因地制宜"的原则，这是这里自古并不缺乏泥土与木材的缘故。早期希腊庙宇（神庙）与其他建筑尤其是原始居民，是以土木为材的。古希腊人也曾经热衷于或者说不得不去建造木构架（当然，这种木构架在结构上不同于中国的木构架）建筑，远古希腊的制陶业发展很早，公元前7世纪，已经发明了制陶术，并在建筑物上使用了陶瓦之类。并且烧制陶片，在建筑的柱廊的额枋以上的檐部用陶片贴面，目的是为了保护木构架免遭火灾与水腐。

但是，不久就弃木构而为石构建筑，其文化成因，不是因为希腊本土一下

子找不到土木材料，或是突然发现了大批石材的缘故，也就是说，建筑材料的自然条件、背景对于建筑的影响，

　　并没有发生根本变化。促使古希腊人弃木而就石的原因有二：一是生产工具的发展，使采石成为可能；二是其根本的文化之因，是宗教观念的发展，促进古希腊一下子历史地领悟到石材所隐喻的宗教神秘感与神圣、伟大的美感。早在新石器时代后期，在非洲、亚洲的印度以及欧洲，曾经由于原始宗教与巫术文化观念的刺激、出现过一种"巨石建筑"，造型多样，大致可分为六类。（1）三石：树立二石于地，以一石复其顶部；（2）桌石：以三石为桌腿，其上复以一巨石；（3）石坟，基本样式由"三石"而演变为种种复杂型式，为公共墓地建筑；（4）立石，单独树一巨石在原野上，类似后代的图腾柱；（5）列石：诸多巨石排列成行，长度可绵延1 000多米；（6）环石：排列许多列石成为圆形或椭圆形平面构图。

　　这种原始"巨石建筑"，不同程度地曾经出现在欧洲的丹麦、挪威、瑞典、法国、德国北部、荷兰、葡萄牙、西班牙与英国。在上古欧洲，这种"巨石建筑"不是普遍的建筑现象，但有两点是值得注意的，即一是以石为材；二是其建造观念的预设，是相信巨石的神性。"巨石建筑"，其实是上古欧洲巨石崇拜的一种大地文化方式。通过巨石的建造，尤其其中的比如列石、环石的建造，体现了一种原始巫术观念，即企求在天地间划出一个令人感到"安全"的空间区域。

　　可见，在欧洲原始文化中，有一种根深蒂固的原始宗教、原始巫术意义上的"恋石情结"。由于当时生产力十分低下，采石十分艰难，但是狂热的原始宗教情感与意志，促使原始先民作出超常的努力来建造"巨石建筑"，体现出欧洲古人在原始宗教意识培育中的对石的嗜好与追求，成为一种原始的、少见的却是执着的石材建筑的历史"预演"。由此不难理解，欧洲石材建筑的传统渊远而流长。

　　石材建筑自古希腊到西方现代主义建筑崛起的20世纪初期，在这整整的2 000多年之间，成为欧洲建筑的文化主流。古希腊的大量神庙，是石造的；古罗马的大量神庙以及斗兽场、广场与浴场等世俗类建筑，是石造的（当然，古罗马时已发明了原始意义上的"混凝土"，其主要成分是火山灰、石灰与碎石

的混合，称为"三合土"，大约于公元前2世纪，成为独立的建造材料）；中世纪的欧洲宗教类建筑（主要是教堂），是石造的；一直到文艺复兴时期建筑、17世纪古典主义建筑、18世纪的宫殿、宗教与官方建筑，其主要形式，都是石材、石结构的，仅仅各个历史时期其结构与用材的规矩不同罢了。

在漫长的历史长河中，以石为材，是欧洲古典建筑之汹涌的洪流。这当然不是说，欧洲自古就没有以其他材料营造的建筑了。情况并不如此单一与刻板，实际上，在欧洲石材建筑唱主角的漫长历史岁月里，一直没有中断以木为材的建筑，比方说北欧、东欧地区的那些居民，其中有一些是温馨的、具有童话般意蕴的"小木屋"。当然，这"小木屋"之类的文化，在欧洲古典时期，确实并非建筑文化的主流。

在审美上，以土木为材的中国建筑质地熟软而自然，可塑性强，在质感上显得偏于朴素、自然而优美；以石为材的欧洲古典建筑质地坚硬、沉重而可塑性弱，在质感上比较刚烈而显得阳刚气十足。木材是植物，泥土也与植物攸关，植物是有生命的。因此仅从材料角度看，以土木为材的中国建筑，可能比欧洲的石材建筑具有可人的生命的情调。而欧洲石材建筑，由于石材在材料本质上而不是在文化隐喻上的无机性，所以石材与人的关系，比较木材与人的关系，要来得紧张一些。也就是说，石材本身的质地与自然形状，决定了它具有一种对人的自然推拒力而不是木材那般的对人的亲近感，石材文化意义上的神性与崇高感，就是因这石材的自然属性而衍生出来的。因此在审美上，如果说中国的木构建筑一般富于阴柔之美的话，那么，欧洲的石构建筑，则一般富于阳刚之美，它的力量感、力度、刚度感并由此而衍生的崇高感甚至是威慑感，有一部分或者说在一定意义上，是由石构建筑的石材本身的造型与质地所决定的。

二、结构美与雕塑美

在某种意义上，材料的性能决定了建筑的结构方法与逻辑。由于中西建筑材料的文化反差强烈，造成了中西建筑结构上的区别。

概括地说起来，中国建筑个体的基本结构始于原始巢居与原始穴居。著名建筑学家杨鸿勋《中国早期建筑的发展》一文，曾揭示了"巢居发展序列"与"穴居发展序列"，并且精彩地指出，"沼泽地带源于巢居的建筑发展，是穿斗结构的主要渊源"，而"黄土地带源于穴居的建筑发展，是土木混合结构的主要渊源"①。这一学术见解，把中国建筑的穿斗结构与土木混合结构的"来龙"与"去脉"揭示出来了。

中国建筑的个体的结构"语汇"与"文法"有多种。比较常见的，是木构架之一的叠梁式。其结构特点，是立柱之上架梁，横梁上再构筑短柱，短柱之上，再架以横梁，一直到最上层的中央构以脊瓜柱，用以承构脊檩，构成一个层叠式的木构架。其逻辑清晰，结构严密，用材较费，却由于横梁跨度较大，使得室内空间比较空敞。而横梁跨度较大，势必在跨度与荷载之间形成矛盾。因此，一些开间较大的重要建筑木构架上，承载重力而出挑的斗栱是不能不用的。另一种木构架方式是穿斗式。这种结构方式，以山面的密柱（柱径较细）落地以及落地柱与短柱直接承檩为基本特点，立柱之间用穿枋相构而不是架以横梁，并由出挑的枋木来承接出檐。还有一种基本结构，是土木混合结构。它是土与木的结合与"对话"。在原始穴居时代，这种建筑基本以土为材。一旦结束穴居时代，从穴居走向半穴居再发展到地面营构时，变成以木构为主要承重构件，所谓"木骨泥墙"与"木橼泥顶"之类，已经在土木混合结构中，加大了木材因素。而所谓土木混合结构，实际在承重上还是以木构为主的。

无论中国建筑的叠梁式、穿斗式还是土木混合式，作为建筑个体，都是由屋顶、屋身与屋基（台基）三部分有机地构成的。这便是北宋名匠喻浩《木经》所说的"凡屋有三分，自梁以上为上分，地以上为中分，阶为下分"。"梁以上"是屋顶；"地以上""梁以下"，是屋身；而屋身以下，包括阶、台基等，是屋基。

中国建筑的这种"三分"制，在逻辑上是很清晰的。其中屋顶，汉族建筑的人字形两坡顶，是中国建筑空间造型之最显著的结构美特征。尤其是由屋顶木架结构所决定的"反宇飞檐"的空间造型，被日本学人伊东忠太在《中国建筑史》一书中誉为世界建筑中属于中国的"盖世无比的奇异现象"。梁思成《清式营造则例》"绪论"谈到中国建筑屋顶之美时说（注：该文由林徽因撰写于1934年）：

---

① 杨鸿勋：《中国早期建筑的发展》，引自山西省古建保护研究所：《中国古建筑学术讲座文集》，中国展望出版社，1986，第10页。

历来被视为极特异、极神秘之中国屋顶曲线，其实只是结构上直率自然的结果，并没有什么超出力学原则以外和矫揉造作之处，同时在实用及美观上皆异常的成功。这种屋顶全部的曲线及轮廓，上部巍然高耸，檐部如翼轻展，使本来极无趣、极笨拙的实际部分，成为整个建筑物美丽的冠冕，是别系建筑所没有的特征。[①]

中国建筑的屋顶非常多样，是中国建筑空间造型之最精彩的风景。大凡汉代建筑的屋顶，都是有坡度的。当然，有的坡度平缓些，有的坡度陡峻些。唐代建筑的屋顶坡度很是平缓，其檐部出挑深远，无论在日照或月辉之下，都在地面投下一大片美丽的阴影，让人深感其美。清代建筑的屋顶坡度峻急，有耸持之态，给人以严肃的感觉。而反宇飞檐的曲线之美，美在本是沉重的、由土木所营构的屋顶重载，在观感中却似乎一下子失去了沉重感，它的轻盈的美感，渗融着欢愉的情调。还有的中国建筑屋顶的檐口，呈为一条微微反翘的弧线（注：这一点在历史上深受中国建筑文化影响的韩国古典建筑的屋顶檐口造型中，也能见到），让人见了，实在可以说是柔情万种，美不胜收。

中国建筑的美，可以表现在各方面，但首先是结构的美。关于这一点，请你欣赏一下比如山西五台山佛光寺大殿的木构之美吧，试问，你的感受究竟如何呢？屋顶、屋身与屋基的美是统一的、多样的，逻辑联系是通顺的、严密的。正因如此，一旦一座中国土木结构的建筑损坏了一柱一墙，或是倾塌了一个屋角，也会使人觉得残损不全。同时，中国建筑对建筑个体固然是重视的，而更注重的，是由个体所构成的群体组合。

这种群体组合所最讲究的，是一种展现在大地之上的逻辑与结构。主题建筑，副题建筑，中轴对称，一重或数重进深，或是大型群体组合与主轴相平行的副轴序列的组织、安排，那么多建筑个体被组织在一个群体中，显得主从分明，轴线森列，在多重进深的序列中，安排一个又一个庭院（院落），其建筑结构的"蒙太奇"的空间组接，无不"理性"得很。好比一篇好文章，写得层

---

① 林徽因：《清式营造则例·绪论》，引自梁思成：《清式营造则例》，中国建筑工业出版社，1981，第13页。

次清晰、主题突出、层层递进而结构完整，"说"得头头是道。关于这一点，如果你去游览北京故宫，就可以体会到了。中国建筑，反映了结构的条理性，可以说毫不含糊。在中国建筑中，那种迷宫式的建筑群体组合，是十分罕见的，它体现了一种根深蒂固的人间秩序与清醒的世俗理性精神。

这种建筑结构，是社会结构的大地文化方式。

中国社会，自古以血亲关系为基本结构"细胞"，王国维《明堂庙寝通考》说得好：

> 我国家族之制古矣。一家之中，有父子，有兄弟，而父子兄弟又各有匹偶焉。即就一男子而言，而其贵者有一妻焉，有若干妾焉。一家之人，断非一室所能容，而堂与房又非可居之地也……其既为宫室也，必使一家之人，所居之室相距至近，而后情足以相亲焉，功足以相助焉。然欲诸室相接，非四阿之屋不可。四阿者，四栋也。为四栋之屋，使其堂各各向东西南北，于外则四堂，后之四室，亦自向东西南北而凑于中庭矣。此置室最近之法，最利于用，亦足以为美观。明堂、辟雍、宗庙、大小寝之制，皆不外由此而扩大之、缘饰之者也。①

这是说，中国自古的"家族之制"对中国建筑群体组合有深刻影响。而建筑的群体组合，又反过来体现"家族之制"的礼。家族结构与建筑结构，在文化意义层次上是同一的。这种礼的结构、结构的礼，不仅体现于一家一户，体现于"明堂、辟雍、宗庙、大小寝之制"，而且也体现于历代帝王宫殿如北京明清紫禁城中。

比较而言，西方建筑尤其欧洲建筑，并不在执著于结构之美，而且追崇一种雕塑般的建筑美。

欧洲的石构建筑自然是有结构的，因为大凡建筑，都是具有一定的结构的，无结构的建筑是不存在的。就连现代的所谓"解构主义建筑"虽然在观念上标榜"解构"，好像是反对"结构"的，但实际上解构主义建筑也是自有它的结

---

① 王国维：《明堂庙寝通考》，《观堂集林》卷三，海宁王氏本，1927，第130页。

构的。不过这种结构、逻辑，故意被弄得不"通顺"，带有非理性因素罢了。

比如大名鼎鼎的古希腊帕提农神庙，在立面、平面与剖面，在地坪、立柱、山花，在内外部空间之间，都具有一定的、合宜的数的比例，这种"数的结构"是非常美的。

从古希腊到古罗马的文化传统里，雕塑艺术是一股重要的文化力量。一方面是在建筑环境里，欧洲的人体雕塑艺术历来顽强地成为建筑文化的美的装饰；另一方面，雕塑艺术的美的观念与方法，对建筑的结构与建造，具有巨大而潜移默化的影响。尤其欧洲建筑经过巴洛克文化（主要盛行于文艺复兴后的意大利）与洛可可文化（主要盛行于17世纪古典主义建筑兴起后的法国）的伟大洗礼，以营造的手段使建筑具有雕塑般的美。

举例来说，欧洲建筑尤其是神庙以及其他重要建筑物的立面上，往往设以柱廊（关于欧洲柱式文化，见下文），或为陶立克式、或为爱奥尼式等。这种柱式的出现，主要功能不是为了承重，因此，它在建筑结构上的意义是极有限的。相反，欧洲建筑柱廊与柱式的设立，是为了抽象地表现人体美，这种抽象的"石质人体"，是一种关于人体的抽象雕塑的美。

又如，欧洲建筑一般都很注重建筑立面的"塑造"而不是"结构"。尽管这种"塑造"也是有"结构"的，然而欧洲建筑的"结构"，是通过"塑造"来实现美的创造的，或者说，是"结构"在内、"塑造"在外。因此，从外表看，欧洲石构建筑的雕塑感尤为强烈。建筑师们带着强烈的追崇雕塑美的创作冲动与意绪，来处理建筑的结构问题。也就是说，他们更多地以雕塑艺术的眼光来凝视与解决结构问题。他们仔细推敲建筑物质的外立面形象的雕塑感，建筑的空间造型、轮廓、体量、尺度以及立面上的各种比例、虚实、明暗、凹凸与起伏，是注目的中心。以营造手段，千方百计表现建筑尤其是建筑个体的体积感、重量与力度感。如果读者有机会到巴黎去"读"雄狮凯旋门，那种雕塑感，是震撼人心的。雕塑感是欧洲古典建筑的巨大的美感，是一种顽强的美感。关于这一点，让我们去欣赏一下即使是勒·柯布西埃的现代主义建筑结构朗香教堂，也一定是印象深刻的。我们看到，即使是朗香教堂这样的非"古典"作品，其雕塑感也非常强烈，可以看做欧洲古典时期建筑的"雕塑"传统与文脉在新世纪的延承与发展。正因如此，当西方现代主义建筑一方面在沿承建筑的

"雕塑"传统，另一方面在企图改变这一文化传统之初，在人们的文化心灵上曾经激起过轩然大波而一时不可接受。这方面最典型的例子，是法国巴黎蓬皮杜文化中心建成之初，人们怎么也不能习惯这座现代主义建筑把"结构"暴露在外（俗话称"翻肠挂肚"）的"美"（因为它缺乏传统意义上的"雕塑美"），这可以看做是西方人对建筑"结构美"的一种历史性的留恋。

再如在欧洲建筑的石质、石构立面上，也常常有诸多雕塑艺术作品出现，在建筑空间环境中，作为装饰，也到处是雕塑作品的陈设与布置，其原因，与欧洲人心目中往往要求建筑的空间意象具有雕塑之美相关。

在欧洲古代，伟大的建筑师，往往是伟大的雕塑家或是雕塑艺术的推崇者、欣赏者。关于这一点，只要想起文艺复兴时期的文化巨人米开朗基罗，就可以了。这一位伟大的雕塑大师，也是伟大的建筑师。他曾经主持设计过圣彼得大教堂。米开朗基罗进行建筑设计时，总是不肯严格地遵守建筑的结构逻辑与规矩。陈志华《外国建筑史》指出："米开朗基罗倾向于把建筑当雕刻看待。爱用深深的壁龛，凸出很多的线脚和小山花，贴墙作四分之三圆柱或半圆柱。喜好雄伟的巨柱式，多用圆雕作装饰，强调的是体积感。"[①]此言甚是。

由此也便不难理解，为什么比如罗马建筑理论家维特罗威的《建筑十书》，总是谈论建筑的"塑造"问题，而中国建筑的两大"文法课本"（梁思成语。即《营造法式》与《清工部工程做法则例》），要那般不厌其烦、不厌其详地叙说建筑的各种结构与模数问题。

中国建筑的结构美，主要表现为建筑个体各部分之间的和谐与逻辑严密、条理清晰，其木构架由于是以木为构，就发展了一种中国自古所独有的榫卯技术。这种技术，早在约7 000年前的浙江余姚河姆渡干阑式建筑文化中，已有较为成熟的表现。木构架的榫卯技术的普遍运用，使得木构架结构紧密，构件与构件之间的拉力增强。有的建筑的木构架，整个儿以榫卯结构，从上到下不用一颗钉。比如，建于辽代的山西应县木塔，就是这样的一个建筑结构，它是中国现存年代最久、造型最高大的地面木构建筑，可谓鬼斧神工。

中国建筑的结构美，还表现在建筑个体与个体之间所构成的群体组合。在

---

① 陈志华：《外国建筑史》，中国建筑工业出版社，1984，第108页。

这组合中，体现出社会结构、伦理结构的思想观念与价值，这是前文已经谈到过的。不是说在中华大地上，自古以来的建筑自当不都是组合为群体的，孤零零的一座建筑建造在某处的情况，是经常出现的，比方在偏僻的山区、在人烟稀少之地、在居住者的独居要求下，都可能出现这种情况。然而，这并不等于说，中国建筑不热衷于群体结构。有的孤居独屋，出于自然条件、经济条件所限；有的是个别居住者的特别居住要求使然。"非不为也，是不能也"，或者是"非不能也，是不为也"。可以说，中华民族一向是一个群体意识强烈而自觉的民族，这个民族的建筑文化总在追求一种"终极"，即表现从血亲意义上发展起来的、根深蒂固的群体的团聚力与向心力。关于这一点，无论从《周礼·考工记》所规定的"营国"制度，还是在宫殿建筑群、坛庙、陵寝与民居的建筑群上，都鲜明地体现出来。

中国建筑的结构美，还体现在建筑个体、群体与环境之间的文脉联系。这种环境指自然环境与人文环境。在中国人的建筑文化意识里，出于"天人合一"哲学意识的熏陶，是一向把建筑看做自然环境系统的有机构成，也追求建筑与有关人文环境的和谐统一。就建筑与自然环境来说，这是一个天人合一的"大结构"，表现出人通过营造方式所能达到、或渴望达到的人与自然的亲和关系。这就等于说，中国建筑不仅在人文系统中具有内在的血缘以及建立在血缘关系基础上的人文结构，而且当建筑必须面对自然的时候，它并不把建筑自己看做向自然进击、从而征服自然的一种手段与方式，而是努力融渗在自然之中，安静地、亲和地与自然"对话"，拥入自然的怀抱。关于这一点，最典型的是中国的园林建筑，"虽由人作，宛自天开"是建筑与自然进行亲和"对话"的最根本的一条美学原则。

相比之下，欧洲建筑的石结构自有其自己的文化特色。不是说欧洲建筑无结构，而是其结构的"语汇"与本涵不同于中华传统。就建筑个体来说，其空间造型一是努力突出其个性特征，二是努力建造得尽可能的高大。欧洲建筑个体的美，如仅就从古希腊到中世纪来说，它大致经历了三次重大变化。古希腊建筑普遍地使用石材，其形式基本为平顶式，以石柱撑持下向压力，以柱式作为建筑立面的基本特征与特殊符号；古罗马采用天然混凝土（主要成分是火山灰、石灰与碎石），取圆顶式，筑天然混凝土厚墙支持下向压力，当然，这个历史时期的建筑，仍同时普遍使用石材以及石结构；中世纪呢，仍以石结构为建筑的基本旋律。取尖顶式，改变罗马重拙大的风格为高秀，墙上多嵌染色玻璃窗，窗格有时成蔷薇纹，墙薄而屋高，不能撑持上层的旁向压力，于是在墙外竖斜扶柱，犹如中国破旧房屋的撑木，大教堂往往如此。这三种建筑各有主要的线条，希腊用横直线、罗马用弧线（半圆形、即所谓"拱桥"）、高惕式（指中世纪教堂的一种样式、风格）用向上斜交线（即所谓"尖顶"）。

中国建筑有追崇博大的文化传统。这种博大，主要体现为群体组合的连续且向地面四处铺开。就建筑个体而言，也是努力建造得高大，比如中国古代的灵台、佛塔以及宫殿主殿等，都是很高大的。然而，由于受材料（土木）与由材料性能所决定的技术的限制，大凡建筑个体，不可能建造得十分高大。因此中国建筑的"大"，主要是通过群体组合来体现的。比如北京明清紫禁城，就是代表之作。西方建筑则未必如此。欧洲建筑也追崇高大，但主要体现于建筑个体。古罗马城里的一个大角斗场（斗兽场）作为建筑个体，其平面呈椭圆形，规模巨大。其长轴188米、短轴156米，中央角斗区域的长轴86米，短轴54米。这个斗兽场的四周架起一圈观众席，其立面高48.5米，分为四层，可容纳8万人观看斗兽竞技，可谓大矣。古罗马的万神庙，也是一座巨大的建筑，其穹顶直径达到43.3米，顶端高度也是43.3米，以天然混凝土营造的墙厚6.2米，实在也是庞然大物。至于中世纪的哥特式（即前文提到的高惕式）教堂，作为建筑个体，由于技术的进步，就造得更高大了。比如德国科隆主教堂中厅的高度，为48米；建于12世纪的夏特尔主教堂的南塔，高达107米；法国斯特拉斯堡主教堂（建于12世纪末）屹立在莱茵河畔，其高度为142米；至于建造于1337年、毁于16世纪的德国乌尔姆市主教堂的高度，竟达到161米。凡此可以说明，欧洲建筑具有个体"崇高"的美学特征，在文化上，可以看做张扬个性、崇高个体形象的表现。欧洲建筑也不是没有任何群体组合，比如一座城市的建筑都是由一个一个的群体所构成的，然而这种群体的文化本涵，一般不具有"礼"的特性，不重视血亲与家族的维系，这一点，是需要注意的。

三、庭院与广场

李允鉌《华夏意匠》一书称中国建筑是一种"门的艺术"。这话自然不错。

因为中国建筑追求群体组合的空间造型、生活情调与美学效果，由于群体组合，所以在一个群体中的建筑个体之间的人流交往与空间联系，实际是由一道一道的"门"来实现的。到处是门，是中国建筑群体组合的一种特色。

然而从建筑群体看，中国建筑不仅是"门的艺术"，其实也是"庭院的艺术"。因为是群体，这个群体中营构了一个又一个庭院。比方说你去北京故宫参观，转来转去所看到的，其实是庭院的扩大。现在的天安门广场以及太和殿前的广场等，其实是扩大了的中国建筑庭院文化在宫殿建筑群中的体现。至于在民居群体组合中，庭院是与民居同在的。在孔府可以见到诸多庭院，在歙县的民居建筑群里，也到处有庭院。就连几重进深的寺院或道观，也是具有多个庭院的。庭院是中国建筑的标识。

庭院是多种布局与形制。大凡一个小型的建筑群体组合，是以独立的院落为中心来构成的。一个大型的建筑群体，则意味着是由数个院落组合起来的。

中国最常见的庭院，是四合院、三合院、二合院。总的特点，由数座建筑个体与墙、廊等围合而成，一个院落接一个院落，构成"进深"序列。另一种基本的庭院模式，所谓廊院式。侯幼彬《中国建筑美学》说："廊院是以回廊围合成院，沿纵轴线在院子中间偏后位置或北廊设主体殿堂。殿堂或一栋，或前后重置二三栋。最初只在前廊中部设门屋或门楼，后来常在回廊两侧、四角插入侧门、角楼等建筑。廊院式是早期大型庭院的主要布局形式。"[①]这种廊院式，早在河南偃师二里头早商（晚夏）宫殿文化中已见这种布局，这是为建筑考古所证明了的。在汉代，廊院式仍是官邸与民居的一种基本布局方式，直到隋唐的寺院，依然可见廊院制度的建筑个案。唐之后，廊院式逐渐向廊庑式转递，到宋代、元代的时候，是廊庑式大盛之时，然而发展到明清之间，又为合院制即四合院、三合院与二合院所代替。

从历史看，中国建筑的庭院方式、平面布局可以变化，但庭院文化本身，却是文脉所系、一脉相承的。中国人有一种"庭院情结"，所谓无庭院而不成居，此之谓。庭院是中国建筑的一口"气"，是它的文化生命的体现。

相比之下，欧洲建筑由于不重视根源于血亲、家庭观念的群体组合而没有

---

① 侯幼彬：《中国建筑美学》，黑龙江科学技术出版社，1997，第79页。

庭院的崇高地位。中国庭院那种围合、封闭的文化模式，也一般未能契合西方人的文化口味。在西方，庭院的不受青睐，是理所当然的。对西方人来说，所谓"庭院深深深几许"或"侯门深如海"之类的建筑意境，是难于体会的。

欧洲建筑不走"庭院"这一条路，却很早便走进了"广场"。

在西方，广场的出现很早。早在古罗马时代，广场作为一种建筑样式，已是闯进了市民的生活。广场是与城市一起成长、成熟的，它是城市政治、经济与文化交往的区域。古罗马共和时期的罗曼努姆广场以及此后所营造的恺撒广场与奥古斯都广场、图拉真广场，是罗马城最精彩的建筑乐章之一。广场提供了一个人们交往的场所，以其没有屋顶、空敞与开放的态势，成为一座城市虚涵的存在。这里可以是人群集结之处，可以听到政治家滔滔的雄辩或是囿于一党一派陈词滥调的宣泄，这里也可以是城市交通的要道、城市雕塑与其他文化活动的"炫耀"之地，或者城市流浪汉无家可归、徘徊于此的伤感与市民在此悠闲的休憩之处，构成了广场不太和谐的旋律。但不管怎样，广场是欧洲城市建筑与规划的一个标志，它体现了西方人自古所具有的一种袒露、开放的文化心态。它不像中国古代建筑是由围墙所围合的一个一个建筑单元，在这围合的空间里，住着一个个血亲家庭，或者虽然实际上并无什么血亲联系，却在文化观念上把它看做是有血亲联系的。中国城市很早就发展了一种称为"里坊"的制度。里坊是由四周围墙所围合的（当然，里坊围墙设大门以供出入），在这里坊内，是一个院落接一个院落。中国人自古不习惯于城市广场的坦率与喧闹。

在欧洲，广场往往是城市的中心，在广场四周，建造政府大厦、神庙、教堂、剧场、商场甚至作坊与居民区，广场是一种富于民族个性的建筑文化。意大利文艺复兴时期的圣马可广场，是威尼斯的一个中心广场，周围都是著名的建筑，如其北侧的市政大厦、西端的圣席密尼安教堂还有总督府与圣马可图书馆等，奏出美妙的建筑乐章。这个广场并不用于提供城市交通的方便，它只是休闲、集会的场所。广场在平日只供游览与散步，人们可以从城市的四面八方、从通向广场的曲折的小街陋巷走出来，来到广场与亲朋好友聊天、交往，广场被称为"露天的客厅"。广场的文化氛围也很浓郁，诗人、画家、歌手与广场鸽一道，成为广场葱郁的风景。广场好比是一个由许多溪流入注的湖泊，许多的鱼从一条条城市的"小溪"（街巷）中游过来，游进广场。在这湖泊里自由地嬉水。广场是欧人热衷于社交的中心。这不同于中国的庭院，庭院是一家一户的私密空间，有一种"外人莫入"的排他性。庭院自然是没有屋顶的空间，这一点与广场无甚区别，但庭院对外人而言，是"非请莫入"的。广场则不然，它具有全民性质而不具有排他性。所以，如果说庭院是宁静而封闭的，那么，广场是流动而敞开的。庭院的内敛性，是中国人自古内敛、沉静、含蓄之个性的体现，是田园风光在建筑文化中的一种折射；广场的开放性，是欧洲人活跃、好动个性的体现，在中国古人还没有想到建造广场的必要性的时候，欧洲人已是捷足先登，把广场像模像样地建造起来了，为的是为自己提供一个生理休憩与心理悦乐、精神寄托的空间。这并不是说中国的庭院与欧洲的广场在文化品位上有什么高下，而是说明两者文化品格与个性上的不同。无论庭院还是广场，都是各具文化魅力的。

四、人的营构与神的营构

大凡建筑，无论中西，都是人工的营造，归根结蒂都是为了人的目的而建构起来的。然而从建筑样式、类型来说，还有世俗性建筑与宗教性建筑的分野。

在中西之间，有一个建筑文化现象是十分显明的。即中国古代的宫殿类等建筑的繁荣与西方古代宗教类等建筑的繁荣形成了强烈的反差。

关于中国的宫殿类建筑文化问题，笔者在《缪斯书系·华夏宫室》之一的《中华意匠》一书中，已有较多的描述与分析，这里从略。

有关欧洲宗教类建筑问题，这里也不能详谈。不过可以从中西比较的角度，谈谈欧洲建筑的所谓"神性"。

意大利著名建筑理论家布鲁诺·赛维《建筑空间论》一书在讨论欧洲建筑文化精神关于人与神的冲突时指出，在建筑史上，这一建筑的文化主题是不断转换的：

> 埃及式=敬畏的时代，那时的人致力于保存尸体，不然就不能求得复活；希腊式=优美的时代，象征热情激荡中的沉思安息；罗马式=武力与豪

华的时代；早期基督教式＝虔诚与爱的时代；哥特式＝渴慕的时代；文艺复兴式＝雅致的时代；各种复兴式＝回忆的时代。[①]

从精神层次看，建筑与其他人类文化一样，也是以人与神的冲突、调和作为其永恒的文化主题的。

在古希腊之前，有所谓建筑的"埃及时代"。埃及建筑的古老文明，自然不是属于欧洲建筑文化范畴的。但古埃及的文化包括建筑文化，正如其在历史上影响印度那样，也多少影响过欧洲的古代。所以赛维把欧洲建筑文化的历史起点与"埃及式"相联系，是有道理的。

古埃及建筑的典型之作，当推金字塔。在一个社会生产力十分低下的时代里，人难于驾驭自然，便容易产生对自然力的盲目崇拜。同时崇拜世俗生活中皇帝（法老）的无上权威。这两种崇拜在文化精神上是相通的，既相信大漠、长河、高山是神圣、神秘的，又把人间帝王看做自然神在人间的杰出代表。金字塔的建筑构思，体现了人对自然神兼人间帝王的顶礼。相对于大漠空寂，在尺度上，金字塔岿然而不可动摇。金字塔本是人工的杰构，体现了古埃及人无比的创造智慧与力量，然而金字塔一旦建造起来，却异化了人的本质，反而使人显得渺小。金字塔使人的残骸与人的灵魂同时得到安息与超度，这是为了讨好神灵。

古希腊的神话传说十分发达。住在奥林匹斯山上的，有整整一个神圣家族。但是，古希腊神话中的神是人性化了的，神性的人与人性的神，是意义上的同构。这使得那么多繁荣的希腊神庙的文化意蕴，在神的灵光与阴影里，显露人性的理性之闪光。古希腊建筑尤其是神庙，具有神的灵魂与人的心灵。它的美在柱式文化中体现得尤为充分。陶立克柱式与爱奥尼柱式，分别抽象地象征男性与女性人体的美。这种美在世俗层次上基于"肉欲"，却向"心灵"超拔，而且不是一般的"心灵"超拔，因为这"心灵"中蕴涵着神性。我们惊叹古希腊建筑那种"高贵的单纯，静穆的伟大"，这种阳刚气十足的美，一旦离开了

[①] ［意］布鲁诺·赛维:《建筑空间论》,《建筑师》,1981年第七期,第178页。

神性的"熔裁",是无法建构的。而古希腊建筑之所以被赛维称为"优美",这是与古埃及金字塔的拙大与"敬畏"相比较而言的。与金字塔这样的建筑美相比较,古希腊帕提侬神庙及其柱式那般的美,大约只能称为"优美",因为在尺度上,在质感与品格上,都无法与古埃及的金字塔的真正伟大、沉重与刚性的美相提并论。但是将神庙这样的美与中国民居或者园林建筑这样的真正的优美相比较,则显然又是阳刚的美,它体现了人与神的一种"对话"方式。

欧洲中世纪,一个神的"统治"时代,古希腊的建筑之"热情激荡中的沉思安息"以及古罗马建筑所体现的"武力与豪华"之中绽露的人性的晨曦,在此时被抹去,代之以虚幻的神的光辉笼罩世界,却迎来了建筑文化的新的时代精神。哥特式教堂集中建造以及千百年屹立在欧洲的原野上,以其鲜明的个性、石结构、冷色调,指向苍穹的尖顶与高旷的内部空间,渲染神秘而崇高的宗教气氛。

正如黑格尔《美学》说,教堂的尖顶"自由地腾空直上,使得它的目的性虽然存在却等于又消失掉,给人一种独立自足的印象","它具有而且显示出一种确定的目的,但是在它的雄伟与崇高的静穆之中,它把自己提高到越出单纯的目的而显示它本身的无限"。①尖顶是中世纪建筑的宗教性标志,它最后把信徒的理想引向天国,"方柱变成细瘦苗条,高到一眼不能看遍,眼睛就势必向上转动,左右巡视,一直等到两股拱相交形成微微倾斜的拱顶,才安息下来。就像心灵在虔诚的修持中起先动荡不宁,然后超脱有限世界的纷纭扰攘,把自己提升到神那里,才得到安息"。②

中世纪教堂人与神的冲突,基本是以神的灵光压倒人性为特征的,却并不等于说人性彻底泯灭了。实际是教堂在神性的炫耀中,依然不能脱去人性的底色。神是由人创造出来的。在神那里,人一方面变得渺小与软弱,但另一方面又在神的理想里,寄寓人的理想。歌德说:"十全十美是神的尺度,而要达到十全十美是人的尺度。"人不能绝对地到达"十全十美"的彼岸,却总是向往。因而在神的尺度里,已经体现了人之追崇理想的要求。从这一意义看,中世纪的

---

① [德]黑格尔著,朱光潜译:《美学》第三卷上册,商务印书馆,1979,第87页。
② 同上书,第92—93页。

教堂是曲折地、夸大地在神那里体现人的精神向往以及人对完美的"渴慕"。神是多么了不起的一件人工杰作，它在彼岸、在天上，是颠倒了的人的伟大形象。因此，人在教堂里向神跪倒，实际是人在向另一个被夸大、美化了的"人"膜拜。

中世纪之后的文艺复兴、古典主义以及此后的欧洲古典建筑时期，人与神的冲突与调和的文化主题，一直体现在各个历史时期的宗教建筑上。而即使是一些世俗类建筑，也可能在空间造型上留下了宗教类建筑的特有"语汇"符号。

无疑，由于欧洲自古以来宗教的发达，宗教建筑一直是建筑这一"大地上的音乐"的"第一提琴手"。关于这一点，与中国建筑很是不同。

中国不是没有宗教建筑，佛教建筑、道教建筑以及伊斯兰教建筑等等，在某些历史阶段，还曾经是非常"热门"的建筑类型。然而，即使是宗教建筑，也是"中国式"的。在历史上儒、道、释的冲突与调和的文化中，由于以儒为代表的中国传统文化的强大与顽强，由于中国自古是一个"淡于宗教"（梁漱溟语）的民族，使得中国的宗教建筑尽可能地收敛神的灵光，舒展人性的身姿。比方说，在中国寺院建筑上，就有许多"渎神"的做法与文化符号。比如平面的中轴对称布局，其文化本色是儒家所推崇的"礼"。礼文化本来不是印度佛教所关怀的对象。佛教入渐中土之初，中国的文人学子就曾攻击印度佛教"无君无父"。印度原始佛学推重"诸行无常""诸法无我""涅槃寂静""四大皆空"等教义。既然一切都是空幻，所谓儒家所推崇的忠君、敬父的"礼"，自当不在佛教的文化视野之内。与此相关的，在宫殿、民居与陵墓上本来所体现的中轴、对称意识与观念，本不该为中国的佛教建筑所"耿耿于怀"。可是，你去看看中国佛教寺院吧，大凡天下寺庙，几乎没有哪一座是不讲中轴、对称的平面布局的，这是以儒为代表的"礼"文化对佛教建筑的一种文化"消解"。又如在佛教建筑的装饰上，莲华、火焰纹与各种佛教装饰符号出现在中国佛教建筑上，这很正常。然而在不少佛教寺、塔上，还同时出现了为儒家所一贯推崇的龙纹，不能说这是不伦不类，实在是佛教中国化、世俗化的表现。中国佛塔无数，佛塔是佛的象征，但是佛塔这种建筑一旦由印度传入中土，也在一定程度上被世俗化了。其趋向是佛性的被逐渐消解与人性主题的加强。佛塔本是崇高之物，信徒只配对其虔诚膜拜，可是在中国，许多佛塔可供登临。而一旦人登临于塔，则意味着人性凌驾于佛性之上。并且，还有一种塔在文化属性上其实已不是本来意义上的佛塔了，比如福建有一座姑嫂塔，其文化意义是重"礼"而非重"佛"的。1996年夏天，笔者应邀赴吉林出席一个学术会议，期间应主人邀请，去参观当地的一座寺庙。只见这座庙里，不同的殿宇供着不同的泥塑之像。这里有释迦佛像、太上老君像、关公像、李时珍像，还有当时民间信仰的土神像。参观快结束时，陪同参观的一位先生问我有什么感想，我说了一句话："加得愈多，减得愈多。"那么多神灵，作为崇拜对象"济济一堂"，这是做了加法，但在文化意义上，却是消解了神与神性。拜神本来是很专一、很执著的事情，好比专一的爱情，是尤为执著的，一旦"移情别恋"，搞"普遍的爱"，则等于无爱。这不能说中国人对"神"是三心二意的，但中国人自古在文化本性上不太能够为神所倾倒，却是事实。孔夫子说"祭神如神在"，对神采取"敬鬼神而远之"的态度，是很典型的中国人的"淡于宗教"的文化态度。因而，中国宗教建筑的世俗化，是一点也不令人奇怪的。

如果说欧洲建筑的主角是宗教建筑的话，那么这在中国，情况就决非如此。中国自古的建筑舞台上，唱红了主角的，不是佛教与道教之类建筑，而是与儒家政治、伦理文化关系尤为紧密的宫殿。秦阿房宫、汉未央宫、建章宫、唐大明宫的麟德殿与留存至今的明清北京紫禁城（现北京故宫），都是中国建筑的伟构杰筑。中国文化的"官本位"与"帝王独尊"的属性，决定了中国宫殿的主角地位，体现出精神意义上的"人学"本色，是"人本"而非"神本"。不过，虽然中国宫殿之类（与此相关的，还有坛庙与帝陵等）是世俗的建筑，而这种"世俗"不同于一般民居，一般民居是不具有什么"神性"意味的，它是彻底的"世俗"。宫殿之类的美感之所以是崇高而神圣的，那它一定在世俗文化氛围中渗融以某种"神性"，故它是将帝王威权神化了的建筑现象。它是世俗建筑的宗教化、神性化，与前述中国佛教建筑的世俗化与人性化，呈互补的文化态势，构成关于人与神之永恒主题之中国建筑的"二重奏"。

本文选自《中国美学思问录》，沈阳出版社，2003

中国建筑文化的时空意识

中国建筑文化，一般而言，是人类文化在地平线上的一个巨大侧影。连绵逶迤的中国万里长城、举世闻名的明清北京紫禁城（即现北京故宫）、意境深邃的江南园林建筑，正如拙大的埃及金字塔、典雅的希腊帕提侬神庙、雄伟的罗马凯旋门、优美的印度泰姬陵一样，无一不是一种在时间流逝中存在于空间的文化形态。中国建筑文化，是人按一定的建造目的、运用一定的建筑材料、把握一定的科学与美学规律所进行的空间安排，是对空间秩序人为的"梳理"与"经纬"。建筑是在时间流程中存在的，建筑文化是时空的"人化"，是时空化了的社会人生。

因此，对建筑文化的研究，无疑首先应当抓住建筑文化那在时间延续中的时空特性这一重要课题，研究中国建筑文化，也应当从探讨其时空存在入手。

中国建筑文化的时空存在，蕴含了中国传统文化，熔实用、认知、审美与崇拜观念于一炉，是中国人在长期社会实践（其中包括建筑文化实践）中感发于自然空间与时间的一种综合性文化形态。

中国建筑文化是非常独特的，带有鲜明的民族文化特质，在世界建筑文化中独树一帜。这种时空存在，表现在哲学上，其实就是中国建筑文化的所谓"宇宙"观与"中国"观。

一、宇宙：建筑

什么是宇宙？"宇宙"与建筑有何关系？中国古代关于"宇宙"向来有本义

与引申义两种理解。

先来探讨"宇宙"的引申义。《管子》一书,较早地触及"宇宙"这一哲学命题。在那里,称"宇宙"为"宙合"。其文曰:"天地,万物之橐;宙合,又橐天地。""橐"有两解。一指冶炼鼓风之器,如今之风箱。《墨子·备穴》所谓"具炉橐、橐以牛皮",《淮南子·本经训》所谓"鼓橐吹埵,以销铜铁",以及《老子》所谓"天地之间,其犹橐籥乎,虚而不屈,动而愈出",均取此解。又指盛物之袋。"宙合之意,上通于天之上,下泉于地之下,外出于四海之外,合纳天地以为一裹。"这是说,所谓"宇宙",犹纳"万物"和"天地"之"橐"(袋)于一"裹"。"宇宙",就是包罗万象、包罗无遗。"万物"包含在"天地"之中,"天地"又包含在"宙合"之中,在《管子》看来,三者并非同一范畴。

而所谓"合",本指盛物之盒。《正韵》曰"合,盛物器",其形方正。因其方正,故必具六面。于是,"四方上下曰六合"。"合",即"六合"。李白曾经浩歌啸吟,"秦王扫六合,雄视何壮哉",此"六合",含天下之意。"六合",就是"宇"。而所谓"宙",通"久",是一时间概念。

因此,尸佼指出,"四方上下曰宇,往古来今曰宙"。《淮南子》亦说,"往古来今谓之宙,四方上下谓之宇"。这里的"宇",就是容"万物"和"天地"于一处的"橐",就是具有六个面、三个向量的立体的"六合";"宇"既然能容"万物"和"天地",原本当然是"空"的,于是,"宇"被引申为"空间",而"宙"即时间,"宇宙"就是时空。

那么,作为引申之义的"宇宙",其特性是什么呢?

其一,大。"宇者,大也。""宇,弥异所也。"这就是说,宇,弥漫于一切,即包容一切地方。宇既然能容"天地"和"万物",其广大当可想而知了。然而,同样认为"宇"之特性在于大,又有大而有限与大而无限两种说法。上文所引将"宇"喻为"橐""合",属于前者。宋代邵雍说:"物之大者,有若天地,然而亦有所尽也。"[①]此可备一说。而庄子等哲学家则认为,"宇"者,大而无限。庄子云:"有实而无乎处者,宇也。"其大意为,"宇"是客观存在的,且大而无可定执("无乎处")。庄子又说:"计四海之在天地之间也,不似礨空

---

① 邵雍:《皇极经世·观物篇五十一》卷十下,钦定四库全书本,第2页。

之在大泽乎！""天之苍苍其正色邪？其远而无所至极邪？""汤问棘曰：'上下四方有极乎？'棘曰：'无极之外，复无极也'。"这里是说，"四海"比起"天地"来，是很渺小的。天宇苍茫，大而"无所至极"。"汤问棘"事，见于《列子·黄帝篇》。这里"棘"之观点，其实即庄子观点，认为宇是"无极复无极"的。此真可谓"穆眇眇之无垠兮，莽芒芒之无仪"。张衡《灵宪》也指出，"宇之表无极"。柳宗元继承了庄子关于"宇"大无极的哲学观，认为"无极之极，漭弥非垠；或形之加，孰取大焉"！

其二，久。时间就是"久"。同"宇"之大而有限或大而无限的观点相对应，关于"宙"，也有"久"而有限、"久"而无限两说。前文所述，既然认为"宇"是"有尽"的"六合"，则其在时间意义上的发展便一定是有限的，正如汉之扬雄所言，"阖天谓之宇，辟宇谓之宙"。阖者，关闭；辟者，开辟。"宇"是封闭性的空间，开天辟地时才有"宇"，因而"宙"是有起端的。也有些古代先哲指出了"宙"的无限延续性。张衡《灵宪》说，"宙之端无穷"。庄子亦早已指明了这一点，"有长而无本剽者，宙也"。"剽"，意为"割削"，这里转义为"末梢"。故"本剽"即"始末"之意，"无本剽"，就是无始无终。这又如屈子所啸吟的那样："时缤纷其变易兮，又何可以淹流？"

中国古代的时空观即宇宙观，就是在这种有限无限、有尽无尽的对立观点中往复摇摆、发展推移的。

其三，正如前述，"宇宙"即时空。而实际上，"宇"，是指"宙"（时间）的空间存在方式；"宙"，又是"宇"（空间）存在的运动过程。宇具空间之广延性，宙具时间之连续性。时空并存，不可分离。诚如古人发挥《管子·宙合》"宇宙"观时所言："管子曰'宙合'，谓宙合宇也，灼然宙轮转于宇。则宇中有宙，宙中有宇。"这种关于"宇宙"的引申义，也就是古人所通常持有的宇宙观。然而，值得注意的是，如果人们只是将目光局限于"宇宙"的这种引申义而不去追溯其本义，那么，必将无力解开中国建筑文化时空存在这一建筑理论之谜。这关系到我们老祖宗对"宇宙"本义的原初理解。

原来，所谓"宇"，"屋檐"之谓。《说文》云："宇，屋边也。""屋边"即"屋檐"，许慎可谓深谙"宇"之本义。此说肇自《周易》。《周易》之"大壮"卦有"上栋下宇，以待风雨"之说，即取"宇"之本义。梁栋在上，屋顶（屋檐）下垂，岂非具有"待风雨"这一实用性功能的房屋之象？"宙"，栋梁。高诱说得颇为清楚："宇，屋檐也；宙，栋梁也。""宙"，何以为"栋梁"？这便是前文所说"宙通久"的缘由了。"宇"为"屋檐""屋边"（屋顶），而单有"宇"，还不能成"屋"，只有同时有"宙"，才有房屋在东方古老大地上屹立的现实存在。中国古代建筑的传统形式是木构架而非古希腊式的石结构，木构栋梁、立柱具有举足轻重的撑持的物理功效。假如抽去了房屋的"宙"（即栋梁），屋就倒塌，故那支撑屋顶重载的栋梁、立柱（宙），实在是中国木构建筑的生命。建筑物是否能持"久"屹立，全凭栋梁、立柱的撑持。

于是，"久"，成了建筑物得以存在的栋梁、立柱的一种特性。这种特性，原本是属于物理学范畴的，却被古代先哲抽象为富于哲学意味和建筑美学意味的一个范畴了，这便是：时间。故"宙"通"久"，两者意义相连。从中国建筑文化的美学角度看，"宙"是一个非常富于哲学与美学意味的汉字，它与"宇"字共同揭示了中国宇宙观的形成与建筑之关系，或者可以说，中国原初的宇宙观，是从建筑实践活动与建筑物的造型中衍生而成的，其实就是中国建筑文化的时空意识。

因而，同一部《淮南子》，既有"往古来今谓之宙，四方上下谓之宇"之说（这里"宇宙"之意取引申义，指时空），又有"凤皇（凰）之翔，至德也……而燕雀佼（骄）之，以为不能与之争于宇宙之间"之论（这里，取"宇宙"之本义）。何以至此？实乃因为中国人的历史、人文意识中，认为宇宙即建筑、建筑即宇宙的缘故。

可以说，在古代中国，人们所感知、想象的天地宇宙，其实是一巨大无比的"大房子"。尽管有的认为宇宙就是大而有边际的"六合"，有的则主张宇宙大而无涯，所谓"无极之极"、天穹茫茫，极目无尽。总之，人们是将天地宇宙看成一所似乎以"宇"（屋顶）、"宙"为主要构筑的"大房子"，千秋万代，人们就在这所"大房子"的庇护下生活。"中国人的宇宙概念本与庐舍有关。'宇'是屋宇，'宙'，是由'宇'中出入往来。中国古代农人的农舍就是他们的世界。他们从屋宇得到空间观念。从'日出而作，日入而息'（击壤歌），由宇中出入而得到时间观念。"当代著名美学家宗白华先生关于"中国人的宇宙概念本与庐舍有关"的观点是正确的，而将"宙"释为"由宇中出入"（时间）亦可备一说。墨子云："久，合古今旦莫。"莫者，暮也，"久，弥异时也"，久即宙，包含一切时间。这"久"，不用说，均与建筑空间及人在建筑环境中的活动过程有关。正如王夫之所言："上天下地曰宇，往来古今曰宙。虽然，莫之为郭郭也。惟有郭郭者，则旁有质而中无实，谓之空洞可也，宇宙其如是哉！宇宙者，积而成久大者也。"这里"郭郭"即建筑；建筑即宇宙。宇就是"旁有质而中无实"的"空洞"即"空间"，这建筑空间同时还是有赖于栋梁撑持天穹的一种存在，故所谓"积而成久大"者，时。这种宇宙观，或曰中国建筑文化的时空意识，是十分复杂的，这里有关于建筑求其实用的意图、对神祇敬畏的目光、关于天地宇宙的冷静思考以及情感的愉悦或不快，都是历史性的。

中国古代有关于"天宫"的神话传说，天堂、天门、天扉、天阶（星名）、天街（星名）、天极（星名、北极星）以及天厥（星名）都是与建筑有关的天宫形象。至于"天柱"者，乃古代神话传说中真正顶天立地之大柱。"昆仑山为天柱，气上通天，昆仑者地之中也。""昆仑之山有铜柱焉，其高入天，所谓天柱也。围三千里，周圆如削。"而共工氏（属炎族）怒触不周之山，使"天柱折，地维缺"，这是房屋亦即宇宙倒塌之象。"往古之时，四极废，九州裂，天不兼复，地不周载……女娲炼五色石以补苍天，断鳌足以立四极。"这里，所谓"极"，栋之谓。《墨子·经说》解曰："栋，极也。"复，遮盖之意。女娲炼石以补苍天，不过是远古修筑房屋的"泥瓦匠"在神话传说中的一个神化而诗化的形象而已。远古社会生产力极其低下，造房建屋尚且不易，建房之后欲使其"久"立亦非易事。自然的侵蚀，加上部族之间战事的人为破坏，使建筑的损毁成了常事，这种以神话幻想方式出现却是十分真实的人类历史的悲剧，在我们老祖宗的心灵意识中，曾经激起过多么沉重的回响。"四极废，九州裂，天不兼覆，地不周载"，房屋倒塌了，亦即他们心目中的宇宙倒塌了。反映在这里的宇宙观，难道就不是中国建筑文化的时空意识吗？

再来看看《楚辞》，我国古代的伟大诗人屈原是如何对天询问的。屈原长歌云："圜则九重，孰营度之？惟兹何功，孰初作之？斡维焉系，天极焉加？八柱何当，东南何亏？"大意为：天宇九重巍巍，谁能够度量？是谁当初建造的？天宇运转的轴心系于何处？天的顶端安装在哪里？撑持天宇的八根巨柱为何有如此顶天立地的力量？当天宇与巨柱绕着天轴旋到东南时，为什么那些原处西北的巨柱短了一截？古人认为天宇具有八大立柱，大地西北近天宇而东南远天宇，这指的正是中国西北高东南低的地形地貌，故引动屈子作如此发问：当天宇运转之时，本来处于西北方的短的天柱移来东南方时，岂不是要亏缺一段，这怎么办呢？在天文科学昌明的今天，当初屈原的发问显得十分幼稚，却透露出了古代中国人视天地宇宙为建筑的真实历史信息。

《天问》又云："何阖而晦，何开而明？角宿未旦，曜灵安藏？"这里所谓"角宿"，指中国古代天道观中的东方七宿之首，居二十八宿之长，指把守天门的星宿。所谓"角二星"（指"角亢"二星）为天关。"其间天门也，其内天庭也"。"曜灵"，指太阳。"曜灵。日也，言东方未明旦之时，日安所藏其精光乎？"以上两句，其意十分清楚：什么门扉关闭使天变黑？什么门扉打开使天变亮？角宿既掌管天门，那么，当天门未启、天未明之时，太阳又藏在什么地方呢？由此，读者不难了解古人的建筑时空意识。

屈原还以建筑学实际也是原始宇宙说的眼光，对天地宇宙的方位体量深表关切："东西南北，其修孰多？南北顺椭，其衍几何？"修，长。椭，狭长之义。衍，蔓衍，这里可引申为延长。这两句是说，以宇宙大地平面之东西与南北长度相比，整个建筑平面既然成南北狭长之形，那么，南北长度与东西宽度比较，究竟长多少呢？

又如"昆仑悬圃，其尻安在？增城九重，其高几里""四方之门，其谁从焉？西北辟启，何气通焉"等有关宇宙与建筑时空之关系的询问，在《天问》中比比皆是。在其他中国古籍如《山海经》中，这方面的记载亦不乏其辞，"昆仑之墟在西北，方八百里，高万仞；面有九门，门有开明之兽守之""昆仑之丘，实为帝之下都"等等，同样证明，《山海经》所描绘的神话世界，也就是巨大无比且能持久屹立的一所"大房子"。

要之，天地宇宙即"大房子"；人之所居的房屋即是一个小小的"宇宙"。古代中国人确是从建筑的时空观念与建筑实践去认识天地宇宙且"大"且"久"的时空属性的；这种关于天地宇宙的时空意识，长期有力地影响了传统的中国建筑文化观。

其一，因为中国人所体会、认识到的天地宇宙属性为"大"，故只要一定的社会经济、建筑材料及技术水平允许，人们总是愿意将建筑物建造得尽可能地大，以象征天地宇宙之"大"。

打开中国建筑史，这种尚大的建筑倾向十分强烈，尤其明显地表现在宫殿与都城建筑中。闻名于世的明长城，从西之嘉峪关到东之山海关，分属九镇，全长11 300余华里（这个长度不包括长城复线长度在内），所谓万里长城，名实相副，真正是全世界独一无二的"The Great Wall"（大墙）。埃及金字塔的体量不可谓不大，然比起长城来，是小巫见大巫了。长城始建于战国。秦一统天下后，为防北方异族骚扰，进行了大规模的建造。据司马迁《史记·蒙恬列传》称，当时的长城已长6 000余里；据罗哲文《临汾秦长城、敦煌玉门关、酒泉嘉峪关勘查简记》，玉门关一带的长城虽以红柳、芦苇与砾石为材建造，而至今有些残垣高度仍达五六米，由此可以想见其当初的巍巍雄姿。修建长城的根本目的当为求其实用，即为了抵抗敌侵。然从战国到明代，如此劳民伤财地修筑长城，尤其是后世的修筑，难道仅仅为了御敌之用吗？不，它也与古代中国尚大的"宇宙"观有关。

世界闻名的骊山陵，其规模之宏伟，为世界陵墓之最。陵冢原高120.6米（三国时魏人称，"坟高五十余丈，周围五里余"），现残高76米，陵园平面布局为"回"字形，分内、外两城。外城周长6 300米左右，内城周长2 520米。秦始皇的冥府"仪仗"也令人叹为观止，兵马俑坑呈品字形布局，共出土陶制俑件上万，陶制战马600匹与战车125乘，如此排场威风，是70余万劳工37年的劳绩。这种尚大之风，实在是封建王权至高无上的象征。然而，在这种象征意味中，难道不是恰恰渗透着古代中国尚大的"宇宙"意识吗？

再让我们来简略考察中国宫殿的尚大之风，为简约篇幅，仅略举一二。秦之阿房宫，"惠文王造，宫未成而亡，始皇广其宫，规恢三百余里。离宫别馆，弥山跨谷，辇道相属，阁道通骊山八十余里。表南山之巅以为阙，络樊川以为池"。这里，所谓"规恢三百余里"是个什么概念呢？按，古之1里，为1 800尺，秦汉时1尺，约为现制0.23米，故整个阿房宫苑周长约为124 200米，可谓世所罕见。西汉长安城宫殿建筑群包括未央宫、长乐宫与建章宫等，其范围究竟有多大？只要看看其中之一的未央宫的规模就不难想象。据实地考察，未央宫东西墙长度为2 150米，南北墙为2 250米，周长为8 800米，全宫面积约5平方公里。据历史记载，未央宫由萧何监造。"萧何治未央宫，立东阙、北阙、前殿、武库、太仓。上见其壮丽,甚怒,曰:'天下匈匈,劳苦数岁,成败未可知,是何治宫室过度也!'何曰:'天下方未定,故可因以就宫室。且夫天子以四海为家,非令壮丽亡(无)以重威,且亡(无)令后世有以加也。'上悦,自栎阳徙居焉。"[1]刘邦开始以为未央宫其大"过度",后便接受了萧何所谓"天子以四海为家,非令壮丽,无以重威"的进谏。未央宫之"大",亦是象法天地宇宙的,只有将天地宇宙大、久无比的时空意识渗融在皇家建筑上,令其"壮丽",才能表现天子的"重威"。

中国都城的尚大之风,也十分明显。唐代长安,为世界古代规模最大的城市,它是在隋代大兴城的基础上发展起来的。别的不说,仅从长安宫城与皇城之间的横街宽200米这一点看,就可想见这座建造于"川原秀丽,卉物滋阜"之地的唐都城的范围之大了。中国都城的尚大之风是具有一脉相承之特点的。比较一下中外古代十大名城的规模,可对中国古代尚大的建筑时空意识与宇宙观的密切关系,留下特别深刻的印象。据外国古代建筑史载,公元5世纪的拜占庭时期曾经是一个辉煌的建筑历史时期,当时都城拜占庭的面积为11.99平方公里,此不可谓不大;罗马古建筑以雄浑风格闻名于世,公元3世纪末的罗马城,占地13.68平方公里;建造于公元8世纪末的巴格达城更了不起,它有30.44平方公里。但是,建于公元583年的中国隋大兴(唐长安),面积为84.10平方公里,为外国古代名城巴格达的近2.8倍、罗马的近6.2倍、拜占庭的近7倍。又,北魏洛阳,约73平方公里;明清北京,60.2平方公里;元大都,50平方公里;隋唐洛阳,45.2平方公里;明南京,43平方公里,即使就汉代的长安(内城)而言,占地也达35平方公里。可见这种尚大之风,并非一王一帝的个人兴趣,而是全民族的一个审美嗜好。

其二,因为中国人所体会、认识到的天地宇宙属性又为"久",故人们总是期望建筑物永久屹立在东方之大地上,久者,宙也,宙就是美。当你站在浙江河姆渡建筑遗址面前,凝视从地下出土的7 000年前的遗物,那些其实都是极普通的木桩、楼板与芦席残片之类,却使人激起一种深沉的历史感,那是时间给你的美感;当你欣赏山西五台山南禅寺大殿时,你会为这座现存最早木构建

---

[1] 班固:《汉书·高帝纪第一》,《汉书》卷一下,中华书局,2007,第15页。

筑的大殿精湛的结构技术所惊叹，那又是时间的力量；当你徜徉于北京天坛、流连于长城之时，或者一旦离开喧嚣的现代化都市，缓缓移步于古老的窄巷小弄，抚摸被悠悠岁月所剥落的断壁残垣，又是什么使你的心顷刻间沉静下来，发思古之幽情？这还是时间的力量。

对于建筑文化而言，历史愈是悠久，历史文化的美感便愈是浓郁与深邃。与世界一切建筑文化一样，中国建筑文化的美，也是一种"久"的美。现代中外建筑虽然未"久"，然而它们之所以也可能是美的，首先因为它们的实用性功能符合现代人的实际生活需要，现代技术、材料与艺术的美适合现代人的文化审美情趣，同时，还因为人们相信那些现代建筑将长期地屹立于大地的缘故。

中国建筑文化对"久"之美的追求是十分顽强的。那位古老神话传说中炼五色石以补苍天的女娲形象之所以是崇高与美的形象，就因为其与建筑之"久"密切联系在一起。女娲何以要补天？为的是要使天宇这巨大无比的"建筑"永久屹立，因而，女娲的审美理想，也就是中国人建筑之"久"（宙）的审美理想的反映。

正因如此，建筑文化惨遭天摧人毁之厄运，是十分令人痛楚的。试看中国建筑文化史上著名的洛阳永宁寺塔，"架木为之，举高九十丈"，其势巍巍，却因是木构建筑，于永熙三年二月为雷火所焚。"火初从第八级中，平旦大发，当时雷雨晦冥，杂下霰雪，百姓道俗，咸来观火。悲哀之声，振动京邑。"[①]被西方称为"万园之园"、"夏宫"（The Summer Palace）的圆明园，它是"东方的凡尔赛宫"，"其规模之宏敞，丘壑之幽深，风土草木之清丽，高楼邃室之具备，亦可称观止。实天宝地灵之区，帝王豫游之地，无以逾此"[②]，当其于1860年（清咸丰十年）被英法侵略军一举烧毁之时，这中华建筑文化史上深重的民族灾难是难以述说的。直到如今，原圆明园西洋楼景区经浩劫之余的断墙残柱，仍能激起人们惨痛的回忆。

建筑文化的"宙"（久）之美，确是令人十分向往的。

---

① 杨衒之：《洛阳伽蓝记》卷一，吴若准注，吴氏刊本，第12页。
② 中国圆明园学会：《乾隆御制集·圆明园后记》，引自《圆明园学刊》第四期，中国建筑工业出版社，1986，第185页。

二、"中国"观

与中国建筑文化艺术的时空意识密切相关的，便是关于建筑中轴线的传统观念，它体现出东方所独有的"中国"观。

在中国，具有中轴线平面布局意识特征的建筑随处可见。对称安排，秩序井然，有条不紊，强烈的政治伦理色彩、浓郁的理性精神，是中国建筑文化的一大民族特色。

考其历史，中轴线是中国建筑文化的一大"古董"。早在晚夏建筑文化（亦即早商建筑文化。晚夏与早商在年代上是重叠的）中，已经渗透着中轴线观念。据建筑考古，河南二里头晚夏（早商）一座宫殿台基遗址，可推见台基中部偏北为一庑殿式建筑，其平面呈横向之长方形，发现有一圈柱子洞（洞中有柱础石）围于基座四周，其柱洞数南北两边各九、东西两边为四，间距3.8米，呈东西、南北对称排列态势。这座早商宫殿建筑遗址的平面是具有中轴线的。其中轴线就处在其南北两边第五柱洞之上，且与宫殿遗址东西两侧的柱洞线平行。它布局颇为严谨，基本具备了后世宫殿建筑的一些特点。

清代戴震曾按《周礼·考工记》所述古代建筑制度，绘一《考工记宗庙示意图》，已能见出明显的"中轴线"意识。一般宗庙建筑（祭祀祖宗之所）的平面布局为，重要的主题建筑居中，其中心之所在，就是中轴线之所在，两侧对称安排建筑群的其他副题建筑，或者说，由于两侧诸多建筑的平面布局左右对称，最重要建筑设置的中心，总是在一条纵向的直线之上，使整个建筑群体或单体建筑的中轴线强烈地凸显出来。

再看北京明清紫禁城，更具有典型性。整个明清时代的北京城，自明永乐帝朱棣迁都北京之后，大兴土木，体现了中国后期封建社会都城以皇城为中心的建筑设计思想，重要宫殿建筑群即紫禁城，是明清整座北京城的主要建筑群。它自南向北，沿着一条长达7.5公里长的中轴线有机地组织在一起。该中轴线以最南端的永定门为起点，以景山向北的地安门到形体巨硕的钟鼓楼为终点，其间建筑空间序列重重叠叠、高潮迭起又井然有序，尤以紫禁城三大殿的平面布局以富于中轴线的建筑美感为特色。

太和殿、中和殿、保和殿、太和门、天安门、午门、端门等重要建筑，穿越中轴线呈纵直排列，其余建筑的设置，亦在中轴线两侧呈两两对称呼应之势。

这种关于中轴线的建筑空间制度，也体现在北京明清时代的四合院民居形制上。其平面布局特征一般为，矩形平面，四周以围墙封闭，群体组合大致对称。大门方位一般南向，往往位于整座住宅东南一隅。进大门，迎面为影壁，入门折西，进入前院，前院尺度一般不大，视感较浅，就此建筑空间形象审美角度而言，采用的是"先抑后扬"法。继而穿过前院，跨入院墙中门（常为垂花门）到内院。内院以超手廊左右包绕庭院至正房。正房为整座四合院的主题建筑，尺度最大、用材最精、品位最高，其以耳房相伴，左右纵深增加院落，再横向发展为跨院。但不管怎样，四合院的基本美学设计思想是，其正房（主题建筑）、厅、垂花门（中门）与庭院必在同一中轴线之上。

再就中国建筑之一"室"而言，其建筑平面亦呈现出中轴线特征。古代称平面一般为矩形（或正方形）、其四角立以四柱、四周砌墙（其中辟有门户）的基本建筑单位为"间"。此"间"，亦即"室"之原初概念，即《考工记》所谓"四阿"之屋。段玉裁说："古者屋四柱，东西与南北皆交覆也。"[①]近人王国维云："四阿者，四栋也，为四栋之屋。"[②]建筑历史上，平面为圆形或椭圆形或其他什么形的"室"十分少见（仰韶文化期曾有圆形小屋），一般以平面矩形（或正方形）为建筑平面常式。在这一建筑文化形态中，虽然其门户常辟于"室"之东南一隅，但此"室"内部空间秩序的划分，仍然体现出以左右对称为美学特色的中轴线的空间意识。"室"之"西南隅谓之奥，西北隅谓之屋漏，东北隅谓之宧，东南隅谓之窔"。何谓"奥"、"屋漏"、"宧"与"窔"？疏云："古者为室，户不当中而近东，则西南隅最为深隐，故谓之奥，而祭祀及尊者常处焉。"疏云："孙炎云，当室之白日光所漏入。"[③]"白日光"何以"漏入"？因门户常辟于室之东南一角，一旦门户洞开，日光必直照于室之西北之一隅，故古时室西北隅称"漏入"，"漏入"即"屋漏"。疏云："李巡云，东北者阳，始起育养万物，故曰宧，宧，养也。"古代庖厨食阁，常设在室之东北角，此乃举

---

① 段玉裁注，徐颢笺：《说文解字注笺》卷七下，清光绪二十年刻本，第8页。
② 王国维：《明堂庙寝通考》，《观堂集林》卷三，海宁王氏本，1927，第130页。
③ 阮元：《尔雅注疏》卷五"释宫"，阮刻本，第86页。

火之处。据《周易》，火为阳，水为阴。故称室之东北隅为"阳"或"养"，亦为"宦"。所谓"窔"，原意为风吹入洞穴之声。古代之室，由远古之地穴发展而来。人可以入、风可吹入的洞穴之口，实为由穴发展成室的门户。而古代门户，一般辟于室之东南隅，因而其东南隅称"窔"。由此可见，室之中轴线，正垂直于"奥"，"窔"连结直线与"漏入"，"宦"连结直线，且通过这两条直线的中点。

即使是寺庙建筑——古代中国本无寺庙，只是由于两汉之际印度佛教的传入，才有佛寺的建造——甚至也接受了这种中轴线的空间意识。梁思成先生说："我国寺庙建筑，无论在平面上，布置上或殿屋之结构上，与宫殿住宅等素无显异之区别。盖均以一正两厢，前朝后寝，缀以廊屋为其基本之配置方式也。其设计以前后中轴线为主干，而对左右交轴线，则往往忽略。交轴线之于中轴线，无自身之观点立场，完全处于附属地位，为中国建筑特征之一。故宫殿、寺庙规模大者，须在中轴线上增加庭院进数，其平面成为前后极长而东西狭小之状。其左右若有所增进，则往往另加中轴线一道与原中轴线平行，而两者之间，并无图案上关系，可各不相关焉。"梁先生在此所说的，就是中国建筑文化所崇尚的与中轴线相联系的纵深空间意识，所谓"庭院深深深几许""侯门深如海""深宅大院"等文学描绘，也生动地反映了这一点。这也就是屈原《天问》诗句"东西南北，其修孰多？南北顺椭，其衍几何"所反映出来的"宇宙"观。

综上所述，关于中轴线的空间制度，读者可从这里悟其大概。可以说，古往今来，世界上还没有发现哪一个民族像中华民族这样，对中轴线的建筑美学作如此热切的追求。

那么，这种建筑中轴线意识，究竟是怎么形成的呢？笔者认为，关于中国建筑中轴线的存在，其实就是"中国"观在古代建筑美学品格思想上的反映。我们说，所谓"中"，原为古代测天仪之象形，甲骨文写为或。"实物当作垂直长杆形，饰以飘带以观风向，架以方框以观日影。"卜辞有"立中，允冚风"与"立中，冚风"之说，垂直长杆加一方框以成为中，此为求测日影之准确也。由此可见，"中"是与天地方位有关的一个字，天地就是古人所理解的宇宙，因此，"中"与宇宙有关；而据前文分析，"宇宙"原指建筑，故"中"亦与建筑有关，此其一。

其二，人类的空间意识，是人在社会实践中所把握的客观空间属性在头脑中的反映。"人类空间观念的最初形成，是从对空间的分割开始的。混沌的空间，只有当它被分割为不同的个别部分以后，才是可以辨认的。""由于人类的生活和生产活动，总是在一定的地域环境中进行的，所以在人类意识中首先发展起来的必然是地域——空间概念。"①这种观念是在社会实践中产生的。远古测天就是一种重要的社会实践活动，又因为那时社会生产力实在太低，人们往往在对天地自然力盲目的惧怕中战战兢兢地生活。虽然那测天之"中"，本是人类企图战胜自然的创造，却对这种"中"，连同"中"之所在不能不有所崇拜。于是，中国人通过生活与生产活动，一方面从混沌的空间中分割出一处关于"中"的地域，那其实是人的活动、人的力量所达到的一个区域，这个区域就是原初与测天仪相联系的、通过一定社会实践所初步"人化"了的"中"。由此，在古人观念上便由器物之"中"转化为空间之"中"。这种关于空间意识的"中"，实在是人性与人的主体意识的一次历史性觉醒。于是，虽然那时的中国人对茫茫宇宙基本上是无知的，却相信自己仿佛处在世界的"中心"；一方面，由于中国人当时文化视野狭小，虽觉自己仿佛处在"中心"，总也有点疑惑，因此那"中"，便不能不带有某种神秘色彩，后世之中国人，便可能将这"中"看成祖宗的恩赐而对之顶礼膜拜。因此，那种强烈的关于"中"的空间意识与历史感情，具有认知、审美与崇拜三重性。

其三，相传中国传统文化，肇自炎、黄，残酷之部族战争使炎族败而黄族胜，炎族败退四散，于是，黄族据胜之地就被尊崇为天下之"中"，这就是当初黄帝及其子裔生息之地，即今之河南一带，历史上称中州、中土、中原、中国。商已有"中央"的观念，甲骨文有"中商"之说。《周书》："王来绍上帝，自服于土中"；《逸周书》："作大邑成周于土中"，"土中"，即"天下土地中央"之谓。又，所谓"正中冀州曰中土"、"其国则殷乎中土"、"事在四方，要在中央"，以及"世有大人兮，在乎中州"、注："中州，中国也"。此类记载真是太多，这种尚"中"意识，正是华夏族自我中心意识的表露，"夏者，中国人也"。而中土之外，大约只能被称为"东夷""北狄""西戎"与"南蛮"之类，

---

① 王锺陵：《我国神话中的时空观》，《文艺研究》1984年第1期，第113页。

通称"四夷"。

其四,这种崇尚"中"的空间意识,几乎到了深入中华民族灵魂骨髓的地步。试看被后世易学家尊为"群经之首"的《易经》,有所谓"在师中,吉,无咎""中行独复""中行,告公从,利用为依迁国""丰其蔀,日中见斗,遇其夷主,吉"等蕴含"中"之意识的爻辞。《周易大传》所谓"中正""时中""中道""中行""中节""大中""文中""中无尤""中不自乱"等说法触目皆是,六十四卦中过半数的《易传》内容,涉及这个"中"。乾卦九二爻:"见龙在田,利见大人。"《乾·文言》则释为"龙,德而正中者也"。坤卦六五爻有"黄裳元吉"之爻辞,《坤·文言》便发挥道,"君子黄中通理,美在其中"。《坤·象辞》也说,"文在中也"。即以《周易大传》之《象辞》为例,也发现所谓"利见大人,尚中正也","蒙'亨',以亨行,时中也","文明以健,中正而应,'君子'正也"等诸多记载。这些都是吉卦,可见古人认为中即吉。

这种本为古人观测天文的所谓"中",在孔子原始儒学、孟子儒学中被发挥为"中庸"和"中和"思想:"中也者,天下之大本也;和也者,天下之达道也。致中和,天地位焉,万物育焉。"故无论天文、地理、人道,都不能离"中"而立。天、地、人此三者如何做到所谓天人合一?合在中。或者说,只有牢牢把握这中,才能做到天人合一。中,在宋明理学中,不仅由原初带有神秘色彩的天文学概念,发展为地理学概念,而且继而成了整个中华民族的(它超出了原初黄族的概念)一种固有的民族意识、历史意识与空间意识。中之意识,当然还同时渗融在政治伦理道德规范之中,成为处于漫长封建社会形态之下的老大帝国故步自封、不思向外、以天朝为世界之中心的盲目自大的传统意识。人们昏昏然陶醉于中之尊位,将异族文化一概贬称为"夷"。

宋代石介说:"天处乎上,地处乎下,居天地之中者曰中国,居天地之偏者曰四夷。四夷外,中国内也。"仰观于天,二十八宿灿然在上,俯察于地,是二十八宿相对应的中国大地,这里三纲五常伦理肃然,文明昌盛,这是据天下之正中,得天独厚的结果,且是天经地义不容颠倒的宇宙人际秩序,否则,"天常乱于上,地理易于下,人道悖于中,则国不为中国矣"。"中国人认为天是圆的,地是平而方的,他们深信他们的国家就在地的中央。他们不喜欢我们把中国推到东方一角上的地理概念。"应当说,这不仅是地理空间概念,也是中华民族的文化心理概念。建筑中轴线思想，就是这种传统民族文化心理的反映。

其五，这种传统民族文化心理，反映在建筑平面布局上，便是以中轴线象征"中"。国是什么？"国者，域也，有域始有国。""国古隶之，旧读如今音之域，域其转纽也。国者，界也，疆也，本为疆界之义，故声纽相通。初时只为疆界，后演为国家之国。"国之古义为都城，《考工记》所谓"匠人营国"之"国"，指都城。都城之起源，同时就是国家的起源，国家者，总有一定疆界，因此，原意指都城的国，就被引申为国家之国。

国，不仅为一地域概念、政体概念与民族概念，且其原初是一建筑学上的空间概念。据卜辞，殷代已有"择中"作邑（都城、国）的历史意识。当时的作邑实践在甲骨文中留下了痕迹。"卜辞《南明》223：'作中'，有时也称'立中'，即先测一个'坐标点'，然后围绕这个中心点修筑，在周围圈定大片耕地、牧场、渔猎之地"，"最外面建一圈人工的防护设施——可能是人工种植的树木、或利用天然的山林、河流，以与邻社的土地分开来；亦可能有人工修筑的土埂和巡守的堡垒之类，故邑字像人看守着一块土地"。[①] 这里，从古代"作邑"情况，可见国之雏形。尤其值得注意的是"立中"而作，"即先测一个'坐标点'，然后围绕这个中心点修筑"，这种情况，可以看作古代中国尚中、中轴线意识在建筑上的最初尝试。

"周人崇奉'择中论'。'择中'为我国奴隶社会选择国都位置的规划理论，认为择天之中建王'国'（国都），既便于四方贡赋，更利于控制四方。《周礼·大司徒》对此曾作过系统论述，以为择'地中'（即国土之中）建'国'，是天时、地利、人和三方面最有利的位置。不仅择国土之中建王都，且择都城之中建王宫。在观念中，'中央'这个方位最尊，被看成为一种最有统治权威的象征。"这就难怪中国人对建筑中轴线的追求如此热衷了。

本文发表于《时代建筑》1987年第2期

---

① 胡厚宣等著：《甲骨探史录》，生活·读书·新知三联书店，1982，第280页。

建筑本质系统理解

任何事物的本质都是多侧面多层次、由诸多因素而非单一因素决定的，建筑亦然。本文试图运用一般素统论方法，将建筑作为一个动态的复杂系统（即有机整体），运用多维多向而非线性单向的思维方式，从决定建筑本质诸多因素的相互关联中理解建筑的本质。

什么是建筑的本质？可用图式表示如下：

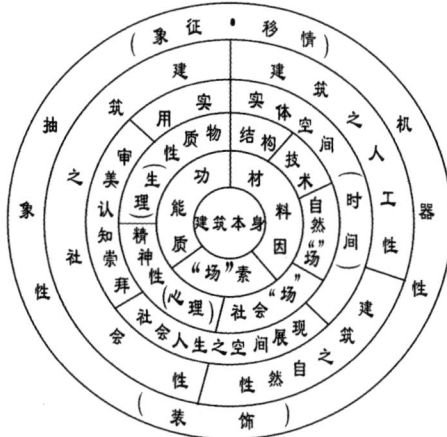

象　征　·　移　情

抽象性

建筑之社会性

筑之审美认知崇拜

用性

实物质

实体空间

结构技术

材料

功能

建筑本身素因

生理

精神性

心理

自然"场"

时间

建筑之自然性

社会"场"

社会人生之空间展现

机器性

工性

建筑之自然性

装　饰

图1　建筑本质系统图解

建筑的本质，是由材料因，"场"素与功能质三大相关联的因素（基因）决定的。

一、材料因：指决定建筑本质的物质因素。材料沉重、庞大与坚固性是建筑所独具的。黑格尔认为美的本质是显现于具体事物的"理念"。由于建筑必然受到沉重、庞大与坚固的物质材料的"限制"，使"理念"不能充分地"显现"，建筑不像诗那样完全摆脱了物质材料的"纠缠"与"污染"，因而在他看来，"就存在或出现的次第来说，建筑也是一门最早的艺术"①。"最早的"，必然也是"最低级的"。因而黑格尔将建筑列于整个艺术序列的首位，并非说明这位古典美学家特别推崇建筑，而是说明在其客观唯心主义的关于"理念"的建筑美学见解中，辩证地猜中了物质材料对建筑本质的某种决定作用。

与建筑的材料关系最直接的是建筑技术与结构。对建筑材料按其性能与建筑的功能需求进行加工改造，也就是建筑技术的运用：运用一定的建筑技术，按一定的科学与美学规律对材料加以组合、装配（蒙太奇，法语montage），就是建筑的结构。

建筑"艺术"说将建筑混同于一般的文学艺术，其同于一般的文学艺术，其偏颇在于抹煞了建筑的材料特性。由于材料因，建筑首先是一种技艺、工艺，西文Architecture（建筑）的本意，指"巨大的工艺"。由于这一点，建筑一般不能挤进社会意识形态领域去硬充一个角色，给人的形象感受亦非文学艺术可同日而语的。一些纪念性、宗教性的园林建筑，敷彩饰面、雕梁画栋、镶嵌以壁画、布置以雕像等等，往往对其进行过一定的艺术装饰，然而这种艺术装饰，仅仅是绘画、雕塑或文学之类艺术因素对建筑的渗透，或者说作为巨大的工艺的建筑，为了丰富其美的具体形态而向文学艺术的有限借用，并不能亦没有改变由于建筑的材料特性而决定的建筑的本质，只是增添了决定建筑的若干因素而已。

二、"场"素：指建筑与自然界、建筑与人类社会的关系，指建筑在自然界与人类社会生活中所处的地位与作用，可分自然"场"与社会"场"。

自然"场"：建筑是人对一定自然空间"人化"的形式，因此，不能离开一定的自然"场"来探讨建筑的本质。西方有机建筑论，就很重视建筑与自然环境的有机联系。世上没有第二种由人创造的"作品"，象建筑这样如此彻底

---

① ［德］黑格尔著、朱光潜译：《美学》第三卷上册，商务印书馆，1979，第27页。

地与大自然紧密联系在一起。一部《红楼梦》藏于牧童的小竹楼或北京图书馆，决不会改变其内在本质；·贝多芬的《英雄》《命运》交响曲可在不同场合进行重复演奏，不同环境因素一般不会改变这些名曲的艺术品格；一座罗丹的《思想者》，或《加莱义民》雕像陈列于室内，亦可置于大自然环境之中，其艺术本质并不一定受自然环境的直接影响。建筑不然。建筑与自然环境都实实在在地存在于现实生活之中，建筑物的存在影响环境，环境亦会影响建筑的时空意象。"建筑物总是构成了它所在环境的重要面貌特征……同样，随心所欲地改变环境也会影响到建筑本身。"[①]离开一定自然环境的建筑是不可设想、无法存在的。即使地下、水下或将会出现的太空建筑、亦不能摆脱"地下"、"水下"、"太空"这些自然环境的制约。

同时，一般由自然"场"所决定的建筑的自然质，又与建筑材料（材料取之于自然）有关，这一点可从图示见出。

社会"场"：建筑的诞生，出于社会生活的需要，建筑的起源，是从人类企图解决居住问题起步的。建筑的发展，受全社会经济条件归根结蒂受社会生产力发展水平的限制。社会生产方为建筑提供了经济力量、建筑材料技术与建造工具，前者与后者的发展是同步的。社会生产力的发展也不断开拓建筑的社会需求。建筑的社会"场"也关系到功能质，这一点也可从图示见出。

三、功能质：指建筑的社会功能价值，分物质性与精神性功能两部分，在这一点上，"双重"功能是正确的。

物质功能性：主要指建筑的居住功效：防寒、燥湿、通风、适度的日照、躲避敌害，以备生存休憩之用，也为他适宜于在建筑环境中进行的人类生活活动的需要，满足人的生理性需求、实用性需求。

建筑的首要目的在于求其实用，实用性必然是构成建筑本质的一个侧面、一个层次。当建筑兼备一定精神性功能时，仍不排斥其实用性功能，两者结伴而存，且前者往往依存于后者，或起码并不妨碍于后者的，要求相辅相成，珠联璧合。

---

① 中国建筑学会建筑历史学术委员会编：《建筑历史与理论》第一辑，江苏人民出版社，1981年，第32页。

有些建筑物艺术装饰程度高些，然而在这精神意义背后，一般总隐伏"实用"这一功能质因素。古希腊帕提农神庙的精神性功能显而易见，其实那是人建造的供神"居住"的"寓所"，是人的寓所的变种。在虔诚的人看来，为使神永驻，应该有个固定"住所"，人为讨好神，祈求神赐福于人（虽然这不可能），才将神庙柱廊建造得如此雄伟典雅，因而在这种建筑观念中就蕴涵着"实用"这一观念。一般庙宇亦往往发育为庇护和储存神像、雕塑和壁画等艺术品的历史"博物馆"。陵墓的实用价值在于掩埋残骸，是供死人"居住"的"寓所"，活人居住形式的继续。人为活着时生活舒适美好，虔诚地相信祖宗灵魂与鬼神的福佑能帮助达到这一物质性的实用目的，才愿意建造陵墓。有些佛塔可供登临，成为人们俯瞰四周自然美的观赏点，有的建于古代军事要冲，可供"瞭敌"（如河北料敌塔）之用，有的建于古代航道必经之地，有导航之功。而公园长廊、小桥、美人靠与凉亭之类，一般起着点景、调节整座园林审美节奏的观赏作用，其本身是审美对象，同时兼有导游、渡水、凭眺或供人休憩等实际用途。

建筑的实用性（生理）功能是基本的、普遍的。

精神性功能：指建筑在满足人的生理（实用）性需求前提下，同时具有的人的心理性功能，包括审美、认知有时兼崇拜三方面。"双重"功能说将建筑的精神性功能仅仅归结为艺术审美功能（美观），这种看法不够全面。

如前所述，虽然不能将建筑混同于一般文学艺术，但这并不等于说建筑与社会意识形态绝然无关。且不说其渗透文学艺术因素的建筑装饰可以反映社会生活，即使建筑的平面、立面、空间序列安排，在满足建筑实用性需求的同时，也具有一定的精神意义（比如渗融于建筑形象的哲理思考、伦理观念与宗教情绪等）。适度的艺术装饰是目前的建筑所常需的。尤其建筑的诸如多样整一、对称均衡、比例尺度与色彩质地等形式美规律，在文学艺术中亦不同程度地存在，建筑与文学艺术之间并无一条不可逾越的鸿沟。

艺术审美是建筑精神性功能的基本内容。在这种精神性功能中，还蕴涵一定的认知意义。在欧洲，人们将建筑称为"石头的史书"，建筑是历史为人们在现实世里所看得见、摸得着、住得下的真实环境。俄罗斯著名作家果戈理曾经说过，建筑是世界及其历史的年鉴，也是人类文化发展的年轮，当歌曲和传说已经缄默的时候，建筑还在向人们诉说。"[1] "建筑，人的'第二形象'，人的生存历史和现实生存状态的时空标志，人的本性、品格、智慧、意志与理想，都凝淀在建筑的时空营构和意象之中。"[2]布鲁诺·赛维指出："埃及式＝敬畏的时代，那时的人致力于保存尸体，不然就不能求得复活；希腊式＝优美的时代，象征热情激荡中的沉思安息；罗马式＝武力和豪华的时代；早期督教式＝虔诚与爱的时代；哥特式＝渴慕的时代；文艺复兴式＝雅致的时代；各种复兴式＝回忆的时代。"[3]凡此，都有力地说明了建筑的认知意义。

建筑有时还兼备一定的崇拜性功能。新石器时代晚期广泛存在于西欧、北非及亚洲古印度的"巨石建筑"，有的由上千块巨石排列成行，在广阔原野上连绵三千五百英尺，显然具有某种巫术意义，意在对神灵具有某种拦截与推拒作用，以便在初民的幻想中形成一个安全的空间环境。中世纪西欧哥特式教堂以及中国佛塔的崇拜性功能亦是显然的。

四、再从建筑的材料因角度考察：运用一定材料、按一定科学与美学规律加以结构组合，就构成一定的建筑实体。实体一经确立，建筑空间就被从一定的自然空间中划分出来，因此实体是划分空间的手段。空间的确立蕴涵着建筑的目的。一定的建筑空间，是由一定的建筑实体所限定的影响所及的那一个区域。没有无实体的建筑空间，如无实体，空间就是无边无际的，它失去了属人的特性；没有无空间的建筑实体，实体必然占有一定的自然空间环境。老子所谓"当其无，有室之用"，这里的"无"，也可理解为建筑的"空间"。"室之用"有赖于"无"即建筑空间的存在，但"无"是依存于"有"（实体）的。因而如果说空间是"建筑的主角"，那么，实体其实就是建筑物（而不是建筑）本身。因为建筑空间首先与实用性功能直接有关，因此建筑设计的着眼点应在建筑空间，"空间——建筑的主角"的思想精蕴，在于对建筑的实用性功能的深刻理解。

———————————

① 中国建筑学会建筑历史学术委员会编：《建筑历史与理论》第一辑，江苏人民出版社，1981，第32页。

② 王振复：《建筑中国：半片砖瓦到十里楼台》，中华书局，2021，第1—2页。

③ ［意］布鲁诺·赛维著，张似赞译：《建筑空间论（一）》，引自《建筑师》编辑部：《建筑师》，中国建筑工业出版社，1981年第7期，第178页。

同时，由实体与空间所组成的建筑环境，无论单体或群体，由于空间的隔断与序列，人只能进入其中或在四周感受、认知其效果，因而在建筑空间形象中必然蕴涵着时间（第四度空间）因素。

五、再从建筑的"场"素角度考察，建筑的社会"场"不仅是建筑与社会经济生活的关系，而且建筑形象是社会人生的空间展现，它一定程度上反映特定时代、民族、种族、地域，甚至阶级、个人的某些生活本质、观念、情绪与心理气质，蕴涵哲学、伦理学、美学、宗教学、艺术学及自然科学等多种社会意识。这些，中外古今建筑史已作了雄辩的证明。

而且，不应忘记自然"场"素中的自然环境对建筑形象、社会人生的空间展现具有深刻影响。优秀的建筑，总使建筑物与其周围自然空间环境达到浑然一体的和谐境界。天坛与泰姬陵的"崇高神圣"离不开无垠的蓝天白云；崇山峻岭的有力烘托才显出万里长城逶迤飞动的雄姿；金字塔的"静穆"与一望无际的沙海恰成协调；悉尼歌剧院的"风帆"，如果出现在丘陵地区而不是在蓝色的港湾还有什么魅力？流水别墅的"轻灵欢愉"，显然是由于瀑泉的跌落，而朗香教堂的"神秘"之感，的确也是与其四周茫茫的田野景色很有关系的。

六、概括起来，建筑的材料因及与建筑材料相关的建筑技术、结构所构成的建筑实体、空间（时间），显示出建筑的人工性；建筑"场"素中的自然"场"（包括材料因素），使建筑具有自然性；建筑"场"素中的社会"场"即建筑与社会经济生活的关系、社会人生的空间展现以及建筑的实用与审美、认知有时兼备崇拜的双重功能，体现了建筑的社会性。建筑社会属性的获得，是在建筑自然质基础上进行建筑人为加工的结果。

七、这种自然与人工的结合，或说人工按一定功能需求对建筑自然"场"素（包括材料）的发现、开拓、占有与改造制作，就是建筑的技术、技艺，它具有机器性。西方早期现代主义建筑的"机器"观（如柯布西埃的"住房是居住的机器"说），实际上是一种技术观，对西方古代那种将建筑喻为"凝固的音乐"、"抽象的雕刻"的建筑艺术观无疑是一个有力的历史性反拨。

建筑将它的根深扎在自然科学的沃土之中，亦不可避免地受到文学艺术的熏陶（艺术装饰）。建筑美不是一种单纯的材料美与技术美，美在建筑材料、技术、自然空间环境与艺术装饰的吻合与交融之中，又以材料与技术为美的基本质素。洛可可与巴洛克风格装饰过分繁缛华丽，大量运用艺术因素于建筑，固然是时风所需，却也正好证明当时的建筑技术（包括结构）还没有达到历史性的长足的进步。西方现代主义建筑一般地排斥艺术装饰，亦恰好说明技术与艺术的交汇融合只有在将来才能实现。技术与艺术的本质虽有不同，却也是对应的，凡是应用到技术技巧之处，必有艺术因素隐伏着，正如凡是艺术，必具有技术技巧的某些因子一样。建筑是使工程表达概念、观念与情绪的"科学性艺术"。"当技术实现了它的真正使命，它就升华为艺术。"[1]当艺术达到炉火纯青之时，便向技术回归。技术高度发展，为技术走向艺术化铺平了历史道路。对于未来高度发展的建筑而言，艺术的极致，便是技术的极致。

八、建筑是社会人生的空间展现，其形象具有审美、认知、有时兼崇拜的意义，然而这种"展现"即反映生活的方式以及形象的精神意义都具有抽象性。建筑不能像文学艺术那样具体入微地再现，比如"杨柳岸、晓风残月"或"执手相看泪眼，竟无语凝噎"的生活情景，不能具体地向人提供阿Q从"中兴"走向"团圆"的具体生活历程，建筑只能抽象地暗示某种普泛朦胧的思想情绪、气质意蕴、风格意境。古希腊罗马文艺复兴时期的陶立克柱式，一般以形体粗硕、槽纹纵直、不做柱础而显示出那种顶天立地的男性力量的美，这种美的表现是抽象的。中世纪哥特式教堂以直指苍穹的尖顶显现了信徒对天国的向往，这种显现也是抽象的，并没有也不可能向人叙述一个情节复杂的宗教故事。因而恰如西方现代英国著名美学家所言，建筑也是一种抽象的"有意味的形式"。

建筑形象对生活的反映方式一般是表现而非再现。形象对一定抽象观念情绪的暗示，其实就是建筑的象征。建筑的象征意义，如能在审美过程中激活人一定的心理生理机制，使情感因素活跃，达到"物我浑一"境界，这就是建筑形象的移情（关于建筑的象征与移情，另文别述）。

综上所述，据图式，决定建筑本质一切因素中的每一因素，均与其余各种因素构成诸多对矛盾，这是一个错综复杂、千丝万缕的网络结构与矛盾集聚。为约简篇幅，本文不准备将所有这些决定建筑本质的矛盾一一列出，上文已对

---

[1] 同济大学、清华大学、南京工学院、天津大学编：《外国近现代建筑史》，中国建筑工业出版社，1982，第98页。

一些基本矛盾稍加论述。并且以上所列，仅是笔者所检索到的决定建筑本质的诸多因素，其实必然不止这些。建筑在不断发展，随时可能有新因素参与其间，建筑本质也在不断地"向人生成"。[①]

这些复杂的矛盾集聚可简化处理为一个数学公式：

$$R = \frac{C_a^2 + C_{a_1}^2 + C_{a_2}^2 + \cdots\cdots + C_{a_m}^2}{2}$$

这里，R 表示决定建筑本质的矛盾总数，C 为排列组合的数学符号，a、a_1、a_2、a_m 为各个层次、各个侧面的诸多因素数，m 代表层数\侧面数，a、a_1、a_2、a_m 均可能为变数。

据图所示，建筑的本质犹如"核"，围绕这个"核"的诸多因素组成旋转的多层次、多侧面的"环"。诸多因素是这个"核"的子系统，处于同一层次、侧面，并与全部其余层次、侧面的一切因素，是相互关联、相互渗透不是自封闭的，这是一个错综复杂的有机整体的、动态的系统。建筑的本质，是全部因素的相互撞击、吸引、凝聚、浓缩于哲学提炼。

对这一系统科学意义上的理论解决，构成建筑学的全部内容，在艺术学与美学意义上的理论解决，构成建筑艺术学与建筑美学的全部内容。

结论：建筑是一种以一定材料与结构建造，总与一定的自然空间环境结合，使社会人生抽象性地展现于空间，具有实用与审美、认知，有时兼崇拜的诸种社会功能，一般渗融着艺术因素的科学技术。

本文发表于《新建筑》1985年第3期

---

① 马克思：《1844年经济学—哲学手稿》，何思敬译，人民出版社，1956，第87页。

建筑即宇宙——建筑美学小议

　　小时候耽读《淮南子》，见该书《齐俗训》篇有云："往古来今谓之宙，四方上下谓之宇。"以为这里"宇宙"的意思，指"时空"，觉得倒没有什么难懂的。可是见到该书《览冥训》又说："凤皇（凰）之翔，至德也。……而燕雀佼（骄）之，以为不能与之争于宇宙之间。"这里"宇宙"一词，如果再把它理解为"时空"，想想不对了。你想，区区燕雀，岂有翱翔于天地宇宙之间、能与凤凰一争高下的道理？那么，这"宇宙"又该作何解呢？心中不免有些疑惑起来。

　　好在后来读到汉人高诱的《淮南子》注，才明白过来。

　　高诱说："宇，屋檐也；宙，栋梁也。"可谓一语中的。

　　原来，"宇宙"的本来意思，并不是"时空"，而是指屋檐、栋梁，指宫室（建筑），"宇宙"原是建筑术语而非哲学范畴，这才恍然知道那在象征"至德"的凤凰面前张狂得可以的燕雀，不过是些只能在屋檐、栋梁之际飞飞的小角色。而所谓"时空"，仅仅是"宇宙"的引申义罢了。

　　由此联想到一个建筑美学问题。

　　从"宇宙"既指建筑又指"时空"不难让人领悟到，在中国古人心目中，所谓天地宇宙，其实好比一所其大无比的"大房子"，古人首先是从建筑角度看待天地宇宙的。天地宇宙与建筑这一人工宇宙，在观念上是同构的。

　　且试引几条材料来看看。

　　《易传》释大壮卦，有"上栋下宇，以待风雨"之说。栋梁（宙）横架在上而人字形坡顶、屋檐（宇）呈斜向下垂之势，岂不是"待风雨"的房屋即人工宇宙之象么？在此，人工宇宙与天地宇宙在观念上是重叠的。

屈原《天问》长歌云："圜则九重孰营度之？惟兹何功孰初作之？斡维焉系天极焉加？八柱何当东南何亏？"这是将圆形苍穹比作一个大屋顶。屈子说它九重巍巍，谁能够度量，也不知是谁建造的。又称这天宇绕天轴旋转，不知轴心系在哪里、其顶端又安装在何处。而撑持天宇的八根巨柱，由于中国地形西北高而东南低，当原先植立在西北大地之上的巨柱旋转到东南方时，势必短了一截，因而，才引动这位中国伟大诗人作如此杞人忧天式的发问。这真是有趣。它真实地透露出中华古人视天地宇宙为人工建筑一般的文化信息。至于《天问》又说："何阖而晦何开而明？角宿未旦曜灵安藏？"这是干脆将天地宇宙的晨昏交替，看作一所大房子门扉的开启与关闭了。

再说《淮南子·览冥训》还有一则神话传说记载："往古之时，四极废，九州裂，天不兼覆，地不周载……女娲炼五色石以补苍天，断鳌足以立四极。"在建筑上，所谓立"极"，就是在房屋屋顶的最高处架设横梁。而这则女娲补天的美丽神话，依我看，不过是现实中修房补屋之泥瓦匠形象的神化与诗化而已。

宗白华在《美学散步》一书中说得好："中国人的宇宙（引者注：指天地宇宙）概念本与庐舍有关。"就这一句简捷而平易的话，可谓说到点子上了。

不过，宗先生接下去的一段话，看来可能会引起一些争论的。他说："'宇'是屋宇，'宙'是由'宇'中出入往来。中国古代农人的农舍就是他们的世界。他们从屋宇得到空间观念，从'日出而作，日入而息'（《击壤歌》），由宇中出入而得到时间观念。"[1]这里所说"从屋宇得到空间观念"是不错的，而称"由宇中出入而得到时间观念"，看来值得一议。

《苍颉篇》称"宙"之本义为"舟舆所届曰宙"。《说文》指"宙"为"舟车之所极覆也，从宀。"段玉裁注："舟车自此及彼，而复还此，如循环然。故其字从由，如轴字从由也。"可见，三者释义是一贯的。即由"舟舆"之行联想到时间，时间即"久"（《墨子》云："久，合古今旦莫。"）"久"通"宙"。就是由"宙"之"由"部联系到"舟舆"之"轴"；由"轴"之转动联系到"舟舆"

---

① 宗白华：《美学散步》，上海人民出版社，1981，第89页。

之行进；由行进需耗费时间而释"宙"之引申义为时间，其逻辑似也可通。可是，如果由此推论，那么，"宙"的本义应是"舟舆"的行进而不是高诱所说的"栋梁"了。而且，许慎明明释"宙"从"宀"。《说文》说："宀，交覆深屋也，象形。"这里所谓"交覆"，指中国建筑的人字形坡顶；"深屋"，指上古半截墙体为穴壁的半穴居。

可见，"宙"并非指"舟舆"之行进，也不是表示人"由'宇'中出入往来"，而是指房屋栋梁的持"久"撑持。一点不错，中国建筑的木构栋梁（同时还有立柱、屋架等）是它的生命所在。如果栋梁之类一旦倾圮、倒坍，也就"屋将不屋"了。栋梁的持久屹立，是一个时间（宙，久）过程。

因此在哲学与美学观念上，中国人的宇宙观，也便是时空观，它本源于建筑观，所谓古老的"盖天"说，实际是"建筑"说。

既然中国人历来是从建筑角度看待自然天地宇宙的，那么，将建筑时空意象这"人工宇宙"看作天地宇宙的象征，也就理所当然。在中国人的哲学与美学向往中，建筑是象征天地宇宙的人工营构，建筑时空意象之美的境界，是从对天地宇宙的象喻之中开拓出来的。

在我看来，这是建筑哲学与美学的"第一原理"。

且看中国古代所谓明堂这种建筑，"明堂者，天子布政之宫"（《孝经·援神契》）。其典型形制，是"以茅盖屋，上圆下方。"（《大戴礼记》）其象征性意蕴，在"上圆象天，下方法地。"（《周礼·考工记》）这种美的象征，后来在《通典》里，被大大地丰富了："堂方百四十四尺，坤之策也。屋圆径二百一十六尺，乾之策也。"按：《易经》云，坤为地、为方；乾为天、为圆，乾坤相谐，自然之道。在《周易》古筮法中，乾、坤二策合三百六十（即坤策"百四十四"；乾策"二百一十六"），象征一年。《通典》又说："太庙明堂方三十六丈，通天屋径九丈，阴阳九六之变。圆盖方载，六九之道也。"按：《易经》古筮法称"九"为老阳、"六"为老阴，两者都是变爻，太庙明堂的造型寓"九六"之数，象征天地之原道恒变。又说"八达（注：夹室）以象八卦，九室以象九州，十二宫以应十二辰，三十六户七十二牖，以四户八牖乘九室之数也。户外皆设而不闭，示天下不藏也，通天屋高八十一尺，黄钟九九之实也。二十八柱，列于四方，亦七宿之象也。堂高三尺以应三统（注：历法），四乡（注：向）五色，各象其行，外博二十四丈，以应节气也。"这一系列"数"之序列的建筑造型，都在"诉说"建筑即宇宙这一哲学，美学主题。

再看北京天坛圜丘，三层圆坛的"圆"象天，坛台所铺砌的白石板数，每一层每一圈的圈数，都是九与九的倍数。天坛如此崇"九"，是因为在《易经》里，"九"是最神圣的阳数，象征至上的天及天在人间的代表封建帝王。天坛祈年殿，全高为古制九丈九尺，不离"天"这一主题，殿周长三十丈，表示月之圆缺明没周期约为三十日；殿内金龙藻井下设楹柱四根，以喻四季春秋代序、冬夏交错；中间一层有立柱十二，象征十二月令；外层又设立柱十二、象法十二时辰；里外立柱凡二十四，暗喻二十四节气：藻井下又设楹柱四根，代表二十八宿居于四方：殿顶四周有短柱三十六，为三十六天罡之意；而该殿内墙墙东门外的"七十二连房"、还有七十二地煞的意思。

正如班固《两都赋》所言："其宫室也，体象乎天地，经纬乎阴阳，据坤灵之正位，仿太紫之圆方。"中国人所认可与观照的建筑空间意象之美，由于直接与人的宇宙时空意识相联系，其精神境界是无比辽广与深邃的。建筑这种人工宇宙屹立于天地之间又象征自然宇宙，确实具有《易经》所谓"大壮"之美的磅礴品格。

本文发表于《文汇报》1999年7月25日

建筑形象的模糊之美

　　建筑形象庞大重实、清晰触目的感性特征，似乎颇难理解它还有什么模糊之处。其实，"模糊"的哲学与美学涵义，是指此事物的本质，在与彼事物的动态关联中，缺乏明确，清晰的临界值，模糊是事物之间处于渐变状态的中介、过渡与连续；亦指主体对客体的认识永远没有完结的那种性态，一切总是有待于被实践主体所把握。这两方面即客体与客体、客体与主体之间都存在无限丰富，深邃的模糊领域。建筑形象之美也每每在于它的模糊。

　　首先，与建筑形象之美相攸关的自然空间和建筑空间（包括其外部空间与内部空间）之间构成了多变的模糊域。建筑"上栋下宇，以辟风雨"，保护人类免受盲目自然力量的侵害，其浅在的美无疑具有"盾"的性质；建筑又是人类浩浩荡荡地向自然空间进军的一种实践方式，是人对一定自然空间的占有与人化，其美又无疑具有深一层次的"矛"的性质。而此根本之美在于，本在的自然空间与人为的建筑空间之间构成了一种模糊态。亦盾亦矛、非矛非盾，建筑形象一方面是推拒大自然的一种人为的创造，另一方面又是拥入大自然的人之本质力量的肯定性实现它"守"、"攻"兼备，其美的生命在"矛"与"盾"之间。

　　其次，就建筑形象的内外部空间关系而言，屋顶、墙体、立柱、门窗等作为建筑实体，究竟属于建筑内部抑或外部空间呢？这个问题的提出似乎不合逻辑，实体确实不等于空间。然而，从模糊美学观不妨可将建筑形象的实体与空间看作一个动态连续过程，所谓建筑"流动空间"的美学意蕴就在于此。建筑实体尽管是一种清晰的实在，它是划分建筑内外部空间的手段，却是连接建筑形象内外部空间的中介与过渡。因而一般建筑实体之美，具有既内又外的性质，它是一个"变量"。实体形象的开敞或封闭、轻灵或稳重、屋宇连属徘徊还是孤柱独峙、其色彩的冷暖淡浓以及质感的粗犷细润变化等等，是在审美上沟通建筑形象内外部空间的"蒙太奇"。比如，墙体门窗的多寡、大小、位置、形状等不同，都直接影响建筑形象内外部空间的交流。当代美国著名建筑师贝聿铭认为，门窗既是开闭、日照、通风等物质实用性的建筑"语汇"，作为内外部空间的一种连续方式，又是审美心理意义上的模糊性"符号"。如果说西方古代对门窗的处理，有侧重于生理、技术意义的倾向，那么中国古代也许更重视建筑内外部空间审美情感的往复交融。"窗含西岭千秋雪，门泊东吴万里船"，这两句杜诗颇为传神地道出了建筑形象模糊之美的高妙境界。又如屋顶形制、古代希腊的平顶、罗马的拱顶、中世纪西欧教堂的尖顶，自然不可与中国古代的大屋顶同日而语，它们各自多么巨大地影响了建筑形象内外部空间之美的审美意味，自然更迥异于当代建筑有时采用篷状天棚、玻璃天棚等屋顶形式所给人以半有半无、亦外亦内的美感。

又次，就建筑空间本身而言，在建筑内外部空间之间不仅以建筑实体作为两者的连接与过渡，而且插入了"第三个空间"。中国古代一些宫殿、寺庙、园林、亭廊、民居，由于屋檐出挑深远而形成很深很广阴影的那一个区域，日本中古时代传统建筑的所谓"缘侧"以及现代建筑的所谓雨篷之类，都是这样的模糊空间。日本著名建筑师黑川纪章曾经指出，它们"作为室内与室外之间的一个插入空间，介乎内与外的第三域"，因有顶盖可算是内部空间，但又开敞，故又是外部空间的一部分。"[①]这是一种不黑不白、亦黑亦白的"灰"空间。"其特点是既不割裂内外，又不独立于内外，而是内和外的一个媒介结合区域。"

同时，由建筑实体与建筑空间所构成的建筑形象之美，在其功能上也同样存在着模糊性。建筑具有物质性（生理）、与精神性（心理）两相关联的功能质，这是清晰的，一点也不显得模糊。前者满足人生理上的生存需求，表现为

---

① ［日］黑川纪章：《日本的灰调子文化》，梁鸿文译，引自《世界建筑》，1981年第1期，第57页。

追求实用功利目的；后者以人的精神心理健康需求为指归，表现为审美、认知，有时兼及崇拜。但是，这两大功能之间又存在深层的动态构连关系。建筑通常能满足人一定的生理需求，必然激起相应的生理性快感，这快感又会在心理上引起反响，由其生理能量转化为心理能量，因而，前者无疑具有可以发展为心理审美的潜在质素。因此，从生理到心理，就有一个必然的"中介"，它也是一种"灰"域，只有真正把握与领悟这一个"灰"，那种既契合一定生理机制、又契合一定心理机制的建筑形象之美，才能被创造出来。

而且从建筑形象精神性功能所包括的审美、认知，有时兼及崇拜三要素来说，其内部结构也具有模糊性。没有一座建筑物的精神性功能是线性、单一的，可以说任何建筑形象都具有一定的审美与认知意蕴，即使是一个小品，一座边远山寨的茅舍也必然能折射某种时代审美风尚与时代精神，仅仅其审美与认知作用文野、粗细、高下、强弱与深浅不同罢了。比较起来，建筑形象的崇拜意义较多地表示在宗教性建度上。西欧中世纪哥特式教堂的高直风格，其耸入云端的尖顶、宗教题材的壁画装饰与雕象，以及晦暗封闭的内部空间，体现出强烈的人与上帝既和谐又冲突的宗教主题。东方千年屹立于大地的中华佛塔，体现出佛性清净、崇高与涅槃境界。这些东西方宗教建筑除了具有崇拜功能，同时不乏审美与认知意义。而在看来以审美、认知为其主要功能的政治类、陵寝类、商业类等建筑中，其崇拜性意蕴其实也不缺乏。这些可以是对权力、人格或金钱的世俗性崇拜，比如当代诸多宾馆建筑中，就有些由于强烈的商业招徕性而显示出对金钱的崇拜意味。

因而不应忽视建筑形象审美、认知、崇拜心理功能内部所存在与发展的模糊领域。如果将这种美看作是认知的感性显现，那么认知则是审美的理性沉思；如果说崇拜是被颠倒的审美，那么审美发展到极致，可能进入崇拜境界；崇拜既然是精神迷狂，它是某种理性的丧失，却是人在神或准神面前跪着的一种假性认知，是理性认知的被扼杀，又可以是认知的历史前导。在这三者之间，任何一方都是其余两方的中介、过渡与连续，建筑形象模糊之美的发展是恒变而无止境的。

本文发表于《文汇报》1992年2月25日

人体美与建筑文化

　　建筑文化表现人体美的显例，是古希腊神庙建筑上的古典柱式，在当时意大利西西里一带城邦建筑中，表现男性人体美的陶立克（Doric）柱式取得了很高的艺术成就，陶立克柱式的石柱形象粗笨雄硕，柱身凹槽回纵直平行分布，棱角鲜明线条刚挺，柱头为倒立之圆锥台形，檐部显得重实，下部不垫柱础，整个造型似有一股顶天立地的男子气概，既脚踏实地又自持亢奋，雄强稳定，象征男性人体的刚健有力；另一种爱奥尼柱式（Ionic）在小亚细亚城邦建筑中流行，它柱身比例修长，槽部轻盈，柱头的涡卷形感与质感显得柔和，并设有柱础，整个造型秀丽端雅，象征女性人体的柔和娇美。还有一种科林新（Corinthian）柱式，石柱形体更见修长，柱头常以植物形象装饰，好似少女身量未足，清丽秀逸，有一种葱郁的美感。

　　古典柱式所以美，不仅因其一般地象征人体，且在这象征涵义中，深蕴着西方古代的人本主义理想，是肯定人性、人的价值这种抽象观念情绪的反映。

　　宗白华先生曾经引近代法国诗人梵乐希《优班尼欧斯或论建筑》一书中的实例来说明这一点。一位建筑师向他的朋友介绍他设计的"珂玲斯"（即科林斯）说："四根石柱在一单纯的体式中，——我在它里面却寄寓着我生命里一个光明日子的回忆……这个窈窕的小庙宇，没有人想到，它是一个珂玲斯女郎底数字的造象呀！""这小庙是很忠实地复示着她身体的特殊的比例，它为我活着，我寄寓于它的，它回赐给我。"那朋友对此深有同感："怪不得它有这般不可思议的窈窕呢！人在它里面真能感觉到一个人格的存在，一个女子的奇花初放，一个可爱的人儿的音乐的和谐。"宗先生接着指出："这四根石柱由于微妙的数学关系发出音响的清韵，传出少女的幽姿，它的不可模拟的谐和正表达着少女的体态。"①而且，它的确如同其他柱式形象一样，是一首洋溢着人性，人情的"歌"。

在西方现代派建筑中，通过确立抽象概括地表现人体的建筑形象以象征某种抽象精神意义的生动案例，是著名建筑师柯布西埃的朗香教堂。朗香教堂一改中世纪教堂的高直风格，不设钟楼，其平面亦不是象征基督精神的十字架形的。它的象征在于，教堂既然是人与上帝"对话"的场所，那么，把它独象地设计为犹如一个人的听觉器官，以便洗耳恭听上帝的"声音"，并非是缺乏美学头脑的奇思异想。于是，墙体扭曲歪斜，一般地象征人与神的痛苦冲突；形体不显高峻，说明人对天国的向往已经不如中世纪式那样的急切，卷曲的南墙末端稍为上腾，暗示人对彼岸毕竟寄予幻想又不愿远离尘世一般的踌躇；沉重的反卷式屋顶，尺度过小的，设置不对称的门窗，使内部空间几乎封闭，光线暗淡，确实令信徒心神收敛，去专注于上帝的训诫，然敞开的东部长廊，又可承受人间的雨露空气阳光，这又可看作对此岸的回眸。朗香教堂运用象征手法表示人体的成功之处，在于它通过节奏多变的建筑语汇，向人显示它是带有现代西方社会心理烙印的建筑，而非中世纪教堂的因袭。

建筑文化表现人体美及人体，一般只能运用抽象手法，倘若如实地模拟人体，往往破坏建筑形象的美感，国外有一种人面形建筑，将窗户做成人的两眼形状，门洞做成嘴巴模样，给人以僵死恐怖之感。报载国外有一座人体科学博物馆，其建筑物犹如人体，"五脏"俱全，参观者从一扇模拟人的巨型大嘴的大门进入，有被吞吃进肚的不适感，接着通过如人的气管一般的自动电梯，依次被送进肺馆、心脏馆、直到经过直肠馆和肛门馆，最后，随同"噗"的一个"放屁"声，连人带"屁"一起被排出这座人体博物馆。在实用功能方面，因其形象地传布了人体知识，这座建筑也许是非常出色的，然在艺术审美方面，由于没有成功地抽象性地表现人体美，失去了建筑文化象征性的意蕴。

---

① 宗白华：《美学散步》，上海人民出版社，1981，第192—193页。

　　在西方古代建筑史上，的确偶尔也有一二如实描摹人体美的实例，似乎那是写实手法在建筑艺创造领域的胜利，其实，这种情况只出现于个别建筑构件而非整座建筑，比如以如实描摹人体的立雕像充当建筑立柱之类，确切地说，这是附丽于整个建筑形象现实主义的雕塑美，是雕塑艺术向建筑术的渗透，或说是建筑艺术偶尔向雕塑艺术的一种借用。因而可以说，建筑艺术对人体美的反映，是抽象地表现而不是具象地再现。

本文发表于《美育》（长沙）1985年第3期

论"建筑意"与诗意、建筑美的关系

在空间性与时间性的精神层面上，建筑美与诗意美具有一定的相通性和同构性。建筑美的根本所在，来自与一定的诗意相契的"建筑意"，它是建筑的环境、材料、技术、结构与艺术以及实用、认知、审美与崇拜等一切因素的一个文化综合。将建筑美等同于诗意美，是对建筑美的一种误解。

伟大的文学家将诗等文学之美写在书页里，而伟大的建造师把建筑之美"写"在大地上。从精神层面看，两者所做的是同一件事：都是在创造一种非凡的美，都遵循同一种哲学，并以此为其人文之魂。然而，建筑空间意象的美，并非仅仅是与建筑美相通而同构的诗意美，它是一种由梁思成、林徽因先生所说的与诗意相契的"建筑意"的美。

一

在一定的建筑空间环境中，往往有许多诗以及其他艺术因素的有机渗透，比如匾额、楹联等文学因素，借助书法艺术的呈现，在建筑空间环境中显示了活跃的艺术生命，而且建筑空间意象本身，是具有诗一样的审美品格的。

诗是大家所熟知的。有些诗的汉文字书写形式，如俗称所谓"楼梯诗""宝塔诗"之类，是颇容易使人想起某些建筑意象的。这种诗句排列方式的创造，受启于某些建筑的空间造型。诗的内在结构，以及与之相系的诗的思想情感逻辑、诗的艺术审美意象，其实是融渗着建筑一般的、人的审美空间意识的。因此，人们往往可以借助于一定的建筑意象的结构特点，来评价某些诗歌作品。

有一些诗的意象结构，颇类于我国传统古建筑的空间造型。建筑的空间序列横向铺排，一个院落又一个院落，在地面上徐徐展开，依次递进，逐渐推向高潮，形成鳞次栉比的发展态势，可称为递进式。明清北京多重进深的四合院与紫禁城（现北京故宫）的空间序列，堪称典型。相比之下，杜甫的一首《登岳阳楼》的诗的形式，也具有这样的特点。

　　昔闻洞庭水，今上岳阳楼。吴楚东南坼，乾坤日夜浮。亲朋无一字，老病有孤舟。戎马关山北，凭轩涕泗流。

全诗八句四联，自然形成四个层次。首联隐写初登楼时的轻度欢愉之情；颔联写登楼所见：洞庭烟波浩渺，气度不凡；颈联触景生情，感叹身世；尾联由抒发个人凄清情怀而转入伤时忧国，形成诗的高潮。全诗对仗用韵，严谨工整，结构紧凑，节奏平稳，而情感含蓄深沉。这一首诗的审美特征，与我国一些传统院落建筑群的平面组合相通，有一条中轴线，中轴两侧呈现对称态势，井井有序，层层推进，最后达成高潮，便是主题建筑的呈现。

又如陶渊明的《饮酒》：

　　结庐在人境，而无车马喧。问君何能尔，心远地自偏。采菊东篱下，悠然见南山。山气日夕佳，飞鸟相与还。此中有真意，欲辨已忘言。

似乎平平而起，信手拈来，通过描绘东篱黄花与南山飞鸟等景物，使诗情步步积累。最后突然转折，以高潮作结，使得诗美主题开拓深化。这好比递进式的中国古建筑群，走过一重院落又一重院落，多重院落的递进，显得进深很大，给人以美的无尽之感。

这一类诗，以言辞质朴为特征，诗的情感充沛但显得内敛而素淡，是一种情感融渗于理性的审美，可以称之为审美情感的理性化。

正如这一类诗一样，中国古代建筑的空间意象，多见的也往往是情感平和、以融渗着审美情感的理性见长，少有西欧中世纪教堂式的情感突兀乖张与意绪亢奋，而其意象的审美意义，又并非失之肤浅，它所蕴含的生活哲理与审美情趣,是隽永的,十分耐人寻味。

另一类诗的意象结构,像中国古代建筑的层叠式。其空间序列层层叠叠,纵向发展,遂使诗情挺拔,有摇摇欲坠似的感觉。

李贺《李凭箜篌引》:

> 吴丝蜀桐张高秋,空山凝云颓不流。江娥啼竹素女愁,李凭中国弹箜篌。昆山玉碎凤凰叫,芙蓉泣露香兰笑。十二门前融冷光,二十三丝动紫皇。女娲炼石补天处,石破天惊逗秋雨。梦入神山教神妪,老鱼跳波瘦蛟舞。吴质不眠倚桂树,露脚斜飞湿寒兔。

一系列奇特新巧的比喻,用词险怪,出人意料,极写李凭箜篌弹奏技艺的高超和乐音的美妙绝伦。诗人运用层层排比,叠床叠架一般,使得诗的意象扶摇直上,风光无限,好比中国古代的高塔或是当代的一些城市超高层建筑探出云端,气势磅礴。读这样的诗句,确实是可以勾起对那些摩天大厦空间意象的审美联想的。

诗的建筑美与建筑的诗意美,在一定条件下两者是相通的,存在着审美心理上的对应联系。如果说,德国谢林、黑格尔称"建筑是凝固的音乐"是说出了一个真理的话,那么,把音乐比喻为"流动的建筑"是适宜的;如果说,在一定意义上,可以将建筑的空间意象比喻为"无声的诗",那么诗便是"有声的建筑",两者具有一定的意象的同构性。欣赏优美的诗篇,可以获得建筑般的空间立体的美感;观赏美的建筑的空间意象,也可以领略一番诗美一般的审美情趣。

当一座优美的平面为递进式建筑或是壮美的层叠式高层建筑出现在眼前时,会唤起审美主体对那些内在结构的骨力和空间意蕴之相应的诗美一般的情感律动。建筑之于营造,就像诗之于文字一样,它有时同戏剧的激越情绪具有一定的相系性,不过两者的材料不同罢了。陈从周先生《园林谈丛》一书曾经说到园林及其建筑景观,称"园之佳者如诗之绝句,词之小令,皆以少胜多,有不尽之意,寥寥数句,弦外之音犹绕梁间"[1],所言极是。

---

[1] 陈从周:《园林谈丛》,上海人民出版社,2016,第25页。

　　许多建筑的空间序列，具有诗一般的格律节奏。有人说，西方11世纪下半叶和12世纪初罗曼内斯克时期的有些建筑空间序列，在节奏上，与那里晚近发展的诗歌格律相似，看来并非牵强附会。圣阿波利纳尔教堂立面的节奏比较急促，是aaaaaa式，圣萨宾纳教堂的立面节奏相对平缓，延长为a-a-a-a-a-a式；科斯美丁的圣玛利亚教堂的空间组合方式，是b-a-b-a-b-a式，但是圣安布罗乔教堂的"格律"，并非是通常的a-b-a-b-a，而是由于作用于与主殿拱顶肋架相连的的支柱上的应力，从而形成了一种A-b-A-b-A的节奏效果。这正如意大利著名建筑学者布鲁诺·赛维所言，原先的a变成了A，A值被强调突出了，相应地，b值退居到背景的地位。这好比不同的诗体，诗的节奏不同于词；律句的节奏不同于绝句，等等。对称型的建筑空间造型，像诗的律句；不对称型的建筑，似散曲或长短句，虽然不对称，却具有均衡之美。同一空间造型的高层建筑群，排列规整，色彩统一，好比诗的排律，处理得好，有一种奔涌而来的磅礴气势；处理不好，又可能显得单调划一。至于园林别馆，小巧俊逸，节奏多变，曲径通幽，生动活泼，具有抒情散文一般的美。

　　建筑空间意象的"诗意美"，首先不是由人看出来的，而是其本身的空间造型所赋予的。古往今来，无数骚人墨客有感于建筑美，在建筑物上题诗刻对，使得建筑美与诗意美美美相共，相得益彰。而无数描绘建筑及其环境之美的名篇佳作，如《两都赋》《两京赋》《滕王阁序》《醉翁亭记》和《阿房宫赋》等，都在真实地挥写建筑空间意象的美。《红楼梦》里的贾宝玉，也曾在大观园诸景落成之后"试才题对额"，一展其横溢的诗才。可是早在题诗刻对之前，建筑师、造园家就已经通过一定的设计、营造手段，将那葱郁的诗情熔铸在木石结构之中，表现出诗人一般的才气和修养。

　　可见，主要作为技术、作为大地美术的建筑及其环境，与作为纯粹性艺术的诗歌、散文之间，并不存在一条"楚河汉界"，在意象、精神之美的意义上，两者有一定的相通性、同构性，可以进行美妙的"对话"。就建筑、园林景观的题对而言，首先是由规划师、建筑师或造园家灌注生气于建筑及其环境的某种诗的意趣、信息，激发了诗人墨客的诗兴，然后才是题刻、匾对等表现其上，进一步开拓了建筑、园林空间意象的诗性境界，凸显了它们本来就有的某种诗美品格，起到点题和润色的审美效果。

二

建筑空间意象与诗的某种对应关系，不仅表现在审美的空间意识上，同时还表现在审美的时间意识上。

诗虽然是语言艺术，与比如作为时间艺术的音乐大不相同，但是诗的媒材既然是语言文字，这就使得它既能运用语言文字符号来描摹对象的空间存在形式，还能描述对象在时间中的发展延续。

建筑空间意象的美，固然伴随以一定的建筑实体、空间及其环境的有机组合而来，但它也富于时间因素，这种时间因素被建筑学家称为建筑"第四度空间"。它在一定意义上，是与诗的时间性相吻合的。

（一）建筑实体和建筑空间一旦确立，建筑空间意象也就相应地构成了，建筑空间意象的实体、空间的发展，基本同步。然而随着岁月流逝，一定的建筑空间意象，会在历史、时间的流迁之中有所发展。有可能进一步地发育成熟，且愈加显出历史的积淀、深沉和由时间所赋予的美。中国长城的素质之美，建造之初已经基本确立，但长城原本是军事工程，在功能上审美只在其次。随着岁月飞逝，如今两千年过去，其实用性功能已经基本被历史淘汰，作为中华民族的伟大象征，而今愈显其美的伟大。虽然长城的素质之美早已存在，但是对于还来不及或没有必要对其加以审美观照的古人来说，当他们只是在长城上、长城边挥戈抗敌之时，长城的实用性才会被更多地发挥和关注，历史还没有为进一步发现、肯定长城的美，准备充分的审美心理条件。由长城的材质、空间造型以及绵延数千公里的恢弘气度所造成的美，仅仅意味着是有待于产生深度美感的一种"潜质"。要使这种审美"潜质"充分发育成熟，是需要时间、需要漫长历史的熔铸和锻造的。长城之美，在很大意义上，是时间的磨练和历史的陶冶。

另外的一种情况是，随着时间的流变，某些建筑及其环境之美，会遭到自然或人为的损毁甚至毁灭，或是由于部分地被毁，而改变了建筑美的"容颜"和品格，例如北京的圆明园遗址便给人这样的一种悲剧性的美感。1860年的英法侵略战火以及侵略者当年疯狂的抢掠，使得德国歌德所说的这一"东方的凡尔赛宫""万园之园"几乎夷为平地。而今遗存的断垣残壁、三二遗柱，在黄昏的夕照中，在灿烂的晨曦里，高擎着的是吾伟大中华的铮铮铁骨和永远不死的民族之魂。这种巨大而深沉的美感，是由特殊的历史遭遇和时间文脉所赋予的。

德国莱辛在《拉奥孔》中说过这样的话，一切事物不仅在空间中存在，而且也在时间中存在。事物在持续，在其持续之中都可以表现出不同的样貌和性格，而且与其它事物总会发生不同的联系。这便是笔者所以为的建筑空间意象的文脉（context），它首先是时间性的。这种时间性，是与诗性相联系的。春秋代序、晨昏交替，不同的时间尤其是不同时间中人在建筑环境中的活动及其形象，会使得即使是同一建筑的空间意象，也呈现出不尽相同的美及其美感。

元稹《行宫》一诗云：

> 寥落古行宫，宫花寂寞红。
>
> 白头宫女在，闲坐说玄宗。

洛阳上阳宫这一建筑，因为唐玄宗之后的帝王不常去而呈现出寂寞、冷落与萧疏的空间意象，虽然宫花年年开放，而宫女却是老了、闲了，她们只是一味地唠叨，当年玄宗在时如何如何、怎样怎样，已同当年开元天宝年间的行宫意象大异其趣。

叶绍翁《游园不值》云：

> 应怜屐齿印苍苔，小扣柴扉久不开。
>
> 春色满园关不住，一枝红杏出墙来。

这首小诗所描绘的建筑及其环境的美的空间意象，因为一枝红杏探墙而出，以柴扉常关为反衬，而愈洋溢着喧闹浓郁的春的气息。假如诗人不以春色入诗，而是去描摹冬雪弥漫柴扉洞开的小园，其空间意象给人的感受又是如何呢？很可能是一种孤寂、凄冷的建筑美学性格了。同样，比如月光溶溶之时的印度泰姬陵，或是春阳、秋风或是暴雨中的泰姬陵的空间意象，也一定是不尽相同的。什么缘故呢？因为时令、季节及其气候等条件不同了。

真正美的建筑空间意象，经得住时间的洗礼，其生命与时间的变迁息息相关。真正的建筑美，在任何自然、社会时间的任何节点上，都能够与时偕行、与时偕息，总是与这种时间关系及其环境保持和谐。它的美是普遍可适应、普遍可传达的。水光潋滟或是雨色空濛，等等，都能够激起普遍的美感。

（二）建筑意象之美在空间中生成、发展，又是在时间之中徐徐展现的。

单体建筑尤其是建筑群体的美，人们不能做到一眼将其看遍，其审美效果总是伴随着时间的流程而逐渐展示出来的。它的无比丰富和深邃，有赖于时间性"阅读"，这好比读者对于文学诗性之美的阅读，是在一定的时间进程中获得的。人们面对建筑的空间造型及其意象，可以静观也可以动观，而更重要的是动观。静观是主体取某种角度，由于视点是固定的，所观赏到的是建筑个体或群体的某一立面的总体空间意象，是一个总体轮廓的美的印象，却不能将整个建筑的空间意象及其细节之美在时间中细细品味。动观可以取不同的时间、在不同时间取不同的视点，可作平视、仰观或俯瞰。不同时间进程中的平视，显出建筑空间意象的亲切可人；仰观显示建筑空间意象的崇高峻拔；俯瞰则有"会当临绝顶，一览众山小"般的美感。对于建筑群体而言，高低参差、起伏律动、视向由近及远，又会获得一种奔腾向前的运动感。不同时间的这三种视角给人的审美感受不一。动观可以作巡视，人围着建筑绕行或是步入建筑的内部空间，在时间的流渐中，欣赏建筑内部装修、彩绘、雕刻以及家具陈设的美。在巡视过程中，步换景移，不同时间节点的美，是不尽相同的。观赏建筑外部景观的主立面，它可以是对称的，给人一种稳定、严肃的视觉形象感受。稍稍移动一下脚步，向左向右、向前向后、向上向下，等等，视感必然会发生差异，或者你可以去观赏它的侧立面，美的建筑造型应当是均衡的，却完全可以是不对称的。建筑美的无比丰富和深邃在不同时间上总是千变万化的。同一座苏州寒山寺，"月落乌啼霜满天，江枫渔火对愁眠。姑苏城外寒山寺，夜半钟声到客船"，是一种美的氛围和意境，它不同于比如有众多香客在此进香或是游人如织的情境，是何缘故？因为时间改变了。

总之，四季更迭，昼夜轮转，或者是在朦胧的月夜，或者是在灿烂的早晨，或者是正午的朗照和黄昏的余晖，等等，一切时间因素，都会使得建筑的空间意象之美，多多少少地改变了它们的"容颜"和风度。陈从周先生生前认为游园尤其要注意四季时令这一时间因素，只有在时间的不断"游动"中，好比美文美诗，唯有在时间的阅读中，才有可能领略其深度的美。冯其庸先生对此深表赞同，他指出，游园要讲究时令。"春宜观花；夏宜赏荷；秋则老圃黄花，枫叶流丹；冬则明月积雪，四望皎然。"[①]这是说得很到位的。建筑与园林的美，总是与一定的时间相系的。

三

尽管在空间性与时间性的精神层面上，建筑美与诗意美具有一定的相通性和同构性，尽管在一定程度上，建筑美与诗意美是相互渗透、相互融含的，这不等于说，我们可以简单地将建筑美等同于诗意美。实际上，建筑美的文化品格，它的生成、它的呈现，要比诗意美复杂得多。建筑美来源于关于建筑本身及其环境的诸多因素，是诸多因素的一个综合。关于这一点，当年梁思成、林徽因创造了一个特别值得注意的建筑美学范畴，叫做"建筑意"。

梁、林两位先生说，建筑作为一种特殊的大地文化现象，"在建筑审美者的眼里，都能引起特异的感觉，在'诗意'和'画意'之外，还使他感到一种'建筑意'的愉快。"[②]

顽石会不会点头，我们不敢有所争辩，那问题怕要牵涉到物理学家，但经过大匠之手艺，年代之磋磨，有一些石头的确是会蕴含生气的。天然的材料经人的聪明建造，再受时间的洗礼，成美术与历史地理之和，使它不能不引起赏鉴者一种特殊的性灵的融合，神志的感触，这话或者可以算是说得通。

无论哪一个巍峨的古城楼，或一角倾颓的殿基的灵魂里，无形中都在诉说，乃至于歌唱，时间上漫不可信的变迁；由温雅的儿女佳话，到流血成渠的杀戮。他们所说的"意"的确是"诗"和"画"的。但是建造师要郑重地声明，那里面还有超出这"诗""画"以外的"意"的存在。眼睛在接触人的智力和生活所产生的一个结构，在光影可人中，和谐的轮廓，披着风露所赐与的层层生动的色彩；潜意识里更有"眼见他起高楼，眼见他楼塌了"凭吊与兴衰的感慨；偶尔更发现一片，只要一片，极精致的雕纹，一位不知名匠师的手笔，请问那时

---

① 陈从周：《园林谈丛》，上海人民出版社，2016，第2页。

② 梁思成、林徽因：《平郊建筑杂录》，《中国营造学社汇刊》，1932年第4期。

代感，即不叫他（它）做"建筑意"，我们也得要临时给他（它）制造个同样"狂妄"①的名词，是不？

"建筑意"这一重要建筑美学范畴及其思想的提出，至今已经过去了86年时间，却没有引起学界应有的重视。拙著《中华古代文化中的建筑美》曾经专就"建筑意"问题作出初步的阐述。②

什么是"建筑意"？

其一，所谓"建筑意"，首先是与环境相联系的建筑文化的一种意蕴。环境分自然环境与社会环境及其相互联系。作为大地文化、大地哲学与大地美学的建筑，它的文化生命源于大地。大地是建筑文化的源泉，是建筑文化之母。好比英雄安泰不能离开大地，安泰一旦离开大地，他就没有生命和力量。绝大多数建筑屹立在大地之上，也有一些建造于大地之下或水下。建筑总是与大地以及水系、山岳、阳光、风雨、动植和种种气候条件息息相关。建筑还与一定的社会环境相系。文化的传统与现状以及民族、时代、地域与风尚等因素，还有政治、经济、伦理和军事等因素，都会严重影响一定"建筑意"的生成和发展。因此可以说，建筑是环境的产物。建筑与环境的关系，就是古人所说的"堪舆"（风水）。堪舆，就是古人以命理的意识理念，来认识与处理人与环境的关系问题。假如剔除其"命理"，就是与人、环境相系的建筑文化的朴素环境学和生态学。建筑对于环境可以有两种不同的文化态度，一是与环境亲和；一是与环境对抗。中国建筑文化的美学，以追求与一定环境的亲和与妥协为其最高理想。

相比之下，诗及其整个文学在观念上也与一定的环境因素打交道，不过它完全是虚构性的、观念形态的。而建筑与环境的关系却是实实在在的，人生于斯、长于斯、老于斯。人可以走进一定的建筑环境，徜徉其间而流连忘返。一定的建筑环境所给予人的感受，虽然也是精神性的，可以是美或者是不美的，然而这种精神性，总与一定的实际存在的环境相对应，并非像文学那样，建立

---

① 梁思成、林徽因：《平郊建筑杂录》，《中国营造学社汇刊》，1932年第4期。

② 参见王振复：《中华古代文化中的建筑美》（第七章第一节），学林出版社，1990，第188—192页。

在纯粹的虚构之上。这是与诗及其整个文学的情境不同的地方。

其二，从媒材角度看，诗与建筑的文化分野是十分显明的。诗的媒材只是语言文字，一定的有组织的语言文字符号系统，构成了诗的节奏、乐感及其美的意蕴，它是无比自由的，空灵的，无所羁绊的。相比之下，建筑的媒材一般都是巨大的，重实的，无比坚硬的，不可移动的。因而在黑格尔的"艺术序列"说中，将诗置于其整个艺术序列的最顶端，按照黑格尔的"美是理念的感性显现"一说，诗因为是自由而空灵的，是最不受材料的羁绊的，因而是最美的。而关于建筑，黑格尔称其是一种"最原始的艺术"（按：这里黑格尔关于"艺术"的观念，与我们今天所理解的艺术理念不一样），所谓"最原始的"，也便是最低级的。在黑格尔看来，建筑之所以不得不具有"最原始"的文化品格，是因为媒材压倒了"理念"、使其远不能自由地"显现"的缘故。

可是，建筑的美不仅与一定的环境相联系，而且正是在材料的重压下"绝处逢生"。"建筑意"与一定的有组织的材料系统生命攸关，黑格尔的建筑观是值得商榷的。从物理学角度看，材料本然无生气，"但经过大匠之手艺，年代之磋磨，有一些石头的确是会蕴含生气的。天然的材料经人的聪明建造，再受时间的洗礼，成美术与历史地理之和"。梁思成、林徽因的话是一点儿也不错的。正是因为出于材料的存在和压力，才使得"建筑意"不同于一般的诗意和画意。"戴着镣铐的舞蹈"是材料所赋予的一种"特异"的"建筑意"、建筑美。

其三，诗以及整个文学艺术的纯粹性，还表现在对于实用性功能的拒绝。一切审美性艺术包括诗歌等，都起源于实用。其一旦起源，就一般地与实用分道扬镳，好比鸡雏一旦孵生，就不再去理睬那残破的蛋壳一样。"轻轻的我走了，正如我轻轻的来。我挥一挥衣袖，不带走一片云彩。"诗的意象的纯粹性审美，纯真潇洒。可是"建筑意"偏偏并非如此。"建筑意"及其美是与建筑的实用性和谐共生的。它的坚定而有些沉重的脚步，是它的另一种"人生"的潇洒。从实用出发，升华出一种"特异"的精神意蕴，又不碍于一定实用功能的发挥，是一切伟大建筑的共同特征。可居、可游、可观、可悟，是"建筑意"的全部内容。对于整个建筑来说，可居即实用是一个基础与前提。实用对于精神性的审美而言，当然具有"灭活"作用，可是建筑空间意象的特别之处，却既与一定的实用性相系、同时又是超越于实用的。这真是又一个"戴着镣铐的舞蹈"。

某种程度上可以说，建筑空间意象的审美，是比诗等文学艺术更为复杂的。对于"建筑意"而言，实用破坏审美，审美拒绝实用，然而在一定契机中，审美与实用又可以是互补的。人们总是渴望缓解实用与审美的原本对立与内在紧张，绽放实用兼审美的灿烂之华。实用由于审美而提高其超拔的精神意义，审美因为实用而具有日常品格；实用由于审美而获得了优雅高贵的贵族气质，审美因为实用步入了百姓的平凡世界。

总之，所谓"建筑意"，包含了建筑及其环境之可能的"诗意"和"画意"，但又远远不止于此。它是建筑及其环境的空间意象所具有的哲学沉思、自然与社会环境、科学技术、结构制度、伦理意义、实用求善、审美追求甚或宗教崇拜等一切物质、精神因素所有机构成的一种文化意蕴。人们一般以为，建筑文化是技术与艺术的结合，是艺术化了的技术，又是以技术为基础的艺术，这种看法并不算错。可是，仅仅从技术与艺术这二维来理解、解读建筑及其美，是很不够的。建筑作为技术，首先与一定的艺术因素有不可分割的有机联系，而"建筑意"的构成，却远远超出"诗""画"的范围。建筑的科学技术与一定的材料、结构，是建筑文化及其美的基本成分，没有它们，建筑物就根本不能耸立在大地之上；没有它们，建筑空间意象的所谓哲理意蕴、诗情画意、伦理诉求以及审美等，都无所依附。然而，仅仅具有一定的科学技术与材料、结构因素，又不一定具有深邃的"建筑意"。关于这一点，正如某一座建筑虽然有一定的"诗画"品格，却因这种品格首先有损于其应有的实用性功能而显得其文化美学性格不够健全一样。"建筑意"的充分具备，不仅仅取决于科学技术和艺术这两大因素，建筑文化的美妙意蕴，来自一定的哲学、科学、伦理学、美学、史学与民族学等多种文化的综合。

本文发表于《美与时代》2018年第8期

塔的崇拜与审美

    塔，又名佛塔，一种古老的中国佛教建筑型类。千百年来，它以特有的建筑艺术造型，屹立于大江南北、边陲内地，往往发育成为古迹名胜而邀人瞻仰欣赏。或者高峻伟岸，气势喷涌；或者英姿临风，意象飘逸；或者庄严静穆，令人沉思遐想。"突兀压神州，峥嵘如鬼工"，"殚土木之功，穷造型之巧"，千秋伟构，姿容万千，简直无法描绘。北魏河南登封嵩岳寺塔的丰润雄奇、唐代长安小雁塔的秀美挺拔、山西应县木塔的鬼斧神工、河北定县料敌塔的别具一格，玄奘塔名扬天下、妙应寺塔崇高神圣，还有，比如上海松江方塔的轻盈俏丽，各地多见"文峰塔"的痴情寄托等等，往往从浓重的佛教神圣氛围中显现出来的崇高和优美，难以一一述说，给人以精神的陶醉与美的享受。

    中国古塔，既浸透了宗教崇拜的佛性意味，又洋溢着世俗人情的诗意光辉，具有颇为特殊的美学性格。这，正是读者颇感兴趣的，也是本文试图加以探讨的一个问题。

一、从古印度的"窣堵坡"谈起

    中国古代，本来并无塔这种建筑艺术型类，正如本来并无佛教一样，塔，是由印度传入中土的。塔，梵文写作Stupa，巴利文称Thūpo，释籍译为"窣堵坡"和"塔婆"，其义为"累积"。中国古塔，是古印度的"窣堵坡"与中国古典建筑传统及其美学思想相融合的产物。

这里，为了便于把握中国古塔的基本审美特性，首先有必要对古印度的"窣堵坡"加以简略的讨论。

相传古印度用以掩埋佛骨的一种坟墓建筑形式，是所谓的"窣堵坡"。约公元前五世纪，印度原始佛教创始者释迦牟尼圆寂之后，佛体焚化，其门徒取舍利（即骨烬）葬为窣堵坡，发育成后世所谓舍利塔。佛徒认为，舍利是禅定涅槃、修成正果的佛性象征，应建窣堵坡供奉，以示崇高神圣，大约这就是古印度窣堵坡的缘起。

窣堵坡的主要型式，是埋葬佛舍利的一个半圆形坟墓，后来也兼用以藏纳圣佛遗物。凡欲表彰神圣、礼佛崇拜之处，多以建造。它是"一个坟起的半圆堆，用砖石造成，梵文名安达（An da），其义为卵，其下建有基坛（Mēdhi），顶上有诃密迦（Harmika），义为平台，在塔周围一定距离处建有石质的栏楯（Vēdika）。在栏楯的四方，常饰有四座陀兰那（Torana），义为牌楼，这就构成所谓陀兰那艺术。"[①]公元前273年至公元前232年的印度阿育王时代，佛教隆盛，于是大兴寺塔，据说竟达"八万四千"座，这当然不是确数，但是当时竞相造塔，这一点是可信的。在现在印度马尔瓦省保波尔附近的山奇窣堵坡，艺术史上称为"山奇大塔"者，尤为宏丽古朴，处处透露出神绪佛意，是典型的印度古典建筑"陀兰那"艺术作品。

山奇大塔四周，建有石质栏楯。栏楯四方，饰以牌楼（陀兰那）四座、亦称天门。其形制构造，于两石柱之上戴以柱头，上横架上、中、下三条石梁，石梁中间以直立短柱相构，整个造型对称稳健。为表彰佛陀的无量功德、说教宣传，上面饰以充满佛教意味的石雕石刻作品。这些作品，多取材于佛陀本生故事，塑造大慈大悲的佛陀形象，充溢着十分高涨的宗教情绪。

山奇艺术的建筑型式印度风味浓郁，艺术灵感富于佛教精神和幻想，其艺术手法多专注于艺术象征。比如，"一只小象就暗示着，或更可说，代表着'托胎'；摩耶夫人坐在莲花上，周围有小象向她喷水，代表'降诞'；有时只用一朵莲花即代表这一变相；一匹空马，象征'出家'；魔或魔女在一株树和一个空座之前，这表示魔军的侵扰或诱惑（'降魔'）；只有一株树或一空座，象征

---

① 常任侠：《印度与东南亚美术发展史》，上海人民美术出版社，1980，第12页。

'成道'（证菩提）；法轮是'说法'；伞盖和宝座一般用以代表佛；云路表示自空中返回迦毗罗卫城（'返家'），塔（窣堵坡）代表'涅槃'"①。

犍陀罗艺术时代之前，由于当时印度还未受到希腊神像雕刻的外来影响，一般不直接运用艺术雕刻手段刻画佛陀形象，这种艺术构思与象征手法，具有印度古典宗教艺术的鲜明时代特征，反映出人们对佛祖顶礼膜拜的虔诚感情。尽管释迦牟尼及原始佛学实际上是反对偶像崇拜的，"佛的一切说教都没有带着任何宗教的权威，也没有任何关于上帝或他世的话。""他没有谈到上帝或绝对权威的有无。他既不肯定，也不否定。"②然而，在狂热的佛徒想来，圆寂就是脱离人生的无边苦海，进入生死超度、永恒安乐的涅槃境界。释迦既已涅槃，功德圆满，无死无生，所以，"对已进入最后涅槃的人物，不宜再予以'新生'"。倘若随意地直接雕刻佛陀的形象，就是对涅槃境界的破坏，岂非"冒渎神灵"③。或者毋宁说，佛是如此光辉无限、伟大无比，凡胎俗子，即使想要一瞻佛容，也是不应该的，永远办不到的。因此，印度早期佛教建筑的雕刻艺术，包括山奇大塔，对于佛像是回避的。即使雕刻品要展现佛陀说法等庄严的场面，"也只是弟子围列左右，中央却不设佛体，而留下一棵菩提树或莲座算是象征"④。人们宁可在佛教雕刻艺术中对佛的尊容保持一个模糊的幻象，而越模糊似乎越真实，愈虚愈实，若离若即，以便激发对佛的崇高神圣永远不可企及的无限迷狂。

只是到了相当于中国东汉中叶的印度迦腻色迦王时代，犍陀罗艺术在现在的巴基斯坦白沙瓦附近开始滋生蔓延，印度的建筑雕刻艺术，才从传入的希腊神像雕刻得到借鉴，开始雕刻容貌明丽、静穆敦厚的佛陀形象。这是印度佛教崇拜观念的一个转变，也是艺术审美观念的一个腾跃。在外来因素作用下，佛教崇拜观念的转变，推动了宗教艺术表现手法的革新。

山奇大塔的宗教主题是鲜明而强烈的，通过艺术刻画旨在宣传寂灭无为的

① ［法］雷奈·格罗塞：《印度的文明》，商务印书馆，1965，第42—43页。
② ［印］贾瓦哈拉尔·尼赫鲁：《印度的发现》，世界知识出版社，1956，第150页。
③ ［法］雷奈·格罗塞：《印度的文明》，商务印书馆，1965，第40页。
④ 史岩：《东洋美术史》上卷，商务印书馆，1936，引自《王振复自选集》，复旦大学出版社，2015，第430页。

佛教教义。但创造这种佛教艺术的，即使最虔诚的佛教徒，也必须在一定的现实关系中"修身立命"，难以截然摆脱所谓世俗人情的"纠缠"和"污染"。这就似乎本来就存在着一种"力"，决定了在这种宗教宣传品中，有可能冲破浓重的宗教迷雾，让世俗人情微露曙光。压在石头底下的小草，也会弯弯曲曲地生长。人创造了神，神反过来奴役人或笼络人，神所以能这样做，就因为人还在那里不得不创造神的缘故，神是人在一定历史阶段的异化形式。但归根结蒂，人是比神更为顽强的。世俗的艺术作品，有的把人写成神，这是艺术的宗教化；而宗教艺术作品有时却不得不按照人的某种世俗特点塑造神的形象，这是宗教的艺术化，一幕搅和着崇拜与审美、人与神相冲突调和的历史悲喜剧。宗教教义必须以一定的艺术形式为宣传工具，否则便缺乏魅力；在艺术的历史发展中，一定历史阶段的艺术（包括建筑艺术），却注定要受到宗教精神的胡搅蛮缠。试看山奇大塔，它那东南西北四个天门上的石刻浮雕佛性流溢，在那里，正常的人性确实被严重地压抑、扭曲了。但塑造于北门和东门上的那个女药叉圆雕象引人注目。所谓药叉者，乃神话虚构中角色，为佛教的守护神。山奇的这一女药叉形象，与其说是神的形象，不如说更具人的世俗特点，它人情洋溢，借光影变幻的佛教建筑艺术舞台、弹奏出同宗教主题不协和的、活跃灵动的人情世俗的优美旋律。它"两臂攀着树枝，悬身向外，成一无限优美的曲线，好像活的藤，使得她那胸部丰满的'金球'，她底年轻躯体上的所有旺盛的肌肉，都像是飘荡于空际"①。这佛教艺术形象的底蕴，实在与佛教教义寂灭无为的基本精神相去甚远，它强烈地反映出对灵境的崇拜与对现实的审美之间的矛盾冲突与调和，诉说着对世俗生活的绵绵眷恋之情。那种悬荡于空际的、扭曲的形象，好似在痛苦地挣扎，这里有嘲弄，也有眷恋。

应当指出，古印度山奇大塔（窣堵坡）的这种既崇拜又审美的颇为复杂的美学性格及其艺术表现特点，对中国古塔的形成与发展不无深刻的影响。

二、中国化了的佛教建筑型类

古印度的"窣堵坡"，是中国古塔的滥觞。以两者相比较，在诸如塔刹、

① ［法］雷奈·格罗塞:《印度的文明》，商务印书馆，1965，第45页。

浮雕、彩画装饰等主题上，明显地反映出后者师承前者的承接联系，而在体量和形制、平面与立面布置等整体造型方面，已经大相径庭、大异其趣。中国古塔的宗教崇拜与艺术审美意义，在历史的陶冶中已经大大注入了中华民族特定时代特定社会的心理内容。中国古塔，受到中国传统文化思想及其相联系的中国古典建筑美学思想的有益滋养，它是中国化了的佛教建筑型类。

中国古塔的开始兴建，在印度佛教入传中土之后不久。

佛教初传的确切年代，尚无定论。汉明求法说，颇为一般佛教徒所首肯。东汉初年，汉明帝派中郎将蔡、秦景，博士王遵等十八人往西域求佛。永平十年（公元67年），蔡等人偕天竺大月氏国迦叶摩腾、竺法兰二僧来华，用白马驮带经卷到达洛阳。帝于洛阳城西雍门外建白马寺。"我国之塔，当以汉明帝永平十八年（公元75年）所建之洛阳白马寺塔为最先"[1]。据说，当初白马寺的主题建筑之一，为一方形木塔。塔据寺之中心位置，四周廊房相绕。稍后，三国时笮融在徐州建造的浮屠祠，亦建木塔在祠域内。

大约这是中国古塔发展史上最早的塔例。值得注意的是，传说中的木塔已同印度窣堵坡大有区别。它舍去了像山奇大塔那样的四座天门牌楼，木制结构，并且与寺这种佛教建筑型类建造在一起。虽然，这种寺、塔合建的形制，也脱胎于印度的"支提"窟——古印度有一种窣堵坡，建于石窟或地下灵堂之内，称为塔柱，僧侣们围绕塔柱念经礼佛。但是，这里原先的塔柱，已演变为中国的方形木塔，窟殿已由地下上升到地面，改制成脱胎于中国古代民居或宫殿的寺了，这多少可以看做关于佛的某种神秘观念的稍稍淡薄，是佛的神圣目光向世俗社会开始投去的短暂的一瞥。唐代开始，塔、寺关系进一步演化，塔逐渐退出于寺区内，而建于寺的近旁，塔不再作为颂佛诵经的空间环境而让位于寺。

中国佛塔的建造动机与艺术灵感，初与印度佛教相携而来，建塔原本是传教崇拜的需要，因而中国佛教的兴衰荣枯，决定了中国佛塔的起落抑扬。比如魏晋南北朝，战乱迭起，政权不稳，号饥啼寒，水深火热，为所谓引导众生跳出人生苦海的佛教大流布，准备了充分的社会条件。大兴土木建造佛寺佛塔，风靡华夏。

---

① 刘敦桢:《刘敦桢文集》（一），中国建筑工业出版社，1987，第4页。

　　古往今来，中国大地上竟矗立过多少佛塔，难以确记。《洛阳伽蓝记》称"招提栉比，宝塔骈罗"，一点也不算夸张。比如，史载北魏道武帝天兴元年（公元467年），在平城起永宁寺，构七级浮图，据说高及三百余尺。又于天宫寺筑三级石浮图，高十丈，上下皆石重结，镇固巧密，为京华壮观。隋文帝笃好佛教，相传得天竺沙门佛舍利，曾三度号令全国建塔供奉。首者公元601年文帝六十诞辰，令全国三十州立塔；次者602年"佛诞日"，又令全国五十三州建塔；再者604年"佛诞日"，再度建塔，凡造塔一百十座。武则天佞佛，也"倾四海之财，殚万人之力，穷山之木以为塔，极冶之金以为象"。宋太宗端拱年间，得浙东造塔巧匠喻浩，主持建造高近九十米的京师开宝寺塔，这在当时叹为观止。其后建塔之风绵绵不绝，难以尽言。1961年，国务院公布首批全国重点文物保护单位，计六类一百八十处，其中古塔及与古塔有关的全国重点文物达三十六处，竟占百分之二十。刘策《中国古塔》一书，撰集古塔六十余例，其实，这是现存古塔中比较著名的绝少一部分佳构，而且几乎仅仅是现存砖、石、铁、琉璃塔中的极小部分。试想近两千年来，天摧人毁，历史上倾圮的古塔不知凡几。尤其早期无数木塔，除应县木塔等孤例，已荡然无存。它们的绰约丰姿，人们只能偶尔从石刻、文学作品或历史著作中窥见一二。

　　中国古塔，与中国佛教的发展流变往往谐为同步，同行同止，因而，人们对印度原始佛教教义的接受、信仰和领悟，或推拒或吸吮，或承继或改造，必然影响中国佛塔民族性格的确立。

　　中国佛塔虽脱胎于古印度的窣堵坡，但一开始就是中国化了的，其原因何在呢？

　　佛教起源于苦难的社会现实，或者说它是对苦难的现实人生的一种文化方式。虽然在释迦牟尼看来，人的苦恼缘起于生老病死以及与亲人别离等，所以凡人生都是在受苦，苦恼与任何人生（不管用世俗眼光看是贫困痛苦的人生还是富裕幸福的人生）俱在。这苦恼之根源，在于生之欲望。人生之苦必求解脱，于是，只有寂灭无为才能导致苦难的终止。为求解脱，必须正道。最终息灭一切妄念，出离诸苦，成就最高智慧（般若），圆成涅槃。但佛教入传之初，人们对印度原始佛教诸如四圣谛、八正道等基本教义未必十分了然，不管小乘或大乘，在汉代，开始都被理解为道术，未能完全以印度佛教的本来面貌出现于中土，就连什么是佛这一点也不很明白。

汉时崇尚清虚无为的道家黄老渐趋流行，人们容易拿比较熟悉的黄老之学去附会外来的佛教教义。而史传"通人"傅毅所谓为汉明帝释梦，其实他远未做到中外古今一切皆"通"，他只是以"神"的形象去比附佛的形象。而后的一些佛教信奉者认为佛与道差不多，都"贵尚无为"，可以相提并论。《后汉书·楚王英传》说楚王刘英"诵黄老之微言，尚浮屠之仁祠"，两者集于一身，这就是明证。初传佛教的斋忏仪式，也是效法传统的祠祀形式的。牟子《理惑论》也只是解释："佛者谥号也，犹名三皇'神'，五帝'圣'也。佛乃道德之元祖，神明之宗绪。"《后汉纪》曰："浮屠者，佛也……佛身长一丈六尺，黄金色，项中佩日月光，变化无方，无所不入。"认为佛教教义近于神仙方技。

同时，在尔后的历史发展中，道、佛两教虽曾各执一端、相互辨难非毁，道教杜撰出所谓"老子化胡"说，把老子说成好像是释迦牟尼的尊长；佛教也以比如"道高一尺，魔高一丈"这样够刺耳的语言贬低道教，两者为争夺"正统"而相争斗，然而佛、道两家，其实相通之处甚多，它们是可以相互补充、彼此照应的。比如其生死观，佛法以有生为虚妄，认为生乃短暂，死亦无谓，故不如宁舍此岸，以求彼岸，人生"苦海无边，回头是岸"，与其苦生，不如无生；道教重生恶死，主张"无死"。佛教认为，欲为"无生"，必从生之欲念中解脱，超凡入圣而成涅槃，舍离六道轮回，修成正果；道教亦重修养，不过须从"无死"而"入圣"，故而热衷炼丹服药，养生求仙。一在主张涅槃，为此目的，人生必须舍生死是非，渐入佳境；一在主张求仙望气，企望长生不老，都在追求不现实的彼岸。

所有这一切，可能给塔的逐渐中国化带来了契机，使得以"佛"为特性的中国古塔，不可避免地融合了"道"的音调，且具有中国古典民族建筑的传统特点。且不说以高耸的形象为主要特征的中国楼阁式塔和密檐式塔，在形制上显然较多地接受了中国传统建筑亭台楼阁的深刻影响，比如早在殷代，当关于"间"的建筑观念萌生之时，"一座建筑的间数，除了少数例外，一般采用奇数"[1]。这似能说明，汉民族很早就开始了对渗透着奇数观念的建筑形象的审美

---

[1]　刘敦桢主编：《中国古代建筑史》，中国建筑工业出版社，1980，第9页。

与崇拜。中国佛塔的建造，显然从这里得到了借鉴，崇尚一种奇数的美。中国佛塔的层檐多为奇数，从单檐、三檐、五檐、七檐、九檐直到十五檐、十七檐甚至更多的奇檐数，如山东历城四门塔为一檐式、九顶塔中央一座为五檐式、四周四座均为三檐式，苏州云岩寺塔为七檐式，杭州灵隐寺塔为九檐式等，极少双檐及其倍数的塔例。而这一点，看来与土生土长的道教所谓"道起于一，其贵无偶"①的神秘观念不无一点历史和民族心理上的联系。至少，中国佛塔的建筑形象，对中国传统建筑的某种尚奇观念是并不排斥的。

同时，许多佛塔塔檐出挑，如上海松江兴圣教寺塔（即松江方塔）、湖北玉泉寺铁塔、广州光孝寺塔、杭州六和塔、福建开元寺双塔等，塔檐起翘，形象轻盈俏丽，有一种飞动的美感。虽然，这是中国传统大屋顶的屋檐形式在佛塔形制上的借鉴应用，但也不能不说这与道教追求羽化登仙、乐生欢愉的特定生活情趣、审美理想和宗教是并不矛盾的。

并且，这里还须着重指出，中国佛塔的美学性格，一定程度上还打上了儒家美学思想的深刻烙印。

中国古代并非绝对没有滋生印度原始佛教那样肥沃的社会土壤，否则，印度佛教绝不可能在中土传布开来。任何剥削阶级统治的时代，都是苦难深重的时代，有苦难的人生，就有一切宗教得以滋长并且掌握民众的社会条件。然则，各个国家民族文化历史的发展，有时却很有趣，何以在古代印度，会出现那样一个悲天悯人、看破红尘、用深沉的哲学思考，向芸芸众生劝善修行的释迦牟尼，而差不多同时，古代中国却造就了乐生入世、创立以礼乐为中心社会伦理内容的儒学始祖孔夫子呢？一个用似乎是冷静的哲学沉思，引导人们走向佛国的迷狂境界；一个却风尘碌碌，在炽热的社会政治伦理实践中，处处表现出清醒求实的世俗理性精神。当原始印度佛教以慈悲的面容来到孔夫子的故乡时，本来可望遭到重入世非出世、重人道非神道的传统伦理思想的排斥，然而，被儒学所掩盖的那一部分苦难的社会现实，成了佛教繁衍的温床，异国他乡，也有知音。

而且，佛教初传时的儒学，经西汉王朝的"罢黜百家，独尊儒术"，由董

---

① 葛洪:《抱朴子·内篇》卷十八，上海古籍出版社，1990。

仲舒加以恶性发展而渐趋神学化，使得神学化的儒学与佛教有了更多的共同语言。正如道教一样，儒学对佛教的攻击非难，只是历史的一段插曲，更多的却是两者的融合。正如在整个中国封建社会发展史上，儒学一般地成为正统的统治思想一样，佛教的一些重要思想同样也浸润着思想界和艺术领域。在封建社会中讨生活的人们，需要世俗的清醒。在清醒中深感着苦痛，于是又需要麻醉迷狂，让灵魂得到虚幻的安宁。这就是儒、佛两家的各尽其"妙"，各得其所。两者的关系譬如豪猪，为了取暖，需要彼此靠近，但又注意不要刺着对方。故大致从唐代始，儒、佛两家有所调和。集大成于隋代的天台宗，发展到唐代，与中国传统人性论相谐，易为儒者所接受，兴盛于唐代的禅宗，为典型的中国化了的佛教。它放松佛教酷严的清规戒律，简化佛教仪式，专注于唯心宗教观的灌输，宣传人人都有佛性，佛就在心中。因而只要内心寻求解脱，即可顿悟成佛，所谓"菩提只向心觅，何劳向外求玄？听说依次修行，西方只在眼前"[1]。废除佛教的烦琐戒律，注重内心修养，其实这是将佛教世俗化、中国化了。"韩愈的门人李翱更结合禅家的无念法门和天台家的中道观，写成《复性书》，即隐含着沟通儒佛两家思想之意"[2]。到了宋代，虽仍有一些正统儒家学者对佛教提出非议，但佛教却用调和论来缓和矛盾，比如说什么儒佛都主张精勤修学、都劝人为善、相资善世，以佛教的五戒比附儒家的五常等等。而又如明代，朱元璋干脆主张"佛天"就是"凡地"，天堂地狱均在人间。以儒家性善说改造佛教，所谓佛犹人、人亦佛性也。要求将君君、臣臣、父父、子子看做佛教修行的现实内容，加速了佛教儒学化即中国化的历史进程。

这一切，都对中国古典艺术（包括建筑艺术）具有直接间接的影响，中国佛塔的建造与发展，带有佛教儒学化的明显特点。

首先，如前所述，从寺与塔平面位置关系的演变——塔占寺之重要位置到塔建于寺的前后或左右，甚至塔的建造地理位置与寺完全无关，这不是哪个古人的随心所欲或别出心裁，这是正统的儒家传统的陵寝制度及其宗教、审美意识在建塔之隐约而生动的表现。

---

① 慧能：《六祖坛经》，郭朋：《坛经校释》，中华书局，1983。
② 中国佛教协会主编：《中国佛教》（一），知识出版社，1980，第71页。

　　中国陵墓建筑是富于人情味的，体现了儒家重入世的建功立世、富贵荣华、荣宗耀祖的世俗人生理想。且不说，墓中随葬品多为死者生前钟爱之物，显然是希望死者在冥府能继续过人一样的生活，也可以看做对生的留恋。典型的陵墓建筑平面作对称铺排，几重进深、逐渐形成高潮，有明确的中轴线，主题建筑总是设在高潮点上，这实际上是渗透着儒家崇拜与审美历史意识的宫廷建筑的翻版，比如十三陵长陵就是这样。它的前面是漫长的"神道"，"神道"两旁设置着秩序井然的、庄严肃穆的石象生，狮、獬豸、骆驼、象、麒麟、马、翁仲、文臣、武官与勋爵等雕像，各呈其姿态，成对称型安排。"石象尽处为石门，门内辟大平野一片。直至北进十里处天寿山南麓，迎面一座大门，门北为祾恩门，祾恩殿，殿广二百二十公尺，深九十五公尺，北为三拱门，门前设一小碑楼，碑楼朝北又有巨门，上建高楼，巨门通隧道，再北进，始为陵墓。"[①]真是重重叠叠、四平八稳、赫赫扬扬，重现出死者生前的威风煊赫。显然，在这种陵墓形制中，同时还渗透着崇尚对称的传统审美心理内容。

　　中国佛寺，虽然源于印度的"支提"窟，但如不加以改造发展，照搬过来，那样神秘局促与小家子气，显然是不如人意的。因而古代的寺塔建造艺术家们，从传统的陵墓建筑受到启发而加以改造，冲淡了神圣的灵光，唤来了世俗的诗意。中国佛寺的平面布局，亦呈对称构图，常为三大殿层层递进，有颇严格的中轴线，主题建筑设在中轴线的高潮点上。比如，唐代开始到宋代，禅宗寺院盛行所谓山门、佛殿、法堂、僧房、库厨、西净、浴室组成的"伽蓝七堂"制，即为显例。它是佛像与僧众共处的建筑空间环境，世俗气氛相当浓郁。

　　在此情况下，为了不打破中国佛寺那种平缓、对称和阔大的建筑格局，作为佛寺的标志且高耸的塔，假如再要挤在寺区中，无论就崇拜还是审美意义而言，都是多余的了，显然不合中国人的传统审美口味与崇拜观念，因而将塔"请"到寺外，甚至另造塔院，独立于寺。这在一定意义上是佛教向儒学的妥协与佛教崇拜观念的削弱、审美意识的觉醒。

　　其次，就塔本身而言，包括唐五代前的塔平面造型多为方形。显然这同最

---

① 李朴园：《中国艺术史概论》，时代文艺出版社，2009，第157页。

初把古印度窣堵坡译为"方坟"有关，然这与当时中国古代陵墓平面造型似有更直接的历史联系。我国汉代陵墓以方形为贵。皇陵、后陵多作正方形，据说只有汉高祖和吕后的陵墓为长方形。唐承汉制，唐代确有圆锥形的陵体出现，然大凡地位高显者，均作正方形双层台阶式陵台，以示地位崇高。这种制度又为北宋所沿袭。可见，比如小雁塔、大雁塔、兴教寺塔、四门塔以及千寻塔这些方形塔的出现并非偶然，它们是佛教神圣崇拜与以儒学为传统思想的皇权神圣崇拜相结合的象征。

各地多见的所谓"文峰塔"，在儒、佛合流的历史发展中，似乎更具佛塔儒化的世俗特点。历史上科举制度一旦确立，大批儒生奔求功名心切，明、清士子尤为热衷。于是，有所谓张扬文气的"文峰塔"应运而建。因塔形笔立于野，塔尖如笔之毫端，直指苍穹，故有"文峰"之称。显然是虔诚的人们想借佛法灵力佑助科第的高中隆盛。如清道光《靖安县志》载，江西靖安县文峰塔有序曰："昔阿育王造浮屠，自佛教入中国而浮屠遍于天下，然亦彼法自用以藏舍利耳。后世形法家之说盛行，浮屠尖书有类于文笔，且镇固不摇，足以收摄地气。"[①]这在象征意义上，对佛的虔诚祈祷与对世俗功名利禄的热切向往集于一塔，实乃释迦牟尼始料所未及。

自元代始，有新创的所谓过街塔或塔门，为中国佛塔世俗化的又一生动例证。这时正值喇嘛教兴盛之时，过街塔或塔门多为喇嘛塔形制，如镇江"昭关"、北京居庸关"云台"，即为著名过街塔；河北承德普陀宗乘之庙内外有许多塔门，都是为礼佛的简便而兴建的。这种塔的下部以门洞形式横跨于街道两旁或置于庙内走道上，塔下车来人往，每路经一次，不必焚香膜拜，也不管你自觉不自觉，就是礼佛一次，贫富均等、童叟无欺、男女不论，皆可顿悟成佛[②]。正如列宁所说："被剥削阶级由于没有力量同剥削者进行斗争，必然会产生对死后的幸福生活的憧憬，正如野蛮人由于没有力量同大自然搏斗而产生对上帝、魔鬼、奇迹等的信仰一样。对于工作一生而贫困一生的人，宗教教导他们

---

① 中国建筑学会建筑历史学术委员会：《建筑历史与理论》第二辑，江苏人民出版社，1982，第46页。

② 刘策：《中国古塔》，宁夏人民出版社，1981，引自《王振复自选集》，复旦大学出版社，2015，第440页。

在人间要顺从和忍耐，劝他们把希望寄托在天国的恩赐上。对于依靠他人劳动而过活的人，宗教教导他们要在人间行善，廉价地为他们的整个剥削生活辩护，廉价地售给他们享受天国幸福的门票。"[①]的确，这种样式的中国佛塔，佛教崇拜意味显然已经很少，是"廉价地售给"剥削者与被剥削者"享受天国幸福"的一张"门票"。

至于比如河北定县料敌塔，建成于北宋仁宗至和二年（公元1055年），高八十四米，为现存古塔最高的一座。这座塔建在当时宋、辽军事要冲交界之处，可供登临，以作凭眺敌情之用，"料敌"者，瞭敌之谓。其实，许多中国佛塔均可供登临。这意味着它们不仅是佛徒崇拜和人们审美的对象，又是人们欣赏大好河山的制高点和出发点。从这种意义而言，塔既可作登临眺望，就具有了一定的实用价值。因之，说塔都是"毫无实用价值的纯宗教的建筑"[②]，这结论看来不是对所有的中国佛塔都适合的。

塔供登临之时，必在人对塔的佛性意味解除了敬畏心理之后。一个笃信佛教教义、企求圆成涅槃的人，必不愿也不敢将塔这种佛的象征踩在脚下的。因此，人们登塔瞭望，其喜洋洋，四处景色，尽收眼底，实在可以说是审美的需要超过了崇拜的需要，是世俗人情对佛法崇拜的胜利。

三、灵魂向佛国的飞升与脚踏在现实人生的大地

尽管中国佛塔一改古印度窣堵坡的建筑形制，一定程度上受到中国传统思想的影响，作为佛塔，仍然不变它那宣扬佛法的宗教主题，而这，一般仍然是运用艺术象征手法加以表现的。

以建筑平面而言，中国现存佛塔最常见的平面构图是正四边形与正八边形。虽如前述，正四边形显然与我国汉唐陵墓以方形为贵有关。然其根本底蕴，仍在于象征佛法的所谓四相八相之类。四相八相，即释迦牟尼的种种变相。"诞生、成道、说法、涅槃曰四相；再加上降兜率、托胎、出家、降魔谓之八相。或以住胎、婴孩、爱欲、乐苦行、降魔、成道、转法轮、入灭曰八相，异而义

---

① ［俄］列宁：《列宁全集》第十卷，人民出版社，1963，第62页。

② 王世仁：《塔的人情味》，《美学》1982年第4期，第307页。

同。"①又曰："故塔基四角，塑造四金像者，象征四天王护持世界，居于须弥腹四埵。塔身八面，外雕诸神像者，象征八部众守护菩提萨埵所居之兜率天。"②又曰，它们象征佛法的四圣谛与八正道。四圣谛苦集灭道：人生皆苦、苦必有因、苦必解脱与解脱之途。"八正道：正信仰，正思维，正言语，正作业，正生活，正努力，正思念与正禅定。"③

现存中国佛塔中，平面为正十二边形、正六边形或圆形的塔例比较少见，如历史十分悠久的嵩岳寺塔为正十二边形密檐式塔，建于北魏末年的佛光寺祖师塔平面为正六边形，唐代泛舟禅师塔平面为圆形，因而有人觉得其寓意不可索解。以笔者看来，这三座佛塔的平面构图，仍旨在象征。佛教三世轮回教理有所谓"十二因缘"说，即无明、行、识、名色、六入、触、受、爱、取、有、生与老死。其中无明与行为过去因，感现在果；识、名色、六入、触、受为现在果；爱、取、有为现在因，感未来果；生、老死为未来果。彼此不可分割，轮回流转。故建造正十二边形的嵩岳寺塔，似在象征"十二因缘"。佛教又有所谓"六道轮回"说，认为一切芸芸众生由于善恶报应，必在所谓天、人、阿修罗、地狱、饿鬼、畜生这"六道"之中升降浮沉、死生相续，如车轮旋转不已，无始无终。显然，这平面为正六边形的佛光寺祖师塔的象征意义也是明显的。佛教各宗派又均嗜好于"圆"，以"圆"象征圆满、圆通、圆遍、圆融之意，寄托崇拜感情。各派把自己的一宗称为"圆教"，以"非圆教"相贬，认为涅槃就是"圆寂"，佛陀进入涅槃理想境界，就是进入"圆果"境界。故佛教艺术中的佛像描绘，往往于头顶之上绘出光明圆轮，"圆光"辉煌，佛泽无限，庄严静穆。并且推而广之，将一切认为美妙绝伦的事物称为"圆圆海"，以示无缺完满。故比如唐代泛舟禅师塔平面为圆形，其寓意似在崇拜圆与赞美圆而已。

凡佛塔，均于塔的最高部位安设一个塔顶，称为塔刹。"刹"的梵文原意为"田土"，即相轮，象征佛国。《洛阳伽蓝记》曰，永宁寺"中有九层浮图一

---

① 史岩：《东洋美术史》上卷，商务印书馆，1936，第42页。

② ［英］波西尔：《中国美术》，戴岳译，商务印书馆，1923，第53页。

③ ［印］辛哈·班纳吉：《印度通史》，商务印书馆，1964，第59页。

所，架木为之，举高九十丈，有刹复高十丈，合去地一千尺"。"十丈"（古制）
之刹，其势巍巍，统摄全塔，意在崇高。中国佛塔的塔刹，是唯一保持了古印
度窣堵坡原貌的东西，装饰意义很是明显。但它不再如窣堵坡那样为供奉舍利
之所。我国沈阳、镇江、温州等地出土的舍利函（一种保存佛舍利的容器），
一般掩藏于塔基下的地宫、埋于塔之顶层或其他层级的壁身之中，塔刹上常饰
以莲华、覆钵、华盖、露盘、火焰、华瓶之类，这一切佛教名物都在表明修法
神圣。

莲华为佛土的一种洁净之物。相传摩耶夫人坐于莲座之上，于是降诞，莲
华是佛的座床。故佛祖对于莲华，想来钟爱之情自不待言。

莲华之佛教象征意义随窣堵坡、佛经与佛的传说传入中土，恰与我国对莲
华的传统审美感情一拍即合。于是莲荷既为崇拜之对象，又是美的饰物，所谓
"亭亭净植"者。据考古发现，早在周代，人们已经对莲华加以审美，不少周代
青铜器、陶器常有莲华的装饰图案，魏晋以降，在对莲华的描述中渗入佛教内
容。塑佛像常于下部堆满莲华形象，建佛塔，也于许多建筑部件上，饰以多种
多样的莲华形象。有些佛塔塔基与塔身之际常以莲座为过渡，使塔身好如从莲
瓣中高高耸起，可谓独运意匠，优美之状可羡。

有些佛塔宗教主题更是触目。如南京栖霞寺舍利塔，建于隋代，平面为
正八边形，塔身造型表面莲华铺陈，手法细腻，并刻有佛像及龙、狮、凤等形
象，装饰华美。同时，基座上雕刻着"释迦八相图"，即白象投胎、树下圣诞、
离家出游、禁欲苦修以及禅坐、降魔、说法与涅槃，以雕刻艺术形象重现传说
中的佛祖生平故事。又如安徽蒙城"万佛塔"，为建于北宋之砖塔。砖面雕像
八千余尊，其中底层外围与塔门两侧计一〇二〇尊；全塔外部凡一六六八尊，
其余在塔内。雕像或为一佛二弟子，或为一佛二菩萨；或坐于莲座之上，或背
后设火焰光明；或低眉含笑，或金刚怒目，袈裟翩翩、佛容光辉，"神"气十
足。再如四川新都宝光寺塔，从第六层起，反而比下面五层的形体要大，人在
塔的下面行走、伫立或对之远眺，都会产生塔身压顶欲倒之感，这是神对人的
恫吓。

因此，中国佛塔，虽然没有如敦煌二百五十四号窟萨埵太子本生壁画那样
对舍身饲虎血腥恐怖场面的描绘，但从其艺术造型的象征意义或附着于塔的雕

刻作品来看，宗教崇拜主题可谓十分鲜明。因而，说"中国的佛塔是'人'的
建筑"，"它凝聚着'人'的情调"，"它有浓烈的人情味"，这是不错的。但是，
说中国古塔"没有发射出'神'的毫光"①，看来值得商榷。

问题在于，何以如此具有佛性象征意味的中国佛塔，同时又洋溢着世俗人
情，能给人以美的享受呢？为何中国佛塔既是佛塔崇拜的象征，又是艺术审美
的对象呢？

西方佛土与世俗生活，一为虚妄的佛国境界，一为真实的人生；佛性与人
情不能相提并论；佛教崇拜与艺术审美也是根本不同的两回事。然而，被渲染
得尽善尽美的佛国境界，其实是人欲横流、到处充满丑恶的世俗生活的一个消
极的补充。唯其真实存在着世俗的苦难与丑恶，当人们实际上还无力改变这种
世俗现实时，是很容易幻想出一个"真善美"的彼岸世界来的，以慰藉焦虑不
安和饥渴难抑的灵魂。佛教教义又认为五浊的人情，是六根清净的佛性被世俗
"污染"的结果。它既然可以被"污染"，当然也就能够通过修行途径重新加以
洗涤，使佛性得以复归。因此，佛性原是"尽善尽美"的。同时，佛教是一种
麻醉人们的精神鸦片，为了尽可能发挥其精神麻醉作用，让更多的人于顶礼膜
拜中来一次精神饕餮，首先必须把佛教崇拜对象即佛国境界和佛陀形象，尽可
能地打扮得崇高和优美，否则难以收摄或笼络人心。"打扮"之最有效手段，当
推艺术。于是可谓不以"佛"的意志为转移，当佛教教义在那里一本正经、喋
喋不休地向人宣传佛国和佛的"伟大"和"美"时，是以粗暴地否定一切美好
的世俗事物为沉重代价的（包括否定艺术）。可是，为了渲染佛、般若与西方
净土的所谓美好境界，又不得不重新捡起刚刚被自己无情地抛弃的东西，尤其
需要艺术（文学、绘画、雕刻、音乐与建筑艺术等）作为最有力的宣传说教工
具。而艺术，是人对现实的审美关系典型而集中的表现。艺术美，反映现实生
活的真善美，其本身是一种世俗人情的美，它是人的世俗实践对现实的肯定，
不是对天国的精神迷狂。

于是，根据宣扬寂灭的佛教教条，本来应当否定留恋声色的艺术，然则恰
恰为了宣扬这种教条，作为手段，又使艺术重新获得肯定。而且，佛教愈兴盛，

① 王世仁：《塔的人情味》，《美学》1982年第4期，第307页。

必然刺激佛教艺术的愈加发展与成熟，把更多辉煌的艺术美召唤到佛像与佛教建筑上来，这是多么具有讽刺意味的事情。因此，佛国与世俗，佛性与人情，佛教崇拜与艺术审美就如此既排斥又相缠，演出了一幕既酸涩又甜蜜的"两重奏"。

中国佛塔，是一种特殊的、艺术形态的宗教宣传品，不同于一般的、抽象的佛教教条。塔的建造不可能纯粹是佛教教义的简单演绎，塔的形象一旦建立，其活跃的艺术生命可能为人们提供比教义远为丰富的内容，这就是所谓"形象大于思想"。

因而，比如平面为圆形或趋向圆形的十二边形的中国佛塔，旨在象征佛教的"圆寂"境或十二因缘说，这是前文已经分析过了的，可是除此以外，圆形塔又给人以圆润而不是如正方形塔那样线条坚硬的形象感受；起翘的塔檐寄托着一定的宗教观念和情趣，可是那种优美的曲线，必然会唤起一般人对某种自然美的丰富联想。曲线美是自然本身所赋予的，"无论你观看海洋的波涛、起伏的山峦、或天上朵朵云彩，那里都没有生硬笔直的线条"，"在未经人们改造过的大自然，你看不到直线"①。因此，塔檐的曲线美就显得自然、富于温馨的人情味。同样，莲荷的佛教象征意味已如前述，但这种优美的艺术形象，同时还真实地再现了莲荷的自然风貌以及由此而引起的某种人格比拟。许多砖塔的色彩，"一为深紫、二为嫣绿、三为御黄、四为鲜红、五为艳蓝"，其象征意义十分明显，"此五色者，以佛家谓天堂有五色宝珠，故法其数耳。"②然而，这种塔的建筑形象的色彩，同时还给人以或沉静、或热烈等的审美感，甚至引起"王者贵"的观念联想。为象征佛之崇高伟大，满足佛教徒对佛国的热烈向往情绪，只要经济条件、技术水平许可，人们便将塔建造得尽可能高大些。但，体量巨大、孤高耸天的塔的形象一旦屹立于前，唤起的却不仅仅是对于佛国的崇高感，也会是一种普遍可传达的心灵深处的震撼。人的崇高感可以来自审美对象的巨大数量与力量，一般的中国佛塔，以其巨大超人的空间体量，打破了中国传统古建筑平缓坦然的空间序列，具有因伟大形象而引起的令人震撼的艺术

① ［美］波特曼等：《波特曼的建筑理论及其事业》，中国建筑工业出版社，1981，第71页。
② ［英］波西尔：《中国美术》，戴岳译，商务印书馆，1923，第53页。

魅力。这是塔的崇高，也是塔的崇拜与审美的二重性，一方面人匍匐在神佛的脚下，感到自身的渺小；另一方面人又不愿低下他那高贵的头颅。中国佛塔昂首向天，既是人对茫茫苍天的呼唤，又是人对自身创造力的肯定，当塔的艺术美令人屈辱地成为佛教崇拜的奴婢时，艺术美仍将顽强地表现它自身，这是审美与崇拜的冲突。

并且，按照塔的平面布置、立面造型、形体的均衡对称、色彩的调和对比以及塔与周围环境的因借和谐等等形式律而组织创造的塔的建筑艺术美，是一种渗透着一定理性情感的既具象又抽象的美，它不能像佛教文学或壁画作品那样，向人描述情节曲折恐怖的佛本生故事，只能以一定的建筑"语汇"、象征手法向人暗示一定的观念情绪，这自然渗透着特定的佛教内容，但塔作为典型的建筑艺术的"有意味的形式"，能给人以丰富的审美信息，契合人多种多样的心理需要，唤起人比较宽泛的、概括的、因而也是朦胧的观念情绪，而不仅仅是宗教情感。因而这种"有意味的形式"，有可能从佛教崇拜的氛围中挣脱出来，成为人们审美的对象。

还有，塔的建筑形象的崇高与优美，是历代能工巧匠一定的宗教崇拜情绪观念物态化的结果，同时也会自觉不自觉地将一定的艺术审美心理内容加以物态化。塔的建造者总是生活于一定的现实环境，即使遁入空门，亦不过是人间的"空门"，不可能绝对地做到不食人间烟火。因此，他们的心灵绝不能割断与世俗的一切精神联系，正如其生活不能斩断与世俗的一切物质联系一样。人对世俗美好事物的追求，是一种顽强的历史意识，它随时要求得到宣泄。当某种社会力量阻碍或压倒人对美好理想的向往时，在无可奈何中，这种历史意识可以转化为对灵境的精神崇拜，故崇拜是审美的一定历史水平的异化。中国佛塔是异化劳动的产物，然这并不等于说凡是异化劳动的产物都只能是丑的。自由自觉的劳动固然创造美，而异化劳动既然也是一种劳动，那么，它首先与不能创造任何美的动物的本能活动有本质区别。如果异化劳动不能创造任何美的东西，那么，在几千年到处存在异化劳动的剥削阶级统治的社会里，人们何以已经创造了无数美的事物呢？在异化劳动过程中，仅仅意味着美的创造力的被压抑、被摧残，并非美的创造力与美的被彻底毁灭。塔的建造无疑要按照封建统治阶级的利益、愿望去进行，成为那个封建社会的一个标志，同时，也使得被封建社会压得喘不过气来的广大被压迫者求真向善爱美的历史意识情感，得到一个有限的宣泄机会，在此意义上，塔的建造又是反抗异化的一个象征。

塔的建筑形象充满矛盾，既在引导人们崇尚出世无为、似乎要拔地而起，让苦楚的灵魂向佛国飞升，又在一定意义上寄寓着乐生欢愉的理性与情调，脚踏在现实人生的大地；既是对神圣佛性一曲响彻云霄的颂歌，又是人情世俗大气磅礴的挥写。今天，佛塔的艺术魅力依然是巨大的，而且，中国佛塔本身所具有的艺术美与技术美，正在被早已从佛教崇拜的精神迷宫中走出来的人们所唤醒，时代的风雨冲刷着历史的尘埃，现实的阳光驱散了神佛的迷雾，千年佛塔，正在放射出更加灿烂的人文光辉。

本文发表于蒋孔阳主编《美学与艺术评论》第一集，1984

中国园林文化的道家境界

在世界古代三大园林文化体系中，堪与古希腊、西亚园林相媲美的，是独具东方文化神韵的中国园林。大致而言，中国古典园林文化，具有皇家（宫苑、陵园）、官宦（宅园、墓园）、文人园林与寺观园林四个类型，在其漫长的历史陶冶、发展中，成为纷繁复杂、独具魅力的一种审美文化现象。毋庸置疑，中国传统之儒、道、释时空意识、文化观念、审美情趣、伦理意志以及人格理想等，都曾经对中国园林文化的建构与演变具有深刻影响。而从自然与人这文化哲学母题进行分析，中国园林文化的哲学之精魂，则无疑主要是老庄之"道"。这一巨大而美丽的文化现象所涵蕴的，是老庄"道法自然"的自然哲学与所谓"穷则独善其身"的"自由"生活境界。

一、东方大地上的"美的哲学"

真正伟大的造园家与哲学家所创造的作品与能达到的思想境界并无区别，所不同的仅仅是其文本的阐释符号有别。当先秦老子在对"道"这一宇宙、人生本体进行深沉的哲学思考之时，一些至今不知谁为作者的先秦园事早已在东方大地上拉开了序幕。通行本《老子》的"困难"，是既体悟到一种原朴本体的"存在"，又"不知其名"、只能"强字之曰道"，他的确陷入了所谓"道，可道非常道"的语境之中。这种老子的"尴尬"，其实也是历代造园家的"尴尬"。人们不免深感困惑的是，那些诸如江南文人园林、北地皇家宫苑等等，难道就是"道"本身吗？"道"作为"存在"，确是"妙不可言"，因"妙"而不可言：由于不可言而倍增其"妙"，"可言"者非"常道"。从这一意义分析，正如不能将老庄的著述看作"道"本身那样，倘将中国园林景观之拳石勺水、一花半叶、三椽两宇等等看作就是"道"体自身，未免违背"道"之精神。因为"道"与"道"的阐释是两回事，"道"体难以言说，言不尽意。

可是，"道"愈是难以言述，愈具有一种葱郁迷人的召唤力量，牢牢吸引无数士子、学人以及造园家对之进行无尽的释解。《老子》一书一开头就说，"道，可道非常道；名，可名非常名"。而为了这"道"，正是老子自己，就说了整整五千言。这种文化悖谬现象，正是"道"与"道"之读解的永恒魅力所在。中国园林空间布局中的山水、草树、建筑及其余一切人文因素诚然不是"道"本身，却是诱人扪摸、领悟"道"这一宇宙、人生本体境界之无可替代的形象符号。

《老子》有云："人法地、地法天、天法道、道法自然。"老子崇尚出世，这位东方智者猛烈抨击先秦儒家入世"大伪"的礼制，追求"我无为而民自化、我好静而民自正、我无事而民自富、我无欲而民自朴"的境界。无论对"我"还是"民"而言，无为、好静、无事、无欲，是"道"；自化、自正、自富、自朴，是"自然"的别种文本符号表述。自然者，不加人工修饰、原始材朴的"本然如此"；或虽经人工修饰而"返璞归真"。天、地、人均以"道"为法，"道"则自律、自法，这便是"自然"。从审美文化学看，"自然"作为宇宙本体，乃庄子所谓"天地有大美而不言"；作为人生境界，便是"致虚极、守静笃"。这也便是《庄子》所说的"心斋""坐忘""逍遥游"。

从自然与人的关系分析，老庄的道论，从哲学上阐释了古代东方所认同的自然界与人的原本亲和关系，并且表达古代中国人要求在尘寰、俗世之中"回归自然"的文化意识与审美理想。老庄并非绝对否定人的社会实践与社会文明，比如庄子关于"庖丁解牛"的著名寓言所表达的，就绝不是要人停留在蛮野的原初"自然"阶段、而执著于追求一种人工技艺达于化境、返璞归真的境界。老庄所否定与抨击的，主要仅是社会政治伦理实践对"道"的社会"污染"。中国园林文化，总体上就是一种力求洗涤伦理"污染"、体悟"道"的诗化场所。造园家造园，犹如庖丁之解牛而入于"自然"。

尽管早在三四千年前，炎黄子孙已在东方大地上进行园事活动，《史记·殷本纪》有纣王沙丘苑台之记，说明商代已筑帝苑。甲骨文有关于"囿"的象形文字，据《周礼·地官》，周文王筑园"方七十里"；尽管中国原始园事之登上文化舞台，早于老庄时代许多个世纪，然而在空间意识与文化意绪上，中国园林文化从其一开始，就很"自然"地渗融着为后世老庄所诠解的"道"这一文化意蕴。有趣的是，当老子冥思苦索，用五千言阐释难以言说的"道"时，东方园事却在实际上将对"道"的读识展现于大地。"玄之又玄"的"道"，在古代哲人那里，是矜持而艰深的美的哲学思辨，在园林景观中却化作随意的生活情调。"道"是一种朴素的生活真理，它本来就很平常地存在于自然与人的原朴亲和关系之中。中国园林作为自然与人的一种亲和文化，成为中国人体悟、表达"道"、挥斥非"道"之伦理的精神家园。

那么，中国园林文化是如何成为"道"境界之阐述的呢？

远古最原始的东方穴居与巢居，是原始初民对一定自然空间的第一次"人化"，第一次解决居住问题。但是，最原始建筑文化的诞生，意味着人们在将大自然的盲目力量关在门外之时，也将原朴的自然美拒之门外。建筑物作为人工屏障，挡住了风雨等自然侵害，却使居住于室内的人与自然界的亲缘距离拉大了。一种渴望与眷恋，便是人们要求重新回归于自然这一人类故乡。于是中华先民对建筑物进行美饰，其美饰之母题，多取材于自然及表达对自然的向往。山河、云霓、花树、兽禽之类，往往首先成为建筑装饰的题材及其表达，而且建筑物本身之"茅茨土阶"的朴素造型与其周围自然环境的原始和谐，都初步体现出对大自然亲和的文化态度。犹嫌不足，便进而在建筑居住环境中发展一种东方所特有的庭院文化，为求慰藉心灵对自然的依恋，将心灵对自然的渴思和抚爱，通过建筑空间布局，宣泄到庭院中来，让花树、山石、水泉之类点缀建筑庭院空间，人们重新从室内走出，在庭院这种人造空间环境中享受自然阳光、清风与雨露。所以，中国庭院是中国建筑的"呼吸器官"。还嫌不足，便是彻底冲破中国建筑庭院的围墙，发展了具有独立文化品格的中国园林文化。这种园林空间，无疑受胎于建筑、又超越了建筑文化阶段。它是建筑文化的彻底解放，发育为自然与人亲和文化之最高级形态的中国园林，成为中国建筑文化"美的哲学"的历史性升华。英国培根曾经说过,"文明人类先建美宅,营园较迟,可见造园艺术比建筑更高一筹"①。园林比建筑在文化观念、空间意识上的优越,表现在它更关注于自然的原朴与美。

所以,中国园林文化,是中国人对原朴大自然欣喜的回眸与复归,作为人与大自然通过造园方式所进行的情意绵绵的"对话",是人怀念自然这一人类故乡之美的"诗篇"。它将中国人对"道"的阐说提高到新的历史高度,并且独具神韵意境。

这用明代造园大家计成的名言来说,即是"虽由人作,宛自天开"计成《园冶》。的境界。至今没有比这更准确地揭示中国园林之"道"的学术见解。中国园林作为人工构筑,是对自然之诗意的梳理与安排,大自然被审美化了。在这里,大自然改变了它那生糙、蛮荒与芜杂的特征,成了美的文化存在。然而这种"人作"文化读解方式,又以"宛自天开"为最高境界。"天开"者,道也;"宛自天开",即园林"人作"以显现"道"为文化底蕴,虽经"人作",却浑然天成,看不出乃人工所为,是以中国园艺方式"返璞归真",它体现为对宇宙幽玄本体的领悟、淡泊人生的品味与人格修养的自觉。

造园作为"道"之解读一般遵循两大原则。

其一,在于以"自然山水式"为基本形制,模山范水是其基本的造园准则,忌人工斧凿之痕,追求一种比大自然更"自然"的文化高格。为了挥斥人工之痕,索性连几何形构图(平面)也不用或慎用。历史上秦始皇在渭水之南兴造上林苑,苑中千花万树、山石河梁、离宫别馆,连绵无尽,在咸阳"作长池,引渭水","筑土为蓬莱山"②,此乃模拟自然山水之举。汉武帝时复修秦之遗园上林苑(项羽西屠咸阳时秦上林苑被毁),"群臣远来各献名果异卉三千余种"③,宫观遍地,楼阁接云,又堆土筑蓬莱、方丈、壶梁、瀛洲诸山景于池水之际,虽寓雅好神仙的不老之思,构筑的文化原型却是现实的自然存在,表达出对原朴自然山水的依恋。魏晋士子放浪形骸、醉逸山野、隐居

① 童寯:《造园史纲》,中国建筑工业出版社,1983,第1页。
② 《三秦记》,三秦出版社,1999。
③ 张宗祥:《校正三辅黄图》,古典文学出版社,1958,第29页。

田园、坐忘林泉，开池筑山养花营树建室辟园一时竟为风尚，成了充满道家文化精神之魏晋玄学的大地物化形态。隋唐三教合流，此时园林文化仍以崇尚自然为主题，炀帝之西苑以周长十余里之水景取胜。唐长安东南一隅有曲江园林名胜，每逢春和景明或秋高气爽之日，或传统节假，园内游观倍增于平时，摩肩接踵，几使万人空巷。或逢举子及第，皇家赐游，堪与雁塔题名同为快事。同时，以自然山水取胜的官园与文人私家园林亦大量营建，尤著称于世的，是长安东南的辋川别业，这里本为宋之问蓝田别墅，后经唐诗大家王维苦心经营而远近闻名。中国人自古有一种审美嗜好，由于钟情于大自然，就不忍心在园林中将自然揉碎、作几何的分割。因为在他们看来，道乃灌注生气于大自然的本体，是一种浑整生命的存在，所以园林对"道"的表现与体悟，必力图以自然之本来面貌出现。凡园林平面顺其自然，选址必讲究山水形势。颐和园、避暑山庄均按原在的地形、地貌进行园林构筑。有山有水，山水相依，园林景观均依山就势，濒水而筑，所以整座园林的平面自然天成，不强作直线方形或如西欧古代的拉丁十字形。同时，园林既然是一种文化，必然处处都是人工构筑，然而为了体悟自然之道，最忌留下人工斧痕。对园林草树精心培植，修剪或使其长势变形在所难免，然而无论岸畔垂柳，山陂松柏，还是径边幽兰，室前芭蕉，都不会将它们作几何形的人工修剪，西方园林景观中那种具有几何形图案的花坛、林带等在中国古典园林空间中是见不到的。山石的安排与造型亦以"看不出乃人工所为"者为上。自南宋始，中国园林文化有对太湖石的欣赏，于厅堂之前、或曲径萝垂、横桥卧波、洞门花影之际，取湖石点缀其间，正如大假山的堆筑那样，虽经人工造作，却使人领悟到它是从大地上"长"出来的，它默默而静静地伫凝于园景之中，自然而质朴，具有令人沉思心撼的美感力量。

其二，"道"是原朴。它既为中国园林文化的精魂，那么，中国园林对人生境界与人格比拟的表现，必具有深一层次的宇宙意识、遵循"道法自然"、象征宇宙天地的造园法则。

在空间观念上，中国园林文化是由建筑文化发展而来的。建筑即是宇宙，"宇宙"二字在文字学上的本义是指建筑。因此，中国人心目中的自然宇宙，是一所其大无穷的"大房子"；人工所构建的宫室，则是一个小宇宙，所以在时空意识上，中国建筑是自然宇宙之文化符号的象征①。而中国园林既然是建筑的超拔升华，则建筑的宇宙意识，实际也便是园林文化的宇宙意识。并且，这园林对自然宇宙的象征，可能显得更纯粹、高级、生动、空灵，更富于审美情趣，更是"道"之美的体现。

中国早期宫苑规模恢宏，如秦之阿房宫苑，"规恢三百余里。离宫别馆，弥山跨谷，辇道相属，阁道通骊山八十余里。表南山之巅以为阙，络樊川以为池"②。如此宏大形制的宫苑，是对自然宇宙的象征，此乃"以大象大"。虽然不能说这是对道家境界的自觉文化追求，然而雅好自然山水、建宫苑以象法自然宇宙，已与先秦之道家境界颇具相通之处。汉代的宫苑亦具笼盖四野、气吞云海的力量，表现出人们对自然天地之美的热衷。班固《西都赋》写宫苑有云，"体象乎天地，经纬乎阴阳，据坤灵之正位，仿太紫之圆方，树中天之华阙，丰冠山之朱堂"。实在是尺度巨大，气魄非凡而"以大象大"。

另一种象征自然宇宙的造园法则是"以小象大"。魏晋之世，造园之风骤变，始则"峨峨东岳高、秀极冲青天。岩中间虚宇，寂寞幽以玄。非工复非匠，云构发自然"③。继而崇尚"壶中天地"，以小见大，首开小园林象征大宇宙之则。如江淹之园在"两株树、十茎草之间"，庾信之小园仅有"三竿两竿之竹"，云墙一道，三二遗株，蓄水数寸，筑园半亩，"寸中孤嶂连还断，尺里重峦欹复正"，已是象征宇宙之万富，抒胸襟兮浩荡，这可称之为"咫尺万里"，以明清士人之言，称为"芥子纳须弥"。这以文人园林为最典型。"君家苍石三峰样，磅礴乾坤气象横"④，以园之小筑喻大道。

二、文人园林之"道"

老庄之道是人与自然的原朴亲和境界，是一种普遍的生活真理与生活情调，一切中国园林文化都具备"道"之文化品格。尽管皇家宫苑渗透着强烈的王权思想与伦理观念，作为"道"之象征的园林被儒化了。但是，这种宫苑如历史

① 参见王振复：《中华古代文化中的建筑美》第一章第一节，学林出版社，1989，第2—17页。
② 张宗祥：《校正三辅黄图》，古典文学出版社，1958，第6页。
③ 谢道蕴：《登山》，引自沈德潜辑：《古诗源》卷九，据刊本排印，第113页。
④ 陈与义：《赵虚中有石名小华山以诗借之》，引自《简斋集》卷十一，第1页。

上著名的圆明园、颐和园及北京紫禁城的御花园等，仍在一定程度上体现出"道"家情思。因为无论帝王还是皇族成员在灼热的政治漩涡中仍然无法割断与自然的精神联系。在紫禁城三大殿的建筑空间环境中，可以不植一棵草以显示王权的威严与肃穆，同时却不能没有御花园及其他皇家园林之"自然"、对纷烦扰攘人心的安慰与"医治"。

尽管如此，老庄之道在中国文人、士大夫所筑、所居、所游的园林中，无疑表现得最充分、最深刻。

大凡中国古代文人学子的处世哲学不外有二：达则兼济天下，穷则独善其身。"达"时徜徉于园林，有一种春风得意、踌躇满志的精神满足；"穷"时则园林成为其精神疲惫的小憩之所。应当说，人生之穷达都与园林文化相关。

从道家境界而言，中国文人园林主要是一种人生的"穷则独善"型文化。有以纯然布衣白丁终身未仕者，他们视俗世功利为"腐鼠滋味"，徜徉于园境以完善自己淡泊玄远的人格理想，此时园林本身之"道"与人在园境之际的居息、游观是主客、表里一致的，从赏园者角度看，可以说是道家境界颇为虔诚的生活信徒。魏晋时的一些名士颇入于此类。这种园林文化毋宁说在中国古代并非多见，因为要达到臻于完善的道家境界，意味着须断然拒绝儒家入世哲学的有力诱惑。从人性角度看，人之内心的平静、超然与扰攘、入俗，都是人之生命、生存、生活之本然的需要，对"道"的执著就是对一切"非道"生活欲望的忤逆，倘为真正达到道家之"道"的纯粹境界，须在园林中进行恬淡的精神修持则可。

有些园主在朝堂之上为官为宦，一旦失意于仕途便退归于林苑。由于深感于宦海浮沉的劳顿之苦，便在园林之中把玩出世无为之道。"身在江湖而心存魏阙"，是其基本文化心态。园林成了人生暂憩的一个场所，此时筑园以供身栖却难以使人淡泊宁静。尽管就此园林本身而言是"道"的文化象征，而就园主的赏园心境而言，或然可以说是"外道内儒""假道真儒"。园境与园林居住、游赏者之间，可能是主、客不相和谐的。唐代大诗人白居易谪官暂居于庐山、筑寓园以供休憩是如此心态；北宋由王安石变法而暂遭失势、闲居于独乐园的司马光，也具这一心态，所谓"独乐"仅是其失意心境的表现，表面上洋溢着甘于寂寞而"独乐"的微笑，内心却涌动着失落、怅茫的忧苦。

　　这便是说，中国园林是文人学子人生之追求风平浪静的港湾，由于常常有热衷于尘世的儒家文化等的纠缠与干扰，虽然其文化美学性格是对"道"的"阐释"，是悦乐与恬淡，园居、园赏者却往往是文人宦情未减、怀才不遇而"穷"发牢骚的，不啻可以看做颇具忧伤情调之精神上崇尚"独乐"的自我解脱以及难以解脱。园林空间景观本身及其对它的审美，并未如佛教一般遁入空门，而是弃朝堂、进园林、流连湖光山色以抒寄情怀，具有明丽的生活情调与生活态度。但看苏州名园拙政园，以晋潘岳所谓"筑室种树""灌园鬻蔬""拙者之为政也"①。为名，诚夫子自道。苏州另一名园网师园，亦寓山野渔樵之隐。网师者，渔父也。上海豫园之文化意蕴，在于表达道家境界的"悦志亲意"。在空间布局上则表现为步步深入，渐入佳境。明代潘允端曾经指出，"园东面，架楼数椽，以隔尘市之嚣"，取陶潜所谓"结庐在人境""心远地自偏"之意，此乃拒尘嚣于园外；"中三楹为门，匾曰'豫园'，取悦志亲意也。"进入人与自然亲和之"豫"的境界；"西可二十武，折而北，竖一小坊，曰：'人境壶天'。"园境虽属"人境"，已是"壶中天地"，身居有限之园境而心灵豁然开朗、大悟大彻。曰："寰中大快"②。自然，这不是一般的喜悦与欢乐，而是体悟到"道"的真正属于原朴层次上的、渗融以自由、自在意识的愉悦。

　　中国文人园林在文化本质上虽然均属于"穷则独善"型文化，然则可以分出不甘于、或甘于"穷迫"两个层次。正如前述，不甘于穷迫者，以作为"道"之阐释文化符号的园林景观为客观审美对象，与园主、园居者不甘于淡泊、淡远的心境可能构成隐的心灵冲突，于是筑园、赏园，遂成为人生离忧的象征，它意味着主要是入世的儒家思想情趣对中国园林文化的渗透；甘于穷迫者，则从园景客体到居园、赏园者主体心灵之间，构成了和谐的审美关系。这种园林文化的文化性格是相对纯粹而明净的，有如上海豫园及其对它的赏玩，颇近于"道"的闲适与虚灵。从《豫园记》所述其空间布局的层次看，我们不能将其看做"道"体本质，却多少可以从这对"道"之境界的象征中，领悟一点"道"的精神意蕴与氛围。

----

① 潘岳：《闲居赋》，引自《潘黄门集》卷二，明末刊七十二家集本，第5页。
② 潘允端：《豫园记》，引自曹聚仁：《万里行记》，福建人民出版社，1983，第79页。

　　同时，历来的中国文人学子一般可以选择这样两种基本的生活道路，或者热衷于朝堂之上，走加官晋爵、封妻荫子、荣宗耀祖、建功立业之路，从立德、立功、立言之中追求人生之不朽，这大约可归于"儒"；或者不屑于朝堂与被朝堂所抛弃，此时便只能乐于田园林泉或无奈地退归于所谓"渔樵"之际，园林便成为一种精神上的"安乐窝"或是人生临时的"中转站"，这看来又可归于"道"。在这园林之中，人格上或是较为彻底地摒弃入世之念，以清静无为为本，独善其身而放弃社会之责任，对人生抱着一种追求道家境界的纯粹审美态度；或者竟是人格的分裂。人一方面是社会的弃儿，于是只得退隐于园林，以试图寻找"人化的自然"所能给予的精神上的终极关怀；另一方面，又将园林作为一种人生仕途的"终南"之路，身居于林泉，而心忧于天下，园林文化，呈现复杂的文化内涵。又由于文人学子原初多不甘于清寂，他们往往只有在欲进取而受挫之后才无奈寻求园林文化的精神"疗养"，使得中国文人园林文化成为一种颇为典型的出世文化、冷调子文化。这一点，在两汉之际佛教入传中土之后更呈现复杂的面貌，提倡弃世的佛教文化曾经或似乎在中国文人学子面前另辟了一个人生的"方便法门"，好像入世既不得、出世又不甘，于是便只有沉寂于佛门孤灯这一条路可走了。然而以入佛之不易、须在人生往往遭受大痛苦之后才易遁入空门，故古今真正入佛者便不在多数。中国文人学子的人生道路看来有三个阶梯，儒、道、释依次自下而上。道是儒、释之际的中介。儒之入世、道之出世与释之弃世，三者构成人生境界之链，彼此冲突而相融。所以在中国园林文化中，皇家与官宦之园林所体现的道，常不免掺和以热衷尘世的儒家伦理内容。即使在文人私家园林中，也不乏儒之文化因素。而寺院之园林，也可以让人"读"出道与儒的某些"意义"，领悟其意蕴，禅味十足，所谓"清清翠竹，尽是法身；郁郁黄花，无非般若"。法身、般若原是佛教所设定的人文意蕴，可以从此岸之翠竹、黄花这里得到阐释、读解。这种对自然的亲和之体验，其实已颇近于"道"。因此，中国寺观园林中的寺院园林文化，虽以禅悟、禅境为特征，却与文人园林之悟"道"具有精神上的内在联系。而寺观园林中的道观园林文化，由于道教与道家在文化上的亲缘关系，就更与文人园林之"道"相亲近了。

三、曲线、虚静与意境

大凡中国古典园林，由于象征自然（道），无论园林之建筑物、山水道路抑或草树花卉，都具有丰富的曲线之美。

试观园筑之亭，或玉立于小丘之巅、或濒清流而建，或隐显于藤萝掩映之际、或静伫在幽篁深处，凡造型，以曲妥见长。攒尖顶盖，反宇飞檐，"有亭翼然"，多少曲线构成其独特的文化风貌。又如曲廊、回廊、波形廊、爬山廊等等，具有"小廊回合曲阑斜"的美感。再如园林道路，尚曲径通幽而忌通衢直露，时具"小园香径独徘徊"的韵味。至于假山营构，妙在"叠黄石能做到面面有情，多转折；叠湖石能达到宛转多姿"①。云墙起伏无尽，连属逶迤；河梁九曲卧波，洞门圆柔可人，各式花窗更是依势而曲，处处可见曲势，时时显得娇柔，曲线之美，是中国园林景观中最引人入胜的审美信息。

陈从周先生指出，园以曲为佳构，然此"曲"亦不是自古不变，各园之曲，应视园之地理、地形随宜而变。倘不思其变，犹诗拘"死律"而诗亡，词执"陈谱"而词衰，"学究咏诗，经生填词，了无性灵，遑论境界？"②这涉及了曲线与园林意境的关系。

问题是，为什么中国古典园林景观中丰富多变的曲线造型与意境具有内在的文化审美联系呢？

因为曲线是自然万物的典型外观特征，它是自然生命的自由存在。美国著名建筑学家波特曼曾经指出："大部分建成的环境是矩形的，因为这样建造起来较为经济。但人们对曲线形式感到更有吸引力，因为它们更有生活气息、更自然。无论你观看海洋的波涛，起伏的山岳，或天上朵朵云彩，那里都没有生硬的笔直的线条。""在未经人们改造过的大自然，你看不到直线。"③

这一关于自然曲线的论述，对我们进一步揭示中国园林曲线的道家境界不无启迪意义。

道家哲学以"道"为逻辑原点，它"视之不见"，"听之不闻"，"搏之不

①　陈从周：《园林谈丛》，上海文化出版社，1980，第112页。
②　同上书，第13页。
③　［美］波特曼等：《波特曼的建筑理论及其事业》，中国建筑工业出版社，1982，第71页。

得"，应当说，它不是感官的直接对象，无形、无色、无嗅，道之玄也。然而"道"确实"存在"，似羚羊挂角，无迹可求，非目视、耳闻、搏握却可以"神遇"。从自然哲学角度分析，大自然未经"大伪"人工的"污染"，其本身是一种原朴"存在"，所以"道"作为"存在"，首先蕴涵于大自然之中，这便是道家执著于大自然、无限钟情于大自然、要求人生回归于大自然以悟"道"之故，此其一；其二，虽然"道"无迹可求，而"道"体"周行而不殆"，"道"即《老子》所谓"大"，"大曰逝，逝曰远，远曰反"，"反者道之动"。所以，老子所描述的"道"，不仅是运动、发展的，而且其仿佛具有运动的"轨迹"，这"轨迹"无疑是圆曲的。由于不是直线运动，凡圆曲者必柔；其三，道者，本然如此（自然），大自然不等于"道"，然而大自然中无数生命的形态均充满了曲线，于是从这无数生命曲线之造型，让人可能欣喜地体悟到"道"的柔曲之"运动"，成为人生悟"道"的符号；其四，"道"体虽然"本然如此"，拒绝人工所为，人工有时是非"道"的。可是，圆曲、柔弱、永恒运动之"道"，又只能以一定人工之文化方式，才能得以阐释。从而，中国园林景观之诸多曲线造型，由于一方面与大自然所有生命存在形态的曲线同构对应，另一方面又恰好是"道"之本体运动"轨迹"的符号表现、与"道"体运动之圆曲对应，成为中国人所体悟"道"的一种大地上的美的"文本"。

　　古人云，"方者执而多忤，圆者顺而有情"①。方者，直线之相构，坚执而与人的理智相谐，方形、直线可以是葱郁、冷峻之理性的表达与意志的体现，以此观照建筑布局之方形平面、强烈而纵直的中轴线，正好是抑"情"而崇"理"的，体现出严肃的伦理意志，这一般属于儒家的所谓"实用理性"。这里虽说不是没有一点情感的宣泄，却说明直线的确首先强烈地与一定理性（意志）相维系；中国园林景观之曲线能首先唤醒人的审美感情，曲制圆构的园林景观，首先能够"动情"的缘故，盖曲线与"道"之运动及其"轨迹"相对应。这当然不是说，中国园林文化所传达与体悟的"道"唯"情"无"理"，而是能以积淀着理性底蕴的情感渗入人们的审美心灵，所谓中国园林的"诗情画意"境界便由此产生。梁思成曾说，中国园林"如优游闲处之庭园建筑，则常一反对

---

① 王伋：《管氏地理指蒙》卷之上，中州古籍出版社，2007。

称之隆重，出之于自由随意之变化。布置取高低曲折之趣，间以池沼花木，接近自然，而入诗画之境"[1]。此实乃中肯之见。

中国园林意境的品格主于静，这与道家之"虚静"观亦不无密切联系。庄子有云："夫虚静恬淡，寂寞无为者，万物之本也。"[2]"虚静"既为"万物之本"，它其实就是老子所言"致虚极、守静笃"的"道"，"道"乃素朴之自然，"朴素而天下莫能与之争美"。这种精彩而深刻的哲学阐释，倒好像是专门就中国园林文化而言的。

让我们以中国园林水趣为例。

园不在大，有水则灵。大凡中国园林，多以水趣取胜。江南园林筑在水乡泽国，园构水景丰富多彩自不待言，即使北地园林如颐和园，亦是一个以水为主角的名园。然而同为园林水趣，中西却有动静之别，风光迥异。

不用说，西方古代园林以"动"水为美。动水活泼欢快、激情洋溢，催人亢奋。比如园林喷泉水趣，在于利用水流之特性，创造向上喷发瞬尔跌落的动势，水珠晶莹滚动，淅淅有声，在阳光下或灯光下闪闪烁烁，足以令观赏者心旷神怡、热情奔放。相传公元前一千多年，希腊"园庭"中就有喷泉，盲诗人荷马在史诗中曾大加赞扬。罗马园林中的喷泉，以其柔中有刚的形象，成为那个雄强时代的精彩点缀。十四世纪，大名鼎鼎的西班牙红堡园，设一个十字架形的大喷泉，在对神的崇拜之中兼对动水之美一往情深。文艺复兴时期，西方尤尚人体美，园林水趣流风所至，便是人体雕像喷泉竞放异彩。意大利佛罗伦萨有一处园林水趣，可谓名扬天下，泉流清洌，不断从一女雕像的"秀发"上溅落于水池，模拟少女出浴的娇憨之态，鲜明地折射出那时西方园林的文化精神。十七世纪，法国路易十四对园林动水之追求也许更为热衷。他主持建造的凡尔赛宫苑水源严重不足，便命令王宫侍从生活用水每人每日不得超过一小盆，也要惨淡经营、力求供水，使宫苑之大喷泉喷涌不止，大有"宁可饮无水，不可园无泉"的执拗劲头。还有的园林水趣利用水流冲力，使一种由动水所推动的机械发出美妙音响，成为园林情趣的主调。"水风琴""水扶梯"之类

① 梁思成：《梁思成文集》（三），中国建筑工业出版社，1985，第10页。
② 郭象：《庄子注》，陆德明音义：《庄子》卷五，明世德堂本，第105页。

一时竟为时髦。一群铜制"小鸟"七嘴八舌的啼啭，使整座园林充满喧腾的生命气息，忽而传来"石狮"沉闷的吼声与"猫头鹰"凄厉的怪叫，于是整座园林立即鸦雀无闻。顷刻之后，又是"小鸟"的唧啾聒噪。

这些西方园林文化的意境，妙在水之动。动是生命力旺盛的表现，一般地象征西方人好动外露、热情奔放的精神气质。

相比之下，中国园林文化的水趣可谓反差强烈。

中国古代亦偶有动态水趣。可是总的说来，中国人对园林之动水不是很感兴趣的，喷泉之类更是一般不用的。中国园林文化的基本水文化是静水。故历代名园以"含碧""凝玉""镜潭"等命名的水景比比皆是。

这种园林水趣一般水面不大。亭榭楼阁之类，往往依水而建，安谧宁静。静水初观似乎不如动水招人，然而文化审美上成功的静水水景意蕴，是独特、沉澄而空灵的，可以由此领悟到"道"。

或碧波平静如镜，观之令人敛神沉思，可以返照自家心胸。王世贞说，"镜潭者"，"既皎而澄，可以烛须眉"①。这静水成为庄子所谓"涤除玄鉴"的象征；或水藻繁茂，藕荷亭亭，"水荇酝醹，渚草艳漾"②，聊作"出淤泥而不染"之遐思，为清雅人格之比拟；或于晨曦夕月、蓝天云浮之时，静水倒影清丽，光影变幻，"临池有堂，回栏曲槛，望之如浮，嫣然有致"③，其美可羡；或清风徐至，波光温柔娴淑，"波纹细皱，香浪微裛"④，一泓都是悦意；或水尤清冽，游鳞历历，"皆若空游无所依。日光下澈，影布石上，怡然不动。俶尔远逝，往来翕忽，似与游者相乐"⑤。又"细浪文漪，涵青漾碧，游鳞翔羽，自相映带"⑥。这是中国园林水趣静观之中的"动"的审美移情，从一个侧面传达出中国园林文

① 王世贞：《安氏西林记》，引自《弇州山人续稿》卷之六十，明万历间王氏世经堂刻本，第4页。

② 邹迪光：《愚公谷乘》，引自陈植、张公驰：《中国历代名园记选注》，安徽科学技术出版社，1983，第190页。

③ 同上。

④ 同上。

⑤ 柳宗元：《小石潭记》，引自蒋之翘辑注：《柳河东集》卷二十九，三径藏书本，第431页。

⑥ 何焯：《题潭上书屋》，引自沈粹芬等辑：《国朝文汇》卷四十二，清宣统元年上海国学扶轮社石印本，第4页。

化的道家境界。

　　总之，中国人尤为挚爱于静水，它质朴淡泊、含蓄娴雅，令人凝神观照，意境淡远而深沉。这园林水趣，其相在静，其意在动，在静景中悟道，静景之中的道的流溢。先秦道家确主于"虚静"，却并非佛家的"空寂"。虚、静之中寓道，道是宇宙万物活跃、自由、无限的生命本体。

　　这一点，如与同是呈现静态之美的日本古代所谓"枯山水"比较起来，可以看得更清楚。"枯山水"，作为日本古代文化的水趣山境，曾活跃于十四、五世纪的室町时代。京都龙安寺一处"枯山水"园林，占地三百平方米，矩形平面，设于禅室方丈之前，可观可悟而不可游、不可居，这是不同于中国园林的地方。这种仅供观悟的园林之"山水"构思奇特，白砂铺地，以人工弄出砂纹，象征浩瀚的大海，并于"滔滔汪洋"之中置石群者五，十五块石料依每群"三、二、三、二、五"节奏依势堆设，无论从何种角度观赏，都显得十分均衡，它们模拟海域之中五群可望不可及的岛屿，看似毫不经意其实用心良苦。其石缝像瀑涧，实则满园无有滴水，可谓"枯"矣。"枯"是其基本的文化审美特征及意境的内核，渗融着被日本民族灵魂所消融改造了的浓郁的佛家禅宗情思。然而"枯山水"既然是一种园林文化，它就不同于纯粹禅宗教理的抽象演绎，它创造的不仅仅是万念俱寂、内省幽玄的禅境，也有某种顽强的世俗审美意识在潜行。然而，禅之所谓空寂是其基本文化主题。大海浩淼、孤岛冷寂，宇宙秩序均衡寥廓，观悟"枯山水"，只觉得天荒地老，宇宙无垠，撼人心魂。

　　这种静水文化，自然有别于中国古典园林道家之静水。"枯山水"，虽然其间有对世俗生活隐隐的眷恋之真情在，却可由此"读"到空幻的人生与对彼岸佛国的向往。中国园林文化的静水却润却活，充满了人间生气而拒绝空幻与死寂，它所传达的道，虽为"虚静"，却并非空幻，并非如佛教涅槃境界那般如烟、如幻、如泡、如影。虚者，空灵明彻之境界，不是绝对虚无，看破红尘，虚是一种"有"；静者，道之"根"，"夫物芸芸，各复归其根，归根曰静"。所以道家之虚静绝不是生命的死寂，虚静之中是生命的流行大化。所以道家之生活理想，是出世自适而非厌世悲观。道家重生、贵生，这又是不同于佛家之空幻的笃实的人生。它要求享受人间的雨露阳光，要求原朴与本真，它以超功利态度对待人生，以人生之道效法自然为指归。"目既往返，心亦吐纳，情往似赠，兴来如答。"①自然化作我心，我心亦是自然。或在月下漫步园林，万籁寂静，"素月分晖，明河共影，表里俱澄澈。悠悠心会，妙处难与君说"②。这时，人便超脱于功利、伦理与政治意义上的自我，一洗尘俗，使精神得到澡雪，与宇宙同在。

"艺术的境界，既使心灵和宇宙净化，又使心灵和宇宙深化，使人在超脱的胸襟里体味到宇宙的深境。"③这种深境又是虚实结合、动静互摄的。中国园林之水景清澈明丽、仁蓄于湖潭或潜流于溪河，且虚且静，而且水岸曲折多姿、似尽无尽，实在是道蕴之美妙的一个大地"文本"。从水景的材料构成方式看，有水有岸、有鱼有荷、有小桥与傍水建筑的烘托，是实景；而水体澄明，映影清亮，是虚。从水体的存在方式看，多以静水凝碧为佳，即使有水流动，也是静静流淌，一般波浪不兴的，这是静。然而正是这静，在审美观照过程中使移情而造成气韵的流动，这又是静中之动。水景的虚静，推动审美主体情感的流溢，这是以客观之静启主观之动，亦可称为动静之结合。宗白华说："化景物为情思，这是对艺术中虚实结合的正确定义。以虚为虚，就是完全的虚无，以实为实，景物就是死的，不能动人；唯有以实为虚，化实为虚，就有无穷的意味，幽远的意境。"④清人笪重光亦指出，"实景清而空景现"，"真境逼而神境生"，"虚实相生，无画处皆成妙境"⑤。中国园林水景以水体之实、观悟道性之虚；以水景之静，召唤审美主体情感之动，遂成中国园林文化之道的深邃境界。

本文发表于《学术月刊》1993年第9期

---

① 宗白华:《美学散步》，上海人民出版社，1981，第95页。

② 张孝祥:《念奴娇·过洞庭》，引自《宋词三百首笺注》，人民文学出版社，2005。

③ 宗白华:《美学散步》，上海人民出版社，1981，第72页。

④ 同上书，第34页。

⑤ 笪重光:《画筌》，清乾隆知不足斋精刻本，第12页。

正本清源：理性地解读"风水"

在"风水"大热的今天，本文的撰写与发表，也许不会讨某些人喜欢。关于风水，学界与民间断言其"科学"者，有之；痛斥其"迷妄"者，亦有之；而更多的，则深感困惑。鉴于此，努力做到正本清源理性地解读风水，做一点力求严谨的学术研究，尤为必要。从而有可能解答一些困惑，平息一些争论，澄清一些问题，获得一些认同，正是本文的期待。

一、易理、风水学的人文之原

这一问题，笔者拟从两方面来加以论析。

（一）气的理念，是古代风水学及其风水术的立论之本与人文之原

风水学及其风水术，古代中华所独具的一种命理文化。托名晋代郭璞（276—324）所撰《葬书》云：

经曰："气乘风则散，界水则止。"古人聚之使不散，行之使有止，故谓之风水。风水之法，得水为上，藏风次之。①

---

① 《葬书·内篇》。按：《风水圣经：宅经·葬书》（王振复导读、今译）云：《葬书》"托名郭璞所撰"，是因为"宋代之前有关郭璞著述的记载中，我们未见该书著录，直到《宋志》才有记载。由此似能推定，该书当为宋时托名之作。有方技家、好事者粉饰、增华成一卷二十篇，南宋蔡元定病其芜杂，删为八篇，元人吴澄又病蔡氏未尽蕴奥，遂择其要义、至纯者为内篇，粗精、驳纯相半者为外篇，粗驳当去而姑存者为杂篇。《葬书》**（转下页注）**

这一风水"定义"，大致揭示古代风水学（术）的文化本蕴，关系到风与水以及风、水之聚散、乘界与行止的命理意义之联系，从"术"角度看，以"得水"为第一，其次是"藏风"，而关键是"气""聚之使不散，行之使有止"；从"学"角度分析，其人文原型是"气"。

《周易》本经有一井卦，卦象为䷯，下卦为巽，巽为风；上卦为坎，坎为水。井卦，一个与风水相关的卦象。又有涣卦，卦象䷺，上为巽风，下为坎水，亦是一风水结构。涣卦九五爻辞云："王居，无咎。"《易传》发挥爻义云："王居，无咎，正位也。"涣卦九五为阳爻，居上卦中位，为阳爻居于阳位之吉爻，且得中、得正，故筮遇此爻，筮得王者之居恰逢"好风水"。

《易传》明确提出"同声相应，同气相求"这一人文命题，又称"仰以观乎天文，俯以察乎地理，是故知幽明之故"。这里，所谓"同气相求"，是风水学理意义之气，作为风水术本原及其感应；所谓"仰观"、"俯察"云云，本义指风水术意义之"看风水"。

《易传》所言"气"，奠定了古代中华风水学（术）的学理之基。

气，殷墟卜辞写作䷀[①]。其上、下两画像河岸之形，中间一短画，表示此处忽而流涛汹涌、忽而干涸及先民对这一自然现象深感困惑与神秘的心理体验。原始先民智力低下，对河流那种突而汹溢又突而干涸的现象难以理解，迷信有超自然、超人为的神秘感应之力，决定人的生存遭际。

这一后代成长为整个中华文化之元范畴的气，自古至今，其字形写法，已经历"☰→气→氣→气"这一演替过程。今简体之"气"，实乃古体"气"字之回归。气从始而表示先民所体验的神秘感应力，发展为文化学元范畴与中国哲学、美学的本原、本体范畴之一，给予中华文化、哲学与美学的深巨滋养，非同小可。时见学界研习中国哲学、美学及文学之类，往往囿于哲思或美蕴之域限，未从原始易筮、风水文化看问题，似有探流而舍源之憾。

虽从文本言，殷周之际的《周易》本经（距今约3 100年）卦爻辞无"气"

（接上页注）内、外、杂篇体例，仿通行本《庄子》体例，可能源自吴澄旧本"（台北恩楷出版股份有限公司，2003年版"导读"之七"关于《葬书》"）。本文所引录《宅经》、《葬书》诸材料，均采自《风水圣经：宅经·葬书》，不另注明。

① 董作宾：《殷虚文字甲编》二一〇三，中央研究院历史语言研究所，1948。

字，这不等于在先民的原始易筮中，没有关于神秘之气的领会、认同与敬畏。易筮、算卦之所以"灵验"，不就是先民迷信气之本存及其感应之功的明证吗？

蕴涵于易理的古代风水学（术）的文化理念，无论在形法派还是理气派风水说中，都以气为其人文之原与人文之魂。《宅经》卷上云："是和阴阳者，气也。"《葬书·内篇》："葬者，乘生气也。"① 都在在说明，气是风水学、风水术的人文之灵魂。而风水"聚气"之说的关键在于，气，"聚之使不散，行之使有止"。大化流行，气韵生动，可谓"好风水"。

《葬书·内篇》有"盖生者，气之聚"之说。学界有人据此以为，风水术所谓"聚气"，首倡于《葬书》。其实，先秦战国《庄子·知北游》早就指出："人之生，气之聚也。聚则为生，散则为死"，"故曰：'通天下一气耳'"。学人研读庄子，习惯性的思路与理念往往是，既然庄子是道家哲学家，那么其一切言说，便一定是"哲学"而无其他，殊不知庄子此处所言"气"，实由文化学意义之"风水"而提升为哲学。其哲学及其美学的人文基因，起码在某种意义上，是源于原始风水说的。否则，《庄子》的"聚气"说，为什么会与后之《葬书》如此相同呢？而较《庄子》为晚出的《葬书》，说的固然是风水术意义之气，却也特具一定的哲学意蕴。两者是既背反又合一的关系。

《葬书·内篇》关于"盖生者，气之聚"这一风水术命题的反命题是说，"盖死者，气之散"。"气之聚"，生的状态；"气之散"，死的状态。"聚生"而"散死"，这正是《庄子》的气论。《庄子》所谓"通天下一气耳"之本蕴，是说"天下"仅"生"、"死"而已；而"生"、"死"，实际指气之"聚"、"散"，然后，才是一关乎本原、本体的哲学命题。

与此相关，庄子还有人"受命"于"天地"的思想："受命于地，唯松柏独也正，在冬夏青青；受命于天，唯尧舜独也正，在万物之首。"② 而命者，人"无所逃于天地之间"③。试问是何缘故？因为人之生、死，即"气"之"聚"、"散"，无以逃避，亦无法抗拒。因而，天地之"命"，即"通天下一气耳"的

---

① 《葬书》注云，"生气"者，"故磅礴乎大化，贯通乎品汇，无处无之，而无时不运也"。此乃"一元运行之气"（《风水圣经：宅经·葬书》，第81页）。

② 郭象：《庄子注》，陆德明音义：《庄子》卷二，明世德堂本，第45页。

③ 同上书，第37页。

"气"，人对它应有的态度，好比"父母于子，东西南北，唯命之从"。[1]这里所言"从"，乃适然于时势之义，顺其自然之谓。《庄子》又说："《易》以道阴阳。"[2]就其哲学层面而言，"阴阳"为对偶性范畴，指事物存在、运动之相反相成、互逆互对之两面，即《易传》所谓"一阴一阳之谓道"。从该哲学思想的文化基因来说，阴与阳，本指风水地理与阳光照射的关系，以阳光照射之山的一面为阳，反之则阴，这已具有风水说初始的人文意义。与气论相联系，《庄子》所言"阴阳"，即"死生"、"散聚"。

无论就神秘兮兮的风水术而言，还是在理性葱郁的哲学意义上，其实所谓气，仅在"聚"、"散"之际，它终究是不死的。否则，那还是具有神秘莫测之"感应"或是本原、本体的气吗？诸多古代风水学著述，包括其中最重要的《宅经》、《葬书》，往往都有"无气"或"死气"的提法，对此，未可望文生义，错以为气有"无"、"死"之时。其实古人坚信，气是永恒而不无、不死的。古代风水学（术）意义之气，作为"命"，它首先是具有神秘性的。

这也可从《易传》所言"原始反终，故知死生之说。精气为物，游魂为变"得以旁证。"精气为物"者，气聚为生；"游魂为变"者，气散为死。人之肉身可以衰亡，而气仍"活"着，仅"散"而已。所谓"游魂"者，气之散、肉身亡而气永远不死之谓。因此，无论所谓"阴宅"、"阳宅"风水术施行之目的，是企图以"得水"、"藏风"方式，让已"散"为"游魂"的所谓"死气"，重新"聚生"于"吉壤"之域，或让"生气"（聚气）永驻人间，以企望"荫庇"于血族后人。这便是前文所引《葬书》"葬者，乘（引者注：随顺、驾驭之义）生气也"和《宅经》卷上所言"宅者"，"阳气抱阴"或"阴气抱阳"的意思。

（二）《周易》八卦方位理念，是古代中华风水学（术）的"理想"模式

《周易》八卦方位，有"先天"、"后天"之分（见图1）。

先天八卦布局：乾南、坤北、离东、坎西、震东北、巽西南、兑东南、艮西北；后天八卦方位：离南、坎北、震东、兑西、艮东北、坤西南、巽东南、

---

① 郭象：《庄子注》，陆德明音义：《庄子》卷二，明世德堂本，第60页。

② 同上书，第240页。

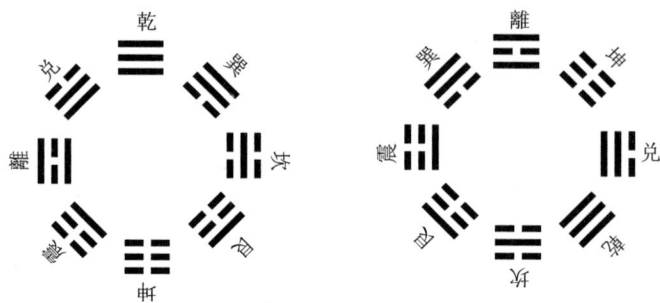

图1 《周易》八卦

乾西北。这里，读者切不可以为，这两大八卦方位，仅仅体现古人对平面、空间的认知。其实，它们也是时间流程的表达方式，是如卦似闭、气韵生动之气的和谐模式。

这两大八卦方位模式，在中国古代都城、乡村、宫殿、寺观、民居与陵墓等一切规划、建筑及环境的风水设计与营造中，都有实际运用。明清北京紫禁城（现北京故宫），以乾南至坤北为中轴，15华里长，其南门称承天门（现天安门）、北门为厚载门（现地安门）。其平面形制与称谓，无疑源自"先天"的"乾南、坤北"说。《易传》云，"乾为天"、"坤为地"且"地势坤，君子以厚德载物"，故有"承天"（天安）、"厚载"（地安）之名。明清北京内城四郊设四坛，以供郊祀之需。其南为天坛、北为地坛、东为日坛、西为月坛，源于"先天"四正卦理念，即乾南、坤北、离东、坎西，依次相应于乾天、坤地、离火（日）与坎水（月）。

比较而言，"后天"比"先天"的风水运用更为广泛。形法派风水术，以西北为龙脉之始、北为主山、东南为水口，有《葬书·外篇》所谓"左为青龙，右为白虎，前为朱雀，后为玄武"，且以案山、朝山为朱雀、以穴前为明堂[①]之说。试问何以如此？

据"后天"布局，西北乾位，《易传》有"乾为父"、"乾为龙"之言，故此为龙脉之始、血族祖脉之原与元气之本。《葬书·内篇》注对此曾大加渲染，

---

① 按：明堂，原指古代帝王宣明政教之处，为举行朝会、祭祀、犒赏与选士之所。此为风水术语，指建筑及环境地基之前空地及水域等，古人以为有聚气之功。

称龙脉者，"若水波，若马之驰"、"若器之贮，若龙若鸾，或腾或盘，禽伏兽蹲，若万乘之尊也"。因而，风水术以"觅龙"为要。龙脉始于西北，是按"后天"而给定的逻辑预设，是对血族祖神之旺盛生殖与生命之气的崇拜与赞美。实际指，始于西北而向北蜿蜒而来之雄伟、葱茏的山的形势。①

据"后天"，东南巽与西北乾相应，风水术要求"入山首观水口"，称为"观水"。水口位于东南，自是重要。《易传》云，"巽，入也"，东南为宅之入口。典型的明清北京四合院，四周院墙封闭，仅在宅之东南辟一院门，以供出入，便应在"吉利"的巽位上。大而言之，中华大地西北高而东南低，大江大河，基本自西北（西）流向东南（东），故东南乃"水口"之所在。北京曾为明清古都，其风水地理的所谓"吉利"，不仅其自西北向北绵延之山势磅礴而雄伟，龙脉崇高，而且以天津卫为"水口"。北京背靠的燕山，为主山；前（南）为华北大平原，"明堂"之谓；大平原之东为泰岱（青龙），西有华山（白虎）；前，即南又有嵩山（案山），此合于"后天"坎北、震东、兑西、离南与中位之则。

《易传》称，东"震为龙"，且五方、五行与五色相对应，故东为木为青，"左为青龙"。《易传》又云，"云从龙，风从虎"，龙虎相应，既然"左"（东）为"龙"，则"右"（西）必为"虎"。据考古，距今约六千年的河南濮阳西水坡45号墓出土"龙虎蚌塑"图案。其墓葬制度，于墓主残骸左（东）为龙形塑，右（西）是虎形塑。可见，该风水理念之起源悠古。而据五方、五行与五色对应之说，西为金为白，故"右为白虎"。《易传》又说，南"离为火"，且五色属赤（朱），"雀"（凤）为"四灵"之一，居于南，故"前为朱雀"。朱雀又与玄武对应，北"坎为水"。玄武（蚨龟）属水，五色属黑，故"后为玄武"。

这里有一问题，既然北"坎为水"，玄武属水，为何风水学（术）偏偏以北有主山（靠山）为"吉"呢？因为，按五行相克之理，山之属性为土，"土克水"之故。此正如南"离为火"，不仅此须有案山、朝山，而且应具水系。若

---

① 按：《葬书·内篇》云："千尺为势，百尺为形。"《葬书·内篇》注："千尺言其远"、"百尺言其近"。从字源看，形字从井从彡，义为阳光照临井田高处而留之影。势字从执从力，指雄性生殖。

无，则须人工挖掘一"汇龙潭"之类。以求所谓"吉利"。此按五行相克之理，"水克火"之故。风水学（术）以气之"和阴阳"为"理想"，北坎水旺，故以土（山）克之；南离火旺，又以水克之。"克"者，和也。

要之，古人笃信明清北京之风水所以"吉利"，乃符契《周易》八卦方位之故。从"后天"看，正如南宋朱熹云："冀州好一风水。云中诸山，来龙也。岱岳，青龙也。华山，白虎也。嵩山，案（案山）也。淮南诸山，案外山（朝山）也。"①可见，北京被定为明清王朝首都，讲究风水之故。古代风水术，以"觅龙"（寻找龙脉之所在）、"观水"（观照水系位置、流向、大小、清浊、曲直与多寡等）、"察砂"（察看青龙、白虎山的位置、形势）、"点穴"（确立所谓阳宅、阴宅的地理之位，与龙、砂、水等的关系）与"正向"（勘定建筑物"吉利"之朝向），为古代风水术之五要，崇信与遵循所谓龙真、水抱、砂秀、穴的与向正之风水"吉壤"与朴素环境学、生态学的原则。

二、巫性："畏天"还是"知命"

古代中华风水文化，无疑浸透了命理思想。风水学著述诸多言说，首先都是对神性之"天"及居住环境的崇拜、敬畏、歌颂、感激或无奈、焦虑与恐惧。

《宅经》的人文主题，可从其卷上首句"夫宅者，乃阳阴之枢纽"见出。这里所言"阴阳"，指宅居的所谓阴气、阳气。此具阴阳相和或阴阳失调两大存有方式、形态。无论自然界还是人为环境，从"命"角度看，古人以为都是先定的；无论阴、阳之气相和或失调，均为"天意"。《论语·颜渊》有云："死生有命，富贵在天。"董仲舒说："人受命于天也。"②命者，令也，"天令之谓命"。③天之令无可违逆，这便是命。

因而，天人关系既原本相合又原本相分，既合一又悖背。否则，古人为什么会那般虔诚地崇拜天命、或是恶毒地发出对天的诅咒？这里所言天，应当说是神性之天。否则，所谓天，就不能等同于天命。

---

① 《朱文公文集·地理》。引者按：冀州，位于今河北中南部、华北大平原之腹地，属河北衡水地区，北距现北京300公里，在古代风水学中，北京、冀州属同一风水地理范围。

② 董仲舒：《春秋繁露·人副天数》卷十三，清乾隆抱经堂丛书本，第122页。

③ 班固：《汉书》卷五十六，《汉书》，中华书局，2007。

　　中华古代的风水文化，充满了对天命意义上的阴阳相合（吉）与阴阳失调（凶）之气的崇信。仅就所谓风水之凶煞而言，让今人尤感其生存的艰难与环境的恶劣。

　　《宅经》卷上云："再入阴入阳，是名无气。三度重入阴阳，谓之无魂。四入谓无魄。魂魄既无，即家破逃散，子孙绝后也。"意思是，居舍再三再四地阴气过盛而犯阳，阳气过盛而犯阴，阴阳失调，人便无气无魂无魄，家败人亡，断子绝孙。如此耸人听闻、近乎恫吓的迷妄之言，是古代风水文化之典型的崇信天命的思想体现之一。

　　《宅经》卷上又说："墓宅俱凶，子孙移乡绝种"，"失地失宫，绝嗣无踪。行求衣食，客死蒿蓬。"《宅经》卷下亦称："凡修筑垣墙，建造宅宇，土气所冲之方，人家即有灾殃。"而五行之中还有所谓金、木、水、火之气，亦可各有"所冲之方"，可见"灾殃"之多。如此言述，让笃信天命及风水命理之人，惶惶难以终日。而且，《宅经》卷下又将八卦方位的"八方"，共分为"二十四路"，每一方位为三路，每一路方，或为"刑祸方"（凶），或为"福德方"（吉），且依运而互转，反复阐说所谓天命难违、命里注定的穷、通之理。

　　《葬书》则热衷于渲染所谓生者死者、生气死气之间的神秘感应。其"内篇"云，"是以铜山西崩，灵钟东应"。对此，《葬书》注有意编说了一则类于神话般的"故事"，来言述风水地理的气的神秘感应。"汉未央宫一日无故钟自鸣。东方朔曰：'必主铜山崩应。'未几，西蜀果奏铜山崩……帝问朔何以知之？对曰：'铜出于山气相感应，犹人受体于父母也。'帝叹曰：'物尚尔，况于人乎？'"本来，西蜀"铜山崩"而未央宫"钟自鸣"，大约是一地震传导现象。但古人执信于天命与命理，断言是物与物之间的神秘感应。这里，东方朔的解说，宗于五行相生之理。其有趣的逻辑是，铜山"山气"属土，未央宫之钟属金，故感应之因，为"土生金"。

　　可是，如将古代风水学（术），仅仅看做基于天命、命理的一种迷信，又显然欠妥。古人不仅因迷信风水、身心沐于阴阳相和之气而乐其所成，或畏怖于阴阳失调而寝食难安，而且，无论面对何种风水地理，又相信人并非绝对地无能为力、无所作为，相信只要审时度势，就能循天命而就人事，"逢凶化吉"。

　　《葬书·内篇》云，如人处逆境、遭宅舍风水咎害之时，可"乘其所来，审其所废，择其所相，避其所害，是以君子夺神功而改天命"。《葬书》注引述陈抟之言解说云："圣人执其枢机，秘其妙用，运己于心，行之于世，天命可移，神功可夺，历数可变也。"

这便是说，古人以为，人所遭遇的风水地理虽则可以是凶险的，但此时、此地的风水"生气"依然未灭。因而，人须随顺、驾驭生气的来势，审察煞气的散废，选择阴阳之宅基址的吉善，回避死气的残害，而求生气的再度凝聚。所以，圣人、君子讲究风水之理，可把握神秘的自然造化之功，改移先天之命的安排。古人有时并非绝对地将天命权威放在眼里，也未彻底执迷于命理的系累，确是如此。

这便是古代风水学（术）之中尤为值得关注的所谓"知命"之思。"知命"者，"知"天命、"知"命理之谓也。所谓命理，指人之命运所存有的天命成分。命运是一复合结构，命属先天而运为后天。故"知命"之义，指人企图认知、把握神秘天命，以改移人的后天生存处境。

在古代中华文化史、哲学史上，孔子既有"畏天命"、又具所谓"五十而知天命"①之"畏天"、"知命"双兼的思想。"君子有三畏：畏天命，畏大人，畏圣人之言。"②又，"樊迟问知。子曰：'务民之义。敬鬼神而远之，可谓知矣'"③。孔子对"鬼神"且"敬"且"远"，其实，这也是孔子对待蕴涵"鬼神"、命理意识之风水文化的基本人文态度。孟子心目中的"天"，实指"人性本善"。"尽其心者，知其性也。知其性，则知天矣"。④孟子的逻辑是，"尽心"（心灵道德修为）即"知性"，"知性"即"知天"，而"知天"，实乃"知命"。荀子以"人性本恶"为"天"。他从"明于天人之分"说出发，提出"从天而颂之，孰与制天命而用之？"⑤不仅要求"知天命"，而且要"制天命"。《易传》有"乐天知命故不忧"⑥的著名命题。意即，无论面对阴阳相合或阴阳失调之气

① 何晏：《论语注》卷二，古逸丛书日本景正平本，第15页。
② 何晏：《论语注》卷十六，古逸丛书日本景正平本，第115页。
③ 何晏：《论语注》卷六，古逸丛书日本景正平本，第45页。
④ 苏辙：《孟子解》，清指海本，第52页。
⑤ 杨倞注：《荀子》卷第十一，嘉善谢氏本，第213页。
⑥ 任照一：《黄帝阴符经注解》附录，道藏本（正统刻），第7页。

的"天命"，人都因其可"知"而快乐无忧。先秦之后，"畏天"兼"知命"的天人之说，愈加富于人文理性因素。唐柳宗元称，天人"二之而已，其事各行不相预"①。意为天人二分，在天的神格面前，人格、人力也是独立而崇高的。刘禹锡则说："天与人交相胜耳。"②意即天人互有胜负。而明代王廷相进而提出，"人定亦能胜天者"③。这是说，人比天地万物更优越，更胜一筹。

凡此一切，都为我们思考、认知与评价古代中华风水文化"畏天"兼"知命"思想的真谛，提供了一个可取的人文视角与文化背景。其实，作为传统文化的有机构成与一大另类，风水文化的"畏天"、"知命"说，不过是原始中华文化及其哲学关于天人关系问题的延伸与辐射而已。不妨可将古代风水学看作一个"畏天"（从命）与"知命"（主命）既背反又合一的人文动态结构。它是神性与人性、神格与人格二重、兼具有。在居住问题上，人既听天由命、又可尊天命而有所作为，从而改善人自己的生存环境。在这一结构中，人是一个多么有趣而尴尬的角色：糊涂与清醒同在，迷信同理智并存，委琐和尊严兼有，崇拜携审美偕行。

"畏天"兼"知命"，以文化人类学关于巫学的眼光来看，便是所谓"巫性"。④"巫既通于人，又通于神，是神与人之际的一个中介。"⑤巫性，自当亦是神性与人性的中介，它是正确理解古代中华风水学（术）文化本蕴的一个关键。

巫性关乎神性与人性。而神（神性）这人文概念、范畴，在中华原古巫文化中具有独特的人文内涵。梁漱溟说："中国文化在这一面的情形很与印度不同，就是于宗教太微淡。"⑥在一个如此"淡于宗教"、原古巫文化十分发达的国度里，所谓"神"（神性）从来没有西方上帝那般的至上意义。从字源学

---

① 董诰辑:《全唐文》卷五百七十四,清嘉庆内府刻本,第7页。

② 刘禹锡:《刘宾客文集》卷五,四库全书本,第7页。

③ 王廷相撰,敦英辑:《慎言》卷十,明刻宝颜堂民国六年刊,第4页。

④ 参见王振复:《周易的美学智慧》,湖南出版社,1991。按:该书第九章第一节:"从巫到圣:在神与人之际"。

⑤ 同上。

⑥ 梁漱溟:《东西文化及其哲学》,《梁漱溟全集》第一卷,山东人民出版社,1989,第441页。

考辨，神的本字为申。《说文》云，"申，电也"、"申，神也"。甲骨文写作
𝓏。①先民见电闪于天而创"申"字，其本义属原始天命观的自然崇拜。申
演变为神，始于战国。"战国时期的《行气铭》上面'神'字的写法，已从申作
礻电，与后来的字书如《秦汉魏晋篆隶》等所收录'神'字写作'礻电'已无
二致，从电取象，显而易见"。②《说文》又收录一个"魁"字，称"神也，从
鬼申声。"③"魁"作为"神"字别体，可证先民人文观念中神、鬼未分。钱锺书
《管锥编》第一册第183页曾云，古时"'鬼神'浑用而无区别，古例甚多"。可
见在人文品格上，鬼与神几为同列。甚至鬼在前而神在后，否则，为什么古人
往往但称"鬼神"而偶称"神鬼"呢?《管子·心术》云:"思之思之，思之不
得，鬼神教之。"此"鬼神"云云，足以说明问题。④

中华古时的风水文化，具有顽强的"信巫鬼"的"鬼治主义"。朱自清曾
经举例说，"其实《尚书》里的主要思想，该是'鬼治主义'，像《盘庚》等篇
所表现的"。⑤此可谓的论。盘庚迁都，其因在殷人认为旧都风水不佳，是"信
巫鬼"之故。

这里，值得强调的有如下两点。

其一，作为中华古代巫术文化之有机构成的风水学（术），具有"信巫鬼"
的文化根因，这在所谓"阴宅"风水文化中，表现得尤为鲜明。《葬书·内篇》
云:"盖生者，气之聚。凝结者，成骨，死而独留。故葬者，反气入骨，以荫所
生之法也"，此所谓"气感而应，鬼福及人。"这"反气入骨"、"鬼福"云云，
难道不是迷妄之言吗? 有趣的是，古人相信人的"保护者"，居然是"鬼"而
不是"神"，这正是原巫文化与风水文化的一大特色。《易传》有"易无体而神
无方"、"阴阳不测之谓神"之说，这"神"，从巫的人文根因看，显然与"鬼"
的人文理念纠缠在一起，它一般未具至上的意义，是可以肯定的，甚至将其等
同于"鬼"，并非毫无根据。

① 胡厚宣:《战后京津新获甲骨集》四七六，群联出版社，1954。
② 李玲璞，臧克和，刘志基:《古汉字与中国文化源》，贵州人民出版社，1997，第237页。
③ 许慎:《说文解字》，中华书局影印本，1963，第188页。
④ 参见王振复《中国美学的文脉历程》，四川人民出版社，第103—104页。
⑤ 朱自清:《经典常谈》，《朱自清古典文学论文集》下册，上海古籍出版社，1981，第620页。

因而，风水地理的所谓神秘性，"无体"、"无方"、"阴阳不测"，因原巫文化这一根因之种植，而愈见其根深蒂固。与其说，神秘是风水所不可思议的，倒不如说，没有这种神秘，风水就是不可思议的。风水地理勾起人们代代相传的神秘感，与"鬼神""福佑"与"惩罚"的意念密切联系在一起，是人与环境既亲和又对抗这双重关系的主观感觉，它体现了人对于天、命对于环境既有所畏惧又总想"窥视"其秘密的复杂心态。而由悠古之人文深处苏醒而起的易，造就了风水地理之"信巫鬼"这从文化母胎所带来的一些"毛病"，它便是巫性之"畏天"、"敬鬼"的一面。

其二，从"知命"一面看，风水文化的天空，又并不是绝对地狞厉而阴郁的，也有一缕阳光从浓云密布之中透射而出，它其实就是具有原始理性因素之朴素的环境与生态思想。

《葬书·内篇》云："夫阴阳之气，噫而为风，升而为云，降而为雨，行乎地中，而为生气。"这大致是以《庄子》的口吻[①]，来述说大地"生气"之域的"好风水"。实际是指，与风水地理相谐之天气、尤其地气所缊缊而成的风调雨顺，恐怕难以一概斥之为迷信。又，正如本文前面所归纳的那样，风水术关于所谓"龙真、水抱、砂秀、穴的与向正"的追求，因与现代环境学、生态学思想，具有相通、相契的一面，而具有显然的理性因素。在明清北京紫禁城的平面规划中，如果我们剔除其命理诉求，那么，在该风水选址、布局中所显现的有条理的知识理性或某些朴素科学理性因子，并不能一概地加以否定。从原始巫术及其"看风水"角度看，其所谓"灵验"之类，往往是非理性而迷信的。然而，那些巫术施行者、算卦人或"风水先生"，却为了这神秘的"灵验"，而不得不熟稔相关的知识，让一定的知识理性，来做占验、测勘的背景，以便树立、维护其"灵验"的绝对权威。因而可以说，所谓"天机不可泄漏"的"天机"，实际便是在暗中发挥作用的一定的知识理性。一点儿也不是夸张，如果盲目崇信风水之类，是非理性的，而那些"风水先生"，倒反而是很理性的。这真是"巫性"本色。

---

① 郭象：《庄子注》，陆德明音义：《庄子》卷一，明世德堂本，第13页。按：有"夫大大块噫气，其名为风"之言。"大块"，义为大地。

　　然而从总体看，古代风水学（术）其一般地缺乏科学理性，是理所当然的。

　　首先，科学理性承认，世界是可知的，作为人之理性可以认知与把握的对象，不会也不能是迷狂信仰的偶像；其次，科学理性所揭示的真理性，经得起反复的实验证明（证伪）及其逻辑推理的考验。这显然一般为古代风水学与风水术所未备。

　　多年以来，有些学人甚至"研究"风水的大学教授，居然声称风水学"也是一门严谨的科学"。令人沮丧的是，风水学（术）如何"科学"而且"严谨"，却难以得到任何科学实验的验证。应当说，目前风水问题作为"国学"进入学者视野与大学课堂，可以说是学术与教学的一个进步。但关键是，不在于在论文与讲台上讲不讲风水，而是看其讲些什么、如何讲以及讲得如何。至于有的假言"时髦"，以西方入渐的信息论或系统论等，简单比附源自《周易》的风水"感应"说，宣称"气"的"感应"，就是科学理性意义上的"信息传递"与生态系统论思想。问题是，科学研究固然起于"大胆假设"，但进而仍须"小心求证"为是。

　　应当指出，在信仰的"哺育"下，非理性与神秘性云云，往往能使风水文化绽放出"诗意狂欢"的"灿烂之华"，但其一般无助于理智地"阅读"风水的文化本质。正如科学一样，理性自有它自己的盲点。可笔者还是愿意在此强调，理性，尤其是科学理性，无疑是人性与人格中最高贵的部分。古代风水文化并非没有任何理性，然则比如其"知命"之思等，因其执著于趋吉避凶、求其实用，也仅属实用理性、工具理性范畴而已。或者，至多从哲学来说"气"，比如《宅经》卷上所言，"举一千从，运变无形，而能化物。大矣哉，阴阳之理也"，等等，亦仅为人文理性范畴。这人文理性与科学理性，品位无有高下。而显然的事实是，千百年来，风水学（术）作为一般的民间信仰，固然具有一定的哲理与诗情因素，但其芜杂与粗鄙，有目共睹。它一般并未经过深度科学理性的熏陶与精微哲学理性的历练。因而，当今天重新企图拾取其精华的同时，严肃地剔除其污垢，是必要的。

三、居住：何以变得如此困难

　　正如前述，风水所关涉的，是人的居住问题。古人大多笃信风水，在居住问题上有太多的牵累。今人如果也执信于风水命理，这关系到我们究竟要不要、愿不愿像古人那样地生活。

执信于古代风水之理，便不能不讲究所谓五行、干支与命卦等说。

其一，关于五行。相生：水生木、木生火、火生土、土生金、金生水；相克：水克火、火克金、金克木、木克土、土克水。五行生克思想，将万物的本始与运化，看作既相互依存、又相互制约的一种动态联系。在生克之中，五行平等，没有什么高高在上，独领风骚；也没有什么卑微低下，任由主宰，一切依时机而定。五行生克，构成环环相扣的动态联系及其平衡，实际是一种将事物之间的必然联系，即所谓"气"、所谓"时"，作为本原、本体的一种思维方式之尤为别致的哲学。然而在文化上，它又把世界万物的动态联系，预设为线性而循环往复，人处于五行生克之中，首先是"命里注定"，然后才可能在"命"的前定与轮回中，通过后天修为，来试图改善人的生存处境。

同时，与五行思想相关的，是干支。干支作为时间、时机模式，包括十天干、十二地支及其相配。十天干：甲乙丙丁戊己庚辛壬癸。其中，甲丙戊庚壬为阳；乙丁己辛癸属阴。十二地支：子丑寅卯辰巳午未申酉戌亥。其中，子寅辰午申戌为阳；丑卯巳未酉亥属阴。古人将天干、地支相配，把自然时间变成人文时间，用以记时及测定人的时程流迁、命运遭际，体现了人企图把握时间与时机的一种努力。

其二，关于五行、干支与地理方位的关系。据后天八卦方位，其中，北坎、南离、东震、西兑之四正卦与中宫方位，是主要的。《易传》以北"坎为水"、南"离为火"、东"震为木"、西"兑为金"而中者必为土。又，"后天"与河图（见图 2）对应。可知：一六属水（北）、二七属火（南）、三八属木（东）、四九属金（西）、五十属土（中）。简言之，为一水（北）、二火（南）、三木（东）、四金（西）、五土（中）。

而干支与五行、五方的对应是：甲乙在东，属木；丙丁在南，属火；戊己在中，属土；庚辛在西，属金；壬癸在北，属水。这是天干与五行、五方的对应模式。由于五行生克，故在风水学（术）中，不可避免地构成十天干与五方、五行两两相配的所谓"冲合"关系。如：相冲，甲庚、乙辛（西金克东木）等；相合，庚壬、辛癸（西金生北水）等。十二地支与五方、五行的对应，简言之，

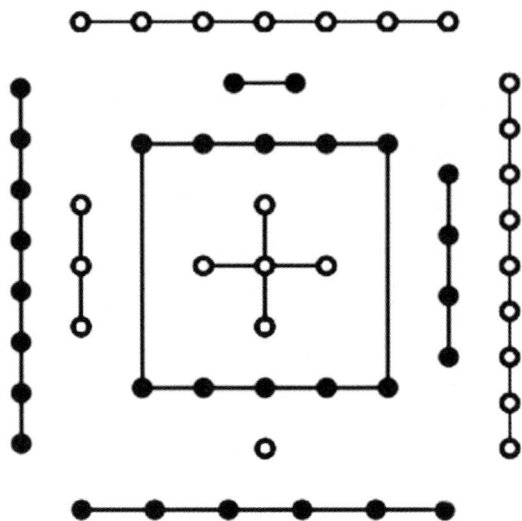

图2 河图

寅卯属木居东，辰属土；巳午属火居南，未属土；申酉属金居西，戌属土；亥子属水居北，丑属土。值得注意的是，辰未戌丑四支均属土，是对风水之土气的强调。以地支与五行相配，十二地支两两之间，亦具"冲合"关系。相冲：子午、丑未、寅申、卯酉、辰戌、巳亥。这是因为，它们各自为阳阳或阴阴该阴阳失调关系的缘故。相合：子丑合为土；寅亥合为木；卯戌合为火；辰酉合为金；巳申合为水。是何缘故？阴阳之气相合。如子属阳而丑属阴，故其气合谐。以每二支合于一行，共十支相配于五行，余下午未二支不好安排，只得以午未亦合为火。于是，卯戌与午未均属火，表面上是对火的强调，实质是强调土。按五行相生之理，火有培土之功，火生土也。风水学（术）中，土气是主题。

其三，古人讲究风水的目的，归根结蒂为的是企图解决人的居住问题，而人之生年不同，五行有别，故其所配所谓"九星"亦自有差异。依次为"一白水星"、"二黑土星"、"三碧木星"、"四绿木星"、"五黄土星"、"六白金星"、"七赤金星"、"八白土星"与"九紫火星"。如：某生于1980年，星运属"二黑土星"；某生于1981年，星运为"一白水星"，等等。人的生年不能自己选择，此之谓"宿命"。古代风水学（术），还有所谓"男女命卦、方位宜忌"①说。如某为男性，生于1950年，属"五黄土星"，"命卦"为坤。据《易传》，"坤为地"，地为土气，可见其"九星星运"与"命卦"相合，宜；某为女性，亦生于1950年，属"五黄土星"，"命卦"为坎。据《易传》，"坎为水"，可见不合，忌。

从"男女命卦"看，古人又预设所谓"东四命"、"西四命"与"东四宅"、"西四宅"的宜忌、对应关系说。设定："东四命"者居"东四宅"，吉（宜）；"西四命"者居"西四宅"，吉（宜），反之则凶（忌）。古代风水学（术）有所谓男女"八命"之说。其中，属坎离震巽者，因该四卦的震、巽二卦，位于后天八卦方位的东与东南，故称其命相为"东四命"；属乾坤艮兑者，因该四卦的乾、坤、兑三卦，依次居于"后天"的西北、西南与西，故其命相属"西四命"。与此相应，便是所谓吉凶、宜忌。

举例来说。一男生于1975年，命卦兑，其宜居方位，为西南（坤）、西（兑）、西北（乾）、东北（艮）；其忌居方位，是东（震）、东南（巽）、南（离）、北（坎）。一女亦生于1975年，命卦艮，其宜居方位，西北、东北、西南、西；忌居方位，东南、南、北、东。两相对照，在宜忌两方面，分别相同，仅宜忌方位的排序不同而已。这是什么缘故？因为该男命卦兑、女命卦艮，据《易传》"兑为泽"、"艮为山"而"山泽通气"之故。《易传》又云，"兑为少女"而"艮为少男"，少男、少女相悦。而实际上，两者均属"西四命"，故共同宜居于"西四宅"而忌居于"东四宅"。然而，如一男生于1976年，命卦乾，宜于东北、西南、西、西北；忌于南、北、东、东南。一女也生于1976年，命卦离，宜于东、东南、南、北，忌于西北、东北、西南、西。无论宜、忌，两人背道而驰，完全不合，命卦相冲，男命乾而女命离，属于"西四命"对"东四命"。又如，同生于1977、1978、1980年的一男一女；或是一

① 按：本文作者出于"好玩"，曾列出自1870—2049年间人的所谓"九星"与五行、生年"运程"对照表，兼采所谓"男女命卦、方位宜忌"说（参见黄家言、张建平、高博、刘国庆：《风水胜典·风水谋局篇》，百花洲文艺出版社，2007）等。古代风水学（术）之命理、命卦与居住方位关系问题的烦琐，超乎想象。为简约本文篇幅，这里仅采结论，恕勿赘析。

男生年为1977年，一女生于1986年；或是一为1980年，一为1989年，等等，其例不胜枚举，他们两两的所谓"命卦"，完全背悖，假定两者为夫妇，居住便成了一个严重问题。

值得注意的是，为力求弄清所谓"命卦"与宅居方位的吉凶、宜忌，笔者曾就自1912—2016年之其中的72个年代进行统计、分析①，发现宅居的吉与凶、宜与忌之比，约为一比二。该随机的检索可以说明：如果人们笃信古代风水地理之说，那么居住就会变得相当困难。人们往往对很可能居住于所谓"凶宅"而深感恐惧。虽有种种所谓的"辟（避）邪"之法，大约总也疑神疑鬼，不得安宁。由于人的生年之"命"是前定的，而且同样前定的，还有人之生年的月、日与时（辰）。如将八卦、五行、五方、干支与人之出生的年、月、日、时诸因素相配，那么，人类在居住问题上的凶险与禁忌，何其多如牛毛。而且，这里所言的风水，仅涉及古代风水学（术）中所言"觅龙"、"观水"、"察砂"、"点穴"与"正向"这五大方面之一（正向），如果严格地按照中华古代风水学（术）无数的规矩、戒律加以实行，真不知其困难还有多少。

古人笃信、讲究风水，本为"趋吉避凶"，企望生活得更安宁、自由与幸福，岂料往往事与愿违、南辕北辙，遂令人更焦虑、更痛苦、更不自由。这究竟是人性、人格在居住问题上的解放，还是困扰与束缚？值得深长思之。

四、技术理性、生态之制与审美

尽管在文化总体与本涵上，古代风水学（术）是一种以易理为底蕴的巫性文化，它并非什么"科学系统"，不乏迷妄成分，但决不等于说，此学、此术一无是处。技术理性、生态之制与审美等，与风水学（术）存不解之缘。今日对待风水，值得加以尊重与肯定的态度应该是，披沙沥金，撷其精纯而汰其糟遗。

第一，指南针的发明与磁偏角的发现，有赖于古代堪舆术"辨方正位"之相土尝水的实践与思考。

①　按：参见黄家言、张建平、高博、刘国庆：《风水胜典·风水谋局篇》，百花洲文艺出版社，2007，第21页。本文对有关内容有所增益。

　　《周礼·地官》有"惟王建国，辨方正位"说，此即指风水术的施行。这里所谓"国"，甲骨文写作𢀜①或𢀜②，像人手持武器守卫的一个区域，指都城。"国"字繁体"國"，从囗从或：囗，四周围合；或，域之本字。班固《西都赋》云："其宫室也，体象乎天地，经纬乎阴阳，居坤灵之正位，仿太紫之圆方。"此所言宫室之制，合于风水之理。尤其"居坤灵之正位"此句，揭示该宫室的平面布局，依循先天八卦方位，以坐北朝南（乾南坤北）为"正位"。这"正位"，汉人是用指南针的前身即司南或木式盘来测定的。《韩非子》说："先王立司南，以端（正）朝夕。"可见，早在汉代以前，中国已有司南，用以风水术的"辨方正位"。汉之木式盘，其上图文，以二十八宿、二十四向（路）、十天干与十二地支相对应，其人文原型，是《周易》八卦九宫方位。据考古，距今约五千年安徽含山凌家滩新石器晚期墓葬遗址所出土的玉版，为方形。其"正面有刻琢的复杂图纹。在其中心有小圆圈，内绘八角星形。外面又有大圆圈，以直线准确地分割为八等份，每份中有一饰叶脉纹的矢形。大圆圈外有四饰叶脉纹的矢形，指向玉版四角"③（见图3）。这显然体现了后代有关天圆地方、八卦九宫方位与四正四隅思想的前意识，实际上是汉代司南、木式盘的人文之原。东汉王充《论衡·是应》云："司南之杓，掷之于地，其柢指南。"杓、柢，后之指南针的指针雏形。指南针的发明，始于古代风水术且用于堪舆测定，然后才大成于航海，确在这古老术数的人文"泥淖"中，培育了关于空间、方位之技术理性的萌芽。而北宋沈括《梦溪笔谈》所言"方家以磁石磨针锋，则能指南，然常偏东，不全南也"（注：南偏东7.5度）之磁偏角的发现，提高了"指南"的科学准确性，不啻是始源于远古巫术与风水学（术）的一个理性贡献。

　　本文将指南针的发明与磁偏角的发现，归之于古代风水学（术）"辨方正位"的理论与实践，且称之为"技术理性"，并无任何贬低指南针作为"四大发明"之一中华古代巨大科技成就与世界性贡献的意思。自从马克斯·韦伯、马尔库塞与哈贝马斯等人提出与确立"技术理性"这一概念以来，人们往往将

---

① 罗振玉：《殷虚书契前编》二、六、五，《殷虚书契五种》，中华书局，2015。
② 董作宾：《殷虚文字外编》八五，载《中国现代学术经典·董作宾卷》，河北教育出版社，1996。
③ 李学勤：《走出疑古时代》，辽宁大学出版社，1997，第115页。

技术理性与价值理性、科学理性相对立，并等同于工具理性。其实，技术理性是以一定技术来遵循、征服自然的一种理性，它是自古就有的。从远古中华晷景、司南、木式盘到指南针，就是一个技术理性不断成长与完善的历史过程。由于它不可避免地与远古巫术文化、风水堪舆之术相联系，其每前进一步，总是伴随以非理性、反理性与非科学、反科学的若干因素。这一技术理性，确与古代的风水术数相纠缠，具有一定的目的性与工具性，然而，又不等于目的理性、工具理性。技术理性的决定性因素之一，又无疑是一定的科学理性，否则，这"技术"，尤其如指南针这样的伟大"技术"，又何以能够确立？当然，始于且用于古代风水术的罗盘（又称罗经、指南针）作为"技术"，在理性品类的纯粹上，又不能等同于科学理性。

图3　安徽凌家滩遗址出土的玉版

　　它是科学理性因素存在于一定的风水实践，是对它的同时迎对与排拒、肯定与否定，它并非纯粹理论意义上的科学理性系统本身。而且，这种以一定科学理性因素为基因之一的技术理性，由于总是与风水学（术）"畏天"、"知命"之巫性相联系，与气、八卦之理念相辅相成，必具有一定的人文理性与人文诉求，不可避免地存在对"天命"与"鬼神"的信仰。

　　第二，正如前述，古代理想的风水地理与居住环境，须具备"龙真、水抱、砂秀、穴的与向正"五要素。这种朴素生态环境理念的核心，是天命、命理支配之下的人与环境的亲和。亲和，即生态。笔者以为，所谓和谐，可存在、发展于自然与自然、自然与社会、社会与社会、自然与人、社会与人、人与人、人心与人心以及人的内心之中，且以人的内心和谐为最高之境界。《周易》兑（读yue）卦初九爻辞云："和兑，吉。"《易传》对此解说云，"兑，说也"。此"说"，即悦。因而"和兑"之意，可指因"和"（和谐）而"兑"（愉悦）。人的精神愉悦，可分来自于求真（科学）、求善（道德）、求美（艺术）与求神（宗教）等四大类。古代风水学（术）自当不同于求神的宗教，但它是宗教的前期文化形态。它给人的快乐（兑），来自于人与自然环境的对立之观念上的消解，即和谐。在"畏天"与"知命"之际所求得的"吉"，正是这一巫性文化令人"和兑"的源泉。这种"和兑"，既不同于又相容于宗教求神、科学求真、道德求善与艺术求美之和谐的愉悦，是可以肯定的。

如果剔除古代风水术"和兑"五要素中的天命与命理因素，那么，如此风水格局的"和兑"之美，就可能呈现于今人面前。人们发现，所居之处，自西北"来龙"而趋北的主山，雄浑而秀逸，形成坐北朝南、背山面水的基本形势；就水趣而言，居舍前水系曲致，清缓而流长，或澄潭净碧；就气候来说，冬日背寒冽而迎暖阳，夏则去暑气又纳凉风；加上居处有山左拱右卫；南水以南，又有案、朝山岳俯伏；人所居之地，既近水又干爽，视野开阔，且处处植被丰富，生意盎然。岂非负阴抱阳，如封似闭，气韵生动，景物宜人？这用风水术语来说，称为"气场"（field）充沛，从美学言，叫做有"意境"。

《葬书·外篇》形容风水"四灵"之方位云："玄武垂头，朱雀翔舞，青龙蜿蜒，白虎驯颍。"从对"四灵"的崇拜中，可以体会古人对村落、市镇或居舍、陵寝之基本平面布局生态之制的赞许。尚廓《中国风水格局的构成、生态环境与景观》一文指出，典型的风水结构，具有"围合封闭"、"中轴对称"、"富于层次"与"富于曲线"等特点，所言甚是。然比如这"围合封闭"（注：准确而言，应为"如封似闭"）云云，固然生气灌注，山水和谐，亦未必是超时空之生态环境的"理想国"。这是因为，这一"围合封闭"的所谓"气场"，固然其间秩序井然，曲致有情，人天互答，然则，其生态营构理念与环境诉求，毕竟还有与神秘之气、八卦方位与天命命理之思想相联系的一面。它与当代与未来建构于一定科学理性、实用兼审美的生态环境格局，自是不一。生态之制及生态之美，其品类、样式与底蕴无限丰富，总在不断地运化与演替之中，故不必也不能株守于某一模式。即使这里所面对的，是"和兑"五要素的风水生态之美，也应因时制宜，与时偕行，不必泥古，更不应加以神化。况且，这"围合封闭"的风水生态格局，正如前述，因其以《周易》后天八卦方位为平面形制，仅在东南一隅的巽位，设一出入口（水口），故即使就实用意义的交通而言，也会令今人与后人深感不便的。

第三，英国著名的中国科技史学者李约瑟曾经指出："在许多方面，风水对中国人民是有益的，如它提出种植树木和竹林以防风，强调流水近于房屋的价值。虽然在其他方面十分迷信，但它总是包含着一种美学成分。遍布中国农田、居室、乡村之美，不可胜收，都可借此得以说明。"[1]这种"美学成分"，犹如莲华，"出淤泥而不染"，亭亭净植。钱锺书则云，"堪舆之通于艺术，犹八股之通于戏剧"[2]。

古代中华诸多画论，深受风水学（术）之濡染，恐出人意料。试举一例，以飨读者。北宋工画山石寒林、宗李成之法而别裁心曲的著名画家郭熙，撰画论《林泉高致》（注：后为其子郭思所纂集），倡所谓"画亦有相法"说。其文有云："大山堂堂，为众山之主。所以分布以冈阜林壑，为远近大小之宗主也。其象若大君赫然当阳，而百辟（避）奔走朝会，无偃蹇背却之势也。"显然，这里所言画山之理，受启于古代风水学（术）的"龙脉"说。龙脉山势奔涌而来，"赫然当阳"，"为远近大小之宗主也"，画作中山之峰峦意象，亦必"大山堂堂，为众山之主"，然后才得主次、大小、远近、显隐与揖让之美。正如南朝谢赫《古画品录》云，"位置，经营是也"，此为画之六法之一。《林泉高致》又说："山以水为血脉，以草木为毛发，以烟云为神彩，故山得水而活，得草木而华，得烟云而秀媚。"《宅经》卷上则引《搜神记》云："宅以形势为身体，以泉水为血脉，以土地为皮肉，以草木为毛发，以屋舍为衣服，以门户为冠带。"两相对照而不难见出，是《林泉高致》的画论，活用了《宅经》的风水学思想。

---

[1] 范为编译：《李约瑟论风水》，节译于《中国的科学与文明》（"Science and Civilization in China"），见《风水理论研究》，天津大学出版社，2005，第336页。

[2] 钱锺书：《谈艺录》（修订本），中华书局，1984，第57页。

《林泉高致》此说，竭力渲染画中山水意象的灵韵葱郁，它化裁了《宅经》风水学思想中的生态之思。此又正如谢赫《古画品录》六法之一的"气韵，生动是也"之说。

不仅如此，古代风水学（术）与审美的人文联姻，是在作为《周易》后天八卦方位之祖型的洛书九数的和谐与均衡之中。正如前文一再论及，后天八卦方位的人文理念，在古代风水学（术）之中，显得尤为活跃与重要。而后天八卦方位的祖型，是洛书（见图4）。洛书的平面布局是，1（北）、3（东）、5（中）、7（西）、9（南）与2（西南）、4（东南）、6（西北）、8（东北）等九数集群。朱熹《周易本义·图说》云，洛书"盖取龟象。故其数，戴九履一，左三右七，二四为肩，六八为足"，此之谓也。清代著名易学家胡渭《易图明辨》卷二，据后天八卦方位，列出一个图表，且于八卦九宫方位上相应地配以九个数。该九个数在方位上的位置关系，正与洛书相同。

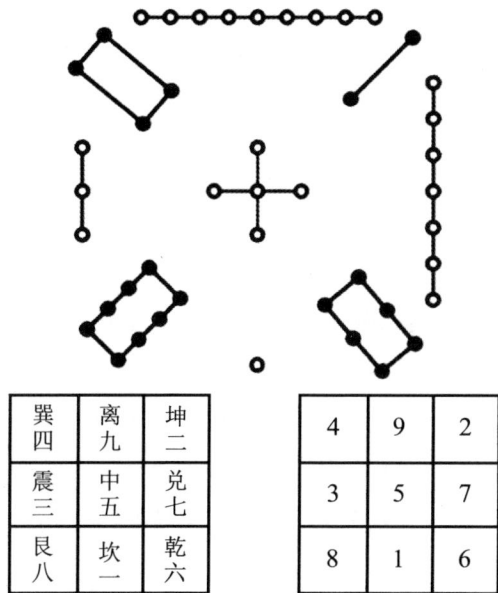

图4　洛书

这里值得强调指出的是，洛书九数集群，具有一个奇妙的数的结构，即无论是横向、竖向还是斜向的三数相加，其和均相等，均为十五。

这便是西方学者所说的中华远古的所谓"Magic Square"（魔方）。[①]当二十年前笔者发现这一九数集群结构的奇妙时，内心顿时充满了对洛书、后天八卦方位的敬畏与感动。

在古人那里，无论洛书、后天八卦方位及以"后天"为人文之原的风水地理，都是一个和谐且均衡的"气场"，是可以用九数集群中每三数之和均相等来加以表述的，实际是"生气"的运化灌注、动态平衡。在古人尊信的风水地理中，所谓理想的自然环境，必先天造就，人力不为，天生符契该数群的和谐且均衡，这便是所谓"命"；所谓理想的人文环境，是尊先天而以后天成之。从而，同样达成数群的和谐且均衡，这便是"运"（知命）。两者的文化本涵，在于文化人类学意义上的所谓"数"，既尊"数"又成"数"。《左传》僖公十五年云："筮，数也。"《易传》又说，"昔者圣人之作易也，幽赞于神明而生蓍，参天两地而倚数，观变于阴阳而立卦"，"极其数，遂定天下之象"。"数"在易筮文化及风水学（术）中，是巫性亦即"天命"（命理）兼（知命）的人文符号，它是理性意义之数学的一个渊薮，却并非数学本身，是一种非理性兼原始理性、筮数与人文意象的"神秘的互渗"，或可称之为"某种神秘的氛围、某种'力场'"。[②]

然而，这一"数"的"阴影"结构，又在文化美学意义上，开启了关于数之和谐，尤其是关于均衡的审美。当我们摒弃古代风水学（术）及风水地理的命理与迷信因素时，那么，涵蕴于其间的审美因素，就可能显现出来，数的和谐与均衡之美，就存在于以洛书为人文祖型、以《周易》后天八卦方位为人文之原的古代风水说之中。

关于数，古希腊的毕达哥拉斯学派认为，数是"更高一级的实在"[③]，除了数，"一切其他事物，就其整个本性来说，都是以数为范型的"[④]。这主要是就哲学角度来谈数，与古代中华洛书、后天八卦方位及风水巫性意义所说的数，在

---

① 参见王振复：《巫术：周易的文化智慧》，浙江古籍出版社。1990，第74—78页。

② ［法］列维-布留尔：《原始思维》，商务印书馆，1981，第201页。

③ ［古希腊］亚里士多德：《形而上学》，转引自范明生：《古希腊罗马美学》，第62—63页，见蒋孔阳、朱立元主编：《西方美学通史》第1卷，上海文艺出版社，1999。

④ 同上书，第63页。

人文品格上自有不同。然而，古希腊这一学派之数的哲学，又是建构于数的绝对崇拜与种种数的禁忌基础之上的，实际并未彻底走出关于数的神性与巫性的历史与人文"阴影"。可见，从古希腊到古代中华之风水的数，两者有相通之处。

因此，当我们坚持古希腊关于美在于数的和谐或均衡这一美学原则时，实际上，已包含了对风水原型即数之和谐、均衡之审美因素的认同。就审美而言，和谐可以是一种美。作为风水地理之基型的数的和谐，虽处在命理的笼罩与纠结之中，但九数集群的每一数，与它数各各不同，却"和兑"地共处于同一"气场"之中。这种来自于数之"和而不同"①的系统、结构，可以包含一定的审美因素。至于说到均衡，指系统、结构的一种动态的平衡。平衡可以是对称的，也可以不对称。不对称的动态之平衡，即均衡。古人云："升明之纪，正阳而治。德旋周普，五化均衡。"②此所言"升明"，指五行属火之夏③；"德"，此为品性义；"五化"，中医养生，按五行生克律而随时序、季节之变所施予的适人、适时之调治。古人关于身心调治，依五行运替之理、时气演化之则与所谓"四维八纲"④而作"与时偕行"之整体、系统的考虑与把握，从而随顺与追求身心养护的"均衡"之境。此均衡，自与本文正在解读的风水审美的均衡义有所不同，但此所谓"五化均衡"，可能是均衡该范畴在中华典籍之最早的文本出处，它因"五化"的时空性而与风水审美的均衡义，具有一定的人文联系。人居风水文化，同样崇信且要求达到环境的均衡，其中包含均衡之美的审美因素，其理想模式与人文之根，便是由风水地理格局，上溯于后天八卦（九宫）方位、洛书九数集群中每三数之和均为相等的均衡，它其实也便是大化流行之郁勃"生气"的均衡。

在审美上，均衡之美，是一种事物系统、整体存在的动态平衡。艺术审美

---

① 《论语》，何晏等注，中华书局，1998。按："君子和而不同，小人同而不和。"本义指君子道德的美善，这里仅为借用。其实在审美上，那些"和而不同"的事物系统、结构与状态，往往是美的。
② 《黄帝内经·素问》王冰注，中医古籍出版社，2003。
③ 同上。
④ 按：四维：营、卫、气、血；八纲：阴阳、虚实、寒热、表里。是中医基础医理之一。

的语言、文字、线条、块面、色彩、质地、音质、音色、节奏、旋律以及大小、主次、高下、远近、俯仰、明暗、动静与显隐等因素所构成的一定的系统、结构与意象，如果能够生成一定的动态平衡，那么均衡之美，便是普遍地存有与运化、普遍可创造与传达的。由于均衡之美，总是在那种"和而不同"的前提下可能生成的，因而，它是一定系统、结构与意象之多样的整一兼整一的多样。它是对所谓"同而不和"以及杂乱甚至因对称性平衡而可能引起的呆板与蠢笨的断然拒绝。它也与单调、死寂等无缘。它其实便是那生气横溢、超然于物性之诗趣空灵的意境之美。就风水地理的生态环境及建筑美的创造而言，涵蕴于洛书、后天八卦（九宫）方位之数的均衡，在拂去其历史尘埃与巫性之人文迷氛的前提下，确可以为一座城市或村落、一个社区或民居等生态环境之均衡美的规划与设计、创造与欣赏，提供有益的启示。

本文发表于《学术月刊》2011年第8期

论海派建筑文化

上海开埠已经一百五十周年了。一个半世纪的风雨沧桑，数度嬗演，在这物华天宝之地，孕育与发展了具有新型文化素质的海派文化。

海派建筑，正是这一灿烂文化在东方地平线上的巨大侧影与光辉旗帜。它那重商、开放而求创新，磅礴、多变又显轻灵的富于现代色彩的文化性格，独具魅力，正豪情横溢地迎接东方新世纪的曙光。

一、围绕商贸做"文章"

城市商贸经济的繁荣，冲破中国传统自给自足自然经济的文化重围，为大批恢宏的商贸类建筑登上海派文化舞台奠定文化之基，围绕商贸做了一篇大"文章"，是海派建筑文化的第一个特征。

上海地处长江下游入海口，位于中国东部漫长海岸线的中点，背靠内陆、面向大洋、依临长江、内怀黄浦，是海陆空交通枢纽，尤为天然良港。这里气候温润，人杰地灵，是世界上少数跨河型城市的一个典型。相比之下，世界上几乎很少有一个城市如此得天独厚。有人比喻说，中国东部漫漫海岸是一张巨弓、长江为搭弦之长箭，上海就象向外努射的箭头，无论向内、向外幅射，都是内外文化交流的"中转站"、集散地。

中国传统城市文化的特色，商贸经济的相对薄弱，决定了中国传统城市建筑中宫殿、坛庙、城堞类等政治、军事类建筑文化的自古繁荣以及商贸类建筑文化的幼稚与衰落。可是，自从上海于1843年被迫开埠，它就逐渐成为中国最早冲破乡村型自给自足自然经济文化重围的相对新型的城市。《南京条约》的进一步实施，外国列强在黄浦滩头取得"居留地"，以后"居留地"又变成租界，并自江边向西作纵深蚕食。这一切无意中为海派建筑痛苦地登上历史舞台准备了广阔的空间。

据有关资料，自1845至1915年这70年间，公共租界及其建筑面积的增殖迅猛：1845年，830亩；1848年，2 820亩；1863年，5 860亩；1893年，10 670亩；1899年，32 110亩；1915年，52 570亩。法租界及其建筑的扩展亦很可观：1849年，986亩；1861年，1 124亩；1900年，2 125亩；1914年，15 124亩。西方列强在租界最集中的营事活动，是开银行、造工厂、筑码头、办商店、建饭店、辟住宅以及设立各种文化娱乐设施等。同时，华界的民族工商贸易类建筑亦大有发展。综观解放前之上海，各种工业门类齐备，尤以纺织、机械、造船、医药、印刷与建筑业为当时全国之冠。工厂总数占全国一半以上。商贸之活跃，体现出重商竞争的文化个性。据资料，1933年上海工商业资本总额中工业占33.2%，商业占66.8%。

对商贸的倚重，使上海商贸类建筑成蜂起之势。

解放前，这里集中了全国最大的银行、洋行、海关、饭店、公寓与百货商店，外滩及现南京路建造了28座10层以上的大厦，绝大多数属商贸类建筑。在南京路，著名者有先施公司大楼（1915），是上海较早的钢筋混凝土建筑代表作之一，集商场、酒楼、旅馆于一体；永安公司大楼（1918），为当时国内设施完备，部门分工最细的大型百货公司，是附设游艺场的先例；新永安公司大楼（1933），钢筋砼制，19层，平面呈三角形，装备当时国内最先进的冷暖气及快速电梯；大新公司大楼（1934），是一座新颖现代风格的建筑，由于框架柱网间距较大，铺面尤为宽敞、采光通风良好，内部设轮带式自动电梯，为当时全国首创。其商品年销售额，连续多年为全国之首。国际饭店（1934），高82米，为此后半个世纪国内最高建筑物。又如外滩，高楼林立、鳞次栉比，构成了壮伟的城市天际线。这里有旗昌洋行、礼和洋行、仁记洋行、怡和洋行等，早在19世纪70年代，英租界外滩一带耸峙着大洋行22家。而汇丰银行、华俄道胜银行、金城银行、中国银行、百老汇大厦以及沙逊大厦等许多著名建筑，构成"万国建筑博览"的雄浑交响。①

俗话说，一方水土养一方人。海派建筑文化是在东方这块特殊的土地上由数代人所创造出来的，一旦成了人们的生活、生产活动空间与城市文化景观，就反过来影响上海人文化性格的塑造。由于大规模商贸交换，推动强劲的工业生产的起飞，造就资格最老、数量最巨、具有较高文化素质的工人阶级和新型知识分子阶层。他们掌握较高的生产技能与科学技术知识，勤劳苦干、头脑灵活、凡事讲求实效，精打细算，这是这个东方大都会商贸环境所熏陶出来的人文因素。急速运转的经济漩涡，培养了上海人一定的竞争意识、冒险精神、快节奏心态、"紧张"心理以及人与人之间初步的平等意识。岁岁年年，上海人总是在忙，在奔，有一股快说、快走，快干的劲头。所谓上海人"门槛精"，其实是这种商贸文化精神的表现。

商贸文化精神的辐射，不仅促使中外经济大亨竞相建造大量为商贸服务的建筑，而且其建筑文化形象，每每体现了商贸竞争意识。一方面是一掷千金，极尽豪华，为的是突出商贸类建筑形象的广告性、招徕性，尽可能使建筑占地最广、形体最巨、用材最精，显得气魄宏伟、纸醉金迷、别具一格；另一方面又千方百计降低建筑造价、见缝插针、讲求实效而不作无谓的浪费与夸饰，非常"葛朗台"。

比如外滩寸土如金，"市口"极佳，故有诸多高楼大厦拥拥挤挤地屹立于浦江畔，表示出乐于竞争、不甘于人后的顽健劲头。由于愈近江边，地价愈贵，故这里大多数建筑均以其窄面朝向浦江，使整座建筑呈东西狭长形而纵向延伸。然而，各建筑临江之主立面，一般讲究横、竖三段之对称构图及各部分之间的严谨比例，高台基、敞门廊、以石为材、西洋风格，糅用古典柱式，屋顶还具显著的标志物，檐部和柱头有精致的石雕花纹、室内装修力求考究，冷峻、典雅与巨大的力量感，显示幢幢大厦浓重的商贸气息与主人的豪富与气派。如建于1925年的汇丰银行大厦，即现上海市人民政府大楼，曾被誉为"从苏伊士运河到远东白令海峡的一座最讲究的建筑。"建筑面积32 000平方米，中央7层，

---

① 参见杨敏芝：《从文脉看海派建筑的未来趋势》，同济大学硕士学位论文，1991年。

钢框架结构，半球型屋顶，使人联想起罗马万神庙。外墙仿欧洲古典式，以金山石饰面。主立面仿罗马科林斯柱式双柱廊，贯穿其中部的2至4层，基座设三拱券，室内有象征女性人体美的爱奥尼柱式及藻井式天花等，大厅内立柱、护壁及地坪均以大理石饰面，装修十分讲究，显得堂皇而典丽，是外滩建筑群体中的主体建筑。

在这种经济头脑支配下，上海曾建造大批联排式里弄住宅，用以出租。这种里弄建筑十分注意节约用地、降低层高（从4米降至不足3米），减少每户平均所居面宽且加大进深，缩小房屋间距及建造占空不占地的过街楼等，体现了海派建筑追求经济实惠、不尚浮华的另一面。有的里弄住宅根据各房间使用功能确定不同层高，使主室大层高与辅室（厨房等）小层高之际产生"错层"，于是在错层平台处增设海派建筑文化所特有的"亭子间"，如淮海中路尚贤坊（1924）、延安中路四明村（1928）与福明村（1931）等，是这类建筑的显例，它是商贸经济在里弄住宅建设上的衍生文化现象，表现出海派建筑的"平民"文化倾向。

在改革、开放的今天，海派建筑的商贸文化主题具有了新的时代内容与文化特征。其一，纳入于城市总体规划之中。崛起于三、四十年代的海派商贸类建筑，由于历史的原因分属于各个租界或华界，就城市总体看，基本上处于无规划状态。道路弯曲而狭小，布局并非合理、完美，总体效果不甚理想。正在形成的新的海派商贸类建筑体系，是浦西老区改造与浦东新城建设总体规划的有机构成。浦东新区陆家嘴金融贸易区商贸类建筑群新声雄放，正在崛起的数十幢高层，虽出资建造者来自海内外，在形体造型等美学风格上可以各呈其个性，但无一不受到城市总体规划的宏观控制与"关怀"。毫无疑问，由南浦、杨浦大桥所联贯的浦西、浦东的城市内环线，怀抱着浦江两岸滨江地区最集中的商贸类建筑群体，是精彩的大手笔。而八十年代以来所建造的数十幢摩天大厦，比如上海商城、希尔顿酒店、华亭宾馆、新锦江花园饭店、上海城市酒家等是这个东方之城几乎到处在闪烁的璀灿明珠。并且商贸类建筑文化的光辉，正辐射到郊外。在原嘉定、宝山、上海、川沙、南汇、青浦等县城甚至金山的枫泾，都正在耸立起它那灿烂的身影。整个上海的商贸类建筑文化，正在形成一种既集中、又疏放的有序的空间格局。

其二，巨大的尺度感与追赶新时代潮流的建筑风格。旧时上海虽为东方之大都会，实际所居仅是弹丸之地。滨江地区及南京路、淮海路等主要街道气魄雄伟，在此繁华地段背后，却是大批局促、拥挤、狭小的居住空间环境。这种建筑的"小家子气"有待得到改变。浦东新区350平方公里及虹桥、漕河泾开发区的开拓，将上海城区的总面积扩展了一倍有余。诸多高层之高度早已远远超过国际饭店保持达五十年之久的超高纪录。仅浦东新区，有31幢超过27层的大厦正在建造。杨浦、南浦大桥分别居世界同类桥梁跨河长度的第一与第三，而正在建造的东方明珠电视塔，将是亚洲最高的电视塔。这一切都为上海空前的工商贸易之发展提供了巨大的舞台。人们突然发现上海一下子长高了。同时，旧时所留存的海派建筑代表作，往往以仿西洋古典式为基本建筑"语汇"。已经、正在崛起的商贸类建筑高层，不乏现代主义、后现代主义、解构主义、文脉主义与类型学等属于国际现当代建筑潮流的一些作品，标志着上海建筑趋向现代化的巨大努力。

其三，维护生态平衡，进行系统建设。为了有利于城市商贸活动及人的身心健康与人格修养的提高，已经、正在建设的商贸类建筑环境，摒弃"单科独进"、急功近利的建筑构思，具有较高层次的美学追求。东外滩即浦东滨江大道，南自东昌路，北至泰同栈路，全长2.5公里，宽度在50至80米之间，局部可达180米。将沿江设置明珠广场、东方广场、富都广场等多重空间序列，结束了原浦西没有广场的历史（人民广场原为跑马厅）。广场又设500米左右长度的绿化带，让城市多一点绿色。目前正在奠基的一期工程位于东方广场与陆家嘴轮渡广场之间，临江之观光平台外侧设计成斜坡形，渐入江中，具有温馨的近水、亲水性格，这是新型海派建筑文化对自然美的呼唤。

总之，海派建筑的商贸类文化部分，已经从旧时带有殖民色彩的历史阴影中走出，经过多年基本停滞之后，跃入了历史发展新阶段。

二、因开放而力求熔裁中西

因商贸经济繁荣而必然具有文化开放结构、渐入熔裁中西的建筑文化境界，是海派建筑的第二个文化特征。

当西洋建筑文化初登黄浦滩头时，有一种既踌躇满志又举目无亲的历史感觉。中西建筑文化之间剧烈的冲突不可避免，两者之间在相互排斥之时又试图进行"对话由于近、现代西方商贸经济模式的强劲东渐与西方近、现代建筑文化的传播，由于整个上海用洋货、学洋语、穿洋服、慕种种洋人生活方式的文化氛围日益浓烈，海派建筑文化之登上历史舞台，不啻是一场不固执于中华传统、不泥古然而具有一定强制性质的"革新"。所以，除有意在老城隍庙等地保存一些中国传统建筑与园林名胜以供观瞻之外，那种通常以大屋顶、琉璃瓦、高台基、中轴线与斗栱等为基本建筑"语汇"的老古董、假古董，一般在海派建筑文化中难有立足之地.海派建筑崛起之初具有"西体中用"的文化因素。

江海关始建于1846年，位于现十六铺临江地区，是典型的大屋顶民族样式，被毁于1853年小刀会起义之时。1857年重建江海关，移址于今汉口路外滩，仍以歇山式复顶，形类于中国古庙。这可以看作西风吹拂之初，在这块土地上中国建筑传统文化的剩勇所在。由英人所设计的江海关，建成于1893年，"由古庙式改为西洋式"，"主屋三层，中建五层的方形钟楼"①。拾阶而进大门，见大厅宽敞明亮，可容数百人，形象变得轩昂起来。厅内装软百叶窗、暖气设备、屋顶装避雷针这类现代"洋玩意"，为妥协于中国民情民风，主立面大门两侧又安置一对石狮造像，类似中国衙门的大门布局，表现出中西两种建筑文化彼此选择的生硬文化态度。1925年再建江海关，建成于1927年12月，即现存面貌。它是一座多层钢框架结构的大楼，其风格为欧洲古典与近代建筑相结合的折衷式，尤为突出的是主立面设象征男性人体之美与阳刚之力的希腊陶立克柱廊，顶部西式钟楼高耸、有报时钟声准时在浦江上空回响，其文化之灵感无疑源自西方教堂的钟鸣"语汇"。但这座建筑的某些细部又出现了华化的建筑语符。江海关的这一历史演变，可以证明海派建筑文化被迫开放的历史与对西方建筑文化的亲和态度。

这不等于说凡海派建筑都是追随西风的模仿之作。在痛苦的文化选择中，海派建筑文化实际上经历着一个自"西体中用"到"中体西用"的历史转换过程，这一过程至今尚未结束。

比如位于外滩的原中国银行大厦，在文脉上具有稍稍回归于中国建筑民族

---

① 陈从周、章明:《上海近代建筑史稿》，生活·读书·新知三联书店，1988，第40页。

传统的意蕴。它的钢框架结构，自然迥异于中国传统木构架，整个外墙镶砌以平整的金山石，以经过华化、改造的西洋柱式建造其主入口门廊，屋顶采用糅合民族传统因子平缓的四方钻尖形，部分檐口以石斗栱为饰，栏杆花纹和窗之技艺处理亦富于民族风味，某种意义上可将其看作趋向于中西合璧之作，其审美文化形象，多少能让人"读"出中华民族不灭的文化之魂。

这在里弄建筑上也有所体现。初期里弄在平面处理上采用西方联排式形制，产生一种毗邻相属的整体宏观效果。而微观上每一单体又脱胎于中国传统的四合院、三合院，是一种将门堂改为"石库门"、以前院改作天井、取三间二厢的平面布局。中国传统民居十分重视庭院文化，有一种无"庭"不成"居"的民族、历史嗜好。所以海派建筑之里弄民居，无论用地如何紧张，无论怎样渗入了种种洋味，也要力求辟出一方天井（庭院），作采光、通风之用，更在象征对民族建筑文化之根的认同，在"风水"观念上，天井就是"气口"，无天井就是无"气"。这是刻骨铭心、难舍难解的一种文化"情结"。

同济大学罗小未教授曾指出，解放前有些上海大亨"在为自己建造大公馆时不是堂而皇之把房子建在大街上，而是有意在基地沿马路的地方盖上里弄房屋出租给人，自己的公馆则建在里弄的里端以避人耳目。……这种不求气派、讲究实惠的意识是上海文化所独有的。西方人不会如此，内地地方乡绅也不会如此。"[1]大公馆建在大路以显其开敞、气派，是西方人的性格；藏于里弄深处，在文化观念上传达出中国传统封闭式四合院及南方园林尚含蓄、忌直露之空间意识的某些遗影。作为公馆别墅，本是有钱人旧时赶时髦的现代建筑，又眷恋着"庭院深深深几许"的古老中国情调，体现出东方土财主般要藏富又向往西方现代生活方式的复杂的思想感情。

海派建筑文化毕竟是西学东渐之后才诞生的一种文化，所以在以西洋建筑、中国传统建筑作为参照系而进行文化选择时，往往会对中国传统建筑文化采取加以挥斥的严厉态度。如中国传统建筑讲究所谓"风水"方位，北京明清四合院以其大门设于东南隅为主、以北向开门或"西益宅"（即增室于原住宅之西）为凶。海派建筑文化往往不理会这一套。而是首先根据地理、技术、经济与实

---

[1] 罗小未:《上海建筑风格与上海文化》,《建筑学报》,1989年第10期,第8页。

用等方面随意在四方设门。所以在上海,由于地埋等条件所限也因文化思想的革新,不得不向北设门或在原住宅之西再建居室,一般不认为这是什么不吉利的"太岁头上动土"。总之,海派建筑文化对传统"风水"中那些神秘、陈旧的文化因素愈来愈采取"百无禁忌"的文化态度,这不能不是现代文化意识的濡染所致。正是由于西风相对强烈,中国传统建筑文化在上海就较难立足。50年代初,我国建筑界曾有著名学者与建筑大师倡言建筑的"民族风格",在实践上曾有大屋顶、琉璃瓦、斗栱等旧制在北京等地复萌的趋势,却始终未能风靡上海滩,上海五十年代所建造的一些具有一定规模的建筑.都不是"假古董"。由于上海是商贸、工业、金融中心,对基于中国传统农业及政治、军事文化之上的中国建筑不显得十分固执,它已经从对传统建筑文化的崇拜中摆脱出来,去追随世界建筑文化的现代潮流。但是,这种对异族建筑文化一往情深的向往,也包含着一定的盲目崇拜因素。所以作为海派建筑的某些历史局限,是某些照搬西制的建筑,有时缺乏对民族传统之精华文脉意义上的认同与回归。现在再来回顾五十年代对建筑"复古"思潮的"批判"是必要的,然而这种简单的"批判",又缺乏对中华民族建筑传统必要的关注。80年代以来新的海派建筑文化,正在自觉、主动开放意识指引下,在建筑民族风采糅合现代"语汇"方面作出新的努力与突破。

三、由"杂交"而执着于创新

海派建筑文化的第三个文化特征,是由于"杂交"优势而努力执着于创新,无论技术或艺术,往往颇具风气之先的特点。

海派文化是"杂交"型文化,这首先得力于"杂交"型的人文因素。自开埠至解放前上海居民来自五洲四海,人口急剧膨胀,成了世界上国际化、移民化程度较高的城市。这"十里洋场",居住过欧、美、亚、非近50个国家、地区的侨民凡12万人。今天随着改革、开放的现代化建设,上海人文因素的"杂交"趋势再度强烈。各种现代的文化、价值观念、科技交流等,在这里杂陈、碰撞、汇合,随之造成南腔北调、九流三教的文化态势。各族各地建筑风格、流派、样式、趣味异彩纷呈。

从外滩建筑群来看,这里有仿古典式、折衷式、近代式等多种建筑风格。

从花园住宅群来看，法国古典式、英国乡村别墅式、西班牙式、美国殖民式、挪威式、丹麦式、立体式、混合式及现代式等，集西方花园住宅之大成。仅教堂一项，亦多姿多态。徐家汇天主堂是罗马式及法国高直式，董家渡天主堂的主立面为洛可可式，佘山天主堂为罗马式，浦东唐墓桥天主堂是法国露德式、圣三一堂取西欧高惕式，国际礼拜堂是英国式、幕尔堂作英国式、东正教堂又取典型的俄罗斯式。又如沙逊大厦，则创造了在一幢建筑物里将不同国度建筑文化掺杂于一体的范例，它在不同层面汇集了9个国家不同风格情调的居室布置，如第5层设德国式、西班牙式与印度式，第6层有英国式，法国式、意大利式，第7层是中国式①，可谓建筑博览、琳琅满目。在学校、医院等建筑中也具"杂交"现象，如复旦大学简公堂、仙航馆、登辉堂；华东政法学院韬奋楼、思颜堂、思孟堂；上海一医大第一教学楼；上海交通大学上院、宏阁堂等莫不如此。即使在受保存国粹思想影响较巨的所谓解放前"大上海中心"建筑中，如江湾"市府大厦"（今上海体院）、"市立图书馆"（今上海同济中学）、"市立博物馆"（今上海二军大），也往往只是在西式建筑顶部复以中国式屋顶，内部饰以宫殿式的藻井彩画而已，总体上仍是中西"杂交"体。

异族与民域建筑文化符号的大量杂陈，必然打开人们的文化思路，使得海派建筑的设计与欣赏"见多识广"，这提高了上海人文因素的建筑文化素养，为努力走上创新之路提供了可能。

首先，建筑材料、技术文化的不断创新。中国传统建筑基本上为土木结构，陈陈相因数千年。海派建筑文化的兴起，有力地打破了木构架的"一统天下，如钢（铁）结构与钢筋混凝土结构为近现代建筑新材料、结构的两大系统，均大致自"海派"始。1863年所建的上海自来火房，是中国第一次施用铸铁房架；首次采用钢筋混凝土高层框架结构的建筑先例，是建于1913年的上海福新面粉厂六层主车间，1883年，上海自来水厂建成，成为国内首先使用水泥与混凝土的建筑物；1889年，上海新纺织新局清花间竣工，为中华首先采用铸铁柱的实例；1915年上海内外棉五厂三纺车间采用半门架、1921年上海电车公司汇山路停车场采用拱形屋架、1935年上海纶昌丝厂发电间采用双皎门架与双较拱架等，

---

① 参见杨敏芝：《从文脉看海派建筑的未来趋势》，同济大学硕士学位论文，1991年。

均为国内领先。而早在1900年，余山天文台放置赤道仪直径为16米的钢屋顶，是全国早期钢结构园屋顶的佳构；建于1901年的华俄道胜银行（今上海市航天局）大楼的砂垫层基础技术的运用，乃国内首创[①]；据《中国建筑史》云，杨树浦电厂1938年扩建的五号锅炉间是解放前采用钢框架结构达到最大高度的10层厂房，其钢梁断面高达75厘米、钢柱断面为1600平方厘米，树立独立式铁质烟囱高110米，为其时国内最高的构筑物[②]。所有这些海派建筑的领先现象，都需高度技术与经济力量的支撑，在今天看来已属平常，但在当时，却不啻是一场"革命"。

自50至70年代，虽然海派建筑文化处于相对沉寂期，但有限的市政建设中仍有出新之作。如1951年上海公交一场汽车机修车间之建成，为国内第一个运用大跨度钢筋混凝土薄壳结构新技术；1960年同济大学礼堂建成，其跨度40米，成为远东跨度最大的建筑物；1971年上海文化广场演出大厅屋顶修建，为国内第一个球节空间网架结构之作；70年代中叶上海又建成了以盾构掘进为技术的国内第一条越江隧道[③]。80年代以来，海派建筑之技术结构仍在不断革新，如上海新火车站的主立面看上去颇为平易，然而它是国内首次成功运用候车空间跨越站台上空之布局方式的创新之作。在华亭宾馆，我们看到了该建筑的螺旋形体；在上海滩上，又见波特曼建筑大师的圆形体，凡此均在塑造海派建筑更为辉煌、宏伟的空间形象。

其次，领先的建筑材料、结构、技术奠定了海派建筑的现代文化新质，科技之革新是海派建筑的"脊梁"。正是海派建筑文化在太平洋西岸的首先觉醒，才使中国建筑文化的历史，从"梦幻般诗情画意"的手工业、匠艺突进到近、现代"机器"的时代，从而大致上努力追赶世界建筑文化的现代步伐。

这种先进的建筑科技赋予海派建筑文化以独特的现代审美文化属性。其主要表现是：其一，葱郁的科学理性精神，具有所谓现代"科学美"的美感意蕴。如希尔顿大酒店闪闪发光的铝合金外墙形象、瑞金宾馆等白日光影变幻丰富、

---

① 《中国建筑史》编写组：《中国建筑史》，中国建筑工业出版社，1982，第231—232页。
② 同上书，第240页。
③ 罗小未：《上海建筑风格与上海文化》，《建筑学报》，1989年第10期，第11页。

夜间通体透明的玻璃幕墙体、"S"形的华亭宾馆、圆柱体的锦江新楼、具有凝重雕塑感的167米（高度为国际饭店的两倍）为目前申城之最高的上海商城等，为海派建筑文化增添了明丽而逻辑清晰、因科学理性而带来的"诗意"；其二，显示出属于现代人的巨大尺度、力量与刚性的美。中国传统建筑确实崇尚空间尺度的的巨大，如北京故宫的规模恢宏、但那是一种具有东方古代由建筑群体所构成的巨大空间形象。由于土木结构，受土木材料性能之限，作为单体建筑，显得相对平缓而极富亲地倾向，这在审美上别具风味。而海派建筑之摩天大楼冲天而起，具有激动人心的力量感与惊奇感，毋宁可以看作具有现代气质壮伟男性力量的象征。将来浦东、浦西无数高楼大厦一旦建成，遂成云蒸霞蔚、排山倒海之势，是正在奔向现代化的中华民族阳刚之美的象征。这类海派建筑的外观形象充满了刚健的直线，具有坚毅、冷峻的美感。这当然不是说现代人已不需要田园牧歌式建筑美与自然来抚慰自己的心灵。在浦东、浦西已经、正在建造的现代海派建筑空间中，常常渗透以园林自然的"低吟小唱"与传统江南民居般的宁静、欢愉，成为海派建筑颇具轻灵的一面；其三，成熟的海派建筑在文脉上具有民族历史文化的内在延续性且与其所处环境达到了默契。90年代初，笔者曾有幸参加由中国艺术研究院等单位发起的"中国80年代十大优秀建筑"评选，上海有耸立于南京东路的华东电力管理大楼与松江方塔院大门两个作品荣居全国"十大"之列。就华东电力管理大楼而言，它是一个形式与功能相统一、建筑与环境相统一的优秀之作，高耸的形体，简洁而活泼却不显轻佻的立面，明净又沉稳的色调，具有伟巨的力量感、潇洒的情调，这座新建筑在一片旧有建筑环境之间，既显得突出却不令人感到突兀，有鹤立鸡群之态，又让人感到亲切可近，它美化了城市天际线。而松江方塔院大门则在民族建筑风味融合现代建筑"语汇"的美学追求上取得了可喜的成果。这两座新的海派建筑文化的代表之作，均对文脉的哲理美蕴有较深的理解与领悟，给人启迪良多。

本文发表于《复旦学报》1993年第3期

城市"设计"的文化理念

一、城市设计的文化主题

我所理解的城市设计或者超设计，就是城市精神与文化之魂的塑造。这种设计的美学总原则或文化主题，是"城市，让生活更美好"。

我今天准备讲三个问题。为了要说明城市设计的文化理念，首先要谈一下设计与文化。

这次双年展的主题是超设计。在我想来，超设计大概就是一种新意义上的设计，在平庸设计的基础上有所超越、有所升华，体现一种新的时代精神，走在时代的前列。

设计，就是通过人的筹划和行为改变自然，然后又回到自然。设计的最高美学原则是自然的人化。设计是一种意绪，一种感觉，甚至是一种心理氛围，一种审美态度，一种文化理想。设计在技巧层面上是巧构灵思，光有设想还是不够的，还要表达，表达就需巧构。我们都看了双年展，许多作品令人惊讶称奇，甚至感到心灵的震撼。有些作品我以前没看过，想也没想过，现在看到，一下子就领悟到原来我们还能够用另一种眼光、另一个视野来看待这个世界，来解读这个世界、领悟这个世界。

现在大家都在讲文化，但也许我们确确实实正处在一个文化建设还很不够的时代。中国正在发展当中，而且发展很快，但是我想我们现在还处在"初唐"的水平，真正的"盛唐"还没有到来，而这是可以期待的。因此，这不是我悲观的看法，而是对文化建设有很高的期望，这种期望是正当的。我认为，文化的结构是多维的。我们过去认为文化就是两种，精神文化、物质文化。但除此之外，还有制度文化。比如说，我们的城市要结构起来成为一个整体，就要靠社会制度和文化制度的作用。再有，文化是传播的，文化是发展的，它是时空的，尤其是有时间性的。所以说，物质、精神、制度、传播，构成文化的四维结构。除此之外，文化还有人的行为、意义与语言等因素。

如果说城市文化的物质因素是相对表层、外在的，那么文化精神就是这个城市文化的精魂。我们看到的城市建筑物的物质形态，只是浅层的东西，建筑所体现的艺术，所展示的理念和精神，才真正具有深度。把握这种深度的东西，并且用适当的艺术形式表现出来，那是非常困难的事情。在一个设计无处不在的时代，城市文化的建设固然需要投入大量的人力、物力、财力来进行制度文化的建设、物质文化的建设，而根本的是精神文化的建设，文化之魂的塑造。

我所理解的城市设计或者超设计，就是城市精神与文化之魂的塑造。这种设计的美学总原则或文化主题，我想借用上海世博会的主题来表述——"城市，让生活更美好"。这句话听起来非常的普通简单，但内涵是很丰富深刻的。世博会主题的酝酿和确立经过了很长的过程，凝聚了许多专家学者包括政府官员的集体智慧。"城市，让生活更美好"包含三个方面，第一是什么让生活更美好，第二是让生活更美好有可能吗，第三是怎样实现更美好的城市生活。一般认为，让生活更美好就是吃穿住行更美好，这当然没有什么错，因为如果离开了吃穿住行，"让生活更美好"就很空洞。但另一方面，当我们的吃穿住行水准提高变得更加美好时，我们城市的整个生活，尤其是精神生活，却可能并没有变得更美好。因为物质生活的提升跟精神生活的提升并不是完全一致的，可能发生错位。

城市的主体，我认为终究还是人，以人为本、一切为了人。所谓"城市，让生活更美好"，实质上就是指城市让人更美好，让人的精神更美好、更和谐。

那么，和谐要怎样理解呢？我认为，和谐有这么几个层次：第一，自然本身的和谐；第二，人与自然的和谐；第三，人与社会的和谐；第四，人与人的和谐；第五，我认为，最重要的是人与自我的和谐。人的内心应该是平和的、愉悦的、有尊严的、从容的、幸福的。当然这不能独立于前面四个和谐，除非是得道高僧，修炼得足够厉害。人与自然的和谐、人与社会的和谐、人与人的和谐，落实到最后就是人本身的和谐，"城市，让生活更美好"最终还是要落实到这个"和谐"上。

二、城市形态的文化表达

城市形态作为物质形态的存在，可以是一种对城市文化之魂生动深刻的表达。

第二个问题，我们来看物质意义上的城市形态如何表达城市文化之魂。

城市文化之魂是一种空灵的东西，它可以包括城市文化的品格、文化境界、文化氛围，包括生动的文化精神和文化底蕴，它超越了物质形态，深植在艺术形态当中。城市文化之魂可以集中体现在这个城市有一大批杰出的思想家、哲学家、文学家、艺术家、科学家、政治家、企业家等等，他们自由的人性，健康的人格，超拔的智慧，他们深沉而伟大的心灵，都是文化之魂的一个体现。同时，广大市民群体的文明程度，他们的人格尊严，他们的世俗力量，也是文化之魂生动而深刻的体现。城市文化之魂的塑造，一方面是超越的，超越于物质的、制度的东西，同时又是实实在在的，它不在其他地方，而就体现在城市的各种建筑上面，就体现在城市的各种产品和我们自身的言行上。

城市形态作为物质形态的存在，尽管不是城市文化之魂本身，但它却可以是一种对城市文化之魂生动深刻的表达。城市的面积、平面形状，它的空间轮廓线、地理环境，它的自然景观、人文景观，这些都包括在城市形态当中，而主要的是城市的建筑。

从地理环境的角度来说，世界上的城市主要有这么几种：滨海型、沿江型、依山傍水型、跨河型、内陆型等。从上海来说，她既是濒临大海又跨越江河，现在浦东开发了，跨河的形态就更典型了。但在1843年开埠到20世纪80年代，上海城市的特点是浦西繁华，浦东比较荒冷。这种城市发展的巨大落差是如何造成的呢？为什么两边一样的土地，都可以造港口，却曾有如此差别？原因很多，其中一个可能是受中国传统风水观念的影响。古代风水观念认为山之南水之北为阳，山之北水之南为阴。黄浦江是由西南向东北流去，所以传统上认为大致在"水北"的浦西是阳位。风水里面有许多迷信成分，不过在传统文化中，风水就是古人用迷信的理念和方法来认识与处理人与环境的关系，对人的居住、住宅或者是坟墓进行设计，其中也包含着朴素的环境生态学因素。今天，对城市地理位置的选择和设计，其实就是利用自然地理的优越条件，来做一篇自然与人和谐的大文章。

从城市的平面布局来看，一个城市的标志性建筑物、主要道路、河流、山脉等等之间的相互关系非常密切，体现出不同的城市平面布局。城市平面布局是根据人文理念和自然条件对城市所进行的一种人工设计。在历史上，以面积计，世界十大古代名城中国占了六个。现经考古发掘，我们知道唐代长安面积有84平方公里，这在古代是世界上面积最大的城市。古罗马也是名城，可它的面积只有11平方公里。唐代长安的平面布局是典型的井字型，被称为棋盘格。宫城在最里面，象征着帝王的政治中心，回字型，封闭，堡垒型。外面是王城，再外面是内城，内城外面是城墙，城墙外面是护城河，护城河外面是郊，郊外面是野，野外面还有僻。而在北京，原紫禁城的设计就是一个大的四合院。现在有的建筑学家认为北京平面布局离不开围墙文化，从二环到五环，一个套一个套围起来。当然这主要是交通的需要。

过去我们说上海是申字型的，有个内环，中间是南北高架，从虹桥机场往东到外滩，再过去是世纪大道，一直下去就是浦东机场。这从交通角度来说有一定道理，但是没有把黄浦江考虑进去。其实黄浦江是最有特点的，离开黄浦江就不可能有上海。过去上海城市给人的印象不是棋盘格，也不是围字型，而是 π 型，一横是黄浦江外滩，两竖是南京路、淮海路。上海从来没有做过首都，而像北京、南京、西安等古都一般都曾延续了历史上的棋盘格布局。上海城市的布局还有一个特点，它不是封闭的。古代的首都是军事的堡垒、政治的中心，城市靠农村来养活，农村包围着城市。但上海不是这样，它就是城区到农野，这样一种开放的 π 型平面。

现在浦西浦东同时发展，城市形态的设计理念日益显得大气、开放、磅礴。这里我要说一句，上海小市民总是备受争议的话题，上海人精明不高明的说法影响也很大。但我认为不是这样。其实，每个城市都有缺点，每个城市都有大市民和小市民。如果上海人真都是精明不高明的话，发展到现在就是难以解释的奇迹了。据统计，上海现有高层建筑3 000多幢，这在全国来说可能是最多的，这在形态方面也构成了城市的一种大气，体现了一种崇高的时空意象。在某种意义上，"城市，让生活更美好"这么一个世博主题的确立，也是上海的城市表情、城市品格、城市气质、城市人文境界、人文氛围的一种折射和追求。

三、城市美学的设计原则

我们所追求的境界是让城市乡野化，同时让乡野城市化。这种城市生活的美好可以概括为六个字——可居、可观、可悟。

第三个问题，城市美学设计应当正确处理三个关系：城市与乡野；实用与审美；时空文脉。

第一，城市文化本质上是对乡野、对自然的拒绝与超越。

城市是从乡野也就是农村发展而来的，对自然、对乡野有一种拒绝，但同时也是超越。因此，回归自然、留住美丽乡野，是整个城市设计中最重要的因素。原来，母亲就在乡野，就在农村，就在自然，城市设计的时候为什么要往别的地方跑呢？它应该回到它母亲的怀抱。但同时它在超越、它在发展，它在超设计。

城市从乡野、自然当中发展出来以后，有三种情况。第一种，城市化程度不高、不够，虽然是城市，但是乡野特征还是很明显，显得还有点土。中国当下许多城市的城市化程度已经很高了，但是即使在这样的城市里面，局部也可能存在城市化程度不高的地方，比如说城中村。第二种情况，城市化程度很高，高得以至于有时达到偏执的程度。在这样的城市化城区里面，乡野的、自然的因素几乎被荡涤干净，高楼林立，拥挤不堪，整个就是一片水泥森林。尽管这样的城市建设可能有种种理由，但毕竟不符合人性的自由，不利于身心的健康。可以预料，终有一天，上海的某些建筑，会因为影响到采光、空气或出于别的生态原因而被拆除。第三种情况，就是在城市化跟乡野自然文化之间建立一种平衡，一种对话，营造一种健康美好的生活环境。要达到这一点很不容易，但这正是我们的理想，我们的城市设计、超设计，从总体来说应该朝这个方向发展。一个久居乡野的人对乡野之美往往是迟钝的，而对城市之美，哪怕是水泥森林也会感觉很好。一个久居城市的人对乡野对自然之美也总是会保持着惊喜，一入山林就会像小孩子一样高兴。但是不是就要住到乡下去了呢？我想不会，除非他是要隐居，否则真要到乡下去住的话，他也是要买幢别墅的，完全回到乡野他可不行。这正好说明乡野文化和城市文化的对立性和互动性，假如把两种文化有机结合起来建立一种非常美好的生活方式和生活空间，那么我们的城市化就非常健康了。

所以我们追求的"城市，让生活更美好"的境界是让城市乡野化，同时让乡野城市化。这种城市生活的美好可以概括为六个字——可居（可以居住）、可观（可以观赏）、可悟（可以领悟）。可居符合我们的身心健康；可观满足我们的审美要求，不至于引起审美疲劳；可悟是有哲学的、有美学的，有深度的东西，不是飘在表面的精神，而让你能够沉思。一个城市或者一个建筑，达到这么一个境界，大概就比较理想了。

第二，城市设计如何缓解实用与审美的对立与紧张。

城市的建筑总是充满欲望、功利的目的和实用的追求，如果完全没有这些，那么城市也就无需存在了。但对城市设计来说，关键问题在于如何通过设计使得城市的日常生活审美化，就是将城市这种狂野的甚至是疯狂的欲望、功利跟实用需求沉静化、深度化。

我以前写过的一些东西，在网上转载。有人就跟我讨论，说"王老师，建筑怎么能不讲究实用呢？"书法不实用，但是以书艺写信就是实用的，它可以传递信息。建筑呢？建筑当然要讲实用，没有实用功能怎么可能是建筑，因为人要住到里面，你的生产、生活，刚刚说的可居就是实用的。可观不是实用，可悟那就更是精神超越了。我举个极端的例子，比如说北京天安门两边的华表，那个东西就是不实用的。假如一对恋人约会，相约在一个华表下等候，对不起，这时候华表就实用了。但不是说实用就否定建筑的精神性、审美性，建筑的审美正是从实用性里面升华出来的，要达到建筑的美，有时候比文学更难，因为这里是一对欢喜冤家，实用破坏审美，审美拒绝实用。但审美和实用又是互补的，如果不是结合实用和审美，建筑就没有了。可以这样说，人们总是渴望缓解实用与审美的原本对立与内在紧张，绽放实用兼审美的灿烂之华，实用由于审美而提高了精神意义，审美由于实用而有了日常品格，实用由于审美而获得了优雅高贵的贵族气质，而审美由于实用步入了百姓的平凡世界，这就创造了超凡的、新的、超时代、超设计的城市建筑文化。

第三，须从城市文脉角度来分析，合情合理地理解、理顺整个城市整体的上下文关系。

建筑不像书法，书法写得不好我可以不用了，但是建筑物一旦造就了除非拆掉，不拆掉就是强硬的。我非常佩服建筑师们。建筑意象是一种大地文化、大地哲学，伟大的哲学家把他们的思想写在书里面，而伟大的建筑师就把他的哲学写在大地上，能把哲学写在大地上的就是伟大的建筑师。有很多建筑师很有成就、很好，但是也有很多遗憾。就像要做成一篇文法、修辞都很好的大块文章很困难，城市文脉的处理极具挑战性，建筑常常是一门令人遗憾的艺术。

城市的文脉关系着城市的哪些方面？首先，就建筑的空间性来说，建筑的个体与个体是一个关系，建筑的个体与群体是第二个关系，建筑的群体与群体之间是第三个关系，建筑所处的自然环境与人文环境也有关系。其次，建筑文脉还是时间性的。它有没有历史记忆，有没有传统因素，它当然可以是现代的，而且应该是现代的，但是它有没有根，它的根在哪里，还要不要这个根，它的母体要不要？这也是文脉所关心的问题。所以文脉首先是个时空的概念。我们讲历史文脉，但不光是历史的关系，还有空间的文脉。

跟其他的城市相比，上海是一个传统建筑比较少的城市，近代的比较多，西洋风格的比较多，但历史建筑比较少。所以在城市设计当中，从文脉角度来看，不要出现这样一个危险，就是这个城市对历史失去记忆。不要缺乏对城市的文化关怀，许多新建筑也要考虑怎样更多更好地融合本土的民族建筑文化。上海旧城区的改造，有些比如像新天地，我个人觉得还是比较成功的，但是离新天地不远的城隍庙，那些仿古建筑中商业气息较重，它的空间可能较少文化意韵。关于九曲桥，过去陈从周先生批评说太生硬了。今年正月十五我与女儿去游观，感觉九曲桥旁边弄一些炫目的灯彩，一张票30元钱，倒是不贵，但是似乎太俗气了些。还不如朴素一点，湖中养些荷花和鱼。那么个有历史的地方应该保持它的朴雅和宁静。

还有像外滩，大家都知道外滩是"万国建筑博览会"，西洋风格的建筑很多。这些建筑因为基本材料是石材，所以带有庄严、崇高、有力的美感。现在的汇丰银行大厦，当时是从白令海峡到苏伊士运河最好的建筑，这个建筑本身是很好的，典雅庄严。但是现在有一个问题，它的后面建造了另外高于它的建筑。说旁边不允许建造新的建筑，这不行的，而新造建筑应该要考虑怎么样呼应。

西外滩有滨江大道，因为地面抬高，站在上面心旷神怡，向东拍照非常美。下面开店、停车，也很实用。但是当你回头一看，马路对面那些西洋建筑相形之下都矮小了，这种遗憾是无法弥补的。这不是建筑师的罪过，这个建筑师我很熟，可以说是我的师友。这是文脉的问题，真的很难处理。当然，西外滩是防汛墙，墙跟水是对立的，这是人与自然的不和谐，因为对抗自然。但是东外滩不一样，滨江的水岸慢慢下去，沿江岸铺设木质人行道而亲水性好。这其中设计的文化理念是非常值得思考的。

我觉得文脉问题最难处理，特别是浦西老城区，过去多是租界，主道多是东西向，没有什么总体设计。现在新建的建筑也很多，如何调息理气，需要大智慧。总之，在建筑设计方面，体现"城市，让生活更美好"的文化主题，非常重要。

本文发表于《解放日报》"思想者"版，2006年10月8日

日本古代传统建筑的文化研究

 作为人在地平线上的巨大侧影，人的第二形象，建筑是民族、时地域及其人文意义的忠实记录与表达。在西方，人们把建筑称为"石头的史书"，其实，建筑也是一个民族之独特的文化符号。意大利著名建筑美学家，布鲁诺·赛维，曾经这样评论建筑的时代特点和民族精神特征："埃及式=敬畏的时代，那时的人致力于保存尸体，不然就不能求得复活。希腊式=优美的时代，象征热情激荡中的沉思安息。罗马式=武力与豪华的时代；早期基督教式=虔诚与爱的时代；哥特式=渴慕的时代；文艺复兴式=雅致的时代；各种复兴式=回忆的时代。"[①]在建筑的时代精神里，一方面，建筑作为一种"世界艺术"、世界文化"语汇"，体现出人类普遍的精神诉求与美学理想；另一方面，与时代精神相应的，建筑作为一种民族"记忆"传达了独特民族的人文素质、民族根因和精神底蕴。世界上任何一个伟大民族的传统建筑文化，都具有无可替代的民族品格，人们每到一个国家，总是可以从这个国家的城市与乡野建筑上认识这个国家、民族。留存至今的日本古代传统建筑文化的民族特色，也深深地打动了我。在2006年4月至2007年3月之际，本文作者趁在日本讲学之便，曾经实地参访、考察了日本诸多城市，尤其是京都的许多建筑实例。发表在此的这一小文，是我初步的

---

① ［意］布鲁诺·赛维著，张似赞译：《建筑空间论（一）》，引自《建筑师》编辑部：《建筑师》，中国建筑工业出版社，1981年第7期，第178页。

研究成果。这一成果，是在与中国相应的一些古代建筑文化的简略比较之中得出的。

一、古都建筑平面的独特"语汇"

要论日本古都建筑文化，当推奈良与京都等城市。它们在城市规划、城市平面布局与文化类建筑等方面，显示其特色。

奈良市现在是奈良县的县府所在地，地处日本中部，有大阪府、京都府、和歌山县与三重县围绕在其四周，它由被称为"近畿之屋顶"的纪伊山地与其延展至北侧的平原所组成。它是日本文化的一大重镇。公元710年建都于此，称"平城京"，其城市平面布局，是对中国唐代长安城的大致仿效。作为古城的建筑文化，1998年联合国教科文组织将古奈良的有关建筑古迹，列为世界文化遗产名录，它们是法隆寺、东大寺、兴福寺、春日大社、元兴寺、药师寺、唐招提寺、平城宫遗址和春日山原始林。

在这一点上，京都府的京都市与其相仿，并且有了新的发展。京都始建于公元784年（平安京初），从建都到1869年的明治维新，京都一直是日本国首都。京都有世界文化遗产十七处（1994年被列入）它们是贺茂雷神社、贺茂御祖神社、宇治上神社、延历寺、清水寺、教王护国寺、醍醐寺、仁和寺、高山寺、西芳寺、天龙寺、鹿苑寺（金阁寺）、慈照寺、龙安寺、本愿寺、二条城、平等院。"国宝"级建筑三十八处，"重要文化财"建筑一百九十九处，它是日本神社、佛寺佛塔留存至今最多的城市之一，现有神社两千多座，佛寺一千五百多座。作为千年古都，京都的平面布局最初模仿中国的唐都长安与唐东都洛阳。它分为东西二京。其西京仿长安，道路纵横，呈棋盘格，即"井"字形，迄今京都市内东西大路有九条，南北大路若干，还基本保持古貌，其东京仿洛阳，迄今在京都还保留着"洛东"、"洛西"、"洛南"、"洛北"与"洛中"的古地名。整座古都基本为长方形平面，在东西两京的中路，以贯穿南北的"朱雀"大路为纵轴。

关于这一点，只要与中国唐都长安的平面布局相比较，就可以看得清楚在古代世界十大城市中，唐长安推第一，为84.10平方公里，这是考古发现的确切结论。在平面布局上，唐长安基本呈纵向（南北）长方形。在其内城居城市中心位置的，是其宫城，宫城外为皇城，宫城、皇城之南，是一条东西向横街，据考古，其宽约200米。宫城、皇城左右以及东西横街之南，是大批里坊区，一共有108里坊。在宫城的正南，即整座长安平面的中轴上，是宽畅、笔直、南北纵向的"朱雀"大路。在"朱雀"大路的左右里坊区，东西对称的，设面识不甚大的东市、西市。而"朱雀"的来历源自中国古代的风水理念，此所谓东苍龙。西白虎、南朱雀、北玄武也。长安东西南北共设十二门，符合《周礼·考工记在》营国制度。

由于地形地理地貌的关系，日本京都的平面当然不能做到与中国长安、洛阳一模一样，而且也没有必要。然而在建筑文化理念上，受到中国的影响是不言而喻的。笔者曾在拙著《中国美学的文脉历程》中对甲骨文字"井"进行研究，得出"井"字实际可写成囲，它便是中国长安、日本奈良，京都城市平面之棋盘格理念的起源，它也符合《周易》八卦九宫方位理念。[①]

京都，从奈良迁都到明治维新再由京都迁都到东京，凡1 074年，它一直是历代天皇统治日本全国的中心。在这里，天皇建造了皇宫（皇居）。现存京都御所，是历代天皇的住所，它于京都上京区，历史上惨遭火焚凡七次。现存京都御所重建于公元1885（元弘元）年。其东西宽900米，南北长1 300米，面积约为11万平方米，它的四周石砌的围墙，石块的硕大重实，给人以如盘而庄严的印象。宫苑内广植松柏等古树1 300余株，那虬劲而粗壮的枝干与苍翠的枝叶，又给人以既富于力度，森严而又富于生命气息与欢愉的情调。在皇宫大批绿树的簇拥与烘托之下，靠近皇宫四周，又是大片砂石铺就地面，人走在上面，脚下沙沙作响（这种砂石道路甚至广场，在神社空间之中，也能见到，日本人称为"净心"，是表示着参访皇宫或神社之人对参访对象的钦敬的）。这是日本独特的东西。它与大片绿化一起，体现了皇宫神圣的文化主题。在大片砂石道路的包围中，又是高耸的石砌的围墙，围墙内才是皇宫本身。皇居内的正殿，是体量最大、位置最好，形象最为庄严的紫宸殿。这里是举行天皇加冕仪式的重地。它是一座两坡顶建筑，屋面呈黑灰色。坡度较为平缓，而檐口不如中国宫殿建筑重实而肥厚。另一重要的是清凉殿，那是天皇日常起居的场所，也是

---

① 王振复：《中国美学的文脉历程》，四川人民出版社，2002，第56—60页。

坡顶，也是黑灰色，两座建筑都雄伟壮丽。当然，在尺度上，不如中国北京明清紫禁城的正殿即太和殿那般巨大。其主立面，也并非太和殿那样的九间制。而与中国宫殿最大的不同，是宫殿区内建筑群体组合模式的不同。

比如就北京明清紫禁城而言，从南到北有一条长7.5公里的中轴线，在这一中轴上，自南至北，依次排列一系列重要建筑，它们是大明门（大清门）、天安门、端门、午门、太和平、太和殿、中和殿、保和殿、乾清门、乾清宫、坤宁门、坤宁宫、御花园，一直向北，到最北端的景山。这是中国传统文化尚"中"的表现。但在日本的这一京都御所，却没有中轴的文化理念，它的群体组合所崇尚的，是不对称，无中轴的均衡之美。它的内在秩序，比较灵活自由。还有一个区别，是中国的皇宫是"前朝后寝"制，三大殿在南，一进天安门，到保和殿，整个环境中不植一株树，而将大片优美优雅的园林绿化设于紫禁城的北部，称为御花园。但京都御所却不是这样，它一方面在围墙广植绿另一方面在皇居的内域，也会见到一些绿树，虽然不多，却不是像中国皇宫的"前朝"那样对绿化加以绝对的拒绝。

除了皇宫，日本古都建筑文化的独异之处，还体现在一些日本历史上的实际统治者的辉煌建筑上。其中最著名的，当推京都的二条城。作为世界文化遗产之一，二条城始建于公元1603年，是德川豪康幕府将军的寓所，确切地说，是为守护天皇与进京时的住宿而建造的。二条城建成于1626年，它因位于京都二条道而得名。它修造得富丽堂皇，使人惊讶于它为什么比皇居还要显得富是一座，座城堡式建筑其四周城墙高耸四角设角楼城楼。为白墙，叠檐坡顶，显得严肃、庄重而优美。其四周城垣以巨石堆砌，收分较大，坚如盘石之谓也。二条城东西宽500米，南北长300米，城垣下便是护城河。所有这些建筑形制，深受中国古代城池制度的影响，是没有疑问的。然而，二条城内部的空间秩序，却与中国官宦家庭的寓所大异其趣。那是日本人的创造。道德是它的总面积竟达275 000平方米，比京都御所（皇居本身）大得多。其次，其主题建筑本丸御殿与二之丸御殿等，建造得很有特色。殿内墙壁与槅门画有猎野派画家名画，很精美。无论是山墙表面、无论在唐门上，都往往可见艺术水准很高的雕刻图案，其中牡丹、仙鹤飞翔的雕刻之美令人惊美。而城内的走廊铺以"鹂鸣地板"，人行其上，便会发出黄鹏鸣叫一般优美的声音，而实际是当时幕府统治者所安设的一种报警机关。可谓心裁别出、苦心独运。这是一座园林式的建筑，一方面显得舒适、宁静而优美，另一方面又是权力与财富的炫耀，有威严、冷峻的风格。它的正门东向而不是一般的朝南，这算对天皇所表达的一种廉下的政治态度。二条城的主人实权在握而在建筑文化上，却发出了臣服于天皇的信息。当然，边正门为木结构，高大而重实，其雕刻以金菊徽、凤凰与老虎等图象，其题材的选择与表达可以见出受到中国传统文化的影响。城内还设有内宅、黑书院、白书院与鱼池以及其余副题建筑景观。

如此富于建筑特色的城堡式建筑，位于大阪的天守阁是又一个典型的实例。它是大阪城的主题建筑。大阪城初建于1583年，其主要建筑，都建于16世纪末期，但17世纪因战乱而被焚毁，其天守阁重建之后又遭焚毁，现存天守阁重建于20世纪前半期，确切地说，由民间集资，重建于1931年。这是一座外观五层，内则八层的重檐叠楼式建筑，由于其楼阁屋檐错落有致，显得非常生动。它虽然仅54.8米高，却是因为它建造在一块高地上，所以显得十分巍峨。它的用色也很特别，一方面镶银镀金，金碧辉煌，另一方面又用以紫蓝色又显得灿烂无比，尤其在蓝天白云，绿树红花的掩映衬托下，实在美不胜收，不可多见。而且，它的上部优美，下部的基座由巨石堆砌而成，重实而巨硕，因而其整座形象是优雅与粗犷的完美的结合。加上一侧基座之下的湖水，实在很精彩。大阪城，是由丰臣秀吉初建的，已有400多年有历史。天守阁从一楼到七楼为历史资料馆，陈设武器、盔甲等文物以及其它民族资料。最珍贵的，是保存古时丰臣秀吉的木刻象以及其生前拥有的绘画作品等。八楼可以供游客登高望远，大阪市景尽收眼底。而大阪城的天守阁，正可与比如京都的古都建筑文化媲美。

二、寺塔建筑文化的大和之魂

讨论日本古代传统的建筑文化这一课题，不能不首先讨论其古都的城市平面以及皇居等，同时，日本的寺塔建筑也是一个不能忽视的问题。而要研究寺塔建筑，又不能不简略地追溯日本佛教文化的起源与发展。限于本文有限的篇幅，这里仅在于关注日本佛教之起因、发展与日本古代寺塔建筑文化的历史、人文联系。

据日本村上专精《日本佛教史纲》，日本佛教史的变迁可分五期。第一期，三论宗，法相宗时代，从佛教传入的公元522年到奈良期末年即为公元784年；第二期，天台宗、真言宗时代，从公元784年即平安时代初期到公元1192年；第三期，净土宗、禅宗、日莲宗时代，从公元1192年即镰仓幕府初期到丰臣秀吉氏末期即公元1603年；第四期，诸宗持续时代，从德川时代初期即1603年到公元1868年；第五期，明治维新之后的佛教即公元1868年之后。这一分期，自然是值得参考的。据千叶乘隆、北西弘高木丰《佛教概说（日本篇）》（一九七三年日本平乐寺书店版）所附《日本佛教史略年表》选译，日本寺塔建筑文化的起源与发展，是与日本佛教的兴衰，转折息息相关的。本文在引用这一史略年表时有所删削。①

公 元	日本年号	记 事
522	（继体16）	中国南朝梁代司马达等（或作司马达止）传入佛教
538	（钦明7）	百济圣明王献佛像、经论（一说公元522年）
552	（钦明21）	苏我，物部两氏争论礼拜佛像的可否（《日本书纪》538，585，587年有同样的记载）
584	（敏达13）	苏我马子在石川住宅造佛殿。
593	（推古1）	圣德太子摄政，在难波荒陵建四天王寺。
596	（推古4）	飞鸟寺（法兴寺）建成。
611—615	（推古19—23）	圣德太子著《胜鬘经义疏》《维摩经义疏》与《法华经义疏》。
625	（推古33）	高丽僧惠灌传入三论宗（第一传）。
645	（大化1）	下诏兴隆佛教。
660	（白雉4）	道昭传入法相宗（第一传）。
676	（天武4）	遣使诸国②说《金光明经》《仁王经》。
678	（天武6）	道光传律宗。

① ［日］村上专精：《日本佛教史纲》，北京商务印书馆，1981，第313—323页。
② ［日］村上专精：《日本佛教史纲》原注：日本古代的"国"，相当于现在的县，但范围比现在的县小。

续表

公 元	日本年号	记 事
685	（天武13）	命各地每家每户设佛龛，置佛像、佛经，礼拜供养。
702	（大宝2）	诸国设国师。
718	（养老2）	道慈回日本，携《金光明最胜王经》。
723	（养老7）	在兴福寺建施药院、悲田院。
735	（天平7）	玄昉由唐回日本。
736	（天平8）	天竺僧菩提仙那，林邑僧佛哲，唐僧道曜来日。
741	（天平13）	下诏各国设国分寺、国分尼寺。
743	（天平15）	圣武天皇发愿造金铜卢舍那大佛。
752	（天平胜宝4）	奈良东大寺大佛开光供养会。
754	（天平胜宝6）	唐鉴真来日京（奈良），在东大寺建戒坛院。
759	（天平宝字3）	奈良建唐招提寺。
761	（天平宝字5）	在下野药师寺，筑紫观世音寺建戒坛。
763	（天平宝字7）	鉴真和尚圆寂（77）
785	（延历4）	最澄结庵比睿山。
788	（延历7）	最澄在比睿山建延历寺。
804	（延历23）	空海最澄入唐。
805	（延历24）	最澄回日本，传天台宗。
806	（大同1）	最澄获准每年度僧二人，天台宗成立。空海回日本传真言宗。
819	（弘仁10）	空海建高野山金则峰寺。
823	（弘仁14）	授空海东寺，号"教王护国寺"。授比睿山一乘止观院"延历寺"之号。
847	（承和14）	圆仁自唐归国，著《入唐求法巡礼行记》。
938	（天庆1）	空也在京都传念佛宗（净土宗）。
1006	（宽弘3）	兴福寺与大和国司纷争。
1020	（宽仁4）	藤原道长建无量寿院。
1035	（长元8）	延历寺、园城寺僧徒械斗。
1042	（长久3）	延历寿僧徒火烧园城寺。

续表

公 元	日本年号	记 事
1081	（永保1）	延历寺僧徒又火烧园城寺。
1113	（永久1）	延历寺兴福寺僧徒械斗。
1123	（保安4）	延历寺，兴福寺又发生械斗。
1140	（保延6）	延历寺僧徒火烧园城寺。
1142	（康治1）	园城寺僧徒火烧延历寺。
1163	（长宽1）	延历寺僧徒火烧园城寺。
1180	（治承4）	平重冲火烧东大寺、兴福寺。
1187—1191	（文治3—建久2）	荣西再度遣宋，后回日本传禅宗（临济宗成立）。1194年延历寺上告，禁荣西传禅宗。
1200	（正治2）	北条政子在镰仓建寿福寺。
1202	（建仁2）	荣西建建仁寺。
1205	（元久2）	兴福寺列九大罪攻击净土宗（念佛宗）。
1233	（天福1）	道元建圣兴寺。
1243	（宽元1）	道元在越前建大佛寺（永平寺）。藤原道家建东福寺。
1282	（弘安5）	北条时宗建圆觉寺。
1290	（正应3）	日兴建大石寺。
1294	（永仁2）	日像在京都传日莲宗。
1325	（正中2）	南禅寺镜圆与延历寺玄慧进行佛法辩论。
1339	（历应2—延元4）	足利尊建天龙寺，以梦窗疏石为初祖。
1345	（贞和1—兴国6）	幕府在各地建安国寺利生塔。
1368	（应安1—正平23）	南禅寺祖禅著，《续正法论》，贬诸宗。延历寺僧徒袭击南棒寺。
1386	（至德3—元中3）	幕府定五山位次，以京都南禅寺为首。
1401	（应永8）	幕府以相国寺为五山第一刹。
1465	（宽正6）	延安历寺僧徒袭击大谷本愿寺，要求取消京都日莲宗寺院。
1470	（文明2）	兴福寺僧徒袭击奈良日莲宗院。
1467	（应仁1）	因"应仁之乱"，相国寺，南禅寺横遭兵火。

续表

公 元	日本年号	记 事
1479	（文明11）	莲如转往山城山科，重建本原寺。
1532	（天文1）	六角定赖及日莲宗僧徒火烧山科本愿寺，大和一向宗起义，烧兴福寺。
1536	（天文5）	延历寺在六角定赖等支援下打败日莲宗徒；焚烧日莲宗寺院。
1542	（天文11）	允许日莲宗在京都重建寺院。
1591	（天正19）	本愿寺从大阪天满迁移到京都建造。
1602	（东长7）	本愿寺分东本愿寺，西本愿寺。
1625	（宽永2）	天海建宽永寺。
1630	（宽永7）	禁止建新寺。
1668	（宽文8）	禁止建新寺。
1762	（宝历12）	禁止建新寺，不准向寺院施舍田亩。
1832	（天保3）	水户藩废寺院，或合并寺院。
1865—1867	（庆应1—庆应3）	萨摩藩废佛毁释，津和野藩废佛毁释。
1871	（明治4）	下令寺，社上缴所领田亩，"排佛毁释"缴化。

　　如上所录，可能资料尚有欠缺，遗漏甚或错讹，而简略分析，可以得出五点初步结论。一，佛教自中国南朝梁代始传日本，随后又从百济，高丽入渐东瀛，以中国唐代时期为盛。日本的诸多佛教宗派，如三论宗、法相宗、律宗、天台宗、真言宗、净土宗（念佛宗）与禅宗（临济宗）等，都传自中国佛教。可以说，日本佛教文化的根因是印度佛教，而其受浸染、影响最为深巨的是中国佛教。二，日本佛教寺院的初建，应在公元593年（推古1），承德太子摄政，在难破荒陵建四天五寺为最早，接着便是公元596本（推古4），建飞鸟寺（法兴寺）。这一时代，正值中国隋代（589—618）。三，据日本村上专精《日本佛教史纲》所录日本佛教史年表（本文引用时，已有所删削），日本佛教建筑文化的兴衰，是与日本佛教文化的兴衰大致同步的。而佛教文化的兴衰，又与其国时代的经济发展有关，尤其与最高统治者好恶，提倡或禁绝之政策攸关。寺作为建筑，其建造不仅是理念使然，而且与一定的物力、财力相关。四，日本

古代佛教建筑文化的发展，还与历史上多次出现过的佛教宗派之间严酷的争斗冲突有关，比如延历寺与园城寺之间的械斗，焚烧寺院，必然是对佛寺建筑的破坏。而兵火或自然之火灾的发生，也使以土木为材料的日本佛教建筑遭到损毁。五，从这一佛教史年表，可以比较清楚地见出日本古代佛教文化及其建筑文化之发展的大致轨迹。然而，这毕竟仅是佛教文化而不是专门的日本佛教建筑文化年表，因此在有关材料的搜求上，难免有所缺失。一些著名而重要的佛寺佛塔，在这里被遗忘了。如奈良的法隆寺，京都的东寺与清水寺等，都没有列入。

日本佛寺建筑文化，在精神意义上，无疑具有深邃的大和之魂。在平面布局，立面安排与整体空间造型上，日本佛寺显然具有其自己的民族特色。如法隆寺、又名斑鸠寺，坐落在日本奈良生驹郡斑鸠町，据称始建于公元607年（圣德飞鸟时代），确切地说，是圣德太子始建于推古天皇十五年。所据有法隆寺金堂铜造药师如来坐像之光背记铭的一条记载："用明天皇为祈祷自病愈而起誓建立伽蓝。而用明天皇不久之后去世，继承其遗忘的推古天皇和圣德太子在推古天皇15年（607）完成了佛像和寺院的建造。"法隆寺是日本现存最古老的佛寺。据考古，其占地约18万7千平方米，分东西两院。东院有梦殿等建筑；西院有金堂，五重塔，中门与回廊等木构建筑。从游观的路线分析，其西院设于南大门之北的正中位置。地势稍高。它的左侧是五重塔，右侧是金堂，两者之外围是回廊，呈"凸"字之形。而其回廊的正南设中门，中门两侧之回廊的延伸连接北侧的大讲堂。"凸"字形回廊的"肩部"之东设钟楼，西为经藏（藏经楼）。这种平面布局，有左右对称的态势，显然受到了来自中国的佛寺的平面布局理念的影响。中国佛寺的平面，从一开始就是中国庭院建筑的一种翻版，即数重进深，左右对称。它从山门进入到天五殿、再到大雄宝殿。大雄宝殿之后，可以是藏经楼。这些建筑，典型的布局，是建在一条中轴线上。而在大雄殿的左右两侧，实际是中国庭院建筑之东西两厢的位置。又建配殿若干，这是左右对称的安排。日本法隆寺的左右对称，虽然没有这么严格，但依然可以见出其向对称态势，发殿，安排的努力，这说明作为最早的一批日本佛寺建筑之一的法隆寺，在理念上，还有模仿中国的明显痕迹。

从屋顶形制上看，法隆寺的中门为重檐歇山顶（日人称为"入母屋造"），也是直接来自中国。中国古代民族建筑的屋顶的基本形制，是庑殿顶、歇山顶、悬山顶、硬山顶和攒尖顶五种，其余还有卷棚顶、盝顶、单坡顶、囤顶、平顶、圆顶、拱顶、穹窿顶、扇面顶与风火山墙式顶等多种。其中以庑殿顶品位最高，用在皇家宫殿之上，而歇山顶也是品位较高的屋顶形制，用在佛徒所崇敬的佛寺建筑上，实在是很自然的。

从正立面看，一般日本佛寺的正立面的间数，以奇数为多见，或三间或五间，或七间甚或九间等。这种理念，也来自中国。中国古代的佛寺，包括宫殿等的主立面，一般也是如此。这没有什么创造性。但法隆寺中门主立面的间数为四间，即有五个立柱，第三立柱在主立面的正中位置（笔者那天去参访京都的南禅寺，见其门殿的主立面也是这样的四间制），字界以为这很"奇特"。其实不然，这种尚偶的理念也源自中国。从考古发现中国汉代以前包括汉代的建筑主立面，多为偶数间制，如二、四、六间等。因此可以说，法隆寺主立面为四间，是对汉制的一个崇尚。

同时应当指出，法隆寺以及许多其它日本佛寺的屋顶都是人字形坡顶，而且坡顶的坡度十分平缓，这是深受中国汉唐建筑影响之故。试看现存唐代中国的南禅寺大殿，其屋顶犹如大鹏展翅非常平缓，其檐口厚重，檐下斗栱雄硕，是一种典型的"唐风"。日本法隆寺的金堂与五重塔的楼阁式檐也是如此。

而从佛寺、佛塔的位置关系分析，本文作者曾经在拙著《中华古代文化中的建筑美》中指出：

就寺塔的地理位置关系而言，在古印度是寺塔并重的。当印度寺塔文化最初入传中国时，这种两者"并重"的观念，使寺塔合建于一处，即塔建造于寺之中心位置。比如，所谓最早之白马寺塔，三国时笮融之徐州浮屠祠塔均取这种建造态势。然而，随历史文化之发展，寺塔位置也在悄悄发生变化。即始而塔据寺区之中心，继而塔建于寺之前后或左右，终而塔脱离于寺，有时建寺而不建塔，建塔而不建寺，甚至另立塔院，就是说寺塔分立，各自具有独立的建筑文化性格。[1]

这种关于中国佛寺佛塔地理位置的变化，说明中国人为了不打破佛寺中轴

---

[1] 王振复：《中华古代文化中的建筑美》，学林出版社，1989，第169页。

对称、几重进深的空间与平面格局，就将原在寺区之中的佛塔"请"出寺外，体现了佛教文化对儒家礼乐文化崇尚中轴对称平面布局的一种"妥协"。然而，日本的建筑就不一样了。法隆寺的五重塔依然屹立于寺区之内，它在法隆寺之平面布局趋于对称态势的同时，又因塔的庞大而高耸之形象，成为力求打破这一对称态势的有力因素。而寺塔合建，正是对早期中国佛寺佛塔位置关系的模仿。五重塔高31.5米，塔刹高度约为全塔的三分之一，塔刹为九重相轮。作为现存日本最古老的塔，其正方形平面，也是中国早期佛塔的一种形制。中国直到北宋，其大量的塔例，多为方形平面，这与中国早期将印度窣堵坡（Stupo）释评为"方坟"有关。而塔的正方形平面，象喻佛教基本教义"四圣谛"，此即：（一）人生有苦；（二）苦必有因；（三）苦必解脱；（四）解脱之道。此所谓"苦集灭道"之谓也。

但是，日本的佛寺建筑，还是在巨大的中国文化的"阴影"之中，显示其自己的民族特色，其中不乏居于这一民族自己的创造性。

其一，从佛寺的平面布局分析，正如前述，中国佛寺的平面，由于深受中国庭院式建筑布局的影响，它一般而且热衷于中轴对称，几重进深，而且只要地理环境条件允许，它的中轴总是自南而北。不可否认，日本早期的佛寺平面布局，还真有从中国"学"来的一点中轴对称的理念的影子，而愈到后来，便愈强烈地显示其不重中轴对称的特点，它也不喜欢沿中轴自南至北几重进深的平面铺排。这从笔者实地考察的比如京都清水寺、本愿寺、东寺、金阁寺、妙心寺、天龙寺以及大德寺等佛寺看，莫不如此。它打破了中轴对称，几重进深，实际是打破了中国儒家礼东文化的"规矩"，显示比较自由，作为一个"海洋民族"，这是可以理解的。

其二，从日本佛寺建筑的个体分析，它不像中国佛寺那样，在个体与个体，个体与群体，具有一种严谨的"文脉"（Context）联系，而是显得有些"自由散漫"。日本佛寺建筑的个体与个体之间，往往以"廊"、以绿化、以道路、水系构成联系，其联系方式五花八门。看上去似乎有点"杂乱无序"，其实自有其内在的"韵律"在。这种"韵律"，是在非对称之中追求均衡之美。就建筑个体而言，每一个体均有人字坡顶，这确没有什么特别，而其屋檐一般呈斜势下垂，笔者没有见到过檐角反翘的实例。那种《诗经》所谓"如跂斯翼"，"如翠斯飞"的那种反宇飞檐轻逸俏丽的"飞"意"流"韵之类，在这里是享受不到的。因此在美感上，日本现存佛寺的屋顶造型，显示比较重实、质朴而老成。这当然没有什么不可以，每一民族的文化器官、文化心灵与喜好可以而且应该不一样。但日本佛寺的山墙，实在可以说是一个杰构。中国佛寺的山墙，以朴素无贲者居多，而日本不是。它在其山墙表面，在檐口，在下垂的边沿处，往往弄出许多的装饰，有的十分华美，色彩丰富。尤其是山墙部分，白墙上显出暗褐色的装饰，很有没的韵律。

其三，从用色角度看，前文说日本建筑个体之山墙时，已经关涉到用色，这里再来简略地谈谈。中国佛寺的用色，以姜黄为主调，这主要用于佛寺外墙，且这种姜黄基调，恰与寺内比如大雄宝殿的立柱，惟幔之类的姜黄用色相一致。而一般佛寺的屋顶，呈灰褐色。当然，有然品位高的佛寺之屋顶，铺琉璃瓦，呈紫红色且有光泽，有金碧辉煌之感。一般佛塔的用色，有大江南北所常见的石塔，诸如北海白塔妙应寺塔，河北蓟县观音寺白塔，辽阳白塔，扬州莲性寺白塔等，通体洁白，意在象喻佛性洁净无垢。佛教有所谓"白心"说言"清净之心"也。"白者，表淳净之菩提心也"。白塔所在即为"白处"。"白处"者，"以此尊常在白莲之中"。这是丁福保《佛学大辞典》关于"白心"词条的解读契符于佛理。中国有些琉璃塔色彩斑斓，一为深紫，二为嫣绿，三为御黄，四为鲜红，五为艳蓝。必具这五色之美，以佛家称佛国有"五色宝珠"，故法其数也。日本寺塔的用色，相对比较单纯。一般以黑褐色为主调。有的也许是年代久远，由于日照与风雨侵袭之故，逐使其色调显得凝重而沉着。日本寺塔一般不用黄色，紫红色者亦不多见，这是不同于中国的地方。因为它基本少用琉璃，其色彩就趋于质朴。它们较多的是黑色，黑色者，元色也；元色者，玄色也，同样可喻空幻之境。当然，在日本的寺塔环境中，这种黑褐色倒与常年呈翠黑之色的松树很是谐调。松树的虬劲与力度，它的暗黑之色，有力地烘托出日本寺塔的肃穆之美。当然，日本寺塔环境中也可能有流水，游鱼，以及各类草树，山石的点缀，逐使这佛寺佛塔充满生气，尤其是有些寺院环境之中布置其"枯山水"（下详），那种白沙之美，无疑进一步丰富了日本寺院的色彩。还有，有的日本寺院却崇尚金色、银色，如京都的金阁寺与银阁寺便是如此。比如金阁寺，作为世界文化遗产之一，作为京都最著名的寺庙之一，本名鹿苑寺，建于1379年，初为足利家第三代将军义满作为别墅而修造，义满去世后改为"菩提所"（禅寺）。金阁寺为三层楼阁式，其中第一层为法水院，第二层是潮音洞，供奉观音像第三层为佛堂，正方形平面，供奉三尊佛像。它座落于镜湖池中的一方陆地之上，池域不大，恰与尺度也是不大的金阁寺造型十分和谐。金阁寺为四坡顶，顶尖上有一凤凰造像特立于上，整座金阁寺造型轻盈，非常和美。尤其应当指出的，是它的独特的色彩之美。由于这金阁寺殿外用金箔贴制，给人以十分辉煌之感，其用色不同于一般的日本寺庙。这金色与镜湖池水，与其周围的墨绿色草树恰成谐趣。寺殿庄严，倒影清丽，非常可爱。而这金阁之用色，可谓别出心裁，是象喻"西土净土"的。佛经所描述的"西方净土"，是黄金为屋，宝物无数；花树灿烂，甘冽澄美；佛相庄严，悦乐无尽。

其四，从寺院佛塔的风水角度看，风水术及其理念，无疑是中国传统文化之一种独特的"国粹"。风水是中华古人以迷信的文化理念与方法，认识，处理人与环境之关系的一种文化。无疑，中国寺塔的建造很重风水。比如，将寺院的入口一般设于寺院整体环境的东南方便是一个显例。这是因为在《周易》文王八卦方位中，东南为巽位，巽为风，巽为入。在风水术中，这是"水口"（入口）之所在。又如，中国佛寺的垂脊上往往设一队神仙怪兽，依次排列成行，这是因为风水上的需要，象征"灭火"消灾之吉利。但日本建筑中的寺院，既不将入口有意安排在东南的巽位上，也不在屋脊设"灭火"的神仙怪兽。当然，日本寺院也从中国建筑的风水文化中创造出它自己的风水理念与方法。比如在奈良法隆寺的五重塔之九重相轮上，东南西北四个方位上插有四把镰刀，这是为什么呢，风水符号之谓也。中国五行说中的金木水火土，有相生相克之关系。相生：金生水，水生木，木生火，火生土，土生金。相克：金克木，木克土，土克水，水克火，炭克金。这五重塔上的四把镰刀，是用于"防雷火"的。其逻辑是，五行说木在东方，东方为雷，按《周易》"震为雷"，而镰刀为铁器，属"金"，金克木，故以镰刀来"防雷火"。五重塔木构，木构易遭雷击而火焚，故镰刀是日本人发明风水符号。

三、神社建筑文化的祭祀情结

在比如"三步一庙，七步一寺"的日本著名古都京都市，虽然其列入世界文化遗产名录中的神社并不占多数，仅贺茂雷神社，贺茂御祖神社与宇治上神社三处，而寺庙竟有教王护国寺、清水寺、延历寺、醍醐寺、仁和寺、高山寺、西芳寺、天龙寺、鹿苑寺（金阁寺）、慈照寺、龙安寺和本愿寺等12处（其余之处是平等院和二条城），这似乎给人一个错觉，以为在日本，神社没有佛教寺庙多，其实不然，在日本，尤其在诸如奈良与京都等地，神社之多，甚于寺庙。笔者曾看到一个资料，称全日本的寺庙有一万五千多所，而神社竟达八万多，这大概是可信的。

神社（神宫）文化在日本源远流长，已近2 000年历史。它是一种祭祀神的神道教。不过，在其漫长的历史发展中，这一祭祀神的文化主题，是有所改变的。开始时以及在一个相当长的历史时期，神社用以祭祀祖神，这祖神，是日本天皇。而现在同时祭祀多神。神道教认为，凡是被认为是伟大的人物死后，都可能变为值得祭祀的"神"，所以，日本人文历史上诸多人物都成了神道教意义上的"神"，被供奉在神社（神宫）之中。然而，祭祀天皇祖神，依然是神社文化的重要文化主题。

祭祀各种各样的"神"，是日本传统文化的一大特色。一年十二个月，每日都有祭祀活动。其中主要的是，一月六日，进行"救火会"大游行。祭祀于台场中央路。二月第一周日为止的五天里，在北海道札幌祭雪；二月三或四日（立春前一日），在"节分"之夜，全日本的神社、寺庙，举行驱鬼活动，以撒豆为仪式。三月三日是女孩节，凡有女孩之家大都以人形娃娃在家为祭。四月一日至四月三十日，一种被称为"都踊"的歌舞艺演在京都祇园举办，此时樱花盛开，被称为"樱花踊"的这一活动，有祭祀樱花之"神"的意义。四月十四、十五日两天，"高山节"在岐阜县高山市日枝神社举行。五月十五日是葵节，由京都上贺茂，下资茂神社联袂举办，礼拜葵"神"；五月之第三周六、周日是三社节，由东京浅草神社主祭，诸多童男童女肩扛小型神，竈神象在大街列队游行；五月十七、十八日，日光东照宫神社举办春神日光东照宫大节。六月十四日，大阪市住吉神在举行插秧节，祭祀并祈丰年。七月一日至十五日，在九州福冈有博多DONTAKU节，花车列列，鼓笛齐鸣，人们载歌载舞于通衢大道；七月十三日至十五日是灯节，家中悬挂纸灯，祭祀亡灵；七月十六至十七日为祇园节，由京都八坂神社主办，河原町一带人山人海，人们在街上推着木制的沉重的花车,十分虔诚;七月二十四、二十五日,大阪天满宫神社举办天神节。八月二日至七日,北本州弘前市、青森市举办大灯笼节(NEBUTA),灯笼上绘以历史名人及英雄美女,由男女老幼提着扇形或是人形大灯笼在大路上游行。灯在日本传统文化中,是一个重要的文化符号。笔者曾经走访过许多神社,见到在神社的道路旁,往往有私人捐建的"石灯",大的比人还高,队队行行,那是祭祀亡魂的。八月五日至七日,北本州秋日市举办竿灯节,年轻人高擎排列于竹架的纸灯游祭于市街;八月六日至八日,宫城县仙台市举办七夕节(星节),这节日源自中华,祭牛郎织女之星;八月十二至十五日,四国德岛市有"阿波踊"节,表演日本传统舞蹈。八月十六日,京都大文字山畔举办祝火节,在黑夜燃起"大"字形火焰祭火神。九月十六日,神奈川县镰仓市鹤岗八幡宫神社举办的骑射竞技为主的"流镝马"节。十月九日至十日,有高山节在岐阜县高山市樱山八幡神社举行;十月十一日至十三日,东京本门寺举行"御会式",人们手提纸花方灯,祭祀日莲大僧一休;十月十七日,秋季日光东照宫大节;十月二十二日是"时代祭",由京都平安神宫主办。十一月三日,箱根举办祭"诸候节",再现古时诸候文化;十一月十五日为"七五三"节,父母率其子女玄附近神社祭拜,为子女祝福。十二月十七日,奈良春日神社举办春日神社节。如上所访,据网络"维基百科"有关资料。可能挂一漏万。但也由此可见日本民族对祭祀及在祭祀文化中进行艺术表演与欣赏的热衷。

要祭祀神灵,应该首先有供祭祀的场所以及举行祭祀的主办者,因而,神社就应运而生了。笔者在日本生活、工作的一年里,常见日本民众在神社祭拜。2006年夏天,亲自到现场去参访。一次是在京都岚山的桂川,那次车折神社主祭。主祭的队伍浩浩荡荡,人们穿着鲜艳而极富民族特色的服装,吹笛鸣鼓,或是本人叫不出名字的乐器,虔诚而热闹非凡。尤其走在队伍前列的,是一队少女,化妆得很艳丽,有的背上有双向的鸟翅一般的装饰。他们先是在桂川一侧(东侧)河岸边的马路上游行,最后,都登上了停在桂川的画舫上。画舫有十几条,都很玲珑优美。然后在画舫上祭神。另一次是京都祇园八坂神社的祭祀,尤令人难忘。

从如上所录,可见神社是祭祀的主要角色与场所。日本各地的神社所祭之神多种多样,几乎每个神社都以不同的神作为祭拜对象。虽然如此,但是日本神道教尤其崇拜太阳之神，即所谓"天照大神"。神道教相信，日本民族的祖先神是太阳神，这是原始自然神崇拜与祖宗神崇拜的结合。而天皇是太阳之神在人间的代表，在文化理念上是至高无上的。在漫长的历史发展中，天皇作为民族的象征，往往不是实际的权威，比如在幕府时代就是如此。但是，天皇的纯正血统却是一以贯之的。天皇仍是民族精神的崇拜的中心。

从建筑文化角度分析，日本的神社尽管有八万之巨，而最重要的，莫过于伊势神宫、明治神宫与靖国神社。

据有关考证，伊势神宫始建于公元前四年，正值中国西汉末年。但这一始建年代，学界还有争论。有一种保守的见解，称伊势神宫的始建年代，当不早于公元690年。伊势神宫至今保存"国宝"《古事记》一书。据考，该书当成书于公元712年。《古事记》所记的前数代最原始的天皇，可能出于神话传说。而"天照大神"的人文理念，是否来自曾经接受中国东汉之时赐予的倭奴国王金印的邪马台国之女王卑弥呼，关于这一日本文化史的悬案，学界也有争论。邪马台国可能是有历史记载之日本最为原始的国家吗？因此，"天照大神"充满了神秘性。这给予伊势神宫独特而神秘的人文魅力。

伊势神宫，现分内宫、外宫两部分。其内宫祭"天照大神"；外宫祭"丰收大御神"，当以内宫为主祭场所。其实在建筑布局上，内、外二宫相距较远，其际有译多辅助性建筑。这是一所特大的神社建筑群内宫、外宫加上别宫，凡建筑125处。而通过道路、绿化、河流、桥梁等建筑环境设施，把整个神宫融为一个整体。作为日本神社之首，这座建造于三重县伊势市的神宫，是日本神道教最重要的，也是其唯一的发源之地。伊势神宫的屋舍朴素之美可羡，它们都是人字形坡顶建筑，坡度平缓，轻盈若飞而具大气之感。大凡神社，在其建筑空间序列的起始，都耸立着一个"开"字形门式建筑，伊势神社也不例外。这个门式建筑，日本人称"鸟居"，中国人称"牌坊"，应属于纪念类建筑样式。神社的"鸟居"，在人文理念上，是神与人的分界。人一走进"鸟居"就意味着进入"神域"。然而，伊势神社的大"鸟居"造型，与天下所有日本其它"鸟居"不同，严格地说，它不是"开"字形，而是"冃"形，其上部第二横梁未伸出左右两立柱之外。这是伊势神宫独一无二之处。伊势神宫的第二个独异的地方，是来到内宫，立刻可眺望耸立于宇治桥前的大"鸟居"，大"鸟居"

与大桥在尺度上相映成趣。每逢冬至,太阳从大"鸟居"的正中位置升起,强烈地体现出"崇拜太阳神"这一文化主题,这在建筑设计上可谓独具匠心。第三,伊势神宫的主题建筑虽为坡顶木结构,而其四大立柱必采用有五百年树龄的巨硕杉木。其屋脊又必采用十根稀有的鲣木为横梁,这种对建筑用材的挑剔,体现了人们对"天照大神"特别的钦敬。而神宫环境内大片的树木,树龄一般都在五、六百年以上。第四,更有意思的是,伊势神宫每隔二十年,必迁址重新建造一次,这在日本称为"式年迁官"大典。这种大典,迄今已有1 300年历史。其最近的一次,发生在1993年,下一次将是2013年。体现在这种大典中的文化理念,是值得注意的。世界上一般民族文化以千百计努力保存古建筑,来体现文化的神圣永恒。可是日本民族的文化"思路"与此相反,它们却以不断地拆毁旧建筑,又不断地重建来体现民族文化之魂的神圣与永恒。这非常特别。在这"式年迁居"中,必有一项神圣的建造活动,称为"拽木材"。重建神宫的木材伐自日本中部的山区,要把木材弄到伊势,不用车装、不用船运,而是让其顺流漂向伊势。问题是木材漂到伊势附近的五十铃川以后须逆流而上,从而必需大量人力将巨大木材拽到伊势神宫的建造新址,可谓艰苦卓绝。因为只有这样,才可以充分"表达"善男信女对"天照之神"的忠贞与献身。

日本又一个神社建筑的代表作,是明治神宫。它是祭祀明治天皇的神社。明治天皇在位于1867—1912年。明治天皇1912年去世,神道教认为天皇已变成"现世神"。1915年,日本政府在东京涩谷修建明治神宫,以供人参拜已故明治天皇与昭宪太皇后。于大正九年十一月一日建成。这座神宫以"明治神"为主祭对象,每年大约有80万人次前往参访,以为灵验。它占地70公顷,毗邻于东京新宿商贸区,是东京中心区最大的一块神社绿地。在建筑上,这座神宫拥有全日本现存最大的大"鸟居"(牌坊、木构)它屹立于神宫南北参道的相汇之处,宽17米、高12米,两立柱直径很大,最大处即其下部大约1.2米,重量是13吨。在用材上,这大"鸟居"十分讲究。当最原始的神宫"鸟居"在昭和41年遭雷击损毁之后,重建这座建筑可谓费尽周折,由于日本国内不产巨硕而才质优良的木材,遂奔台湾遍寻巨型桧树千辛万苦,终于在台湾3 300米高的山上密林深处,找到了合适的巨型大树,树龄1 500年,运回日本,并在昭和五十年十二月二十三日建成明治神宫大"鸟居"。这种关于神社建筑的建造热情,说明其宗教信仰何等执着。明治神宫区域内的大片绿树，原由中国东北、朝鲜移栽而来，计十万原株，三百六十五个树种，如今由于"水土不服"等原因，有一部分树种未能在日本生长，然而，还有二百四十七种，而且其数量大为增加，竟达十七万株之多。日本的神社建筑，包括其它建筑环境，大片植树，是一重要景观，这一点，值得中国人学习。

这与比如京都的平安神宫相比较，又是如何呢。平安神宫历史较短，是公元1895年为纪念平安迁都1 100年而修建的，用以祭祀桓武天皇和孝明天皇。来到神宫大门前，在其左侧有"三净"处，以一小勺，流泉净手、净眼、净心。进门但见正面的祭祀大殿，其内供奉桓武与孝明两位天皇的神位。其建筑为二层复檐歇山顶，典型的"中国式"。有些建筑物却是红色，与一般的日本建筑尤其神社建筑崇尚灰褐色大异其趣。平安神宫的有些建筑物为什么是红色，这文化理念究竟是什么？这是一个值得讨论的问题。而当游客从其西侧一门进入时，偌大一座园林建筑便渐渐映入眼帘。它的环境的宁静、典雅与幽深令人感动。这里的主题建筑，是色彩沉着、两坡顶的正殿，它是按平安京大内裏正庙堂院的八分之五规模而建造的。它建在大片水域的北侧，水域若藻、浮萍很多，游鱼历历，而正殿在水中倒影清丽。尤为值得称道的是神苑中日本式池泉的一个长廊，可谓杰构。人在这长廊的美人靠旁坐下小憩，是一种很安和、美好的感觉。还有，这里的春樱秋枫、古藤老树、奇草异卉，均邀人青眼。

而日光东照宫在建筑文化意义上，是另一种成功。这是日本江户幕府开府将军德川家康的神社，建成于公元1617年。东照宫在日本国内有多处，而最具代表性的，是厉木县日光东照宫。它作为本社，于1999年列入世界文化遗产。日本东照宫最大的建筑特色，在笔直的表参道的尽头，是其"一之鸟居"。作为现存日本第一大型石结构"鸟居"在尺度上，与表参道形成谐调的审美关系。"一之鸟居"的左侧，为五重塔，赤红色，高35米。进入正门，即为东照宫主殿。其主殿左侧，是"神厩舍"。其宫内的雕刻十分精美，其一是"唐门"上的作品，其题材来自中国"竹林七贤"与"阮由洗身"等。在"神厩舍"的雕刻中，刻有八只猴子形象，象征人的一生。其中三只猴子形象象征人的孩提时代，分别堵着眼、口、耳。其灵感，来自《论语》"非礼勿视，非礼勿听，非礼勿言，非礼勿动"的伦理教导，因而，这里只有三"非"，而非四"非"，也算得是一创造了。尤其值得欣赏的，是日光东照宫的阳明门，其高11.1米，其二层楼门上，有精美雕刻508块。在其东回廊潜门上有关于"睡猫"的雕刻；拜殿顶棚上的龙雕竟有100条，且姿态各异，还有绘于本地堂顶棚的"鸣龙"形象，十分生动。

要之，日本神社文化与中国的宗庙，文庙建筑具有如下不同的文化特点。

我们说，日本神社建筑与中国宗庙建筑，都具有祭祀祖神的文化主题，但神社的祭祖，是祭天皇祖灵，而中国宗庙，除了黄帝陵庙、轩辕庙等之外，一般是古时各大宗族都有其自己的宗庙。比如，早在周代，宗庙建筑已是十分繁盛。拙著《中国建筑的文化历程》曾经指出，"据考古，陕西周原岐山凤雏村西周宗庙遗址和扶风邵东宗庙遗址，是迄今已发现的西周宗庙建筑的典型遗存。"并说"岐山凤雏西周宗庙遗址东西宽32.5米，南北长45.2米，平面面积为1 469平方米，基本南北纵向，位置偏于东南朝向。整座宗庙自南向北主要由影壁、门厅、庭院、前堂、东西两厢、主廊、东西小院和后室等组成，其布局严格对称，井然有序。其影壁东西长4.8米，厚1.2米，残高0.2米，位于宗庙大门前4米处，是整座宗庙建筑的一个'序幕'。门厅由正门、东西门房组成。正门居中，其门道南北长6米，宽3米。东门房台基东西长8米，南北宽6米；西门房台基大小与东门房等同，两门房各存柱洞、柱石11个。庭院东西宽18.5米，南北长12米，其东西和北部有东、西厢走廊、堂南擎檐柱洞12个。前堂面宽17.5米，六间制，进深三间。据推测，它建在一个最高的台基之上；留有柱洞32个，东西四行，南北七列，排列整齐，整个前堂面积约105平方米，是该宗庙建筑的主体建筑。"[①]然而，日本的神社建筑，除了比如伊势神宫，明治神宫，平安神宫等外，除了这些祭拜"太阳之神"、天皇祖灵的主题之外，一般神社建筑并无鲜明的、专一的祭祖文化功能。在平面布局、在建筑形制上，日本神社（神宫）不尚对称的威仪与美。而且，由于日本之特殊的历史，其神社的人文历史，不如中国宗庙建筑悠久。中国宗庙建筑的文化功能是专一的，即祭祖。而日本神社建筑，除了伊势神宫等外，一般神社的功能，并非专在于祭祖，而是有许多祭祀主题，也祈多子多福、平安无灾、无病、发财、丰年等等，反正一切人

---

① 王振复:《中国建筑的文化历程》，上海人民出版社，2000，第48—49页。

的愿望、要求、苦痛、都可以到神社向神"一诉衷肠"。由于神道教的严重影响，日本神在建筑的文化主题，是多向而散在的，并不专一。而在祭祖这一点上，日本神社专祭"天照大神"，中国宗庙，除了祭"天下共主"如伏羲、轩辕之等，一般是各家祭各家的，如殷有殷的祖先，周有周的祖先，两者各有各的宗庙。宗庙是该宗族的象征。因而在历史上，如果某宗族被另一宗族所灭，便"毁其宗庙"。历史上，西楚霸王当时"西屠咸阳"，包括其烧毁秦之宗庙在内。还有，中国的宗庙建筑发展到后代，便有各个宗族所建造的祠堂。祠堂的规模一般不大，是崇祖与族权的象征。但遍及日本城乡的大小神社，并没有中国祠堂那样的功能。中国宗庙的另一发展，是自从孔夫子在西汉被尊崇之后，便有文庙这一特殊建筑样式在中国的繁荣。文庙也称孔庙，现存最著名的孔庙，是山东曲阜孔庙。它其实是一种特殊的祭祖性建筑。中国历来祭祀"天地君亲师"。孔子是天下文人学子的"至圣先师"，其地位相当于天下文人之祖。所以，祭孔，是另一意义的祭祖，但日本神社没有这一文化主题。同时，中国宗庙没有"鸟居"，而日本神社的"鸟居"，却与中国的牌坊、阙表建筑具有文化意义的联系。

四、庭园建筑文化的美丽神韵

日本古代传统建筑富于民族特点，而最富于民族特征，当推日本庭园建筑。所谓庭园艺术，按笔者理解，指庭院与园林的结合。

日本庭园建筑的基本美学特征，是宁静、幽雅、精致、自然、简素。

笔者先来简略地分析一下著名的庭园艺术之杰构桂离宫。

桂离宫建造于公元1620—1662年间，相当于中国的明末、清初时期。它原是八条宫智仕亲王和其子智忠亲王的别墅。现存桂离宫，东西长266米，南北为324米，是一个纵向的平面，其面积约86 200平方米。该庭园可分东西两部分。西部主要以书院与茶亭建筑为主，东部为流泉，水面宽洞涵泳，约8 854平方米，其水面上有"岛"，"岛"上有建筑。桂离宫的得名，源自其所处的地理位置，其位于京都桂川之畔，其东部有一条称作"桂川畔"的小路。桂者，桂川也；离宫者，原持帝王或贵族建于郊外的别墅。桂离宫的主要建筑，是月欣楼、松琴亭、赏花亭、笑意轩与园林堂等，还有表门、御幸门、御幸道、梅马场、石灯笼、手水钵以及草树、水域，道路与石艺等等。很"美学"地构成了非对称而富于均衡之美感的庭园环境，确实达到了笔者在建筑美学上一贯主张的"可居、可观、可悟"的境界。这座以书院为主体的庭园建筑，有至简至素的空灵之美。有一位西方学者，曾经指出，日本的建筑艺术，是木与纸的艺术。虽则不能以偏概全，倒也抓住了个中要害。桂离宫的建筑一律都是木结构，而且处处坡顶，其建筑的墙壁与檐口稍薄，显得素雅、轻盈。这种建筑氛围，脉漫着温馨的人居情调。从表门进入，从一砂石小道穿过御幸门，走在红色、黑色与青色砂石铺就的御幸道上可以深深地感受到空气的清净与环境的优雅宁和。一路欣赏其左近红叶山的美影，心旷神怡。而书院、茶室以及石艺、泉泓等组成了美妙的合奏，它们无论在造型、色彩、质感及其相互的位置关系上，都是相得益彰的。使人不得不感叹日本民族对"空间美"及其"时间美"的领悟力。

相比之下，日本典型的庭园建筑文化较中国庭园建筑文化有不同的审美特点。一是中国的庭园建筑文化也同样达到了"可居、可欢、可悟"的境界，而中国崇尚自然山水式，这一点在比如苏州江南古典园林上表现得比较突出。然而日本的庭园建筑文化，却更为雅致，可能更见（现）人工之美。中国古典园林文化的庭园环境中，尤其在大型园林中，一般以体量较大的厅，堂类建筑为其主题建筑，如苏州拙政园的远香堂，上海豫园的点春堂等，都是显例。这种情况，在日本庭园建筑文化中是没有的。在日本的庭园建筑环境中，其主题建筑的名称，当然不会是厅、堂之类，其体量一般也不大。所以在空间布局上，它不强调主题建筑的"中心"意义。这是日本民族的尚"中"意识并未充分体现于庭园建筑环境的缘故。二是中国园林文化的审美，都崇尚素淡、自然、含蓄。然而，由于中国的园林文化，可分皇家园林、私家文人园林、寺观园林与陵墓园林等多种，它们多自具有不尽相同的审美特征。比如皇家园林占地很大（如北京颐和园），其主题建筑高巍重硕，气势非凡；而江南私家文人园林呢，就显得优丽、宁和、小巧。甚至有的仅一二遗株、三两拳石、勺水滴泉，可象大千世界，天地明，令人意味深长。日本园林文化中的庭园，却相对比较一致，它们的审美风格一般趋于在平淡之中见其幽邃。因此，中国传统庭园艺术的用色，在各类不同的园林中颇不一致，有的皇家庭园的用色鲜艳夺目，甚至用红色、黄色、紫色等。在江南园林即私家文人园林中，也偶尔可见红、黄之色。

这一点在日本庭园文化中是不一样的。日本的庭园建筑之用色相当一致，即以灰黑色、间以白色为其基调。这种情况的出现，有的学人将日本庭园建筑称之为具有"庶民性"，其实不是。它是日本民族在历史上接受了中国佛教文化之后的自己的创造。

日本庭园建筑文化之最具民族特点的，是所谓"枯山水"。

据有关资料，"枯山水"这一术语，是由西方学者洛兰·库克（Loraime Kuck）在1935年出版的《One Hundred Kyoto Gardens》（《京都百园》）一书中首此提出的。尽管目前学界关于这一术语的科学性问题存在不同的评价，然而，笔者以为，这一关于日本这种庭园建筑的独特样式的命名，是简洁而确切的。理由是，这一庭园建筑样式中的"山"、"水"，并非真山水，它是庭园环境的一块平地（可大可小）上，满铺白砂，耙出砂纹，象征浩渺之水波；又在"水"中堆石以象征石岛之山。笔者曾在1989年出版的拙著《中华古代文化中的建筑美》中这样评价"枯山水"：

"枯山水"，作为日本古代园林文化之一颗明珠，闪耀于十四五世纪的室町时代。比如，京都龙安寺一处"枯山水"石庭，占地300平方米，矩形平面，设于禅室方丈前，可观可悟而不可游不可居，这是与中国古代园林空间不同的。这种仅供观赏的园林"水"趣之作，构思奇特。白砂铺地，以人工弄出砂纹，象征浩瀚的水波，并于"滔滔汪洋"之中置石群者五，十五块石料，依每群"三、二、三、二、五"节奏依势堆设，模拟海域中五群可望而不可及的岛屿，看似毫不经意，其实用心良苦，其石缝象瀑涧，实则满庭无有滴水，可谓"枯"矣。这"枯"，就是"枯山水"的基本审美特征，渗融着被日本民族之魂消化改造了的浓郁的佛家禅宗情思。禅宗及其教义很早就从中国传至日本，其"静虑"、"沉思"这精神底蕴，有力地影响日本传统的美学观，连园林的"山"、"水"景观也运用象征手法，成为通过"静虑"顿悟宇宙人生"真谛"的一种手段。然"枯山水"既然是一种园林文化，它就不同于纯粹禅宗教理的演绎，它创造的，不仅仅是万念俱寂，内省幽玄的禅境，也有某种顽强的世俗审美意识在潜行。不过，佛教所谓"静虑"，是其基本文化主题。[①]

---

① 王振复：《中华古代文化中的建筑美》，学林出版社，1989，第158页。

　　这种"枯"山、"枯"水文化，不同于中国古典园林建筑文化中的静山静水。在中国历代名园中，所谓"含碧"、"凝玉"、"镜潭"之类命名的水景比比皆是。这是就水趣而言的。王世贞《安氏西林记》云，"镜潭者"，"既皎而澄"可以烛须眉；邹迪光《愚公谷乘》云，"水荇酣醪，渚草艳漾"。又说，"临池有堂，回栏曲槛，望之如浮，嫣然有致"或"波纹细皱，香浪微裛"或正如柳宗元《小石潭记》所言，鱼"皆若空游无所依。日光下彻，影布右上，怡然不动。俶尔远逝，往来翕忽，似与游者相乐。"中国古典园林庭园中的"静"水，或碧波平静如镜，令人敛神沉思，返照自身；或水藻繁茂，藕荷亭亭，聊作出淤泥而不染之思。日本庭园中自然也有"静"水，然而这"枯山水"，却是一大创造。它既不同于"静"山"静"水，更不同于西方古代园林中的"动"水。它的独特的文化魅力，令人沉思，它让人由此扪摸日本民族的非同一般的民族性格。

本文发表于日本京都外国语大学《研究论丛》2007年